MEMORY HOUSE

记忆坊文化

茴笙 · 著

My
Deskmate

十八味
的甜

上

江苏凤凰文艺出版社
JIANGSU PHOENIX LITERATURE AND
ART PUBLISHING

目录
Contents

Chapter 1

高三开学第一天，沈意就迟到了。

前一晚熬夜做题，结果今早睡过头，她连早饭都没吃，背上书包就朝学校跑去。眼看要到了，却在拐过一个弯后，被校门口乌泱泱的人群惊住。

什么情况？

现在已经快七点半，这个时间学校门口就算还有人，也该是像她这种急急忙忙往里赶的学生，怎么会有这么多人等在这里？还都是女生？

沈意走近一点，发现这些女孩年纪都不大，穿着漂亮的裙子，有些还化了妆，很明显认真打扮过，一个个看起来非常激动。

有女生问："确定了吗？他今天真的会来？"

"确定，他最近一周的行程都取消了，不是来上学还会是什么？毕竟他开学就高三了，课还是要上的！"

"可是，怎么现在还不见人啊？不会是我们来晚了，他已经进去了吧……不要不要啊！"

手机适时在口袋里振动，是她的闺密杨粤音："小意，沈意同学！你怎么还没到啊，我们可全等着你救命呢！"

"马上。对了，音音，今天什么情况？校门口好多人。"

"哦，那个啊，你猜不到？"

沈意想到方才听到的对话，脑中闪过个猜测。没等她说出来，那边杨粤音语气一变，有一股克制不住的激动："除了那个还能是什么？'王子'要来上课了！"

沈意脚步一滞。

就像每所高中都会有受欢迎的帅气男生，嘉州七中虽然是一所重点中学，但青春期的孩子想的都一样，这里照例有所谓班草、级草、校草的存在。而且学霸们读书刻苦，玩起来也较真，在学校贴吧搞过好几次正儿八经的评选，稍微好看点的男生都被拎上去参与角逐，竞争可谓激烈。不过，提到校草，可能有很多个选择，会被大家称作"王子"的却只有一个人。

肖让。

七中高三5班的学生，也是现年17岁，有着"国民弟弟"之称的超高人气小生。

沈意看看周围，想自己怎么能这么迟钝。当然只能是因为这个，否则还有谁能让这么多女孩一大早在这里蹲守？事实上这还算好的，她记得高一肖让刚入学时，闻讯而来的粉丝直接让这条平时没什么人的街道堵了车，校方不得不出动校警强制疏通。

她挂了电话，刚想进学校，却被保安一把拦住："哎，你你你，干什么？"

"我上学啊。"

"少来，连校服都没穿，想冒充学生混进去是不是？姑娘，咱们不是都说好了吗？要等就在外面等，我不赶你们，但是，你们也不许进校门！都配合一点啊，听话！"

沈意一呆，这才反应过来，自己早上走太急忘了穿校服。放到平时也没事，然而今天情况特殊，保安误会了。

旁边的粉丝怕保安生气，忙说："我们配合，我们配合。你别冲动啊，别害我们一起被赶走。"

后面一句话是对沈意说的，女孩抓着她的胳膊，似乎生怕她硬往里闯。另一个粉丝也说："死心吧，七中要这么好混进去，我早混了。现在只恨自己毕业太早，我要是晚生几年就好了，没准能和小让做同学呢！"

"得了吧，晚生几年你也考不上七中，我看要死心的是你……"

嘉州七中作为肖让的学校，这两年早成了粉丝们的梦想之地，大家说起来，口吻都非常尊重向往。不过七中本身确实也非常难考，对本市学子来说一直是高岭之花般的存在。

这还是沈意第一次近距离接触肖让的粉丝，她们看起来比自己要大，二十来岁，应该已经读大学了，搞不好还有工作了的。沈意有点好奇，为什么这些姐姐会喜欢比自己小的男孩子呢？她以为肖让的粉丝都是小女孩。

不过现在没空想这个了，学校里传来一阵铃声，那是早读开始的预备铃。沈意挣开女孩，从书包里掏出学生证，在大家的注视下递给保安："我真的是这里的学生，您就让我进去吧！"

等沈意被保安放行，眼看要进入"圣地"，终于有反应过来的女生大声问："哎，同学你几年级的啊，知道肖让吗？他今天来上课了没？你认识他吗？"

沈意边跑边回头说："我也刚到学校，我不知道！"

她撒了个小谎。

根据她的经验，肖让今天肯定是没提前进校的，否则她早就听大家在群里说了。不过她不想告诉她们，希望她们以为肖让已经进来了，会早点离开。

同学一场，帮这点小忙不算什么。只是肖让现在还没来，难不成是打算耗到她们走了才进来吗？

刚想到这里，忽然一个重物从天而降，直直砸在面前的草地上！沈意吓了一跳，定睛一看才发现那是一个书包，视线顺着往上，只见高大的围墙上，一个男孩子正往里面翻爬。

他穿着沈意忘穿了的校服，蓝白相间的上衣、长裤，这是全中国学生最熟悉的一款衣服，大家无数次怒骂过它的丑陋，说它耽误了自己貌美如花的青春，可看到这个人穿校服就知道，不是衣服的问题，是人的问题！

少年手长脚长，一只手撑着围墙，腿踩在另一边。墙很高，他的动作却很矫健，清晨的阳光照着他的侧脸，让他俊朗的五官、乌黑的双眸，还有嘴角的笑意都清晰可见。

旁边是一棵大树，枝叶翠绿茂密，整个画面干净得仿佛青春电影里的一幕截图。

男生终于双脚落地，拍拍双手，捡起书包扔到肩上。看得出他很得意，为自己的机智和英勇，他甚至还吹了声口哨。

然后他转过身，和沈意对了个正着。

学校的围墙下，沈意看着男生，男生也看着沈意。

四目相对，谁都没有说话。

许久，沈意终于问："肖让？你是……肖让吗？"

眼前的男生，正是让粉丝久等不到的肖让！

沈意的语气很震惊，因为她怎么也没想到他居然会翻墙，七中的安保不是很严格吗？！

那边，肖让也很震惊。他本来是为了躲门口的粉丝才决定翻墙，谁知道一跳下来就又撞上了个女生，顿时以为自己被守株待兔、瓮中捉鳖了！

男生不可置信道："不是吧！你们现在都能混进学校了？"

沈意一愣，没懂他的意思。于是肖让以为自己猜中了，女孩穿着白T恤、浅棕色裤子，头发扎成马尾，露出光洁的额头，戴着副细边圆眼镜，看起来清秀干净、稚气未脱。他有点意外，没想到这种外表文文静静的女孩居然比外面那些女生还大胆。

他想了想，决定当个好偶像，一手拍拍她的肩膀，露出日常营业般的阳光微笑："妹妹，还在读书吧？你来看我，我很高兴，但是不可以逃课，也不能混进学校里，这是不对的。

"这一次就算了，但以后不许来了。要好好学习。下次可以去我的见面会，在正式的场合见我，到时候如果你考试进步了，我会给你奖励的！"

说完，他从包里拿出一支马克笔，拉过沈意的衣服。沈意终于明白他误会了什么，挣扎道："我不是……你等等……"

"我没有怪你！"肖让安抚地看她一眼，"只要你改了，这件事就当没发生过。"

同时手起笔落，在她衣角签下了龙飞凤舞的"肖让"两个字。

沈意愣在那儿。

又一阵急促的铃声响了，早读正式开始了。肖让不敢再停留，一边跑一边说："听到了吗，赶紧回家！不要惹我生气！"

肖让腿长，一路跑得飞快，很快就到了高三5班门口。里面已经开始读书，但老师还没来，他松了口气，不急着进去，先靠在那里感受了一下。

因为工作繁忙，他在这所高中虽然读了两年，但实际来学校的时间加一起也不超过两个月，跟大多数同学都不熟。其实他很喜欢校园生活，每一次来学校，都感觉自己像是一个终于可以休息的陀螺，不用再疯狂旋转。

只是上学期缺课实在太多，连期末考试都没参加，算算快四个月没见大家了，他竟然久违地有点紧张，深吸口气才走了进去。

全班同时转头，和他关系比较近的体育委员张立峰霍然起身，激动道："你终于来了！"

这么热情？！

肖让有点惊讶。虽然是明星，可以往同学们也没这么盼着他来过，几十双眼睛都闪烁着热情。他感动了，对迎上来的张立峰说："是，我来了。好久不见，你还好吗？"

"啊，你好你好，好久不见，你又帅了。"

肖让抬手想和他击掌，却落了个空。张立峰回答完之后，目不斜视地越过他，走到了他身后。

肖让这才察觉，全班同学的目光也是看向他身后，他莫名其妙地回头，却见刚被自己在衣服上签了名的女生背着书包走了过来。

肖让还没来得及震惊，如今这些极端的粉丝也太嚣张了，都跟到教室了，张立峰就已经拉着她的手，仿佛"人民终于盼来了红军"一般，道："班长！班长您老人家总算来了！"

肖让蒙了。

沈意没有看肖让，而是从包里拿出一套卷子，递给张立峰，小声说："你们抓紧时间，别被老师看到了！"

张立峰顿时泪流满面："明白，我替全班同学感激您的大恩大德！"

比"我的大明星同班同学终于来上课了"更让大家激动的是什么呢？

当然是——班上唯一一个写了暑假作业的同学来了！

作为重点中学的重点班，老师们一向很难对付，其中以数学老师最甚，他居然在暑假最后一周通过班级QQ群给大家布置了几套新题！可怜这群已经玩疯了的孩子即使有着学霸的专业素养，也没一个写完了的，除了沈意。

最后一套卷子最难，她也是昨晚熬夜才做完的，今早就带来救济大家。不夸张地说，在群众眼中，她踏进教室的身影都笼罩着圣光！

眼看全班都为这个忙碌起来，沈意终于转头看向肖让。他也盯着她，然后目光下滑，她的白T恤被她的手遮住一点，但依然能看到下面黑色的墨迹，正是他刚刚挥毫签下的大名。

肖让闭眼："告辞！"

早自习进行到一半，班主任乔蕊进来了。

她站在讲台，拍拍手让大家安静，然后笑眯眯打量了一圈："一个暑假不见，都变了不少啊。"

两个月的时间，足以让青春期的孩子们来个大变样，有男生拔高一截，也有女生头发长长了，学校不许披头发，她们就给自己编了个俏皮的小辫子，在犯规的边缘试探。

有男生起哄："乔老师也变漂亮了！"

乔蕊年轻，今年还不到30岁，所以带班风格也比较随和，经常会跟学生们开玩笑。听到这儿，她假意瞪男生一眼："你的意思是老师以前不漂亮了？"

大家喷笑，男生夸张地辩解，她懒得理他，看向教室后排，半晌，煞有介事道："论变化，还是谁都不如我们的大明星，嗯，越来越帅了啊！"

全班同时回头。在他们视线尽头，肖让捂住上半边脸，仿佛非常不好意思地抗议："乔老师，你这样取笑学生是不对的！"

全班哄堂大笑。

对这样的场景，5班的学生们已经很熟悉了。然而遥想两年前，大家结束暑假，满怀期待准备开始自己的高中生活时，却震惊地发现，他们居然和肖让成了同班同学！

沈意记得，那天走在学校林荫路上，都能听到周围在讨论"到底哪一些新生是5班的"以及"为什么我不是5班的"。

会造成这样的轰动，当然是因为肖让确实是个不折不扣的大明星。

他童星出身，5岁开始拍戏，十几年里拍了几十部作品，其中不乏家喻户晓的经典之作。所以虽然是同龄人，但某种程度上说，他们都是看着他的戏长大的。

肖让长到十几岁时，开始褪去稚气，逐渐显露少年的俊朗和帅气，公司适时安排他上了几个综艺真人秀，他在里面阳光开朗，少年气十足的表现，迅速为他吸了一大拨"姐姐粉""妹妹粉""女友粉"。高中入学时，他已经是微博粉丝过千万，无论到哪儿都粉丝簇拥的当红偶像。

可以想象，和他成为同班同学这件事，会让全中国多少少女嫉妒得双眼发红。

同学们一开始都很紧张，不知道怎么跟大明星相处，也怕被眼红的别班同学拖出去打……后来渐渐发现肖让居然是个很好相处的人。他不因为自己有名就摆架子，不论谁找他帮忙，他都很乐意帮助。粉丝堵住学校造成拥堵后，他还很不好意思地跟大家道了好几次歉。态度太过谦卑，让大家产生一种他其实也很紧张的错觉。

当然，后来他承认，他确实是害怕因为自己的身份而被校园霸凌……

因为相处得不错，所以每当肖让短暂回校，无论老师还是同学都会忍不住开他的玩笑。他也不生气，每回都笑眯眯地配合，久而久之，这竟成了5班欢迎他的惯例。

沈意看着他，忽然想起了一个小时前，他翻过学校围墙的身影。

他真的和她想象中的大明星不太一样……

沈意正出神，忽然听到耳边有人说："怎么，你也看上王子了？"

沈意一惊，才发现是杨粤音。早读已经结束，教室里大家都开始走动，杨粤音坐到了旁边，亲亲热热揽住她的肩："刚才早自习，你看了他好久啊！"

沈意把语文书放进桌肚，拿出第一节课要用的地理书："刚才早自习，不是大家都在看他吗？"

"但以前你可不会看他这么久。"另一个闺密关越越也凑了过来，质问，"发生什么了？啊，今天早上你们是前后脚进来的，你们撞上了？说话了？背着我亲密互动了？"

"想什么呢？"沈意打断她，"人家根本不认识我，能发生什么？"

"扯淡。好歹同学了两年，不记得别人就算了，你可是万年班级第一兼班长，他连你都不记得，你长得是有多大众多普通多没记忆点啊？"

沈意认真请教："你为什么不觉得是他眼神不好、记性太差呢？"

"王子才不可能有错呢，要错也只能是你错。"

她就知道。

沈意懒得搭理花痴女，杨粤音却盯着另一个地方："哎，你衣服上那是什么？你怎么没穿校服啊？"

沈意立刻拿本书放在那里，若无其事："出门太急，忘了。"

她表面平静，心中却忍不住懊恼，还有点生气。那里当然是肖让的签名了，她一个早上都遮遮掩掩，要是被人发现，她就不知道该怎么解释了！

后面传来声音，他们转头望去。肖让因为个子高，又很少来学校，所以一直坐后排，此刻正靠在椅子上和周围几个男生说话。不知道聊了什么，他忽然笑起来，一拳打到对面男生的胸口。

杨粤音叹口气，语气沉醉："每次看到他这么坐在这里，就觉得他是被PS上去的！画风不兼容啊不兼容！"

虽然都穿着校服，但肖让身高一米八五，肩宽腰细腿长，比例完美，再配上那张帅气的脸，和周围男生凑到一起，对比确实是忒残酷了。

关越越说："我想过去跟他说话，你说我说什么好？说什么他会感兴趣？快点，我再不去，别人就去了！"

"你们又开始了……"沈意无力道。

这也是5班的固定节目，每次肖让来，女孩子们就忍不住想跟他多说说话。但大家还有一点"同学包袱"，不想让肖让太困扰，也不想让自己显得跟那些在校门口蹲守的狂热粉丝一样，所以当有人过去了，别人就不会再去。

没有明文约定，全靠心照不宣，沈意佩服她们。

关越越见沈意不理她，只好自己给自己打气，好不容易鼓起了勇气，还没往那边走，就看到教室另一边，一个女生也在朋友们的注视下几步走过去，站到了肖让面前。

肖让正和张立峰讨论前几天的 NBA 篮球赛，忽然察觉面前有人，抬头一看，是个皮肤白皙、长相漂亮的女孩。他扬扬眉毛："陈瑶瑶同学，有事吗？"

"没事就不能找你啊？"陈瑶瑶佯怒。

肖让举手投降："是我说错话了，陈瑶瑶同学想什么时候找我，都是可以的。"

班上的同学肖让熟悉的不多，陈瑶瑶是其中一个，因为只要他在学校，她就会来跟他说话，次数多了想不熟都难。

"你还记得我之前跟你说的，我有个妹妹是你的粉丝吧？"

"记得。你还说她才5岁，搞不好是我最小的粉丝。"

"没错。你知道吗？前几天她居然唱了《飞翔吧，少年》的主题曲，还是你的那部分，超可爱！我偷偷录下来了，你要不要听？"

《飞翔吧，少年》是肖让参与的一档真人秀节目，如今正在播出，他还参与了主题曲的录制，陈瑶瑶现在提这个可以说是紧跟热点了。

那边杨粤音怒道："陈瑶瑶这个心机女！妹妹的幌子到底要用多少遍！"

她也知道陈瑶瑶有个妹妹是肖让粉丝的事，不过她一点都不信，这肯定是她为了接近肖让编的借口！现在居然发展到逼迫5岁女童学歌了，这是怎样心肠歹毒的姐姐！

杨粤音生气，关越越却只觉得丧气。肖让几乎从不主动跟班上女生搭话，大家想接近他，只能自己主动，但那么多人有这个想法，只有陈瑶瑶有这个勇气。别的人即使去了，聊不上两句就会紧张地逃走，所以每次到最后都只能眼巴巴看着他们俩说说笑笑。

沈意感受到两位好友的情绪，更加无奈了。这也是她不想让人知道早上的事的原因，班上任何一个女生只要和肖让有了一点特殊互动，就会立刻成为全班的焦点，接受女孩子们的羡慕嫉妒（也许还有恨），她可没有陈瑶瑶那么好的心理素质。

她现在只庆幸当时没有人看到。

陈瑶瑶拿出手机，又把其中一个耳机塞给肖让，看架势是打算和他一起听。杨粤音瞥开眼："看不下去了，小意、越越，我们去上厕所吧。"

她拖着沈意站起来，腿上的书掉到地上，沈意还没回过神，关越越已经盯着她的T恤皱起了眉头："你衣服上到底是什么？我看着……怎么像是个签名？你别动，让我看清楚！"

沈意心想，让你看清楚就完了！

肖让正要听歌，忽然察觉这边有什么动静，一抬头就看到两个女孩抓着另一个女孩，似乎要检查什么东西。那被抓着的女孩正是早上被他错当成粉丝的倒霉蛋，而她们要看的……是她T恤上他的签名！

说时迟那时快，众目睽睽之下，谁也没反应过来，肖让跟一支箭似的冲了出去。陈瑶瑶抓着耳机的手被狠狠一拽，她吓得惊叫，连手机都砸到了地上。他也没管，直接从教室后面冲到教室中间，然后一个猛刹车，停在了她们面前。

沈意、杨粤音、关越越停住了动作。

全班同学都看着这一幕。

肖让仿佛没察觉这诡异的气氛，深吸口气，露出个灿烂的笑容："班长！"

沈意愣愣道："有、有事？"

"是这样的，我有点学习上的问题想请教您一下。我们出去谈，好不好？"

然后，他不由分说地将她从两个闺密手中救出来，抓着她的胳膊，把人带出了教室。

众人眼睁睁看他们走远，都没反应过来。好一会儿，才听张立峰茫然道："他有学习上的问题要请教班长？就他那个成绩，能有什么学习上的问题需要动用班长？我都能解决啊！"

杀鸡焉用牛刀！

教室外面，肖让把沈意带到阳台拐角一个无人的地方，然后看着她，说："沈意。"

沈意眨眨眼，只见男生露出个有点腼腆、不好意思的笑容。和教室里那个灿烂却刻意的笑不同，这一次，他的笑容很真诚，还有几分歉意："我想起来了。我记得你。你叫沈意，对不对？"

少年嗓音清亮而干净，又有青春期男孩过了变声期后的些微沙哑、低沉，像夏日的微风，吹过教学楼前的绿树。

沈意听着自己的名字被这个声音念出来，心没来由地一紧，她下意识地后退，却发现自己的胳膊还被他拉着。肖让也察觉了，连忙松开。

两人站在阳台边，都没有说话。气氛一时有点尴尬。

肖让没有撒谎，他确实是自己想起她的名字的。其实，早晨在围墙边他就隐约觉得这张脸有些熟悉，在知道她的身份后，许多记忆也随即浮现。他想起之前有几次，乔老师有事找他去办公室，都是她来传的话，她还收过他的作业，甚至有一次寒假前，他没能及时赶到学校拿期末考试卷，还是她等在校门口，等到天都黑了，才终于帮老师把试卷交给他……

他越想越觉得匪夷所思，自己是赶通告把脑子赶出问题了吧，这都没认出来。不仅没认出来，还把人家当成粉丝，硬是给人家签了名？

传出去得被八卦论坛挂出十栋楼！

不过现在不是想这个的时候。他深吸口气，看着沈意说："班长，今天早上的事，真的很对不起。我不是故意的，实在是被堵怕了，所以条件反射……当然，无论如何，弄成这样都是我的错，你如果生气，我完全理解。要是你同意的话，我想送你一个小礼物表示歉意，好吗？"

他一边说，一边心里隐隐作痛。这么一搞，自己的形象是毁得差不多了，这位班长大人估计会觉得他是个自恋狂，看谁都是自己粉丝。

男生出乎意料的态度让沈意诧异。

无论是早上在围墙边，还是刚才在教室里，他看起来都是阳光活泼的样子，除了长得帅一些，和她平时见到的那些男孩子也没什么不同。

但这一刻，她忽然意识到，他真的是不一样的。

他做了错事，会正面承认，认错的态度也不是青春期男孩惯有的嬉皮笑脸。他很正式，说话有条理，还提出要送她礼物补偿。

他处理事情，更像是个大人。

她忽然意识到，和还在象牙塔的她不同，他已经进入社会，工作赚钱很多年了。

肖让还看着她，她这才察觉自己沉默太久，忙说："不用了。我不用礼物，我也……没有生气。"

"真的？"

当然是假的。她确实有点生气，因为早上的事，更因为他刚才当众拉自己出来。经验告诉她，女生但凡跟他走得近，就会被大家格外关注，她并不想出这种无谓的风头。

可看着男生乌黑的眼眸，那股气就像是被一阵风吹散，怎么也凝聚不起来了。

算了。也许真像关越越说的，怪她自己长得太大众太普通，才会让人两年都记不住。

"真的，本来也没什么好气的。"

肖让长舒口气："太好了，我还以为……班长不愧是班长，大度！大气！"

他又露出了灿烂的笑容，比身后的阳光还要耀眼，她忽然不敢多看，躲避似的低下头："但是，我的衣服怎么办，这一整天总会被看到的……"

在教室还能藏，出门就没办法了，她总不能一路上都用书挡着吧。

肖让也看向她的衣角，那签名怎么看怎么碍眼。他现在生怕被人知道自己今早做的蠢事，而这就是如山铁证，他只想赶紧把它销毁！

让他庆幸的是，受害人也是这样的想法，而且看起来比他还要迫切："不然，我去洗洗看吧，也许能洗掉！"

她说着就要走，他连忙拦住："我用油笔签的，哪那么容易洗掉！而且你衣服湿了，在学校里也没法吹干，会感冒的！"

那你说怎么办！她有点愤怒地看向他。

肖让灵机一动，打了个响指："有了。"

沈意疑惑，男生没有看她，而是倾身靠近。沈意下意识屏住呼吸，却依然闻到了淡淡的香味，是男生身上散发出来的，像是洗衣粉的味道，还是香水？班上的男生都不会用香水这种东西，但他是会的吧，之前还在微博上给一款国际大品牌的香水做过广告……

她胡思乱想，肖让的手已经落到T恤两端，T恤是柔软的棉布，他握住拉长，灵巧一翻，迅速在腰侧打了个结。

T恤本来是简单的款式，被这么一弄，顿时变得俏皮起来，最关键的是，签名被藏在了那个结里。

他满意道："这个样子，就不会被人看到了！"

沈意最终选了和肖让一样的借口，告诉别人他们出去是为了谈学校对肖让这种特殊情况的一些新安排，这倒确实是身为班长的她会负责的事，连陈瑶瑶都没疑问了。当然，她眼神里的不情不愿，沈意就装没看到。

倒是关越越，本来还想问衣服的事，不过沈意借着上课，直接给她岔开了，然后她就忘了。

第一节课是地理，第二节课是数学。虽然才开学一天，但高三了，也就不存在什么给你点时间进入状态的情况了，老师们一进教室就直接翻开课本，进入正题。

连上两节，沈意课间连厕所都没去，当第二节课的下课铃打响，她大大地伸了个懒腰。接下来是课间操，终于可以出去活动活动了，不然这么坐一个上午，人都要僵了。

她转头想叫杨粤音，却发现她翻出两个口罩，正跟关越越一人一个往脸上戴。

"你干吗？"沈意惊讶道。

"挡脸啊。"杨粤音比她还惊讶，"你不会忘了吧，王子今天也要去做操，你想被那群'王子迷'拍进去？"

沈意这才想起来，是啊，肖让来学校了，所以他今天也会去做操。这本来是很自然的一件事，对他来说却不自然，因为他有一群无孔不入的粉丝。

七中操场与外面并不是用围墙完全阻断的，而是修了铁栏杆，所以从高一开始，就经常有粉丝跑到外面蹲守，就为了看他做操。这一举动直接导致站在他周围的同学集体崩溃，因为那些粉丝不仅围观，还会拍照！不仅拍照，还会把照片传上网！

虽然后来在别的粉丝的谴责下，明目张胆拍照的人少了，即使有照片也会给他周围的同学打码，但大家还是不能淡定，尤其是女生。

当然，这也很好理解。试问，天底下有哪个妙龄少女在知道暗地里可能有十几台相机对着你时，还能坦然自若呢？

放眼教室，像杨粤音这样戴口罩的还算保守操作，陈瑶瑶早就拿出个小化妆镜在那儿补妆了，还有女生在重新梳头发，大家都很忙。

杨粤音递过一个口罩："要吗？"

"谢谢，不用了。"

"真的？"

"真不用。"

"我提醒你啊，距离她们上一次看到肖让做操，已经四个月了，所以，她们今天拍照的可能性非常大！"

沈意和杨粤音对视两秒，终于妥协："算了，也给我一个吧。"

果然，一到操场就看到栏杆外已经围了一群女生，甚至比早上堵校门的还多一些。沈意还没走到班级队伍的区域，就听到人群中忽然爆发出尖叫，扭头一看，果然，肖让跟张立峰一起，从另一边过来了。

他并没有回应外面的粉丝，仿佛那些女孩不存在似的，自然地走到班级队伍的后面，继续和张立峰说笑。

远处是翘首而望的粉丝，周围是好奇打量的同学，他就这么站在人群中心，竟真有了遥不可及的明星气场。

某个瞬间，他像是察觉到了什么，目光一转，越过拥挤的人群，和沈意对了个正着。

和煦的晨光里，少年双眸乌黑，包裹着两团小小的太阳，像晶莹的琥珀。

她的心跳猛地漏了一拍。

仿佛做坏事被人发现了，她整个人都慌了。她刚在心里庆幸，还好还好，戴了口罩，他应该认不出来，就见他视线下滑，在她腰侧那个漂亮的结上转了一圈，眼中溢出笑意。

她怎么忘了，这里所有人都穿着校服，就她没穿，还被他搞了那样的改造，别说戴口罩，戴头盔他都认得出来啊！

肖让用口型说："班长好。"

班长不是很好。沈意转过头，目不斜视，一本正经，仿佛刚才什么都没发生。

然后，伴随着"第九套广播体操现在开始"的声音，课间操就在这种神奇的气氛下开始了。

栏杆外不时传来欢呼，对此非常有经验的七中同学不用回头都能从她们的呼声的音量判断出，嗯，看来肖让转身了；嗯，现在是下蹲了；好，这一次肯定是原地跳跃了……

"你们一个个的，像什么样子，口罩给我摘了！"操做到一半时，来看情况的乔蕊不满地说道，"沈意，怎么连你也这样？"

隔着口罩，杨粤音瓮声瓮气道："乔老师，我们只是合理保护自己。你看，那边还有化妆的呢，你怎么不管她们啊？"

乔蕊扭头，果然看到好几个一看就是化了妆的女生。七中不允许女生化妆染发，但只要别太过分，老师们也就睁一只眼闭一只眼了，所以跟她们比起来，还是杨粤音这种戴口罩的更醒目。

杨粤音见状，认真说："乔老师，你就不紧张吗？那些女孩子真的会拍照的，虽说放上网都会给我们打马赛克吧，但私下传播时可不一定啊……想象一下，你的各种角度的照片，在一群不认识的年轻女孩手机里发来发去，从这个群传到那个群，从QQ传到微信，不晓得多少人看过了，可你自己甚至都不知道自己被拍成什么样子……"

乔蕊打了个寒战，下意识抬手挡脸。杨粤音"扑哧"一声笑出来，旁边沈意和关越越也在憋笑，乔蕊回过神，另一只手点点她们："挺厉害啊，敢戏弄老师了。我告诉你，我才不怕这种无聊的事呢！"

话是这么说，可直到她离开操场，那手都没有放下来过……

一直都是这样。

只要有肖让在，他身边的人就会不可避免地受到影响，哪怕是老师。这样一想，沈意就觉得自己今天的一点点失态也不算什么了，毕竟比起绝大多数同学，她已经沉着冷静太多。

说来说去，还是因为早晨那个意外，明明之前两年一点事都没有。不过沈意心态很好，肖让两年都没记住她，今天的事估计要不了几天也会被他忘了，到时候她就又可以过上看书做题的平静生活了。

但她的幻想在当天傍晚被无情打破。

教师办公室里，沈意看着手中的表格足足一分钟，终于艰难问道："乔老师……这是什么意思？"

"怎么了，这是本学期的座位表啊。"

5班每学期开学都会重排一次座位，由班主任乔蕊全权决定，两年下来大家都习惯了。

"我知道。可是，为什么表格上写着我和……肖让坐同桌？您没弄错？"

是的，白纸黑字，写得清清楚楚。

她的名字在教室右侧靠窗的位置，而她旁边，赫然是"肖让"两个大字！

他们被排成了同桌！

沈意脑子里乱糟糟的："之前肖让不都是自己坐的吗，怎么会忽然给他安排同桌？"

"之前肖让一个人坐，是因为班上有49个人，无论怎么排都会有一个落单，他来学校的时间少，所以才让他单独坐。但你忘了，张璐这学期回乌鲁木齐了，她要在那边高考，所以，咱们班现在是个双数，谁都有同桌。"

"可，为什么是我……"

"因为你是班长，学习又最好。"乔蕊的表情仿佛是她问了什么傻问题，"肖让虽然是明星，但也要参加高考。他平时太忙，就算有家庭老师，成绩也一直上不去。老师安排你跟他一起坐，就是想让你多帮帮他……哦，你放心，不会耽误你多少时间的，毕竟就算是高三，他来学校的时间也不会很多。"

乔蕊见沈意表情不对，终于觉得奇怪："你不会是不愿意吧？你不想跟肖让一起坐？"

她说完就在心底否定了。不可能，看肖让现在在年轻女生中受追捧的程度，她毫不怀疑整个七中的女生（可能还有男生）都会为了争夺跟他同桌的机会打起来，会有人不想要？

只要是个高中女生，她就会想要！

她正想让沈意把座位表拿到教室，事情就这么定了，却猛地听到女孩说："我不愿意。"

乔蕊诧异地抬头。

那边沈意也很紧张。以她的性格，极少做反抗老师的事，但她知道如果现在不说，等她真和肖让坐到一起，再想改就难了！

所以，她甚至加重了自己的语气，重复道："乔老师，我不想和肖让同桌，我也不想帮助他学习。"

乔蕊愕然地盯着她，像是被她的"冷酷无情"震住了，一时不知道说什么。

下一秒，她表情一变，越过她看向她的身后。

沈意疑惑地回头，然后身子猛地一僵。只见办公室门口，肖让一手扶着门把，不知道来了多久。

四目相对。

片刻后，男生举起双手，做了个投降的姿势："抱歉，我过来拿数学作业，不是故意偷听的。"

高一、高二上两节晚自习，高三加一节，10点半放学，所以这天晚上，沈意到家时已经11点了。

她疲惫地打开家门，却发现厨房的灯亮着，不由得喊道："妈妈？"

楚慧从厨房里探出半个身子，笑着说："回来啦，妈妈做了消夜，吃了再去睡。"

是桂花糯米圆子，一个个小小的，清甜可口，在这样的深夜显得格外诱人。沈意本来就饿了，闻到味道顿时肚子咕噜噜地叫，吃了几口才问："妈妈你怎么在家啊，今晚不是要上夜班吗？"

楚慧是市妇产医院的护士，平时工作忙，经常要加班轮大夜。

"跟人换了。你今天第一天上课，怕你回来肚子饿，给你做点吃的。"

"什么第一天上课，我又不是第一天上高中，都高三了，你还怕我不适应啊？"沈意说，"跟人换班又要欠些人情，下次不要了。"

面对女儿的教诲，楚慧点点头，虚心受教："好，下次不了。"

不过沈意知道，说再多遍，妈妈也不一定听，她轻叹口气。客厅的电视开着，广告播完，忽然听到一个熟悉的声音。

"哎，小意，这不是你同学吗？"楚慧看着电视，惊喜道。

电视上播放的正是最近的热门综艺《飞翔吧，少年》，肖让和另外四个年轻男明星担任常驻嘉宾，节目内容则是这五个人在全国各地不同的城市闯关历险，完成节目组设置的挑战。其实不算多有趣的节目，游戏环节时常无趣，只是因为嘉宾都是时下人气颇高的小鲜肉而在网上狠刷了一通存在感。尤其是肖让，每期节目一出来，他的高清美颜截图就会在微博上被疯狂转发。

这是重播，放的是第一期北京站的内容。肖让站在长城上朝远处的队友大喊，蓝天白云、清风山岗，他穿着白衬衣和黑色牛仔裤，额前戴着条红色的发带，几缕刘海垂下，远远看去，真如漫画中走出来的美少年。

沈意的心却猛地一沉，几乎是有点慌乱地拿起遥控器换了个台。

"怎么了？为什么不看了？"

"我……看过这期了。"

"我没看过啊。调回去，我还想看看肖让呢。"

楚慧很喜欢肖让。两年前沈意刚考进七中，她知道他们俩在一个班，就曾向往地说："肖让就是那个在《妈妈日记》里演儿子的小孩吗？他都读高中了啊，小伙子长大了，你不知道他小时候多可爱……哎，小意你努力一下，搞不好能跟他当朋友呢！"

当时她的语气就和现在一样，透着那么股慈爱，仿佛那才是她的亲儿子。

沈意忍不住想，如果她知道自己今晚刚拒绝了和肖让同桌的机会，会是什么反应……

傍晚办公室的场景又在眼前浮现，她怎么也没想到，自己难得背后说人一次坏话，就被逮了个正着！

不不，沈意在心里纠正自己，她只是说不想跟肖让同桌，可没说他的坏话。

尽管，这两者好像也没多少区别了……

想到自己一脸冷漠地说"不想帮助他的学习"，沈意都不敢去猜肖让的想法，他会怎么看她？一个只顾自己，对同学漠不关心，没有半点友爱的自私班长？

如果当时解释了还好，可事实上她非常怂地跑了，一句话都没敢说，在经过他的时候头埋得低低的，后来一整个晚自习也没敢往他的方向看哪怕一眼。

简直废物！

沈意在床上翻了个身，借着月光看到床头闹钟显示已经凌晨1点了，她还没睡着。捂住额头呻吟一声，她猛地翻身坐起。不行，不能这样下去。逃避不是办法，她要去找肖让解释清楚。早上他认错了人，都能大大方方地道歉，她也一定可以做到！

就像他那样，像个大人一样！

沈意下了决心，第二天早早去了学校，然后……一整天都没找到机会。

开学第二天，整个高三年级进行了一次摸底考试，第一天考语文和数学，第二天考文综和英语。通知来得突然，大家被打了个措手不及，一进教室就开始疯狂背书。

杨粤音一边背一边崩溃："你说学校有没有意思啊，提前告诉我们会死吗？偏要打突击战！"

关越越说："我现在没空管学校，我感谢天感谢地感谢命运，这一次考试，肖让来了！"

关越越的喜悦简直要喷涌而出。闺密三人组里，沈意成绩常年雄踞年级第一，杨粤音在中间徘徊，关越越最惨，总是全班垫底。也因此，每次考试她都盼着肖让来，因为作为一个一学期也上不了几天课的人，只要肖让来参加考试，他就是全班倒数第一；他要是没来，关越越就是倒数第一。

关越越直呼："真的，我觉得全年级没人能比得上我对王子的感情！连陈瑶瑶都不能！"

沈意、杨粤音心想，这个她们的确不能。

沈意最重视学习，一见有考试立刻把别的事都抛到一边，早上和中午的休息时间都在复习。一直到下午数学考完，晚自习上同学们都看起了第二天的英语和文综，她才终于分心想到了肖让。

起因是关越越过来问她一道英语完形填空题，结束后忽然说："哎，我们这次怎么还没换座位啊，以前都是开学第一天换的啊。"

沈意正在喝水，闻言一口呛到，关越越忙拍拍她的背："你怎么了？当心点。"

沈意不自觉地往教室后面瞟。昨晚她落荒而逃后，乔老师只在第三节晚自习来巡视了下教室的情况，却没有提换座位的事。沈意了解她，知道她应该是被自己拒绝后，一时不知道怎么办，才把事情先搁置了下来。

外面是沉沉黑夜，头顶的日光灯照得教室恍如白昼，肖让坐在最后一排，正戴着耳机一边听，一边低声念诵。他是在背单词，还是在练听力？

沈意知道，外界对肖让日程繁忙而很少来学校一直有非议，认为他荒废学业。也不单是他，对他们这个年纪的明星，这样的质疑从未断过。但她看到，虽然肖让来上课的时间少，但只要他来了，都在很认真地学习。

后面的时间，沈意都有点心神不宁，到放学才发现复习笔记居然只翻了几页，胸中顿时又充满了对自己浪费时间的懊恼。

她决定不再拖延，今晚就把事情解决，所以当杨粤音和关越越叫她一起走时，她谎称还有事，让她们先离开。同学们接二连三地走了，教室里的人越来越少，她还在假装收拾东西，凑巧的是，肖让也一直没走。沈意深吸口气，站起来转身往教室后面走去，同时在脑海里不断背诵自己准备了一晚上的话。

然而，没等她走近，肖让已经站了起来，把书包往肩上一甩。他看到了她，扬眉一笑，说："班长，我先走了。你也早点回家啊。"

然后，头也不回地离开。

空荡荡的教室里，沈意看着男生离去的背影，迟迟没有回过神。

被讨厌了。

沈意无精打采地走出学校。高三年级本来就放学最晚，她又拖延这么久，校门口已经没什么人了，连路边的小吃摊都开始收摊。沈意无意识地看着前方，脑子里还在想刚才的事，她觉得自己肯定是被肖让讨厌了，只是他不想当面说破，所以才一看到她就立刻离开。

沈意有点难过，还有点委屈。她很想抓着肖让跟他说清楚，她不是他以为的那种人，同学们找她讲题，要借她的笔记，她从来没有拒绝过。可立刻她就想到，肖让都不愿意理她了，他们打交道的机会又那么少，恐怕他要带着这个印象离开高中了。

也许，等到多年以后，他拿了影帝，开了公司，成为天王巨星，走上人生巅峰，都会记得自己有一个——自私自利的班长！

"小妹妹。"

前方忽然出现一个身影，正好挡住她的路，沈意茫然地抬起头，只见对方是个三四十岁的中年男人。路灯的光斜斜照过来，这条路上安静无人，沈意还没来得及问他有什么事，就见男人解开风衣，露出里面裸露的身体。

她脑袋里像是有无数炸弹炸开，不敢相信自己看到的。想跑，可身体像是被冻住了，巨大的冲击让她丧失了反应，只能傻傻地站在那里。

她已经恐慌到了极点，男人却又向前了一步，像是要向她逼近。

她一瞬间魂飞魄散！他、他、他……他要做什么？别过来，不要靠近她……救命！

一只手忽然从后面伸过来，一把盖住她的眼睛。她听到男生愤怒地骂道："脱什么脱，有病滚回家治！信不信我报警！"放完狠话，他又低下头，用清风般温柔的声音对她说，"别怕，我在这儿。我会保护你的。"

暴露狂本来就只是想恶心人，被肖让一骂，一边尖声大笑，一边迅速跑远了。肖让追了两步，还是不放心，又折回女生面前，轻声说："好了好了，没事了。"

路灯的光线里，女生小脸煞白，她怔怔地望着他，像是不认识他似的。然后慢慢地，她的眼眶红了。

肖让一下子手足无措。他最怕女孩子哭，见状简直有拔腿就跑的冲动，可想到刚才的事……唉，小女生突然撞上这种变态，是会被吓哭的……

不该让那个人跑了的！

他在校服口袋里摸了摸，还好，他有带纸的习惯。他本想帮她擦眼泪，她却吓得后退半步，他的手尴尬地举在半空。

沈意见状，终于回过神，低着头接过纸巾，擦干眼泪后轻声说："谢谢……"

然后就是沉默。

沈意揪着纸巾，脑子里乱糟糟的。肖让怎么会在这里，他不是先走了吗？刚才幸亏有他在，不然她就惨了。可是，这是不是也就意味着，刚才的事他也看到了……

青春期的女生，遇上这种事情已经很害羞了，还被同龄的男生看见，她现在是双倍的窘迫。

肖让对她的心情心知肚明。他也尴尬起来，刚想说点什么，身后却又传来声音。他只回头看了一眼，就立刻抓住沈意的手，把她往旁边带。

沈意不解："干什么……"

"别出声！"

路边停了辆黑色轿车，两人刚在后面蹲下藏好，就看到几个女生从前面经过。其中一个穿着白T恤，背单反的女孩说："他真的走了吗？我们没看到他出去啊。"

"校门都关了，他肯定已经走了，今天是等不到了。咱们明天再来吧。"

明天还要来？肖让痛苦地闭眼。

他返校第二天，来围观的粉丝不如第一天那么多了，晚自习下课时已经很晚，大部分粉丝都走了。但他出来前观察了下，学校外面依然有几个执着的粉丝在蹲守，为此他不得不继续翻墙出逃。

"你粉丝啊？"旁边的沈意问。

肖让见人已经走远，这才回道："嗯。要是只有我一个还没什么，你也在，被拍到就惨了。"

惨？她还不够惨吗？

沈意这么想，但经过这个插曲，她终于从那种受惊惶恐的情绪中缓过来，陡然发现自己和肖让的姿势有点奇怪：身子蜷缩着的，并排蹲在汽车后，小心翼翼地朝外面张望。

沈意忽然说："你觉不觉得，我们好像小孩子捉迷藏啊……"

肖让略一沉吟，诚恳道："我觉得，更像做贼。"

两人面面相觑，"扑哧"一声，同时笑了。

在笑声中，沈意忽然觉得奇妙。

这样的夜晚，她居然和肖让这么躲在车后，而就在刚才，他才从变态的骚扰下救了她。

路灯的光线里，男生侧颜俊朗，像一幅画。明明只是阴暗的角落，但他所在之处，便美好不似人间。

沈意忽然说："昨天的事，对不起。"

肖让一愣："什么？"

"昨天在办公室，我跟乔老师说不想当你的同桌，没有别的意思。我只是，有一点紧张……"肖让看着她，女生却躲开了他的目光，垂着头，手指绞着书包带子，像是对后面的话很不好意思，"就像刚才一样，你太受关注了，我怕和你走得太近，也会被大家盯住不放……我不喜欢这样……"

没有说出来的话是，我不是不想教你功课，也不是自私的班长。所以，你可不可以，不要讨厌我……

"原来是这样。"肖让半靠着车身，摇头笑了，"我还以为你讨厌我呢。"

沈意诧异地抬头，完全没想到他会这么说："讨厌你？我为什么会讨厌你？"

肖让想起昨天傍晚，自己陡然在办公室听到那位看起来安静和气的班长一脸冷漠地拒绝跟自己同桌，当时他的第一个想法是，完了，他是在哪里得罪过她吗？

早上的事已经道过歉了，难道之前还有前科？他想来想去也想不出来，不过好在他对这种事已经习惯。

肖让耸耸肩："我也不知道，但我已经习惯无缘无故被人讨厌了。"

沈意看着肖让。她听懂了他的言外之意，像是第一次明白，眼前的男生是被千万人喜欢的大明星，但有喜欢就有讨厌，他的"黑子"也从来不缺，他们对他的辱骂攻击一直不断。

他享受了荣光，也承受着许多本不该他们这个年纪承受的压力。

片刻后，她轻轻说："我不讨厌你。我还怕你讨厌我呢……"

"我为什么会讨厌你，因为你不肯教我学习？"

肖让玩笑似的说完，却发现沈意表情不对。他沉默一瞬，不敢相信自己居然一猜就准："就算你不想教我学习，我又有什么立场生气？高三了，大家的时间都很宝贵，你也没这个义务……你居然还为了这个跟我道歉？"他终于乐了，"沈意同学，班长大人，你一直这么乐于助人吗？"

他的表情，就好像她做了什么蠢事。沈意恼羞成怒："你不生气，那刚才在教室里，为什么我一过去你就走？"

"我以为你是我的'黑粉'，所以自觉躲远一点啊。"

"那你还不是跟我一样？"

"但我不是怕你生气，我主要是怕你对我做点什么，伤害到我……"

"肖让！"

女生声音清脆，像檐角的风铃，叮咚一声，敲碎寂寂无语的深夜。

肖让举起手，做投降状："我错了。"

男生看似乖顺，眼中却闪烁着笑意，他就这么盯着她，沈意有点扛不住，视线下移，看到他纹络干净清晰的掌心。

刚才，就是这只手，挡在了她的眼前。

那一刻，他就像电影里从天而降的盖世英雄，为她挡退一切危险。

心跳忽然漏掉一拍，沈意摸摸脸，发现自己的脸颊和耳朵都在隐隐发烫。

什么情况？

"不早了，还是快点回家吧。"肖让忽然开口，吓了她一跳，"你住哪儿？我送你吧。"

"不用了，我自己……"

"你还想自己回去？"

沈意一顿。她现在确实有点害怕再一个人，可让肖让送她也不合适，被人看到就麻烦了。再说了，他也不可能每天都送她，她总是要自己回家的。

沈意点点头："我可以自己回去，你放心，我家不远，我打个车很快就到了。"

肖让有点惊讶。很少有女孩子遇到这种事，能这么快调整好的，而且她也不是不害怕，明明刚才都吓哭了。

片刻后，他说："我刚刚想得不对。"

"什么？"

"你和一般的小女生还是不太一样。"

第二天下午，文综考试结束后，沈意去办公室拿试卷，乔蕊同时递给她一张表格。

"这是……座位表？"

"对，新的。"乔蕊说，"我调整了一下座位，你看看现在怎么样？"

说是调整，改动其实很小，沈意还在靠窗的位置，肖让被排到了教室中间，和数学课代表宋航一起坐。

乔蕊见她不说话，以为她是为调整座位的事内疚："没关系的，之前的座位你不喜欢，咱们就换一下，都是小事。"沈意抿唇，乔蕊继续说，"肖让那边你也不用担心，一会儿我帮你跟他解释一下。他脾气好，不会生你的气的。"

不会生气，她当然知道他不会生气。

同学们都吃完晚饭回来了，因为刚考完试，大家还不想立刻开始看书，教室里打打闹闹，还在外面就听到嘈杂声。

肖让正在和经纪人发微信。他每次来上课，都让经纪人他们尽量不要打扰他，但工作上的事说不准，时不时就需要他做个决定。

比如现在，经纪人就问他，临时有个通告，周六能不能飞一趟长沙。他这次返校是打算多待几天的，周六飞长沙，那岂不是刚上完这周的课，就要立刻开始工作？

肖让还在纠结，却见乔蕊拿着东西走上讲台，朝下面拍了拍手："哎哎哎，都差不多了啊，静一静，马上上晚自习了。"

大家发出抗议的呼声，乔蕊这才换了个表情，笑着说："不过呢，晚自习前，我们还有一件事要做。这是这学期的座位表，我放在这儿了，都赶紧上来看看自己的新同桌吧。"

这次没有在开学后第一天换座位，之前也有同学疑惑，不过大家都理解成因为开学考试推迟了。现在该来的果然还是来了，大家纷纷拥上讲台，虽然换座位也没什么意思吧，但和学习比起来，还是这个要好玩一些。

座位表啊。肖让手托着下巴，心想不知道乔老师给自己换的新同桌是谁。他了解乔蕊，那天晚上没有按计划换座位，他就知道她肯定是在调整座位表了。

他下意识看向沈意，她应该是提前看过表格的，已经带着书包搬去了自己的新座位。她坐下后回头一看，恰好和他的目光撞上，她像是受惊一般，立刻转开，若无其事地左顾右盼。

什么情况？肖让眉头微皱，有点疑惑。

讲台上忽然发出惊呼，杨粤音抬起头，不可置信地说："小意，你、你、你……你跟肖让同桌？"

满室哗然。

肖让惊讶地坐直身子。

那边，沈意坐在座位上，感觉浑身都绷紧了。

她想起十分钟前，办公室里，她对乔蕊说："乔老师，我想过了，前天我是一时紧张才会拒绝，现在我想说，我愿意和肖让坐同桌，也愿意帮助他的学习。"

沈意不知道自己为什么会说出这番话，也许是感激他昨晚对自己的帮助，又或者只是不想因为自己而影响老师的决定，显得太特殊。

但无论当时的原因是什么，现在，此刻，在全班同学的注视下，她真的怵了。她几乎想冲上去对乔老师说，这局不算，我们还是按另一张表来吧，但理智克制住了她。

心中唯一安慰的是，至少肖让不知道中间发生了什么，不知道会这样是因为她又去找乔老师说了她愿意。

他应该不知道……吧？

这样想着，她再次回头，却发现肖让也在看她。他的表情有点惊讶，眉毛上挑，黑眸倒映着灯光。

然后慢慢地，他唇角勾起，朝她露出一个笑。

沈意一瞬间汗毛倒竖，满脑子只有一个想法：他猜到了，他猜到了，他猜到了！

下一秒，肖让起身，在众人震惊的目光中，拎起书包甩到肩上，大步走到女生面前。她腰背挺得笔直，坐得跟个小学生一样规矩，似乎想以此来掩饰内心的紧张，可一双眼睛却怔怔地看着他。

肖让粲然一笑，在旁边的位置坐下，然后转过头，朝她伸出手，说出今天两人之间的第一句话："多多指教啊，新同桌。"

"哎，听说了吗？5班调座位了，肖让这次有同桌了！"

"什么什么？谁？谁跟他同桌？"

"就沈意啊，文科班老考年级第一那个。是真的，我刚去5班门口偷看了，座位都换完了！他们两个真的坐在一起！"

"我不信！肖让怎么可能有同桌！他怎么可以有同桌！我这两年都是靠着虽然没跟他一个班，但至少他也没有同桌的信念撑过来的，现在让我怎么活？"

"原来年级第一就可以和肖让当同桌吗？为什么我当初没有好好学习？妈妈，我错了，错得太离谱了……"

开学第一周，七中高三年级最大的新闻除了开学考试，恐怕就是一直备受关注的5班重排了座位。这一次，肖让不再像之前那样孤零零坐在教室最后，他不仅有了同桌，这个同桌还是个女生！

少女们长歌当哭！

本来5班的女生就一直被全年级乃至全校的女性同胞嫉妒，大家认为她们的运气太好了，可以近距离接触大明星，如今，居然还有一个人可以名正言顺挨着他坐。

这是什么？这就是传说中的天选之子啊！

"朋友，你已经成了全校公敌。"饮水机前，杨粤音深沉地说道。

沈意接完水，拧好盖子才说："只是全校女生的公敌吧？"

"有区别吗？"关越痛心疾首，"那些女人疯起来，你可不要小瞧，我现在真的怕你被拖到草丛里打！"

"对啊，你以为别人都像我们关系这么铁？看着你飞上枝头变凤凰也不嫉妒，这是怎样的深情厚谊啊！"

杨粤音说完，发现沈意默默盯着自己。她有点心虚，比画道："好吧，我承认，有那么一点点嫉妒……"

事实上，还要再多一点点。自从昨晚她第一个喊出沈意和肖让同桌，就很想抓住沈意肩膀使劲摇晃，大声质问她怎么可以独占男神。不过她很快想通了，沈意和肖让坐了同桌，自己是沈意的闺密，岂不是也更好接近他了？

那句话怎么说来着，一人得道，鸡犬升天！

沈意看着陷入畅想的好友，默默转身。

也不怪她们发疯，自从她和肖让同桌的消息传出去，这一个上午，她走在走廊都能感觉到别人的目光，上个厕所都会被围观。

一切就和她当初担心的一样，因为和肖让走得近，她也瞬间成了年级的话题人物。

但对她来说，这还不是最要命的。

沈意现在的位置在教室靠窗那组的第六排，她走过去，只见两张桌子并排摆在一起，椅子上都没有人。刚在里面坐下，放好杯子，就看到肖让也从外面进来，在旁边坐下了。

沈意下意识地呼吸一紧。

她并不像表现出来的那么镇定。从昨晚到现在，不仅全年级女生在承受着冲击，身为"天选之子"的她本人，也迟迟没能从巨大的冲击中缓过来。

一个班48人，每个人的座位其实是比较宽敞的，他们的椅子也没有紧紧挨着，但沈意觉得，身边有一个人的感觉前所未有地强烈。

手指抓着中性笔，她默默想，一天一夜了。

从昨天晚自习到现在，他们已经有一天一夜没有说话了。

在他们成为同桌后。

沈意觉得，一定是老天看她之前两年过得太顺了，才会让她到了高三还遇上这么多挑战。

肖让当时说了那句"多多指教"，她却因为心虚躲开了他的手，接下来整个晚自习都在闷头狂做题，等放学回了家才反应过来，坏了，她是不是心虚过头了？

其实如果没有中间的周折，他们一起坐就一起坐了，可先有了她的拒绝，再改口说愿意，她就觉得仿佛自己承诺了什么似的，有一股说不出的窘迫。

但毕竟是同桌，他们不可能从此不说话，她当时明明可以自然地接过话题，假装什么都没发生。可她这个态度不是摆明了告诉他，是，他的猜测没有错，她真的去找了乔老师，而且对这件事非常在意……

沈意捂住脸，头一次质疑起自己的智商。

上课铃响了，同学们都回到座位。这一节是数学课，身穿铁灰色衬衣，黑发有点凌乱的数学老师拿着讲义走进教室，第一句话就是："把暑假最后一周布置的那几套卷子拿出来，这节课我们评讲试卷。"

沈意从一大堆资料里翻出试卷，摊平放好，却听见旁边一个声音："高老师，我没有这套卷子。"

全班看过来，只见肖让举起了一只手，有点不好意思地说。

虽然老师们没有硬性要求，但肖让的作业如果他自己没时间来拿，他的助理和妈妈也会来帮他拿。不过这几套题是假期的最后几天高老师通过班级QQ群布置的，学生们自己去打印，肖让应该是没注意到吧。

沈意在他举手那刻就浑身一凛，果不其然，高老师一见是他，便随意地挥挥手："那你和沈意一起看吧。"

不用回头，沈意也能感觉到女生们瞬间火热的目光。

她默不作声把试卷往中间一推，肖让露齿一笑："谢谢班长。"

老师开始讲题，沈意很想专心听，思绪却越来越无法集中。

现在是夏季，他们穿的夏季校服是短袖，纯棉的白色T恤，只在袖口和底部镶了一圈蓝，露出男生小麦色的手臂。他平时应该有健身习惯，胳膊平放在桌上，能看到小臂隐隐的肌肉线条。

还有男生的身体，若有若无的热度传来，从昨天晚上开始就一直煎熬着她……

"翻页了。"肖让提醒。

沈意这才发现老师居然已经讲完了第一页，而她不知走神到哪儿去了。为了掩饰，她一边翻页，一边低声说："你没有卷子，直接跟我说就是了，干吗叫老师……"

"是吗？我看你不理我，担心你不愿意跟我看一套卷子。"

所以，你就让老师来命令我？

女生用眼神控诉，肖让一笑："对了，这就是开学那天他们抄的那个卷子吗？"

是，还是沈意连夜赶出来的。

肖让想起自己当时被全班无视的惨痛经历，问："你既然做完了，为什么不提前拍照给大家呢？这样他们就不用等你了。"

后来张立峰拿到卷子，也是先拍了照发到班级群里，否则一份卷子全班三十几个人轮流抄到晚自习也抄不完。

沈意握着笔在卷子上随意画了一下。她当然可以自己拍，但她心里其实并不喜欢抄作业这种事，只是不想看到大家没完成作业被老师骂，才同意拿出来，但让她拍照是绝对不行的。

抄作业界也有职业道德，同学们理解她这种掩耳盗铃的心情，宽容地没有戳破。

肖让明白过来，有些惊讶。连抄作业都不喜欢，这位班长真是有点小书呆子了，可明明是这种性格，却又勉强自己配合他们，一人带全班。

他诚恳道："班长大人，您真的很乐于助人。"

这个口吻，让她想起那天晚上，两人蹲在汽车边的对话。沈意抿了抿嘴：

"胡说八道，让他们抄作业才不是帮他们呢。"

话是这么说，她还是没忍住，唇边溢出了一丝笑。

经过这节课，沈意觉得她和肖让之间的尴尬缓和许多，她开始觉得是自己之前想太多了，就算被肖让看出来又怎么样呢？她是基于同学情、同学爱才答应和他坐同桌的，没什么好心虚的。

现在的状态很好，保持下去。

中午放学，沈意心情挺好地和朋友一起去食堂，却忽然被后面过来的人撞了一下。

"哎，你干什么！"杨粤音大声说。

关越越扶住沈意，那个人撞得太狠，她差点摔倒，莫名其妙地问："什么情况？"

"是陈瑶瑶。"杨粤音翻个白眼，"我看她就是故意的，嫉妒你！"

"嫉妒我……什么？"

杨粤音的眼神仿佛在看白痴："你说呢？"

哦，肖让。

沈意知道自己引起了很多人的嫉妒，但都只是小女孩，大家也就私底下议论一下，还没人跑到她面前说什么。

现在看来，陈瑶瑶是忍不住了。

沈意安慰自己，陈瑶瑶就是一时生气，毕竟她一直以来都是跟肖让走得最近的女生。现在她撞也撞了，该消气了吧？

然而事实证明，让陈瑶瑶消气没那么容易。

"我说了，我不是不想交。我只是不明白，都高三了，还要这么多班费做什么？"

午自习还没开始，教室里只有零零散散十几个同学，他们是提前回来复习的，这会儿却全无心看书，看向同一个方向。

沈意感觉到大家的目光，有点不自在，顿了顿才说："一个人一百块，也不算多啊。"

她今天中午是提前回来的，因为要整理这学期的班费，开学那天就通知了大家，几天下来都收得差不多了，只剩下这几个人。

没想到，就是这几个人出了问题。

陈瑶瑶和旁边的女生对视一眼，说："一个人一百块是不多，但48个人就是4800。高三又没有什么文艺活动，也不用出去玩，这么多钱花得完吗？"

"如果没有用完，毕业时会返还给大家的。"

陈瑶瑶撇嘴一笑，表情有点不屑。沈意耐着性子说："年级上都是这么收的，也不是只有咱们班收这么多，高三虽然没有文艺活动，但可能会统一买些资料什么的，很快就花完了。你现在这样是在担心什么？"

"不知道啊，我就是觉得，滥用职权、以权谋私的事，某些人也不是没做过……"

"你什么意思？"沈意终于生气了。

她一变脸，陈瑶瑶也火了："我什么意思你不明白？我都看到了，乔老师那儿明明还有一张座位表，肖让是和宋航一起坐的！是你，对不对？一定是你去跟乔老师说要跟肖让一起坐，她才改的，你还说没有以权谋私？"

陈瑶瑶越说越气。本来看到肖让跟沈意同桌，她就不高兴了一个晚上，但乔老师安排的，她也没话好说。谁知今天上午去办公室找老师问问题，却在她桌上看到另一张座位表！

她当即相信，这才是最初的座位表。不为别的，如果让乔老师安排，她肯定会让肖让和男生一起坐的。至于为什么会改，当然是沈意搞的鬼了！

她觉得这个人简直虚伪透了，平时装成一副对肖让不感兴趣的样子，私底下却搞小动作。就像开学那天一样，肖让还拉着她出去说话，一定也是她骗了他！

她本身就不是忍耐的性格，回来立刻和几个朋友说了，大家都义愤填膺。本来还不知道怎么办，没想到正赶上沈意收班费，陈瑶瑶立刻忍不住了，一定要揭穿她的真面目！

肖让刚走到教室门口就听到里面的争执，顿时一个头两个大。他没想到会出现这样的误会，更没想到乔老师做事这么不利落，作废的表格怎么能不赶紧处理了呢？她这样在他们娱乐圈是会捅出大娄子的！

他远远打量了一下沈意，只见女孩低着头，像是不知道怎么解释，不由得有点担心。

他大概能猜到女生的心思，知道她不想让人知道她从不愿意到愿意的心路历程，事实上他昨晚见她整个晚自习都不理自己，就后悔当时不该表现出来自己猜到了。好不容易借着数学课把这一页揭过去，现在陈瑶瑶又在闹什么？

他想了想，觉得当下只有自己出面承认，是他拜托乔老师换的位置这一条路了。

毕竟，沈意连拒绝给大家抄作业都做不到，他真的怕她被陈瑶瑶气哭。

然而没等他进去，就听到沈意冷静的声音："两张座位表都是乔老师安排的，我没有插手过。不管你信不信，这就是事实。"

沈意现在明白了，陈瑶瑶就是故意捣乱。

因为误会了她，所以一定要闹得大家都知道，这确实是她一贯的性格。

她用余光打量四周，陈瑶瑶的话大家都听到了，纷纷露出惊讶的表情，还有人在交头接耳，看起来像是有点信了。

沈意觉得难堪，还有些愤怒。一直以来，她牺牲学习时间做这些事，到头来却换来这样的恶意揣测。

因为这愤怒，她后面的话也没给陈瑶瑶留面子："至于为什么安排我和肖让一起坐，是因为乔老师认为我的学习成绩比较好，坐一起可以帮助他。你如果不服，也可以自己去找乔老师，看看她会不会帮你换座位。"

学习成绩一直中下的陈瑶瑶感觉像是被扇了一巴掌，脸上火辣辣的，又不知道怎么反驳，强撑着说："你少骗人了，宋航的成绩不好吗？为什么会换成你？"

"不知道，也许是乔老师觉得我的成绩比宋航更好吧。"

陈瑶瑶瞬间语塞。宋航虽然偶尔也能考到第一，但文科班的年级第一确实百分之八十都是被沈意包揽的。

沈意见状，不紧不慢又补了一刀："你们几个前两天不是才都抄过我的作业吗？怎么，现在准备翻脸不认账？"

抄人家手软，女生们顿时没脸再针对她，纷纷交了钱，躲回自己的座位。连围观群众都不好意思再看了，开玩笑，那作业他们可是都抄了的！

这么说吧，整个5班就没有没抄过沈意作业的人！

教室外，肖让看着陈瑶瑶小脸涨得通红，几乎要哭出来，再看看收了班费、平静回到座位的沈意，半晌，默默在心里竖起了大拇指。

人不可貌相。真是人不可貌相。

Chapter 2

高三和高一、高二比起来，有很大不同。

到了这一年，无论老师还是家长都会不厌其烦地告诉你，从现在起，你就是正式的准考生了。黑板右上角被辟出来一个区域，用红色粉笔写着"距离高考还有277天"，这个数字随着时间的推进不断变小。各科课程也在高二结束，到了高三全面展开复习，再也没有新的东西可以学，每一天都在重复、重复。

这样的情况下，明明还在同一个教室，教室里的氛围却悄然变了。即使是从前不太用功的学生，也开始念叨起了分数、名次，以及一年之后的高考。

也因此，开学考试的成绩出来后，大家的心情也和以往有些不同。

"541分，我这个成绩，只能保证过一本线吧？不对不对，如果明年分数线高点，连一本都悬了……"杨粤音看着算出来的总分，忧愁地叹口气。

"你可要点脸吧，一本还不够，咋这么欲壑难填呢？"关越越白她一眼，"不像我，只要能上本科，我就满足了，不然我怕我爸会受不了把我送出国，他最近每天都这么威胁我……"

杨粤音看看她本子上的"449"，同情地拍拍她肩膀，转头问："哎，小意你多少分？"

沈意顿了顿才说："我？632……"

杨粤音和关越越同时闭眼，表情沉痛。虽然总名次表还没出，但前几名大家自己也能排出来，宋航627分，周静书619分，看来沈意这次又是第一。

去年的全省文科状元也才651分，开学考试虽然不能等同于高考，但能当作一定参考，一轮复习刚展开就能考到这个分数……

关越越幽幽道："我不明白，我是怎么和你这种超级学霸成为朋友的。"

沈意却想到件事，走到了右边的一张课桌前，一个高高瘦瘦的男生正趴在桌上睡觉。

"宋航？"

过了十几秒，男生才抬起头，眉头微皱，一脸困倦。他像是连话都懒得说，只用目光告诉沈意，有话快讲，别打扰他睡觉。

沈意被看得有点紧张："有件事，我想跟你说……"

后面却怎么也说不下去，宋航见状，揉了揉头发，终于坐了起来："知道了，是你中午'舌战群雄'的事吧？"

他的声音低沉，带着刚睡醒的沙哑。一个班上藏不住八卦，中午她和陈瑶瑶争执时那么多人在场，很快全班就都知道了。不得不说，沈意给出的理由相当有力，原本还有很多对她和肖让同桌不服的女生，在听说乔老师是看成绩选人后，就纷纷死了这条心。毕竟论成绩，谁也不敢和"沈一姐"争锋。

只是沈意想到自己当时情急之下对宋航的评价，就有些不好意思。

宋航打量她表情："干吗，要道歉？你说得没错啊，我成绩是不如你，这次也是你比我考得高，就连你的暑假作业我也没少抄。"

"那是你不想做，又不是不会做……"

宋航有多爱偷懒，她太清楚了，明明他才是全班数学最好的那个，十次考试八次满分，却经常因为懒得写，跑来抄她的作业。

"一样一样。说起来，我还得谢谢你，要真让我和那个谁一起坐，我得被烦死。我看乔老师也清楚，知道我没耐心教人……"

宋航说到这儿忽然笑了："不过你也别有负担。他们这种明星艺人，通常都是高考前最后两个月才集中备考，之前考多少分都不重要。乔老师估计就是那么一说，不会指望你太多的。"

是这样吗？

晚自习前的读书时间，大部分同学都吃完晚饭回来了，教室里读书声琅琅，读英语的，背语文的，还有互相抽背政史地的，各种声音交织在一起，像一锅煮沸的开水。

沈意一手托着下巴，盯着旁边的座位。之前因为紧张，她没好意思多看，现在终于有空打量起这位新同桌的家当。文科班要背的东西多，资料书也多，几乎每个人桌边都摆了好几个箱子。比起来，肖让的东西要少多了，抽屉里放着课本，桌边只有一个深色的塑料箱，里面是各种资料。桌面很空，几张试卷上压着个藏蓝的笔袋，一支中性笔孤零零摆在外面。

但总的来说，和他们的课桌也没太大不同。

沈意凑过去一点，发现那卷子就是这次开学考试的试卷。她略一犹豫，刚伸手想抽过来，另一只手却同时出现，按住了卷子的另一角。

沈意抬头，肖让站在桌边，正扬眉看着她。

"你回来了。"

"班长大人是要抽查我的试卷吗？"

偷动别人东西被逮个正着，沈意有点尴尬："我只是好奇，你考了多少分啊？"

"嗯，这个嘛……"

"不能告诉我吗？"

肖让半真半假道："告诉别人是没什么，但对着你这样的学霸，我还真有点不好意思。"

"不会啊，反正大家都知道，你考得不好也不代表什么，只是因为你太忙了。"

肖让哈哈一笑："班长大人太会给我台阶下了，你这样我不说都说不过去了……"

沈意等了几秒，只见他摆出一副坦白从宽的表情，老老实实道："235分。"

沈意默然一瞬，真诚地说道："难怪关越越喜欢你。"

关越越的成绩其实不算最差，放到平行班没准还能捞个中等偏下，奈何他们班是唯一的文科重点班，大家再差也有个限度，所以她只能以四百多分的成绩次次垫底，只有偶尔肖让回来时她才幸免于难。

肖让对别人不熟，但对这个每次排在自己上面的倒数第二就相当熟悉了，立刻懂了她的意思，轻声一笑："能帮到同学，是我的荣幸。"

沈意也觉得好笑。肖让这个成绩恐怕不仅在班上垫底，在年级上也得排倒数了，顺数第一和倒数第一坐同桌，乔老师真的很会排。

她忍不住问："你到底是怎么进的我们班啊？"

重点班都是根据中考成绩选人，难道肖让中考时发挥得很好？也没听说啊。

肖让坦然道："我可是名人。"他见女生一脸无语，像是在说自己居然把这茬儿给忘了，笑着把卷子递过来，"想看就看吧。如果班长大人能顺便发发善心，帮我分析分析问题在哪儿就更好了。"

沈意本来是想帮他分析的，但既然他都考两百多分了，也就没这个必要了。

两百多分，她分析他哪儿没问题可能还快一点！

不过她还是看了起来，最上面是数学卷子，一眼望去到处都是空白，写了字的地方也有很多鲜红的叉叉。尖子生沈意太久没见过这么惨烈的试卷，一时不知说什么好，半晌才道："你好歹把'解'写了……"

"我又不会做，写'解'干什么？"

"'解'也算一分的。实在不行，你还可以把题干的条件也抄一下，碰上手软的老师，没准也会给你一两分。"

肖让惊奇地说道："你还懂这些？"这不该是她这种学霸考虑的事吧！

"关越越教我的，这些年她都是靠这些招数混过来的。"

肖让顿时觉得，自己有必要和这位关越越深入交流一下。

沈意看完数学，又拿起了英语，本以为又是惨不忍睹，一看却意外了："你英语考得还不错啊。"

岂止是不错，和数学比起来，他的英语考得那是相当好了，总分81分，其中听力居然只错了两道。不过这也侧面印证，他别的几科分数到底低到什么程度……

肖让得意地挑挑眉毛："那是，我也是有长项的。"

"说起这个，这次的英语作文题目，何老师给了几篇满分范文，让我们同桌互相背。你记住了吗？"

"记住了……吧？"

她拿起打印出来的范文，铁面无私道："那好，现在背吧。"

肖让被她的突然袭击弄得有点紧张，摸摸鼻子，慢慢说："让我想想……'Dear Terry，this is LiHua.I am writing this very letter to formally response to your former letter in quiring about local customs in China…'"

沈意抬眼，愕然地看向他。

不为别的，肖让的发音居然不是中国高中生最常见的中式英语发音，反而有点像他们平时做听力练习时听的那些磁带，卷舌圆润，咬字清晰，他的发音居然很标准！

不只她惊讶，前后排的同学本来在背书，听到声音后转头一看，发现竟然是肖让在背作文后也都呆了。

他们还以为沈意在外放听力！

肖让正背到卡壳，忽然发现周围的同学在看自己，顿了顿，问："怎么了？"

沈意替大家说出了心里话："你的英语说得挺好。"

肖让闻言一笑："是吗？大概是因为之前拍《盛小姐的花园》时，主演里有个美籍华人，中文说得比我的英语还糟，偏偏我俩对手戏还特多，为了跟他交流，我硬着头皮说了俩月的英语。现在看来，很有成效啊。"

其实不只是拍戏，他平时工作也经常会出国，环境所迫，不仅英语说得还成，日语和法语也会一些，至少能流畅完成在酒店叫餐的服务。

沈意忽然意识到，虽然学习成绩一塌糊涂，但从肖让身上，还是能轻易看出他和他们不一样的地方。

那样的与众不同，是他的经历所赋予他的。

肖让卡了半天，确定自己真的想不起来了，小声问："后面是什么啊？你提示一点就好。"

沈意顿时紧张。在听过他的发音后，她本能地不想让他听到自己的英语发音，生怕说得不好会露怯。

可他还等着，旁边的同学也看着，沈意憋了半晌，终于挤出一个词："If."

肖让感到无语。

我说一点，你就真的只提示一点啊！

沈意发现，适应了之后，和肖让当同桌似乎也没那么难熬了。他性格好，相处起来不困难，同学们也没有再找麻烦，她甚至已经能从中感受到趣味了。

毕竟，连她也不得不承认，像现在这样每天早晨背着书包去上学，到了教室发现同桌坐着个当红大明星，真的是一种非常神奇的体验。

她还特意针对肖让的情况，给他整理了一个复习笔记，打算隔天交给他。然而，第二天的早晨，她背着书包踏进教室，却发现身旁的位置空空如也。

"肖让……还没来吗？"

关越越说："你不知道吗？肖让昨晚的飞机飞长沙，好像是要去湖南台录一个节目，微博上粉丝接机图都出来了。"

她悠悠地叹了口气："王子这一走，下次来上课，不知道又是什么时候了……"

沈意蓦然回头。

阳光照着身侧的桌椅，空空荡荡，唯有天蓝色的窗帘随风飘摆，轻轻擦过椅背。

"来来来，别客气啊，你们俩，随便点，今天中午我请客。"

和很多高中一样，七中也要补课。高一、高二都是上六天课，周六下午上完两节课后放假，周日晚上再返校。然而到了高三，周日上午也得来学校上自习，真正的假期只有周日一个下午。

消息宣布时，关越越就悲愤道："那我们岂不是这一年都没机会睡懒觉了？"

对此，乔老师安慰道："别这么悲观嘛，寒假过年那几天还是可以盼一盼的。"

无论多么不情愿，周日上午，同学们还是准时来了学校。好不容易熬到中午放学，纷纷做鸟兽散，沈意她们却在杨粤音的提议下，跑到学校外面的小饭馆吃午饭。

这个点，饭馆里没什么人，杨粤音拿起菜单，呼啦啦点了四五个菜，惊得关越越忙说："吃得完吗？别浪费了。"

"我不管！王子走了，我的心情无限悲痛，只有美食才能抚慰我受伤的心灵！"

她提起这个话题，关越越立刻配合地捂住胸口。今天一大早，高三年级的少女们刚来到学校，就听说肖让又离开了的噩耗，顿时觉得本就惨淡的高三生活越发惨淡。本来还常常有女生利用课间来5班门口偷窥男神，现在连这个乐趣都没有了。

杨粤音和关越越抱头痛哭了会儿，瞪向一直沉默的第三人："喂，你怎么这么冷淡啊？那可是你同桌，他走了你都不难过吗？"

沈意放下筷子，诚恳地说道："你们这个样子，知道的明白他是去工作了，不知道的还以为他死了呢。"

"铁石心肠。"两人齐齐哼了一声。

顿了顿，关越越又说："不过小意啊，肖让都没跟你说他要走的事吗？你今早那么惊讶……"

沈意一顿："他的事，干吗要跟我说……"

"你们是同桌啊，要走了告诉你一声很正常吧？"关越越咬着筷子，"不过也不好说，毕竟你们刚一起坐，也许是还不够熟吧……"

沈意没作声，上菜的老板娘忽然插嘴："妹妹，你们说的肖让，是那个大明星肖让吗？你们认识他啊？"

"老板娘也认识他？"杨粤音反问。

"当然了，这附近三条街，谁不认识肖让啊？每次他回来，学校外面都可热闹了……多亏了他和他那群粉丝，我们的生意都更好做了。"

肖让来七中读书，粉丝们过来追星，就免不了会在附近吃饭喝水买东西，大大推动了七中周边第三产业的发展，学校外面很多馆子都靠着这群粉丝大赚特赚。而且不仅肖让在学校时她们会来，他不在学校的时候，也经常有粉丝到此一游、拍照打卡，很多店为此还设计了心愿墙，跟粉丝说可以把想说的话写在便利贴上，肖让来吃饭时没准会看到。

这家店里也有。沈意看着雪白的墙面上，各色的便利贴汇聚成一个巨大的心形，上面是不同的字迹，寄托了女孩们珍贵的心意。

一阵风吹过，便利贴轻轻颤动，像是心湖上泛起的一层一层涟漪。

关越越闷笑，如果让那些女生知道，肖让的同桌在这里，不知她们是什么反应。

杨粤音轻咳一声："我不认识肖让，但有人认识。不仅认识，还很熟悉，关系特别近呢……"

"谁啊？"

杨粤音朝沈意挤挤眼睛，老板娘也好奇地看过来。在她们的目光下，沈意有点紧张，但比紧张更明显的，是另一种慢慢滋长的情绪。

从今天早上就开始克制，现在却因为关越越和杨粤音的话，她终于有些克制不住了。

她有点烦躁。

不，是相当烦躁。

沈意放下笔，长舒口气。

书桌上只开了一盏台灯，周末晚自习下课早，她回家后没有立刻睡觉，而是做起了数学卷子。三角函数、圆锥曲线、立体几何，她下笔的速度越来越慢，终于，笔尖一歪，在雪白的纸张上画出一条长长的斜线。

沈意瞪着那条线好一会儿，索性推开卷子，拿过另一个东西。

厚厚的，像是个本子，封皮是一张白纸。

沈意摸着它，慢慢翻开。

作为一个合格的班长，她没有忘记乔老师安排她和肖让同桌的最初目的，虽然宋航让她别太有负担，但她还是花了一个晚上的时间，根据肖让的数学试卷，分析出他最薄弱的几处知识点（虽然他整体上都挺薄弱的吧），整理了自己那几处的课堂笔记，又从错题集里找出了相应的题目，最后去复印店复印了出来，装订成册。

原本打算今天早上把这个给他，这样即使他在外面也可以自己复习，没想到还是晚了一步，他已经走了。

关越越说，他们刚当同桌，还不够熟悉，所以他才没有告诉自己他要走了。这也不是什么大事。沈意本来也是这么想的，可此刻看到这个笔记本，想到自己昨晚的忙碌，却忽然无名火起。

一句话而已，又不费多少事！关越越不知道，但他们私下打过那么多次交道，无论如何也不是刚当同桌的陌生人关系吧？亏她还这么尽心地给他整理笔记！

她越想越气，题也做不下去了。关越越说，微博上有他的粉丝接机图，沈意也不知道自己想做什么，只是决定上微博看看。

班上很多女生玩微博，还有一些玩抖音，但沈意对这两样都不感兴趣。抖音都没有下载，微博倒是高一时在杨粤音的要求下下载注册了，然而最近一年都没有登录过。她花了五分钟找回密码，一番折腾，终于登陆进了页面。

"叮咚"一声，屏幕上弹出五花八门的帖子，沈意本以为还要先找一下，没想到首先映入眼帘的就是那个熟悉的名字。

实时热门第一显示着肖让新发的微博，才两个小时，评论就已经快五万，足以见其惊人热度。他发了一张照片，只见小小的屏幕上，男生身穿白T恤和牛仔裤，反戴黑色鸭舌帽，还戴着黑口罩。他行走在机场大厅，看起来有点高冷的样子，手里却拿着个粉红色的小猪佩奇玩偶。一群女孩子簇拥着他，每个人脸上都是兴奋的笑容，他仿佛是人群中最闪耀的星星。

"粉丝送的礼物。社会人又回社会了，大家掌声掌声！"还配了两个撒花的表情。

沈意不懂什么是"社会人"，只是盯着肖让的脸，怎么也不能把这个脸被遮了大半的人和昨天还坐在自己旁边的男生联系起来。

他就那样站在那里，仿佛很近，却又显出无法触及的遥远。

她看了好一会儿，才点开评论，立刻被各种尖叫呐喊的表情包晃花了眼睛。

"啊啊啊，儿子发微博了！是昨晚的图！我在里面！我和我儿同框了！"

"呜呜呜，几天不见，弟弟又变帅了！真是姐姐的宝贝小甜心，要像这样继续努力长大啊！冲呀！"

"哥哥，回头看看妹妹吧，我们可是异父异母的'亲兄妹'啊！"

什、什么东西？儿子是谁？妈妈又是谁？还有什么哥哥什么弟弟，什么姐姐什么妹妹，你们都在说些什么？

她瞪着屏幕，感觉自己像是被雷劈晕了，又或者是第一次接触互联网的老年人，忽然被丢进茫茫大海，铺天盖地都是她理解不了的东西。好半晌，她才艰难地理出来，这些人说的哥哥、弟弟、儿子应该都是肖让，剩下的那些称呼则是她们的自称。

叫哥哥和弟弟都好理解，但是儿子……现在追星，都自称妈妈了吗？

沈意崩溃了！

她知道肖让有一些岁数较大的粉丝，但这些留言她点进去看了，明明都是年轻女生，搞不好岁数比她还小，居然也自称是肖让的妈妈？

这个世界怎么了！

从没追过星的元谋人刚感觉被打开了新世界的大门，主页却又跳出几条新微博，来自她"唯二"的互粉好友。

考不上重本就不改名："啊啊啊，让让，我的心肝小宝贝儿，快来妈妈怀里！妈妈好好疼你！"

考上个本科我就行："还是来我怀里！妈妈给你讲数学题！妈妈考试给你放水水！妈妈下次再也不让你考倒数第一！"

她们两个平时就是这样在微博上对着肖让发疯的吗？她们怎么说得出口！

她本来一腔怒火，被这么一吓，早就忘了自己上微博的初衷，逃也似的退了出去。

世界太可怕，真的太可怕了。

沈意足足平复了五分钟，终于冷静下来。她看着手机，默默叹了口气。算了，是她想得太简单，看刚才的阵势就知道，肖让过的就不是正常人的日子，当然不能用正常人的标准去要求他。

而且，她和他虽然私下打过几次交道，又真的有多熟悉吗？也没有吧。也许，他早就在不知道哪座遥远的城市，当着他万众瞩目的大明星，连她是谁都想不起来了。

她想起刚才照片上的男生，心情有点复杂。

又坐了一会儿，沈意决定洗漱睡觉，谁知刚站起来，QQ就弹出一个新消息，有人申请添加她的好友。

沈意随意看了下名字，就想放下一会儿再说，然而下一秒，她忽然反应过来，猛地睁大眼，看向名字下面那句话：

"晚上好，班长。我是肖让。"

肖让……

肖让！

沈意瞬间坐直，怎么回事？肖让怎么会突然加她？他又是怎么知道她QQ的？

半夜三更的，不会是诈骗吧！

脑子乱成一团，忽然看到最下方那行小字：来源QQ群—2016级5班。这是他们的班级群。再看对方的QQ名叫"今天又不想上班"，头像则是一顶黑色的鸭舌帽，上面用银线绣着一句英文"king of the world（世界之王）"。她想起什么，上微博一看，果然，肖让刚发的那张照片里，他戴的鸭舌帽上也有同样的银色刺绣。

所以，这真是肖让的QQ？他加她干什么？

她手一抖，就按下了同意，屏幕立刻弹出两人的对话框。她连呼吸都紧了，想说话，又不知道该说什么，正在纠结，那边先发了消息过来："原来你还没睡啊。"

很自然的语气，就像还在学校时两人的随口闲聊，沈意看着那一行字，忽然就觉得自己的心也镇静下来了。

她略一思忖，用两只手认认真真打字："12点都没到，一看你就是不常上课的，高三生哪有那么早睡？"

肖让似乎没料到会忽然遭到班长的攻击，过了一会儿才回："惭愧惭愧，是我太脱离人民群众了。我没有常识。"

沈意想象他说这句话的表情，抿嘴笑了："不跟你开玩笑了，这么晚找我，有什么事吗？"

她觉得，肖让肯定是有什么正事，搞不好还特别紧急，不然他在外面工作那么忙，不会大晚上跑来加自己。

只是，他们俩能有什么特别紧急的事呢？

"哦，我就是想问问，我走了之后，老师有布置什么新作业吗？"

出门在外还惦记着作业，这么爱学习吗？

她震惊了。

还在发愣，那边已经又发来几个"猫和老鼠"捧腹大笑的表情包，她才发现这次是自己被要了，顿时又好气又好笑。

"你不是要录节目吗，还这么有空……长沙的消夜不好吃？"

"我不在长沙了啊。就算在，我的经纪人也不会允许我吃夜宵，所以这个问题，请恕在下无法回答班长大人了。"

不在长沙了？她听说他昨天过去录节目，就下意识地以为他还在那里，没想到这么快就又走了。

"那你现在在哪儿？"

"你猜猜看。"

这是……什么回答啊？沈意脸颊一烫。

不知道是不是她的错觉，但肖让这个口吻让她觉得他好像……在逗她似的。

那一边，肖让坐在酒店的飘窗上。他身后是270度的落地玻璃窗，可以看到黄浦江灯火璀璨，东方明珠在夜色中安静矗立，流光溢彩。

他等了几分钟，那边都没有回复，不由得疑惑地歪了歪头，这个问题有这么难吗？

他今天其实很累，昨晚11点到的长沙，在酒店只睡了三个小时就被抓起来化妆弄造型，然后一录节目就是八个小时，结束后又立刻转飞上海。明天在这边也有一整天的通告，有一些还需要去大街上跟路人互动，到时候不知道又会引发怎样的围观，他光是想想就眼前一黑。

临睡前本想做点别的放松下，点开QQ却看到了班级群。他已经很少用QQ了，平时无论是工作接洽还是圈里朋友联系，大家都是用微信，之所以还不时登上QQ看看，主要就是因为这个班级群，老师会在里面通知事情和布置作业。不过他很少说话，好在这个群本来也不常说话，因为各科老师都在。但他知道，还有一个没有老师的群，虽然他不在里面，但开学第一天，他亲眼看过张立峰往这个群里"哐哐哐"发数学作业的照片。

发……他新同桌的数学作业。

他脑中闪过女孩戴着眼镜，安静沉默的侧脸，还有给他讲题时专注的神情，他忽然笑了。明明才过去一天，但那样的校园生活好像已经离他很遥远。每当工作很累的时候，他就总想回到那样的生活中。

被这种心情驱使，他点开群成员，找到她的头像，申请添加好友。可没想到刚聊没两句，女孩子就不说话了，是他说错什么了吗？

他又折回去看刚才的对话，还是没明白，只好拍了一张外面的景色，自己揭秘："我在上海。"

照片上是夜色里的东方明珠，沈意没想到他会发照片过来，伸手轻轻碰了一下，照片顿时占满整个屏幕。她迷迷糊糊地想，原来他在上海啊，她还没去过上海呢。这是他看到的景色，他们现在看到了一样的景色。

下一秒她猛地清醒过来，拍拍自己的头，她在想什么呢？什么乱七八糟的！

为了掩饰，她没话找话："昨天还在长沙，今天就去上海，这样飞来飞去很累吧？"

"没办法，艺人的工作就是这样。你都不知道，我对机场比对自己家还熟，早已习惯了居无定所的生活。"

"原来如此，难怪你这次走都没有跟我说一声。算了，我不怪你了。"

她那点气本就消得差不多了，跟肖让聊了之后，也稍微了解了一些他的生活方式，就更没什么好气的了。所以，她这句话说得非常真心。

那边顿了顿，却话锋一转："你……怪过我？你希望我走的时候跟你说一声？"

沈意一愣，这才反应过来自己刚才发了什么，又是发给了谁，顿时傻眼了。

天哪，她是脑子抽了吗？她是他的什么人，凭什么说这种话？还不怪他了，就好像……她舍不得他走似的……

完了完了完了，他不会误会吧！

她手忙脚乱地把消息撤回，下一秒就发现自己做了更蠢的事。他都看到了，撤回还有什么意义？只会让事情更加刻意好吗？！

"没有！我乱讲的！你别当真，我真的没有！"

她索性连字都不打了，直接发语音。发完以后，紧张地看着屏幕，祈祷肖让听出自己语气里的一片赤诚，千万、千万、千万不要误会！

足足等了一分钟，屏幕上终于出现新消息，他也发了条语音过来。

沈意深吸口气，把手机放到耳边，颤抖着点开。

临近午夜，安静的房间里，她听到男生一本正经的、明显憋着笑的声音："好，我知道错了。下次再要走，一定提前跟班长大人报备……"

啊啊啊！

沈意手一撒就把手机扔到了床上。她背抵着书桌，盯着它看了一分钟，实在没勇气再去看他是不是又说了什么。

故意的。他一定是故意的。

他故意取笑她！

不过还是怪她，怪她说错了话……不，怪她一开始就不该通过他的申请！

沈意摸着滚烫的脸颊，终于悲愤起身，逃出了房间。

肖让等了五分钟，那边的人却像是被怪兽抓走了，再没有任何声响。他忍不住笑起来，却听到一个声音："小让，你怎么还没睡觉？明天还要早起呢！"

经纪人处理完事情进来，发现这个半小时前就该睡了的小祖宗居然还在客厅玩手机，奇怪道："你不是一路都在嚷嚷困吗？司机为了你差点超速，结果到了又不睡了，在跟谁聊天？"

肖让起身，伸了个懒腰，笑着眨眨眼睛："秘密。"

也许是开学第一周过得太跌宕，接下来的日子，沈意只觉得时间过得飞快。肖让不在学校，无论男的女的，终于都能摒弃杂念、好好学习了，每天就是教室、食堂、家三点一线。

9月底，学校举行了第一次学月考试，又是昏天黑地的几天。好不容易月考结束，也迎来了万众期待的国庆假期。

放假第一天，沈意久违地睡了个懒觉，醒来时已经快11点了。妈妈今天要加班，锅里有她提前做好的午饭，她本打算热了吃了，杨粤音却打来电话热情邀请她去逛街。

"咱们都憋多久了，出来放松下呗！国庆节完了，下次假期就得等元旦了，就是明年了！你真的不来吗？我和关越越不能没有你，宝贝！"

沈意没办法，只好换了衣服，坐公交车去了约定的地方，下车后却发现周围人来人往，相当拥挤。这是市中心的一条商业街，虽然平时人也多，但今天这样还是让人觉得有些奇怪。难道是因为国庆？

"小意！这边这边，快过来！"

杨粤音在一家奶茶店前朝她招手，沈意小跑过去："什么情况，今天人怎么这么多？"

"不知道啊，我们俩也刚到。"

三个人都莫名其妙，最后还是喜欢看热闹的关越越说："跟着去看看不就知道了，搞不好有什么商场大抽奖呢！"

她们于是跟着人流走，越走沈意越觉得不对，这些大多是年轻女孩，三五成群，满脸兴奋，还有人胸前挂着相机。她觉得这画面有点熟悉，略一思忖想起来，对了，每次肖让回学校，校门口就都是这样的女生！

刚想到这儿，就见旁边的杨粤音终于忍不住了，抓住一个路过的女生问："不好意思，请问这些人都是来干吗的啊？今天这里有什么活动吗？"

"你不知道？这边新开了一家迪奥的门店，请了好多明星过来，我们都是来追星的！"

居然有这种事！杨粤音暗骂一声自己真是学傻了，这都不知道，旁边的关越越好奇地问："都有些谁啊？你是追谁的？"

女生还没回答，沈意已经看到她拿着的条幅，淡蓝配色，周遭撒满小星星，正中间则用白色写着两个醒目的大字，那是……

周围忽然爆发出尖叫，她猛地回头，才发现自己不知何时已经走到一个小广场。广场尽头是一排高楼，包裹在水晶般剔透的玻璃幕墙里，她知道这是这片商圈的奢侈品集中区，以往每次逛街她们都会避开这里，用杨粤音的话说就是"这条街的空气都比别处贵"。

此刻，这里确实出现了一家新的店，夹在香奈儿和普拉达中间，店门高大而气派，门口一面巨大的标志墙上，Dior（迪奥）四个字母清晰可见。

和门店的高雅奢华有点不搭的是，门口用好几重铁栏围了起来。女孩们都排在围栏外面，伴随着尖叫，好多人都举起了手中的条幅，热情地挥舞着，像一片海洋。

一样的蓝白配色，正中间两个大字，那样醒目，那样熟悉。

肖让。

"所以，肖让回嘉州，我们居然不知道？万恶的学校都把孩子摧残成什么样了！"杨粤音痛心疾首地说。

沈意挤在人群里，也有点蒙。

她和肖让上一次联系还是那天晚上，算算也快一个月了。那之后肖让没再找过她，她当然也不会主动找他，两人就这么断了联系。那短暂的一周就像一场梦，偶尔回想起来都透着股不真实。她把全部心思都放在学习上，只有偶尔上课时看到旁边空荡荡的位置才会想：不知道他现在在哪里，又在做些什么？

但她怎么也没想到，两人再次见面会是在这种情况下！

看着周围的蓝色海洋，她忽然有点紧张，这些都是肖让的粉丝吗？他们这么兴奋，难道是他已经到了？

前方人头攒动，她费劲地踮起脚，还跳了两下，终于看清门店外被围栏隔出了一条路，铺着鲜红的地毯，那应该就是明星们入场的通道。此刻那里除了维持秩序的保安，并没有别人。

所以，他还没有来。

那他们叫什么？

仿佛为了回应她的疑惑，旁边有女生说："你们，小声一点啊！弟弟人还没到，我们如果动静太大被赶走就完蛋了！"

另一个女生吐吐舌头："我忍不住嘛！上一次见弟弟真人都是九个月前的事了，不叫一叫无法缓解我内心的激动之情！"

这话似乎激起众人的共鸣，大家立刻附和："对啊对啊，弟弟虽然是嘉州人，但其实很少在这边做活动，我们又不敢去七中门口堵他，一点身为老乡的福利都没有！"

"至少你们还是他老乡！像我们这种非北上广的外地人，追起来才更惨好不好？我昨晚加班到11点，今早坐5点的飞机从西安飞过来，真的，我跟前男友异地恋的时候都没这么辛苦！"

"老天保佑，看在我们一片赤诚的分儿上，一会儿千万让我们多看弟弟几分钟！让他别走太快！"

粉丝们一个个双眼发光，小脸红扑扑，无比虔诚的模样。沈意看着她们，又想起学校门口风雨无阻蹲守的粉丝，一个长久以来一直埋在心底的想法又浮了上来。

她不追星，也没有特别喜欢过谁，所以真的不明白像他们这样奔波千里，想方设法，又花钱又花时间，就为了见一个陌生人几分钟，真的值得吗？

"小意！"关越越忽然喊道。

沈意回过头，才发现她被夹在人群里，一副惨兮兮的模样："现在怎么办啊？人越来越多，我都快被挤扁了，不然咱们走吧！"

然而说走已经迟了，这么一会儿的工夫，整个小广场已经人山人海，前后都被包围，她们根本出不去。

"你说，他们这样真的……真的能看到肖让吗？"杨粤音大声说，"现在就这个样子，等人出来说不定乱成什么样呢。前面又这么多人，我真的怀疑除了站在最前排那些，别人根本什么都看不到！"

沈意也这么觉得，那些粉丝还许愿，希望能多看他几分钟，她现在担心他们连一分钟都看不到！

刚想到这儿，门店两边忽然又出来七八个保安，他们和本就在这儿的保安一起，守在了两侧围栏前。大家一愣，猛地意识到什么，回头一看，果然，通道尽头几辆黑色的轿车缓缓开近，最后停在红毯前。

像是一个开关被开启，现场瞬间爆发出比刚才热烈数倍的尖叫声！

"啊啊啊，来了来了！是弟弟来了吗！"

人群像疯了似的，开始拼命往前挤，沈意被夹在其中，连站都站不稳了。

她从没经历过这种阵仗，有点害怕："别挤了！大家冷静一点……别挤，小心！"

杨粤音崩溃道："都怪关越越，非要来看热闹！我们又不是在学校看不到肖让，为什么……为什么要来受这个苦……啊，我的脚！你踩到我了！"

关越越也开始自责："我错了！我错了还不行吗！我回去就写一万字检讨，这辈子都不敢再瞎看热闹了！"

今天来参加活动的除了肖让，还有好几位女明星，此刻她们先后从车上下来，笑着朝两侧挥手。

现场也有她们的粉丝，只是刚才肖让的粉丝太多太激动，他们被压制住了，现在抓住机会，都争相呐喊起来。

沈意在被挤得半死的情况下抽空认出最前面的是当红小花旦周佩佩，有点疑惑地想：肖让呢？他还没来吗？还是说她刚才错过了，他已经进去了？

他现在……

身后忽然一股推力，沈意不受控制地往前。与此同时，旁边围栏因为人太多，差点被压倒，幸好保安及时稳住，但人群还是因此往前几步，恰好给后面腾出个空隙，沈意就顺着这空隙，稀里糊涂被挤到了围栏正前方。

原本密不透风的人群散开，眼前豁然开朗，她仓皇抬头，看到了红毯尽头的肖让。

男生穿着纯黑西服，衬衫雪白，襟口打着黑色的领结。不再是千篇一律的校服，也不是随意的T恤长裤，他衣着正式，仿佛下一刻就要去赴一场盛宴。

他的身材也不像很多成年男星，一望过去就高大挺拔，还有一点属于少年的单薄。西服是修身的款式，恰好显露出他的窄细腰身，还有修长双腿。

这样的他，有一种介于少年和男人之间的气质。

两侧是疯狂呐喊的粉丝，闪光灯闪个不停，他却从容立于红毯之上。似乎发现了袖口有什么问题，他一边走一边低头整理，将散开的袖扣重新扣好，这才笑着抬头，朝前挥了挥手。

阳光照在他脸上，他笑容明朗，眉毛轻轻挑起。

这一刻，青涩与成熟，亲切与高贵，都在他身上奇妙地统一了。

沈意定定地望着肖让，失去了语言。

她以为经过之前两年，还有开学那一周，自己已经对他很熟悉了，可直到这一刻，她才发现，她好像从来没有真正认识过他。

学校里的肖让，虽然有着大明星的光环，但她对此没有直观感受，他又脾气好、易相处，有时候她甚至会觉得他就是一个长得很帅的同班同学。可当他回到属于他的领域，当他站到聚光灯前，原来是这样的。

原来，这就是明星。

只要他站在那里，就好像天生会发光。所有的目光都会忍不住看向他，而所有的荣耀，也都属于他。

原来，他是这样的。

肖让忽然转头，朝这个方向看来，沈意吓了一跳，第一反应竟然是躲开。然而左右都是人，根本没法躲，她脑袋里乱糟糟地想，他会看到自己吗？如果看到了，会是什么反应？她要怎么跟他解释自己出现在这里，他会不会笑话她……

念头还没转完，肖让的目光已经轻飘飘从她们身上掠过，像是什么也没发现。前方一个身影，他抬头一看，周佩佩竟还没进去，正站在围栏旁给粉丝签名。她也看到了他，两人相视一笑，肖让绅士地伸出右手，周佩佩把手放到他掌心，两人相携走到标志墙前，签名合影。

然后，他们和其余人一样进了门店，看不见了。

杨粤音终于挤过来，说："小意你怎么跑这儿来了？看到肖让了吗？"

"他和周佩佩，很熟吗？"沈意轻声问。

她并不怎么了解时下活跃的明星，但周佩佩走红至今已经快十年，演了多部火爆全国的电视剧，号称"85后第一流量花"，至少对她，她是相当熟悉的。

杨粤音莫名其妙，旁边的女生却回答了："当然熟了，让让不是去年才跟她合作了《盛小姐的花园》吗，演她戏里的弟弟。两人后来一直以姐弟相称，私下还约过饭呢！"

"人都进去了，也不知道里面什么情况，晚一点应该会有照片放出来吧？要是有直播就好了，想看！"

他的工作。他的生活。他的朋友圈。

沈意看着高大的门店，还有门口的保安，忽然觉得这个之前就不敢进去的地方，变得更加遥不可及了。

"你现在可真是红啊。"门店内，周佩佩端着杯香槟，轻笑着说。

因为是迪奥的活动，今天到场的明星穿的都是迪奥的衣服，周佩佩一身黑白撞色小裙子，栗色鬈发披散在脑后。她是标准的偶像剧女主角长相，一张巴掌脸精巧可爱，过了30岁之后，又添了几分成熟风韵，越发明丽动人。

肖让笑着说："姐，你就别打趣我了。我哪能跟你比啊！"

论地位，在圈里屹立多年的周佩佩确实比肖让高多了，不过也因为她走红太久，她的粉丝大都比较平静，论狂热度，不能和刚红起来的肖让比。

想到门外那铺天盖地的蓝色条幅，还有在里面都能听到的欢呼声，她说："你就别谦虚了。俗话说得好，长江后浪推前浪，眼看这娱乐圈就要是你们这代人的天下了。"

肖让了解她的性格，知道这话没有别的意思，也就懒得伪装："等什么时候有一部我自己当男主角的戏，再说天下不天下的吧。"

"不是已经有了吗？我听说有很多让你演男主角的本子递到你工作室了，怎么，没有看上的？"

肖让以前是童星，演的戏虽多，但基本都是儿子、弟弟这样的角色，至今还没有一部真正以他为男主角的戏。而这其实也是每一个童星转型都必须迈过的坎，当童星的光环褪去，你不再是观众眼中永远会被优待的小孩，还能否演出让他们喜爱的作品？

肖让耸耸肩，周佩佩于是明白了："没关系，慢慢来。总要挑一部满意的才行。"

"哎，小让，我记得你是嘉州人吧？今天回家了啊。"另一个女明星夏青不知何时凑近，笑着说。

"我倒是想。不过这边结束了，我就得立刻飞北京，今晚还有通告。别说回家，我这趟回来，跟同学朋友见个面的时间都没有。"

"小朋友这么惨哪。"周佩佩捏捏他下巴，笑眯眯道，"不过你居然还有想见面的同学？我16岁出来拍戏后，就彻底脱离学校了，除了高考，就没回去过几次。我的高中，没有朋友。"

肖让本想说张立峰，脑中却忽然闪过沈意的脸。他愣了下，转头望向门外，乌泱乌泱的粉丝，人山人海，这些都是为他而来的年轻女孩，他的目光却穿过她们看向了远处。

不知道她现在在做什么？难得放假，应该会好好休息一下吧？

不过，他念头一转，纠正了自己。就班长大人那"求知若渴"的模样，最大的可能是已经在奋笔疾书、当窗做题了！

一定是这样！

国庆假期结束后，第一次月考的成绩也出来了，文科班前三名不变，依然是沈意、宋航和周静书。然而又过了一个月，半期考试结束后，排名总算有了变化。

这一次，沈意掉到了年级第二，第一名变成了宋航。这样的情况以前也有过，大家没多惊讶，只有张立峰发卷子时夸张地说："恭喜摄政王，篡位成功啊！"

这天体育课，沈意和杨粤音她们一起打排球，杨粤音说："你就把这个当成宋航的脸，或者张立峰的，狠狠地打，你就有动力了！"

沈意无语："只是一次考试，我还没那么小气。"照她这个逻辑，之前那么多次她考第一，宋航都该想打她了。

杨粤音这才松口气："你这么想就好。没错，就一次考试而已，等下一回，你肯定重回王座了！"

阳光很好，暖洋洋照在身上，沈意抬头看天。已经十一月了，夏季郁郁葱葱的树木开始变黄，他们也换上了秋季校服。因为打了会儿球，她觉得浑身舒展，平时久坐带来的疲劳似乎一扫而空，不由得感慨难怪乔老师坚持让他们出来放松一下，没有像之前那样体育课都关在教室上自习。

"哎，你们看那个《盛小姐》了吗？肖让的新剧！"正打着球，徐丽娜忽然说，"他在里面好帅啊！"

她说的是《盛小姐的花园》，作为周佩佩阔别三年，从电影圈回归电视圈后拍的第一部戏，还在拍摄时就备受关注，当然最后的成绩也没丢脸。10月29日播出当晚就一举拿下收视冠军，之后稳居第一，成为最近的热播剧。

肖让在里面饰演了女主角盛开的弟弟盛放，虽然只是男四号，但角色设定讨喜，加上他本就是当红小生，所以最近无论是网上还是现实中，对他的讨论都变得更多了。

沈意没有追这部剧，但妈妈在看（并不意外），她睡前洗漱时瞄到过一次，恰好是他出场的那幕。男孩穿着纯棉白T恤和牛仔裤，骑着自行车穿过那座海滨城市的大街小巷，蔷薇花爬过铁栏杆，他等在大学宿舍楼下，周佩佩湿着头发跑到阳台，他仰着头，露出灿烂的笑容："姐姐！"

确实是很帅。

沈意咬唇。她觉得自己有点奇怪，但电视里盛开和盛放站在一起的画面，总是会让她想到那一天，红毯之上的肖让和周佩佩。

那时候的他们，是那样遥远……

"小心！"关越越惊叫。

沈意一愣，才发现自己一个走神，击球的力气大了些，角度也偏了。排球越过徐丽娜直直朝后飞去，眼看就要砸中人，一只手却忽然抬起，稳稳接住了它。

四人愣愣看着。

阳光下，刚被她们讨论过的男生穿着跟她们一样的校服，随手抛了两下排球，笑着说："好久不见，你就这么欢迎我啊？班长大人。"

不到半个小时，肖让回来了的消息再次传遍全校。

那些打着各种借口来5班门口晃悠的女生又出现了，连低年级的学妹也找机会往楼上跑，而作为同班同学，大家也予以肖让热烈的欢迎。

"两个月不见，大明星更红了啊。居然还有空回来，我以为你该忙个半死呢！"

"时间选得挺好的，你要是上周回来，还得参加期中考试，又得考最后一名……哎，你是不是算过啊？"

"我跟你说，我爸我妈现在每天晚上都准时收看你的电视剧，连麻将都不打了！"

肖让一拳打到张立峰胸口："你就夸张吧！"

"没夸张，我对天发誓！不过吧，他们主要是周佩佩的粉丝，看你是顺带的，哈哈哈……"

等终于和大家闹完，上课铃也响了，这一节是自习，他回到座位，翻了两下课本，才看向旁边："咱们坐最后一排了？"

沈意做题的笔顿住，片刻后，轻声道："嗯。"

到了高三，座位变成前后轮流，每两周一换，肖让离开这段时间，他们已经从中间第三排换到了最后一排。这件事还出过一个插曲，因为肖让虽然不在学校，但他的一大堆教材和资料都没带走，所以换座位的时候，沈意不仅要搬自己的，还要搬他的。

杨粤音第一次看她费劲巴拉帮他搬箱子时，意味深长地说："你觉不觉得你有点像那种民国小媳妇？丈夫出去打工，一去三年杳无音信，你只好在家帮他伺候好公婆，照顾好儿女，管理一大家子烂摊子？真的特像！"

想到这儿，沈意打个哆嗦，转头看向肖让："有问题吗？你以前不都坐最后一排？"

"我以前坐最后一排，可没有同桌。"

沈意不懂他这话什么意思，肖让打量她几眼，忽然换了个口气，小声说："班长，两个月不见，你好像……胖了。"

什么？！沈意下意识摸脸。她本来就担心，高三从早坐到晚，没时间运动，吃得还多，班上好多女生都胖了。

是谁说刻苦学习会瘦？都是骗人的！

不过，连肖让一个男生都看出来了，她真的胖得这么明显吗？

她正忐忑不安，却忽然发现男生眼中促狭的笑意，她这才意识到自己被要了："你……"

"别生气别生气，我就开个玩笑。"肖让连忙说，"你不胖，你一点都不胖，你比我见过的那些女明星还瘦，真的！"

真的……才怪了！

沈意看着男生一脸"虚情假意"，又想到他的话，忽然陷入沉默。

他以为他们两个月没见，可事实上，她一个月前才见过他。

红毯之上，镁光灯闪烁，粉丝的欢呼汇聚成海洋。当时的他，那样光芒耀眼，仿佛全世界的中心，而她却被淹没在人群中，如同最渺小的影子。

那感觉太过深刻，以至哪怕此刻他就坐在她旁边，她依然感觉到陌生，还有遥远……

"不会吧，真生气了？"肖让见她一直不说话，以为自己玩笑开过头了。他在剧组也这么捉弄过人，女明星们最怕听到自己胖了老了，每回都被气个半死，追着半个片场要打他。

不过他本以为班长这么"一心向学"，不会在乎的……

沈意正走神，没听清肖让的话。又过了会儿，一个小袋子忽然一跳一跳，跟只小兔子似的，被塞到自己面前。

"这是？"

"我答应过的啊，要送你赔罪礼物。"

沈意愣了下才想起来，是开学那天，因为他没有认出她，后来在阳台上，他跟她说，要送她一份小礼物表示歉意。

不过……

沈意把东西推回去："我说过了，我不用礼物。"

"可我买都买了，你不看看是什么吗？"

因为怕被人听到，两人都是凑近了压低声音说话，沈意有点受不了他的眼神，只好接了过来。袋子里是个白色的小圆盒，她打开，抽出里面的东西一看，原来是条小丝巾。

丝巾是明亮的黄色，上面用线条画了好几个五角星，每个星星中央都有一只小蜜蜂，看起来活泼又充满朝气。

盒子正面印着四个淡灰色的字母：Dior。

"这是……"

"其实我国庆的时候回来过一次，当时是市中心的门店有一个商业站台活动，我在店里逛时看到了这个，觉得很适合你。"

他在市中心的门店站台，她进不去的那家店……这个礼物，是那一天买的？

她愣愣看着他，好一会儿才找回语言："这个，很贵吧？"

"不贵，丝巾嘛，能有多少钱。而且我也没花钱，品牌看我喜欢，就直接送我了。"

他说着想到那天，明亮奢华的门店内，柜台小姐取出一整排丝巾，含笑说："肖先生是想要这种吗？夏小姐戴的就是这一种。"

夏青在旁边震惊道："你看这个做什么？想送我？姐姐可不收这么便宜的礼物呀，你要追我，得送钻石。"

他歪头看向夏青的头发，那天她编了个麻花辫，小丝巾扎在头发上，看起来青春又活泼。他觉得很漂亮，忽然就想起来自己还欠一个人礼物。

"想多了，我要是追您，高奇哥该跟我没完了。"

他提到夏青同为演员的男友，换来女明星嗔怪的白眼。倒是周佩佩看他已经低头选了起来，露出个意味深长的笑："你选丝巾，不送夏老师，那你想送谁啊？"这款式一看就是女孩的，总不会是自己用吧！

肖让手落在丝上，想了想，说："我有个朋友，她也是长头发，我觉得她这么扎，应该……挺好看的。"

沈意握着丝巾，感觉像握了一个烫手山芋，有心想还给他，可肖让都把话说到这份儿上了，拒绝似乎不太好。而且，她不想承认，看着小丝巾可爱的模样，那句"不要"就怎么也说不出口……

良久，就在她终于下定决心，决定忍痛回绝时，肖让已经拿回丝巾，吩咐："转过去。"

沈意不知道他要做什么，愣愣转身，却感觉男生的手落在了自己的头发上。

她身子僵住。教室里很安静，同学们做题的做题，复习的复习，还有人在小声讲题。他们坐在窗边，她面朝窗户，可以看到玻璃上模糊的影子。他握着丝巾，小心缠上她的马尾，打了个结。然后他好像发现这个结打得不对称，也不牢固，于是又拆开，重新打了一遍。

沈意猛地回过神。他们坐在最后一排的角落，但他这个样子，还是有可能被前面的人看到啊！

她忍不住想躲："你干什……"

"别动！"话还没说完，就被他打断，男生表情严肃，仿佛在做一件天大的事，"再等一下，马上就好……"

于是她吓得不敢动，在心里拼命祈祷陈瑶瑶这时候可千万别回头，被她看到，她又要找她吵架。

足足等了一分钟，他终于放下手。沈意转过来，看到男生表情古怪，像是有点不好意思："我看她们弄，以为挺简单的……"

她伸手一摸，丝巾缠在马尾上，歪歪扭扭，不用看都知道是什么样子。沈意瞪着他，半晌，还是没有忍住，抿嘴笑了。

"笨手笨脚。"

她看都没看，抬手先解下马尾，重新把它扎得更高，然后把丝巾扎在外面，长长的两条垂下，再把头发分成三股，将丝巾缠进去，一起编成辫子，最后在发顶绕成丸子状，从笔袋里找出一个发卡别上固定。

整个操作行云流水，肖让看得目瞪口呆，半晌，才惊叹道："这是你们女生的自带技能吗？怎么人人都会！"

其实是关越越跟时尚杂志学的，强行教给了她，沈意学了好久才学会，后来也只在跟她们出去玩时扎过两回，就再没弄过。刚才她被肖让的笨抽逗到，有心显摆一下，此刻见他果真被自己震住，忍不住生出一股得意，仿佛真做了什么了不起的事。

她轻哼一声，重新打开习题册："我不告诉你。"

肖让是周五回来的，第二天就赶上放假。下午放学时，沈意还在收拾东西，杨粤音和关越越已经背着书包过来了，不过她们没理睬沈意，而是一起站到了桌子另一边。

肖让也在收东西，忽然感觉面前的光被挡住了，抬头一看，是两个面孔有点熟悉的女生："有……事吗？"

杨粤音雍容一笑，用一种报幕般的口气说："肖让同学，你好。自我介绍一下，我是你同桌的好朋友，我叫杨粤音。"

"还有我，还有我，我是关越越，我们都是沈意的好朋友！四舍五入，我们也是好朋友啦！"

沈意一愣。之前她们就说了，要借着她的近水楼台来接近男神，现在看来是终于忍不住实施了。只是，她们这个自我介绍是怎么回事？

强调是她的好朋友，就好像她跟他的关系多特别似的，他不会以为她跟她们显摆了什么吧！

肖让瞥了沈意一眼，也一本正经道："你们好。原来你就是关越越啊！久仰久仰！"

关越越不料王子居然知道自己，顿时受宠若惊，还想说点什么，沈意已经把最后一本书丢进书包，站起来说："我好了，咱们走吧。抓紧时间，还得去取蛋糕呢。"

"你们不回家？"肖让问。

沈意不懂他怎么突然问这个，还是关越越说："嗯，今晚音音过生日，我们要去给她庆祝。"

杨粤音眼珠子一转："对啊，今天我生日，不知道肖让同学有没有时间，要来参加我的生日晚宴吗？"

三人组里，杨粤音一向是最大胆外向的，但沈意怎么也没想到，她居然有胆子邀请肖让！光是想到要跟他一起吃饭，她就一阵紧张，忙说："肖让不会去的！他那么忙，哪有空跟我们闹啊，是吧？咱们还是赶紧走吧，别打扰他。"

肖让扬眉，她这个态度，怎么好像很嫌弃他似的……

杨粤音想想也是，她本来就是一时兴起，没指望真的会成功，便说："那好吧，我们走吧。"

三人正打算离开，却忽然听到一个声音："其实，也不是很忙。"

她们回过头，只见肖让随手把书包丢到肩上，大步走过来，朝沈意眨眼一笑："既然杨粤音同学都开口了，我怎么能拒绝呢？咱们就一起去过生日吧。"

杨粤音之前也想过，自己18岁生日一定要有点特别的事情，要有惊喜。

然而，当惊喜真的发生，又太大太大刺激时，她却无法控制地……蒙了。

"你要去？你真的要去？"比她先喊出来的是沈意，她瞪着肖让，就好像他说了什么匪夷所思的话。

"怎么，不想让我去？"肖让扬眉，"你们的邀请是假的？"

"当然是真的！"杨粤音回过神，立刻说，她打断沈意还想说的话，一把抓住肖让的胳膊，"小女子何德何能，能劳动大明星给我过生日？走，咱们这就走！"

女生双眼发光，只差没蹦起来。天哪，肖让给她过生日！肖让亲自给她过生日！看陈瑶瑶以后还怎么在她面前嚣张！

关越越也兴奋得不行，三个人一起往外走，沈意却看着他们的背影，有点纠结地咬住了唇。

肖让为什么会答应？不应该啊，他跟杨粤音都不熟，之前也从没参加过这样的活动。难道……

杨粤音忽然驻足，一拍脑门："等会儿，我们还得去拿蛋糕呢。你跟我们一起去吗，还是我给你钥匙，你先去我家？可我担心你一个人在路上被人认出来……"

他和她们去取蛋糕也一样有可能被认出来，杨粤音有点纠结，不知道该怎么办。

即使知道不可能，沈意还是忍不住升起了希望：也许，肖让觉得太麻烦，害怕闹出乱子，就不去了？

她这样想着，转头去看肖让，却发现他也在看她。四目相对，男生忽然露出个坏笑："这个啊，我有办法。"

"什么？"

肖让望着沈意，诚恳地说："既然我们不能一起去取蛋糕，那就你去吧。你一个人去，我们三个先回家，没问题吧，沈意同学？"

事实证明，有时候想太多真的不是件好事。

亏她还以为肖让是为了她才答应来给杨粤音过生日，现在看来，即使是为了她，也是为了整她！

沈意一个人穿过三条街去取了蛋糕，又拎着蛋糕坐了十几分钟公交车到杨粤音家，等她终于从电梯里出来，才忽然反应过来，不对，她们为什么一定要亲自去取？可以叫个闪送啊！

原本是觉得三个人一起的话，自己去拿也没什么，可既然去不了了，明明可以找人帮忙。都怪肖让，把她们都整蒙了！

她怨气冲天地按响门铃，里面一阵急促的脚步声，关越越打开门，满面红光地说："你回来啦？快快快，快进来，我们正在做菜呢！"

杨粤音的爸妈工作忙，今晚都不在家，所以她们是打算三个女孩子自己做点吃的来庆祝的。只见宽敞的厨房里，杨粤音腰系围裙却没干活，而是站在流理台前专心看着案板，她旁边的男生高大挺拔，这会儿却弯腰低头，一手拿着菜刀，另一只手按着根胡萝卜，正全神贯注、小心翼翼地切菜。

他的动作有点笨拙，几乎每切两下就要歪一下，而往常暴躁的杨粤音此刻却和蔼如春风细雨,声音又轻又温柔:"对,就是这样,你做得很好。慢慢来,不用着急……"

沈意转头问关越越:"你们在干吗?"不是说好了她去拿蛋糕,她们先回家做饭吗!

关越越开心道:"肖让看我们要做菜,说他也想来,结果他不会,我们正在教他呢!"

和杨粤音一样,关越越虽然也压低了声音,但声音里的荡漾飞扬,隔着三条街都听得出来。

"班长,你回来了?"肖让偏头看到她,咧嘴一笑,"真是太不好意思了,居然让你一个女孩子跑腿。我们都到家了才想起来,其实可以叫闪送的。"

杨粤音立刻说:"没关系,别放在心上,小意去挺好的,她自己也乐意去,是吧,小意?"

重色轻友到这个地步,沈意真是看不下去了,把蛋糕放到餐桌上,走到他身旁:"让我来吧。"

肖让还犹豫不想放手,沈意说:"再让你们这么弄下去,我们今晚就别想吃饭了。"

从杨粤音的表情来看,很明显,她觉得今晚这个饭吃不吃也不打紧,比起来,她更想继续教肖让做菜。但这种话是不能说出来的,她只好悄悄瞪沈意一眼,然后假笑道:"是啊,不然还是让小意来吧。肖让你出去看会儿电视,她做饭很快的,最晚一个小时后就能吃了。"

"你很会做饭?"肖让问。

沈意想了想,谨慎地说道:"还可以。"

事实上,是相当可以。

妈妈作为护士,连轴加班是常事,沈意很小就学会了照顾自己,不仅如此,她也学会了照顾妈妈。以前寒暑假的时候,她还经常做了饭送到医院去,免得妈妈忙起来就忘了吃饭。

切菜切肉,点火加油,她干脆把杨粤音和关越越也一起赶了出去,一个人在厨房里忙了起来。油锅嗞嗞的响声里,她很快做好了三个菜:胡萝卜烧牛肉、油焖栗子鸡,还有一盆红艳艳、热辣辣的水煮鱼。

把锅简单洗了下后,她重新往里倒水,然后把切好的黄瓜片倒进去,准备烧个汤,却在转头时发现门边不知何时倚了个人,拿着袋薯片,正一边吃一边看着她。

沈意吓了一跳："你……你怎么不在外面看电视？"

肖让咔嚓咔嚓嚼着薯片："张立峰来了，他们在一起看。"

张立峰？沈意侧耳一听，客厅里果然有熟悉的男生的笑声，肖让解释："我们在路上碰到他了，他一听我要来给杨粤音过生日，也嚷嚷着要过来。你回来时他正好出去买东西了。"

沈意点了点头，然后发现肖让没有回答自己的问题，张立峰来了，也不是他过来的原因啊。

肖让忽然一笑："有没有人说过，你做菜的时候，挺有气势的。"

平时沉默寡言的女孩，站在灶台前却像是找到了自己的战场，指点江山，挥斥方遒，连提刀切菜的姿势都透着股说不出的飒气。

沈意没想到他会这么说，一时愣住了。肖让嚼完了薯片，又把目光转向那些菜，半晌，舔了舔嘴唇："饿了。"

不是刚吃完吗？

他诚恳地望着她，她也望着他，四目相对，她就像是被蛊惑似的，一手端起盘子，另一只手夹起块热腾腾的牛肉。在这个过程里，他的目光一直盯着她的手，她往左移，他眼珠就往左，她往右，他眼珠也跟着往右。人高马大的男生，居然像只小狗似的，就这么直勾勾锁定了她！

直到沈意把牛肉喂到他嘴里，他嚼了两下咽到肚子里，这才眯眼满足地笑起来："班长你真是太好了！"

沈意意识到自己刚做了什么，脸"噌"地一下红透了。

"哎，你们俩干什么呢！"杨粤音忽然闯进来，疑惑地问。

沈意咬紧下唇，不敢再看他，慌乱地把盘子塞到杨粤音手里："还有一个汤，你来烧吧，我有点不舒服，我要出去一下……"

虽然沈意在最后关头罢工，但杨粤音估计得不错，恰好一个小时，众人就坐上了餐桌。三个热菜一个汤，再加上买的凉菜，丰盛的晚饭摆了一桌，总算没折了杨粤音这个寿星公的面子。

张立峰开了个大瓶"鲜橙多"，给每人倒了一杯，然后带领大家举杯："祝我们的杨粤音女士18岁大寿快乐，福如东海长流水，寿比南山不老松！"

杨粤音一脚踢过去："会说话不会！不会说闭嘴！"

张立峰委屈道："你看你这人，我真心祝福你，怎么好心没好报呢！"

众人哄笑。

晚饭就这么热热闹闹地开始了。大家平时吃惯了食堂，好不容易有改善伙食的机会，一个个都很给面子地把沈意夸得天上有地下无。作为这顿晚饭的主人，杨粤音更是心情激荡，但不是因为沈意的菜做得好吃或者自己过生日，而是……

她看向对面的肖让，虽然已经过去快两个小时了，但她依然觉得一切是那么不真实。

肖让！坐在她家的餐厅里！吃着她（闺密）做的菜！还用了她的小粉猪瓷碗！

此情此景，让她简直想打开大门，用大喇叭吆喝让整个小区都来参观！

及时克制住这种冲动，她端起橙汁，说："肖让，大明星，谢谢你专程来给我过生日，我真的特别特别高兴！"

张立峰插嘴："只感谢他吗？不感谢我吗？我也是专程来的！"

杨粤音看肖让时还满面柔情，转向张立峰后整个笑容立刻垮掉："是你自己要来的，我没有请过你。"

张立峰大呼："我劝你不要区别对待得太过分！"

肖让笑着和杨粤音碰了碰杯，喝了口橙汁。其实他也觉得很新鲜。因为职业的关系，他从小就和同学们相处得比较少，也就很难在学校里拥有朋友，认真算起来，这还是他头一回参加同学的生日聚会。

想到自己会来这儿的原因，他看向对面，女孩正垂着头，小心夹起一颗板栗。餐桌是长条形，落座时三个女生坐在一边，他和张立峰坐另一边，也不知是有意还是无意，沈意选了离他最远的位置，也就是说两人现在的位置正好在一条对角线上。

她夹完菜抬头，两人的目光撞上，她立刻移开，专心看着碗里的米饭。

是生他的气了吗？他挠挠头，有点懊恼。

加了个大明星，杨粤音原以为这顿饭会吃得很热闹，可他们毕竟不熟，聊了几句就不知道该怎么继续了。本指望沈意救个场，可她不知吃错什么药了，自己给她使了几次眼色，她都装没看到，只顾闷头吃菜，像是在躲什么。

杨粤音和张立峰斗了几轮嘴后，觉得不能放任气氛这样下去，提议道："光吃太无聊了，不如我们玩个游戏吧。"

众人一愣。

沈意终于开口了："你想玩什么？"

"简单一点的吧，真心话大冒险？会不会有点土？"

张立峰诚恳道："不是有点土，是相当土。"

杨粤音不以为忤："那我拿点不土的东西出来，给你们长长见识。"说完，她打开餐桌旁的柜子，搬出两个纸箱子，隆重展示道，"一箱啤的，一箱白的，输了的人就喝酒，怎么样，敢不敢玩？"

能考进七中的基本都是好学生，不说每个都循规蹈矩，至少不会太离谱。像杨粤音这种搬出两箱酒，一副要大喝特喝的架势，就有点超出大家的心理承受能力了，一时间连张立峰都被震住了。

好在杨粤音眼一弯，慈爱道："别害怕，不是逼你们两种酒都喝，大家量力而行。比如像我们沈意同学这样的乖宝宝，当然喝点啤的就可以啦。"

她这么说了，大家还是有点犹豫，最后还是肖让说："寿星的要求，怎么能拒绝？好啊，那就玩吧。"

五个人，他们选择最简单的手心手背，杨粤音主持游戏："好……三、二、一！"

欧式吊灯下，五个人同时伸出手，只见四个手心，只有一个手背。

众人看向唯一出手背的肖让，肖让握拳懊恼地"啧"了一声，似乎在抱怨自己的点儿背。

杨粤音问道："真心话还是大冒险？"

肖让说："大冒险吧。"

关越越失望地"啊"了一声，她还指望趁机从肖让那里打听一点别的明星的八卦呢！

杨粤音却并不气馁，笑眯眯道："大冒险啊，好，把手机拿出来，翻到最近的通话记录，往下数第七个。我要你打电话跟这个人说——'我、爱、你'。"

肖让不料杨粤音竟如此难应付，瞪大了眼睛。张立峰却兴奋地拍起了桌子："这个好，这个好！快快，愿赌服输，把手机拿出来！"

肖让看了杨粤音一会儿，忽然耸耸肩，无所谓地笑了："谁怕谁。你翻，就算翻出了华瑞的老总，我也照打不误。"

华瑞传媒是国内最大的娱乐集团，众人听了这番豪言都发出"哇"的声音，只有杨粤音尖锐地说道："那是因为你根本没跟华瑞的老总打过电话吧。"

被拆台了，肖让报复性地没把手机给杨粤音，而是解锁后递给了张立峰。张立峰朝他一笑，立刻翻开通话记录开始往下拉。

杨粤音和关越越紧张地盯着他。

终于，他翻到了，原本的兴奋之色消失了，半晌，抬头道："我觉得，要不你还是喝酒吧。"

"谁啊谁啊！少卖关子，给我看看是谁！"杨粤音急道。

张立峰深吸口气，把手机翻面举到了他们面前："柯星凡。"

柯星凡，现年17岁的当红男演员，和肖让一样是童星出身，但和肖让的爽朗阳光不同，柯星凡走的一直是清冷的路线。

同时，他也是媒体特别喜欢鼓吹的，肖让最大的竞争对手，两人甚至被八卦论坛调侃为"帝国双璧"。

"柯星凡？你们认识啊？还偷偷打电话？网上不是说你们俩不和吗！"

现如今流量当道，不仅"85"后、"90"后的一批小生热度不减，"95"后和"00"后也开始崛起，几次选秀活动中脱颖而出一大批十几二十岁的年轻男孩，他们开始频繁登上热搜，占据人们的视线。但那些都是唱跳偶像，热度够高又主要走演员路线的只有两个，一个是肖让，另一个就是柯星凡。

作为"00后小小生"里风头最盛的两人，很自然形成了竞争关系。本来因为他们从未合作，连同框都没几次，粉丝还可以勉强相安无事，坏就坏在去年年底的一次颁奖礼投票环节，两人在同一个奖项撞上，而那个奖两家又都比较看重，女孩子们铆足劲儿杀红眼，手段就开始不太光彩了。柯星凡的粉丝被爆出来刷票，肖让的粉丝就更过分了，居然"人肉"了那个刷票的粉丝！双方闹上了好几个热搜，最后两边的工作室不得不出面灭火。但事情已经无法挽回，双方就此结下梁子，成了不折不扣的对家。

杨粤音本以为粉丝的关系多少会影响到他们，可现在看来，好像不是这样……

"我们没有不和啊。"肖让说，"哦，你说那个啊，我们的粉丝是吵过架，但他们吵他们的，我们玩我们的，没妨碍。更何况娱乐圈谁家粉丝没吵过架啊，真搅到一起就不用交朋友了。"

杨粤音感觉自己的灵魂受到了强烈的冲击。

这难道就是传说中的粉丝在前面争得你死我活，偶像却在后面你侬我侬？肖让打量杨粤音的表情，忽地眼一眯："你看起来怎么有点兴奋啊……"

杨粤音连忙正襟危坐，然而肖让目光如炬，她终究扛不住，有点羞涩地说："实不相瞒，我其实是你和柯星凡的粉丝……"

肖让无语。

没错，她就是肖让和柯星凡的粉丝！虽然媒体喜欢鼓吹两人的竞争关系，粉丝又水火不容，但杨粤音才不在乎，俗话说相爱才能相杀，这反倒让他们的关系更有吸引力了！

抱着这个想法的不止她一个，肖让和柯星凡的"星月粉"在两人的粉丝群里也占据了一席之地。由于两人从未合作，只在几次颁奖礼上碰到过，官方互动实在太少，全靠群众脑补。所以当杨粤音陡然发现，肖让私底下居然会和柯星凡联系时，浑身的血液都沸腾了。

毕竟还不熟，杨粤音也不好意思在肖让面前大聊cp（配对），强行克制心中的激动："我们还是说游戏吧，你要是后悔了，不想打的话，认输也行，我给你倒酒……"

她嘴上说得大方，却挑了瓶白酒，"咣咣咣"倒了满满一杯，放到肖让面前。肖让看着酒，沉默一瞬，抽回了手机："有什么可后悔的？不就是柯星凡吗，我这就打给你们看。"

所有人都兴奋了，杨粤音睁大了眼睛，刚才她还以为肖让会选认输！

"先说好，我就打一次，如果柯星凡没接电话，那不关我的事，是天意不让你们看这个热闹。"

他这么一说，大家都紧张兮兮地看着手机，因为按了免提，里面的"嘟"声也清晰传入众人耳中。足足十几下后，终于，传来一个含糊的声音："喂？"

通了！

众人齐刷刷看向肖让。

他没理他们，一手拿着手机，另一只手夹了一筷子牛肉，边吃边问："喂，是我。在干吗啊？"

"你大爷的，你说我在干吗？睡觉啊。我刚录完节目，你不知道啊？"

大概是被吵醒了，那边语气不太好。杨粤音百忙中还抽空辨认了下，京腔，带一点鼻音，尾音略微拖长，确实是柯星凡的声音！

肖让闷笑："对不住对不住，忘了。哎，你录什么节目来着？"

"就那个网综，把一群人弄到山里盖房子那个。我跟你说，他们回头要找你，你可千万别去，不是人干的活儿！我录完狠狠骂了我的经纪人一顿，2018年了，怎么还有把孩子送去当包身工的呢！"

出乎意料，柯星凡的公众形象一直是高冷的，私底下话却不少，而且很有毒舌趋势……

"多谢提醒，我记下了。"

"你呢，现在在哪儿啊，找我有事？"

"我这几天在学校呢，回来上课了。至于找你，确实有点事……"

"什么？"

肖让放下筷子。看得出来，经过前面的铺垫，他开始入戏了。握着手机，慢慢道："有件事我犹豫挺久了，一直想跟你说，就是不知道你的想法。我怕说出来你不能接受，那咱们就连朋友都做不成了……"

　　那边沉默好一会儿，才说："没关系，反正咱们也不算多好的朋友。"

　　他说了个笑话，肖让却没有笑，这让两人之间的气氛越发紧张："还记得去年的跨年演唱会吗？有个台想让我们合唱，后来没成。其实不是我的经纪人拒绝的，是我拒绝的。我当时有点害怕见到你，我怕管不住自己，会被你察觉。其实自从那次在横店和你打过篮球，我就一直对你……"他的声音忽然卡住，片刻后抬头，"他挂了。"

　　在他对面，杨粤音她们都看傻了。她们怎么也没想到，肖让的电话会是这么打的，还以为就是直接说呢！真是干一行爱一行啊，连玩游戏都这么认真！

　　肖让还在那儿纠结："我这算完成了吗？我还没说关键词呢。"

　　杨粤音也不知该怎么办，肖让的电话却又响了，他低头一看，还是柯星凡。他打回来了。

　　大家立刻安静。

　　肖让再次按下免提键，没有先出声。那边沉默了好一会儿才说："我……我打过来是想跟你说，你别误会……我对你们这种人没有什么看法，只是……咳咳，就是，我确实不是，你知道吧？这没办法。我很感激你的……好意，但是……我们真的不行……你能明白吗？"

　　肖让可以想象，柯星凡此刻在那边的忐忑纠结，小心翼翼措辞，生怕说错什么伤害了他一颗易碎的少男心。他闭了闭眼，要拼命忍耐才能忍住自己狂笑的欲望，好半晌憋出一句："嗯。"

　　谁知他的反应让柯星凡误会更深，想到自己可能还是伤害了他，柯星凡苦恼地叹了口气："还有，我想提醒你，这件事你跟我说了就好了，最好不要告诉别人。我不是担心对我会怎么样，只是圈子里你也知道，传出去了对你不好，你……小心一点……"

　　肖让终于忍不住了，喷笑出声，周围随即爆发出笑声，差点把屋顶掀翻。柯星凡听着这边的动静，再傻也明白了："肖让，你大爷的！你耍我！"

　　"不是不是，我不是故意的！我就是玩游戏输了，没有办法！不过你真的太够义气了，兄弟！我相信即使我真跟你告白，你也不会捅我一刀的！"

　　"谁是你兄弟！你等着吧，我现在就去八卦论坛爆料，你今晚就等着和你的性取向一起上热搜吧！"

柯星凡说完就怒气冲冲挂了电话，肖让一脸惨相地缩缩脖子："完了，他真生气了。不知道回头要怎么报复我呢。"不过他也没真的在意，"虽然我没有说出要求的话，但这个效果够了吧？我觉得就算真把'我爱你'说出来，也就这样了。"

"够了够了！"张立峰揽住他的肩膀，他刚才笑得眼泪都出来了，这会儿一边擦一边说，"我真是服了你了，原来你小子骗起人来这么厉害！我记住了，以后一定对你提高警惕！"

杨粤音闭着双眼，一脸梦幻地说："不要打扰我，我正在回味我这一生中最美妙的时刻。"

她不敢相信刚才发生了什么。她听到了肖让和柯星凡打电话，还是表白，被表白的还当真了！这难道不是粉丝的最高境界吗？偶像本人当面秀恩爱，还有谁？她就问还有谁！

不夸张地说，就刚才那三分钟，她可以品味三年！

沈意看着杨粤音的样子，也忍不住笑了。虽然已经见识过肖让的很多面，但这还是第一次看他捉弄人，张立峰说得没错，他真的很会骗人……

杨粤音被偶像本人喂了颗"巨糖"，只觉这个生日都有了意义，然而俗话说乐极生悲，三分钟后，她就领悟了这个真理。

四个手背，一个手心。张立峰看向唯一的手心，再看看手心的主人，嘿嘿一笑："兄弟，机会来了。你是要自己报仇还是让我帮你？"

杨粤音暗骂一声倒霉，面上还很镇定："我选真心话。"

肖让做了个"您请"的手势，张立峰立刻顺势而上："真心话啊，让我想想。"他故作思索状，片刻后眼睛一亮，"看你平时这才蛮泼辣的样子，我有点好奇，你有没有喜欢的人啊？什么样的男人，能被我们杨粤音女士看上……"

他原本是一脸坏笑，却发现杨粤音在听了这个问题后脸色一变，眼睫垂下，仿佛想起了什么不想回忆的往事。

灯光晃过她的面庞，让她看起来竟像是……有点伤心？

张立峰不安地扭了下身子，疑心自己是不是说错话了，却听杨粤音忽然一笑："有啊。"

他一呆，下意识追问："谁啊……"

杨粤音晃晃手指："你只可以问一个问题，我已经回答了。"

沈意和关越越惊讶地对视，她们和杨粤音那么要好，怎么从来不知道她有喜欢的人？她……有吗？

张立峰注意到她们的表情，盯着杨粤音看了会儿，忽然问："你刚才说的是真心话吗？你是不是在骗我？"

杨粤音懒得理他："好了下一局，开始！"

这一次，众人再次出手，三个手心，两个手背。张立峰以为这局不算，杨粤音却说："3比2，小意和张立峰输。"

张立峰瞪眼："规则是这样的吗？"

杨粤音理直气壮："也没人说规则不是这样的啊？怎么，你想抵赖？"

张立峰气结。他算看出来了，杨粤音就是要报复自己，为此不惜搭上沈意。

"好，我不抵赖。我选真心话。要问什么就问吧。"他就不信了，她能问出什么难到他的问题！

杨粤音温柔一笑："是这样的，你对我好奇，我对你也很好奇。所以，你介不介意跟我说一下，你最喜欢的……女优是谁啊？"

张立峰目瞪口呆。

所有人目瞪口呆。

杨粤音泰然自若，就好像自己刚才只是问了"你最喜欢的早餐是什么"一样，甚至还喝了口橙汁。

张立峰咽了口唾沫。杨粤音没问他看不看片，而是直接问他最喜欢谁，仿佛他肯定会看似的，让他有种被看穿的窘迫和措手不及。

旁边的肖让已经憋不住笑起来，他碰碰张立峰胳膊："别愣着啊，人家问你了，快点老实交代。"

这幸灾乐祸的模样激怒了张立峰，他抽回手，冷冷道："你不知道吗？我的所有资源你都看过吧。"

沈意愣愣看着肖让。杨粤音的问题已经让她很窘迫，但班上的男生私底下偷偷看那种片子，她也隐约知道，倒不算太惊讶，可肖让……

张立峰的话回荡在耳边，肖让没有否认，所以，他也看过……

像是猜到她在想什么，四目相对，肖让眨眨眼睛，忽然别过头，耳朵可疑地……红了。

杨粤音深深看了肖让一眼，仿佛重新认识了他，转头对张立峰说："少牵扯无辜，说你自己。"

这仿佛审犯人的口气让张立峰涨红了脸。看得出来他很想豁出去说了算了，可对上杨粤音黑白分明的眼睛，还有旁边沉默的沈意、假装镇定却难掩好奇的关越越，少年人到底脸皮薄，说不出口，夺过那杯白酒就想喝。

杨粤音却按住了他。

她抽走白酒放回原处，重新倒了杯啤酒，大发慈悲道："喝这个吧。"

张立峰喝了啤酒，感觉自己这一晚上真是一败涂地。

杨粤音报了一箭之仇，这才心满意足道："好了，下一个轮到你了。小意你选什么啊？"

沈意这才想起自己也是中招人之一。在张立峰刚吃了真心话的亏后，她本能地不想选这个，犹豫三秒，说："我选大冒险。"

"肖让也是大冒险，你们俩很有默契嘛。"杨粤音笑着说。

沈意抿嘴，不知该回什么。杨粤音摸着下巴说："让你做点什么呢？我们是好姐妹，不能太过分，得对你好一点……啊，有了！"

她伸手，沈意以为她要摸自己的脸，谁知她却绕到了后面，轻轻一抽。沈意只觉得头发被扯了一下，就看到杨粤音手里拿着条明黄的小丝巾，上面用线条画了几个五角星，每个五角星中央一只小蜜蜂，看起来活泼又充满朝气。

是肖让送她的小丝巾！

"我昨天就想问你，怎么忽然开窍了？还知道扎丝巾打扮一下……"

杨粤说到这里忽然顿住，看着丝巾背面的细长字母愣了一下："这是迪奥的？真的假的？哇，你居然舍得花这个钱！"

沈意下意识地说："不是那是假的……"

话还没说完，就感受到了一道谴责的目光射向她。转头一看，肖让正幽怨地盯着自己，似乎为她居然说他送的礼物是假的而感到十分受伤。

沈意噎了一下："呃，是真的。不过这个很贵吗？"肖让不是说花不了多少钱吗？

关越越也兴致勃勃地拿过丝巾打量："也不是特别贵，国内专柜买的话两千？找代购便宜一点。我在伦敦买过一条，一千八左右吧……"

一千八……

沈意觉得呼吸都紧了，不敢相信自己的耳朵。一条丝巾而已，居然这么贵！更可怕的是，她居然收了这么贵的礼物！

和家境优渥的关越越不同，沈意连衣服都没有超过一千块的，所以当下第一个想法就是必须立刻把丝巾还给肖让，弄坏了她可赔不起！

杨粤音却发现她话里的漏洞："你不知道多少钱，所以不是你自己买的？别人送你的？谁送的啊？不会是……喜欢你的男生吧？"

杨粤音和关越越同时兴奋，双眼发亮盯着沈意。沈意被看得头皮发麻，之前出于某种自己也不懂的心理，她没告诉她们，肖让送了她礼物，没想到现在让自己陷入这个境地。

肖让就在旁边啊，杨粤音这么说，他听到会怎么想！

但此情此景，承认也是不可能的，嗫嚅半晌，她说："我只参加了大冒险，没参加真心话。"

杨粤音扫兴地撇撇嘴，也知道现在不是逼问的好时机，没关系，她会问出来的。

"好，那我们来大冒险吧。"

她拿着丝巾站到沈意身后，还顺手摘掉了她的眼镜。沈意完全被弄糊涂了，不知道她要干什么，却发现一个东西在眼前降下来，然后，越贴越近……

她用丝巾蒙住了她的眼睛！

杨粤音兴高采烈道："我们来个盲人小游戏吧。我把你的眼睛遮住，然后选一个人站到你面前，你去摸他，猜猜你摸的人是谁，怎么样？"

不，不怎么样！

而且，这个游戏怎么这么熟悉？沈意想起来了，之前看过的电视剧里，主角结婚时，伴娘们就是这么捉弄新郎的！

她为什么要当新郎！

拒绝的话还没说出口，杨粤音就说："你不来这个，我们就来真心话，你回答我谁送你的丝巾。"

沈意一口气堵在喉咙里，杨粤音趁机把她拉起来，推到餐桌前的空地上，强行宣布游戏开始。

眼前贴着柔软的丝绸，头顶的白光照下来，只能看到几团模糊的影子。沈意忽然有点紧张，会是谁呢？

他们会选谁，来和她一起玩这个游戏……

肖让看着被蒙住眼睛的沈意，她站在那里，像个茫然的小孩。他忍不住想，刚才她为什么不说丝巾是他送的？之前她说不想让大家觉得他们走得太近，怕引人注目，可那两个女生不是她的好朋友吗，她却跟她们都没说……

他这么见不得人吗？

正胡思乱想，忽然被抓住手腕，他下意识挣扎，却见杨粤音端庄一笑，用唇形说：就你了。

然后，一把把他推到了沈意面前。

肖让心想，怎么又是他！

沈意只见黑影晃动，他们似乎推攘了一下，然后，一个人被推到了她面前。

没有人出声。

四周忽然间变得很安静，沈意感觉到那个人就站在她面前，试着抬手，抓住了一截衣袖。熟悉的触觉，是他们的校服，可惜没有半点帮助，今天他们都穿了校服。

女孩的手白白的，指甲是粉嫩的红，就这么攘着他衣袖。肖让垂目看了一眼，又回到她的面庞，丝巾上是活泼的小蜜蜂，遮住她的眼睛，露出挺直的鼻梁，还有花瓣般的嘴唇……

喉结上下滚动，一股奇怪的感觉滑过心口，他忽然有个冲动，很想抬手，去碰一碰。

碰一碰她被丝巾遮住的眼睛……

沈意把心一横，手往下一滑，端端攘住了那人的手。

烫。

这是她第一个感觉。

明明已经是秋天，他们之前也没剧烈运动，手怎么会这么烫？她指腹按在手背，感觉到微微凸起的血管，分明的骨节，还有瘦长的手指。这只手很大，她的手放在上面，被衬得整整小了一号。

她忽然意识到，这是一只男生的手。

她无意识摩挲了一下，那只手随之一颤，像是手的主人终于忍不住了。

她整颗心猛地揪紧。

是张立峰，还是……

鼻尖忽然嗅到熟悉的气息，是男生身上散发的，她蹙眉回忆，终于想起来。两个月前，教学楼的阳台边，男生俯身凑近，给她的T恤打了个结。

那时候，她闻到的就是一样的清香……

沈意忽然抬手就扯下了丝巾。头顶的白光下，肖让正低头看着自己。他们离得太近了，她甚至能看清他黑眸中倒映的自己的两个小小的影子。

丝巾还挂在脸上，而她像被蛊惑了似的，就这么和他对视。

"你……"不知过了多久，肖让终于开口。

沈意猛地惊醒，这才发现自己还抓着他，忙不迭松开。肖让迷惑地看着她，像是对她的表现不解，又像是对自己不解……

那边杨粤音等人也表情古怪。现在是什么情况，游戏玩到一半，沈意猜也不猜就直接扯下来了。

而且，他们刚才的氛围，怎么好像有点微妙……

沈意掩饰地走到桌边，抖着手抓起啤酒瓶满满倒了一杯，一口气喝下去才说："我犯规了。我喝了。"

关越越似乎想问什么，杨粤音却眼珠子一转，一把按住她说："好啊，游戏我们也玩得差不多了，可以了。切蛋糕吧。"

他们看出来了吗？

直到餐厅里的灯被熄灭，蜡烛的微光闪烁摇晃，沈意还满心凌乱地想。

那一瞬间，她狂跳不止的心，还有陷于他眼睛的蛊惑，他们都发现了吗？

她有点迷惑，不知道自己怎么了，从给他喂完菜后的落荒而逃，再到刚才，这一个晚上都不对劲。

男生就坐在斜对面，烛光里，他双眼闭着，似乎在跟杨粤音一起许愿。长长的睫毛投下阴影，他是那样好看，像童话里的小王子。

心跳又加速了，她慌张地闭上眼睛，不敢再看。

就在她闭眼的同时，肖让睁开了眼睛。

他望向沈意的方向。不知道是不是错觉，刚才总觉得有人在看他，但入目所见，只有闭眼许愿的女孩。

晃动的烛光里，她十指交扣，放于颔下，头微微低着，非常虔诚的样子，不知道的还以为是她过生日呢。

肖让轻舒口气。刚才真是疯魔了，他居然会有那样的念头，还好她及时按住了他。

他想象自己如果真碰了她的眼睛，再加上之前的话题，这些女生估计真要把他当大色狼了……

真是万幸！

Chapter 3

沈意本以为，杨粤音的18岁大寿过得如此刺激，第二天就会把这个消息散遍全校。然而让她意外的是，周日早上她去上自习时，并没有听到诸如"肖让去给杨粤音过生日了"这种重磅新闻。

"你懂什么，我可不是那个咋咋呼呼的陈瑶瑶，跟肖让说两句话就恨不得去广播站广播。这种绝杀招，当然要在关键时刻放出来。"

课间休息时，杨粤音这么说。她和陈瑶瑶不对付已久，加上之前她找沈意麻烦的事，现在是新仇旧恨叠在一起，没事就要损她两句。不过沈意不关心她们俩的斗法，而是问："昨天晚上，你说的是真的吗？"

"什么？"

"还装傻，就是……你说你有喜欢的人，是真的吗？"

关越越本来在玩《卡通农场》，闻言立刻凑过来："对对对，你喜欢谁啊？连我们都不知道，你瞒得也太好了吧！"

杨粤音拿过她手机，帮她收了拨西红柿，在轻快的游戏音里随口说："当然是假的了，我骗张立峰的你们也信？"

"是吗？"沈意狐疑。

沈意也不信，杨粤音当时的表情她们都看到了，应该不是在说假话。可如果是真的，为什么不肯对她们承认？这么保密吗？

杨粤音忽然一笑，关越越问："怎么了？"

"你们觉不觉得张立峰还挺清纯的？被我那么一问就不好意思了，都不敢回答了。就他这样的，平时还装'老司机'呢，还给大家发资源，我看他连个女朋友都没有，完全是纸上谈兵，光说不做。"

提到这个，关越越就脸红了，有点埋怨地说："你也是的，真心话就真心话，你怎么问……那种问题啊？还当着肖让的面……"

她想到当时的场面还觉得害羞，而且张立峰说什么来着，肖让也看过他的资源……

旁边的沈意也抿唇低头，明显不好意思多谈。

杨粤音对两人的没见过世面很无语："你们俩几岁？幼儿园大班毕业了吗？就咱们这个年纪的男生，有几个不满脑子想着那种事？我跟你们说，班上一共13个男的，我不信能找出一个没看过这种片子的。"她顿了顿，嘀咕道，"别说理论派了，没准连实战派都有呢……"

十七八岁正是青春冲动的年纪，对异性充满好奇，即使是重点中学也不例外。不过沈意一直以为他们就是牵牵手约约会，难道……不只吗？

杨粤音示意她们凑近，压低声音说："暑假的时候，有人看到徐丽娜和周远在一起……"

两个女生同时吸气。

三人同时往教室右边看去，徐丽娜在和别的女生说话，周远在座位上做题，两人看起来和往常没有什么区别。

关越越耳朵尖都红了，小声说："你是说他们……在一起了？"

最后四个字说出来脸颊又是一烫，唯恐被人听到。杨粤音也有点不自在了："我没说。我不知道。我就是听到别人这么传……就算是也没什么好惊讶的，搞不好别人也这样呢。"

"谁？"

杨粤音没说话，却用目光瞄向一个座位，以及座位上正闭目养神的男生。

沈意愣住。

虽然和肖让同学两年，但沈意对他依然不算熟悉，他来学校的时间太少，她又不像别的女生那样没事就去网上搜索他的消息，所以之前他对她而言也就是一个遥远的明星。顶多因为同学的关系，她会在看到他的新闻时多停留几秒。

现在他们成了同桌，通过之前几次接触，沈意觉得肖让身上虽然有很多光环，说话做事有时候也会显得成熟，但本质上还是和他们差不多的同龄人，一个阳光开朗的男孩。甚至他比别的男生还要更规矩一点，至少沈意就从没听他讲过无聊的黄色笑话……

所以，他私底下到底是什么样子？

"班长？"

她猛地转头，肖让正疑惑地看着她，扬了扬手里的试卷："考试了。想什么呢？"

沈意的脸瞬间涨得通红，她根本不敢看他的眼睛，埋头就抢过试卷。

她一定是被杨粤音传染了，居然在肖让旁边想这种问题！她才不关心呢！

肖让莫名其妙，不知道发生什么了，让女生有这么大反应。

难道，她也不想考试？

从高三起，每个周日的晚自习都会进行一个小测试，七个科目每周轮流。这也是高三的另一特点，随时随地、无处不在的考试，不知道什么时候老师就带着试卷过来了。本来大家也习惯了，但也许是上周刚进行了期中考，同学们才从高压中缓过来，情绪上就比较躁动，放眼望去，班上一半是做题做得不情不愿的学生，另一半则是做都不想做的，正给旁边人使眼色想抄答案。

肖让也想抄答案。但他不是不想做，是不会做。

数学。他怎么这么背，赶上他最头痛的数学！连乱写都不知道怎么写啊！

男生在旁边长吁短叹，把卷子翻来翻去，半天了没写一道题。沈意余光瞥到，想起他那张惨烈的数学考卷，忍不住抿嘴一笑。

肖让侧头正好看到她偷笑，摆出一副不满的样子，用口型说：不许嘲笑差生。

沈意却想起一件事，抬头观察了下，高老师正在讲台上跷着腿玩手机。这种小考，监考向来松散，他们又坐最后一排，沈意于是大着胆子在桌肚里摸了几下，找到了要找的东西。

然后，她轻咳两声，示意肖让看过来，借着课桌的遮挡把东西递了过去。

肖让以为是小抄，眼睛一亮，接过来却发现是个本子。

手工装订的，封皮是一张白纸，翻开后里面是复印的数学笔记，每个知识点下面还有相应的题目。他凑近一些，发现笔记原稿是手写的，字迹工整清秀，像是出自女生的手。

"这是……"

这是她之前给他做的复习笔记，针对从他试卷上分析出的薄弱部分，选了相应的笔记和习题。做这个的时候她没想太多，刚才拿出来也很自然，可此刻在他惊讶的目光里，才猛地惊觉，自己这个举动会不会有点太热情了……

她顿时紧张："那个，乔老师让我帮助你，所以……之前就想给你，但你走了，我刚刚才想起来……"

她越说越说不下去，自己到底在干什么呀，乔老师只是那么一说，宋航都说了，老师并没有真的要求她什么，而且肖让是有家庭老师的，还用得着她？

她感到狼狈，好像自己做了不合时宜的事，闷头就想抢回笔记："你不需要就算了……"

男生却避开了她的动作，用一种不可思议的语气说："我怎么不需要？我当然需要！班长，你真是太好了！"

又是这句话。

昨晚在杨粤音家，她给他喂了牛肉之后，他就是这么说的。男生的眼睛像是漂亮的琥珀，映照着她的面庞，还有他那种仿佛她是什么救世主的夸张口吻，让她的心跳瞬间加速……

讲台上忽然咳嗽一声，高老师暗含警告地看了他们一眼，沈意这才发现他们的小动作已经被察觉。作为一个从不作弊的好学生，她还从没经历过在考试途中被老师警告的事，顿时又是羞愧又是懊恼，只恨自己刚才为什么要这么做。

明明考完了也可以给他的啊！

偏偏前排男生还没眼色，一见高老师又玩起了手机，立刻往后一靠，用气声说："哎，班长、肖让，你们在抄答案吗？不要搞小团体主义，给我们也抄一抄吧……"

对于这种要求，沈意的回答是用笔杆抵住他的背，无情地把人按了回去。

做完才发现肖让在盯着她笑，不知是不是在笑她刚才的动作。沈意不敢再说话，低下头看着卷子，然而题目在眼前浮动，她却发现自己怎么也看不进去。

明明不是多难的题目，即使麻烦点的，多花点时间应该也能解出来，她却没什么动力，心头像有只小爪子在挠，让她几乎有些坐不住，更别说沉下心去做题了。

她轻叹口气。原来不只别人，就连她，也有点考不进去。

如果今晚不用考试就好了……

这个念头刚闪过，教室里的灯忽然熄灭，眼前瞬间陷入黑暗。

全班哗然。

沈意也吓了一跳，愣了下才反应过来："停电了？"

确实是停电了。

透过窗户往外一看，整个学校都陷于黑暗中，以往灯火通明的教学楼黑漆漆一片。沈意有点蒙，学校停电的情况一年到头也难得碰上一次，今晚是怎么了？

等等，她忽然反应过来，停电的话，是不是就意味着……不用考试了？

意识到这一点的不只她，全班都骚动了，大家交头接耳，还有男生大声问："高老师，现在怎么办啊？"

"安静。"高老师在讲台上拍了拍，"都在座位上坐好，我出去问问。"

他一走，教室里顿时炸了锅。因为很少遇到这种情况，大家又新鲜又激动。张立峰煞有介事地说道："我说今早出门怎么听到喜鹊叫呢，果然有好事发生！你们说电这样停下去，我们会不会提前放学？"

众人纷纷附和，杨粤音却泼冷水道："我比较想知道，如果十分钟后就来电了，这试是不是还得接着考。"

短暂的沉默后，大家立刻行动起来寻找最近的救兵："快快快！把你的答案给我抄一抄！趁老师还没回来！"

教室里忙作一团，因为没有灯，大家点开了手机里的手电筒，亮光一晃一晃。沈意旁边也亮起了光，回头一看，肖让举着手机，把光对准了她。

"你干吗？"

"你不做题吗？反正我也不会做，帮你打个光，就当是回报班长的笔记大恩！"

沈意想象了一下肖让给她举着灯盯着她做题的画面，顿时觉得自己应该是无论如何也做不进去的："不，不用了。"

肖让疑惑地挑眉，手一转就把手电筒对准了自己。身后是黑漆漆的教室，只有一捧捧碎光在闪烁，像森林里的萤火，而他的五官陷在白光里，显得越发棱角分明，连黑眸都熠熠生辉。

她看得失了神，回过神来才发现他盯着自己，似乎在观察她的表情。她一个激灵，生怕他看出什么，连忙岔开话题："到底什么情况啊，真的要摸黑做题吗？"

"不知道。对面那些人可能知道。"

他们这栋楼里是高三的，对面那栋则是高一的。不像被考试绑在教室里的高三生，高一那边几乎每个窗户都是往外张望的脑袋，还有些人直接跑出了教室，打着手电筒往操场上一通乱照，不时传来男生兴奋的怪叫声。

这样的校园，都有点令人感到陌生了。

肖让说："真有意思，没想到就我来学校这个频率，还能赶上停电。我以为就我们剧组停电呢。"

"剧组也停电？"

"不经常，但我们都还挺怕停电的。"肖让见她感兴趣，解释起来，"我们拍戏时剧组都要自备发电车，因为机器设备都得用电，靠它才能保证工作。所以，发电车一旦坏了就麻烦了。有一次在东北拍一个戏，那天拍大夜——哦，大夜就是通宵，当时还是冬天，凌晨两点，你知道有多冷，发电机坏了，油管冻裂了，什么都拍不了，全傻在那儿，导演气得现场骂人！"

沈意听得入神了："那后来呢？怎么解决的？"

"还能怎么解决？等着呗。工作人员飙车回城买油管，我们就在黑灯瞎火、零下十几摄氏度的野外相拥取暖，等着他回来解救我们……"

他语气夸张，沈意也真的听进去了，满脑子都是：他不是大明星吗？怎么日子这么惨，零下十几摄氏度的东北，那得多冷啊……

"你等了多久？感冒了吗？"

肖让吹完牛正嘚瑟呢，听到女生的问题更得意了，不要总觉得你们学习做题辛苦，我们娱乐圈也是很不容易！正打算再进行一下渲染升华，一垂眼却对上女孩的表情。

她戴着眼镜，圆圆的薄片后，一双黑瞳一眨不眨地盯着他，牙齿轻咬下唇，脸上是毫不掩饰的……心疼？

那些话忽然间全堵在喉咙里，他默了片刻，露出个笑容："没多久，他很快就回来了。而且，我一直坐在保姆车里，没有冻着……"

沈意这才松了口气。

外面忽然爆发出一阵欢呼，从一楼传到三楼，震得教学楼都仿佛在颤抖。大家吓得抬起头，连声问"怎么了，怎么了"，高老师走了进来，说："电路故障，不知道什么时候能修好。行了，都回家吧。"

居然真的放学了！

沈意走出教室还觉得不真实，自己什么时候许愿这么灵了？说不想考就真的不考了，那要上北大可以吗？！

杨粤音兴奋得一边下楼一边说："快快快，想想，我们待会儿去玩点什么！难得有这样的好事，白捡的假期啊，千万不能浪费了！"

"又没电，乌漆麻黑的能玩什么啊？"关越越说。

"你是不是傻？学校停电了，外面又没有停电。就算外面也停电了，只要不是全城大停电，我就不会乖乖回家的。是吧，大明星？"

肖让忽然被点名，立刻配合地说："是，现在回家就太亏了。"

杨粤音赞赏地拍拍他的肩膀，嘉奖他的"上道儿"。

肖让看着兴奋的女生，脚步放慢，退到一个人旁边："你要和她们出去玩吗？"

沈意迟疑道："应该？她们要去，那我就去吧……"

肖让眯眼："你让我有点意外。"

沈意疑惑，肖让说："我本来以为，你会带着卷子回家把它做完，这才符合班长你的'人设'。其实停电时，你没有立刻拿出手电筒挑灯夜战就已经让我很惊讶了。"

她咕哝："我又不是做题的机器……"

她以为说得很小声，他却还是听清了，笑容变得更大："班长说实话吧，今晚停电放假，你其实也很开心对不对？"

天上一轮弯弯的月亮，照耀着安静矗立的教学楼，周围是不断经过的学生，每一个都在笑，还有人哼着不成调的流行歌。电筒光晃来晃去，大家太过于兴奋，甚至没人注意到这里还有个大明星。

今晚本该是学习的。自从升上高三，日复一日，都是一样的日子，学了又学，考完再考。可是今天晚上，因为一个意外，忽然间，所有的计划都被宣布作罢，他们放下做了一半的卷子，离开学校。

这样的时间，美好得像是偷来的。

她终于也笑了，正视着他，说："没错。今晚停电放假，我很开心，不可以吗？"

她是那样理直气壮，肖让怀疑自己从未见过她底气这样足的样子，甚至陈瑶瑶吵架那次都不如现在。

然而就在此时，身后白光一闪，路灯"唰"地亮了。原本漆黑一片的教学楼瞬间灯火通明，教室一间间点亮，整个学校重新恢复光明。

沈意都看傻了，呆呆立在原地。其余还没离开的同学也茫然看着教学楼，不知如何反应。

现、现在什么情况？

要回去吗？

可是都走到这儿了……

肖让忽然抓住沈意的手，大喊一声："还等什么，跑啊！"

众人如梦初醒，爆发出一阵欢呼，争先恐后往外跑去。

沈意跟着肖让拼命往前跑，耳畔是呼呼的风声，而教学楼就在一团亮光里，被他们远远甩在了身后。

肖让和沈意一直跑到两百米外才停下来，他回头看一眼，说："好了，现在应该不会有人来抓我们回去了。"

沈意缩回手，他才发现自己刚才一直紧紧抓着她，有点不好意思地咳嗽一声："你刚才跑得挺快的。"

沈意没吱声，被他那样拉着，能跑不快吗？她怕稍微慢点就会摔在地上被他拖着走。

她扭头看了看，杨粤音她们不在附近，不知道跑去哪儿了，手机里也没有新消息。她们自己去玩，不等她了吗？

"总的来说，我们配合得挺好，逃亡成功！"肖让说着举起一只手，掌心朝着沈意，用眼神示意。

沈意很想不理他，却管不住自己的手，顿了几秒还是抬起来很轻又飞快地和他击了个掌。

肖让心满意足，这才左顾右盼道："好香啊。"

学校外面这条街本来就有很多小吃店，到晚上又多了各种用小推车推着的路边摊，此刻周围挤满了和他们一样逃亡成功的学生，空气中弥漫着铁板鱿鱼、烧烤串、香辣土豆和炒河粉等美食的香味。

"我有点饿了，你想吃东西吗？"肖让没等沈意回答，又说，"你在这儿等着，我去买点吃的，很快回来！"

沈意看着他径直朝街道对面一个小摊跑去，几乎不敢相信自己的眼睛。

明星可以这么随意的吗？直接去路边摊买吃的？他就不怕被人认出来？

却见肖让过街后先把帽子拉了上来，他今天没穿校服，而是穿着灰色卫衣搭配水蓝牛仔裤，两手一提就把卫衣帽子戴到了头上，站到小摊前弯腰跟老板说起了什么。

沈意紧张地看着他，生怕露馅，然而也许是小吃摊灯光太暗，又或者是周围的人都忙着吃东西，居然真的没人注意到他，肖让很快端着吃的回来了。

"来，尝尝，铁板土豆。我最喜欢这家的了，在外面工作时经常想得不行！"

夜色中，男生还戴着帽子，只露出一张俊朗的脸。手中的白色纸碗里装了满满一份土豆，土豆被切成块，外皮炸得又焦又脆，上面淋了辣椒油和醋汁，还撒了孜然，能闻到那股酸酸辣辣的味道。

肖让用一根竹签插起三块，一口气全放到嘴里，这才满足地感叹："就是这个味道，绝了。真的，不夸张地说，我愿意为了这一口跟这个老板结婚！"

沈意立刻看向对面，系着个红围裙的微胖的中年男人正热火朝天地炸土豆，并不知道自己已经多了个未成年的大明星未婚夫。

肖让见沈意没动，又说了一遍："你不吃吗？这家真的很好吃，你之前吃过吗？我还给你拿了根签呢！"

沈意不爱吃路边摊，总担心不干净，之前只陪关越越买过两回，也没吃过这家的铁板土豆。虽然现在的环境让她很担心被人看到，但肖让一再邀请，她只好拿起竹签，插了块土豆放到嘴里一咬，登时愣了。

外皮酥脆、内里绵软，咽下去后满嘴都是酸香麻辣的滋味，真的很好吃！

肖让一见她的表情就知道了，得意地扬眉："怎么样，我没说错吧？"

沈意没理他，又插了一块，肖让不甘落后，立刻也插了一块。两人就这样站在路边你一块我一块地吃着，连话都没工夫说，很快一碗铁板土豆就见了底。

肖让问："呃，你还要吗？"

沈意说："我饱了。"

肖让坦言："我也饱了，我上晚自习之前还吃了一份呢。"

沈意真心感到困惑："你们明星不是要节食吗？你可以吃这么多？"

肖让眨眨眼："别人要节食，我不用啊。我还在长身体呢！"

沈意一想，好像也有道理，毕竟肖让才17岁！

肖让却来了兴趣："不过你说得没错，圈内明星，尤其是女明星们，真的好惨，我就没见几个日常是能吃饱的。周佩佩你知道吧？她是我见过的女星里最自律的，她的名言就是，女明星没有吃饱饭的权利！30岁后，每一块放到嘴里的肉，都会化作身上罪恶的，即使在跑步机上付出三倍努力也减不下去的脂肪。她曾经为了控制身材，整整五年没吃一点主食！"

沈意回忆周佩佩明艳娇俏的面庞，顿时明白那位女士为什么能红这么多年还屹立不倒了："我知道她，你还和她演了《盛小姐》。"

"对，那部剧你看了吗？我演得怎么样？"

"看了一点……我妈妈很喜欢看。"

对班长这疑似不够支持同学事业的行为，肖让耸耸肩："现在行情不行，都没什么好本子，那个剧虽然也有很多不合情理的地方，但整体算不错了。"

"不合情理？"

"你不觉得吗？网上的负面评论不是都有几万条了吗，盛开大变身那里的广告植入……"

沈意知道这个，杨粤音给她看过，是《盛小姐的花园》里的一个情节。女主角盛开要被富豪男主角大改造、大变身，这种明显为了炫富的桥段，要的就是梦幻夸张，可剧里植入的护肤品、化妆品却全是国产的平价品牌。

这一段被截图发到微博，转发四万多次，网友议论纷纷："有钱人就给自己女朋友用这种化妆品吗？我们迪奥、兰蔻、香奈儿不配拥有姓名！"

"太假了，真的太假了。这种东西怎么能出现在男主角这种豪门设定的家里，现在广告植入简直不动脑子，傻到侮辱观众！"肖让恨铁不成钢，"就连我们在拍的时候，佩佩姐自己都说，我平时也不用这个呀。"

沈意沉默了一瞬，一本正经道："理解一下嘛，现在生意不好做，道明寺都送杉菜游戏币了，男主角的钱也不是大风刮来的啊。"

两人对视，同时笑了出来。

笑声中，他们沿路往前走。夜风吹拂面庞，沈意觉得脚步仿佛也踩着风，有一种轻飘飘的不真实。

她和肖让一起从学校逃了出来，还在路边吃完了同一份小吃，这样的事要是几个月前她根本无法想象。

好像自从开学那一天，她撞上了翻墙而入的他，一切就开始失控了。

她偷偷看向旁边，男生把纸碗揉成一团，投篮般往前一扔，正好砸入垃圾桶。他满意地叫了一声，看起来就像个普通的17岁男孩，她却想到红毯上西装革履、享尽荣光的男明星。

她原本平静如水的生活，因为他，开始变得不一样了……

转过拐角，到了一条更宽的街，沈意又迟疑起来。接下来要怎么办？继续跟肖让这么走下去吗？太奇怪了，她是不是应该主动告别……

"哎，那边什么情况？"肖让说。

右前方是个挺大的游戏城，平时就会聚了附近的学生，今晚更是人头攒动。不过这会儿的热闹并不在游戏城里面，而是在门口。七八个人围成一圈，中间是一台跳舞机，上面一左一右站着两个人，正随着音乐热烈起舞。

那是一男一女，都十七八岁的样子，男生白T恤、黑裤子，高高瘦瘦，女生在这个季节还穿着超短裙，一双长腿细得跟筷子似的。这无疑是很令人觉得赏心悦目的两个人，舞跳得也好，动作利落，黑发纷飞，在富有节奏感的金属音里不断激起围观者的赞叹。

沈意也忍不住说："好厉害啊。"

肖让点头："是挺厉害的，是咱们学校的吗？"

"女生不知道，但男生是。他是15班的艺术特长生，叫乔烨，之前在元旦晚会上表演过，不过那次你不在。"

她介绍得很认真，仿佛这是什么有来头的大人物。肖让扬眉："就表演过一次，你就记住了？"

沈意不明白他为什么这么问："嗯，关越越和杨粤音都跟我说过他，他在咱们学校还挺有名的，是'校草'之一。"

"校草？还之一？咱们学校有几个校草？我在里面吗？"

沈意觉得男生好像忽然在意起来，有点奇怪，但还是老老实实说："我不知道。他们评选校草的时候，选了好多人上去，我没参与，只是知道有几个得票数很高的，他在里面。至于你，你不是校草……"

肖让这次是真的惊了，自己好歹也是当红流量、偶像小生，怎么母校评个校草都不带他玩呢？这传出去，他还怎么混？还要不要做人？宣传部的同事不全体写血书检讨都说不过去！

沈意补充道："校草是一个物种，你是另一个。大家都管你……叫王子。"

两人沉默。

好一会儿，肖让偏过头笑了，像是无奈，又像是暗暗得意："好吧，这个称呼我勉强接受。"

这时那两个人跳舞结束，屏幕弹出结果，右边赢了，左边输了，原来他们在比赛。

女生下了跳舞机，没好气地说："行，我输了，你厉害。真是没有风度，大男人都不知道让让女孩子。"

众人哄笑，有个穿黑T恤的男生说："美女别生气，我来帮你报仇！"

说完站上了跳舞机，和那位获胜的"校草"对视一眼，就开始了新一轮比赛。

因为刚经历了一场精彩的斗舞，大家本以为这次也会一样，谁知乔烨依旧舞姿帅气，黑T恤却只是挥动着双手，大家还以为他是放弃了，仔细一看才发现不对。

跳舞机的规则是参与者按照屏幕上给出的方向指示摆动四肢，但它的打分其实并不怎么科学，有时候就算舞跳得不怎么样，只要手脚的方向对了也能得高分，所以就出现了很多偷懒的招数。

现在就是这样，乔烨在遵守指示的同时还保证了舞蹈动作的优美，黑T恤却不是，他甚至直接把脚踩在了向上键和向下键交接的地方，这样无论指示哪个方向，他只要在那一端用一点力气就行，连脚都不用挪一下。

作弊！这绝对是作弊！

沈意看得生气："怎么可以这样？我要是乔烨，就不跟他比了！这人一点竞技精神都没有嘛！"

"你好认真啊，你是真的觉得会跳舞很厉害啊？"肖让说，"但我觉得你比较厉害，他们应该也这么觉得，你书念得多好啊，我从小就佩服书念得好的人。"

沈意摇摇头："我只会死读书，没什么厉害的。别人如果愿意像我一样刻苦，也能学得好。但跳舞不一样。像他们这样的人，我是学不来的。"

他没想到她会这么说，有点惊讶。

但沈意说的是真心话。小时候她也学过画画，却表现平平，后来课业重了也就放弃了，唱歌跳舞就更不要提了。她一直觉得，自己就是个无趣的书呆子，和那些又漂亮又多才多艺的女孩子比不了。

一局结束。

依然是右边赢，左边输。黑T恤用了一通花招居然还是输了，在围观者的嘘声里落荒而逃。

肖让忽然说："哎，想不想看真正的比赛？"

沈意一愣，见他一副跃跃欲试的样子，反应过来："你不会想去吧？你疯了？一定会被发现的！"

他们刚刚一直站在一块灯牌后，这才无人注意，但如果肖让跳上跳舞机去比赛，别说戴个帽子，就算他戴上墨镜、口罩，恐怕一样会被认出来。

不要低估人民群众的火眼金睛！

肖让环视一圈，终于发现自己要找的东西，小步跑到一个老奶奶的地摊前，拿起个东西问："这个多少钱呀，奶奶？"

那是一个小丑面具，就是那种最常见的马戏团小丑，红通通的鼻子，鲜红的嘴巴咧成夸张的弧度。

肖让扫完支付码，戴上面具，歪着脑袋对沈意说："这样就不会被认出来啦。"

众人正在鼓掌欢呼乔烨连胜，还有女生想过去要微信，忽然又看到一个人跳上了跳舞机，还是男生，却戴着面具。

肖让问："要来一局吗？"

乔烨盯着他："你这个样子能跳？"面具虽然留了眼睛的孔，毕竟还是有点碍事。

"当然。我蒙上眼睛都能跳。"

口气倒是不小。乔烨笑了："好。那我们比吧。"

肖让又问："我选歌可以吗？"

"随便。"

两人一开始就这么叫板，群众都激动起来。

一来乔烨跳得实在好，这个人看起来又信心十足，让人忍不住期待两人的对决；二来挑战的男生虽然戴着面具，但身材高大、肩宽腿长，整个人只是站在那儿就有股说不出的气势，更让人好奇他的实力究竟如何，配不配得上这气场。

沈意却很担心。她知道肖让是明星，但之前只听说他是演戏的，不知道舞跳得怎么样，而且就算舞跳得好，不适应跳舞机的玩法也一样行不通，那个乔烨一看就是老玩家了，肖让整天工作，有这个时间吗？

如果输了，他面子上会不会过不去啊……

不容她多想，比赛开始了。

音乐一开始很舒缓，如深夜的大海，只能听到一声又一声清脆的响指音，肖让随意站着，头和脚随着节奏轻点，看起来很放松。然后下一秒，音乐忽地一转，吉他、贝斯、键盘、架子鼓还有萨克斯，各种乐器同时奏响，如白光炸裂，瞬间照亮半边天。肖让同时勾起双肩、手臂微抬，身体仿佛化作机器人，每一个关节都被拆分，在热烈的节奏里屈伸、转动、绕环、摆振，动作干净利落，如行云流水！

男人低沉而磁性地唱道："Bad boy.I'm your bad boy…（坏男孩。我是你的坏男孩……）"

"Bravo(好极了）！"

喝彩声里，有女生兴奋地说："*Bad Boy*！是李铎的*Bad Boy*！他们居然跳这首！"

沈意知道李铎，他是现在很红的韩国男子团体的成员，但本身是中国人，班上也有很多女生喜欢他。可听她的口吻……

"这首有什么问题吗？"

"你不知道吗？这首歌很难的！歌快，本身难度就高，舞又编得密，是公认的新手绝不能选的死亡歌单之一！"

"老手也不一定行。"那个刚跟乔烨比赛的超短裙小姐姐一边紧盯着比赛，一边补充，"我曾经背过这首的脚谱，花了三天才记住，结果隔天就忘了。可这个小丑，他没有一个键踩错……"

是，从开始到现在，肖让没有踩错一次。跳舞机踏板光芒闪烁，而他在上面挥洒自如，就像所有的光都在他身上撞击。小丑放肆地笑着，更给他添了一种诡异的帅气。

当然，挥洒自如的不止他一个，旁边的乔烨也一个键都没错。两个同样挺拔的男孩越跳越兴奋，势均力敌，吸引了越来越多的围观群众，跳舞机旁几乎被围得水泄不通。

终于，在某个瞬间两人对视，乔烨薄唇紧抿，肖让却笑了一声，毫无预兆地转过身，竟不再看屏幕，直接面向观众跳起了舞！

乔烨一惊。正面观众跳当然比背面跳更难，没有提示就必须熟记脚谱才行，不过他也不是没跳过，立刻跟着转身。然而大概是没有准备，刚一转身大脑竟出现瞬间的短路，脚下立刻错了好几步。

好在他经验丰富，迅速在脑海中回忆脚谱，重新跟上了节奏。

而在他找回状态后，两人的舞蹈也将今晚的气氛推向了最高潮！

"啊——"全场沸腾，"太帅了！"

"男团男团！绝对的男团水准！快快快！我要拍下来发抖音！"

十几台手机对准了他们，拍照的光一闪一闪，沈意却没有动。她只是看着肖让，仿佛透过嘈杂的游戏厅看到了万众瞩目的舞台，以及舞台上光芒耀眼的他。

她忽然就明白，为什么会有那么多女孩追逐他，迷恋他，为他疯狂，为他呐喊。

有一种人，天生就是要得到无数人的爱的。

一曲毕，屏幕弹出结果，左边赢，右边输，这是今晚第一次挑战者胜利！观众的喊声越发热烈，肖让却看都没看一眼，大步走过去和乔烨击了个掌，一改跳舞前的剑拔弩张。

"你赢了。"乔烨说。

"你跳得也不错。"

"少虚伪了！"乔烨翻了个白眼，看起来却并没有生气，"输就输了，我还不至于输不起。而且我看你其实得意得很吧，你现在是不是在面具底下偷笑？"

他捶了肖让一拳，肖让哈哈一笑，跳下跳舞机，也不管大家都盯着他，几步跑到沈意面前邀功似的问："怎么样，我跳得好吧？"

沈意感觉无数道目光都随着他的话射到自己身上，头皮有点麻："好……"

她还没从震惊中缓过来，肖让会玩跳舞机就算了，还玩得这么好，把乔烨这种身经百战的高手都压下去了。他是真的天赋过人，还是娱乐圈其实很闲，大明星有空每天练跳舞机？

仿佛猜到她的疑惑，肖让凑近一点，小声说："其实，我就会这一首。这首歌的脚谱是根据李铎的原舞编的，基本没有出入。去年我在横店拍戏的时候，李铎在那边拍另一个戏，我们住同一家酒店。他亲自教我跳了这个舞，我们还去楼下跳舞机实战了几回……"

他居然跟李铎本人比过！

光听名字就能猜出来，所谓"脚谱"应该就是脚的方位指示谱，只要背会了就可以在这个基础上自己编舞蹈动作。但如果脚谱和原舞没有出入，直接跳原舞当然是最好的选择。

只是……

沈意瞪着他，半晌才问："那你这算作弊吗？"

"当然不算！"肖让立刻捍卫自己的胜利果实，"我可是自己刻苦学的，而且全靠我的聪明才智才能记这么久，换别人早忘了！"

沈意很无语。这个人，就会一首歌也敢上去挑战，怪不得要先夸海口呢，吹完了牛再说自己要选歌，乔烨那种老玩家为了面子也不会和他争的。

狡猾！实在狡猾！

"帅哥，这是你女朋友吗？"那个超短裙小姐姐突然问。

什、什么？女朋友？

沈意大惊，脸登时红了，结结巴巴道："不是，我不是……我是他同学……"

"你不是啊。"女生眼前一亮，"那帅哥，加个微信好吗？"

她一开口，早就蠢蠢欲动的众女生立刻跟上，有人瞥到沈意的校服，笑问："那你也是七中的了？怎么你们七中的都这么会跳舞，难不成重点高中每天不上数学课，上舞蹈课？"

"还有还有，你干吗戴面具啊，喜欢玩神秘？"

"摘下来让我们给你俩拍张照嘛！你们可贡献了今晚的双王对决！我想发微博！"

让你发微博还得了！还有微信，我的微信怎么可能随便给你们加！经纪人会杀了我的！

肖让知道该跑路了，不顾沈意还没回过神就牵住了她，一边打哈哈，一边就想往外溜。

人群团团围住，两人费劲地往外挤，某个瞬间沈意瞥见乔烨，他还站在跳舞机上，抱臂看着他们，不知在想些什么。

察觉到沈意的目光，他忽然扬扬眉，意味不明地朝她笑了一下。

两人好不容易从游戏厅挤出去，跑出50米外，沈意才停下来："今晚什么情况，我们怎么总在逃啊？"

肖让把面具往上一推，让它压在头顶："大概是想抓我们的人太多了。是吧，成哥？"

沈意一愣，却见肖让盯着斜前方。大概五秒钟后，一个20来岁的年轻男人从暗处走了出来，长叹一口气："我又暴露了？我还以为我藏得挺好呢。"

"我跳舞的时候就看到你了。"肖让也叹了口气，"成哥，不是我说什么，但你的警惕性真的太差了。难怪十次有八次我在机场被粉丝捉住，都是因为你给我暴露了。"

听口气，两个人很熟，沈意正疑惑，肖让已经转头给她介绍："这是我的助理罗成，来接我放学的。"

最后一句说得有点艰难。因为还没拿到驾照，他不能自己开车，走路或者打车又有被认出来的风险，所以每次回来上课，罗成都会跟过来接送。他觉得这实在太矫情了，也抗议过，奈何妈妈坚持，他只好勒令罗成送到学校附近就好，不许跟到门口。

没想到今晚被沈意撞上了，她不会嘲笑他吧？这么大了，上个学还要人送……

沈意不知道男生的心思，只是想着，原来是这样啊。她之前还想呢，肖让这样的情况上学放学要怎么办，一旦被粉丝发现就是全城大追捕，总不可能每天都打游击战吧。

罗成早就看到沈意了，一听肖让介绍就立刻说："对，就是《隋唐演义》里那个'冷面寒枪俏罗成'的罗成，跟我同名，长相也像，你基本可以把我们理解成同一个人。"蹭完大英雄老祖宗的热度，他又咳嗽一声，"不过，这位妹妹是谁啊，小让，你同学？你们俩……"

他语气克制，但沈意刚经历过那个女生的"轰炸"，一对上他的眼神就知道他在怀疑什么，连忙说："我是他同学，也是他班长。我们是因为停电才一起出来的，不是你想的那样……"

她否认得太快，他还什么都没说呢，她就已经把话准备好了，反倒让他更加怀疑。

不能怪他八卦，只是他接送肖让上学这么久，还是第一次看他和学校里的女生单独在一起。而且这两天他本来就不对劲，先是昨晚突然通知他不回家吃饭了，让他自己回去。今晚他在附近的车里等他，听说停电想过来看看情况，结果一到校门口就撞上他牵着个女孩子风一般地跑出来，惊得他以为自己花了眼。等他好不容易再找到人，已经是在游戏厅了，肖让戴了个面具在跟人斗舞，这女孩就在下面看着，远远望去，就仿佛他的舞是特意跳给她看似的。

此情此景，怎么能不让他多想！

"是吗？我想的什么？你怎么知道我在想什么？"他调侃道，逗得女生满脸窘迫。

"她是乔老师安排来帮助我学习的。"肖让说，"我们是优等生和差生的互帮互助关系。"

罗成明显不信，还想再说点什么，肖让警告地瞪他一眼，他这才不情不愿地住了嘴。

管住了胡说八道的助理，肖让看向沈意，看得出她被刚才的事弄得有些不自在，垂着头眼神躲闪。

他也不自在起来，强行压下那感受，说："我要走了。"

沈意点头："哦……"耽搁这么久，是该回家了。

肖让见她没懂，无奈一笑："我的意思是，我要离开嘉州，回北京工作，明天不来学校了。"

沈意这才愣住。

他又要走了吗？这一次，要走多久？

"你没话说吗？"肖让问。

沈意呆呆地说道："说什么？祝你……一路顺风？"

"你上次不是说，我走都不告诉你一声吗？所以我长记性了，这次提前告诉你。"

"我什么时候……"

她忽然想起来，是那天晚上，她和他聊QQ，她说漏了嘴，让他知道了她因为他的突然离开而不高兴。

当时他说，下次再要走，一定提前跟班长大人报备……

夜色中，男生朝她笑着，露出雪白的牙齿，是他一贯的阳光帅气。她却想起昨天晚上，她摘下丝巾，对上他明亮幽深的双瞳。

那一刻，她的心就像现在一样，狂跳不止。

沈意忽然抬手，按住了左边胸口。

通常来说，一个班上最有威严的老师都是班主任，但5班有些不同。乔蕊虽然是班主任，可个性随和，人又年轻，喜欢和学生打成一片，大家并不怎么怕她。

相比起来，真正让5班学生闻风丧胆，一到他的课就如临大敌的，是另一个人。

关越越垂头盯着卷子，揪紧一颗心暗自祈祷良久，还是听到了意料中的那句话："这一列，依次起来说填空题的答案。"

她痛苦地闭上眼睛。

对大多数文科生来说，已经逃过了物理和化学，数学就变成了最要命的科目。偏偏高长林作为5班的数学老师，却心狠手辣，暑假结束前一周突然增加作业这种操作已经不算什么了，最让大家崩溃的还是他有一个坏习惯。

他特别喜欢在课上抽人答题！

就好比今天，他先花二十分钟简单评讲了一下昨天的试卷，结束后还剩半节课，于是让大家拿出复习资料，翻到还没做的一套题。关越越在这个指令发出的瞬间就提高警觉，果不其然，接下去他就开始抽人答题了！

而且好死不死，就是她这一列！

眼看第一排的钟文曦已经站起来，关越越抓紧时间数了下人头。她坐第六排，那么轮到她就是第六题，还好还好，这道还挺简单的，三角函数的基础题，连她都会。

坐后排的好处这时候就体现出来了，至少还能在站起来前先把答案算出来，要是像钟文曦现在这样在众目睽睽之下现想，她怕自己会的也不会了。

她可不想头脑空白地当着全班几十个人的面傻站三分钟再灰溜溜坐下！

刚在本子上算出答案，还没得及松口气，就发现情况不对，第三排的徐丽娜站起来却迟迟说不出答案。

不是吧，关越越刚这么想，就见高老师一挥手："行了，坐下吧，下一个来说这道题。"

关越越心想，今天点儿也太背了！

一个提前，后面的都会提前，关越越立刻去看第五题，一看就傻眼了，这也太难了，连看都看不懂！

她急得汗都出来了，悄悄去碰同桌想求救，却被一样学渣的同桌顶了回来："没时间，我在算我的！"

高长林抽人并不是只抽一列就算了，波及面非常广，有时候一节课能把全班都轮一遍，可以说是全面大扫荡。所以他们这一列答题时，左右两列的同学全进入了战备状态。按照经验，他很可能在他们答完后让旁边一列的最后一个人起来，从后往前答题。当然，他也有可能还是让第一排的起来，从前往后答，具体看心情。

连别的组都不能放心！毕竟，他也做过在一列答完后直接放过这一片，跑到教室另一端点人的！

于是，同学们只好根据所有可能的情况推算自己的题目，并时刻关注战况，大家都很忙。

关越越绝望地看到前排的同学也答完了，认命地站起来，看来今天是避免不了傻站的命运了。谁知高老师看到是她，再扫了一眼题目，直接问："不会？"

"不会。"

"坐下吧，下一个。"

下课后，关越越面如死灰地趴在课桌上，宛若一条死狗。

杨粤音安慰她："哎呀，又不是第一次答不出来，你还没习惯吗？好歹你立刻就坐下了，不像徐丽娜还熬了两分钟呢。"

虽然没有丢这两分钟的脸，但关越越想到高老师一见是她就自动默认她做不出来，就不知是该高兴还是悲伤，半晌捂脸惨兮兮道："我受不了了，我感觉一上数学课，自己就活在心惊胆战中！"

"谁不是呢？"杨粤音附和，这节课她也被点了，好在题是她会做的，最后一秒惊险过关，"每次只要高老师一开始抽人，你都能听到全班每个人脑子里的警铃都'叮——'地拉响了。我也想求求他，都高三了，别再折磨我们了！"

关越越越想越烦，一拍桌子站起来："饿死了，去小卖部吗？"

杨粤音反倒坐下了："下雨呢，不想去。"

关越越不放弃："我请你。"

杨粤音站起来："走吧。"

关越越翻个白眼。

两人经过教室后面，沈意正埋头做题，杨粤音看也没看就一把提溜住她后领子，往外拖去。

沈意直呼："喘、喘不上气了！"

因为天气转凉，从上周开始，课间操改成了跑操，不过今天下雨，跑操取消了，大家难得拥有漫长的半小时课间休息时间，全都无惧风雨地跑了出来。小卖部挤满了人，关越越挤进去一通奋战，举着三根烤肠出来："你们也真好意思，我请客，还要我干活，合着你们光吃啊！"

烤肠滚了厚厚的几层辣椒，杨粤音接过来先咬了一大口，才说："谁请客谁干活。你把我们叫出来，难道还要我们亲自去挤啊？"

理直气壮成这样，关越越无语。

沈意咬着烤肠，没说话。现在雨小了一点，天是晦暗的灰色，冷风吹拂面颊，她觉得有点冷。

旁边几个女生在吃关东煮，一边吃一边叽叽喳喳说着八卦，忽然有人说："哎，你们看到了吗？肖让拍新戏了！"

沈意动作一顿。

另一个女生说："当然看到了。昨天官方宣布的，这次是男主角呢！他的第一个男主角！"

是的，昨天娱乐圈的一大新闻就是备受瞩目的"00后小小生"肖让终于有了第一部自己当男主角的戏。自从他步入 16 岁，人气也越来越高后，关于他什么时候真正担当主演的猜测就从未断过，而怎样的题材会被他看中，也一直被讨论。如今谜底终于揭开，肖让工作室通过微博宣布他正式加盟古装武侠剧《长生》，饰演男主角谢长生，和比他大 3 岁的"95后小小花"兰央搭档出演情侣。

消息一公布，网络上一片欢欣鼓舞，大家纷纷奔走相告："盼星星盼月亮，终于盼到肖让弟弟演男主角了！"

不怪大家激动，和从前演员都得先有大火的作品，人才能跟着走红不同，如今是流量盛世，营销造星，娱乐圈综艺真人秀繁多，一大批年轻艺人正经作品没几个，先通过这些途径吸引了大量粉丝。又由于国内歌坛一塌糊涂，这些艺人想继续有所发展，十有八九都得去演戏，所以，粉丝全都敲碗盼着自家哥哥、姐姐、弟弟、妹妹早点有好的影视资源。

肖让也是真人秀的受益者之一，虽然同时也不断有一些不错的影视作品，但不是主演就始终显得根基不稳。粉丝都盼着他的第一部男主角戏能帮助他的事业再上一个台阶，路人们却是另一个想法：柯星凡的男主角戏已经拍了，现在轮到肖让，弟弟们都长大了，终于不用再看那些看腻了的老面孔，可以看年轻小男孩驰骋娱乐圈了！弟弟们给我冲呀！

观众都是喜新厌旧的，"85"后演员制霸荧屏那么多年，难免审美疲劳，大家都对新面孔的出现喜闻乐见。

关越越长叹口气："同样都是高三生，人和人的命怎么就这么不同呢？咱们还在学校里受苦受难，人家已经去演男主角了。老天真是不公！"

杨粤音表示赞同，瞥到旁边沈意一下下咬着竹签，明明上面的香肠已经被咬光了，她却像没发觉似的，咬着竹签不知在想些什么。

"回魂啦！"杨粤音忽然大喊。

沈意吓了一跳："什么？"

"你怎么回事，这几天都心不在焉的，不舒服吗？"杨粤音眼珠子一转，

"还是说，王子走了，把你的心也带走了？"

她不过开个玩笑，谁知沈意却像被踩中尾巴的兔子，声音瞬间拔高："你……你胡说什么！我没有！"

杨粤音一愣，和关越越对视一眼，小心地说道："我随便说说，没别的意思。"

沈意这才发觉自己反应太大了，想解释又不知从何说起，半晌，把竹签丢到垃圾桶里："回去吧，我还要做题。"

可是已经做不下去了。

沈意趴在课桌上，看着旁边空荡荡的座位。今天是周四，距离肖让离开学校已经四天了，可她只要一闭上眼睛，还是会想起那天晚上两人在夜色中的告别。

杨粤音说，肖让走了，就把她的心也带走了。这种话她才不会承认，但不可否认的是，她这几天确实不时就会想起他。

就像刚才，她在小卖部听人谈起肖让，一瞬间连自己在哪儿都忘了，整个人、整个思绪都飞到了那个不在学校的人身上。

沈意觉得自己有点奇怪。

明明上一次肖让离开，她除了最开始那两天有些情绪，后面很快就把他抛诸脑后，专心学习了，这一次是怎么回事？

沈意想了许久，也没个答案，忍不住拿出手机，登上又有两个月没上的微博。

依然是热热闹闹让她看花眼的页面，沈意不知道该怎么找自己想要的东西，她其实都不知道她究竟想找什么。想了想，在搜索框输入"肖让"两个字，按下去的瞬间却谨慎地往旁边看了一下。

这节课是地理，乔老师要开会，发了套卷子给他们就出去了。大家都在专心做题，她坐在最后一排的窗边，根本无人注意，但还是觉得心虚。

如果有人看到，她在微博上搜索肖让……

挣扎半晌，她还是默默删掉，掩耳盗铃地改成了"长生"。

按下搜索键，弹出来的前几条都是肖让接演电视剧《长生》的新闻，其中转发量最高的是电视剧官方微博发的消息。点开一看，果不其然，评论区都被肖让的粉丝占领，除了刷图控评的，就是表达对这个消息的震惊的。

"武侠！居然是武侠！我还以为是接之前传的那部青春校园剧呢！"

"工作室是保密局吗？之前一点风声都没有，突然就宣布了！没有一点点防备！"

"呜呜呜，怎么办，我觉得校园剧更好！武侠都凉多久了，近年来有大爆的武侠剧吗？一部都没有！我希望弟弟的新作一炮打响啊！"

"虽然我也想看校园剧，但相信弟弟的判断吧，团队肯定是经过考量的。而且接都接了，不管结果如何，我们粉丝不能先唱衰呀！"

"对！而且谁说武侠不能爆了？去年那部翻拍的金庸剧还小火了一把呢。我相信，只要好好搞，什么题材都是有希望的！所以，你们一定要给我好好搞，知道了吗！"

"你们'事业粉'想得好多啊，我只想知道，到底什么时候放定妆照啊！我们要看大侠让让！"

最后一条得到大家的一致认可，群众纷纷呼吁，官方微博赶紧把定妆照放出来。他们迫不及待想看到，肖让的武侠造型到底是什么样子……

沈意看着评论，觉得自己又长见识了。

"事业粉"，是为偶像事业操心的粉丝吗？原来还有这种粉丝啊。她以为追星就是对着偶像花痴，居然还要管这么多，连接的戏合不合适、会不会红都要操心，大家都很有主人翁意识。

她退出微博，依然不想做题。翻了下卷子，发现题目都挺简单，类似的卷子她都不知道做了多少张了，这张晚上再写应该也没问题，于是又点开了QQ。

沈意平时QQ聊得少，除了和杨粤音、关越越，也就是在班级群里说说话，所以最上面几个对话框都是和他们聊的。视线往下，她看到一个熟悉的头像上，黑色鸭舌帽，上面有银线绣着的英文字母。

沈意深吸口气，点了进去。

她和肖让的对话还停留在两个月前，最后一句是他发过来的语音，沈意想到那个语音的内容是什么，脸颊忽然一烫。

肖让现在在做什么？新闻说他两天前已经进组，现在应该在片场吧？

真的好快啊，才离开学校几天，已经在拍新戏了。当时他说的工作就是这个吗？

她胡思乱想，手机却忽然一抖，她低头一看，震惊地发现自己不知道什么时候居然发了个抖动过去！

还不是普通的"戳一戳"，而是两个手掌中放出一团火球，直接击中对方那种"放大招"的抖动！

沈意一瞬间心跳都停摆了，只恨不能撤回。她正对着手机手忙脚乱，屏幕上却弹出一条消息："班长？"

沈意一愣。

肖、肖让？他不是在拍戏吗，怎么会回得这么快？

现在再看到他发来的消息，她都心头一紧，再一想自己那个愚蠢的振动也被他看到了，搞不好还是在他玩手机时直接振得他吓一跳，更是窘迫得不行。

强行克制住心头异样，她回复："对不起，我不小心按错了。"

"没关系，我还以为你有事找我呢。"

她能有什么事情找他啊……

沈意这么想着，可即使没事找他，对话开始后，她却舍不得让它这么快结束，没话找话道："你……没有拍戏？"

"拍啊。今天第一天，刚拍完一组我的镜头，现在在现场休息，就看到你给我发消息了。"他顿了顿，反问，"那你呢，不是应该在上课吗，偷偷玩手机？"

虽然只是文字，但她仿佛听出了他说这话时的语气。

他应该……是笑着发的。如果他在她面前，她还能看到他的眼睛里的笑意，明亮而透彻，像阳光洒在溪水中……

她猛地回过神，她在想些什么！

"这节课自习，我本来要在班级群里发通知的，按错了。"

肖让没有质疑往班级群里发通知，是怎么按错成给他的抖动，顺着道："哦，这样啊。"

沈意觉得气氛有点微妙，生硬地说道："对了，还没有恭喜你演男主角。"

"谢谢，谢谢，你看到新闻了？"

"嗯，我还看到你的粉丝都要求快点放定妆照，想看你的大侠造型。"

"物料发放是宣传那边在管，这次的同事喜欢搞神秘，我们的造型还得捂着呢，估计最早下个月才能公布。"

沈意不太懂物料是什么，大概就是定妆照那些吧，肖让却忽然问："不过，你想看我的造型吗？很帅的，你想看的话，我可以提前给你看！"

提前给她看？怎么看？

沈意还没反应过来，屏幕却忽然一变。

对话框消失，他的头像变大，出现在正中，下面显示四个小字：视频通话。

肖让给她发来了视频邀请？！

沈意惊得差点站起来。

什、什么情况？怎么突然要视频？她刚刚表现出了对他的造型的强烈兴趣吗？没有吧！

她下意识就想拒绝。好学生的自我修养告诉她，这里是教室，现在是上课时间，偷偷聊QQ已经不对了，视频更是十恶不赦。

可看着屏幕上的鸭舌帽，那个拒绝就怎么也按不下去。挣扎良久，还是翻出耳机插进去，然后做贼一样环视左右，深吸口气，点下了接听。

屏幕首先弹出来的，是男生灿烂的笑脸。嘉州今天阴雨绵绵，他那边天气却很好，明媚的阳光照在他脸上，他的笑容比阳光还耀眼。

"你考虑好久啊，我还以为你要拒绝我了。"

耳机是柔软的内入式耳塞，男生的声音透过它传来，有一点点失真，还有一点点嘈杂，仿佛电流丝丝点点，钻入她的耳蜗。

沈意微不可察地抖了一下。

怎么回事？时隔四天再见到肖让，再听到他的声音，她居然有逃走的冲动……

努力稳定住情绪，她察觉自己沉默太久了，刚想说话却又反应过来，她可以戴耳机听他讲话，但她只要开口还是会被大家听到啊。

怎么办？

她有点着急，眼睛在课桌上胡乱寻找，忽然眼前一亮，抓过草稿本翻到没写过的一页，用黑色马克笔在上面写了一句话，然后举到屏幕前：

"我怕被同学听到。"

肖让看到她的举动，一开始还没明白，凑近看了看才认出她写的什么："哦，对，我忘了你在上自习了。老师在吗？"

她摇头，他想想也是："老师在，班长大人才不敢理我，对吧？"

他又调侃她。

沈意却不在意，他说的是事实，老师在，她根本连手机都不会拿出来。

不过，那样的话，是不是就不会有这次视频的机会了……

屏幕上，肖让一手举着手机，他手臂长，镜头把大半个身体都收了进去。他应该是在野外，能隐约看到背景里绿树参天，但沈意无心关注那些，只是盯着他。

七中对男生的发型有一定要求，总结下来就是十六字："前不扫眉，后不过颈，旁不遮耳，不留鬓角。"肖让因为职业特殊性，经常需要做造型，并没有遵守这个要求，但每次来学校都是简单清爽的短发。可现在，他看起来完全变了一个样。

乌黑的长发以银冠束在头顶，在脑后垂下一个发尾，露出英气的眉宇。再往下，是银白耀目的锦袍，那锦袍用的料子看起来极好，袖口和襟口绣着暗色花纹，腰带是黑色带纹章的，束住他瘦瘦的腰身，肩头还挂了藏青的披风。

山间有风，吹得披风猎猎作响，让他看起来纯然是一个英姿勃发、意气飞扬的少年侠客！

肖让看出了她的眼神："怎么了？"

沈意很小声地说："这就是，你的新造型？"

她的声音跟蚊子似的，他根本没听清，却从口型猜出了她的意思，得意一笑："差点忘了正事。怎么样，是不是很帅？小爷现在是'一剑动山岳，六水望长安'的少侠谢长生——哎，我的剑呢？"

他找到自己的剑，在镜头前显摆似的一晃，沈意只来得及看到剑鞘上浮凸的花纹。

是很帅。

沈意看着神采飞扬的少年，心情有些复杂。四天前，他还穿着卫衣在学校外的跳舞机上和人斗舞，四天后，已经变成了策马佩剑的江湖侠客，活在一个她根本不知道的世界。

关越越说得没错，同样是高三考生，人和人的命真是不同。

肖让正得意扬扬，忽然眼前一黑，有人从后面一把将他的披风掀起来，兜头就盖上去。肖让被打了个猝不及防，一边挣扎一边问："谁？谁偷袭本少侠？"

"少侠，您入镜了。吴导让我来请您挪一下位置。"

肖让把披风掀下来一看，原来是现场导演，男人笑嘻嘻地看着他，而更远处，吴导坐在监视器后，看着他的神色有点无奈。

肖让吐吐舌头："抱歉抱歉，我这就躲开。"

今天剧组在这一带出外景，他刚才就在附近打电话，还以为躲得够远了，没想到绕来绕去，居然又远远地被镜头带到了。肖让还没犯过这种错误，一时有点尴尬。

他往旁边撤，现场导演却跟了过来："哎，你怎么不去车里休息啊？我看这组镜头得一个小时才能拍完，你不用在这儿等着，去睡一觉，后面就全是你的戏了。"

肖让是主演，又是明星，有自己的专属保姆车，统筹排戏时也会尽量把他的戏排在一起，避免他在现场等太久不高兴（他的工作时间也容不得这么浪费）。但完全不等也是不可能的，通常这时候大明星们都会去车里歇着，要拍了再过来，不会在外面干站着。

肖让刚才确实想去保姆车里，不过接到沈意的消息就忘了，站在一边和她聊了起来。想到这儿，他瞥了一眼手机，被导演闹了一下，他差点把手机都丢了，还好视频还没挂。

导演也看到了亮着的屏幕，谁知视线刚瞟过去，肖让立刻捂住了屏幕。警惕的模样反而激起了他的好奇："在和谁聊天啊？神神秘秘还看不得了，不会是……你喜欢的女生吧？"

男人语气调侃。肖让一听这话，不知为何竟瞬间慌乱，下意识道："胡说什么，我在和人谈工作。工作上的事，夏导您也要看吗？"

夏导当然不可能去看。不过他本来只是随口一说，没有当真，肖让要是正常反应也就过去了，可肖让分明是一副心虚的样子，他挑挑眉毛，脸上浮现出一种心照不宣的了然。

工作？就他刚才看屏幕那表情，会是工作就有鬼了！

好不容易赶走了夏导，肖让终于重新看向屏幕，沈意还在那里，想到刚才的话都被她听到了，他小声说："不好意思啊，我跟这导演挺熟的，之前合作过一次，他就总爱开我的玩笑……"

他一边说，一边懊恼。怎么偏偏就被夏导看到了呢？换了剧组别的任何人都不会来开他这种玩笑。

沈意会怎么想啊……

他正忐忑不安，忽然听到沈意问："你旁边就是拍摄现场吗？"

这一次依然没有写字，她直接问了出来，声音还是小小的，像小猫似的，他艰难地听清了。

肖让愣了下，才发现沈意脸颊微红，微咬下唇，表情有股强装的若无其事。

他立刻明白过来，配合地说："是。我就在附近。他们正拍着呢，你想看看吗？"

沈意点头，肖让于是把模式从自拍换成拍摄，只见他身处一片树林中，前方是一块空地，放置着三脚架、摄像机、轨道等器材，两个有着和肖让类似的武侠打扮的演员正在拍摄中，他们的表情都很投入，男人抓住女人的手，两人正激烈地争执着什么。

与之相对的却是镜头外的空地上，密密麻麻围了二十来个工作人员，全看着他们。

沈意不关注八卦，上了高中后连电视都很少看，所以这还是她第一次看到拍摄现场的样子，她不免又是新鲜又是好奇，拿出本子写道："现场原来有这么多人吗？这样也能演进去戏？"

她如果被这么多人看着，紧张都紧张死了，搞不好连台词都忘了，更别说演戏了。

"当然了。现场什么时候人都这么多的，有些大场面几百人都有可能。演员就是要克服这些困难啊。"肖让顿了顿，又转成自拍模式，半开玩笑半认真地补充，"还有，这些画面和我刚才的造型都是绝密啊，你可不能把它们泄露出去，否则我会被宣传姐姐约谈的。"

沈意点点头，脑中却闪过一个想法。

这些是不能外泄的，他给她看了，是不是意味着……他已经挺信任她了？

两人沉默了一会儿，沈意忽然写道："所以，你接了武侠剧。我看到你的粉丝都很惊讶，大家还以为你要接另一部校园剧。"

"这个啊，本来是要接那部校园剧的。你知道我年纪也差不多了嘛，工作室从几个月前就在给我选我的第一部男主角戏，但满意的太少，要看剧本，还要看档期、制作班底，一通筛下来就没几个了，那部校园剧是当时相对最合适的。"

当时最合适的，后来就不合适了吗？

肖让说到这里顿了顿："后来，就遇到这个剧本了。他们本来是要找另一个演员的，但那边合同没谈拢，就又找上了我。我基本上是一看完剧本就决定了，我要演这个戏，这是我的角色。"

他说这话时，鼻翼微微翕动，眼神里闪烁着炙热的光，像男孩子发现了珍藏的游戏机、限量版球鞋，又是兴奋，又是跃跃欲试。

沈意从没见过这样的他，忘了写字，小声说："可是，他们说，武侠现在不容易红……"

"我不在乎那些。"肖让回得很快，"我还很年轻，对我这个年纪的男演员来说，我已经够红了，不用功利心太重。我现在更希望的是可以演我喜欢的角色，在拍摄中多学习、多领悟，精进演技，那才是我应该做的。我的经纪人也同意。"他顿了顿，"而且，我从小就喜欢看金庸，演一次大侠是我在职业生涯中的目标之一，我不允许自己错过这次机会！"

男生在最后还是露出了天真的孩子气，沈意却没有嘲笑的意思。

她只是想着，原来，他也有这么认真的时候啊。

虽然在学习上一塌糊涂，但在他热爱的事情上，他这么清醒、理智。

这时候的他，就像她最初对他的印象——像一个大人。

两人又沉默了一会儿，肖让说："所以，你还没回答我呢，我的造型好不好看？我昨天刚跟我妈吹了牛，说我这次的造型小女生见了都得被迷倒！你呢，被迷倒了吗？"

被、被他迷倒？

沈意瞪他一眼，很想泼一瓢冷水过去打击打击这个嚣张的家伙，最后却还是在本子上写道："很好看。等照片放出来，你的粉丝一定会很惊喜。"

女生举着本子挡在脸前，双眼明亮，透着真诚的赞美。

肖让看她半晌，忽然闷笑出声，像是忍了很久，终于忍不住了："我刚才就一直想说，其实你可以收起视频页面，在对话框里打完字再点开，不用这么费劲举着本子。你知道你现在像什么吗？你特别像那种视频求捐款的聋哑小孩，'叔叔阿姨帮帮我吧'。我都想给你打钱了，真的！"

沈意一把将本子丢回桌上。她就知道她不该好心！她就知道！

班长大人生气了。

肖让立刻端正态度，装模作样咳嗽一声，刚想说点什么找补一下，那边却传来悠长的铃声，他问："下课了？"

准确地说，是放学了。

原本就是上午第四节课，大家都迫不及待想吃饭，老师还不在，所以下课铃一响，众人就如猛兽出闸一般冲了出去。沈意看着一眨眼就跑得没影了的同学们，不敢相信自己居然就这么玩了一节课！

难怪书上都说，偷懒的时间过得格外快！

"小意，愣着干吗？赶紧的啊，再不跑，一会儿吃饭没位置了！"杨粤音在前面喊。

关越越也在等着她。沈意看着她们俩，忽然一阵心虚，手忙脚乱把手机藏到桌肚里："我、我中午有点事，要出去一趟，就不去食堂了……你们去吧，别等我了。"

杨粤音惊讶："什么事啊，怎么没听你说？要我陪你吗？我们也可以一起出去吃。"

"不用不用不用！"沈意连忙说，"你们赶紧去吧，一会儿没菜了！你今天中午不是想吃咖喱鸡块吗？那菜得抢的，快去，别管我！"

她边说边紧张地看着杨粤音，生怕她还不死心，一定要过来陪自己。要是被她看到手机，她实在不知道该怎么解释，自己为什么大中午不吃饭，躲在这里和肖让视频……

好在杨粤音经过短暂抉择，觉得果然还是咖喱鸡块比较重要，丢下一句"那你当心点啊"，就拉着关越越跑了。教室里的人走了个干净，沈意这才轻舒口气，拿出了手机。

一低头就看到了肖让在屏幕那边闷声发笑。沈意疑惑地问："你笑什么？"

因为大家都走了，这句话她没有再控制音量，声音出口的瞬间，她不由得感慨能自由说话的感觉真好。

肖让说："我笑原来躲躲藏藏的不止我一个。"

沈意想到刚才他差点被导演看到手机的经历，也觉得有点相似，也忍不住笑了。

窗外响起了音乐声，是校广播站开始放广播了，沈意从座位上站起来，透过窗户往外看，只见人群如潮水般拥出教学楼，朝同一个方向奔去，可谓壮观。

"不过，你不去吃饭没问题吗？不饿吗？"肖让问。

饿……当然是饿了。

脑力劳动本来就容易饿，高三学习任务又重，每天上午第四节课都是最煎熬的时候，基本都得准备点饼干等零食及时补充才能撑下去。

沈意刚才拒绝和杨粤音她们一起去吃饭是下意识的，这会儿肖让问了，她才忽然反应过来，等等，她拒绝的时候他都听到了，那么，这件事落入他眼中是什么样子？

她为了跟他视频，连饭都不吃了……

沈意只觉得有血瞬间冲上脸颊，连耳朵都红透了。肖让看向她的神情里透着犹豫迟疑，似乎想问又不好意思问得太直白，让她越发窘迫。张口结舌好半晌，脑子里忽然闪过一个答案，立刻像抓住救命稻草般说道："我……我没撒谎，我中午真的有事。班上的事，要出去打印一点东西，所以，我可以一会儿在外面吃，不用跟大家挤……"

"真的？"肖让仍不确信。

"真的！"沈意坚定点头。

"那就好。"肖让这才松了口气，"我怕耽误你吃饭。"

沈意不敢再接这个话题，拿着手机走到教室后面，借着来回走动平复心情，肖让的目光却被一个东西吸引了。

因为沈意把手机拿歪了一点，镜头也跟着歪了，他瞥到一侧的教室后黑板。之前那里都是画的黑板报，现在却有了一些变化。

"周远，南京大学……"

他轻声念道，沈意愣了下才明白他是在念后黑板上的字，跟着回头。

"那是大家的高考目标吗？"肖让问。

确实是大家的高考目标。

高一开学时，学校就组织学生填过理想大学，高三又来了一次。这次不仅填了表格，为了更好地激励同学们，乔蕊还让每个人把自己的目标写在了后黑板上。

沈意学着肖让那样把模式换成了拍摄，镜头对准黑板。只见光滑如镜的黑板上，将黑板报取而代之的是彩色的粉笔、不同的字迹，写满了全班三十几个人的心愿。

没有规定的格式，所以除了中规中矩的"姓名+大学"，更多的，是一句句、一声声仿佛从胸腔中发出的呐喊。

"我发誓！我一定要考上浙大！"

"中传！等着我！老娘明年夏天就来找你！"

"徐丽娜冲呀！为了江大！你可以的！"

"我宣布！杨粤音和北师大锁了！钥匙被我吞了！谁也别想分开我们！"

"只要考上同济，就再也不用被我妈折磨！七中，老子走了就不会再回来了！"

……

肖让看着黑板。明明只是文字，他却仿佛听到了冲锋的号角。他甚至可以想象他们把这些话写上黑板的画面。

每一次下笔，都像战士挥出去战刀，承载的是最炙热的希望。

对肖让而言，高考早就失去了它最重要的那项"改变考生命运"的意义，他事业稳定，人生的走向不会为这一次考试所决定。

但这一刻，在同学们的呐喊中，他还是感觉到了久违的热血沸腾。

他看了一会儿，忽然发现好像没看到最重要的那个人写的。他的目光在黑板上找来找去，终于在右侧一个不起眼的角落看到一行清秀的粉笔字，连内容也很简单："沈意，北京大学。"

他挑了挑眉毛："你想去北大？"

沈意也看到了那行字，片刻后，点点头："嗯。"

北京大学啊，真是威名赫赫的四个字。

肖让这样想着，随意坐到地上，一手托着下巴。

她应该去什么样的大学，他以前没有想过，可现在这么一听，又觉得如此合理，如此自然。

她这样优秀的女孩，本就该去最好的大学。

他微微一笑："挺好。这样回头我也可以出去说，我可是当过北大学生同桌的人。"

他语气里的称赞太明显，沈意有些不好意思，小声说："还不一定考得上呢。"

"你可是第一名啊。咱们学校不是重点吗，第一名都上不了北大？"

七中确实是重点，但七中的强项是理科，文科相对较弱，每一届也就那么几个考上清华、北大的，去年甚至一个都没有，被大家调侃为"历届之耻"。

他们这一届文科重点班的前三名里，宋航的目标是清华，她和周静书的目标都是北大，后面平行班还有个成绩很好的覃颖也想上北大。高考变数太大，谁最后能考上还真说不好。

"我觉得你可以。"肖让反倒信心十足了，"真的，之前不觉得，你一提我才发现，北大的气质和你很相配！想象你在未名湖畔，读着《荷塘月色》，袅袅娜娜、莲叶田田，月光照在你身上，多美的画面……为了这个，你也得考上。"

虽然他的描述让人很心动，但沈意还是不得不指出："荷塘月色……是清华的。"

肖让在心里惊呼，吃了没文化的亏！

不过这么一闹，两人都笑了。肖让撇撇嘴，说："不过你们不仗义，排挤我。"

沈意眨眨眼，他说："目标大学我也有，怎么没人通知我写？我不是5班的一分子吗？"

他当然是5班的一分子，但这个黑板报是昨天才做的，那时候他已经不在学校了。

这个解释显然不能让肖让同学满意，他得理不饶人："不行，你们必须给我补上。这样吧，你帮我写上去。你写上去，我就不怪你了。"

她帮他写吗？

沈意咬了咬唇："可是，我们都是自己写自己的……"

不过她是班长，帮他写一下好像也可以……

肖让扬眉一笑："你不是我同桌吗？我不在学校，当然要你帮我写了。"

不是班长，而是同桌。

他的口吻，就好像她是他什么特殊的人似的。

她要对他的事负责。

沈意一瞬间心狂跳。

肖让等了好一会儿，终于看到女生点点头，语气郑重得仿佛在做一个承诺："好，我帮你写。"

他有点奇怪，但也没多想，笑眯眯地说道："那为了感谢班长，我也给你看个好东西吧。"

什么？

肖让说完就一跃而起，绕到右边的休息区。沈意听到有人跟他打招呼，他笑着回了一句，因为镜头被扣着，她只能看到一片漆黑，也不知他在那边捣鼓些什么，好一会儿，才见他重新出现在屏幕上。

这一次，镜头变得更远更广，把身后十几米的景物都收了进去。

沈意一愣："你是……装了自拍杆吗？"

"聪明。"肖让举着自拍杆，一边往前走一边说，"你知道我现在哪儿吗？"

新闻里说他进组了，但具体在哪儿拍没有提到。古装剧的话，横店？不对不对，他在山里，横店有山吗？

肖让终于停下，满脸酝酿大戏的表情："我今天一到这儿就惊呆了，特别想跟人分享一下，你运气好，赶上了……好，接下来，就是见证奇迹的时刻——"

他说着，身子一转，自拍杆像拉长的手臂，带着镜头旋转180度。

原本的参天树木消失了，取而代之的是空旷的天际，沈意只觉得眼前豁然开朗。肖让站在一处悬崖边，悬崖下是万丈深渊，边缘处生长着嶙峋岩石。他此刻就站在岩石上，山风吹动他的披风，他的身子也一晃一晃，仿佛随时要掉下去似的。

悬崖对面也是山，那些山看起来都很奇怪，像是被刀从中劈开一样，突兀地矗立在旷野之上。一川瀑布从高空坠落，撞在山石上发出惊天动地的响声，千万朵浪花飞溅。

奇峰怪石，悬崖瀑布，如此瑰丽，如此壮观。

沈意看呆了，好一会儿才回过神。肖让将她的反应尽收眼底，得意地说："很棒吧？这里是云南的一个山里，我今天一看到他们找的景就服了，这戏接对了，武侠剧就该这么拍！不出外景怎么能体现出江湖的大气磅礴？我受够在横店拍的武侠剧了！"

镜头框里他明亮的笑脸，还有更远处壮丽的景色，沈意忽然转头看向前方。

她站在狭小的教室里，面前堆着山一般高的复习资料，还有做不完的卷子，而镜头那边，肖让站在云南的悬崖之巅，兴致勃勃讲述着自己即将拍摄的第一部主演作品。

那是她没有见过的景色。

那是她没有体验过的人生。

她从没有一刻像现在这样觉得，世界是如此之大，等待着她去探索。

张立峰吃完午饭回来，发现沈意正踩着凳子站在后黑板前，手里还拿着一根蓝色的粉笔，不由得问："班长你干吗？改志愿啊？"

"不改，加一个。"沈意说。

后面又有几个女生进了教室，见状也好奇地凑过来。志愿昨天才写上，大家新鲜劲还没过，沈意说要加一个，加谁的啊？当时不是全都写了吗？

在众人疑惑的目光里，沈意捏着粉笔，一笔一画、认认真真地写下："肖让，中央影视学院。"

大家静了一瞬，爆发出惊呼："这是肖让的志愿吗？他要考央影啊！"

"之前网上都在猜首影、央影、沪戏三个，他考哪一个呢，原来是央影！咱们这算得到第一手新闻了吧？拍下来发微博没准能上热搜呢！"

"我的志愿居然和肖让的志愿写在同一块黑板上，四舍五入，就是我和肖让一起为了梦想携手奋斗啊！妈妈，七中真是对我不薄！"

沈意听着最后一句话，脑中响起片刻前肖让的声音："我想考的大学吗？当然是央影了。其实首影也不错，但我的经纪人是央影毕业的，他建议我考那里。你上北大，我上央影，都在北京，咱们可以互相鼓励，一起加油啊！"

黑板上，他的名字就写在她旁边，一红一蓝，像两人的座位那样，互相依靠。

沈意看了许久，像和谁约定一般，小声却坚定地说："好，我们一起加油。"

Chapter 4

一场秋雨一场寒。

连续一周的雨后，气温骤降，晚上睡觉都得盖棉被了，学生们也在校服里加上了毛衣。

当嘉州街头最后一片叶子落下时，冬天到了。

沈意从胳膊里抬起头，才发现早自习居然已经结束，而自己不知什么时候睡着了。杨粤音帮她接了热水，低头打量她的脸色："昨晚又熬夜了？我说你也悠着点吧，多久没1点前睡觉了？再这样下去，黑眼圈比熊猫都重了，送你去展览得了。"

沈意接过热水喝了口，好脾气地没反驳。关越越却说："你说小意太努力，人家小意还说你不努力呢。后面黑板上怎么写的？要跟北师大锁了。以你目前的成绩，和北师大且锁不了呢。"

杨粤音不料背后中一箭，愕然地睁大眼睛："你看看自己的成绩，怎么有脸说我？你昨晚还在发抖音！"

关越越摊手："至少我没有欲壑难填地说北师大啊。我对自己的能力有正确的认识，并且知足常乐。"

杨粤音冷笑："但我看你爸不一定有。回头你被他老人家送去美国，我们都会想你的。"

沈意听着她们互相伤害，伸了个懒腰。在课桌上睡觉真是不舒服，腰都酸了，不知道宋航怎么那么喜欢。

即使是尖子生，也分各种类型。宋航是能偷懒就偷懒，上课也要睡觉，明明当着数学课代表，却经常带头不做作业，连高长林都拿他没辙。与他相对的，沈意则一直是学习刻苦的典范，别的不提，光那份暑假的数学卷子最后全班居然只能抄她一个人的事，就足以说明问题了。

这样一个勤勉律己、努力上进的好学生，在上了高三后当然也不可能懈怠。杨粤音就曾经说："要不是你偶尔也会课上打打瞌睡，我真的要怀疑你身上装了永动机，怎么就不知道疲惫呢！"

怎么可能不知道疲惫呢？沈意回头，看向后黑板上并列的两个名字，眼前又闪过那天中午的教室，屏幕那端，悬崖瀑布前，肖让对她说，要互相鼓励，一起加油。

她头枕在胳膊里，忍不住勾起嘴角，隐秘地笑了。

那天和肖让谈话后，她就重新收拾了心情，再次投入到紧张的学习中。事实上，她甚至比之前更努力了。只要一想到他当时的表情，她就觉得胸口像充盈着一团火，熬夜刷题也充满动力。

毕竟，这是他们的约定啊。

12月初，高三年级又迎来了一月一度的大事——第三学月考试开始了。

对于这次考试，杨粤音信心十足，但这个信心主要不是表现在自己身上，而是对沈意的："上个月让宋航把你第一的宝座抢了，这个月咱们得抢回来！"

她说的也是大家感兴趣的。和理科班年级前五总有轮换变化，这一届文科班的前两名出奇地稳定，第一名百分之八十都是沈意，剩下的百分之二十是宋航。久而久之，看他们俩每次考试谁第一就成了5班乃至所有文科班的一大乐趣。

之前由于沈意连续蝉联五次第一，大家对这个游戏都有点丧失兴趣了，好不容易宋航又第一了一次，群众的热情再次被点燃，纷纷开盘下注。

沈意当然知道同学们的想法，也被弄得有点紧张起来。不过她告诉自己，就算再输给宋航也没什么，关键还是要从考试中发现问题，不要被一次两次的失败影响心情。

就在大家各种各样的想法中，第三学月考的成绩出来，却跌掉了所有人的眼镜。这一次月考，文科班的年级第一不是沈意，也不是宋航，而是一个从来没出现在成绩榜首的人——周静书。

这天放学，杨粤音一边走一边愤慨地说："周静书这个火箭坐的，一下子踩下了你和宋航两个，也太夸张了！她是不是用什么手段了？作弊了？要么蒙对题了！"

关越越连声附和："没错没错，她肯定就是运气好，蒙对题了，否则不可能！小意你别担心，下回她绝不会再有这么好的运气了！"

两人一边诋毁同学，一边观察沈意。她们是真有点担心她的情绪，被宋航超过一次就算了，以前也不是没有过，但周静书……她可从没考到过沈意前头！这回不仅考了，而且分数差距还不小，沈意总分613，周静书总分633，足足比沈意多了20分！

想到沈意这段时间这么努力，最后居然是这么个结果，杨粤音都觉得心疼。

"好了，你们不要再胡说了。"沈意终于打断她们，挤出个笑，"我没事的，别担心。我在前面右转，明天见吧。"

杨粤音和关越越有心送送她，又怕做得太过，反而让她难过，只好看着她转身走远了。

沈意背着书包，一个人走在熟悉的街道上。今天周六，下午只上了两节课就放学了，刚过4点。如果是往常，她肯定会抓紧时间回家继续做题，现在却有点提不起劲来。

她知道杨粤音她们都在努力安慰她，希望她不要多想，但怎么可能不多想。从看到成绩到现在，一整天，她脑子里都只有一个念头：她考了第三名。

整个高中以来，她的成绩有史以来第一次落到了第三，被第一名的周静书整整甩了20分，连第二名的宋航也比她多12分。

如果这是高考，一分就是成百上千人的差距，她已经被周静书甩开几万人了吧……

像有一块大石压在胸口，沈意觉得喘不过气。

周静书此前最好的成绩就是年级第三，偶尔还会被平行班的覃颖压到第四甚至第五，升入高三后的前两次月考也都没有什么苗头，杨粤音说得对，她的进步确实很让人惊讶。

沈意当然不会怀疑她搞了什么小动作，她只是茫然。如果是她不够认真，有所懈怠，这个结果她可以接受，后面再继续努力就是了，但她以前所未有的刻苦学习了一个月后，成绩反而退步了，除了难过，她还有一种一脚踩空的没着落感，不知道接下来应该怎么办。

转过一个弯，她随意抬眼，忽然看到一个熟悉的身影，高高瘦瘦，穿着校服，书包随意搭在右边肩膀上。

"宋航？"

男生回过头，正是一放学就跑没影儿了的宋航。

沈意有点惊讶："你怎么在这儿？"她记得，宋航家住在另一个方向，回家的话不该出现在这里啊。

"我过来有点事。"宋航简单道。

沈意"哦"了一声，就不知道该说什么了。现在看到宋航只会让她想到月考成绩，加重刺激，但她也不可能扭头就走，宋航又没做错什么，没义务承受她的怒火。

两人沉默片刻，宋航忽然问："对了，你要申请北大的冬令营，是吗？"

沈意顿了顿才点头："嗯，已经和乔老师谈过了，开始报名了就会申请。"

清华和北大每年都会举行夏令营和冬令营，从全国范围选拔高中生参加，其中表现优异的能获得30分的降分，对沈意和宋航这种志在清华、北大的学生来说，当然不能错过。今年夏令营时，沈意因为在山西参加作文大赛没能报名，所以就把希望都放到了冬令营上。

"清华和北大，我都会递材料，但清华通过的概率应该比较低，就看北大能不能选上了。"她想了想，问，"你呢，也会申请吗？"

"嗯，我只打算申请清华的冬令营。能选上就去，选不上就算了。"他语气随意，仿佛这珍贵的机会对他来说也不是什么志在必得的东西。

沈意沉默一瞬，忽然问："不过，我有点好奇，你为什么没申请夏令营啊？夏令营的话，你通过的概率会更高吧。"

冬令营的人数比夏令营少很多，申请的也大多是文科生，宋航虽然是文科生，但是个理科天才。他是学校的奥数选手，分科前理科成绩一直是年级第一，后来他决定要读文科时，连校长都惊动了，班主任、年级主任、校长轮番上阵也没能劝下来，眼睁睁看着他从1班转到了5班。

好在他去了文科班也没有放弃奥数，继续参加培训，最后成功拿了去年全国高中数学联赛的一等奖。

数学竞赛向来是各种竞赛里最难的，七中更没有文科生拿奥数"国一"的先例。沈意听说年级上的老师现在还会感慨，如果宋航还在理科班，明年七中没准能竞争一下全省理科状元。

宋航这样的情况，即使去清华参加的也是理科类的学科营，名额更多的夏令营确实更合适。

男生闻言嘴角一勾，露出个懒散的笑："干吗，怕我抢你的名额啊？真小气。我又不申请北大，碰不着。"

"我不是这个意思。"沈意着急想解释，宋航却笑了起来，好像把她看穿了似的。

沈意一整天心情都不好，被这么一刺，瞬间陷入沉默，片刻后，耸肩道："你申请北大我也不怕啊。冬令营都是看三年整体成绩的，我跟你碰上，他们也是选我不选你。"

沈意赌气说完，看着远处的车辆。宋航迟迟没有声音，慢慢地，她气过了，又开始担心自己是不是说过头了。

算上呛陈瑶瑶那次，这已经是她第二次说他成绩不如她了，就算是事实，也有点狂了，更何况自己还刚考砸了……

她试着回头，却发现宋航正盯着她，脸上居然还带着笑："不错嘛。我还以为你被周静书打蔫了，现在看来，还是有士气在的。"

沈意一愣。

宋航抬腿就往前走，沈意连忙跟上："你什么意思？"

他不搭理她，沈意只好继续跟着。男生腿长步子大，她几乎要小跑才没被甩掉，笨拙的样子像个小孩子。

宋航瞥了一会儿，终于大发慈悲放慢脚步："知道你在想些什么。但你没有发现，除了我们三个，班上别的同学排名变化也很大吗？"

沈意眨眨眼。她确实没有发现，事实上，在知道自己的成绩后，她就没有心情去管别人了。

不过，虽然关越越还是垫底，但杨粤音确实提升了六七个名次，分数也超过了去年一本线二十几分……

"升入高三，很多人的学习状态都发生了变化，高一、高二玩闹的人收心了，努力的人更努力。周静书之前学习也算刻苦，但这一学期她的状态明显不同。这次数学考试的最后两道大题，她都曾经找我问过类似题型，所以她这次数学考到141分，我一点都不意外。"

沈意攥着书包带子，很慢地说："你是想说，我以前考第一只是因为我比别人都努力，现在别人也努力了，我就……考不到第一了吗？"

她连声音都有点发苦，因为这也是她一整天都隐隐担心的。

周静书的变化她当然发现了，可她已经没有办法更努力了，所以才觉得茫然。

难道自己只能眼睁睁看着别人追上乃至超过她吗？

"我是想说，你不觉得自己努力过头了吗？"宋航说。

沈意愕然。

"最后一道大题，周静书找我问过类似题型，但你上学期就做过这种题了，我们讨论过的。你这次为什么会错？你考试时在想些什么？"

"我……"她张口结舌。宋航说的最后一道大题她有印象，事实上考完没多久，她就反应过来自己应该是做错了，还懊恼了好久，考试时怎么就想不出来。

"我可能有点不够专心……"

"心不在焉只会做错简单的题，太过紧张，得失心太重才会导致脑子放松不下来，会做的题也做不出。"他话锋一转，"再说了，说你考试时不够专心，你自己信吗？"

沈意说不出话。

宋航耸耸肩，得出最后结论："周静书可以更努力，因为她原来不算特别努力，但你居然还能在原来的状态上继续提升，我真的很惊讶。不只是这一个月，你升入高三后，学习就比高一、高二时还要拼。我之前也想过要不要提醒你，但后来觉得，也许有些人就适合这种拼命的学习方式，所以想等两个月再看看。现在看来，班长也不是超人，长此以往是撑不下去的。"

说完这些，恰好经过一个小卖部，他停下来扫码买了一瓶酸奶，扎上吸管一边喝一边等她反应过来。

沈意脑子里乱糟糟的，一双眼瞪着他。宋航说得好像有道理，但又和她一直的做法相悖。所以，她的问题不是不够努力，而是太努力、太在乎了？

就像她反复告诉自己，不要被一次两次的失败影响心情，但事实上，正是因为她会被影响心情，才会下意识这么给自己催眠……

宋航咬着吸管，还在喝酸奶，她忽然冒出个想法："你不会是故意等在这里的吧？你在等我？"

话一出口，她就后悔了，果然，宋航抬眼，面无表情地看向她。

沈意暗骂自己真的有病。她和宋航虽然名次总是挨着，但其实根本没多熟，除了讨论题目都不怎么说话。说宋航专门等在这里就为了安慰她，她是多大的脸才会这么想啊！

她有点窘迫，宋航吐出吸管，说："我看到你过来，脑袋都快耷拉到地上了，一时看不下去。"

"哦。"沈意干巴巴道。

两人站在街边，又是一阵沉默。

宋航说："行了，该说的我也说了，剩下的你自己想吧。我的地方到了，明天学校见。"

哦，对，他刚刚说过，他来这边是有事。不过……

"你过来是有什么事啊？"她忍不住问。

宋航偏偏头，指着旁边的招牌，沈意抬头一看，赫然是硕大的"天空之城网吧"六个大字。

"我跟朋友约好，今天要组队团战，特意过来的。"

沈意心想，你让我放松，但你老人家……未免也有点太过放松了吧！

因为宋航的话，沈意回到家时的心情比和杨粤音她们分手时还要复杂。

妈妈今天又值夜班，家里空荡荡的，一个人都没有，她把书包一丢就栽倒在床上，瞪着墙壁怔怔出神。脑子里好像在想什么，又好像什么都没想，阳光透过窗户射进来，在地上投出一个拉长的影子，慢慢地，她就这么睡着了。

再醒过来时天已经黑了，手机显示时间是8点45分，沈意发现自己居然就这么趴在床上睡了一觉。她翻了个身，望着头顶的青苹果吊灯，终于第一次承认，也许宋航说的是对的。

她太累了。

每天熬夜，刷题到凌晨一两点才睡，第二天6点半就要起床，她已经严重睡眠不足，有时候洗脸都会被自己的黑眼圈吓到。

英语老师说："All work and no play makes Jack a dull boy.（只会用功不玩耍，聪明孩子也变傻。）"所以，她真的需要调整自己的状态吗？

沈意躺在那儿发愁了一会儿，肚子忽然咕噜噜叫了一声，这才想起来自己还没吃晚饭。冰箱里有菜，她本来是打算做肉丝面的，这会儿却爬起来从柜子里翻出一碗方便面泡上。

妈妈作为护士，对这种垃圾食品都敬而远之，沈意被她影响，也很少吃，今晚却充满了一股放纵的冲动。

反正都考砸了，再多吃一碗方便面也死不了，随便吧。

很快，房间里就弥漫着康师傅红烧牛肉面熟悉的香味，沈意还切了根火腿肠，一边吃面一边翻着手机。

班级群里今晚很热闹，大家原本在讨论最近有一部很火的电影上映了，不晓得能不能挤出时间去看，却忽然跳出个人说："还没恭喜静书你考第一！你真是太厉害了，数学居然有140多分，就比宋航少几分，明天可以借下你的卷子给我看看吗？"

是陈瑶瑶。

沈意吃面的动作一顿。白天成绩出来时陈瑶瑶就表现得很兴奋，现在居然又在群里说。沈意大概能猜到她的想法，之前那么大吵了一架，她还拿成绩呛了她，现在看到自己被挤下去，陈瑶瑶应该非常高兴吧……

她一说，其余同学也立刻跟上这个话题。周静书"爆冷夺魁"在整个文科班都是一件大事，白天已经轰动过一轮了，此刻有男生嘴欠道："你这回可把班长和宋航都挤下去了，江湖第一高手和第二高手一起给你当陪衬，有排面！"

比起来，周静书倒是很谦虚："你们别夸张了！我这次就是运气好，下回肯定就没我什么事了。"

第一名永远是大家议论的中心，尤其是这种黑马杀出的第一，从前她是中心时并不觉得有什么，如今掉下来了才知道差距。

其余同学又说了些什么，沈意没有再看，点击左上角退了出去。

班级群下面就是熟悉的鸭舌帽头像，她把下巴搁在书桌上，看着屏幕默然不语。

这段时间，她和肖让也联系过几次，没有再像之前那样彻底断了联系。她知道了肖让的工作很忙，这一个月一直在云南紧张地拍摄新戏。《长生》是一部武侠剧，有很多的打戏，肖让从前虽然拍过动作戏，但从没有分量如此重的，即使10月签下合同后就紧急培训了半个月，真正开拍后还是吃足了苦头，光是每天吊威亚就吊得胳膊都要肿了。

与此同时，他还要抽时间准备艺考。央影、首影等学校的表演系初试都将在明年2月举行，艺考老师专门跟去了云南，每晚收工后分争分夺秒给他上课。肖让白天被折磨了一轮，晚上还要被折磨一轮，每天都苦不堪言。

也因此，两人的几次聊天都是匆匆结束，加在一起也不超过十五分钟，更不要说视频什么的了。

你现在在做什么啊？好久没看到你，拍戏那么辛苦，不知道你有没有变瘦，还是云南的紫外线让你变黑了？

沈意的手指划过屏幕，百无聊赖地想着。

在这样的夜晚，这样的时刻，她发现自己格外想念他。

她忽然决定不再忍耐，坐起来捧着手机一通按，发了句话过去："你收工了吗？"

没有回复。

沈意等了五分钟，失望地叹口气，去厨房把汤倒了，碗丢到垃圾桶，又从冰箱里拿了个苹果，一边咬一边坐回去，却惊讶地发现手机屏幕上多了一句话。

"收工了。今天晚上没我的戏，早收工了。"

她苹果都来不及咽下去，咬着它就"啪啪啪"回道："是吗？那你现在在上课？"

"哈哈哈，没有！我把艺考老师赶回北京了！我和文昌哥说，我白天被吊起来打已经很惨了，你们晚上再这么折磨我，我就活不下去了。反正距艺考还有两个月，等我结束这边的拍摄转到象山后再让老师过来吧，我现在先自己准备着。他们答应了，所以——今晚是我的自由活动时间！"

沈意看着那一长段话，都能想象男生的眉飞色舞，忍不住一笑："那你在怎么自由活动？睡觉？"他之前老抱怨睡不够来着。

"睡什么觉，浪费生命！我刚刚在和朋友打游戏！久违的团战！"

怎么又是团战！他们男生的世界除了游戏就没别的了吗？

她又好气又好笑，肖让却问："你呢，你在干吗？又做题啊？"之前几次他们聊天，她都在刷题。

"没。我刚睡醒吃完饭。"

肖让感到奇怪："这么早睡觉？哇，班长今天开窍了，知道对自己好点了。"他忽然想起来，"哦，对，是不是又月考了，你考得怎么样？重回第一了吗？"

沈意的手停在键盘上。像是一个气球被戳破，原本就微弱的好心情瞬间荡然无存。她忽然发现，比起看到同学们追捧新的第一，她更不想面对知道了这件事后的肖让。

明明一个月前才约好要一起加油，可刚说完，自己就考了个有史以来最差成绩。她几乎难以启齿。

"我考得……不太好。"

肖让看到这行字，笑容一顿，慢慢坐直身子。

虽然看不到她的表情，但从文字中也能感觉出她的情绪。相处这些日子，她对成绩有多重视，他再清楚不过，她的努力他也全看在眼里。

现在，她说考得不好……

沈意自暴自弃地说完，连手机都不敢看。

她怕肖让安慰她，那只会让她更加难堪，可不安慰他又能说些什么呢？

说来说去，还是怪她没有考好……

"哎，你想打游戏吗？"肖让终于开口，却是她完全没料到的话。

沈意一呆。

肖让说："我今天难得放假，老师又走了，偷得浮生半日闲，你也刚考完试，就歇歇吧。我带你'吃鸡'，咱们去游戏里碾压其他玩家，包你之后睡个好觉，明天起来什么烦恼都没了！"

沈意被他打乱了节奏，片刻后才说："可，我没打过……"

她唯一玩的手机游戏就是《卡通农场》，还是被关越越和杨粤音强行要求参与的。

"你没打过没关系啊，都说了我带你。小爷我可是高手，保证带你吃上鸡！"

沈意看着他发过来的文字，想起宋航也说了她要学会放松，既然他放松靠玩游戏，也许，她也可以试试？

她一咬牙："好，玩就玩！"

她同意了，肖让立刻发来指示，沈意手机里连游戏都没安装，还得先去下载。肖让嘴里的"吃鸡"全名叫《绝地求生：刺激战场》，沈意之前也听班上的男生说过，在等安装的过程里，肖让给她大概解释了一下："这个游戏就是一个人或者几人组队，被空投到一座岛上，这座岛上还有很多其他队伍的人，我们要在岛上寻找到武器，然后彼此斯杀，哪个队伍活到最后就赢了。因为赢了的人会收到'大吉大利，今晚吃鸡'的提示，所以这个游戏又被叫成'吃鸡'。懂了吗？"

沈意似懂非懂，肖让说："算了，不懂也没关系，到时候打起来，我会再给你解释。下载好了吗？"

下载好了，沈意点开游戏，就传来一阵激扬的音乐声。首页让她选择登陆方式，肖让问："你有微信吗？我都是玩微信区，你用微信登录吧，我比较好带你。"

沈意有微信，只不过平时很少用，她登录进去后系统先让她设置基础资料，沈意在取名的环节犯了难。

她本来想叫小意，但这个名字已经被占了，她想了想，输入了自己玩《卡通农场》时用的名字：小意不太小。

这还是杨粤音帮她取的，当时她笑着说："这个名字很适合你，小意不太小——就是大意了！小意，游戏世界，可千万不要大意啊！"

沈意一开始不喜欢，用久了居然也习惯了，还觉得挺可爱。

"取好了吗，你叫什么？"

屏幕上方弹出肖让的信息，她忙退出去回复道："小意不太小。"

肖让发了个省略号过来。

沈意觉得他的反应有点奇怪，问："怎么了？"

肖让连忙遏制住一些奇怪的联想，说："没什么，我先加你好友，然后邀请你组队。我朋友刚好也回来了，我们可以一起打。"

他这么一说，沈意才想起来，哦，对，他本来是和朋友在打游戏。现在看来，是因为朋友有事离开，他才抽出空看到她的消息。

不过他的朋友，谁啊……

这个念头还没转完，她已经收到加她为好友的消息提示，通过申请后，果然被邀请到一个队伍里。

只见漫天飘雪的屏幕上，除了她，广场上还站着三个扛着枪的人物模型，都是男性。沈意不知道哪个是肖让，正在犹豫，其中一个就给她发来信息："看到右下角有个小麦克风了吗？你点一下，就可以和队友开语音了。这样我们说话方便一些。"

沈意早就被需要不时退出去回话的操作弄得心烦，立刻按照他的指示点了下，短暂的嘈杂后，她刚好听到肖让熟悉的声音："星凡、西承，我拉了个朋友进来。咱们正好四排，就不用再匹配陌生人了。"

话音方落，一个懒洋洋、有点吊儿郎当的男声也响了起来："什么人啊，你还有别的朋友？我说你够可以的啊，外面莺莺燕燕怎么那么多，有我和星凡陪你还不够吗？"

和他比起来，另一个声音就冷酷多了："是之前和你打过的那个电竞选手吗？是他我就同意，菜鸡不要。"

被点到的菜鸡沈意先自惭形秽了三秒，忽然反应过来，等等，第二个声音怎么有点熟悉？

京腔，有一点鼻音，还有那股子不耐烦……肖让刚刚叫星凡，所以，这个人就是被他们打电话捉弄过的柯星凡？

那西承，就是那个和肖让录过同一档综艺节目，关系很好的男明星傅西承了？

肖让拉了这两个人一起跟自己打游戏？

因为紧张，她不小心倒吸了口气，那边顿时一静。

傅西承似乎这才注意到屏幕上的新队友性别和他们不太一样，说："女的啊？"

肖让回答道："嗯，我朋友，第一次玩。我们带她一下吧。"

柯星凡不作声，傅西承拖长了声音："还是个新手？"

安静。安静。

沈意觉得，气氛好像有点微妙，想着自己作为新人应该主动一点，于是说："呃，你们好，我是肖让的同学。我没玩过这个游戏，应该会打得很糟糕，所以……"

如果你们真的不要菜鸡，我可以退出。

这句话没说出口，却是她此刻的真实想法。她没想到和肖让一起打游戏的朋友居然是这两个人，大晚上让三个男明星带着她吃鸡，其中两个还是她不认识的，这经历听起来太梦幻，她光是想一想就觉得心跳都加速了，头也有点晕。

"还是算了吧……"

女孩的声音小小的，透着股紧张，像清澈的溪水，落入几个男生耳中。

又是两秒的安静后，傅西承忽然笑起来："没关系，不会玩也没关系。你是小让的同学，那就是我们的同学了！当然要带你玩了！"

沈意没想到他会这么热情，有点吃惊，但她更想不到的是，此刻肖让的好友栏里不断收到傅西承发来的消息："什么情况啊你？这是谁？同学？你小子够可以的啊，居然对同学下手，怎么着，要谈校园恋爱啊？"

肖让一个头两个大，只能庆幸他还有点分寸，知道发消息而不是直接问人家："胡说八道些什么，这是我班的班长！给我抄作业，做复习笔记的班长！我还要靠她罩，你一会儿不要说错话得罪人家！"

傅西承"哦"了一声："那是我胡说了，原来你不是对同学下手——你是对班长下手？我真是小瞧了你了，原来考两百分也有大梦想！"

好在傅西承开够了玩笑，终于大发慈悲道："放心，你第一次带女孩子来一起打游戏，当哥哥的一定给你撑足场面！咱们今晚别的也不做了，就帮你一起带妹吃鸡！"

肖让已经懒得去解释不是他想的那样，只是说："你控制着点。"

沈意觉得脑子里各种想法在乱撞，傅西承答应了，肖让又没声音，那她要怎么办？真的一起打吗？可她根本不会，拖后腿了会不会被骂啊？杨粤音她们说过，游戏里菜鸡队友都会被骂的！

不行，还是跑路吧……

退出的话还没出口，就听到柯星凡不耐烦地说："好了没有？我开了。"

下一秒，屏幕跳转，显示"加载中"。

居然就这么开始了！

伴随着"你已进入刺激战场，加油特种兵"的声音，沈意发现自己来到了一个机场，周围除了她还有很多人，大家好像都在等着什么。

肖让适时解说："我们一会儿要在这儿上飞机，然后跳伞，你如果不知道跳哪儿，就跟着我。"

跟着我。

这三个字让沈意心头像是有一片羽毛挠过，酥酥麻麻地痒，忽然就安定了。

她深吸口气。既然已经开始，现在也不能再走，干脆调整心态，认真感受起这个游戏。

耽搁的这几十秒中，他们已经上了飞机，只听得阵阵轰鸣声中，一架飞机正在天空飞翔。下面是蔚蓝的海水，中间一座岛屿，应该就是他们今天的战场。

沈意这时候终于有空看起了她三个队友的ID，只见右上角的成员栏里显示，1号叫"朝阳区警花"，2号叫"kkkkkkk"，剩下的3号则叫"承让承让客气了"。

这都什么乱七八糟的？

沈意大概猜出最后一个应该是肖让，忍不住一笑。他叫这个名字，是预备在每次杀死对手时，可以直接用名字告诉对方"承让承让客气了"吗？

她犹豫一瞬，问："那个'朝阳区警花'是谁啊？"

"嗯，班长叫我吗？"傅西承笑道，"都说了'朝阳区警花'，那还能是谁？当然是区区不才在下了。"

沈意还没反应过来他怎么也叫自己班长，就听肖让不冷不热道："你现在不是在巴厘岛吗？该是'巴厘岛警花'。人不在朝阳，就别蹭我们朝阳区群众的热度。"

"巴厘岛？"沈意重复。

傅西承以为她好奇，解释道："我有一个戏刚杀青，正在巴厘岛度假，今晚是闲着没事才跟他们打游戏的。"

肖让说："没错，就他闲着。我和星凡都在拍戏。我只是今晚恰好休息，星凡要拍大夜，等戏的时候无聊，我们俩陪他。"

也是因为柯星凡在现场没电脑，他们才会玩手游，否则他和傅西承早就开电脑联机了。

巴厘岛，是在印度尼西亚吧。沈意这样想。她还从没出过国呢，关越越倒是每年都会跑到国外度假，去年春节都是在欧洲过的。

想到这时候手机那端的，要么是在片场等戏的大明星，要么是在异国海岛度假的大明星，还有一个云南酒店里的大明星，而自己只不过是一个刚考砸了的高三生，她觉得紧张的感觉又来了，掌心都开始出汗。

"班长，要跳了。你跟上我了吗？"肖让说。

沈意这才发现自己忘了点"跟随跳伞",手忙脚乱补上的瞬间,就看到四个人一起跳出飞机,头朝下向着岛屿落去——

"砰"。

降落伞打开,他们晃晃悠悠,落在了一片建筑区。

"我们跳的是学校。这座岛上有学校、仓库、机场,还有城市等不同的地点。学校里的人稍微少点,我们先在这儿找装备吧。跟我去房子里搜。"

踩在陆地上,意味着真正进入战斗区了,沈意从来没有玩过这种对战游戏,心跳加速。刚刚肖让简单教过她操作手法,可惜她还不太熟练,只好磕磕绊绊跟着他跑到了房子里。

客厅中央的地上有几个东西,她跑过去捡起来,立刻将自己武装起来,原来是一件防弹衣,还有一杆枪。肖让搜完隔壁房间出来,身上也装备好了,看到她说:"不错嘛,你运气挺好,这是UMP9,很适合新手。子弹有了吗?"

沈意检查一下:"好像……有了。"

她问:"所以,我们是特种兵吗?飞机一共空投了100个人下来,我们要在岛上对决,谁能活到最后,谁就是最强特种兵?设定是这样?"

"你做功课了?"肖让问。

"我看了百度百科……"

没办法,她干什么都要查点资料的习惯怕是改不了了……

"没错,就是这样。"傅西承搜完附近的房子也进了这里,"班长不愧是班长,有大局观!看问题高屋建瓴!"

"你别叫我班长。"沈意小声说。

其实她和傅西承相处是最不自在的。柯星凡虽然脾气不是很好的样子,但至少是同龄人。她没记错的话,傅西承好像比肖让大挺多的,有二十七八岁了?就是个大人了。

想到自己正在和一个大人玩游戏,她连说话都万分谨慎,生怕一不小心就没礼貌了。

"不叫你班长,那我叫你什么?"傅西承含笑道,"难不成叫你小意啊?"

"咳咳咳——"话音方落,肖让就一通猛咳。

傅西承这才回过神,坏了,撩习惯了,忘了这妹妹既然是肖让的同学,那应该跟他差不多大,万一还没成年……

他立刻正色道:"班长,您就让我叫您班长吧!您罩着小让,就相当于罩着我,恩情都是一样的!"

沈意发现她根本搞不懂这些娱乐圈的人，他们脑子里都在想些什么啊！

"啪啪啪——"外面忽然响起枪声，柯星凡说："来人了。"

大家立刻停止废话，肖让说："班长你在里面躲着，我和西承出去。"

说完，代表他和傅西承的小人先后跑出了房间，沈意和柯星凡躲在屋子里，只听到外面一阵枪响，很快。肖让说："好了，打死了。"

傅西承说："我们跑吧，我看这边也没什么东西了，咱们往圈里跑吧。"

沈意没懂后面那句话是什么意思，却听懂了这是要离开。果然，柯星凡走到窗边，纵身一跃就跳了出去。沈意跟在后面，也想跳出去，但手在跳跃键上按了几次，却只是在原地起蹦，根本不出去！

沈意莫名其妙，眼看他们都已经往前跑了，连忙想从门出去，耳边却忽然炸开枪声！

"砰砰砰！"

与此同时，她身上也出现被击中的红色，她手忙脚乱操纵手机，好不容易转过身，终于看到大门那儿竟站了一个人，正朝着她不断开枪！

沈意从没经历过这种阵仗，一瞬间仿佛自己真的被逮住了，呆滞三秒才想起来自己也要开枪。然而枪刚刚被她背到了背上，她又忙不迭把它取下来，这个过程中又被射中好几枪。沈意看着那不断炸开的红色，觉得好像每一枪都打在了她身上，好不容易把枪对准了门边，那人却侧身一闪，躲到外面去了！

沈意喘着气，肖让在耳机里问："班长你怎么了？你怎么没跟上来？柯星凡你没带她出来吗？"

"我……我被人堵住了……我没出去！"

肖让骂了一句，然后说："你等着，我们马上回来接你！"

"怎么等啊？那个人就在门外，他进来我就死定了！"

肖让当机立断："你上楼，去楼上躲着！"

沈意转身一看，右侧果然有楼梯，她立刻往那边跑去，谁知还没跑到。身上又中了一下，那个人居然又跑到窗外对她开枪！

什么仇，什么怨！

沈意吓得撒丫子就往楼上跑，然后躲到一个房间里"砰"地把门关上，缩在墙角瑟瑟发抖。

太惨了。

她觉得如果模型能哭，眼泪都要下来了，怎么就被打得这么惨呢？她不是来出气打人的吗？

对。沈意忽然抬起头，她是来打人的，是来大杀四方的！怎么能一被打就躲在这里呢！

太尿了，这不是她！

这么一想，她立刻站起来，一点点朝房门逼近。这次她长记性了，枪一直在手里，并对准了门口。楼下那个人如果一定要打她的话，看到她上楼了，应该也会上来，上面只有这一个房间门是关着的，他搜完了那些地方，肯定不会放过这里。

那么，她只要在这里等着……

门忽然被打开，她连一秒钟都没犹豫，对准他就是一通狂射。那个人始料未及，被打得毫无还手余地。沈意只觉得胸口憋了一晚的怒气都在噼里啪啦的枪声中发泄出来，越打越顺手，直到耳边响起一声大喊："班长！班长，是我们！"

她愕然停手。

只见门边原来站了三个人，而最前方的柯星凡血条掉了一半，看着她半晌，道："大姐，你打谁呢？"

接下来的时间，沈意一直垂头丧气。

柯星凡掉了一半血，她掉了三分之一，但在刚才的房子里没搜到急救包或者止痛药等补血的东西，所以他们现在要赶向下一个房子找药。

肖让边跑边说："没事的，我们四个人，一会儿我和西承戒备，你们俩找到药就好了，顺便还可以再补充一点弹药，齐活儿。"

他说得轻松，但沈意只要一想到自己刚刚搞出的乌龙，就恨不得就地找个坑把头埋进去，再也不见人了！

她居然朝队友开枪，还差点把人打死了！杨粤音她们说的猪队友就是她吧！

而且，如果被打的是肖让，甚至是傅西承，都好一点，偏偏是柯星凡！和傅西承的热情不同，柯星凡一晚上都没怎么说话，应该是不怎么欢迎她的，只是看在肖让的面子上才带她一起玩的。结果她一上来就搞了这么一出，如果游戏允许，她甚至怀疑柯星凡会直接把她踢出队伍！

滑铁卢！她今天怎么不断在经历滑铁卢！

这样想着，她忍不住又看向柯星凡的游戏模型，他们正在野外，天空蔚蓝，草木葳蕤，四个人把枪背在背上，朝着同一个方向狂奔。

柯星凡在那句"大姐"后就又没话了，沈意跟他道歉时，他也爱搭不理的。此刻盯了那个模型小人五秒，沈意猛地拍拍自己的脑袋，她在犯什么傻，难道还指望从它身上看出柯星凡的情绪吗？

很快，他们跑到了下一个地点，傅西承先进了一个房子，立刻在频道里招呼：“班长、星凡，这里有急救包，先来补血。”

他们跟进去，沈意说：“那个，柯星凡血掉得比较多，让他先补吧。”

她想以此表达自己的歉疚之情，毕竟柯星凡是被她害的，傅西承还没劝，柯星凡却突然开口：“这里有急救包，还有止痛药，够两个人补，用不着你谦让。”

他的语气有点不耐烦，气氛为之一冷。

两人补完了血，傅西承和肖让分开去搜旁边的房子，沈意负责搜楼上，检查了两个房间后忽然有点丧气，站在窗边望向远处。

不该答应肖让的。

她从来没打过这个游戏，想想也知道，这种东西怎么会是她擅长的呢？一时冲动跑过来，结果搞得现在柯星凡不喜欢她，她在队伍里也处境尴尬，有什么意思呢？

她本就被考砸了的挫败感笼罩，再经过刚才的事，挫败感加上挫败感，继续留着已经有点煎熬了。

楼下忽然又响起枪声，她一惊，就听到肖让说：“哪儿有敌人？星凡，是你们的房子吗？”

“是我们，300度方向（游戏内的方向，共360度）。”

“好，我俩马上过来。班长你躲在楼上啊！千万别下来！”

“哦。”她答应着，端着枪戒备着前方，想等他们打完了就下去，可楼下的枪声时停时起，竟一直没有安静。

她忍不住问：“怎么了？还没打完吗？”

“死了一个，还剩两个。这两个人还挺厉害的，我快没血了。”傅西承说。

沈意顿时紧张，没血了岂不是就要死了？等等，她忽然想起来自己还剩一个止痛药没用，给傅西承的话，他就可以补血了！

但下面正打成一团……

她忽然一咬牙，死就死吧！

反正她也不想玩了，如果能成功把药给傅西承，也算对队伍有一点贡献，九泉之下都能瞑目了！

说干就干，沈意端着枪就往楼下走。转过楼梯拐角，入目的走廊一个人都没有，一片安静。沈意神经高度紧张，大气都不敢喘一下，仿佛自己的呼吸也会被游戏里的人听到。

她小心翼翼下了楼，脚刚踩到地板上，隔壁突然又响起了枪声，伴随着柯星凡的怒吼："他躲在这儿！"

肖让问："你在哪儿？"

柯星凡说："客厅！他藏在门后面等我！"

沈意往右一转，果然看到客厅里柯星凡正和一个人互相扫射，他的子弹好像不太够了，被打得退到了窗边，血条也开始告急。

沈意看着那人的背正对着自己，只觉得一股热血冲上头，没有丝毫犹豫，下一秒，端枪，上膛，瞄准。她的动作如行云流水，仿佛已经练习过无数次，仿佛她冲下来就是为了这一刻。

"砰！"

一声巨大的枪响后，那人倒在地上，画面浮现一行文字："你使用UMP9冲锋枪淘汰了kris0819。"

沈意不敢相信自己的眼睛，愣了三秒才反应过来，兴奋地冲过去："我救了你！我救了你！"

柯星凡匪夷所思地看着屏幕，刚才她开枪时正在自己的视野中，所以他看得清楚，她居然是一枪爆头！

还有她开枪时冷静的模样，不夸张地说，他在那一瞬居然感受到了凛冽的杀气！

沈意兴奋得就差没绕着柯星凡原地起蹦，肖让和傅西承这时候也赶了过来，问："怎么了，怎么了？"

沈意兴高采烈："我从背后成功偷袭了一个人！我打败他了！我还救了柯星凡！"

她居然又重复一遍她救了他，柯星凡终于回过神来，开什么玩笑？刚才就算她不出来，他也不一定会死好吗！

可惜他的抗议还没说出口，肖让已经用一种非常夸张的语气说："真的啊？班长你太厉害了！我就知道你一定玩得好这个游戏！聪明人干什么都可以！"

傅西承附和："是！多亏有班长仗义相救，不然老柯今晚就死定了！还不说谢谢？"

柯星凡郁郁地扭过头，知道是因为自己刚才对她的态度让他俩不满了，现在他们俩联手来挤对他。

沈意并不在乎柯星凡的态度，她的心思都在别的事上。经此一役，她信心大增，终于开始感受到这个游戏的乐趣。

原来把其他人打败的感觉……真的这么好啊！

118

那种克敌制胜的快感，让她一整晚的挫败都一扫而空，取而代之的是满满的成就感。

难怪这么多人喜欢玩枪战游戏！

沈意玩出了兴趣，对什么都积极起来。那个人被淘汰后就变成了闪着绿光的盒子，里面是他的装备，大家瓜分完毕后各自补了血，赶到了下一个地点。

这一次沈意端着枪走在前面，肖让被女生的冲劲惊住了，小声提醒："当心点，这里应该有人。"

沈意答应着："好，我知道了。"有人就好，她就怕没有人！

他们分开去搜，沈意端着枪在外面搜寻，这是一个小镇，几栋房子挨着，远处一条通往天际的公路。她刚有点走神，胳膊忽然炸开一圈红色，有人打中了她！

沈意立刻转身，正好看到左边屋子大门处有一个人，一见她转身，立刻躲回了门后。沈意现在还不会藏在掩体后打人，最怕的就是他这一种，敌在暗，她在明，她索性冲过去就打开了门。

那人似乎没料到她直接就过来了，两人都挤在门边，身体几乎贴在一起。那人想开枪，沈意抢在他之前把枪贴上他胸口，"砰砰砰"连开三枪，那人倒在地上，变成了盒子。

肖让正在搜厨房，忽然听到枪声，问："班长你在干什么？"

沈意说："打人。"

肖让心想，什么情况，班长的声音怎么听起来这么冷酷？！

他刚这么想，那边又传来一阵枪声，他等声音停下来才小心翼翼地问："班长，你又在打架了吗？"

"嗯，搞定了。"

妈妈，玩游戏上头的女人好可怕！

沈意连续击败三个玩家，只觉神清气爽，考第三名的事都被抛到九霄云外了。

正踌躇满志，傅西承却说："毒圈过来了，我们赶紧跑吧。"

毒圈，什么是毒圈？

"就是朝我们过来的那个蓝色的圈，只要在蓝色范围里就会不断掉血，我们管那个叫毒圈。"肖让说。

沈意点开右上角的地图，果然看到四周一片蓝色的光呈圆圈状朝中间缩小，他们就在那个圆圈的边缘！

沈意一下子就慌了，怎么还有天灾呢？她以为打败其他玩家就好了！

她本就是第一次打，刚才全靠一股热血撑着，现在一慌就全乱了。眼看那片蓝光不断朝自己逼近，仿佛仙侠剧里的结界，从地面蔓延到天空，很快就要把她纳入其中，她却在原地打转，不知该往哪个方向跑。

"肖让！你们在哪儿？我该怎么跑啊？"

"我在上面标记了方向，看到了吗？往那个方向跑！"

"没看到！什么标记？我没有找到啊！"

沈意急得不行，肖让忽然说："别找了。我看到个东西，你原地等着，我来找你！"

沈意一愣，却听到前方一阵引擎轰隆声，一辆鲜红的敞篷跑车转过街道拐角，呼啸而来。她还以为是敌人，枪都端起来了，跑车却在她面前"唰"地停下，肖让坐在驾驶座上按了两下喇叭，说："班长，上车。"

沈意愣在那儿。

肖让见她不动，问："怎么了？"

"这、这是什么？"

"你不认识吗？跑车啊。"

废话，她当然认识了，沈意震惊地说："这个游戏居然还有车？真的能开吗？"

她也在说废话了，不能开的话，肖让是怎么过来的。沈意把枪一收就爬上车，蓝光也在此时将他们笼罩，整个画面都陷入一片蓝色，沈意看到血果然不断在掉，迭声道："怎么办，怎么办，怎么办？我们是不是要死了！

"不要慌，坐稳了，我这就带你逃出去！"

肖让说完按下加速键，只见蔚蓝的天空下，跑车风驰电掣，载着他和沈意如一支离弦的箭般从蓝光里冲了出去！

直到蓝光被远远甩在身后，沈意才终于确定他们逃过一劫，松了口气。也是这时她才察觉，因为紧张，她的手指按屏幕都按得有些痛了，不由得震惊，自己玩游戏也太投入了吧！

"我说了会没事吧？别怕。"肖让说。

沈意看向他。男生驾着车，明明只是个模型，她却仿佛想象出了肖让开车的样子。

还有刚才，他开着跑车在自己面前停下，招呼她上车，救她于水火。

那时候太紧张了没注意，可此刻回想，真的是有点帅……

"班长？"大概是她没出声，肖让重复了一遍。

沈意回过神，不由得懊恼自己在想些什么啊，为了掩饰问道："那什么，怎么只有你啊，他们俩呢？"

"这车只能坐两个人，所以我来接你了，他们跑着呢。"

"没错。"傅西承冷不丁开口，"我们没有坐车的福气，只能靠跑。"

"知道就好。"肖让说，"难得班长来一趟，就让我尽一尽地主之谊，带班长大人兜兜风吧。"

他们说话时，跑车正穿行在野外，两侧草木茂盛，微风吹拂而过，沈意坐在车上，望着前方的风景，竟真有种乘车兜风的错觉。

"每回看到车都这么激动，这么喜欢开，干吗不买一辆真的啊，跟游戏里过干瘾。"傅西承说。

"我倒是想买，可我连驾照都没有，买了也开不了啊。"

"快了快了，等你满18岁就可以考驾照了，到时候要买车一定叫上哥哥，我给你参谋参谋。"

傅西承爱车在圈内是出了名的，片酬有一半都拿来买了车，大学时还参加过赛车比赛。

肖让笑着说："当然，我可是早把你放到看车名单里了！"

就在这样一边击败其他玩家一边瞎扯的节奏里，比赛很快过去半个小时，根据左上角显示，空投下来的100个人中93个被击败，还剩下7个存活。扣除他们4个，也就是说，要想取得胜利，他们必须再击败3个玩家。

毒圈越缩越小，终于，大家都被逼到同一片区域。肖让说："现在真的要藏好了，那三个人一定就在附近，他们也想杀我们。能苟活到现在的都点本事，被他们先盯上就危险了。"

沈意被说得紧张起来，只感觉处处都是危机，刚想再问点什么，就听到几声枪响，然后屏幕显示："你的队友朝阳区警花使用 AKM 淘汰了关东第一帅。"

傅西承兴奋地说："好了，还剩两个。"

肖让没好气道："你们俩名字还挺搭，兄弟吧？要不认个亲？"

很快，柯星凡也用步枪淘汰了另一个人，就剩下一个了。

胜利在望，沈意整个人都激动了起来。柯星凡和傅西承分散在附近搜寻，肖让也扛着枪在找，沈意在他身后，忽然又听到一阵激烈的枪声！

等枪声结束，她期待地问："怎么样，击败了吗？"

傅西承冷静道："击败了。我被击败了。"

她这才发现，屏幕显示她的队友朝阳区警花已经被淘汰！

沈意震惊。因为是第一次玩这种游戏，她也是第一次直面队友的"离

121

开"，灵魂受到了一定的冲击。

傅西承大叫："那个傻瓜躲得够好的啊！我都没看着就被开黑枪了！"

肖让问："星凡你呢，也被击败了吗？"

柯星凡回他："我没被击败，但我掉毒圈里了，没跑出来。"

居然就剩他们两个了！

沈意顿感责任感加身，"暗地里躲着个神枪手"这个认知更是让她神经紧绷。她端着枪360度转身观察，生怕一不小心就像傅西承那样被偷袭了。

然而，即使再小心，当她又一次转身时，还是有一枪击中了她的肩膀！沈意立刻往那个方向转去，却只看到一片广阔的草丛，根本不见人影！

下一秒，又一枪打出来，正中胸口。沈意血条迅速掉到只剩一点，她忘了躲避，也朝那个方向开枪，直到肖让大喊一声："班长躲开！"

她一个激灵，下意识往左一闪。几乎就在她闪避的同时，一个人从草丛中跳出，如一只灵巧的猎豹般朝她冲来，男人浑身上下挂满了绿色的布条，难怪刚才她看不见他！

沈意没想到还有这种装备，被吓得动弹不得。眼看男人又一次举枪瞄准了她的头，她什么也做不了，双眼一闭等待即将到来的死亡——

"砰！"

一声枪响。安静。

沈意隔了好几秒才试着睁开眼，却发现屏幕中的自己好端端站在原地，面前是一个闪着绿光的盒子，而肖让站在不远处，还维持着射击的姿势，见她转身朝她示意，就好像在跟她笑似的。

"你的队友承让承让客气了使用M416自动步枪淘汰了Johnson。"

下一秒，画面骤变，屏幕浮现一行大字：大吉大利，今晚吃鸡！

"啊啊啊！"沈意兴奋地喊起来，"我们赢了！我们赢了！"

"是！我们赢了！"肖让笑着说。

如果游戏里可以拥抱，沈意怀疑自己能激动得冲过去把肖让抱住。

傅西承笑叹口气："赢了就好，我和星凡也算完成了历史使命，帮着某人带妹吃鸡……"

沈意一愣，肖让立刻咳嗽几声，傅西承说："好，我不讲了。再讲某人要生气了。"

沈意还是有点困惑，柯星凡吐出口气，说："我助理叫我，我得去准备了，下了。"

"那我也下了。"傅西承说，"晚餐时遇到个当地的小美人，约我去喝酒逛海滩呢，我要正式享受我的夜生活了……班长，下次有机会再一起玩游戏啊！"

一连走了两个人，频道里只剩下沈意和肖让，忽然又变成两人独处，沈意想到这一晚上的惊心动魄，只觉心脏怦怦跳。

"开心吗？"肖让问。

沈意顿了顿，用力点头："嗯！"

"开心就去睡吧。好好休息一晚，明早起来，又是能把陈瑶瑶堵得说不出话的帅气班长。垂头丧气不适合你。"

沈意反应了一下才明白他指的是什么："那天的事，你也知道了？"她和陈瑶瑶吵架的事他没提过，她就以为他不知道……

"我当时就在门外，听到了。说真的，我应该送你一块牌匾，上书'吵架王'三个大字！"

沈意"扑哧"一声笑出来。

两人同时沉默，频道里能听到彼此的呼吸起伏，片刻后，肖让说："那么，晚安，班长。"

说完，他想挂掉语音，沈意却忽然说："肖让，你……什么时候回来啊？"

一问完她就后悔了，她是疯了吗？怎么会突然问这个？就好像在期待着什么似的……

而且，肖让既然都开始拍戏了，拍完之前肯定不会再回来上课了吧，问这个有什么意义？

那边肖让也有点惊讶，女孩声音低低的，像是一片羽毛，轻轻挠过他的心尖。

短暂沉默后，他说："这个月月底，七中160周年校庆，我也许会回来表演一个节目。"

沈意一愣，惊喜地说道："真的吗？校庆你会回来？"

"学校有邀请，我还没给他们准确回复，要看到时候的档期。"其实，经纪人是倾向于不去的，拍摄时间紧张，一来一回太耽误时间。

说完这个，两人又陷入沉默。

过了会儿，肖让说："那，我下了。"

这一回，沈意没有再阻止。肖让离开了大厅，她也退出游戏，手机放在旁边，30秒后，屏幕暗了下去。

她往后一仰，躺在柔软的被褥上，良久，侧身看向窗外的夜空，轻声说："晚安，肖让。"

沈意睡了一个好觉，第二天醒过来已经7点50分了。

周末不用上早自习，按平时第一节课的时间到学校就可以，不过沈意通常都会提前到，今天却放纵自己睡到现在。从家里到学校要走半个小时，今天肯定是要迟到了。

她推开房门，发现外面居然有人，妈妈正端着两碗饭到餐厅，见她出来笑着说："你醒了？正打算叫你呢，我做了早饭，吃了再走吧。"

反正也迟了，沈意坐到餐桌前："妈妈你上完夜班这么累，下次别给我做早饭了，赶紧去睡觉。我可以去楼下吃。"

"外面的有我做得好吗，还是你已经不喜欢吃妈妈做的饭了？"楚慧笑眯眯道。

就两个人来说，楚慧做的早饭算丰盛了，主食是薏仁小米粥，炒了韭菜鸡蛋和土豆丝，还煮了自家腌的咸鸭蛋。那鸭蛋的个头大大的，用筷子一戳，蛋黄就咕噜咕噜往外冒油珠，看得人食指大动。

沈意吃着早饭，安静等着。妈妈并不经常给她做早饭，今天特意在这里等着，看到自己现在还没去卜学也没惊讶，她知道，她应该是有话和自己讲。

月考的成绩，她也知道了吧……

清晨的阳光透过窗户照进来，楼道里传来走动的声音，可能是上班族出门了，也可能是晨练的老大爷下楼锻炼去了。

沈意胡乱想着，妈妈忽然放下勺子，她立刻紧张地看着她，却听到她说："妈妈知道，你一直都非常努力，什么事情都要做到最好。你是最懂事的孩子。所以，妈妈不担心别的，只希望你无论遇到任何挫折，不要给自己太大压力，尤其不要责怪自己，好吗？"

晨光中，那双乌黑的眼睛里，除了理解宽慰，就只剩下心疼。

沈意忽然就有想哭的冲动，闷声道："我考砸了，你不怪我吗？"

"第三名也叫考砸了吗？"楚慧惊讶，"妈妈小时候还考过倒数第三呢。你外公脾气可大了，我放学后拿着卷子，吓得不敢回家……"

沈意"扑哧"一声笑出来。

女孩眼眶红红的，露出少见的孩子气，自从上了高中，她就很少在妈妈面前这样。楚慧沉默片刻，还是说："妈妈知道你辛苦，有时候我也想劝你，不要那么拼。但你比妈妈聪明，比妈妈优秀，你有自己的追求。妈妈帮不了你什么，只希望你最终可以得到自己想要的……"

没有什么话能像这些话那样，安抚她的心。沈意用力点头，妈妈这才摸摸她的脸："好了，你慢慢吃吧。我困得不行了，去补觉了。"

她走到餐厅外，却又像是忽然想起什么，转身道："对了，你最近……给你爸爸打过电话吗？"

沈意一顿："半个月前打过。"

"有时间的话，再打一个吧。"楚慧斟酌道，"再过几天就是他生日，我怕你学习忙忘了，提醒你一下。虽然不常见面，这种时候的问候还是不能少的，你说对吗？"

她的语气透着股小心。沈意和她爸爸的关系，她一直不知道怎么处理。小时候父女俩关系很好，一度都让她吃醋了，但自从她和沈平分开，沈意就很少主动联系他了。

女孩子长大了，有自己的心事，她是真不确定沈意心里是怎么想的……

沈意眼睫微动，片刻后点头："好，我知道了。"

楚慧这才进了房间，沈意看着面前的早餐，忽然就有点吃不下去了。

起身走到窗前，她翻到手机通讯录里的"爸爸"，盯着那两个字看了三秒，按下拨通键。

那边接得很快，只响了几下，就传来一个熟悉的男声："喂，意意吗？"

"爸爸。"沈意轻声说，"你起床了？"

"起了起了。"男人笑着说，"刚跑完步回来，正打算吃早饭呢，你打来得正合适。"

当然合适。她太清楚了，沈平是军人出身，喜欢锻炼，一年365天从不睡懒觉。小时候她经常被他连哄带骗地一大早拎出去晨跑，那么大点的孩子，还没桌子高，每次到最后都是抱着他的腿要赖假哭，说什么也不跑了，他没办法，只好把她背回家。

大概也是因为这个，长大后的她不爱睡懒觉，上高中后每天早起也不觉得有多难熬。

"你也起床了吗？"沈平忽然问，"今天周末，怎么也不睡睡懒觉啊？"

沈意顿了顿："我们高三，周末也要补课的……"

"哦……"沈平似乎没想到这个，"那你不要太辛苦，要注意身体。"

"嗯，我知道。爸爸你快过生日了，提前祝你生日快乐。"

"啊，你不说我都忘了，居然马上又要过生日了，时间过得真是快啊……可惜你不在，什么时候爸爸过生日，你也能来就好了。"他说到这儿，念头一转，"哎，你想好考哪儿的大学了吗？你成绩那么好，可以考北京的大学吧？

你要是考来这儿，爸爸就能照顾你了，你周末也可以常回家吃饭……"

沈意抿了抿唇："我……还没想好，应该会考北京的大学吧。"

"那就好，意意努力，到时候你来北京，爸爸亲自去接你！"

说完这些，两人好像就没什么话可以说了，气氛开始变得尴尬。沈平试探道："那，爸爸挂了？"

沈意没吱声，沈平于是想要挂断，却在挂断的前一秒听到她说："爸爸，我应该会考北大！"

沈平一愣。沈意从来没给他讲过自己的学习情况，他也只从前妻那里得知女儿的成绩很好，但到底有多好，并没有明确的概念。

不过这是好消息，他哈哈一笑："好，有志气，是爸爸的好女儿！那这样，爸爸答应你，如果你考上了北大，一定给你包一个大大的红包，好好奖励你！"

两人又说了几句，这才挂了电话。

沈意只觉身体有点无力，靠在墙上头抵住窗框，好一会儿，长长舒了口气。

Chapter 5

沈意这次成绩下降，惊动的不仅是同学和父母，老师们肯定也不会忽略年级第一的成绩波动。

当天下午，乔蕊就把沈意叫去了办公室，出乎意料的是，她并没有就这次考试给她分析太多，而是说："这个成绩你不要太放在心上，毕竟只是月考，又不是模考。比起来，你现在最要紧的还是抽出时间，准备一下北大的冬令营。"

北大的冬令营又叫寒假课堂，下周就会开始报名，由于理科那边有志于通过这个途径获得降分的尖子生们，基本上都被夏令营包了，所以冬令营只有文科班这边在忙碌。

申请的人很多，沈意、宋航、周静书、覃颖和周远这些稳居年级前五的就不说了，后面考第七第八的居然也跑来碰运气。而除了宋航只报了清华，其余人都是清华、北大一起报，用周静书的话来说就是："哪边要我，我去哪边，不挑，真的。"

这么多人报名，能选上的当然只是少数。根据以往的经验，夏令营名额稍多，今年清华从七中选了三个人，北大选了两个人，但冬令营一边给一个名额就顶天了。

对于谁能选上，班上同学当然也展开过讨论。若是从前，大家肯定投沈意、宋航没异议，这一次却犹疑了。

到了高三，全班名次大洗牌，前几名更是更新换代，周静书黑马杀出，宋航连续超了沈意两次，深深震撼了人民群众的心。如果说宋航被清华选上的可能性最大，那么北大，有没有可能选的不是沈意，而是周静书呢？

比起不变的第一名制霸，群众总是更喜欢看逆袭的故事，更何况周静书的第一次逆袭才刚发生不久，于是有些人猜测，没准北大会更看重离得最近的这次成绩。

这样的声音太多，到最后连周静书都心生期待，也许，自己真的可以被选上……

杨粤音被大家暗地里的讨论弄得心烦，又不敢明着跟沈意说。最后还是沈意受不了她的坐立不安，主动说："放心吧。如果北大要从我们学校选一个人，那么肯定是我，不是周静书。"

杨粤音一愣："你这么有把握？"其实她觉得那些人的话有点道理，所以才会这么紧张。

沈意平静道："我有把握。"

阳光很好，照在面前的书上，这是去年冬令营考过的一些题目，乔老师提前找来让她熟悉一下。

有些事不只她有把握，乔老师也明白，北大看的是三年的整体成绩，周静书不过考了一次第一，这样就想取代沈意拿到名额，实在是有点勉强了。

她知道自己没问题。

果然，很快冬令营选拔结果出来了。今年七中一共有两个人入选，清华是宋航，北大则是沈意。

结果出来那天，群众哗然，惊讶之余纷纷感慨，班长果然是班长，地位不是轻易能撼动的！

沈意看到周静书难掩失落的面庞，想起宋航的话，她之前两年已经足够努力了，而事实证明，这些努力并不是完全没有意义的。周静书高三才来追赶她，在某种程度上说是有些迟了。

她卸下心头一块大石，只觉得浑身轻松。当然也可能是最近休息得好。她听了宋航的建议，这段时间虽然一样复习做题，还要抽空做往年冬令营的题目，但不再硬熬到凌晨一两点，每天最晚12点也就睡了。

足够的睡眠带来了好心情，沈意觉得白天看书时脑子都清醒了一些！

1月中下旬，她和宋航都要前往北京参加考试，但那是下个月的事了。在那之前，还有一件很重要的事，她一直在等结果。

关越越冲进教室，半个教室的女生立刻抬头看向她。面对群众的热情，关越越清了清嗓子，似乎想强装镇定，但兴奋的语气和通红的面颊还是出卖了她。

"最新消息，确切消息！今年七中的160周年校庆，肖让不仅会作为学生代表出席，还会上台表演节目！这次咱们有大乐子啦！"

嘉州市第七中学作为嘉州有名的三所中学之一，历来以极高的升学率和悠久的历史著称。这次的160周年校庆是继十年前的150周年校庆后，七中再一次举行的盛大校庆仪式，从几个月前就给各届优秀校友发函邀请。等到正式开始的前一天，整个学校都装点一新，张灯结彩，披红挂绿，处处洋溢着欢乐的气息。

不过这些都和高三学生没有太大关系。学校为了这次校庆，让高一、高二每个班都出了集体表演节目，高三年级却仿佛被这个活动隔绝开了，依然每天都被关在教室复习、做题，除了偶尔分发一下校庆徽章，讲一点注意事项，再没有任何显示学校即将举行大型活动的迹象。

看着兴奋的学弟学妹，大家不由得感慨："热闹是他们的，我们什么也没有。"

但这个情况被一件事改变了——肖让确定会返校参加校庆，还会表演节目！

说到肖让，大家就更有话要讲了。虽然说和他当了几年同学，但除了偶尔能远远偷窥他一下，并没有感受到更多和明星同校的福利，比如学校的各种庆典活动就从来不见他的身影。当然大家也明白，肖让工作忙，抽不出时间回来，所以虽然早就有传他会参加这次校庆，但众人也没抱太大期待，没想到临了临了，他居然真的答应了！

高三年级顿感扬眉吐气："我们虽然表演不了节目，但我们有肖让啊！他一个人代表我们高三就够了！一个人抵过你们千百个！"

校庆的前一天正是平安夜。

这也是大家兴奋的另一个原因，没想到校庆的时间居然和圣诞节撞上了。和学生们对圣诞节的追捧不同，学校对这种"洋节"向来是没什么表示的，但今年乘上了校庆的东风，平安夜当晚学校干脆没上晚自习，放了大家一晚上的假。沈意却没有回家，而是和杨粤音一起被邀请到关越越家中。关女士表示，难得明天也不上课，这么好的机会，一定要闺密联欢，共度平安夜！

关越越家在城南的富人区。作为"有一定经济实力"（关越越原话）的本市著名企业老总的女儿，关女士从小就生活优渥，家里对她也十分宠爱，沈意第一次来她家时就被惊住了，她的卧室大概有自己房间的三倍那么大吧……

和关越越那个气质优雅的妈妈打过招呼后，三个女生躲到了她的房间。一进去，关越越就冲到卫生间翻出三片面膜，郑重地说道："好，我们现在就开始吧！"

沈意看着关越越手里的东西，问："什么意思？"

"敷面膜啊！"杨粤音白她一眼，"明天王子要回来，你不打算好好护肤保养一下，漂漂亮亮见他吗？"

沈意一愣。关越越做捧心状："又快两个月没见到王子了，我真的是度日如年、相思难抑啊！你呢，就不想见你同桌吗？"

沈意没回答，杨粤音和关越越也没管她，都冲进卫生间洗脸准备敷面膜了。沈意看着外面，天已经黑了，小区里很安静，更远一点的天边有一闪而过的城市霓虹。

怎么可能不想见他呢？自从那天晚上，他跟她说有可能会回来参加校庆，这些日子，她就一直在等待着结果。大概是想了太多次，以至听到他真的会回来时，她都觉得有点不真实。

明天，真的可以再见到他了吗？

偶一回头，忽然从窗台上的化妆镜里看到自己的脸。这段时间她虽然睡得好了一些，但毕竟是高三考生，不可能每天真的能睡够八小时。眼睛下面之前熬出来的黑眼圈并没有完全散去，再加上她皮肤白，在灯光里乍一看竟非常显眼！

而且不知道是不是最近吃得有点油腻，她的额头上还爆了一颗痘，两天了都没消下去。

明天，就要这个样子见肖让吗……

杨粤音刚洗完脸，正想抽化妆棉擦干净，旁边忽然凑过来一个人，沈意幽幽地说道："那我也敷一下吧……"

杨粤音没好气地把洗面奶塞她手里："会用吗？要不要教你？"

沈意从来没化过妆，也几乎不用护肤品，最多在冬天擦一擦面霜，唯一一支洗面奶还是和杨粤音她们逛街时被忽悠着买的，斥五十三块巨资，后来就一直搁在那里积灰。

不过怎么用她还是会的，关越越的洗面奶一看就比她的高档多了，她小心挤出一点，用水打湿后涂到了脸上。

三分钟后，三个女生就敷着面膜，头抵头、肩并肩躺在关越越那张粉嫩的充满蕾丝花边的少女心大床上。

脸上冰冰凉凉的，沈意第一次敷面膜，觉得这种感觉很新鲜，忍不住伸手碰了碰。

旁边杨粤音在玩手机，玩得专注无比，好半天都没有一句话，关越越无聊，于是问："你在看什么？"

"看文。"杨粤音说。

关越越好奇了："什么文，小说吗？"

"算是吧。"杨粤音说着忽然"扑哧"一笑，"我在看，肖让和柯星凡的同人文……"

关越越震惊地说道："你居然还看同人文？你中毒这么深了吗？"

沈意不太懂同人文是什么，但她记得上次杨粤音过生日时说过，她是肖让和柯星凡的"cp粉"。什么是cp她还是大概搞懂了的，所以，大概，难道，莫非，同人文就是以肖让和柯星凡为主角的小说？

杨粤音有一瞬的不好意思，但立刻理直气壮道："我之前也没这么疯魔！都怪肖让，在我生日时搞了那么一出，居然给柯星凡打电话，我新世界的大门被打开，就彻底一发不可收拾了……"

因为敷着面膜，她的声音有点含糊，里面的感情却相当真挚。

关越越无语。她还怪肖让，明明是她逼人家打的电话！

旁边的沈意忽然小声问："那些文，都是什么样子的啊？"

杨粤音见她感兴趣，立刻热情道："小意你想看吗？lofter上有很多的，但大多数文笔不行，我只喜欢一个作者，叫'桂花煮酒'。她更新量大，脑洞也很大，除了现实娱乐圈外，校园题材、武侠题材，甚至星际题材，她都能写，真的是笔耕不辍，造福世界啊！"这么说吧，只要有这么一位不断写文的作者，就没有带不起来的圈！

她说了一堆专业名词，沈意一个都没听懂，只明白她在说某个作者的作品写得很好看。杨粤音也没期待她搞懂，直接打开lofter上这个作者的专栏，说："你自己看吧。我最喜欢这篇，是现实世界的背景，青梅竹马、破镜重圆、贼狗血。"

沈意接过手机，一低头就看到了一行字："肖让来到逍遥派的那年，他刚满13岁。满村被屠，作为唯一活下来的人，他整整七天没说一句话，直到第八天柯星凡敲开他的房门。男人气质清绝，着一袭素色道袍，仿若山间朗月、云中积雪，一眼望去柯星凡竟看得呆住。肖让不禁问：'你是何人？'柯星凡低头凝视他良久，淡淡道：'我是逍遥的掌门真人，你该唤我师尊。'"

关越越本来趴在沈意旁边跟她一起看，这时候不满了："怎么都是柯星凡是强势的一方啊，我不服！我要看肖让更强势的那种！"

"有有有！lofter上啥都有！"杨粤音立刻说，拿回手机翻到一篇，也不递给她们了，直接扯下面膜声情并茂地朗读了起来。

"柯星凡一直觉得自己生活得很分裂。在老师和同学眼中，他是品学兼优的学生会主席，清冷高傲的年级第一，可没有人知道，每一天的下午，他都会被肖让堵在教室的走廊外。那个回回考试挂车尾、脸上总是挂着可恶笑容的男孩，最喜欢把他按到没有人看到的角落……"

关越越、沈意蒙在那儿。

杨粤音读完一段好心解释："这是校园题材。"

沈意想象了一下肖让把柯星凡按在墙角的画面，顿时觉得脑袋都要炸开了，痛苦道："好了，别念了，我明白了……"

关越越一边按着脸一边说："我面膜都要笑掉了，我这可是SK-II的面膜，很贵的！"

杨粤音感觉自己的推荐没成功，不情不愿地收起手机："你们自己要看的，我又没逼你们。"

沈意呆呆地躺在那里半晌，还不能从刚才的冲击中缓过神来，喃喃道："如果肖让和柯星凡知道有人拿他们写这种文，不知道还能不能好好相处，可能连游戏都不一起打了……"

杨粤音先是附和地点点头，然后忽然反应过来："一起打游戏？肖让和柯星凡什么时候一起打过游戏？我居然不知道？！"

沈意这才意识到自己说漏嘴了，整个人瞬间紧张。她想说点什么遮掩过去，然而已经来不及了，杨粤音目光如炬，牢牢锁定了她："你怎么知道他们一起打过游戏？肖让跟你说的？"

"不、不是……"

她的样子太过心虚，杨粤音越看越起疑，某个念头忽然闪过脑海，她的声音猛地提高："总不会是……你跟他们一起打过游戏吧！"

沈意默默从床上爬起来，也揭下面膜，假装什么都没发生地朝卫生间走去，然而一只脚还没跨进去，背后就响起异口同声的大喝："沈意！"

沈意转过身，举手弱弱地说道："关于这个问题，我可以解释……"

简单和闺密们说完自己和肖让那个刺激的电竞之夜后，房间里陷入了久久的沉默。杨粤音和关越越还保持着往脸上涂护肤品的姿势，手却许久没有动过，都瞪着眼睛用一种呆滞的表情看着她。

沈意胆战心惊地等了好一会儿，终于受不了这诡异的气氛："你们，说点什么啊。"

杨粤音深吸口气，终于开口，却一张嘴就是狂风暴雨："你让我说什么？你居然和肖让、柯星凡还有傅西承一起玩了吃鸡？陈瑶瑶知道了会暗杀你的！"

"何止陈瑶瑶，全校女生都会买凶暗杀你的！"关越越补充。

沈意想象了下那个画面，不禁一个瑟缩。

杨粤音却又发现了另一个关键问题："所以，你其实一直和肖让私下有联系？你居然瞒着我们！"

沈意顿时理亏。她也不是故意藏小秘密，只是不知道为什么，和肖让的事，她就是下意识不想告诉别人，哪怕对方是杨粤音和关越越。

但既然已经被发现了，再遮遮掩掩就有点过分了，她小声说："嗯，我们偶尔会聊聊天，他会给我讲一点自己工作上的事，我也会跟他说说学校的情况……但次数不多！我们上次聊天就是那回打游戏了！"

这个答案却没有让杨粤音满意，她盯着好友半晌，说："还是不对，肖让居然对你这么好，还带你打游戏，我都不想带新手打游戏。他不会是……喜欢你吧？！"

什、什么？！

沈意心跳瞬间加速，张口结舌好几秒，才道："你胡说什么？他、他怎么可能喜欢我？他就是当我是同桌，所以才……"

杨粤音本来也是灵感突发，并没有真觉得肖让会喜欢沈意，闻言赞同地点点头："也是，你这样的也不像偶像剧女主角啊。我们偶像剧都不喜欢学霸，关越越这种傻白甜学渣才是偶像剧的最爱，多少男神都不开眼撞到了她们手里啊！"

关越越没想到好友居然对自己有这么大的期待，顿感肩头一沉："你这给我的任务也太艰巨了……这样，有机会，有机会我一定努力试试看！"

两人又嘻嘻哈哈打闹起来，沈意摸摸脸颊，刚敷完面膜的皮肤又嫩又软，像刚剥壳的鸡蛋，但这鸡蛋是滚烫的，刚才听到杨粤音的话，她的脸就噌地烧了起来。

肖让喜欢她，怎么可能呢……杨粤音真是异想天开……

可是，杨粤音不说她都没有细想过，肖让确实对她不错，也没见他对班上别的女孩子这样。

真的只是他人比较好吗？

就在她的胡思乱想里，杨粤音和关越越终于收拾完了，大家决定早点睡觉，毕竟明天那样的重要场合，值得用一场美容觉来迎接。

女孩子们换上睡衣躺到床上，还好关越越的床够大，挤得下她们三个。沈意正闭目养神，却忽然听到杨粤音爆了句脏话。

"怎么了？"她诧异回头，杨粤音虽然个性彪悍，但很少这么失态，"发生什么事了？"

杨粤音脸一阵红一阵白："我刚刚登微博，发现肖让上热搜了，就点进去看了一下……"

"肖让上热搜不是很正常吗？"关越越说，"难道，是内容不太好？"

沈意看着杨粤音的表情，心猛地一沉，抢过手机一看。

映入眼帘的首先是一张明显是偷拍的照片，夜晚的街边两个人并排走着，左边穿着灰色卫衣、戴鸭舌帽的那个，能看出是肖让，右边却是个不认识的40来岁的中年男人。

沈意刚奇怪这张照片怎么会让杨粤音反应那么大，视线往上就瞟到了这条微博的配词。

"组鹅搬运工：八卦论坛今日最热话题，当红小鲜肉与公司老总深夜同行，千里探班到底是恩重如山，还是情比金坚？难道，这就是他这两年资源不断的原因？"

校庆当天，万里无云，是个晴朗的日子。

许多昨天没搬出来的装饰都在昨晚连夜布置了出来，所以同学们一大早来到学校时，惊讶地发现从校门口开始，一路都铺上了鲜红的地毯。大门两侧插放着的各界人士、友好企业送来的道贺旗帜，在风中招展。红色充气拱门高耸，上面印着一行大字："热烈庆祝嘉州第七中学建校160周年！"

学校里停满各色车辆，人来人往，熙熙攘攘，锣鼓喧天，热闹非凡。

但这样的热闹并不是人人都有心情享受的。

沈意站在队伍里，校庆典礼已经开始，刚刚已经举行了升旗仪式，现在是校长讲话环节，主席台上坐满了学校领导，所有学生穿好校服、佩戴校徽，按班级顺序站在操场上。沈意听着光辉校史，注意力却怎么都不能集中，忽然，身后传来一个气愤的声音："胡说八道，这些人都在胡说八道些什么！"

她回头，果然看到陈瑶瑶正盯着手机，旁边的女生忙劝她："你小点声，别让乔老师看到把你手机没收了！"

陈瑶瑶气得眼睛都红了："那些人这么说肖让，你让我怎么小声！气死我了，这种鬼扯的传闻也有人信吗？大家都没长脑子！"

沈意当然知道她在说什么，就在昨天晚上，肖让忽然上了热搜，这一次却不是因为他的"盛世美颜"抑或是节目表现，而是一个此前谁都没想到的原因。

有账号爆料，肖让与其所属的经纪公司永辉世纪老总徐荣正关系暧昧，两人深夜同行的偷拍照被贴了出来。若是普通的照片当然没什么，但那个账号特意指出，这是本月初在云南拍到的。因为拍摄《长生》，肖让这两个月一直住在云南的一个小县城里，而徐荣正居然在这个时间点出现在那里，还大晚上和肖让一起在外面走，在有心人的发酵之下顿时变得引人遐想了。

这个爆料最先出现于豆瓣小组，然后被多个营销号转载到微博，迅速引发轩然大波。

"谁？你看着我的眼睛再说一遍，肖让和谁？"

"平安夜爆大料啊！你要是唠这个我可就不困了。"

"瞎编的吧，这两张照片能看出什么？哪怕是一男一女被拍到这种照片都不能说明什么，更何况两个男的，现在爆料的门槛这么低吗？"

"我不那么觉得，根据以往经验，这种看起来像假的的消息通常都是真的！比如那个谁和谁结婚，还有那个谁和谁离婚……而且肖让签了永辉后确实资源一直很好，如果是老板的'特别照顾'，那就说得通了……"

"不管是真是假吧，这个八卦我先跟了！"

现在的网络环境，人人八卦，一点传言插上翅膀都能迅速席卷网络。肖让本就是当红流量，这个传闻又踩中了网络敏感点，而且正因为看起来有些离奇，反而让大家在震惊之余忍不住转发。再加上营销号推波助澜，所以虽然只有几张照片和一个没头没脑的爆料，居然就这么引爆了。

当沈意她们看到时，"肖让、永辉老总""肖让、徐荣正""肖让、云南"三个关键词已经全部登上了热搜。

对此，杨粤音表示："胡扯！现在的娱乐新闻真是越来越没下限了，居然说肖让和公司老总有一腿，那还不如直接说他和我有一腿呢！小意你别担心，这肯定是假的，很快就澄清了！"

沈意也希望这样。自从看到这个消息，她的整颗心就全乱了，一晚上都没睡好，今早起来黑眼圈比之前还重。她抱着期待登上微博，希望事情像杨粤音说的那样已经平息下去了，然而一进去就看到热搜居高不下，热度甚至比昨天晚上还要高，她顿时连早饭都吃不下了。

昏昏沉沉来到学校，果然同学们也全在讨论，今天真正的主题校庆都没人关心了。

"砰！砰砰砰——"

几声巨响将她惊醒，主席台两侧礼炮齐鸣，响彻整个操场，校长大声说："我宣布，嘉州市第七中学160周年校庆暨联欢会正式开始！"

第一个环节结束，后面就是节目表演，这是在大礼堂举行的。眼看大家都往礼堂走去，杨粤音回头想叫沈意一起，却看到女孩眉头紧皱，说："要表演了。"

"是，怎么了？"

"前面的环节肖让就没有来，那表演呢？他是有节目的，还会……回来吗？"

杨粤音沉默。

发生这么大的事，他们当然也在好奇肖让还会不会如约返校参加校庆典礼。事实上不只他们，连网上都在讨论。肖让会出席母校校庆的消息早就传出去了，在这样一个风口浪尖，人人都想看到他，那么这个极有可能是他在风波后第一次露面的活动也就备受关注了。

听说今天七中外面还有闻讯而来的媒体记者，不过全被校警挡住了，但沈意觉得那些人不会放弃，估计全在外面守株待兔呢……

"不会回来了吧？"关越越说，"这个节骨眼，他还是不露面比较好，等风波平息下去再说。现在出来，要是被那些记者逮到，还不知道会被问些什么呢……"

沈意咬唇，不回来了吗？她其实也是这样想的。从看到消息她就想，肖让应该不会回来了。这对他来说是最明智的决定，她也不希望他冒没必要的险，只是心中某个角落还是有无法忽视的失落。

她期盼了这么久，想要见到他，没想到事到临头，还是见不到了……

杨粤音拉了拉她："好了，别想了，我们先去礼堂吧。"

七中的礼堂建在校园东部，一般高中都没有可以装下全校师生的礼堂，但七中五年前扩建时，修了一个可以容纳4000人的大礼堂，分为三层，呈半环形状，一楼是个大舞台，很像可以听歌剧的那种表演厅。

因此它不仅经常被本市一些企事业单位租借，后来连嘉州大学搞活动都来借过。

沈意此刻就坐在一楼的座位上，旁边是坐得满满当当的同学。重点中学课业繁重，大家都没有多少放松的机会，如今好不容易有这么大型的表演活动，都忍不住兴奋起来。

很快，大家的注意力就都放到了舞台上的节目上，再没有人去议论那个不知真假的娱乐新闻。

沈意却看不进去。舞台上高一年级的两个男生在表演相声，逗得台下哈哈大笑，她偷偷摸出手机，又登上了微博。

从昨晚到现在，微博最热的话题都是肖让的这桩绯闻，但和昨晚大家只是震惊不同，经过一夜的发酵，这桩绯闻已经彻底传播开来。有营销号整理出肖让此前和徐正荣的多次同框，包括一起吃饭，还有圣诞节在徐正荣家做客，越发证明两人关系不错。讨论的人变多，各种不同的声音也传了出来。

"所以肖让居然是……我有点不能想象啊，我的弟弟，以后无法直视你了！"

"且不说徐荣正有妻有子，肖让还是未成年呢，对着个未成年人，大家还是有点公德心吧！"

"我们为什么不能说？搞得好像已经确定肖让是无辜了似的。我觉得之前有个人说得不错，越是看起来绝不可能的，越有可能是真的，否则你告诉我，徐荣正一个堂堂公司老总，为什么会出现在那里？"

"探班不行吗？老总不能去探自家艺人的班？笑死人了，两个男人大街上走走就传绯闻了，你们以后也别跟自家兄弟出门了！"

"你才笑死人了，徐荣正是肖让的兄弟吗？哪家影视公司的老总会千里迢迢去探一个艺人的班啊，还是在云南的一个小县城？从北京飞过去都快横跨整个中国了，这情深义重的，我都要感动了！"

"我觉得肖让有点惨啊……"

如果肖让是和柯星凡传倒还好些，两个男生同行而已，掀不出什么大浪，好好操作一下搞不好还能变成吸粉的好事，但徐荣正不行。

他是肖让的老板，还有家室，肖让和他传绯闻只会往潜规则包养那个方向走，这对一个未成年且一直形象阳光健康的男明星来说，实在是太要命的打击。

都不用坐实，只要沾上这种传闻，就是对形象的一种损害。

一个肖让的粉丝博主很难过地说："你们知道我最生气什么吗？就是这个事情一出来，这个传闻就会永远跟着他！洗不掉的，根本洗不掉。以后大家提到他都会想起来网传他曾被老板潜规则，他得到的一切也都是因为这个。网络造谣的成本这么低，当事人却要付出这么大的代价，我好恨！"

她说的也是大家见过无数次的例子。比如几年前就曾传某男星在国外拍戏时召妓，那桩传闻也是从头到尾一张照片都没有，却因为那个男星当时正当红，对外形象也一直正面健康，反而莫名其妙流传开来。男星工作室辟谣了几次也没能彻底洗清，最后这成了他身上一个永远存在的隐形黑点，时不时就被拉出来"鞭尸"。

这是一个死局。因为没有证据，所以没办法证实，却也没办法反驳，遇上了就只能受着。

沈意合上手机，发现自己出了一身的汗。

她不了解娱乐圈，之前只知道这应该是一件很严重的事，却不知道到底有多严重，直到看到这些评论。

那些人怎么可以把这么不堪的词安到他身上？！

她现在一点也不遗憾他不会来了，她光是想想如果那些记者在今天堵到他，逼他回答这些不堪的问题，心都要绞到一起了！

舞台上有个班开始表演大合唱，沈意被吵得太阳穴突突跳，终于忍不住借口上厕所去了外面。

冷风一吹，总算觉得头痛的感觉好了一些，她长舒口气，往旁边一瞟，忽然看到几个熟悉的面孔。

是现任的学生会主席吴允，她和两个男生、三个女生一起站在礼堂的另一个门外，正讨论着什么，从表情看，好像都有些焦急。

沈意忍不住出声："吴允。"

吴允回过头，看到是她，有点意外："沈意学姐。"

吴允也是文科生，今年高二，之前还曾跑来找沈意请教过学习经验，所以两人还算熟悉。她原本满面愁容，盯着沈意看了两秒却忽然眼睛一亮："学姐，我怎么把你给忘了！看到你真是太好了！"

"怎么了？"沈意莫名其妙，"是发生什么事了吗？"

"还能什么事，肖让啊，他是你同桌对不对？那你能联系上他吗？马上就要到他的节目了，可他人还没到，我们打电话又没人接，不知道该怎么办，都急死了！"

沈意愣了一下才明白她的意思："你是说，肖让没有取消这个行程，他还是会回来？会回来表演节目？"

吴允不明白她怎么这么惊讶："对，我们本来也以为会取消的，但打电话过去，他的经纪人却说会到，就是会稍微晚一点。前面的仪式不参加了，直接参加后面的联欢会。可是现在都这个点了，他人没到就算了，连个信儿也不给，我们不知道怎么处理啊！"

沈意只觉脑子里乱糟糟的，像是有龙卷风过境。怎么回事？肖让居然还是要来？难道，他的经纪人没有跟他分析吗？

连他们都懂的这些道理，他们不明白吗？

"学姐。"吴允小心道，"你是他同桌，那你应该有他的联系方式吧？可以帮帮我们吗？"

她这样一说，其他同学也都期待地看着沈意。沈意面对着众人的眼睛，陷入沉默。

肖让的联系方式吗？她只有他的QQ，没有手机号码，连微信都没有，可能还不如他们呢。

其实这一整个上午，她也一直在犹豫，要不要给肖让发个消息过去，询问一下他的情况，或者表达一下自己的信任。可她从来没有遇到过这样的事，根本不知道该怎么措辞，几次点开对话框，最后还是放弃了。

现在被吴允一提，她犹豫片刻点开QQ，按到两人的对话框。

然而还没等她想好说什么，那边一个男生忽然兴奋道："通了通了！蒋先生的电话通了！"

众人立刻看过去，只见男生对着手机，连声道："对对对，我们是七中学生会的，肖让学长还能赶到吗？因为马上就到他了，赶不上的话也没关系，我们准备了替补的节目，可以临时顶上……什么？哦，好的，好的，我知道了……"

他挂断电话，吴允立刻问："他怎么说？"

男生咽下口唾沫，愣愣地说道："蒋先生说，直接报幕，他们能赶上。"

众人傻眼，好一会儿吴允才结结巴巴道："可，下一个就是他了……"

话音方落，就听到礼堂内传来一阵热烈的掌声。

这个节目结束了，所以，马上就轮到肖让出场。

众人头皮都发麻了，尤其是吴允，作为学生会主席，这场活动她一直在参与筹备，如果出了这种表演事故，学校不要她负责，她自己也过不了心里那关。

旁边女生见她脸色都白了，小声说："算了，换成替补节目吧，或者去问问老师……"

吴允一咬牙："报幕。"

"什么？"女生一愣。

吴允看着前方，坚定道："我相信肖让，让他们正常报幕。"

沈意站在礼堂外，听到里面传来甜美悦耳的女声："下面，由高三5班的肖让同学为我们带来男声独唱*I Really Like You*。"

满座哗然。

就像沈意他们一样，同学们在早上升旗时没看到肖让后，就都认为他今天不会来了，所以听到报幕的第一反应是，自己是不是听错了？然而从左右的表情来看，没有错，确实是肖让。

他居然回来了！

场内瞬间沸腾，大家全兴奋起来，几千双眼睛都盯着舞台，然而上面空空荡荡，迟迟没有人出来。

音乐起，悠扬的乐声传来，开始播放前奏。

与此同时，一辆黑色的轿车由远及近，径直开到礼堂门口。吴允他们还没反应过来，就看到一个中年男人下了车，"唰"地拉开后车门，肖让弯腰从车上下来。

时间仿佛失去了意义，沈意呆呆地看着他，挪不开眼睛。

从事情发生到现在，她想了很多，唯独不敢去想的，就是肖让的心情。她相信他绝没有做他们说的那种事，所以就更担心他的状态。平白无故被人泼上这种脏水，还有可能永远也洗刷不干净，他现在在想些什么呢？

她一直强压着自己的疑惑，直到此刻看到了他。

沈意从前见到的肖让，无论什么时候都是阳光开朗的，像冬日里的枫糖，温暖而不知忧愁。可此刻眼前的肖让，面沉如水，眉峰冷凝。今天天冷，他穿了一件黑色羽绒服，脸上一丝表情也没有，在经纪人的陪伴下大步走了过来。

吴允愣愣的，肖让说："话筒。"

她这才反应过来，连忙把早就准备好的话筒递过去。肖让脚步不停，边走边脱掉羽绒服，随手丢给经纪人，露出里面的白衬衣和浅色牛仔裤。

经过吴允面前时他顺手接过话筒，前奏恰好也在此刻播完，他一刻都没耽搁，对着话筒唱道："I really wanna stop, but I just gotta taste for it…（明明很想让一切停下，却又舍不得不甘心就这样浅尝辄止啊）"

学生们原本没在舞台上看到人，还以为演出要开天窗了，谁知身后忽然传来一个声音。回头一看，只见肖让站在大门口，这么冷的天，他就穿了一件白衬衣和牛仔裤，一边唱着歌，一边穿过中间走道，走了进来。

群众愣了一瞬，爆发出欢呼："啊——"

"肖让——"

4000人同时欢呼不可谓不惊人，整个礼堂仿佛炸开一般，肖让却神色半点不变。

他甚至露出了笑容，朝大家挥了挥手。

沈意站在礼堂门口。礼堂高高的穹顶，鲜红的地毯一路延伸到舞台，两侧是欢呼的人海，而他就这么背对着自己，走到了一团白光中，走到了万众瞩目的中心。

"天哪，没想到我毕业之前居然还能看到一次肖让的现场表演，值了值了！这高中三年真的值了！"

"你们看到他刚才走进来的样子吗？穿着白衬衣，逆着光，那么高，那么帅，王子——不！天神！这根本就是天神啊！"

对七中的学生来说，这次校庆注定不平凡。

先是他们的大明星校友肖让确定会上台表演，激动坏了一众少女粉丝。然而没想到的是，校庆前一晚肖让竟爆出惊天绯闻，引得蜂拥而至的记者都快包围了七中。就在所有人认为演出要就此告吹的时候，他却在最后关头赶到了。

幽暗的礼堂内，只有舞台敛聚了全场的光芒，肖让唱着歌穿过走道，走到舞台边，单手一撑跃上舞台的样子，征服了在场每个少女的心！

"啊——"

至于他唱的歌就更要命了，校庆演出上大多数歌曲都是关于梦想和励志的，但*I Really Like You*，听名字就知道，这是一首爱情歌曲，来自加拿大女歌手Carly Rae Jepsen（卡莉·蕾·吉普森），整体风格青春活泼、热情洋溢，歌词还很大胆。当肖让在舞台上唱道 "I really really really really really really like you. And I want you，do you want me do you want me too？（我是真的真的真的很喜欢你，我渴望你，你渴望我吗，你也像我一样渴望吗？）"时，全校女生齐声高喊 "I want you！（我渴望你！）"的声音差点把礼堂屋顶都掀翻！

"太疯狂了！真的是太疯狂了！"

联欢会结束，同学们都从礼堂往外散去，杨粤音摸摸依然通红的脸颊，说："肖让绝对是今天的高潮吧？绝对的！他完全点燃了全场！七中是怎么同意他唱这首歌的？我看到连男生都在有喊'I want you'的，吓得校长和教导主任一直往回看！"

沈意也想到刚才的演出。明明下车时他还是冷若冰霜的样子，可当他拿着话筒站上舞台时，瞬间变得青春动感、热情四射。他在台上又唱又跳，不时和台下互动，不见半分谣言带来的阴霾。

那样的专业性和对全场的掌控力，让他仿佛天生的明星。

"不过，肖让居然还是来了学校，难道不担心绯闻吗？"关越越疑惑道，

"还是说是我们想多了，其实没那么大的影响？"

"怎么可能，都闹那么大了。"杨粤音说。别说网上，就连学校里本来也有很多同学对他心存怀疑的，不过在刚才那么精彩的表演后，估计大家都暂时顾不上考虑这件事了。

"哎，咱们要不要去见见他？跟王子表态一下，不管别人怎么想，我们作为同学是绝对相信他的！"

出来混，最要紧的是讲义气，肖让还给她过过生日呢，关键时刻她必须挺身而出！

沈意心念一动，杨粤音已经拉着她往后台去了。她刚打听了，学校在礼堂后台专门给肖让准备了一个休息室，他现在肯定在里面。

然而等过去了才发现有此想法的不止她一个，后台的走廊外围着好多女生，全是刚看完表演过来的，然而关键门卡处却站着一个五大三粗的保安，他像王母娘娘划的银河般挡住了想过去的众人。

花季少女苦苦哀求："求求你了，保安叔叔，就让我们进去吧！"

保安叔叔铁面无私："学校领导说了，不让学生打扰肖让。都回去吧。"

资深追星狗杨粤音暗骂一句，这和追星现场有什么区别，清了清嗓子矜持道："保安叔叔，我们是肖让的同学，找他有点事。"

保安叔叔上下打量她，露出假笑："妹妹，在场的谁不是肖让的同学？想蒙混过关啊，没门。"

杨粤音想解释，我们和她们可不一样，我们是同班同学，却忽然听到一个声音："沈意学姐？"

吴允从后台出来，隔着保安看到沈意。沈意朝她点头示意，吴允本来还奇怪她怎么在这里，打量一下眼前的状况立刻明白了："你来找肖让吗？"

沈意不知如何回答，吴允已经转头说："保安叔叔，让她进来吧。"

保安当然认识学生会主席，略一犹豫就让开了身子。杨粤音一把把沈意推过去，自己也想跟上时，却"砰"地撞上保安的胸口。

保安叔叔冷漠道："只能放一个过去。"

沈意看了一眼，杨粤音无奈地朝她耸耸肩，用口型说：去吧，就靠你了。

她想了想，转身跟着吴允走了。

那群女生见自己求了这么久都过不去的禁地，居然让后来的进去了，顿时不满道："她凭什么可以进去？"

"对啊，不让我们进去就算了，她凭什么？黑幕！滥用职权！"

眼看就要爆发一场起义，旁边的女生忽然扯扯她袖子："我认得她，她是高三5班的班长，好像是……肖让的同桌！"

众人愕然。

这些女生都是高一、高二的，对高三那边的事并没有那么清楚，之前只听说肖让有同桌，却没有见过。

肖让的同桌，这听起来就很让人羡慕的五个字，所以现在，居然让她们看到真人了？

吴允带着沈意穿过走廊，后台嘈嘈杂杂，不时有还没卸妆的演员经过她们。沈意边走边转头看吴允，还是没忍住问："你为什么让我进来啊？"

吴允沉默一瞬："你是他同桌，我觉得，他现在也许想见见熟人。"

她的语气有点不同寻常。沈意忽然想起来，刚才别人建议换成替补节目的时候，也是吴允坚持相信肖让能够赶上。

一个想法闪过脑海，她说："吴允，你其实……你其实是肖让的粉丝，对吗？"

吴允没想到她居然立刻就想到这里，慌乱一瞬，竖起食指抵在唇边，小声说："学姐不要告诉别人，这是秘密！"

勤奋刻苦、品学兼优的学生会主席背地里居然偷偷在追星，追的还是同校同学，沈意有点想笑。恰在此时，两人拐过拐角，走到了走廊尽头一扇门外，沈意意识到这应该就是肖让的休息室，呼吸顿时紧了起来。

"你自己敲门吧，我就不打扰了。"

吴允说完，退得飞快。沈意觉得，她应该就是杨粤音说过的那种隔着网线对偶像神魂颠倒，一见了面却拔腿就跑的尿得不行的粉丝。

吴允走了，走廊里就剩她一个，沈意站在门外，却迟迟不敢敲门。

脑中闪过片刻前他经过大门的场景，当时她就站在吴允身后，他却像是没看到她似的，径直就走过去了，连一个眼神都没有。这样的情况不由得让她想起更早以前，万众瞩目的红毯上，他的目光也像今天这样，轻飘飘掠过了她。

胡思乱想了一会儿，她忽然回过神，猛地敲敲自己的脑袋，深吸口气抬手想敲门。谁知门居然没关紧，她一用力就晃悠悠朝里打开，沈意目光不偏不倚，端端看到站在窗边的肖让。

下了台他又穿上了羽绒服，没有拉拉链，露出里面的白衬衣。男生侧身站着，脸上依然没有表情，目光有点落寞，凝视着虚空的某个角落，不知道在想些什么。

沈意的视线下滑，忽然凝住，愣愣地看着他。

听到门口的声音，肖让转头，看清来人后惊讶道："班长？你怎么来了？"

沈意这时候也清醒了，推开门走进休息室，也强装无事道："杨粤音听说你在后台，想来看看你。"

肖让表情有点疑惑："杨粤音想来看看我……那她人呢？"

"被保安挡在外面了。"沈意坦白道，"吴允是我学妹，开了个后门，放我进来了。"

肖让无言三秒，偏过头笑了。

屋子里烟雾还没散去，他的面孔藏在后面有点模糊，连带着笑容也看不分明。沈意咬了咬唇，心情有点复杂。班上的男生也有私底下抽烟的，但她没想到他也会抽，男孩夹着烟站在窗边的样子有一点陌生，这是她没见过的另一面。

所以，这个事情果然让他压力很大吧……

肖让笑完了没再说话，沈意也不知道说什么，屋内气氛忽然变得有些尴尬。

沈意后知后觉地意识到，距离他们上次见面又过去快两个月了。之前她还在想不知道他有没有变黑变瘦，现在一看，云南的紫外线果然让他黑了一些，也瘦了，他的两颊微微下陷，五官因此显出了几分从前没有的凌厉……

"你看到新闻了？"肖让忽然问。

沈意一顿，点了点头："你还好吗？"

"还行。"肖让笑着说，"你刚才不也看到我表演了吗？能唱能跳。怎么样，我表现得还不错吧？"

何止不错，太不错了。全校女生都差点被他搞疯了。

沈意却不能因此放心。

男生沉默抽烟的样子在她眼前挥之不去，再想到杨粤音的话和网上那些不堪的言论，她只觉得一股热血冲上头，没有过多考虑便说道："肖让！我……我想跟你说，不管网上怎么讲你，我都是相信你的！我们……我们都相信你！"

肖让有点诧异地看向她。

沈意生怕自己的语气不够诚恳，他感受不到她的拳拳信任之心，说完还点了下头加重肯定。

悬着一颗心等了好久，肖让终于开口："是吗？你相信我什么？"

沈意没想到还有后续问题，一下子被问蒙。让她重复网上那些人的话是不可能的，但肖让还在等她的回答，她大脑短路三秒，终于想出来一个答案："我相信……我相信你肯定是喜欢女孩子的！他们说你和男生这样那样……一定是假的！"

肖让终于愕然。

被老板潜规则包养这样不堪的事，到她嘴里却只提炼出和男生这样那样？

两人大眼瞪小眼许久，肖让终于"扑哧"一声笑了。

和刚才浮于表面的笑不同，男生眉头舒展，眼睛微弯，一瞬间，所有的锋利冷漠都消散了，他又变回了她熟悉的那个枫糖般甜蜜温暖的肖让。

"班长真是聪明。没错，我一直喜欢女孩子……"

沈意呆呆地看着他。因为太意外，她看起来有点傻乎乎的，肖让想再说点什么，休息室的门却忽然被推开。

"小让，外面处理好了，我们可以走……"

"了"字卡在喉咙里，男人看着休息室内的情景，有点诧异地停下了动作。

肖让立刻直起身子："文昌哥，你回来了？"

蒋文昌点点头，视线却没离开沈意："嗯，外面围着的人都走了，车也到了，学校有领导希望你能参加中午的饭局，有很多别的知名校友也会出席。我帮你应下了。"

这也是他们之前讨论过的，肖让没有异议。

蒋文昌终于忍不住，问："小让，这位是你同学吗？不介绍下？"

肖让仿佛这时才想起："哦，这是我同桌，也是我班班长，沈意。班长，这是我经纪人，我叫他文昌哥。"

原来这就是肖让的经纪人啊，沈意乖巧道："文昌哥好。"

蒋文昌的表情却有点微妙："同桌？你什么时候有同桌的，我怎么不知道？"

"就这学期的事啊。"肖让耸耸肩，"你不知道，大概是你对我还不够关心吧。"

忽然遭到这么严重的指控，蒋文昌猝不及防，刚想分辩两句，肖让却又道："好了，现在不是操心这种小事的时候，午饭之前我们还有更重要的事要处理！"

他说到这个，蒋文昌立刻收回心思："这个啊，我问过了，那几边都没有异议，等时候差不多了，我们就可以……"

他又注意到沈意，猛地停下了话头，沈意察觉了，立刻说："那个，你们谈正事，我先走了……"

肖让却阻止了她："班长你等一下。"

余光瞥到蒋文昌不赞成地皱起眉，肖让说："不是我故意留她，而是这件事跟她也有点关系。"

蒋文昌和沈意同时一愣。

肖让看着沈意，说："既然你也知道网上说我和男生'这样那样'，那你也知道，我们这边是会拿出些应对措施的吧？"

沈意点头。杨粤音给她科普过，虽然没办法彻底洗刷罪名，但什么也不做是不可能的，通常情况是明星工作室会发布辟谣声明，有的甚至还会提告谣言源头发布者。

"你们要告他们吗？"她期待地问。

"告他们？那是之后的事。而且告了也没什么用，判决结果出来都是一两年后的事了，谁还关心啊。要想洗刷冤屈，就得抓紧时间。"

"洗刷冤屈？你们有办法洗刷冤屈？"沈意是真的惊讶了，"可他们不是说没有办法吗……"

"通常情况下确实没有办法，如果他一点'证据'都不发的话。但既然他发了所谓的'证据'，我们也有的放矢了。"

那些人发的证据？沈意想起来了，他指的是最开始那几张照片，徐荣正去云南探肖让的班，就是因为这个，才激起后面的轩然大波。

"徐总真是倒霉，好不容易度个假，顺道去看看老同学，结果居然传了一桩绯闻。"蒋文昌说，"我刚跟他通电话，他在那边也很无奈，说还好是和小让，要是跟一个年轻女孩子，太太那里就说不清了。"

"徐总和我们导演是大学同学，他其实是来探他的班，那天晚上也不是我们两个单独同行，是大家一起吃完晚饭回酒店，只是别人都没入镜。"

这样倒是说得通了，沈意问："所以，你们会说明那晚是很多人一起吃饭吗？你们有照片？"

"当然不是，就算证明了我们是一起吃饭，也不能证明我和徐总饭后没有单独相处。但好在我那晚除了吃饭，还做了一些别的事。"迎着沈意困惑的目光，肖让挑挑眉，"你没注意那个爆料说照片是本月初拍的吗？我这个月戏满得不得了，只有一天提前收工了，晚饭后闲着没事，在酒店打了一晚上游戏，还带了某个新手吃鸡……"

沈意终于反应过来，又惊又喜道："你是说，爆料偷拍的那天，就是我们一起打游戏的那天晚上？！"

明星出事，最着急的向来是粉丝。

从肖让"疑似被潜规则"的绯闻爆出到现在已经快十六个小时了，他一口气连登五个热搜，可谓轰轰烈烈。肖让的粉丝"小月亮"们在疯狂辟谣控评

146

的同时，都希望工作室赶紧拿出相应的应对措施，控制事态。但让大家失望的是，肖让工作室的官博一直安静，仿佛根本不知道这件事。

粉丝们气得在微博破口大骂："肖让工作室醒了吗？废物，出来干活！"

"你老板的工资白拿的吗？再不干活把你腿打断！"

当红流量的一大特征就是粉丝经常不满意公司和工作室，这本就是人们喜欢调侃的戏码，放到今天这种特殊时刻，更是招来许多嘲讽："我说粉丝也别为难工作室了吧，这种时候你让他们能做点什么？出来说肖让跟老总没有一腿吗？有什么意义啊，反正不管有没有一腿，他们都得这么说……"

"我看最多也就是发个辟谣声明，顶天了意思意思来封律师函。现在谁怕那个啊，淘宝三百块钱就能发一封，你们需要吗？需要的话我都能出这个钱，就当看戏买门票了。"

"我看肖让这回是真的栽了，我想不出还能怎么澄清，没辙啊。可怜我们阳光俊朗的国民弟弟哟，以后得背着这个料走一辈子了……"

这些话扎到了粉丝的心，大家本就是强弩之末，借着骂工作室发泄一下情绪，被这样的言论铺天盖地压过来，所有人的心都沉沉地坠了下去。

也许，真的像大家说的那样，没有办法了，没救了。他们只能自认倒霉了。

就在网上所有人都认为，肖让会因为绯闻风波而有一段时间不露面时，一条微博却忽然出现。

发博者是和肖让同校的同学，她用一种马上就要晕过去的语气说："当初决定招肖让进七中的领导是谁？我要去给他送锦旗！"

微博附了一个视频，点开后发现应该是用手机录的，画面有些摇晃，画质也不高，顶端横幅显示这是嘉州七中的校庆演出现场，而今天身处舆论旋涡的肖让一身白衣、劲歌热舞，在全场的欢呼中如同舞台上的王者。

网络顿时沸腾了："他居然去了？我以为他会躲着不出来！"

确实，面对这样的恶劣新闻，如果不是有必要的理由，当事人通常都会选择暂时不露面，以免被媒体追问敏感问题，以及被网友过度解读。肖让目前正在剧组拍戏，这实在是再正当不过的不出现理由，而高中母校的校庆怎么看也不像是一个推不掉的通告吧？

大家疑惑之余，又想到肖让自信挥洒的舞台表现，不禁想，难道他真的是心中坦荡，所以一点都不被影响？

众人还没反应过来，当天下午，另一个完全和这件事没关系的人也忽然发了微博。

傅西承："我觉得，某人应该请我吃饭。如果不是我录了这个屏，他现在就百口莫辩了。"

他也附了个视频，大家莫名其妙地点开，发现是现在非常火的"吃鸡"手游的录屏，正在打的这场是四人局，一点开，屏幕里就响起噼里啪啦的枪声，几个人在一栋房子外激战正酣，就在此时，一辆越野车忽然冲过来，直接把其中一个人碾死了。

又是一通混乱后，一个熟悉的声音响起来："肖让你会玩不会玩？不会玩出去。你开车差点撞死我了。"

另一个声音懒洋洋地说："我撞的是他，不是你。我不撞他，你就要被打死了，我是在救你。"

"就是，老柯你放尊重一点。"第三个声音也响起来，"我和小让可是牺牲了宝贵的休息时间来陪你吃鸡的，光冲这份情谊，他撞死你，你也认了吧。"

第一个声音冷笑："不必。要不是李铎临时有事，我才不跟你们俩一起玩呢。"

第二个声音不乐意了："我说你有没有眼光，李铎，你想跟李铎一起玩？他打得很好吗？我跟你说，我和他玩过一次就信了他的那些通稿了，真的，他在韩国一定只专心学舞、不问世事了。你说韩国电竞实力那么强，怎么也没救救他啊？玩得那么烂，我都不知道该说他是丢了中国人的脸，还是丢了韩国人的脸。"

那两个人都被他逗笑了，第三个声音说："你悠着点，我这局可在录屏呢，你现在说的都是铁证如山，我回头发给李铎，他下次不狠狠虐你一顿都不好意思姓李了。"

"你录屏干吗，怎么的，还想当游戏主播啊？还是你的经纪人要让你做电竞男孩？不适合你，真的。就你这个电竞水准，强行碰瓷电竞男孩容易反噬。"

"柯星凡你有完没完？是我侄女。她知道咱们今晚要玩游戏，非要我给她录一下我们的比赛过程。我能怎么办？我不乖乖听吩咐，回头我姐揍扁我。"

"哦，你侄女啊。那我要打个招呼了，侄女好，我是你肖让哥哥……"

"什么破辈分……"第三个人笑骂，屏幕里却忽然传来一个细微的声音，像是什么消息音，"什么声音？"

"微信。"第二个人过了几秒才说，"吴导问我要不要去唱歌，我推了。"

"哦，你不说我都忘了，徐总来探班了，是吧？"

"对，他度假嘛，顺路。不过反正也不是来看我的，我陪着吃顿饭差不多了……哎哎哎，我们是不是该跑了？"

第四个声音终于在这时响了起来，仿佛忍无可忍："大哥们，你们还要聊多久，再不走，我们要被毒死了！"

画面在此结束。

整个视频只有不到三分钟，然而透露的信息量之大，已经足够让网友疯狂。

当红明星的声音大家都很熟悉，更何况这个视频里已经直接点名了，所以很轻松就能判断出说话的人分别是柯星凡、肖让和傅西承。至于第四个人的声音，大家都不认识，可能是随机匹配的队友，或者他们的朋友。

前面部分先撇开不提，视频的最后，肖让口中的徐总当然就是徐荣正了，但他说徐总不是来看他的，那是看谁呢？还有吴导又是谁？

这种小事自然难不倒网友，大家很快查出，《长生》的导演便是著名导演吴启源，而他和徐荣正正是中传的同班同学！

所以，这个视频的意思是，徐荣正来剧组探班并不是看肖让的，而是来看吴启源？

网友们当然不会这么好说服，立刻就有人质疑这个视频不是徐荣正探班当天录的。不过这个也很好解决，大家拿着ID去游戏里一搜，历史战绩里只有一场和这一场的四个人是完全匹配的，时间正是这个月月初的一天晚上。而且根据显示，当天晚上，肖让、柯星凡和傅西承从8点开始，一直到11点多才散，实实在在打了一个晚上游戏！

居然能有这样的反转？大家震惊了。

"哈哈哈！这是什么解题新思路？吃鸡或成最大赢家？"

"我活了二十四年，第一次看到靠游戏证清白的……肖让怎么绯闻画风清奇，洗白的手段也和别人不一样？"

"肖让运气也太好了吧，居然能这么凑巧录了视频！我看那个肖让的粉丝别给七中领导送锦旗了，给腾讯送吧，腾讯此番立下的功劳，值得粉丝给它立一座长生牌位，早晚上香参拜！"

"或者傅西承，还有傅西承的小侄女，他们也值得一座长生牌位！"

"呜呜呜，我的弟弟！我就知道你是清白的！姐姐没有怀疑过你！键盘侠现在可以闭嘴了吧？弟弟一个未成年人，遭到这样的侮辱抹黑，我都不敢想他这两天是什么心情……"

肖让和徐荣正的照片本就是绯闻的源头，现在既然证明了那天晚上肖让并没有和他在一起，而且从肖让的口气来看，两人关系就是正常的老总和艺人，谣言也就不攻自破。毕竟，你会在你金主来找你的时候，和朋友玩一整夜的游戏吗？想想就知道不可能了。

当然，还是有黑子不死心，说即使证明了前半夜不在一起，也不能证明后半夜，但这些言论在现在的情形下根本成不了气候。

这当然高兴坏了肖让的粉丝们，大家本来都认命了，没想到偶像居然能有这样的大招，一举扭转了舆论形势，成为唯一一个在这种绯闻中脱身的明星，用很多粉丝的原话说就是："我梦游了吗？这真的不是我的梦境构筑的虚拟世界吗？"

反应过来后，大家再次想起了肖让工作室，这次说的却是："我道歉，我承诺，接下来一个月不骂你（不能更多了）。"

肖让工作室官博这时候再出来发布辟谣声明，谴责造谣者，并声称保留追究对方法律责任的权利，不到半个小时就被斗志满满的粉丝顶上了热搜。

…………

包厢内，蒋文昌最后一次观察了一下微博，放下手机道："行了，圆满解决。"

在他对面，肖让正在玩手机消消乐，目不转睛盯着屏幕打得不亦乐乎，好像半点不知道他们这一下午忙得多焦头烂额。

蒋文昌向来拿这个小祖宗没办法，假装没看到继续说："这一次多亏了傅西承，没有他的视频，事情不可能解决得这么顺利。还有柯星凡，他的经纪人一开始不是很同意公开这个视频，但他同意了。他们两个那边，你看……"

肖让终于开了尊口："这俩是我的人情，我回头会好好道谢的，你别管了。"

蒋文昌这才放心。毕竟这回的事说大不大、说小不小，真让这种流言在江湖上流传下去，对肖让形象的损害还是不小的，就为了今天下午的反击，整个团队从昨晚开始就没人睡觉。

他还是盯着肖让，肖让终于察觉不对，抬头问："还有什么事吗？"

蒋文昌斟酌道："你的那个同桌……"

话没说完，肖让就眼一眯，蒋文昌立刻说："你这么看着我干吗？我还想看你呢。如果不是这次的事，我恐怕都不知道，你居然还带着女孩和傅西承他们打过游戏……"

中午的时候，肖让当着他的面留下了那个叫沈意的女生，他一开始还没明白，听完他们打游戏的事后才恍然大悟。因为他们已经决定要公开那个视频，那么相应地，他们几个人的游戏ID也都会被网友知道，历史战绩肯定也会被翻出来，沈意作为曾经和肖让打过游戏的人，保不齐也会被盯上，他提前告诉她，让她有个心理准备。

理由很正当，却害得蒋文昌一整个下午在忙碌网上的事的同时，还要为这事分心。

一个年轻男孩，带着同班女生一起打游戏，这怎么听都有点不对劲啊……

见肖让沉默，蒋文昌又补充："你也别太紧张，我又不做什么。你马上就要成年了，真想谈个恋爱还是怎么样，我还能管着你？我就是想提前了解一下，有个准备。"

不像粉丝总是喜欢把艺人猜测得很被动很无助，实际上大部分艺人，尤其是有一定名气的艺人，在工作中的自主权是比较大的。毕竟说到底，他才是团队的核心，除非原则性的问题，否则他不乐意的事，团队是很少硬逼的。

像肖让这种当红流量，蒋文昌连他的微博密码都没有，更不可能过分干预他的私事。毕竟说白了，人家一个正值青春期的少年，想搞个对象时连父母都拦不住，你一个同事还想拦？

只有愚蠢的经纪人才会做这种尝试。蒋文昌是聪明人，他不做蠢事。

面对经纪人"宽容大度"的表态，肖让终于长叹口气："我就是知道你会这样，才不想跟你说她的。连成哥我都特意叮嘱了别提。"

什么？蒋文昌大怒，罗成居然比自己先知道？还没跟他告密？回去就扣他奖金！

肖让不知道自己已经无形中把助理卖了，沉吟一瞬，说："我对她没有那方面的想法，我只是，很喜欢和她相处……"

从小到大，肖让一直很喜欢待在学校的感觉。与众不同的经历让他太早就脱离了同龄人的成长轨迹，唯有回到学校时，他才会觉得自己和大家是一样的，一样要听课，一样要做作业，答不出问题时一样要被老师数落。

校园就像他的锚，让他在忙碌的工作中也不至于被完全带走，每一次回去都有一种安心的感觉。

而和沈意相处，他也是这样的感觉。

她是他的同桌，他和她说话就好像自己还在学校一样。他有时候甚至会觉得很奇妙，原来他也可以有同桌，而且这个同桌还那样温柔亲切地对他，给他做复习笔记，关心他的学习。

这一切都让他喜欢，忍不住想要靠近。

想到这儿，肖让轻轻一笑："真的，我就当是我的好同桌、好班长，没有别的。"

七中这次的校庆搞得很隆重，除了白天有联欢会，晚上还有一次盛大的烟火表演，这主要是因为七中有一位优秀校友如今是烟花制造业的佼佼者，此番给七中赠送了一大批烟火礼花，学校干脆就顺势搞了一个烟火表演。

刚过7点半，天还没有全黑，所有同学就都搬着凳子到了操场，按班级在两边的看台坐好，等待8点开始的表演。肖让到操场的时候，人都到得差不多了，他这会儿也在外面套上了校服，经过人群时竟也没被同学们发现。

远远地望到自己的班级，他一眼就看到了其中那个熟悉的身影，穿着校服，扎着马尾辫，白净的面庞上戴着一副细边圆眼镜。

脑中忽然浮现蒋文昌试探的眼神，他忍不住摇了摇头，这些中年人就是想得多，满脑子情情爱爱，简直玷污他和班长纯洁的革命情谊！

他和班长是好朋友，才不是他们想的那样！

一阵冷风吹来，肖让觉得有点冷，决定不傻站在这里吹风了，抬腿往班级走。他提前跟张立峰打过招呼，让张立峰帮他把凳子搬过来，这种活动他没参与过，但应该是按座位摆的吧，那他就还是坐在沈意旁边……

他的脚步忽然顿住。

只见沈意坐在第四排中间的位置，正一边看手机一边和旁边的人说话。她旁边的椅子并不是空着的，而是坐着一个高高瘦瘦的男生，肖让觉得他有点面熟，略一回忆就想起来了，他好像叫宋航，是班上的数学课代表，经常考第二名。也因为这个，他和沈意的名字在成绩表上总是排在一起。

而现在，他也坐在沈意旁边。

肖让的团队忙碌的这个下午，沈意也很忙碌。

因为提前得知了他们会在下午进行网络舆论公关，沈意一整个下午都挂在微博上。学校里为校庆准备了很多活动，众多知名校友返校举行讲座，指点师弟师妹们，学生可以根据自己的兴趣和需要选择喜欢的讲座听，以往沈意都很积极地参加这种活动，今天却一个都没去，躲在教室里盯着手机，仿佛一个重度网瘾患者。

好不容易终于看到傅西承放出证据，网友评论也如他们所愿反转后，她虚脱地趴在课桌上，仿佛自己也打完了一场硬仗。

"担心完肖让了？"杨粤音吃着盐酥鸡站到她课桌前，说，"那现在担心一下你自己吧。"

肖让的冤屈洗刷后，网上对于这件事的议论并没有就此结束。事实上，肖让这一次的绯闻实在给网友们贡献了太多可以品味的料，在主剧情线完结后，各支线也顺势异军突起。首先他那个校庆演出的视频就被转发了几万次，这一次大家的评论重点都变成了："这是什么神仙学校？我也想看肖让现场演唱*I Really Like You*！"

明星的现场可不是随便看的，肖让并不是唱跳偶像，通常只会在跨年晚会或者热门综艺的大型舞台上唱歌，去年的跨年演唱会门票都炒到好几千了，七中这次也太赚了吧！

不过校庆视频再刺激，也比不上傅西承发出的游戏视频刺激。这个视频不仅是扭转局面的关键，同时它所展现出的明星们的私下互动，更是满足了广大群众的窥私欲，大家都激动地表示："原来肖让、傅西承还有柯星凡会一起玩游戏啊！"

傅西承还稍微好点，他和肖让关系好，很多人都知道，和柯星凡也在微博上互动过，关键是——肖让和柯星凡！他们俩居然也一起玩！

肖让和柯星凡作为备受瞩目的"00后双星、帝国双璧"，本就经常被一起提起，他们俩的关系也一直为外界所关注，由于两边一直奉行"王不见王"政策，很多人甚至认为他们不和。

谁也没想到，一个莫名其妙的绯闻最后居然炸出来了这么大的料！

没有不和！相反，他们很和，都和到一起去游戏了！而且听起来绝对不是第一次！

当天"星月"的超话就爆了，一众粉丝长歌当哭："那句话怎么说来着，时间久了什么都会有，你要等！妈妈我等到了！"

"我对着西南方向磕长头感谢这次爆料的人，你就是我的再生父母！佛祖会保佑你长寿的！"

疯狂激动的不只他们，另一个根本没有在视频里出现，却全程存在感超强的李铎也被拉了出来。大家纷纷在那条微博下问李铎："对于肖让对你的评价，你就没有什么想法吗？"

当天下午6点，被问到死机的李铎终于出现，评论了那条微博，只有很简单的八个字："我听到了，给我等着。"

当然，不是所有追星少女都沉迷于此，更多的粉丝根本顾不上这个，而是忙于做另一件更重要更有意义的事——她们记住视频里几个人的游戏ID，跑到游戏里试图加他们为好友……

结果当然是石沉大海。群众不死心，又把目光放到了他们的历史战绩上，重点研究了那个话题之夜。然后大家发现，那天晚上只有肖让、傅西承和柯星凡三个是始终不变的，第四个人每场都不一样，于是判断他们应该是只有三个人，第四个都是系统匹配的。少女们嫉妒地说："居然能匹配到，和肖让、柯星凡、傅西承一起打游戏，这么幸运的吗！"

这还没完，很快又有人敏锐地注意到，那天晚上的幸运儿里还有一个女生的账号，而且这个账号从头到尾只打了那一场，极有可能是当天晚上才注册的，然后就和他们三个打了一局游戏。

这就有点微妙了。大家沉默片刻，有人点出："不会是……他们谁的朋友吧？带妹吃鸡？"

这个猜测一出来，网上顿时哀号一片："我不信！我不信老天对我这么狠心！"

不怪大家崩溃，实在是这个猜测太过扎心。这不是普通的带妹吃鸡，这女生无论是谁的朋友，他把她带到游戏里，让自己的另外两个明星好友一起带着她玩，搞不好还是他们三个一起教这个新手小白，这种待遇……

不要让我知道那个女生是谁！

网上闹哄哄一片的时候，沈意也正被杨粤音指着鼻子数落："不是我说你，干这种坏事的时候，就没有一点长远目光吗？没想过万一被人发现该怎么办吗？你那个名字取得也太有指向性了，'小意不太小'，网友当然不知道是谁，但咱们班上的同学还能不知道是谁吗！"

沈意被骂得抬不起头，微弱挣扎："那是你给我取的名字……"

"还敢顶嘴？"杨粤音一个白眼翻过去，"是，我给你取的名字，但我让你顶着这个名字去和肖让、傅西承，还有柯星凡打游戏了吗？你现在最好祈祷陈瑶瑶记得自己已经成年了，杀人犯法，否则我看你小命休矣！"

沈意被她说得心惊胆战，搬凳子去操场时一路都很紧张，随便一个路人过来，她都担心是肖让的隐藏粉丝要殴打她。

关越越看不下去了："音音你吓她干吗？大家知道就知道嘛，小意都和肖让坐同桌了，一起打个游戏很奇怪吗？坐同桌的时候她没被暗杀，就证明我们学校的女生胆量有限，她死不了的。"

她捧着脸，满眼小星星地说："而且，你不觉得这种感觉很刺激吗？全世界都在猜测你是谁，都在对你羡慕嫉妒恨……我不怕承受这样的压力，小意，下一次你们再打游戏，可以带上我吗？本人吃鸡高手，绝对不会给队伍拖后腿的！"

不过也许是被关越越说中了，真的没有人到沈意面前找麻烦。她搬着凳子到了班级的位置后，明显看到很多女生不约而同看向她，但大家的反应是立刻停止谈论,若无其事地左顾右盼,而被杨粤音重点关注的陈瑶瑶根本就还没有来。

沈意尽量不去想她们刚刚都在聊些什么,坐下来后目视前方,努力忽视瞬间从四面八方射来的各种目光。

就在她有点坐立难安时,宋航忽然走过来,在旁边坐下。沈意这会儿看到他,几乎是松了口气,以为两人可以聊一聊学习之类的话题转移一下注意力,没想到宋航一开口就是:"所以,你现在也打游戏了?"

她震惊地说:"怎么你也关注这种八卦吗?"

宋航一脸无辜:"我听到她们在聊,猜测那个'小意不太小'是不是你。是你吗?"

沈意想否认,但对着他又实在不想说谎,最后低下头假装玩手机不说话。

这是默认了。

宋航脸上没什么表情,抬眸望向前方天际。天已擦黑,一抹流云划过天际,这样晦暗的冬日,连云都是惨淡无趣的。

"下次再想玩的话,我可以带你。"

沈意愕然抬头,这才确定刚才的话真是宋航说的:"你带我?"

"对啊。我也玩吃鸡,应该不比肖让玩得差。"

太过意外,沈意顿了顿才说:"算了吧,你应该都是玩电脑版的,我只玩过手机版的……"

"手机版的我也玩。"宋航说,"而且,手机版你也只玩过一次吧?和电脑版有区别吗?反正都是不会,都得从头学。"

男生的语气里似乎有调侃。沈意不服气,很想辩解说手机版她玩得还行,击败了三个人呢!

两人沉默片刻,宋航说:"别想太多,我就是觉得我有责任。你打游戏那天,就是我跟你'路边长谈'的那天吧?你还挺当机立断的,当晚就打上了。你说回头你要是游戏上瘾,我是不是就把你害了?"

那个下午,她最茫然无措的时候,是他的话为她拨散了迷雾。

沈意心头有一股暖意涌上来,嘴上却说:"不劳费心。你都没有上瘾,我还早着呢。"

两人对视,都笑了。

宋航说:"下个月去北京,你打算怎么走?"

"坐飞机吧,我妈妈让我坐飞机。但我有点犹豫,我晕机,每次都好难受。你呢,会提前去吗?"

他们俩这次要参加的冬令营项目都是1月18日开始，结束的时间略有不同，但基本重叠。这也是出于抢生源的考虑，清华和北大的很多考试都设在同一时间，一个考生只能选择一所学校，没有两边兼顾的机会。

　　"我随意啊，都行。"宋航舒展了一下胳膊，偏头问，"那么，我们要一起去吗？路上结个伴。"

　　同校学生一起去一座城市考试，确实大多都会结伴，沈意之前去山西参加作文大赛，也是和学校里的别的参赛同学一起去的，不过这回她倒是还没来得及考虑，宋航一提，她才想起来。

　　他们要是一个时间去北京的话，确实可以一起走……

　　念头还没转完，眼前却忽然光线一暗，有人站了过来，沈意抬头，对上一张熟悉的脸："肖让？"她惊喜地站起来，"你来了，我还以为你不来了。"

　　虽然张立峰搬走了肖让的椅子，但沈意其实是有点怀疑。她知道他的行程很忙，在校庆时回来表演节目是表达对母校的支持，但晚上继续留着看烟花就有点没必要了吧？

　　而且刚发生了那样的事，她其实一直在担心，他会不会已经走了……

　　现在真的看到他出现在这里，沈意只觉得一颗心如花朵般绽放，看着他的眼睛里都盈满了光。

　　她高兴，肖让看起来却好像并不是很高兴。他看看宋航，再看看他坐着的椅子，问："这是我的位置吗？"

　　沈意顺着看过去："是，张立峰帮你搬过来的……"

　　虽然不知道他会不会来，而且大家的位置也不是都按教室座位表安排的，但沈意还是带点私心地让他把肖让的椅子放了自己旁边。

　　肖让点点头，客客气气地对宋航说："可以让我坐回我的位置吗，宋航同学？"

　　宋航的目光与他对上，路灯亮了几盏，橘黄的灯光里，两个男生看着对方。

　　几秒钟后，宋航耸耸肩，起身离开了。

　　肖让坐下来，一言不发地看着操场。

　　沈意坐在旁边，有点不安地偷觑他。网上的事不是解决得很顺利吗？怎么肖让看起来不像是这样？

　　就好像，在生什么气似的……

　　肖让和宋航说话的工夫，周围的同学也终于发现他来了。肖让从没参加过这种集体活动，除了做操，他来学校的时间基本都待在教室里，所以别的班的同学很少有这样明目张胆的机会可以看他。再加上今天又是网上的绯闻，又是校庆的炸裂表演，大家对他的兴趣达到了顶点，一时间别说同班同学了，连隔了几个班的人都站起来往这边看，大半个操场的注意力都在这里。

沈意感受到四面八方如火一般炙热的目光，刚调整好的心态顿时又有点崩。

肖让自顾自生了一会儿气，发现旁边的人并没有哄他的意思，扭头一看，却见女生在椅子上扭动身体，仿佛有点坐立难安。

"你凳子上有东西吗？"他问。

沈意小声说："他们……都在看我们……"

肖让这才察觉。被人看，他已经习惯了，更大的阵仗也见过，所以并不怎么在意，只是觉得沈意的样子很有趣："被人看就被人看呗，你没被人看过吗？"

像沈意这种优秀学生，肯定做过国旗下讲话之类的吧，应付这种场面不在话下啊！

沈意只觉得跟这个人说不清楚，以前那种被看，和现在的怎么能一样？现在可是……他们两个一起被看！

她后悔了，不该把肖让的椅子放在自己旁边的。大家刚刚还在猜测他们俩一起打游戏的事，转头就看到他们坐一起，简直就像奸情坐实一样！

不对不对，不是奸情……她都被气糊涂了！

沈意晃晃脑袋，让自己清醒一点，却忽然反应过来："你不生气了？"

肖让装傻："生什么气？"

"你刚才看起来很不高兴啊，我还以为是有什么麻烦还没解决呢……"

现在还能有什么麻烦，肖让心想。

他也不知道为什么，但刚刚看到宋航坐在她旁边，两个人有说有笑的，他就觉得胸口像被什么东西堵住似的，不想说话，连一个勉强的笑脸也装不出来。

沉默一瞬，他问："你刚才和宋航在说什么？"

这个问题有点奇怪，沈意如实回答："也没什么，就是，他知道我在玩游戏，跟我说如果再想打的话，他也可以带我……"

沈意只觉得，自己说完这句话后，男生就陷入诡异的沉默，仿佛遇到了什么难题，一时不知道该怎么解决。

她疑惑地打量他，问："怎么了？"

男生还是沉默，就在沈意以为他不打算回答了时，他忽然轻轻一笑："哦，他说要带你啊？他还挺热心的。"

"嗯！"说到这个，沈意立刻附和，"宋航是挺热心的，虽然平时不太爱说话，但是你知道吗？之前第三学月考，我不是考砸了吗，那天放学我在路上遇到他，是他安慰了我。要不是他提醒，我可能要迷惘很久呢。那天晚上我也是因为想到他当时去打游戏了，才想也许我也可以打打看。"

因为宋航打游戏，所以她才想要打？

肖让额角一跳。

片刻后，他深吸口气，微笑着说："打游戏放松是挺好，但是，你最近还是先不要玩游戏了。"

这个要求有点出乎沈意的意料："为、为什么？"

肖让语重心长道："你不是也看到了吗？我们的账号都暴露了。网友这段时间肯定都盯着我们呢，如果再被他们逮到，又要生波澜，不好。"见沈意似乎还有犹豫，他补充，"难道你想被大家扒皮，然后上热搜吗？"

什么，热搜？

沈意吓得立刻摇头，被网友议论一下已经让她很紧张了，真上热搜还得了！

过了会儿，她又问："那，要等到什么时候啊？"

"我也说不好。这样吧，你什么时候想打了，跟我说，我帮你判断时机是不是合适了。顺便你想玩什么，我也可以带你玩，一举两得，你说呢？"

沈意似懂非懂地点点头，觉得好像哪里不对，却怎么也想不出究竟哪儿不对。

肖让见问题成功解决，终于松了口气，忍不住露出得意的笑容。

哼，跟我抢人。

Chapter 6

时间很快到了8点。

天完全黑了，同学们也到齐了，高二和高三两个年级坐在主席台两侧的看台上，高一年级则搬着凳子坐在对面的跑道，操场中央摆放着大量的烟火制品，从开始就吸引了大家的目光。

今晚没有月光，只有操场四角路灯的微光，照耀着红色的跑道。

校长站在主席台上，用话筒大声宣布："马上，我们的烟火表演就要开始了，希望同学们注意安全，好好享受这一场演出，也希望今天晚上能为你们的高中生活留下一段美好的回忆！"

终于要开始了，人群都激动起来，沈意也眼睛亮晶晶地望着操场。

肖让见状问："你很喜欢看烟花？"

"喜欢啊，你不喜欢吗？"沈意说，"我还从没有见过现场的烟花表演呢，只在电视上看过，听说这一次校友送了很多很漂亮很特别的烟花，我们都可期待了。你留下来赚到了！"

见肖让只是笑，她又问："不过，你应该看过烟花表演吧？"

"嗯，去年在迪拜看过。"见沈意盯着自己，肖让解释，"去年我受邀去那边拍杂志，顺便就跨年了。迪拜每年跨年都会有烟火表演，而且非常盛大，他们有一个哈利法塔，是全世界最高的建筑，每年新年的零点会从每一层依次绽放烟花，整座塔就像一个烟花发射器一样。还有那些著名的酒店，比如亚特兰蒂斯酒店、帆船酒店，还有海边，反正整个迪拜全城都在放烟花，特别震撼，每一年都在刷新吉尼斯世界纪录……"他说到这儿，发现女生面无表情地看着他，不由得问，"怎么了？"

"炫耀。"沈意冷漠道，"你就是在欺负我没见过世面！"

肖让卡壳，几秒后举手投降："我错了。"

沈意拽下他的手，快快乐乐地说："这里呢，没有迪拜的全城烟火，只有一个小操场的烟火，就请大明星将就一下啦！"

他们说话的时候，工作人员已经去点燃了第一枚烟花。只听得一声脆响，一簇星火冲上了天空，却没有像大家想的那样高高冲上夜空，而是停在了离地不到三米的地方，然后，轰然炸开。

一瞬间，仿佛千万捧星火同时在眼前绽放，垂柳满枝，火树银花，夜色变成了一幅巨大的幕布，在上面绽开一朵又一朵的硕大的花，金色的火线便是它的花瓣，从操场这端开到了那端，如同最璀璨的画作。

"哇！"众人惊呼。

谁也没想到，那位校友赠送的礼花不是常见的高空礼花，而是这种小礼花。这样，近在眼前的表演反而比远在天上的更让大家惊喜，一时间很多人都忍不住站了起来。

而操场上，图案还在不断变化。

火树银花结束后，又出现了金龙腾云、赤蝶乱舞、群蜂纷飞，正当大家觉得怎么花样都这么传统时，又一簇白光冲上夜空，炸出成千上万个银色的小降落伞，在夜色中晃晃悠悠下落，仿佛真有千万个降落伞在这里着陆。

点燃大家的高潮发生在降落伞雨之后，一个礼花点燃后飞速旋转升空，在夜色里如一簇流星般乱窜，并同时变换赤、橙、黄、绿、蓝、紫等各色图案，在半空中连续不断地炸了整整三分钟，光怪离奇，绚丽夺目，惊得大家尖叫连连。

"绝了！太绝了！"有男生兴奋道，"我都不敢相信！我本来还想在教室做题，不想来看！去他的做题，老子做够了，今晚谁也别想再让我学习！"

"没错！考试去死！复习去死！通通给我像这样炸成烟花吧！"

"把老师也炸成烟花！"

大家哄笑起来，旁边的老师听到了作势要揍他，却只是举起手做了个样子，脸上的笑容和大家一样愉快。

高三的日子那样苦闷，仿佛有永远也做不完的卷子、考不完的试，每个人心里都憋了一团火。终于，在这样的时刻，借着这样的璀璨缤纷，全发泄出来了。

沈意鼻尖有点红了，不知道是冻的还是感动的，她转过头问肖让："好看吗？"

肖让看着她。女生唇边带着笑，那样期待地看着他，他很少看到她这个样子，天真兴奋得像一个小女孩，而不是平时总是故作老成、谨慎沉默的模样。

他于是也笑了，轻声说："好看。我必须承认，这是我看过的最好看的一场烟花，比迪拜的还要好看。"

烟花表演进行了半个小时后，大家终于冷静了一些，不再一个劲地鬼吼鬼叫——当然，也可能是因为实在喊累了，没力气了。

沈意靠在椅子上，觉得自己也有点兴奋过度。旁边的肖让轻舒口气："要我说，学校也真舍得折腾，这次校庆场面真的挺大了。"

"毕竟是160周年嘛，有这么长历史的高中不多见了，全嘉州独一份，当然要搞得大一点，好震慑同行。"关越越坐在他们前面，闻言插嘴道。

"你一说这个，我就想说，要么说人有多大胆，地有多大产呢。清华北大都才100年，我们学校就160年了，可真敢吹。"张立峰说。

每一次校庆，七中那个非常唬人的历史都会被大家拎出来讨论。之所以能算这么长，是因为嘉州七中的前身是清朝时的仁广学院，后来因为战火几度停办，但中华人民共和国成立后还是在当地政府的主持下重建了，改名嘉州市第七中学。所以七中不仅是嘉州升学率最高的高中，同时也是全市，乃至全省历史最悠久的高中。

不过大家对此都不是很买账，纷纷说："从清朝开始算，它怎么不直接从鸦片战争时算起呢？还是虚荣心作祟！"

沈意假装没听到张立峰诋毁母校的言论，视线往后一扫，却发现大家没有像刚开始那样都规规矩矩待在自己的座位，好多人跑到了看台最后排的矮墙上坐着，占据全场最高的观赏位。这也就算了，她还在班级里看到了好几个陌生的面孔，而他们坐的座位的原主人都不知所终。

"怎么回事儿，他们去哪儿了？"

杨粤音长叹口气："所以说你是饱汉不知饿汉饥，这样浪漫的时刻，当然要和……那什么的人一起看啊。你倒是跟肖让坐到一块儿了，就不许人家暗度陈仓一下啊？"

沈意听出她话里的暗示，脸颊一红，瞪她一眼又去看肖让。没想到肖让也在看她，两人目光撞上，一时间居然都有点慌乱，又匆忙躲开。

沈意脑子乱糟糟地想，杨粤音的意思是，离开的人都是去找自己的男、女朋友了，跑过来的也是这样？她就知道，即使是他们班也绝对不缺早恋的！

大概是今天特殊，老师们也没人去管大家怎么换位置、换班级，而是三五成群聚在一起一边聊天一边看烟花。

想到那些人都是和自己的恋人一起看，她却和肖让坐在一起，她不知怎么就浑身紧张了起来，正望着前方假装专注，肖让却忽然说："班长。"

她回头，肖让笑着说："圣诞节快乐。"

沈意一愣，这才想起来，对呀，今天是圣诞节。这么多事撞在一起，她都忘了。

"Merry Christmas！"肖让用英语重复了一遍。

沈意抿嘴，露出一个笑容："Merry Christmas！"

沈意觉得，如果可以评选一下的话，这个圣诞节一定是她人生中最好的圣诞节。肖让洗刷了冤屈，她看了他的表演，还和他一起欣赏了这么美的烟花，一切都太好了，这个夜晚不能更完美了。

时间一分一秒流逝，操场上的烟花还在变换出更多更美的图案。就在她以为一切要这么结束时，肩膀忽然一沉，有什么东西靠了上来。

沈意回头，看到了肖让沉睡的侧脸。

沈意目瞪口呆，不敢相信自己的眼睛，现在是什么情况？肖让为什么会靠在她肩膀上？

她浑身都僵硬了，第一直觉就是怕被人看到，还好大家的注意力都在烟花上，暂时还没人注意到这边。沈意又观察了一下，发现肖让双眼紧闭、呼吸平稳，应该是睡着了。

这时候她也反应过来了，这一天一夜，肖让的日子估计不是很好过。本来在剧组拍戏，匆忙赶回学校表演，一路上舟车劳顿就够累了，还要抽出精力去处理网上的事，搞不好他昨晚都没怎么睡觉。

所以，现在才会睡着吗……

不对不对，现在不是心疼他的时候！沈意让自己清醒一点，现在的局面，明明是她比较危险！

她抬起手，试着想推开他的脑袋，可刚碰到他的头发，他就忽然动了一下。沈意吓得立刻缩回手，紧张地看着他。

男生并没有醒，还在继续睡着，微热的呼吸轻轻吹拂上她脖子。

关越越恰在此时回头，一看也傻了，沈意忙用嘴型说：救我！

关越越用三秒钟搞明白现在的状况，在"羡慕沈意居然能被肖让靠着睡"和"赶紧想办法在别人发现前救她狗命"之间略一挣扎，就选了后者。

然而她实在智商有限，看着他们想了半天，最后诚恳建议："要不你遮脸吧？我怕你被人拍了照片发网上，那些人全网搜你！"

沈意不指望关越越了，转头想找杨粤音，谁知一看却发现杨粤音并不在班上。沈意有点疑惑，目光往操场大门的方向一扫，恰好看到杨粤音正往那边去。她看起来像是有点焦急，在追着什么人，而她朝着的方向，有一个高高瘦瘦的身影，转过拐角一闪而过。

那是谁？

沈意没有想明白，现在也顾不上想这个，她看着肩头的男生，只觉得自己从未遇到过这样大的麻烦。

其实她完全可以不管不顾，直接把肩膀抽走，或者干脆把他从睡梦中叫醒，但看着近在咫尺的脸，想到他可能有很久没休息了，她就觉得心软得不像话。

算了。这里这么黑，应该，也没人会注意到吧……

于是，沈意就那样一动不动地坐着，肖让靠在她的肩头，夜风吹拂着他们的校服。没有人说话。

她傻乎乎给他当了好一会儿人肉枕头，忍不住又转头看他，男孩子睡着的样子很安静，她忽然反应过来，这还是她第一次看到他睡觉，平时他总是精力十足的样子。他长得真好看，他是从小就这么好看吗？沈意回忆了一下他小时候拍的那些电视剧，在心里盖章了，是从小就好看，所以才会被选去当童星。

还有，他的睫毛好长，比她的还要长。一根，两根，三根……

忽然，一枚烟花高高冲上夜空，打乱她漫无边际的思绪。

像盛放的金菊，一朵一朵在靛蓝的夜幕中绽放，整个天空都被这样的图案填满，金光泼洒，绚丽繁华。

大家没想到最后还是放了一枚高空烟花，都兴奋地仰着头看。

肖让被烟花的声音吵醒，睁开眼睛，堪堪对上沈意的目光。

漫天的烟花映照在他们的脸上，而他们的眼中，却只看到彼此。

有那么一瞬间，肖让觉得自己好像还在梦中。眼前的一切是那样不真实，头顶是绚丽的烟花，周围是欢呼的同学，而他枕在一个少女的肩上。她离他那样近，他的呼吸几乎吹拂在她的脸上。

夜色中，她嘴唇嫣红，像饱满的樱桃，让人忍不住想要靠近……

他忽然清醒，猛地坐直身体。

那边沈意也回过神，仓皇地转过头，脸颊通红地望着前方。

她觉得自己一定是疯了，刚才，就在那个瞬间，她居然觉得，肖让似乎想……亲她？！

两人尴尬地躲避彼此许久，还是肖让先找回镇定："对不起啊，我睡着了，压着你了吧？"

"没、没关系……"

"我昨晚还在拍戏呢，凌晨收的工，确实没怎么睡好。"肖让努力解释自己不是故意占人便宜，"因为今天要回学校嘛，我的戏就调了一下，昨天集中拍了好多。"

他的话却提醒了沈意另一件事："那你明天是不是就要回去了，就不会再来学校了？"

肖让是回来参加校庆的，校庆结束了，按理说他就要回剧组继续拍戏了吧？她忽然意识到，距离他们上一次分别已经过去快两个月，而这回好不容易再见了一面，他就又要走了。

好像自从认识以来，他们相处的时间就屈指可数，更多的时候，都是在分别……

女孩眼中的失落和不舍如子弹般击中了肖让。没有太多思索，他脱口而出："我不走。"

"什么？"沈意惊喜地抬头。

肖让看到她这样，再没有犹疑，重复道："对，我明天还会再来上课。我不会走的。"

不会有任何一句话，像肖让此刻的话那般让她开心。

沈意看着肖让，忽然说："我会记得今晚的。"

肖让扬眉，然后笑着说："我也会记住的。"

沈意知道他没明白自己的意思。

她会永远记得，她17岁那年的圣诞节，看了一场最美的烟花。

那时候她身边坐着的，是大明星肖让。他是她的同桌，也是她的朋友。她从没想过能和他成为朋友，可命运是那样神奇，给了她这样耀眼到不真实的一个夜晚。

她永远也不会忘记。

这天晚上，肖让做了一个梦。

还是在七中的操场，但这一次没有满满当当的同学，整个操场空荡荡的，只有一朵一朵的烟花不断在天上绽放。

他本来正在茫然，却忽然看到看台上他们晚上看烟花的位置坐着两个人，肖让眯起眼睛一看，发现居然是自己和沈意。

梦里的他并没有觉得看到自己有什么好奇怪的，反而很感兴趣地打量着他们两个，他们本来都看着天，却忽然同时转头看向对方。

沈意没有说话，他也没有说。寒风吹拂着他们的脸，肖让想她应该有点冷，否则怎么会嘴唇和脸颊都冻得红红的？

尤其是她的嘴唇，和晚上时一模一样，那样红，像樱桃……

他的眼睛忽然睁大。因为他看到自己低下头，吻上了她的唇。

肖让猛地睁开眼睛。

稀薄的阳光透过窗户照进来，更远处能看到小区里冬天光秃秃的枝丫，隐约有鸟儿的啁啾声传来。

天刚蒙蒙亮。

肖让想到刚才的梦，还有点没反应过来，却忽然觉得哪里不对，掀开被子一看，一瞬间脸爆红，痛苦地捂住了头。

早上6点半，肖让鬼鬼祟祟溜进了洗手间。

家里人都在睡觉，屋子里很安静，他先快速地冲洗了一下身体，销毁罪证，然后站在洗手台前，开始揉搓内裤。

水声哗哗的，他洗着洗着，脑子里又闪过刚才的梦，原本就很烫的脸又烫了几分。

怎么会……怎么会梦到她啊！

肖让今年17岁，这当然不是第一次做春梦，但以往梦到的都是那种片子里的女孩，这还是第一次梦到现实中认识的人。

尤其，这个人还是他一心当作好朋友的同桌……

想到沈意干净清澈的双眼，他几乎觉得无地自容，不知道接下来该怎么面对她。

如果她知道他做了这样的梦……

思绪还没转完，洗手间的门忽然被推开，肖让这才察觉自己刚才慌乱之下居然没有锁门。这些年虽然他赚了不少钱，但父母没有换更大的房子，他们现在住的房子还是十年前买的，也因为这个，他的卧室里并没有自带的洗手间，一直用家里的公共洗手间。他之前也没觉得有什么，没想到今天居然惹了大麻烦！

蒋文昌看着洗手台前的男生，裸露着上身，就在腰上围了一条浴巾，因为还没睡醒，有点迷糊地问："你起这么早？"

肖让脸红，恼羞成怒地把他推出去："谁让你进来不敲门的！"

洗手间门"咔嗒"锁上，蒋文昌站在外面，终于一点点回过神。

刚才，肖让好像在洗什么东西……

他也是男人，当然立刻就明白了，不禁有点好笑。

蒋文昌从肖让14岁那年开始接手带他，除了工作以外，平常也没少操心他的生活琐事，看他跟看自己儿子差不多。

他也明白青春期男生的窘迫小心思，本不想多说，不过考虑到一个问题，还是在外面多留了一会儿。

很快，肖让换好衣服出来了，他的表情还有些不自然。

蒋文昌咳嗽一声，凑过去说："你也不用跟我不好意思，我什么不知道啊，你的内裤都是我买的呢。"

"那是品牌送的。"肖让闷闷道，"你别说得那么恶心，你才没给我买过内裤呢。"

"差不多，差不多。"蒋文昌笑道，"就像我昨天说的，你年纪也差不多了，真想谈个恋爱，或者做点别的，都可以告诉我，我会帮你……"

今天早上的事情提醒了他一个问题，青春期男孩心思躁动，有一点条件的就想偷尝禁果，这是谁也控制不了的事。娱乐圈的明星身边当然不会缺这种机会，但成年男星好歹有点分寸，小男生却容易热血冲上头，要是肖让也控制不住，还不凑巧找了一个不靠谱的女孩，那闹出的乱子可能比这回的"包养绯闻"要大多了……

肖让一脸嫌弃地看他，就好像他说了什么很"污秽"的话。蒋文昌很委屈。你说他当经纪人容易吗，不都是想艺人之所想，急艺人之所急吗！

不过说起来，他其实一直也不知道肖让到底有没有过……

男人的眼神越来越露骨，肖让终于受不了了，一把把毛巾丢过去盖住他的头："不劳您费心，我什么也不需要。"

蒋文昌摘下毛巾，还不死心："你确定？"

"我确定！你再说，我就把你赶出去！"

好吧，蒋文昌有些讪讪的："那你刚才反应那么大干吗，做个春梦而已，有什么。你之前也做过吧？"

肖让绷着脸，不说话。

蒋文昌眼珠子一转："总不至于，你梦到的人让你意想不到吧……"

肖让"噌"地看向他，像被踩中尾巴的猫。蒋文昌见状笃定道："你那个小同桌、小班长，对吗？"

从肖让的表情看，他就知道自己猜对了。蒋文昌："难怪昨晚你突然跟我说，要取消今天的通告，回去上学。我还当你是最近压力太大了，原来如此啊。"

肖让今天确实不用回剧组，但还是有别的通告的，原本定了要接受几个嘉州本地媒体的采访，如今不得不全推了。为了这个，蒋文昌昨晚才没有立刻回北京，而是留下来住在了肖让家里。

想到他昨天信誓旦旦地否认，蒋文昌长叹口气，对当代年轻人说一套做一套的行径感到绝望。

他拍拍肖让的肩膀，最后提出要求："答应我，哪天你真打算跟她早恋了，别让我从新闻里看到这个消息，对你的经纪人好一点。"

肖让觉得，蒋文昌一定是那种纵情声色的男明星带多了，脑子都被污染了，整天只能想到这种事。他一个好好学习、努力工作的三好青年，和那些人才不一样呢。

他带着这样的想法，背着书包踏进教室。太久没来，他先花了十秒钟找到自己的位置，坐下后，沈意回头朝他一笑："早啊，你来啦。"

肖让看着她的脸，脑子里却闪过各种奇怪的画面……

沈意只看到男生脸颊一红，手忙脚乱地拿出书，却不小心把它掉在了地上。他弯腰捡起它，举起来打开挡住自己的脸，装作专心致志，说道："早……"

晨光里，男生连露出来的耳朵都是红的。沈意有点奇怪，伸手碰了碰他，肖让立刻触电般闪开："干什么！"

沈意小声说："书，你拿倒了……"

肖让一滞，又把书倒回来，还是不看她。沈意只好回过头，继续看自己的英语笔记。

察觉到女生不再盯着自己了，肖让终于悄悄移转目光，借着书本的掩护看向她。她面前摊着笔记本，正一边专注地看，一边小声诵读，清晨的阳光透过窗户照进来，她的脸颊笼罩在晨曦中，连细小的绒毛都清晰可见。

还有她的手，就这么放在课桌中间，让他忍不住想要去碰触……

肖让忽然清醒，不可置信地看着自己已经伸到一半的手。

他是有什么毛病？精虫上脑了吗！

肖让闭上眼，让自己冷静一点。

好像自从那个梦之后，他就没办法再像之前那样单纯地看她了。同样是坐在她身边，现在他的注意力却全在她身上。她读书的声音，低低的，却每一声都钻到他心里，还有她身上清甜的气息，像橘子，她用了香水吗？什么香水啊，他从来没在圈里的女明星身上闻过这样的香水味……

乱七八糟想了一大堆，肖让忽然意识到自己思绪已经不知道飘到哪儿去了，再一次痛苦地捂住了脸。

肖让度过了一节煎熬的早自习，好不容易等到下课，沈意去老师办公室了，他趁机趴在课桌上，长舒口气。

"我以为我看错了！"张立峰跳过来一把拍上他的背，"你今天居然还来了，拍戏这么闲吗？"

是很闲。肖让苦笑一声，他现在是真的后悔了，自己就是闲得找事，如果今天不来学校，现在就不会这么进退两难！

还要在她旁边坐一天啊……

刚这么想着，就看到沈意已经回来了，他肌肉一紧，不自觉地坐直。

谁知沈意刚走近，另一个人也走了过来："班长。"

沈意惊讶地看着眼前的陈瑶瑶。两人自从上次大吵了一架，就没再说过话，沈意知道陈瑶瑶个性傲慢，在自己这里吃了大亏，肯定不想再搭理她，也没放在心上。

不过昨天发生了游戏账号泄露的事之后，她就一直担心陈瑶瑶会找她的麻烦。

现在，终于来了吗？

可与她想象的不同的是，陈瑶瑶满脸含笑，看起来一点都不像对她心有芥蒂的样子："班长，你下个月要去北京，对吗？"

沈意点头，奇怪她为什么这么问，她下个月要去北大考试的事全年级都知道吧？

"那太好了，如果你出去玩的话，可不可以帮我带一个东西啊？就在南锣鼓巷的一家小店，我很喜欢那家的熏香，睡觉前点了很助眠，可惜之前买的用完了，你要是能帮我买一点就好了。"

虽然她突然跟自己提这种要求有点奇怪，但沈意还是很愿意和陈瑶瑶重归于好，于是说："好啊，是哪种熏香啊，你把地址和名字给我，我到时候去给你买。"

陈瑶瑶想了想，懊恼地说道："啊，我不记得了。不过宋航知道，他妈妈好像也用这种熏香，你们不是要一起去吗，到时候你问问他？"

沈意还没回答，旁边忽然有人问："你和宋航要一起去北京？"

沈意回头，只见肖让趴在课桌上，下巴枕着胳膊，一双眼却盯着自己，表情有点古怪。

她点点头："嗯，你不在学校，所以不知道，我和宋航都被选上了今年的冬令营，他是清华，我是北大，下个月要一起去北京考试。"

陈瑶瑶一拍手："没错，班长和宋航包揽了我们年级的两个名额，清华男和北大女，哎，这可是经典搭配啊。你还记得吗？咱们学校上一届就有一对，男生考清华，女生考北大，乔老师夸了好久呢！"

沈意没想到她会这么说，慌忙打断："你胡说什么呢！"

陈瑶瑶有点委屈："我、我没胡说啊。胡宇学长和夏卉学姐，你也是知道的啊……"

沈意不想跟她继续纠缠，说了一句"那你去找宋航帮忙吧"就坐回了座位。

陈瑶瑶目的达到，藏好满心得意，也溜回了自己的座位。

张立峰和肖让两个人全程听完两个女生的对话，张立峰用他那体育生不是很灵光的脑子想了想，问："刚刚的对话里，是不是有什么玄机？"

是他的错觉吗，他怎么觉得好像发生了什么他没看出来的"宫心计"？

肖让没说话，转头看向教室后排那个高高瘦瘦的男生。宋航还是趴在桌上睡觉，他仅有的几次回学校的时间里，好像宋航都是这个造型。

他现在一点都不后悔了。

如果不是今天留下来，他都不知道她居然要和宋航一起去北京。

肖让拧开水杯，大大喝了一口。

必须和张立峰好好谈一谈了，他这情报也太不灵通了！

肖让此前没有好好观察过宋航，当然，整个5班也没谁是他好好观察过的，不然也不会当初没认出沈意，闹那么大笑话。

但，聪明人就是要在经验中吸取教训，他用三张NBA球星的亲笔签名照收买了张立峰，顺利得到了关于宋航的一切信息。

理科天才、奥数第一，明明可以竞争全省理科状元，却莫名其妙跑来读文科，气得1班的班主任现在在学校里看到他，还想指着他鼻子数落，他是整个学校都很出名的怪人。

张立峰一边打消消乐一边下结论："虽然班长是第一，但其实全班同学最羡慕的都是宋航。每天睡睡觉、打打游戏就能一直考第二，谁还想拼死努力考第一呢？反正我不想。"

比他想象的还要优秀啊。肖让挑挑眉毛，没作声。

不过宋航的"轻松学习"给大家造成的压力，他倒是很容易理解。到了高三，几乎人人都是宵衣旰食、悬梁刺股地努力，却有这么一个人每天都在教室里，在你的眼皮子底下呼呼大睡，而且还每次都比你考得好，这对大家的心理实在是一个太大的刺激。

有这个想法的不只同学们。

讲台上，高长林忍了许久，还是没忍住，一个粉笔头飞镖般砸向后排的男生。

被砸中的宋航茫然抬头，满脸还没睡醒的困倦。高长林痛心疾首道："我说你也适可而止吧，哪那么多觉，冬眠啊？"

宋航揉揉头发，没搭腔。高长林也习惯他这样了，心中明白自己讲的这些东西他恐怕初中就没必要听了，但他不想听课可以做自己的题嘛，或者看小说也行，这样公然在教室里睡觉，实在太分别的同学的心了！

他决定杀一杀他的歪风邪气，吩咐："上来，把这道题做了。"

宋航虽然喜欢睡觉，但并不是故意反抗老师，只是单纯想睡。大多数时候他都是很听老师的话的，谁让他做题他都做，虽然大家都觉得这主要是因为对他来说，做题要费的力气比反抗老师小多了。

果然，男生顺从地起身，走到讲台上看了一眼题目。

这是前几天发的一张习题卷子，他当然又没有做，不过这并不影响他。男生盯着黑板看了大概十来秒，就用刚才高长林砸他的粉笔头写下一串数字。

写完后他转头看向高长林，似乎在问可以了吗，高长林按住额头："写过程。"

宋航愣了愣，再仔细一看："哦，不是填空题啊。"

这可是整张卷子倒数第二道大题，因为大多数同学都不会，高长林才专门拿出来讲的。他居然以为是填空题，直接心算就算出了答案？！

这节课下课后，大家依然沉浸在宋航带来的震撼中。张立峰瞥到肖让的表情，再联想之前他对宋航的打听，不知道怎么就福至心灵，觉得肖让好像有点……不喜欢宋航？

为了NBA球星的签名，他立刻拿出了一个狗腿子的自觉，摇头道："虽然我已经认识宋航三年，但还是要说，他太装了，我生平第一次遇到比我还会装的人！你说他会做就会做，至于这么显摆吗？我不信他不知道那道题要写好多步才算得出答案，怎么可能是填空题！"

"不是的，他真的就是这样。"沈意觉得张立峰好像有点误会宋航，忍不住帮他解释，"我之前找他给我讲过，他三步就把答案算出来了，很自然地跟我说第一步怎么样，第二步又怎么样，可我真的不明白第一步之后怎么就到第二步了，问他他也说不出。后来我和周静书研究，发现正确的解题步骤里，第一步和第二步之间，还有整整两步的推算，但在天才的脑子里，这两步不存在。"

"没错。"关越越补充，"宋航仅有的几次数学没拿满分，都是因为解题过程太简略了，扣了步骤分。高老师为这个，警告他好多次了！"

沈意和关越越一唱一和，语气里都是对宋航的钦佩，肖让额角不禁一跳。

一个长久以来被他忽略的问题浮上心头，像沈意这种学习很厉害的女生，应该也会很喜欢学习厉害的男生吧？

所以，她会不会其实一直在心里觉得他是无药可救的笨蛋学渣……

下一节是英语课，老师评讲英语报上的题目，到完形填空时说："谁愿意起来说一下答案？"

英语老师抽人答题的热情仅排在数学老师之后，大家对她的恐惧也仅排在数学老师之后。因为像这种站起来说答案的，都需要把题干也念一遍，中国学生学英语大都有羞于开口的毛病，很多人觉得自己发音不标准，不愿意露这个丑。

此刻大家闻言不禁一阵哀叹，如果没有义士自愿献身，一会儿恐怕就要强行抽人了。

果然，何老师问了两次，还没人举手后，就打算抽一排起来依次答题，谁知话还没出口，忽然看到教室右边一个人举起了手。

"肖让？"她惊讶出声。

同学们闻言一愣，反应过来后纷纷转头，只见阳光明媚的窗边，肖让微抬右手，看向何老师。

这次献身的义士居然是肖让？！

大家都震惊了。

考虑到肖让的客观情况，老师们平时抽人都会避开他，毕竟人家一个学期就来几次学校，没必要故意让人下不来台。也因此，大家跟肖让同学三年，还没见过他回答问题。

现在，他居然主动举手了！

沈意也有些惊讶地看向他。如果她没看错的话，这张报纸他根本没做吧，现在要起来现想答案吗？

她有点担心，想把自己做完了的报纸递过去，肖让却像没看到似的，朝她笑了笑就站了起来。

既然有人主动了，何老师自然乐意给这个机会："行，那你来说吧。"

肖让站起来，然后问："怎么说？"

今天这些人都怎么回事？先是宋航把解答题看成填空题，现在肖让主动举手，然后根本不知道怎么回答，那你起来干吗？

不过后面这个想想倒是也可以理解，毕竟肖让都没怎么听过课……

何老师说："直接读，到了选项再说你的答案。"

肖让点点头，拿起报纸，仿佛没有注意到周围的目光，神态自若地读了起来："One day, a patient was referred to me who was one hundred and two years old.There's a——36，选B，pain——in my upper jaw, she said.I told my own dentist it's nothing, bu the——37，选D，insisted——I come to see you…"（一天，有位102岁的病人被引荐给我，我上颚有些——36选B疼，她说。我对我的牙医说没事，但是他——37，选D坚持——让我来见您……）

阳光中，肖让声音清澈，转音圆润，咬字清晰，发音居然十分标准。但比这更迷人的是他说英语时的态度，自信而从容，选答案时有时停顿一两秒，有时不停顿，整体非常流畅地读完了一整篇完形填空。

结束后，全班陷入长久的沉默。

也因为肖让从来没表现过，所以没有人知道，他的英语发音居然这么好！这自信挥洒的样子，连英语课代表都不如啊！

之前怎么没见他打造过这类形象？经纪人不行啊。

不过读完是读完了，是否选对还没有定论。大家都看向何老师，她盯着肖让，明显也很意外，顿了顿："错了一个。"

这是很不错的成绩了，有男生忍不住"哇哦"了一声，何老师说："Your grammar seems not bad.Why did you only get 80 last time？"（你语法看着不错啊，怎么上次就考了80分？）

她说的是开学考试那次，肖让的英语得了81分，这已经是他所有科目里分数最高的了。不过刚一说完，她就察觉自己讲得太口语化，也太快了，担心肖让没听明白，谁知男生已经顺嘴接上："Well.I can get whatever scores you want me to get next time."（好，下次何老师想让我考多少分，我就考多少分。）

这么一个当红明星、年轻帅哥对你说这种话，何老师被取悦了，嗔怪地瞪他一眼："You'd better."（你最好做到。）

肖让坐下后，果不其然撞上沈意又惊又喜的目光，她小声问："你提前写了答案吗？"

她是听过肖让背英语的，所以大概知道他的水平。其实她现在也猜出来他什么情况了，他应该是口语很好，但语法不行，毕竟实际生活中并不会像考试时那么注重语法，所以他的选择和完形填空才会做得一般，但听力就很好。

可刚才是什么情况？

班长居然这么不相信自己，肖让抑郁。他根本没怎么背过语法，考试全凭语感直觉，刚才也是一个冲动站起来的，没想到运气居然这么好。

真是天助他也。

想了想，他说："没做过。"

"那你不怕说错了丢脸吗？"

"丢脸也顾不得了。"男生一脸大义凛然的表情，"我站起来是为了拯救全班同学，这是大义！"

沈意"扑哧"一声笑了，肖让又问："哎，那你觉得我答得好吗？"

沈意想着阳光里男生读英语的样子，那样认真，那样从容，还有他最后和何老师的那一段对答，都有一种平时没见过的魅力……

沈意重重点头："答得很好。你再努力一点，等高考时，你的英语一定能给你加很多分！"

中午吃饭的时候，关越越还在说肖让这节课的表现："你不觉得肖让这回回学校后，参与度高了很多吗？不仅昨晚和我们一起看烟花，今天还主动答题了，他下次要求国旗下讲话，我都不会意外了。"

杨粤音吃着小炒肉丝，咧嘴笑了："什么参与度，我反倒觉得，他像一只开屏的孔雀，在跟谁表现着什么……"

她目光瞅着沈意，明显暗示着什么。沈意没明白，却因为关越越提到昨晚的烟花，想到了另一件事。

"昨天晚上，你后半段去哪儿了？"

杨粤音一愣："什么？"

"我看到你追着一个人走了，那人是谁？是我们学校的吗？"

杨粤音明显没想到她居然看到了，一时不知道怎么回答。

沈意见状越发狐疑。她忽然想起杨粤音生日那天，曾经在真心话大冒险时说过有一个喜欢的人，难不成，和昨晚的事有关系……

还没容她继续审问，食堂里忽然气氛一变，她回头一看，发现肖让居然端着餐盘和张立峰一起进来了。

肖让从来不来食堂吃饭的，杨粤音她们之前分析过，他可能是怕在食堂吃饭会全程被人盯着，不消化，所以跑到学校外面的餐馆吃了。

沈意此前对这事也并不在意，但没想到肖让今天居然来食堂了。

原本吵吵嚷嚷的食堂忽然就安静了，大家都看着他们，尤其是女生们。这气氛实在有些诡异，张立峰不自在地缩了缩脖子，肖让却淡然地站到窗口打餐，然后寻找位置。

沈意有点好笑地想，不管他们坐哪里，旁边的人这顿饭估计都要吃不好了。杨粤音却忽然说："我有一个不成熟的小猜想。"

她凝视着沈意，深沉地说道："我觉得，肖让他们会坐这儿。"

沈意猛地回头，果然看到肖让端着餐盘，在整个食堂众人的注视下，精准地、径直地、没有丝毫犹豫地走到她们面前，然后，"哐当"一声把餐盘放到了桌上。

"介意我坐这里吗？"

沈意明显感觉到，肖让过来的瞬间，所有女生的目光都从他身上转移到了自己身上。

她只觉得头皮发麻，很想大着胆子说一句"我介意"，但在肖让期待的目光下，终是艰难地说道："坐、坐吧……"

"谢谢班长！"肖让咧嘴一笑，坐到了她对面。

和他一起坐下的还有张立峰，他坐在肖让旁边。杨粤音和关越越从肖让一过来就开始低头假装吃菜，沈意觉得她们应该是想装路人，而张立峰今天不知为什么也很安静。

于是，两男三女就在众人的注视下，各自对着自己的餐盘，呈现出一种诡异的死寂。

他们的态度也影响了大家，好一会儿，周围的目光终于渐渐散开。毕竟还要吃饭，大家也实在不方便一直盯着同学八卦，而且这几个同学还表现得跟雕塑差不多。

关越越这才轻舒口气："总算不看了。他们再盯下去，我都要吃撑了。"

就刚才那一会儿，她把一份番茄炒蛋吃完一大半了！

杨粤音嗤笑："你昨天不是说愿意承受这种压力吗？今天给你机会，怎么又怕了？叶公好龙！"

关越越语塞。她说是那么说，但谁知道被这么多人盯着，压力这么大啊，不过，如果让她偷偷摸摸和肖让、柯星凡他们一起打游戏的话，她觉得她还是能鼓起勇气的！

沈意也放松下来，看向对面的肖让，男生正夹起一块辣子鸡丁："你今天怎么会来食堂啊？"

"啊？我没吃过食堂的菜，想来尝尝，不可以吗？"肖让反问。

当然可以。但沈意总觉得哪里不太对，其实从今早见到肖让，她就觉得，肖让今天，好像有点奇怪……

肖让在她的目光下有些紧张，慌乱地想岔开话题，却瞥到杨粤音正拿着手机发什么东西："你在发微博？"

杨粤音道："啊。"

开玩笑，这可是她和肖让一起吃的第一顿食堂里的饭，当然要拍一张照片发微博永世珍藏！

所以她们也玩微博啊。肖让忍不住看向对面，那沈意呢，她也玩吗？

杨粤音刚给照片选完滤镜，忽然听到旁边的男生说："正好，我也有微博，我们互相关注吧。"

杨粤音愕然地抬头，足足用了三秒才反应过来肖让说了什么，却不敢相信自己的耳朵。

是她幻听了吗，还是这个世界魔幻了？她刚刚是收到了来自当红小生的互相关注的邀请吗？

这样天降巨饼的好事，杨粤音几乎立刻就想答应，却猛地想起一件事。

她的微博，好像除了对肖让花痴舔屏，就是疯狂自称妈妈。

如果被他看到……

她打了个寒噤，立刻摆出一副"不胜荣幸，但只能沉痛拒绝"的表情，由于错过这样的机会，心情确实很沉痛，所以这表情可以说是发自肺腑、非常自然："算、算了吧，如果被你粉丝发现的话，可能会误会的。"

肖让在微博上关注的每一个人，只要不是品牌方或者合作对象，都会在粉丝圈引起小型地震。大家明面上不会说什么，但暗地里都会动用各种手段，把那个人的祖宗十八代都摸得清清楚楚，杨粤音的账号可承受不起这种扒皮。

肖让这才发现她误会了："我说的当然不是大号。我有小号，我们可以小号互粉。"

这次杨粤音还没开口，关越越就说："是'富坚我等你到100岁'那个小号吗？那个早就曝光了。"

"不是，另一个。"

杨粤音接口："那是'本大爷就是本大爷'那个号吗？也曝光了。"

肖让大惊："什么，这个也曝光了？不对不对，也不是这个！你们说的那两个号，我把密码弄丢了，很久没上去了，我还有一个新申请的号。"

沈意听完他们这通对话，终于忍不住笑了起来。肖让奇怪地看过去，沈意咬着唇，小声说："狡兔三窟。"

女生笑起来时颊边一个浅浅的梨窝，他以前都没发现，原来她还有梨窝。

肖让看得一呆，声音不自觉软下去，问出其实一开始他就想问的那句话："她们不跟我互相关注，那你呢，你有微博吗？"

关越越、杨粤音心想：等等！我们也没说不互相关注啊！给我们五分钟，我们删一删微博就好！

沈意当然知道杨粤音她们在心虚什么，不过她可没有这种烦恼："有啊。"

她说着报出自己的微博ID："small case."

肖让蒙了："这是什么意思？"

关越越举手邀功："我取的。Small case，小case，小意思。是不是很可爱！"

杨粤音说："我觉得还是我取的'小意不太小'更可爱。"

"你还说呢。"关越越翻白眼，"还好她在微博上没叫这个名，否则这个号昨天就被扒皮了，连着我们俩都得沦陷！"

肖让彻底服了这对姐妹花的取名才华，登上微博搜索到账号，点到主页后，先火速检查了一下。相比起来，这个号比他的号更像小号，一共就关注了两个人，应该是杨粤音和关越越，发了五条微博，都是转发的英文演讲视频或者和自主招生相关。

没有关注他，也没有转发过任何和他有关的内容。

肖让不知道心里什么感觉。他本来还以为，自己都和她坐这么久同桌了，哪怕只是好奇，她应该也会在网上搜索一下他的消息吧？

沈意点进微博等了好一会儿，却迟迟没有动静，不由得问："你关注我了吗？"

"你关注我吧。"肖让冷不丁说。

沈意莫名其妙，明明他都搜到了自己了，为什么还要她先关注他，但还是好脾气地说："好啊，那你微博名叫什么？"

"我的微博名你不知道吗？"

沈意更加奇怪，她怎么会知道他微博小号叫什么？杨粤音和关越越都不知道！

女生眼睛里都是困惑，她看起来什么都不明白，根本不知道他在意些什么。其实他自己都不明白。

肖让忽然就觉得自己都在做些什么啊，胡乱道："算了，我瞎说的。"

下一秒，沈意收到消息提示，有一个新粉丝关注了她。

她点开一看，看到熟悉的名字：今天又不想上班。

她愣了一下想起来，他的QQ也是叫这个名字，顿时恍然大悟，原来他刚才那句话是这个意思啊！

这顿午饭吃得可以说跌宕起伏，好在最后没有出现沈意一直担心的类似女生过来碰瓷的剧情，看来七中的学生虽然八卦，但好歹还是有重点中学学生的矜持和素质的，值得表扬。

午饭过后，就是午自习。

上午各科老师又发了卷子，大家还没写完一半就已经1点40分了，很多同学都放下了笔，伸了个懒腰准备午休。

冬天没有固定的午休时间，为了避免下午没精神反而影响学习效率，很多同学都会选择在午自习的最后半个小时睡一会儿午觉。

沈意也不例外。

她刚把卷子和资料书都收到抽屉里，旁边的肖让就问："你做什么？"

沈意说："睡午觉啊。"

他当然知道是睡午觉，肖让看着她手里的东西："你睡午觉拿个枕头干吗？"

沈意这才看向手里。她拿着的是她的小靠枕，平时都是放在腰后面或者直接搁资料箱上的，只有睡午觉时才会拿出来。

沈意起了献宝的心思，找到枕头边的拉链用力一拉，肖让才发现原来这个枕头是可以拆开的，打开后就变成了一床小小的被子。

沈意解释："冬天睡午觉会冷，所以我要盖个被子，不然担心感冒。"

其实不只她，班上别的同学也都披上了东西，有的是和沈意一样的小被子或者小毯子，也有的人在肩上多盖了一件外套。

肖让看到沈意已经把被子披到了身上，嫩黄色，上面印着史努比小狗的图案，慢慢说："可是怎么办，我没有被子。"

沈意明显也忘了这个，她趴在那儿，偏着头盯了肖让好几秒："你也要睡午觉吗？"

"对啊。"肖让一脸理所当然，"大家都睡，我为什么不睡？"

沈意一时语塞。

她瞪着肖让，实在不知道他是什么意思。他没有被子，那是想要自己把被子让给他吗？可那样她也会冷啊。

但不给他的话又要怎么办？让他冻着吗？她又实在不忍心。

总不至于……总不至于他们俩盖一条被子吧！

光是这个念头冒出来，沈意脸就红了。她咬了咬唇："那我把被子让给你吧。"

肖让挑眉："真的吗？那你怎么办？"

"反正我也不是很困，今天不睡也没关系。其实我本来就想再做一会儿题……"

她说着就想要坐起来，却被男生一把按了回去。

肖让笑眯眯地说："我开玩笑的。我一个男生，才不需要女生让被子呢。"

真的吗？

沈意还有点担心："可如果你感冒了……"

"放心，我在剧组拍戏的时候，在比现在恶劣得多的环境下都睡过觉，从没有感冒过。我身体好着呢。"

像是怕沈意还不相信，肖让一只手按着她，另一只手放在桌上，头枕了上去，也趴到桌上睡了。

明媚的阳光透过窗户，照耀在他们身上，两人就这么面对面趴在课桌上。明明只是换了个姿势，但沈意想到现在是要相对睡觉，心就猛地一颤。

她忽然动了动身子，肖让这才意识到自己的手还放在她背上，因为力气松了，现在搭在那里，就好像……拥抱似的。

他连忙收回手。沈意一颗心乱得像搅成一团的毛线，生怕肖让发现自己的异常，慌乱地说了句"我睡了"，就闭上了眼睛。

她闭上了眼睛，肖让却没有。

他先假装睡了一会儿，从呼吸声判断沈意应该睡着了，就又悄悄睁开了眼睛。

女生果然沉沉睡着。因为睡觉，她摘下了眼镜，头枕在胳膊上，身上披着小被子。她可能真的有点怕冷，那被子裹得严严实实，柔嫩的黄色把她也包裹得像披着一片小鸭羽毛一般，有一种童稚的可爱。

他看着看着，又想到刚才的事，忍不住露出一丝笑。她这个人怎么这么好说话啊，就因为他说没被子，就要把被子让给他，自己连觉都不睡了。

那下次他说没饭吃，她是不是也要把她的吃的让给他？

女生皱了皱眉头，像是梦到了什么，还抿了一下嘴。她的嘴唇红红的，像花瓣，不过尝起来应该像果冻，就像昨晚他想象过的那样……

他忽然意识到自己在想什么，喉结上下滚动，吞咽了一下。

早上那股奇怪的躁动又来了。肖让觉得自己仿佛被什么意念操纵，忍不住想要靠近她，想要触碰她。她趴在冬日的暖光中，睡容那样安静可爱，他却慢慢伸手，一点点朝她靠近。

她头发间有一点白色，像是什么飞絮飘了进来，落在了上面。他告诉自己，他只是想帮她把那个飞絮摘下来，除了这个，别的什么也不做。可越靠近，他的呼吸就越紧张，到最后甚至不自觉地屏住了呼吸。

但即便如此，他还是闻到了她身上的香味，原来今天早上他没有闻错，真的是橘子香……

她忽然睁开眼睛。

肖让的手还停在她头发上方，只差一点就要碰到了，却在她的目光里瞬间僵住。距离好像一下子变得很近，她可以看到他被压得有点凌乱的头发，挺直的鼻梁，还有乌黑的眼睛，里面映照着阳光，像燃烧的琥珀。

她有一瞬间像是没明白他在干什么，目光茫然地在他的手和脸上游移，然后下一瞬，忽然睁大了眼睛："你……"

这样危急的时刻，肖让觉得自己十几年来受到的训练都在今天发挥到了极致，只见他神情镇定、面不改色，手继续往前伸，摘下她头发上的飞絮，原来是一朵小小的绒毛，也不知道怎么飘进来的。

"这个。"

他把东西放到沈意手中。女生捧着它蒙蒙地想，什么意思，刚才他是想帮她把这个东西拿下来吗？

可，有这个东西也不妨碍她睡觉啊，他就因为这个把她吵醒？

女生一时不知是该感谢还是该抱怨，表情非常复杂。

肖让见好像蒙混过关了，只觉得心脏的狂跳总算缓和了一些。

太刺激了！这样的事情不能再来一次了！

还能再来一次吗？

圣诞节之后的时间过得飞快，几乎是一眨眼，就到了元旦，2019年开始了。

到了新的一年，也就意味着高考和他们的距离越来越近，年级里的氛围越发紧张。第一轮复习也在此时正式结束，人人都如临大敌，准备迎接即将到来的全市第一次模拟考试。

这样紧张的时刻，沈意却没有待在学校里。

她拖着行李箱，机场大厅人来人往，她环视四周许久，终于看到那个熟悉的身影："宋航！"

宋航立在一根大柱子旁，原本正低头看着手机，闻言抬头，朝她挥了挥右手："这边。"

今天是1月17日，清华和北大的冬令营都将在明天正式开始，所以两人最终决定提前一天前往北京。

沈意拖着行李箱小跑到宋航面前，有些不好意思地说："路上有一点堵车，我来晚了。"

"没关系。"宋航说，"离起飞还有一个小时，我已经在网上值机了，直接去托运吧。"

宋航说完，伸手接过她的行李箱。沈意本来是想自己拖的，但男生的神情太自然，她只迟疑了一瞬，行李箱就到了他的手里。

然后他扬了扬下巴，示意她跟上自己，转身朝托运台走去。

托运台前有几个人正在排队，宋航拖着行李站到最后。机场里有空调，男生脱了外套，只穿着一件灰色高领毛衣，搭配牛仔裤，等待办业务时一直在看手机。

他没有行李要托运，却代替沈意在那里排队，沈意站在旁边看着他，抿了抿唇。

决定结伴同行，原本是为了路上有个照应，但真的一起走了，她才猛地意识到，如果不算之前网吧外面那次谈话，这好像是她和宋航第一次在校外单独相处……

她忽然就有点局促。两人原本就不太熟，平时在学校里可以聊聊题目，聊完了就各回各的座位，可一会儿在飞机上，他们要挨着坐整整两个小时，如果到时候没话说了怎么办？冷场了怎么办？

她想象那个场景，只觉得仿佛提前感受了那种尴尬，都有些后悔跟他一起走了。

宋航玩着手机，偶一抬头瞥到女生的表情，神情一顿。

射进大厅的阳光照耀着他们，宋航沉吟片刻，忽然开口："你带了些什么？"

沈意反应了下，才明白他指的是自己的行李箱。白色的大箱子立在男生身侧，几乎有他半个人那么高，刚才拖过来时他也感受过重量了，沉得让他怀疑她一个女生是怎么把它弄过来的。

沈意解释："书啊，各种资料，还有替换的衣服。听说北京很冷，我妈妈给我装了好多……"

她越说声音越小，男生的眼神中带点无奈和好笑，仿佛她做了什么滑稽的事。她的好胜心被激起，也看向宋航的书包："你说我带得多，我还觉得你带得少呢。去北京一周，你就没带替换的衣服吗？你们男生真是邋遢。"

"冤枉。"宋航说，"我书包里都是替换的衣服，不信的话班长大人可以检查。"

是吗？沈意惊讶，但想着他也没必要在这种事上骗她，于是问："那你带了衣服，还带了资料，你的书包怎么装得下的？"

看起来也没多大啊，哆啦A梦的口袋吗！

宋航问："谁说我带了资料？"

沈意一愣。

"去了没两天就要考试了，还带什么资料啊。况且你也不知道他们会考些什么，看了也白看。"

话虽这么说，但真的什么书都不带也太夸张了吧？

宋航大概也这么觉得，想了想，补救道："不过我带了一本东野圭吾的书，晚上睡不着可以打发时间。"

因为受了打击，沈意上飞机后都气鼓鼓的。她看着舷窗外的跑道，幽怨地想，还睡不着看东野圭吾的书打发时间，以他平时的表现，她真的很难相信他也会有睡不着的时候!

宋航在她旁边坐下。沈意拿出手机看了下时间，下午两点半，等他们到北京已经快5点了。她还没坐过这么晚的飞机，之前出去比赛，为了到那边后能有更多的时间熟悉环境，都是一大早就飞，但这次的票是宋航买的，她听到时间后还小小惊讶了一下。

"其实，我们可以早一点走的，反正今天上午也没去学校……"她忍不住说。

"晕机的人坐下午的飞机可能会好一些。"宋航说，"太早的话，很多人的胃还没有醒过来，乘坐交通工具会更容易难受。我姑姑就是这样，早晨无论是坐车还是坐飞机都一定会吐，但如果吃过午饭就会好很多。所以如非必要，她只坐上午11点之后的飞机。"

沈意没想到是这个理由，片刻后问："你怎么知道我晕机?"

"你不是说过吗?"宋航反问。

她说过，什么时候? 沈意忽然想起来，好像是圣诞那晚在操场上，他们讨论去北京的时候，她提过一句，说自己晕机……

只是提过那么一下，他居然就记住了，还在买票时帮她考虑了? 那她的位置在窗边也是因为这个吗，为了选好位置，他才特意在网上提前值机?

沈意心里忽然涌上一种奇怪的感受，再想到刚才他那么自然地帮她拖行李、办托运，更是觉得心情复杂。

是她想多了吗……

正在此时，宋航忽然起身。沈意这才发现，原来过道里有个女生想把行李箱放到架子上，却因为太沉，举了两次都没举起来。

宋航接过箱子，替她把行李放上去。女生感激得连声道谢，宋航说了句"不用"，重新坐下。

沈意豁然开朗。

她瞎想些什么呢，宋航本来就是细心体贴的人，不然之前也不会最先发现她的问题，还来提醒她!

她居然"以小人之心度君子之腹"!

很快，机内广播通知飞机即将起飞，

沈意顿时紧张起来，表情严肃，肌肉紧绷，从头到脚都进入战备状态。短暂的滑行后，飞机离开地面，熟悉的失重感传来。但也许是宋航的办法真的管用了，当飞机终于穿破云层，进入平流层后，沈意觉得出了一身的汗，但真的没有从前那种翻江倒海的感觉了。

"我没事！我真的没事啊！"她惊喜地说。

宋航旁观了她刚才仿佛拆炸弹般肃穆的起飞全过程，一时无言，片刻后轻笑道："嗯，你没事。恭喜你。"

逃过一劫，沈意只觉这趟北京之行有了一个好的开始。空姐来送上午饭，她虽然已经吃过了，但为了让胃更舒服一点，还是又吃了一些。

等把一切收拾好后，她看着外面翻滚的云层，想着很快就能去梦想已久的北大，指甲在扶手上划来划去，终于忍不住转头问宋航："你紧张吗？"

"什么，考试吗？"

"对。"

"还好。"

沈意点头："也是，你当然不紧张。"

宋航觉得她误会了："我不是认为自己一定能考上，我想也没有谁能有这样的自信吧。我只是觉得，紧张没有意义。"

每年的夏令营、冬令营规则都差不多，表现优秀的学生能有5分到30分不等的降分，对他们这种优等生来说，如果能降30分，那就和保送没区别了。当然，如果表现不好，也可能1分都不降。

因为条件诱人，所以集结了全国的优秀学生，竞争太过激烈，就像宋航说的，可能真的没有人能有百分之百的把握吧。

沈意忍不住替他可惜："可惜这两年奥赛取消加分了，否则你哪儿需要这么折腾，光靠奥数就稳和清华签约了。"

宋航点头，语气却不是特别懊恼："嗯，我运气不好。"

他就是这个样子，永远漫不经心。沈意却做不到像他这样。为了分散注意力，她满脑子乱想，却忽然想起一件陈年往事。

宋航发现女生忽然不断地看向自己，似乎想说什么却不好意思说，问："怎么了？"

沈意试探道："有一个小问题，我一直很好奇，当然你不想说可以不回答。就是……你当初，为什么会读文科啊？"

这简直是七中这一届的三大未解之谜之一，奥数天才宋航到底发了什么疯，居然跑去读了文科。不仅1班的班主任日也想夜也想，全校同学也都在想，后来大家实在想不出答案，就开始自己创作。传什么的都有，最离谱的一个猜测是说他在1班有一个喜欢的女孩，后来那个女孩和别人在一起了，他受不了情伤，于是远走文科班。

这个太狗血了，说实在的，沈意不信。

宋航不用问都知道她在想些什么，外面怎么传的，他也大概心里有数，换了别人问，他根本不会搭理，但现在是她问……

"我选文科，理由很简单啊。"

沈意见他沉默，本来以为没戏了，没想到却忽然听到他的声音。什么情况，难道这个未解之谜今天居然要被自己破解了吗？

宋航看着满脸不确定的女孩，露出一丝微笑："和很多人选文科的理由一样，因为，觉得读文科比较轻松啊。"他眨眨眼，似乎怕她不信，"真的，我觉得读文科会有更多的时间睡觉。"

真的，才怪。

换了别人也许觉得读文科更轻松，但他是宋航，是读着文科的同时还拿了奥数"国一"的宋航！

沈意毫不怀疑，如果他读理科，一定能有比文科还要多的时间睡觉。

他不想说，沈意也不逼他。后面的时间，两人都没怎么说话，很快，下午4点半，飞机在首都国际机场降落。

航站楼里又是人来人往的拥挤景象，沈意要去等行李，宋航想陪她，却被拒绝了："你先走吧，我一会儿拿了行李自己过去。"

宋航有点意外："你自己过去？你没有提前跟北大的老师说你什么时候到吗？应该会有人来接机的。"

"我跟他们说不用了。有人来接我，去学校之前，我还有点别的事。"

女生的神情看似轻松，肩线却有点紧绷，明显不希望他再问下去。

宋航沉默一瞬："那好，你自己当心。"

宋航离开后，沈意又等了十来分钟，终于看到了自己的行李。她拖着硕大的箱子往外走，电话也在这个时候打进来，她接起来后低声应道："嗯，我已经到了。行李也拿到了，马上就出来。你在哪个出站口？哦，好的……"

门口的人更多，都是等着接机的，沈意走出去后，在人群里略一搜寻，就看到了今天的目标。

她深吸口气，走到男人背后，轻轻叫道："爸爸。"

沈平自从十年前和楚慧离婚后，就去了北京发展，每年只会在春节时回老家祭祖。沈意上一次和他见面还是去年过年，久别重逢，沈平到了车上还不住打量她。

"真是女大十八变啊，意意越长越漂亮了，爸爸刚才都差点没敢认！"
他说。

这话虽然是夸奖，却透着一股生疏，换成一般亲戚说还没什么，一个父亲
这么夸女儿却有些微妙。

是有多不常见，才会在见到她的时候怀疑自己认错了？

沈平说完后也发觉了，掩饰地笑笑，好在沈意没有说什么，而是问："爸
爸最近身体还好吗？"

"好，爸爸的身体你还不知道？好得很。听说你要来北京，我一高兴，最
近更有精神了！"

沈意听着他的话，目光却看向窗外。

北京的冬天比嘉州更加晦暗，天是沉沉的灰色，从机场过去，一路的树木
也光秃秃的，不见半点绿色，看得人心情低落。

沈平打量她的神色，说："饿了吧？咱们很快就到家了，今晚给你做了好
吃的！"

沈平的房子在北四环的一处小区，16层，打开门就看到里面温暖的灯光。
一个容貌秀丽的中年女人系着围裙出来，见到沈意后盈盈一笑："小意来啦，
快进来。饭已经做好了，就等你了。"

沈意也朝她一笑："周阿姨好。"

"秀君，恬恬呢？姐姐来了，怎么不出来跟姐姐打招呼啊！"

"爸爸！"话音刚落，一个小女孩就冲了出来，欢叫着扑到沈平怀里。

沈平"哎"了一声，一把把她抱起来转了个圈。小女孩搂着沈平的脖子，
噘着嘴抱怨："爸爸你去了好久啊，我等你吃饭都等饿了！妈妈做了好吃的凤
爪，我想吃一个，可是她不许我先吃，说要等姐姐……"

沈平在她屁股上拍了一下，阻止她继续说下去。小姑娘也乖，立刻住了
嘴，转头看向旁边的沈意。

沈意也在看她。小女孩今年刚满8岁，皮肤雪白，双眼乌黑的，像葡萄。
沈意的长相其实更像妈妈楚慧，恬恬却仿佛是和沈平一个模子刻出来的，性格
也像，爱玩爱闹，永远精力十足。以前每年过年，她们俩走在一起，大家都会
惊讶这两个人居然是姐妹。

她看了沈意一会儿，乖巧地点头问好："姐姐。"

沈意招呼道："好久不见，恬恬。"

晚饭是周阿姨做的，有鸡有鱼，有虾有蟹，还炒了好几个绿油油的素菜，

热热闹闹摆了一大桌。

沈意说："做这么多菜，我们四个人吃不完吧？"

"哎，你难得来一趟，当然要丰盛一点。"沈平笑着说，"你尝尝看，你周阿姨手艺很不错的。"

"都是家常菜，不知道你吃不吃得惯。"周阿姨也笑，"我本来想说出去吃的。你没怎么来北京玩过，当然要带你去吃吃北京的特色食物，像烤鸭啊什么的，但你爸爸说女儿回家，第一顿饭当然要在家里吃了。我想想也是。"

沈恬吃着凤爪听到这儿，好奇地问："姐姐以后要和我们一起住了吗？"

"姐姐这次是来考试的。等考上了，以后来北京上大学，就会常回家住了。"周秀君说，"恬恬你知道吗？姐姐是来考北大的，就是爸爸妈妈带你去参观过的那个北大，是不是特别厉害啊？你要多跟姐姐学，以后长大了，不求你也考上北大，能上一个不错的大学，妈妈就知足了！"

沈恬年纪虽小，但明显已经知道北大是什么厉害的存在了，眨巴着大眼睛，非常惊讶地看向沈意。

沈意不知道说什么，只好勉强一笑。

周阿姨大概是说得有点激动，忽然给沈意夹了菜："来，吃个茄子。"

沈意不吃茄子，下意识想拒绝，然而周阿姨动作太快，她的碗一躲避，茄子"啪嗒"一声掉到了地上。

沈意一僵，只觉得这场面仿佛自己故意不给周阿姨脸面，也不敢去看爸爸的脸色，弯腰就想捡起来。谁知道周阿姨也弯腰去捡，两人的头撞到一起，混乱中沈意胳膊一扫，居然把碗扫到了地上。

"哐当"一声脆响，碗摔成三瓣，震得大家都一愣。

还是周阿姨最先反应过来："怪我怪我，也没问问孩子喜欢吃什么。你们继续吃，我来收拾。"

她先弯腰把碎碗捡起来，又用纸巾隔着捡起了茄子，扔到厨房的垃圾桶里。

沈意没有再试图帮忙，她坐在那里，捏着筷子，忽然就觉得连手脚都不知道怎么安放。

晚饭过后，沈意说她要去学校了。

沈平有点惊讶："这么快吗？我还以为你要住一晚上。"

周阿姨倒是比较理解："明天就是正式集训的日子，今晚提前过去也好，我估计别的同学也都是今天到的。"

沈平想想也是，只好说："你提前一天来就好了，今天爸爸还能陪陪你。算了，那你等我一下，我开车送你。"

沈意这次没有拒绝，但走之前沈平还有一件事。沈恬每天9点准时睡觉，沈平如果在家，一定要给她讲睡前故事，否则小姑娘就会大闹。

墙上的挂钟"嗒嗒嗒"地响着，沈意坐在沙发上等了一会儿，忽然起身，慢慢走到了次卧的外面。

透过微合的房门，可以看到里面开了一盏小灯，沈恬裹着被子躺在床上，怀里还抱了一个唐老鸭公仔，已经有点迷迷糊糊了。沈平坐在窗边，借着床头的灯光，正在给她小声阅读一本童话书。

厨房里传来哗哗的水声，是周阿姨在洗碗。

妈妈在厨房收拾碗筷，爸爸在卧室给女儿讲睡前故事，沈意恍惚间觉得这一幕好像很熟悉，仔细回忆才想起来，很多年前，爸爸妈妈还没有分开时，自己每晚也是这么窝在爸爸怀中，听他给自己讲故事。

她转过头，打量四周。

沈意知道爸爸来北京后白手起家，从业务员做起，经过这么多年的积累，现在有了一个不大不小的广告公司，还在北京买了房，在"北漂一族"里算是小有成就了。

她看着这个房子，两室两厅，不大，却很温馨。窗帘是素雅的米色搭配秋香绿，茶几上清水里盛放着鲜花，看得出会经常更换，几个迪士尼的玩偶公仔摆在沙发上。

每一处都体现出女主人在里面的用心，以及家庭成员存在的痕迹。

这是她爸爸的家，不是她的家。虽然他们言语间都在强调，她也是这里的一分子，但她心里知道不是。她在这里处处拘谨，也许就是明白这一点，她才会等到最后一天才来北京。

她只是一个无意闯入的外人。

回去的路上两人都没怎么说话，这一届冬令营的学生并不住在北大校内，而是住在附近的北邮会议中心。沈平把沈意送到酒店外，她拎了行李想下车，他却忽然说："意意，这几天你要考试，爸爸就不打扰你了，但是等你考完，咱们再一起吃一顿饭好吗？这一次出去吃，爸爸带你去全聚德吃烤鸭。"

沈意本来想说高三时间紧，她考完了就打算立刻回学校，一抬头却看到男人的神情。

车内微弱的灯光里，他小心地看着他，眼中有隐约的试探，似乎担心她拒绝，也知道她可能会拒绝。她想起小时候每次爸爸惹了自己生气，总是小心翼翼过来讨好求和，那时候的他就是这样的表情。

她忽然有种想哭的冲动，强行忍住，点头道："好，等我考完，我们再一起吃饭。"

沈平开着车离去后，沈意拖着行李箱却没有立刻进酒店，而是顺着夜晚的人行道漫无目地走着。12月的北风刮在脸上像刀子，她也不知道自己在找什么，直到偶一转头，一块硕大的匾额撞进视线。

北京大学。

气派古典的大门，两尊石狮子雄踞左右，在夜色中仿佛镇守的神兽，正中央的匾额上，用金色的大字写着"北京大学"四个大字。

这是北大的正门，也是她梦想了这么久的最高学府。

沈意看着匾额，脑海里却闪过很多年前的画面。未名湖畔，男人抱着年幼的小女孩，笑着说："意意喜欢北大吗？喜欢的话，以后努力学习，考来这里上大学吧！爸爸当年想考都没考上呢，意意一定比爸爸强！"

小女孩抱着他的脖子，惊讶地睁大了眼睛："爸爸也想来这里上学吗？你这么聪明都没有考上？好，那我决定了！我以后一定要考来这里！到时候，我就带上爸爸一起，你就可以来上学啦！"

童言稚语，逗得男人哈哈大笑，一切仿佛就发生在昨天。

那是她8岁那年，作为送她的生日礼物，父母一起带她到北京玩，最后一天参观了北大。

但同时，那也是爸爸陪她过的最后一个生日。

那年秋天，他和妈妈就正式办妥了离婚手续，他离开嘉州，只身去了北京。

她知道一切都是自己的执念，只是这么多年，她只要一想到爸爸，就会想起这一天的事。

她希望自己可以做到，希望有一天自己真的拿到北大的通知书，到那时，她就可以告诉他，和他的约定，她一天也没有忘记过。

沈意不知道在那里站了多久，直到终于扛不住北风的严寒，又拖着行李往回走。

这一天实在太过折腾，她此刻只觉得精疲力竭，想到因为拒绝了接机的老师，一会儿还不知道该怎么报到，又要等多久才能入住自己的房间，更是头痛欲裂。

正当她连抬脚的力气都没有时，也终于走到了酒店门口，却忽然一愣。

只见漆黑的夜幕下，酒店大楼却灯火辉煌，晶莹剔透的玻璃门里，暖黄色的光照亮前厅。仿佛是以万千星辉作为点缀，一个高高瘦瘦的男孩就站在这璀璨灯火中，身穿黑色羽绒服，脸上没有过多的表情。

然后他回过头，看到了沈意。

"宋航？你怎么在这儿？"沈意问。

和北大不同，清华这一次参加冬令营的学生都被安排在了校内的学生宿舍，这么晚了，他居然还跑出来，是有什么事吗？

宋航手插在兜里，慢慢走近，没有回答，而是问："你现在才回来？"

"嗯……"沈意有点不自在，因为担心他追问自己去哪儿了。

好在宋航没有再说什么，而是接过了她的行李箱。两人往酒店走，沈意好奇地看他："那你呢？清华门禁应该挺严的吧，你现在出来，当心一会儿进不去。"

他们连正式学生都不是，只是来考试的，还是应该守规矩一点吧？

"我等人。"宋航淡淡道。

"等……谁啊？"

话音未落，大堂里出来两个人，一男一女，看起来和他们差不多大。他们手拉着手，虽然没有说话，但眼角眉梢都写满了难舍难分。

那男生和朋友腻歪了一会儿，转头一见到宋航就说："别催了，别催了，我马上走。"

"你还不想走也没关系，咱们俩可以在这儿开个房。反正再晚一点，进了学校，也回不去宿舍了。"

男生知道宋航在讽刺自己，因为理亏也没敢顶嘴，却忽然看到他旁边的沈意："这位是？"

"我同学，这次来北大考试的。"

男生一愣，目光落到宋航替她拉着行李的手上，恍然大悟："合着你在这儿也有人要看，那还装出一副陪我来的样子干吗？还骗了我一顿饭，未免太过阴险！"

宋航轻哼一声，没搭理他。

沈意这会儿也猜出来了，这个男生应该也是这次参加清华冬令营的学生，不知道什么原因和宋航认识了。旁边的女生是他朋友，来参加北大冬令营的，他想看朋友，又不敢一个人私自出校，所以忽悠上宋航和他一起出来。

她觉得有必要解释一下："你们好，我叫沈意，是宋航的同班同学。我也没想到他在这儿，刚才在门口偶然碰上的……"

言外之意，我们俩的关系跟你们可不一样。

女生撇清的意图太过明显，宋航抬眸，瞄了她一眼。

"沈意，你就是沈意？"一直没说话的女生忽然开口。

沈意疑惑："你是？"

女生朝她微微一笑，大大方方道："我叫谢曼婷，是你的室友。我报到的时候看到你的名字了。"

沈意没想到会在这里先遇到室友，有点意外地和她握了握手。

"哇！"那男生吹了声口哨，撞撞宋航的肩，意有所指，"咱们这么有缘分啊？"

沈意来不及分析他在暗示什么，谢曼婷已经挽住她的胳膊，笑吟吟道："行了你们俩，赶紧回去吧。别一会儿真进不去了，又没带身份证，我们的房间是不会提供给你们打地铺的。"

简单登记后，沈意被谢曼婷带回了她们的房间。

在路上她告诉沈意，别的学生都已经到齐了，一共296个人，全部订的标间，两人一间，现在整个酒店住满了来考试的学生。

会议中心内部的装修风格偏中式，客房也差不多，沈意进去后发现靠走廊的床已经被谢曼婷占了，于是自然地睡到了窗边。

简单收拾了下后，她坐在柔软的床垫上，周身充满了一种大战之后的疲惫。本来都想直接栽倒睡下了，手机却忽然在包里振动，她猛地想起来一件事，连忙把手机翻出来一看。

"你到酒店了吗？"

是肖让发的消息。

圣诞节第二天，肖让白天来上了课之后，晚自习还没结束就提前走了。沈意知道他买了当晚的机票飞云南，第二天就要回组继续拍摄。但他离开的日子，两人还是在继续联络，并且比之前更加频繁紧密。

沈意因为要准备冬令营，分不出心，所以大多数时候都是肖让主动找她。不过他时间也有限，1月初《长生》剧组结束了云南的外景拍摄，转战象山影视城，肖让的艺考老师也重出江湖，跟去那边一对一辅导。两人每天说得最多的就是学习有多忙碌多辛苦，肖让备考之余还得工作，辛苦程度更是翻倍。沈意心疼之余，又忍不住暗自庆幸，自己好歹只用学习，不用每天被吊起来打。

肖让后来得知了她这种心态，气得在那边大呼她无情无义。

当然，他也知道沈意这几天要来北京，除了提前叮嘱了一些关于天气的注意事项，还要求她到了跟他报平安。沈意下飞机后发了消息给他，后来见到爸爸，心情太复杂也就把这件事给忘了。

她回道："我到酒店了。"

肖让回得很快："现在？这么晚吗？"

"嗯，中间去吃了个晚饭。"沈意不想多说，岔开话题，"你呢，收工了吗？"

"没有，早着呢。今晚拍大夜，我中场休息，在等他们调光。"

拍大夜啊，那岂不是又要熬通宵了。

沈意咬了咬唇。她觉得自己今晚情绪特别脆弱，在外面时还能强行忍耐，现在看到他的话，眼前浮现他的脸，忽然就有一股强烈的冲动。

她想见到他，想他可以出现在自己面前……

"你这个戏，要拍到什么时候啊？"

她没控制住，还是问出了口。经过校庆那次，肖让杀青之前绝不可能再回学校了，他们想再见面，怎么都要等这部戏拍完。

"2月初吧。我的合同上签的是90天，到时候没拍完的话，赶也得赶完，后面还有别的工作，不能撞。"

2月初，那就还有大半个月，而且有别的工作的话，杀青了也不一定回学校。沈意只觉一颗心沉沉坠下去，往后一仰，躺倒在床上。

肖让又发了几条消息过来，她都没有看，直到那边终于耐不住了。手机再次振动，却是他直接打了电话过来。

中间有次聊天时，肖让问了她的手机号码，但这还是他第一次给她打电话。沈意迟疑一瞬接起来，听到熟悉的声音："怎么了，干吗不理我？"

沈意侧身，透过半透明的窗帘看着外面的夜空："你又说了什么？"

"你没看啊？也没什么，我就是问你，怎么突然打听我的杀青时间，有什么事吗？"

"没什么事，随便打听的。"

"真的？"

"真的。"

他追问不停，沈意有点烦了，最后一句话几乎是负气说出的，可说完又不知道自己在生气什么。

肖让不回来，她又有什么资格生气……

肖让叹口气："这样啊。我还以为你想见我了，想说这次回北京，我们见一面呢……"

沈意一愣，几乎不敢相信自己的耳朵："你说什么？你要回北京？什么时候？"

"就这几天。"肖让说，"回来参加几个颁奖礼，假都请好了。哎，你是不是一点都不关注我，网上应该早就有名单流出去了。"

最后一句话带点幽怨，似乎在心里憋了很久。

是吗？她不知道啊。最近备考，她都小半个月没登过微博了。

不过现在没空想这个了，沈意脑子里只有一个念头，他要回北京了，就在这几天。

所以，她很快就可以再见到他了。

她的嘴角忍不住提起来，却忽然看到卫生间的门推开，谢曼婷洗漱完从里面出来。她忙说："我要休息了，不跟你说了。"

女生问完就跑，肖让也没跟她计较："好，考试加油。我等你的好消息。"

沈意抿唇："嗯，我会加油的。"

挂了电话，她靠在床头，还忍不住想笑的冲动。谢曼婷好奇道："你在和宋航打电话吗？"

沈意不明白她怎么这么问："没有啊。和一个，朋友……"

朋友。

谢曼婷挑挑眉毛，笑成这样，这个朋友看起来很不一般。

因为前一晚迟到了，第二天早上，沈意终于见到了这次冬令营的学生们。

平时用来上大课的阶梯教室里，满满当当坐着几百个人，沈意进去的时候老师还没有来，同学们正在聊天，见到又有新人来，还是昨天没见过的面孔，许多人都投来好奇的目光。

沈意迎上众人的注视，想到这些就是从全国各地选拔出的"大佬"，顿时头皮有点发麻。

谢曼婷明明只比她早到了半天，却像是已经如鱼得水了，边走边给她介绍："那边那个长头发的女生是哈三中的，那个男生是北京四中的，那两个一个是长郡的，一个是雅礼的，还有那个，厦门一中的。至于我，我是青岛二中的。你呢？"

沈意听完一长串如雷贯耳的高中名字，点了点头，说："嘉州七中。"

谢曼婷当然也听过嘉州七中，一拍手："对，你看我这脑子。你是宋航的同学，当然也是嘉州七中的了。"

沈意已经知道谢曼婷的朋友曾鹏和她一样都是青岛二中的，同时，曾鹏也是二中的奥数选手，跟宋航是在比赛时认识的，没想到这次冬令营又撞到一起了。

两人找了个空位置坐下。谢曼婷说："我以为冬令营比夏令营竞争小一点呢，没想到来的人都好厉害，你知道吗？还有一个全国十佳小作家呢。"

能来参加冬令营的，多多少少都有一些竞赛成绩，沈意是"《语文报》杯"作文大赛的一等奖获得者，还有全国中学生英语能力竞赛的一等奖获得者，但也就仅此而已了，她在竞赛上下的功夫不算太多。至于那个十佳小作家，她高二的时候也想过要参加评选，但难度太大、要求的材料太多，她实在抽不出空。周静书倒是有一个提名，当时已经要了她半条命了，没想到这次能在这里见到一个获奖的。

不过谢曼婷说别人厉害也算了吧，沈意刚听他们聊天已经得知，谢曼婷是他们学校模拟联合国的成员，还带领学校取得了国际中学生华语辩论赛的金牌。而且她口语相当好，沈意第一次听到她的英语发言时，实在没忍住在心里想：肖让，我见到你的姐妹了！

想到这些人就是自己此次的对手，沈意感觉肩头仿佛有两座大山沉沉压下来，终于对这一次的考试有了最真切的紧张。

Chapter 7

沈意度过了有史以来压力最大的三天。

第一天所有人集合后，学校组织他们参观了北大。沈意上次来是春天，这次换成了冬天，优雅的民国建筑、现代化的高楼都矗立在寒风中，未名湖更是早已结冰，许多学生在上面滑冰，嬉笑打闹，无惧严寒，充满了蓬勃的生机。

行走在这里，你会真切地感受到，这便是我们国家的最高学府。你所见到的每一幢房子都有故事，从每一个不起眼的角落都可能会发现，那些曾在课本上出现的民国大师们留下的痕迹。

无处不在的厚重历史和底蕴。

同行的同学里很多是第一次来北大，都很兴奋，沈意却没有太多心情。北大十年间有了许多变化，但主体结构和建筑还是跟当年一样，这一路参观过来，总是让她忍不住想起十年前，爸爸带自己来的场景。

好在大家也都明白，参观是次要的，真正重要的还是考试。

按照安排，18日报到，进行校园文化体验，19日和20日则分别进行笔试和面试。晚上在食堂吃饭时，谢曼婷忍不住和沈意讨论起了明天可能会出的题目。

沈意咬着筷子："我学姐参加过上一届的夏令营，她是考古营，遇到的最让她印象深刻的题目是，请解释一下'上善若水'里的'水'是什么……"

谢曼婷打了个寒噤："可以想象。这种考试的出题风格和自招差不多，都是一些很神经很变态的题。有个国际关系营的学长也跟我说过，他当时面试时被问了对时下中东关系的看法，这已经是他们那一届最正常的题目了。"

旁边几个同样是冬令营的女生，吃完饭恰好路过，听到她们在说这个，立刻凑近加入："你们在聊题目啊？怎么能少了最经典的那个呢，'你认为井盖应该是圆的，还是方的？'我第一次听到时心说你可弄死我吧！"

"还有还有，老子和孔子打架，你会帮谁？"

那个雅礼的女生立刻举手："这个我会！帮老子！"

"为什么？"大家异口同声。

女生理直气壮道："当然是因为孔子的儒家文化讨厌死了！"

众人哄笑，哈三中的女生说："你有种！如果到时候你敢这么跟老师说，我就服你！"

女生吐吐舌头，很明显只敢过过嘴瘾。

这么闹了一会儿，有个来自泰州中学的女生叹口气："其实这种都算好的了，至少可以瞎编。我有个学姐参加过某一年夏天的哲学营，面试题目你们绝对想不到。她走进去，面试老师拿了一本书问她，你看过这书吗？我学姐没看过。"

她说到这里戏剧性地停住，大家顿时高悬着心追问："然后呢？"

女生耸耸肩："然后，就凉凉了。"

妈呀，这也太狠了！

能被选到这里的，都是同龄人中的佼佼者，看彼此时难免有一点学霸和学霸的惺惺相惜。而且虽然大家是对手，但由于要面对的敌人太过可怕，反而生出一种组团打怪兽的悲壮感，让那点竞争感也不明显了。

哈三中女生拍拍沈意和谢曼婷的肩膀："祝你们好运，也祝我们好运。咱们大家，自求多福吧……"

这天晚上，沈意失眠了。

大概是见到了这么多优秀的对手，她开始真正地怀疑自己。从往年的题目就能看出，出题老师的思路天马行空，考什么都有可能，看的就是你的知识面够不够广，应变能力够不够强，但这两样即使你都有了，还要看你是不是足够幸运。

如果像那个哲学营的学姐那样，碰上自己毫无准备的题目，这么长时间的辛苦就全白费了。

　　沈意从来不觉得自己会是幸运的那个，而如果要比课外知识的广博，这里恐怕绝大多数人都比她要强。她一直以来就是闷头读书，靠成绩被选上了冬令营，但并不是所有人都是这样。比如谢曼婷，她的成绩也很好，可课外实践更优秀，她还跑去过国外参加英文辩论赛，论见多识广，肯定比连国都没出过的自己厉害很多……

　　就这样迷迷糊糊的，她也不知道自己什么时候睡着了，等第二天早上起来，眼睛都有些发红。

　　谢曼婷洗脸时看到了，问：“你没睡好吗？”

　　沈意不语，谢曼婷拍拍她肩膀，理解道：“安心啦，我也没睡好。”

　　不管睡没睡好，试都得考。这天下午，沈意就顶着发红的眼睛，踏进了笔试的考场。

　　之前大家讨论得更多的都是面试题，但其实笔试题目也不遑多让，沈意自认为这段时间已经做了足够的准备，看到试卷时还是不由得愣了一下。

　　这个英语阅读，词汇也太超纲了吧，根本不懂什么意思……还有这个数学题，真的不是理科标准吗？这个知识点绝对是大学的……不不不，这些都不是最狠的，这段语文阅读……这应该是汪曾祺的文章，她之前读过一次，但现在是什么情况，他们居然随机抽掉了其中的一些词语，然后让她来填空？

　　语文也完形填空？

　　沈意考得简直怀疑人生，等终于做完那三大张密密麻麻的卷子，走出考场时还觉得恍惚。

　　不过有这个感觉的并不止她一个，人人脸上都是一副惨烈的表情，谢曼婷更是从后面一把抱住她，惨呼：“我死了我死了我死了！我好多都不知道，考得一塌糊涂，这次真的死定了！”

　　沈意闭上眼，心说，难道你以为我就没有死吗？！

　　因为感觉太糟糕，这晚谢曼婷要求出去吃顿好的。校外的小吃店里人声鼎沸，烤鱼在铁板上咕噜咕噜冒着泡，她和沈意坐在一起，对面是被谢曼婷一个电话从隔壁叫出来的曾鹏，以及作陪的宋航。

　　清华的考试明天才开始，所以曾鹏看到谢曼婷的表情，心惊胆战地问：“真的很难吗？”

　　“特别难，汪曾祺那篇文章我读都没读过，居然让我填空，我真是崩溃了……沈意倒是读过，不过好像答得也不太好……”

是，她虽然读过，但也只是看了一遍，又没有背诵，怎么可能还记得住？真的填时也只能全靠语法和直觉了。

刚才两人已经上网搜过原文，各自对了一半，半斤八两，谁也别笑谁。

大概是看两人太丧，宋航说："你们也别想太多。你们考得不好，别人也不好，谁输谁赢还不一定呢。"

现在也只能这么想了，谢曼婷叹口气。好在她向来自我调节能力不错，又丧了一会儿就甩甩脑袋，让自己振作起来："不管了，是好是坏都考完了。咱们还是吃饭吧，我要吃那块鱼，你给我夹！"

她撒起了娇，曾鹏有点不好意思地瞄宋航一眼，手上却听话地给她夹了鱼肉，还细心地把刺剔掉了。

沈意也看着铁板，一尾清江鱼红通通，鲜香诱人，她却怎么也打不起精神。

笔试已经结束，的确是好是坏都已经注定了，但明天就是面试了。和清华的单人面试不同，北大实行的是"组面"，五人一组，同时进行。今天名单已经出来，她和谢曼婷恰好也分到一组。

沈意看到名单时就心头一紧。

她擅长的是闷头做题，对这种需要在老师面前表现自己的形式不是很熟悉，但谢曼婷很明显是相当擅长的。再加上她英语口语还好，沈意和她分到一组，被比下去的可能性实在太大。

如果同一组里再多来两个表现得好的……

她眼前忽然一晃，是宋航用公筷给她夹了一片藕："别想了，吃东西吧。"

男生眼眸乌黑，有隐隐的安抚。

谢曼婷一边吃鱼一边看他们，嘴角藏不住笑容。沈意忽然有点不自在，说了一句"谢谢"，低头吃藕。

服务员恰好过来帮他们换茶，听到几个人的谈话好奇地问："你们是来考试的啊？冬令营？北大还是清华？"

谢曼婷回答："我们俩北大，他们俩清华。"

服务员打量一下饭桌上的四个人，"扑哧"一声笑了："怎么又是清华北大的组合？每年都能见到几对。你们之间是有什么磁场互相吸引吗？"

沈意一愣，然后才明白她的意思。他们四个人这样聚餐，曾鹏和谢曼婷又举止亲密，在外人看来就好像两对情侣约会似的。连陈瑶瑶都知道，清华男和北大女是经典组合，服务员在这里工作，肯定见得更多，所以会有这样的调侃。

隔着袅袅白气，她的目光和宋航撞上。男生的眼睛仿佛6月的湖面，平和而沉静，她却像是受到什么刺激，有点慌乱地躲开了。

这天晚上，谢曼婷早早就睡了，沈意睡了一会儿却觉得肚子有点难受，还以为是例假来了，跑到卫生间一看又没有。她坐在马桶上，两手托腮呆呆看着镜子里的自己，觉得她这段时间可能真的压力太大了。

她的例假都两个月没来了，这期间有好几次腰酸肚子痛，她都以为要来了，结果全是假信号。拖到现在，她反倒庆幸今晚没来，怎么着也等她把明天的试考完吧。

北方的酒店里有暖气，她只穿了睡裙也一点不觉得冷，觉得很舒服，干脆就这么坐在那里放空。直到手机再次振动，她看都没看就接起来，听到那边问：“你在做什么？”

是肖让。

沈意看着镜子里自己的状况，忽然不知道怎么回答。

那什么，我在厕所，检查我大姨妈来了没……

“喂？你在听吗？”那边追问一句。

沈意回过神，想了想，说：“我洗漱完，准备睡觉了。”

“哦，那我是不是打扰你了？”

“也没有，你等我一下……”

沈意从马桶上站起来，整理好睡裙，出去一看谢曼婷已经睡着了。她怕吵醒她，拿了件外套就悄悄出了门，一路走到走廊尽头的封闭小阳台。

“我室友睡了，我出来跟你说。”

肖让在那边似乎笑了：“你室友都睡了，那你怎么不睡啊？”

“我睡不着。”沈意说，“我现在脑子里全是明天的考试，跟你聊一聊别的也好。”

她提到考试，肖让说：“对，我正想问呢，你今天是笔试，对吧？”

沈意沉默。肖让这才反应过来她刚才说了什么，也沉默了一瞬：“不好意思。我今天连拍二十个小时，现在脑子不太好使。您体谅一下。”

沈意疑惑：“连拍二十个小时？你还在拍戏吗？不是说要回北京参加颁奖礼吗，到底什么时候？”

“干吗，着急见我啊？”

这口气有点暧昧，沈意咬唇不作声。肖让也回过神来，轻咳一声，佯装无事道：“我还没回北京，不过也差不多了。”

低垂的夜幕下，肖让穿着黑色羽绒服站在停机坪上，夜风凛冽，吹乱着他乌黑的头发。他回头，看到不远处的摆渡车外挤满了跟到关内来送机的粉丝，小女生们一见他回头，立刻挥舞着写着他名字的手幅，嘴里喊道："小让再见！"

"弟弟再见！"

"我们在北京等你！"

他朝她们挥挥手，笑容灿烂，如同夜色中最亮的光。

然后他转过身，一边走上飞机，一边继续打电话："我在机场，二十分钟后的飞机飞北京。很快，我们就又在一片蓝天下啦！"

他今晚就要来北京了？

沈意心中一喜，怕表现得太明显，强行克制着说："这样啊。那接下来几天，某人就当不成大侠，要回到我们平凡人的世界了。"

也不知道是不是肖让太入戏，他在拍《长生》期间，经常以少侠、大侠自居，沈意听多了，有时候也会忍不住调侃他。

果然，肖让闻言叹口气，仿佛真的无限惋惜："没错，本大侠要暂时回归普通人的世界，不过请江湖豪杰们放心，很快，我又会回来的！"

沈意被逗笑了。她靠在阳台的门框边，透过密封玻璃看向外面的街道，霓虹灯闪烁，时而有车辆穿行而过，她轻声说："你们男生都这么二吗？要演大侠，要当超级英雄……"

之前他们视频那次，他说过，演一次大侠是他职业生涯的目标之一，为此都不介意现在武侠剧遇冷，他付出心血的这部戏播出后极有可能并不会红。这执念简直让沈意感动了。

肖让陡然遭到这种评价，不满地抗议："这怎么是二呢，这是有追求！不过你说得对，也就是咱们拍英雄片不行，否则我其实也很想演钢铁侠的……"

说话间，他们已经进了头等舱坐好，空姐笑容甜美地问好。蒋文昌听到他的话，震惊地转头看他，真是小小的年纪就有大大的梦想啊，还想演钢铁侠！你怎么不再说点别的啊，美国队长演吗？

肖让胡说八道了一通，忽然也笑了："但钢铁侠这辈子是没可能了，大侠还是可以演一演的。你也别装惊讶，我不信你小时候看武侠片，没想象过自己是里面的女侠！"

沈意沉默，肖让敏锐地发现了问题："你小时候没看过武侠吗？金庸，或者古龙？他们的小说，还有小说改编的电视剧，都没看过吗？"

"我不怎么看小说，电视剧也不太看。"

沈意说着就有点心虚。她一直知道自己是个无趣的女孩，只会学习，不会玩耍。

肖让无语片刻："那你真的错过了一些很有趣的东西。"

听语气，他是真的替沈意可惜，这也让她好奇起来："是吗？说起来，我都不知道你接的这部武侠剧到底是讲什么的，还有男主角谢长生，他是个怎样的人啊？很厉害吗？"

《长生》是原创剧本，并不像现在很多剧有原著小说，所以连铁粉们对具体剧情都只知道个梗概，每天靠着各种透露出来的图片看图说话。

而沈意也忽然发现，自己虽然听他念叨了这么久，但其实也不清楚他正在饰演的这个角色到底是什么样子的。

他这么喜欢这个角色，一定有他的过人之处吧。

"谢长生是一个，孤勇的人。"肖让想了片刻，慢慢说出一句，"他是一个少年侠客，当然很厉害，但这不是他最重要的特征。他最重要的特征是，有自己心中的正义，他也一直坚持这种正义。可惜世道混乱，他并不能通过光明正大的方式实现自己的正义，所以，只好采用别的办法。你看过蝙蝠侠吗？算了，你肯定也没看过，就像蝙蝠侠、佐罗，还有罗宾汉，我觉得侠义是中国人的混乱正义。仗剑独行、济人困厄，是另一种超级英雄。"

沈意第一次听肖让这么正经地说一大段话，好像只要聊到他的角色，他整个人就燃烧着热情，让人心折的热情。

许久，她轻声道："听你这么讲，我很期待，期待看到你的谢长生……"

肖让话锋一转："不过，谢长生有他的正义，我也有我的正义。你知道我现在的正义是什么吗？"

"什么？"

"我的正义就是……如果你实在不想考试，或者考得要哭鼻子了，跟我说一声。本少侠这就踩着七彩祥云火速赶到，拯救你这个小女子于水火！"

"谢谢，但是不用了！"她没好气道，"小女子现在要睡觉了，少侠晚安！"

她说完就挂了电话，却没有立刻回房，而是捏着手机靠在墙边微笑。

他在拍自己心爱的角色，她也在为梦想的大学奋斗，她忽然又充满了勇气，感觉明天无论发生什么都无所畏惧！

那一边，肖让已经戴上眼罩，准备舒舒服服在飞机上补一觉。

蒋文昌旁听完他打电话的全过程，悄声问罗成道："你最近都跟着他，了解到什么情况了吗？他跟那个女生……到哪一步了？"

罗成也小声说："我觉得，还没起步……"

没起步？就是说毫无进展吗？

蒋文昌震惊。自从上次的事后，他就坚信肖让和那个小班长绝对有问题，但他也不想在这件事上插手太多，要是影响了自己和肖让的关系就得不偿失了。

只是刚才恰巧听到他们打电话，那口气让他以为在他不知道的时候，他们的关系已经有了突破性进展，但原来只是在暧昧吗？

蒋文昌捏捏额角，觉得自己可能真的不懂现在的年轻人。

虽然说了无所畏惧，但第二天上午，沈意站在面试教室外面时，还是感觉到了一种从头蔓延到脚的紧张。

面试从早上9点开始，五人一组，他们排在第十一组。除了沈意和谢曼婷，小组里还有一个女生和两个男生，之前也都是打过招呼的。

那个女生一见沈意就说："你们吃早饭了吗？我紧张得什么都吃不下，怕吃了待会儿进去会吐！"

沈意没有她那么夸张，但也是喝了半碗粥就没胃口了。往走廊左右一看，只见这里挤满了等待面试的学生，大家或坐或站，还有人干脆直接坐在了地上。衣着却出奇地统一，女生白衬衣搭配黑色及膝裙，男生则是白衬衣配黑裤子。

沈意也是这个打扮。因为这大概可以算是她人生第一次重要的面试，出发前乔老师特意叮嘱了她，这条裙子也是专门为面试买的，就为了显得稍微正式一些。看来全国各地的老师教的都差不多。

等待的时候，大家也没有闲着，有的人拿着几页纸，有的捧着一本厚厚的书，都在争分夺秒地背诵着什么。但到底在背什么呢？沈意一开始不明白，他们连题目都不知道，考试范围也没有，无论现在背了什么，十有八九也是用不上的。难道还指望现在背的题目恰好一会儿就考到吗？那概率也太低了。

但当她在外面坐着，看到一组又一组的人进去又出来，感觉时间一分一秒流逝，越来越坐立不安时，终于懂了那些人。

无论背什么，无论背了有没有用，给她一点事情做吧。这样至少感觉自己还在做最后的努力，而不是像个傻瓜一样，坐在这里等待一个注定的结果。

就在她感觉快要窒息了时，教室的门再次被推开，前一组出来了。

沈意认出中间那个是和她讨论过题目的雅礼的女生，她一出来就哭了，蹲在地上，谁劝都不理，沈意走过去时恰好听到她说："我知道的。我没有反应过来。那个题目我知道的……"

她大概猜到了，应该是她太紧张，发挥失常了。面试时这种情况经常发生，面对几位面试老师带来的高压，明明平时能答出来的题目可能也答不出了，这次考验的也是学生的心理素质。

沈意觉得舌头都发麻了，却听到里面说："第十一组。"

她深吸口气，默念一句："死就死吧！"就和大家一起走进了教室。

教室很大，空荡荡的，没有摆放太多的东西，只在靠窗的位置放了几张办公桌，后面坐着两男一女三位老师，而他们五个人站成一个横排，面朝老师们。

在这个角度，那股威压感果然更强，大家连呼吸都轻了。

最中间的女老师见状微微一笑："别紧张。刚刚那女孩就是太紧张了，出去都哭了，是吧？我们不吃人的。"

她说了个笑话，大家却笑不出来。老师们大概也明白，简单问了一下每个人的姓名、学校等个人情况，然后问："你们喜欢看书吗？"

这是什么问题，学霸还有不看书的吗？

其余人还在疑惑，谢曼婷已经落落大方道："喜欢。我平时除了学习，也很爱看课外书，什么类型都看，散文、诗集，还有英文小说，我都读。"

老师点点头，似乎挺满意："看英文小说，那中文小说呢？"

沈意心里咯噔一下。

不会吧，难道哲学营学姐的悲剧要在他们身上重演？老师要拿出一本小说问他们看过没有吗？

谢曼婷也有点不安，老师一笑："我开玩笑的，你们今天的题目不是这个。真正的题目是，我想请你们谈一下，你们是如何理解中国传统文化中的侠义的？"

沈意一愣，本能地觉得这个问题怎么这么熟悉。再一回忆，似乎，大概，好像，昨天晚上，肖让曾经和她聊过这个话题？！

她猛地睁大眼睛，几乎不敢相信自己的耳朵。

这、这真的不是她的幻觉吗？！

其余人没她这么多想法，老师的问题一抛出来，脑子立刻飞速转动。侠义，没想到会问这个，大家拼命回忆过往看过的书籍或者影视剧，想至少提炼出一个观点。对他们来说，这种时候只要找出一个可以陈述的观点，就能立足于它，拟出一个至少说得过去的发言稿。最怕的就是像刚才那个女生那样，大脑一片空白，导致什么都说不出来。

然而还没等他们想出来，教室里就先响起了一个清亮的声音："'重信守诺，以义立身。'在我看来，这就是中国传统侠义精神的核心和根本。"

这一回，依然是谢曼婷最先开口，她还是那副落落大方的样子，带一点笑容，说："金庸先生的小说里也说过，'侠之大者，为国为民'。所以我认为，侠义之道，虽然听起来狂悖反叛，但归根究底，和中国传统文化所推崇的精神是一致的。它要求侠义之人有君子高尚的品德，仁、义、忠、信，缺一不可。要锄强扶弱、劫富济贫、匡扶正义。若国家有危难，还应当挺身而出，扶大厦于将倾。我想，也许这就是侠义精神能传承下来的原因……"

她说完后，教室里安静了片刻。

她的发言不算完美，但能在这么短的时间内组织好语言，足可见这人的综合素质。尤其是她大概猜到了老师一开始为什么会问他们看不看中文小说，还特意引了一句金庸的话，更是显出了她敏捷的反应。

旁边的人本来还指望在第一个人发言期间，完善一下自己的稿子，没想到她说得这么好，震惊之下难免慌乱，连思路都有点乱了。

"不错。谢曼婷，是吧？青岛二中的。"老师说着，在一个册子上写了句什么，然后问，"还有别的观点吗？"

大家左顾右盼、面露犹疑，正当老师眉头皱起来时，忽然听到另一个细细的声音："我认为，侠义是我们中国人所推崇的混乱正义。"

众人一愣，都朝另一边看去，只见发言的是一个长相清秀、看起来很安静的女生。

她不像谢曼婷那么自信从容，神情里透着股紧张，但说话的声音很清晰："谢曼婷同学说，侠义精神与中国传统文化所推崇的精神一致，我不同意。韩非子说过，'儒以文乱法，侠以武犯禁'。汉代也有游侠，'以匹夫之细，窃杀生之权'，这些都犯了统治者的忌讳，也与我国儒家传统文化所奉为圭臬的君君臣臣、父父子子的大义相背离，这是一种私义。但读书人一边读着四书五经、三纲五常，另一边却又对这种'私义'大加赞赏，甚至作诗作赋传颂，包括《水浒传》里面的'水泊梁山义气'，也是私义的一种。我觉得这可能是因为，无论哪个时代，这个世界上总会出现不公平的事情，总会有律法所不能解决的冤屈，这种时候就需要侠义之人的出现。就像西方的蝙蝠侠、佐罗，还有罗宾汉，这一点上中外的看法和期许是一样的。

　　"所以我认为，虽然中国传统主流是儒家的文化，但即使是在这样的基础上，人们也依然向往着侠客，向往着侠义之道，这也许才是我们直到今天依然还在讨论侠义精神的原因。"

　　沈意说完，一颗心怦怦直跳。

　　刚才这番发言是她在肖让那个观点的基础上仓促想出来的，甚至都不确定自己的逻辑是不是没问题。韩非子那句话应该没记错，至于后面那句话，她连作者是谁都忘了，现在说完也不知道到底怎么样，只能紧张地看着老师。

　　谁也没想到，这个看起来文文静静的女孩不仅发言了，居然还反驳了前一个人，一时间，大家都有点被震住。

　　没有人说话。

　　阳光透过后面的玻璃窗洒进来，教室里明媚如春，最中间的女老师打量她许久，终于露出赞赏的笑容："你叫沈意，对吗？"

　　沈意冲出考场就想给肖让打电话。

　　胸口仿佛有一团火在跳跃，她从没遇到过这种事，她觉得肖让应该也没有，现在满脑子只有一个想法，大声地告诉他："朋友，你知道你押对题了吗？！"

　　可惜话筒里"嘟嘟"的声音响了十几声，却没有人接听。沈意热血上涌的脑子稍微冷静了一点，想到他昨天半夜才回北京，那今天工作应该很多，现在可能正在忙吧。

　　她站在教学楼前，看着外面的冬日景色，忍不住露出笑容，旁边却过来了一个人。

　　是谢曼婷。

　　沈意一看到她就想到刚才面试时的事，自己因为太紧张，在想稿子时拼尽全力，发言时也跟横冲直撞的小牛似的。但她的观点恰好是对谢曼婷的反驳，应该多多少少会对她有一点影响。

　　两人这两天处得不错，也不知道她会不会生气……

　　"刚才，不好意思啊。"

　　谢曼婷闻言一愣，明白过来后洒脱一笑："没关系，我们是在竞争，这很正常。如果换了我，在那个时候发现你的漏洞，也会毫不留情地攻击你的。"似乎怕沈意还多想，她索性勾住了她肩膀，"我觉得，我们俩表现得都不错，真正可怜的是和我们同组的人。"

她们俩发完言后，彻底打断了后面的人的节奏，接下来三个同学都表现得不尽如人意，这一组突出的就剩她们两个，出来时有同学看她们的眼神都带着怨气。

沈意"扑哧"一笑："也不知道最后结果怎么样……"

面试感觉挺好的，但也不一定，搞不好别的组更好，而且还有生死未料的笔试。

不过……

"想那么多干什么！"谢曼婷欢乐地说，"我为这个考试紧张了一个月，现在总算考完了，是死是活都是下个月的事，现在我要撒开腿玩！"

有这个想法的并不止谢曼婷一个，除了在面试时表现得实在太差的，大多数同学考完后都一身轻松。再加上冬令营并不是考完了就结束，今天下午还有半天在北大活动的时间，大家都毫无后顾之忧地计划起来，甚至有同学开始组队，今晚还要夜游长安街。

沈意和谢曼婷在酒店附近的烤鱼店吃午饭时，恰好看到那个哈三中的女生和另外几个人也在。她们也发现了她们，立刻扬手招呼她们过去，严肃地问："你们晚上有安排了吗？"

谢曼婷摇头，沈意想了想："我约了人吃饭。"

哈三中女生示意她退到一边去，然后拉着谢曼婷的手，殷切地说道："既然你没安排，那你有兴趣跟我们去追星吗？"

谢曼婷迟疑了一下。

女生以为她感兴趣，热情地介绍起来："就是'微博之夜'啊，今晚在水立方举行，好多明星都去，我和谭雯喜欢的明星也在。我们已经决定要去了，你要加入吗？"

她口中的谭雯是那个厦门一中的女孩，平时都不怎么说话，谢曼婷没想到她们俩居然都追星！

"我好不容易从追星荒漠哈尔滨来一次首都北京，还赶上这盛会，绝对是天意。老天看我最近太辛苦，特意奖励我的，不去有违天意，会天打雷劈！"

谢曼婷看她说得夸张，好奇地问："你喜欢谁啊？"

"当然是最阳光、最帅气、最可爱的——肖让弟弟啦！"女生捧心，"我永远喜欢小男生，不像谭雯，居然追大叔。"

向来沉默寡言的谭雯终于抬眼，面无表情地为偶像抗争："我们江屹1985年生，目前还没过34岁生日，不是大叔。"

谢曼婷被逗笑了。她们说的两个都是热度非常高的男明星，她当然也知道，只是她没怎么接触过追星女孩，一时感到有点新鲜。

不过笑着笑着，谢曼婷忽然想起一件事："等会儿，肖让是嘉州人对吧？沈意你也是嘉州的，那你见过他吗？对了，肖让哪个学校的？"

沈意从她们提到肖让就心头一紧。她怎么也没想到，冬令营里居然也有肖让的粉丝，还跟自己说过那么多次话！

微博之夜，就是肖让说过的颁奖礼吧？不对不对，现在重点不是这个。她不敢想象，如果让肖让的粉丝知道，自己其实是他的同桌，昨晚还在跟他打电话，会有什么后果，只能在心里拼命祈祷她追得不是那么认真，并不知道肖让到底在哪儿上学。

然而，现实注定让她失望。哈三中女生看着沈意，脸上慢慢浮现出恍然惊醒的表情："对啊，她不说，我都没反应过来，肖让是嘉州七中的啊！你也是嘉州七中的，你们岂不是同学？！"

沈意沉默一瞬，强装淡定道："嗯，我们是同学，但，肖让不常来学校的，他工作很忙，你知道的。所以，我们也不怎么能看到他……"

如果换了另一个更狂热的粉丝，知道肖让在哪个班，肯定立刻就能反应过来沈意不仅是他的同学，而且是同班同学。但这女生毕竟是学霸，追星也没有花费太多的时间，闻言点了点头。

这倒是，肖让工作确实挺忙，一般同学也很难见到他吧。

不过她还是很兴奋，来北京考个试居然见到了肖让的同学，感觉自己离偶像更近了！

她还想抓着沈意问一问肖让平时在学校的细节，沈意的手机却响了，她看了一眼屏幕，立刻跟她们抱歉地笑笑，拿着手机出去了。

她站在门边，又看了两秒屏幕，接起电话笑着说："喂，爸爸，我考完了。"

大概是心情好，她的语气也比以往面对他时轻松很多。刚才她们问她晚上的安排时，她立刻想到爸爸送她来北大的那天晚上说过，考完试要请她吃饭。

全聚德的烤鸭啊，沈意其实不怎么爱吃烤鸭，但爸爸说要带她去吃，这几天她一直期待着……

但和她想象的不同，电话那边沈平的声音很焦急："喂，意意啊，爸爸打电话想跟你说，我可能要晚一点才能来接你！恬恬在外面出事了，现在已经被送去医院了，我和你周阿姨正在往那儿赶。你先自己吃点东西，爸爸这边忙完了就给你打电话！"

沈意的笑容顿在脸上，不过她马上反应过来，说："好，我知道了。爸爸你别急，恬恬怎么样，严重吗？"

"不知道呢，说是她跟朋友一起去滑冰，结果从树上摔下来了。你说这孩子在搞些什么，她是去树上滑冰吗？整天爬上爬下跟猴子似的，她要是像你那么乖，我不知道少操多少心！"沈意没搭话，沈平也顾不上了，"好了，我不跟你说了，爸爸开车呢。晚一点我会联系你啊！"

"嗯，您忙吧。我……等你联系我。"

电话挂断。

沈意听着那端的忙音，在原地站了好久，忽然想起来自己本来想告诉爸爸她面试得不错。

可惜没找到机会。

这天下午，沈意再也没有任何玩耍的心情。

她一个人待在酒店里，冬日光线晦暗，她也懒得开灯，坐在床上拿着一本书仿佛在看，但其实根本没读进去。

谢曼婷他们去中文系参观体验了，其实沈意也应该去，但她以身体不舒服为由请假了。不过谢曼婷够义气，人在外面也没忘记她，不时通过微信给她直播进度。他们那边一团热闹，更衬得酒店里孤清冷寂，沈意看着看着，忽然走到窗边用力拉开窗帘，只见灰蒙蒙的天幕下，有白色的雪花簌簌落下。

下雪了。

作为一个中部地区长大的女孩，沈意从小到大也没见过几次雪，本来应该很兴奋，这会儿却只是平静地看着。

直到夜幕降临，雪也越下越大，房间里被黑暗笼罩，她依然没有等到爸爸的电话。

沈意坐在床沿看着手机，片刻后忽然摇头笑了："我在干什么啊。"

妹妹受伤了，爸爸去照顾她是应该的。虽然他答应忙完了会给她打电话，但那么混乱的情况下，忘了也是有可能的。

自己不该这么在意，更不该傻乎乎在这里等这么久……

她深吸口气，拍拍脸让自己笑一笑，起身，决定出去吃点东西。手机却在此刻响起，她不可置信地看过去，呆了两秒才冲过去一把接起手机，连屏幕都没看一眼就说："喂，爸……"

"喂，是我。"电话那端，是肖让轻快而飞扬的声音，"你中午给我打电话了？我当时忙着采访，没看到。你考完试了吗，考得怎么样啊？"

沈意举着手机，僵在了那里。肖让的声音那么熟悉，却像一瓢冷水，让她从云端跌入谷底，也让她压抑了一个下午的委屈，在这一刻，全涌了上来。

肖让重复了两声，那边却迟迟没有声响，就在他怀疑信号不好想挂断重来时，终于听到了女生带着哭腔的声音："肖让……"

肖让始料未及，顿时也慌了："喂，怎么了，你怎么在哭啊？是面试结果不好吗？沈意，有什么你跟我说，别哭啊……"

然而他越劝，女生却好像哭得越起劲，那声音像小猫的呜咽，断断续续，让他整颗心都乱了。

他一咬牙："你在哪儿？我来找你。"

蒋文昌不可置信地看过去。他们正在礼车里，半个小时后肖让要去参加颁奖礼，红毯环节已经开始了，他却在这个节骨眼说要去找那个女生？

大哥，不带这么玩的？！

沈意也一呆。大概是哭太久，她脑子有点蒙蒙的："我在，学校安排我们住的那个酒店。就是，北邮会议中心，在北大附近……"

"好，我知道了。你等我。"

肖让说完就挂了电话，沈意看着手机，后知后觉意识到刚才发生了什么，傻眼了。

她立刻就想打过去，可不知道怎么回事，那边居然不接。沈意急得汗都出来了，肖让来找她，来酒店找她吗？那还不上头条！

而且他粉丝不是说了他今晚要去微博之夜吗？现在天都黑了，他来这里干吗！

她现在完全顾不上生爸爸的气了，甚至后悔自己刚才那么管不住自己的情绪，有些事也不是第一次经历，为什么这回一听到他的声音就想哭了，忍都忍不住，跟个小孩子一样。

如果不是这样，他也不会突然说要过来！

就在她沉浸于又急又悔的情绪里时，终于，她又收到肖让发来的短信，只有两个字：出来。

出来？出哪儿来？酒店门口吗？

她匆匆穿上大衣，捏着手机下了楼。酒店门口空荡荡的，住在这里的学生都还没回，雪花大片大片地落下来，沈意在路边站了一会儿就冻得浑身僵硬，只好一边等，一边来回走动，感觉自己的整颗心也像天上的雪花一样，飘飘荡荡没个着落。

正在她快等到崩溃时，一辆车忽然在她面前停下。没等她回过神，后车门就打开了，一只手一把把她抓了进去。

温暖的热气扑面而来，刺激得她眼眶瞬间湿润。沈意惊呼一声，下意识挣扎，却听到一个声音："是我！"

沈意身子一僵，慢慢抬起头。

车顶一盏小灯，泄出橘黄色的灯光，肖让就沐浴在这暖光中。大概是马上要去参加颁奖礼，他全套正装，纯黑西服搭配同色领结，剪裁得体的布料勾勒出他的窄腰长腿。这打扮有点眼熟，她想起上一次她在嘉州的红毯上远远看到他时，他也是类似的打扮。

但不同的是，这一次肖让还在胸口佩了枚钻石胸针，小巧的罗盘形，顶端一个铂金王冠，在灯光里闪烁着低调而矜贵的光芒。

"肖让……"

灯光里，女生双眼湿润，肖让见状不禁问："怎么还在哭啊？冻着了吗？主要是我们不敢多停，只能让你出来等着了。暖气再开大一点。"最后一句是吩咐副驾的。

沈意摇摇头，想说自己不冷，现在的眼泪也不是因为难过，可还没开口，泪水就倏地落下。

她伸手去擦，眼泪却越掉越多，她只好把手背贴在眼睛上，徒劳地解释："没有，你不要误会……我没有难过……不，我本来很难过的，但现在不难过了。真的。我看到了你，就不难过了……"

在她最委屈的时候、最无助的时候，他忽然出现。

就像他说过的侠客那样，从天而降，将她从冬日的风雪中一把拽入暖春，所有的委屈也如冰雪般消弭无踪。

她一点都不难过了，相反，她觉得很高兴。

她从没想过，他会这样过来找她……

女生捂着眼睛哭泣的模样像一个小孩子，肖让沉默片刻，没有去追问她刚才为什么难过，只是把手放在她肩头，柔声说："不难过就好。想哭就哭吧，哭完了，那些事就都不重要了……"

他的话语仿佛某种催化剂，很快，车厢内只有女生的抽噎声，还有男生不时响起的安慰声。

不知过了多久，另一个声音也响了起来，仿佛终于忍不住了："咳咳，那什么，咳咳……"

沈意愣愣抬头，这才发现原来车里还有别人。蒋文昌坐在副驾驶座上，半回着身子表情微妙地看着他们，不知道已经旁观了多久。

见她看过来，他指了指肖让的衣服："我真的不是故意打断你们，只是想提醒一下。这西服是跟品牌借的，穿完了还得还，八万多，祖宗，不能弄脏……"

八万多？！

沈意这才发现，自己哭得太投入，也落了一些眼泪在肖让衣服上。她吓得立刻不敢哭了，还往后退了退，生怕再把眼泪弄上去。

肖让白了蒋文昌一眼，一脸大方地说："随便哭，大不了哭坏了我把它买下来。别怕。"

哭坏八万多的西服，然后让肖让买下来？这种事情沈意光想想就要窒息了。况且她连哭两场，也实在是哭不动了，抽了张纸巾擦擦眼睛，和他分开一点坐好。

大概是因为冷静下来了，她的脑子也慢慢恢复清醒，开始觉得不好意思。她用余光偷觑车内，发现这是一辆商务车，车厢内部很宽敞，米色的真皮沙发柔软舒适，地上还铺着地毯。而除了司机和副驾驶座上的蒋文昌，他们后面还有一排，坐着一个三十出头的男人和两个年轻女人，他们都感兴趣地打量着她。

沈意的脸瞬间爆红。刚刚，她那一顿哇哇大哭，这些人都看到了吗？！

她忍不住扯扯肖让的袖子，低声说："怎么、怎么会有这么多人啊……"

肖让眨眨眼："我今晚有活动啊。哦，你还没见过他们。"他指着那些人给沈意介绍，"这位是负责我的宣传工作的姗姗姐，这是化妆师小雨姐，还有这位是摄影师梁哥。文昌哥你上次见过了，我就不介绍了。"

沈意惊呆。他不就去个颁奖礼吗，随从的工作人员居然这么多！

不过，她也立刻反应过来，看这架势，肖让肯定是在去颁奖礼的路上。所以，刚才他就是载着这一车人在去水立方的途中掉转方向，跑过来找自己吗……

沈意只觉得头皮瞬间发麻，不敢想象这些人此刻都在想些什么，那位姗姗姐却笑着和她打招呼："你就是小让的同学吧？初次见面，你好啊。发生什么事了，小姑娘这么难过？"

她突然发问，沈意下意识不想说真实的原因，但大家都看着她，肖让虽然没说话，明显也是好奇的。她心一慌，匆忙间只找出一个理由："我、我可能考不上北大了……"

因为没怎么撒过谎，她甚至脸红了，顶着满脸泪痕，让人感觉她仿佛伤心得快晕倒了。

大家沉默。

他们只知道是来北大对面接人，并不知道原来她就是来考北大的，更没想到原来这女孩哭成这样，居然是为了可能上不了北大。

这是什么高级苦恼？！

肖让却有点惊讶："真的是考试啊？你们已经知道成绩了？可是，你昨晚明明还很正常，难道是……今天的面试不好？"

沈意心想今天的面试特别好，你还押对题了呢，但面上只能假装悲伤地点了点头："没出成绩，但，我觉得不太好……"

肖让一时无言，片刻后拍拍她的肩膀："也不一定啊。你先别这么难过，结果还没出来呢，万一到时候你考得挺好，那不就白哭了吗。"

他安慰她，沈意顺势而下，轻轻"嗯"了一声。

车内沉默片刻，沈意看着外面不断闪过的景物，说："既然你还要工作，那随便在前面哪儿放下我吧。我可以自己回去。"

肖让诧异："你要回去？"

沈意以为他担心她不认路："放心，我打个车就好了，我们也没有离开太远。"

她现在觉得肖让真的很够义气了，听到自己哭了，不顾工作也跑来安慰她，但她不可能真的让他不管后面的事。别的不说，她的同学们还在颁奖礼上等着他呢！

虽然这么久才再见到他，她其实很舍不得就这么跟他分开……

女孩的眼睛还有点湿漉漉的，像刚从水里打捞出来的月亮，肖让看了两眼就不敢再看。

他转头望着前方的挡风玻璃，雪花大片大片落下，北京今年的初雪来得如此突然，就像她一样。他本没有计划要在今晚与她相见，但既然已经见到，他就不想一切也结束得这么突然。

他想留住这初雪。

沈意等了片刻，忽然听到肖让说："你面试完了就没别的事了，对吧？"

沈意点头。

"那想不想跟我去玩一玩？"

沈意一愣，试探道："你的意思是……"

男生看着她，乌黑的眼眸中带着丝丝诱哄的意味："我马上要去微博之夜，你知道微博之夜吧？就是微博搞的一个年终盘点盛会、颁奖礼，会有很多很多的明星。你还没去过这种场合吧，想不想看看，我们娱乐圈的盛会都是什么样子的……"

沈意目瞪口呆。

她怎么也没想到，肖让居然要带她去颁奖礼！她以为他半道来看她就是极限了！

沈意本能地就想拒绝，但看着他西装革履的样子，忽然顿住。

她不好奇娱乐圈的盛会是什么样的，但她好奇他在这些活动上是什么样子的。几个月前，她在红毯上和他遥遥相望时，生平第一次，感觉自己和他前所未有地遥远。

那段红毯仿佛银河，隔开了她与他。但她想要靠近他。

她想看到，他的生活里没有她参与的另一面是什么样的。

好一会儿，她小声问："我，真的可以去吗？"

肖让刚想回答，却意识到她这话不是问自己，转头看向蒋文昌。经纪人在肖让大方邀约的时候不置一词，此刻听到女生的问题，深吸口气，露出个假笑："当然，你可以拿工作人员的手环进去。"

还问什么问！早在肖让坚持要来见她的时候，他就猜到他不可能见一面就完，提前做好心理准备了！

沈意不知道经纪人的内心活动，只是欣喜于自己居然真的可以和肖让一起去微博之夜。

汽车行进在飘雪的街道上，很快，就遥遥看到了一个熟悉的建筑。

巨大的立方体矗立在天幕下，在夜色中闪耀着深蓝的光，远远看去仿佛一望无际的海洋，上面一圈一圈的纹路，是海上的波浪。

这就是水立方，前方更远一点的是鸟巢。沈意在电视上看到过，知道这是2008年北京奥运会的游泳比赛场馆，原来这里还可以搞别的活动啊。

一接近现场，车内的气氛顿时一变，蒋文昌说："我们有点迟了，好在提前跟主办方那边打了招呼，现在红毯环节还没结束。一会儿我们下车，一切按老规矩。"他看向沈意，"但你就不要跟我们下去了，你还是在车里，司机会带你去大门。躲好一点，不要被拍到，知道吗？"

沈意听出他的担忧，连忙点头，表示自己会很听话。

她忍不住又觑了眼肖让，却发现他正隔着车窗望向外面。红毯已经近在咫尺，可以看到两侧的人山人海，隐约还能听到欢呼声。大概是觉得身体有点僵，他随意转了转脖子，表情里属于他的轻松活泼一点点退去，取而代之的是唇畔自信飞扬的笑容。这样的他有点陌生，就好像是随着距离的靠近，他身体里的某个开关也随即打开，进入了工作状态。

礼车终于在红毯前端停下，所有人集体从不会被镜头拍到的另一侧车门下车，摄影师准备好机器，蒋文昌去红毯前检查签名的笔，确认无误后，姗姗姐这才走过来，替肖让开车门。

就在车门打开的前一瞬，他忽然转过头，朝沈意笑笑："一会儿内场见。"

不等沈意回答，车门打开了。

欢呼尖叫声潮水般涌来，镁光灯不断闪烁，沈意吓得往车内缩，而肖让系好西服扣子，微微弯腰走下了礼车。

漫天雪花纷飞，姗姗撑开一把透明雨伞挡在他头顶，他却挥手示意不用。地毯是热烈的红色，肖让一身纯黑西装，就这样站进冬日的初雪里笑着朝两侧挥手。

媒体不断招呼他，粉丝呼喊着他的名字，热情地表达爱意。忽然有粉丝冲到了前面，举着手机想和他自拍。肖让挑挑眉，仿佛有点惊讶，却配合地凑到粉丝身边，冲镜头露出了灿烂的笑容。

红毯、黑衣、白雪，如此极端的三种颜色冲撞在一起，却又如此和谐，构成了一幅仿佛油画般的浓烈画面。

礼车转过弯，越开越远。

沈意趴在窗边，睁大双眼定定看着红毯上的肖让，直到人群阻隔她的视线，什么也看不清楚。

大概是担心沈意这边的情况，蒋文昌很快就来和她会合，有他的带领，他们很顺利就从大门进去。沈意还沉浸在刚才看到肖让走红毯的震撼中，有点心不在焉，蒋文昌却在看她。

蒋文昌现在的心情可以说是很复杂，虽然他是不排斥肖让谈恋爱（因为排斥了也没用），但现在是什么情况？现在就是他最怕的情况！把人带到工作场合，还是这种媒体和同行云集的颁奖礼，实在是太过危险！

那些私生活很放纵的男明星都没做过这种事，他就知道，小男生疯起来要命！

不过好在这女生看起来很乖巧懂事的样子，而且虽然她说自己可能考不上，但既然能来北大考试，那肯定就是个学霸。有脑子的女孩一般都知道分寸，蒋文昌稍稍放心，不过同时又有点惊讶。

其实第一次看出肖让和她的暧昧时，他就觉得惊讶，因为这女孩的长相虽然不难看，但也就是清秀，在普通人里也许还算可以，但放到美女如云的娱乐圈就真的比路人还路人了。肖让居然没有和女明星或者网红嫩模勾搭上，而是喜欢上了她，这实在是大大出乎蒋文昌的意料，难不成他小小年纪，居然还学会看内涵了？！

真是让人刮目相看。

不过该叮嘱的还是要叮嘱，他轻咳一声，成功唤回沈意的注意后，委婉道："有件事我希望你明白，我对你和肖让的……没什么意见，但他现在的情况，不太适合公开……你明白吧？你们的关系千万不能让人发现，所以，凡事要小心一点，没人问你就别多说。当然，有人问也别多说。我这么讲，你能理解吗？"

他这一番话含含糊糊，说实话，沈意不太能理解。但蒋文昌是肖让的经纪人，她觉得自己应该尊重他，于是认真点头："我知道了，是不是肖让带同学来颁奖礼蹭名额不太好啊？你放心，我不会跟别人说我是他同学的，我就说我是他的工作人员，助理？这样可以吗？"

少女一双眼睛澄澈无辜，衬得他那点小心思仿佛污浊不堪。

蒋文昌扶住额头，觉得自己要陷入崩溃。他现在真的再也不想跟未成年人交流了！明明都暧昧成这样了，两个人居然都还懵懵懂懂的，他夹在中间捅破也不是，不捅破也不是，完全无从下手。

而且对着这样的小女生，他的话稍微说重一点都觉得自己不是人，简直不知道他是经纪人，还是青少年的看护人了！

蒋文昌放弃继续当这个恶人，交代了几句就去处理别的事情。并不是肖让的每个活动，他都会跟着，今晚会来颁奖礼当然也是有社交目的。肖让这部戏马上就要杀青，下一部戏也在挑选中，他得趁这个机会和各家制片人还有经纪人聊聊。

他告诉了沈意一个桌号就将她丢下了，她站在原地茫然三秒，决定既来之则安之，好奇地打量起四周。不愧是在水立方举办的活动，今晚这个颁奖礼一看就很盛大，整个场馆足以举行一个小型的演唱会，四周是看台，中间的平地上搭着一个华丽的舞台，舞台前则是明星嘉宾们入座的区域，摆放了很多个圆桌。桌子上铺着雪白的餐布，中央放着一捧淡紫色的绣球花，看上去非常高贵典雅。

这个时间，明星们都来得差不多了，沈意看到了很多熟悉的面孔，但更多的是不认识的。虽然不认识，但要判断他们是明星还是工作人员也很简单，看他的衣服够不够漂亮，长得好不好看就行了。

沈意看着看着，忽然撞上一张熟悉的脸。

男人身穿浅灰色修身西装，手里拿着杯香槟，正含笑和旁边的人说话。会场的灯光有点幽暗，照在他的脸上，他的侧颜线条优美得仿佛一幅画。不知对方说了句什么，他愉快地一笑，仰脖将香槟一饮而尽。灯光里，他捏着香槟杯的手指骨节分明、瘦长白皙，钻石袖扣闪烁着微光。

周遭衣香鬓影、浮华涌动，男人身上的矜贵优雅却依然不容忽视，是人群里最耀眼的存在。

江屹。

这就是谭雯喜欢的人吧？沈意对他的印象和周佩佩差不多，知道他也红了好多年，好像跟周佩佩前后脚，最初两人还传过绯闻。不过好多年前他就曝光了女朋友，当时好像闹得动静还挺大，现在结婚了吗？

她一向不关心八卦，实在有点不记得了，只好无奈地耸耸肩。

不过想到那个哈三中女生的评语，她又忍不住摇摇头，她居然说江屹是大叔！

虽然红了这么多年，但江屹现在也才33岁，而且就她的印象来看，他根本没有变多少，和很多年前演《寒夜》的样子一模一样，最多也就是气质里多了几分成熟。

看来男明星也很注重保养呀！

她津津有味看了好久，忽然惊觉自己好像太放纵了，肖让现在也进来了吧，她是不是得去找他？

这么想着，她往蒋文昌告诉她的那桌走去，却在转身的时候一不小心撞上一个人。

地面铺了地毯，有点凹凸不平，她被这么一撞，差点没站稳，还好那个人一把抓住了她，沈意才堪堪维持平衡。

她惊魂未定，抬眼一看却顿时愣住。

傅西承身穿暗蓝色西服，胸口佩着红宝石的玫瑰胸针，和别人规范的着装不同的是，他没系领结也没打领带，随意散开领口的扣子，透出几分"雅痞"

的低调不羁。

他被撞了一下也有点意外，没有管西服，而是先看向沈意，见女生表情有点愣，含笑问："没事吧？"

沈意没有回答，旁边却又过来一个人。这人身穿黑色英伦风西服，虽然年纪不大，但因为表情太过漠然，而显得有些孤高冷傲。

沈意睁大眼。

她运气这么好吗，居然同时看到傅西承和柯星凡？

"怎么了？"柯星凡问。

傅西承说："我不小心撞到这位妹妹了。"

会场内人来人往，都是主办方的工作人员和各家艺人的团队在忙碌，这种场合，明星一般不会和不认识的工作人员多说话，当然，工作人员更不敢随便和自家以外的艺人搭话。但傅西承不同，他个性随和，又自诩绅士，所以明明是沈意撞到的他，他却说是自己不小心。

柯星凡了解他的毛病，随意瞥了眼沈意就收回目光："行了，没事就走吧，你不是还要见路总吗？"

傅西承闻言一笑，朝沈意微一颔首就打算离开，却忽然听到女生问："傅西承？你是傅西承吗？"

两人讶然驻足，转头撞上女生发亮的双眼，仿佛非常激动。

事实上，沈意确实有点激动。

她没想到会在这里见到傅西承和柯星凡，现在看到他们俩就让她想起那天晚上他们一起吃鸡的经历。因为太忙，那晚之后她就没有再玩过吃鸡，但对于那种大杀四方的快感其实一直很想念，还偷偷上去看过好友栏里的他们。此刻陡然和他们相见，心中不禁涌上一种类似战友重逢的激动之情，满满的亲切感。

不过她还是有点不确定。因为她没怎么看过他们的剧或者综艺，只是隐约对他们的长相有些印象，真见了本人却忍不住怀疑，是他们吗？没有认错吧？

傅西承越发惊讶。

不仅是因为这女生居然主动跟他搭话，还因为她的口气，她好像真的拿不准他到底是不是傅西承。作为当红演员，傅西承不会自大到觉得全国人民都认识他，但至少今天这个现场的工作人员不会有不认识他的，这女生的表现未免太过奇怪。

他打量女生明显稚嫩的脸庞，忽然一个咯噔，她该不会不是工作人员，而是从哪儿混进来的粉丝吧……

今天的场内也有粉丝，但都在二楼的观众席，这是内场嘉宾区，是禁止粉丝进入的。但对这种活动的安保向来不能指望太多，粉丝混进来也不是不可能。

没等他质疑，柯星凡已经率先开口，男生平时就冷，这会儿带了怀疑，语气几乎有点凌厉："你是谁啊？哪家的？跟着谁进来的？"

柯星凡的三连问打得沈意一蒙，这才猛地意识到，坏了，她是不是话太多了……

文昌哥说了不可以让别人知道她和肖让的关系，以免对肖让造成不好的影响，她本来也打定主意装隐形人看看热闹就好，怎么一见到傅西承他们就冲动了？

现在要怎么办啊！

她不作声，柯星凡眉头皱得越发地紧，沈意生怕他找人把自己赶出去，忙说："我是，跟着文昌哥进来的……"

"文昌哥？蒋文昌吗？"傅西承有点惊讶，"他手下的艺人今晚只来了肖让吧，你是说，你是肖让的工作人员？"

"对，我是他的……助理。"

三人沉默。

片刻后，傅西承委婉地说道："我记得，肖让的助理好像是个男的。"

沈意心想，怎么把这茬忘了！他们仨这么熟，傅西承他们怎么可能不认识肖让的助理！

谎言被揭穿，换作以往，沈意心态早崩了，但今晚大概是因为不能暴露肖让的信念太强烈，她在这样的状况下居然还能面不改色，镇定地说道："对，罗成哥今晚有事，我是临时的新助理。"

她知道罗成，傅西承挑了挑眉毛。

现在好玩了，她要么真的是肖让的新助理，要么就是肖让的狂热粉丝，混进来就是冲着他的。

不过他倾向于后者，不为别的，这种颁奖礼有宣传人员、化妆师跟着，一般都用不上助理，就算真需要，肖让也不会带一个看起来这么点大的小女孩，谁照顾谁啊。

他起了看好戏的心思，一抬眼恰好看到肖让也出现了，立刻招招手："小让，这边这边，我们看到你认识的人了！"

他动作太快，柯星凡阻挠不及，气得瞪他一眼。傅西承是不是年纪太大了，没什么少女粉丝，所以没感受过未成年女粉丝的疯狂？这女生如果真是冲着肖让混进来的，待会儿见到他，对他做出什么过激的事怎么办？！

他全身戒备，打算一有不对，立刻叫保安。谁知肖让眉头微皱地走来，一见到那女生顿时松了口气般，道："你在这儿啊！我到处找不到你，打你电话，你也不接，我还担心你走丢了呢！"

沈意拿出手机一看，果然有两个未接来电，但因为她进来后把手机调成了静音模式，所以都没听到。

不过肖让也没有怪她的意思，说完这个立刻笑着问："你刚才看到我走红毯了吗？帅不帅？"

沈意点头："看到了。很帅。"

得到了班长的夸奖，肖让心满意足，转而问道："那你感觉怎么样，颁奖礼好玩吗？冷不冷？哦，对，你吃晚饭了吗？应该没吃吧，不过这种场合也没什么好吃的东西，你要是饿了，我可以让人出去买点吃的。"

他一通发问，旁若无人。

一旁被无视的傅西承知道自己错了，大错特错了。

他本来看肖让那么自然地跟那女生打招呼，还以为她说的是真的，她真是他助理，但听到后面就知道，不管她是肖让的什么人，但绝对不是助理！

就肖让这个殷勤周到劲儿，不知道的还以为他是她的助理呢！

沈意也觉得有点不妥，扯扯他袖子，肖让这才想起来旁边还站着两个好友，招呼道："啊，你们俩啊，好久不见，好久不见。"

合着你现在才看到我们？

傅西承气结。这段时间肖让跟柯星凡都被关在剧组拍戏，他度完假正在录一个综艺节目，算起来他们三个上次聚会都是四个月前了，确实是很久不见。但肖让这态度，半点让人感觉不到久别重逢的欣喜，傅西承觉得，他现在整个心思都在那个女生身上，顾不上他们了……

他终于好奇："这位是？"

肖让一愣："你们不是见过了吗？"转头看沈意，"你没跟他们说你是谁？"

沈意摇头。她也很想说，但被蒋文昌那么叮嘱了一通，她实在不确定对谁是可以讲实话的，对谁又不可以，只好全都不说。

肖让见状挑挑眉："行吧，那就正式介绍一下。这位是我的班长大人，也是跟咱们一起并肩战斗过的战友，沈意。"

后一个头衔让傅西承一愣，却从她的名字里品出关键："沈意？小意？哦，你是那天晚上吃鸡那个……"

"班长！"肖让接口，"说起来，这还是咱们第一次线下网友聚会呢。"

傅西承终于恍然大悟。

他就说呢，肖让身边怎么突然出现一个女生，还这么亲密，如果是那晚带着来打游戏的班长，就说得通了。

他不禁打量起女生，却见她眉目清秀、气质安静，和他之前想象的倒是差不多。

轻咳一声，傅西承换上一副彬彬有礼的样子："初次见面，班长你好，我是傅西承。"

他这么正式，沈意忙欠身回了个礼："你好。"

傅西承低头的同时悄悄朝肖让挤了挤眼：可以啊，看这架势，两人是再进一步了？他是真佩服了，现在年轻艺人谈恋爱都这么狂野吗？直接把女朋友带到颁奖现场，这是工作都要带着啊！

肖让没注意到他的暗示，而是盯着沈意打量片刻，忽然问："你穿裙子了？"

因为面试，沈意特意换了衣服，白衬衣搭配黑色及膝裙，内搭深色打底袜。之前穿着大衣所以挡住了，但会场内有暖气，进场后她就脱了大衣，肖让这才发现，原来她今天穿了裙子。

沈意穿了一天，本来都忘了，被他一点才想起来，顿时有点紧张。

会场幽暗的灯光里，女生局促地低着头。黑白的配色本就简洁而大方，她今天没有扎马尾，乌黑的头发垂在脑后，越发衬得她眉目清朗。沈意虽然不算特别漂亮，但有一个很大的优势，就是皮肤白，身材也苗条，之前总是穿着校服，所以看不出来，如今被裙子掐出腰线，少女婀娜的线条顿时暴露在空气中。

肖让看得一呆，忽然意识到，这好像还是他第一次看她穿裙子……

沈意见他一直不说话，以为他不喜欢，窘迫道："不好看，对吧？我也觉得不好看。但老师说面试得穿裙子，我才买的。我明天就不穿了……"

"不。"他立刻打断她，像是想证明什么似的，有点着急地说，"好看，真的。我喜欢你穿裙子……"

沈意惊讶地看向他，确定男生眼中的肯定后，忍不住展颜一笑。

一旁又被忽略了的傅西承心想：这是什么高中生对话，居然纠结穿裙子好不好看？

我去年拍的那部校园剧都不如你们纯情！

这一小段插曲过去后，很快就到了今晚的重头戏。颁奖礼要开始了。

每年年底，娱乐圈都充斥着各种各样的颁奖礼，各大门户网站、电视台都搞起了盘点，明星们今天一套礼服，明天一套礼服，出现在不同场合，拿着名目各异的奖。如此频繁的轰炸，不仅观众看得眼花缭乱，有时候连他们本人都分不清，现在又是在参加哪一场。

但即使有这么多颁奖礼，微博之夜依然是里面备受瞩目的一个。这当然是因为如今的娱乐圈，微博已经成为各家团队营销宣传的一个主阵地，那么由这东道主主办的活动也就顺势水涨船高。

往年学习不忙的时候，杨粤音她们也会守着微博之夜，沈意以前都说她们无聊，没想到自己今年居然来了现场。

她站在会场内，看着满场的俊男美女、星光璀璨，网络直播已经开始，舞台上正在表演节目，由当红偶像李铎带来的劲歌热舞一开始就点燃全场。二楼的观众席上，幸运进入内场的粉丝也举起了应援灯牌，不同颜色、不同名字的灯牌汇聚成一片五色的海洋，场内还有几个摄影机随着摇臂转动，随机捕捉观众席上嘉宾们的反应。

想到这里发生的一切都可能被实时传送到无数观众面前，沈意觉得新鲜，就好像是偶然踏入一个全新的世界，带给她前所未有的体验。

她忙于感受新世界，其余人却没有那么轻松。

活动正式开始后，工作人员和明星们并不待在一起，肖让去了自己的座位。不知道是不是巧合，他、傅西承还有柯星凡都坐在一桌，和他们同一桌的还有三个女明星，以及沈意叫不出名字的两个男明星。但肖让明显和他们都认识，一坐下就互相熟稔地打招呼，事实上就连在去座位的途中，他还停下来和几个明星朋友握手问好，应酬很多的样子。

至于沈意，则和宣传姐姐还有化妆姐姐待在一起，他们没有座位，而是站在圆桌附近不会被镜头拍到的地方。因为这个位置问题，沈意还犯了个傻，她看到肖让坐好后，就问宣传姐姐："我们坐哪儿啊？"

虽然是第一次来，她也知道圆桌周围肯定没她们坐的地方，但颁奖时间这么长，她们应该还是有个区域可以休息吧？

宣传刚和她聊了会儿天，两人亲近不少，此刻却一脸冷漠道："看过《甄嬛传》《如懿传》和《延禧攻略》吗？"

沈意一个都没看过，但知道是后宫剧，凭借自己高超的理解力思索了一下，小心翼翼说："我们站主子后面？"

没错，就是站主子后面。

沈意在现场旁观了才知道，原来明星的工作人员这么辛苦！宣传姐姐告诉她，每到这种大型的颁奖活动，艺人们坐在镜头前，他们则站在镜头拍不到的地方时刻盯着艺人，以备他们有任何需求。沈意一开始还以为是她自我要求严格，后来发现不止一家团队如此，每一家都这样。颁奖过程里，她就亲眼看到有个女明星的化妆师上去给她补了两次妆，送了一次纸巾，又递了一回充电宝，连傅西承也在上台领奖前补了一次妆。

太有意思了，原来明星台前的光鲜靓丽都是这么来的。她看得津津有味，一点也不觉得久站辛苦，反正今天也坐那么久了，就当运动运动了。

但她不在乎不代表别人不在乎。

圆桌上，刚领完奖回来的傅西承一边假装欣赏舞台上的节目，一边凑近肖让低声问："你叫人来，是让人来罚站的吗？"

肖让也一直在注意沈意那边。也怪他一时疏忽，没想起来这种场合工作人员通常都是没座位的，现在也不知道该怎么办了。颁奖礼还有好一会儿才结束呢，就让她这么一直站着吗？不然，一会儿让她和文昌哥一起提前离开算了。

但这样万一她不等自己回来就走了怎么办……

他还在纠结，傅西承又说："不过说真的，你会不会太夸张了，你不用上学，咱们班长不上学吗？你居然把人家弄到北京，就这么难舍难分？"

肖让知道他误会了："她不是我弄到北京来的，她是来考试的。"

"考试？考什么试？"

"北大的冬令营。她选上了，过来参加笔试和面试。"

居然是北大！傅西承惊讶一瞬，立刻想通了，都说了是班长，当然得学习好了！不然怎么配当肖让的班长！

他又回头看了沈意几次，还是按捺不住心中的好奇，朝她招了招手。

沈意看到他的手势，疑惑地看看左右，然后指指自己。傅西承点头，沈意皱了皱眉，很明显非常意外，但还是走了过来。

因为怕被直播镜头扫到，她过来还微微蹲下身子。她看着身边西装革履、英俊非凡的肖让、傅西承、柯星凡三人组，感觉他们仿佛三个贵公子，而自己是贵公子桌边伺候的小丫鬟。

她对着贵公子之一问："什么事啊？"

傅西承兴致勃勃地说道："你是来北京考试的？"

"是。"

"北大冬令营？"

"嗯。"

"那你感觉考得怎么样？"

她瞪着傅西承，不敢相信他把自己叫过来就为了问这个，旁边的肖让也如临大敌。

之前沈意还为了考试哭得那么惨，傅西承现在问这个，他生怕又勾起她的伤心事，立刻就想阻止，另一个人却抢先了。

柯星凡今晚自从得知沈意是谁后，一直没发表看法，此刻终于忍无可忍："你这个样子，和那些过年逼问小孩成绩的亲戚有什么区别？"

沈意的第一次颁奖礼体验，就在这样时而新鲜、时而好笑的节奏中度过了。活动进行到一半时，肖让也上去领了一个奖，是"微博年度人气艺人奖"。沈意看着他和其他几位获奖者一起站在光芒璀璨的舞台上，在全场的掌声里接过奖杯，那感觉好像她自己得奖一般，激动得把手都拍红了。

然而等她鼓完掌回过头，却发现宣传姐姐她们都神情平静，不由得问："你们不高兴吗？"

宣传姐姐一时不知怎么跟小女孩解释这圈子里的内幕，顿了顿，委婉地说道："也不是不高兴吧，但这种活动的奖，小让每年都要拿好多的。也就……一般高兴？"

事实上，来之前他们就知道会得什么奖了，如果不是确定会拿奖，文昌哥根本不会让肖让来。

沈意毕竟不傻，刚才只是太激动，现在看他们的表情就明白了。是因为这个奖没什么行业认可度吧，不过是平台搭了个台子找了一大帮明星来做个年终总结，就像肖让说的，其实只是个圈子里的聚会。

她咬咬唇，有点期待地想，不知道哪一天，可以看到他拿一个真正有分量的奖……

大概是给肖让鼓掌时太兴奋也太用力，这之后她开始有点打不起精神了。那股看热闹的新鲜劲也过了，转而觉得站在这里好累，想回酒店舒舒服服地躺着了。

可是看节目流程，后面还有七八个环节，初步估计没有一个小时结束不了。她欲哭无泪，有些后悔跑来凑这个热闹了。腰酸腿疼的感觉越来越强烈，如果不是怕大庭广众下丢人，她都想直接在地上坐下了，反正这里铺着地毯应该挺舒服的。

正当沈意打算拿出高一军训站军姿的毅力挺过去时，宣传却过来说："好了好了，结束了，可以走了。"

沈意一愣："这么快？可我看节目单……"

"活动是还没完，但反正小让今晚也不表演节目，拿了奖后面就没他的事了。刚才文昌哥已经跟主办方那边打了招呼，咱们提前走没事的。"

居然有这种好事！

沈意喜出望外，忙跟她一起离开会场。两人在外面等了一会儿，就看到蒋文昌陪着肖让出来了，肖让已经换了衣服，不再是全套正装，一身白色长羽绒服，戴着黑色鸭舌帽。不过是一套衣服的变换，却让男生瞬间从那个华宴上高不可攀的贵公子，变回了阳光帅气的邻家男孩。

他看到沈意后朝她一笑，沈意也想回一个笑，却注意到旁边还有好多别的团队的工作人员，不知为何竟有点心虚，忙假装正经地低下了头。

他们要从水立方里出去，这一次沈意没有像进来时那样一个人先走，而是和团队一起离开。出门前宣传姐姐先给自己戴上口罩，然后递给她一个，刚想解释两句，她已经自然地接过来戴上了。

宣传姐姐扬眉，沈意说："一会儿出去会有粉丝拍照，对吗？我懂的。"

好歹也和肖让一起做了两年的课间操，高三5班全体同学对这个操作可以说都相当熟悉了。

果然，刚推开大门就听到了粉丝的尖叫声。外面还飘着雪，门口处却站着很多全副武装的女孩子，她们应该是没买到进去的门票，所以才只能在这里等着。这么冷的天，女孩们却无惧严寒，一见到肖让都兴奋地欢呼，嘴里说着："让让今天出来得好早啊，下班快乐！"

"弟弟辛苦啦，要早点休息呀！"

"让让看这边，可以收一下我的信吗？"

人群围绕着他，肖让一边走一边回应大家的问好，同时接过粉丝递来的书信。他不收贵重礼物，但信件和书籍会收，偶尔也会收玩偶，比如之前那个小猪佩奇。不送礼物的粉丝也没闲着，举着手机或者单反对着他"咔咔咔"拍个不停，一时好不热闹。

当然，这么多人不可能全是他的粉丝，沈意听到有女孩问："肖让弟弟知道江屹什么时候出来吗？"

肖让抬眼看了看提问的人，居然认真想了想："江屹老师今晚会唱一首歌，排在挺后面的，应该要活动结束了才会出来。"

女生得到答案，欣喜一笑："谢谢弟弟！弟弟今天也好帅啊！"

肖让回道："一般一般，没有江老师帅。"

大家哄笑。

这一问一答，好一派邻里和睦的气氛啊。

沈意一边听，一边低头跟在肖让身后往前走，很快大家都上了车。粉丝们也很有秩序，没有继续追赶，而是站在门边乖乖道："小让再见！"

肖让跟她们招手告别，这才关上车门，司机一踩油门，迎着风雪驶上了大街。

一天的工作终于结束，团队这时才松了口气，姗姗姐姐拍拍手，夸张地说道："恭喜我们，又一次战役胜利结束！"

她带头鼓掌，大家也配合地鼓掌，车厢里一时弥漫着"可算下班了"的欢乐气氛。沈意想着这一个晚上的奇妙体验，忍不住跟着笑了。

笑完一抬头却发现肖让在看她："累吗？"

沈意其实很累，却摇了摇头："还好。外面等的粉丝比较累。"

那倒是，肖让点头："所以我早点走，她们也可以早点回家。天太冷了。"

只是为了粉丝吗？蒋文昌冷笑一声，明明是因为看到某个人在那里站得摇摇欲坠，才专门跑过来跟他要求提前离场的。

仿佛是为了证明他的想法，下一秒，司机跟变戏法似的从副驾驶座下提出好几袋子吃的，打开后热气腾腾的鲜虾馄饨、猪肉肠粉、油炸春卷，还有清淡养胃的小米粥、薏仁粥，琳琅满目摆了一车。

司机说："小让打电话说你们饿了要吃东西，我特意掐着时间去买的，都还热着呢，赶紧吃吧。"

沈意顿时一喜。她没吃晚饭，在活动上宣传姐姐给她找了两个面包吃，但站这么久早消化了，此刻闻到馄饨的香味，顿时觉得肚子咕噜噜地叫。

她还在矜持，肖让已经端了馄饨给她："饿了吧？吃这个，我觉得这个最好吃。"

确实最好吃。馄饨皮薄馅大、虾肉鲜美，这样冷的天气，和着汤热热的，一口吃下去，只觉整个身体都暖融融的，疲惫一扫而光。

沈意吃了好几口才发现肖让没动，疑惑道："你也吃呀。"

"你吃吧。我最近拍戏，导演让我再瘦一点，所以我在节食。"

沈意眨眨眼。他都不吃，还亲自打电话让司机准备消夜，再想到刚才为了粉丝而提前离场的事，不禁在心里感慨，原来肖让工作的时候也这么体贴啊！

旁边的宣传姐姐吃着炸春卷，和化妆姐姐对视一眼，同时摇摇头，露出了然于胸的笑容。

沈意吃着吃着，手机屏幕忽然闪烁，有人来电话了。她看了一眼名字有点意外，接了起来："喂？"

"沈意？是你吗？"电话那端，宋航的语气有点冷。

沈意奇怪道："是我啊。你打我的电话，当然是我接的。"

宋航顿了顿，像是松了口气般："你没事啊。"

怎么了？

宋航解释："谢曼婷回了酒店发现你不在，打你电话也没人接，担心你出事了。"

他们给她打了电话吗？沈意整个活动期间都没留意手机，他们打的电话，可能像肖让开场前给她打的那两次一样，被她忽略了吧。

想到自己害人担心了，她有点抱歉："不好意思啊，我晚上有点事，没注意手机。"

"没事就好。"宋航说，"你在哪儿？"

沈意看看对面的肖让，有点犹豫。宋航也认识肖让，按理来说直接讲也没事，但她本能地不太想让别人知道自己跟他在一起："我……去见朋友了。"

"你在北京还有朋友？"

"嗯，一个……普通朋友。你不认识。我不是考完试了吗？他又恰好在北京，就约出来见面了。"

她急于让宋航安心，没注意到对面的肖让听到这句话，原本轻松的表情忽然一顿。

她刻意强调的"你不认识"，仿佛掩耳盗铃，透着股心虚。

那边宋航像是忽然想到了什么，陷入沉默。

他站在清华学生宿舍的窗边，同寝的舍友几个人正凑在一起讨论题目，他看着外面的沉沉夜景，好一会儿才问："那你今晚还回来吗？"

"回来啊，我当然回来。不然我还能去哪儿？你就别担心我了，早点休息，你明天还得考试呢。"

沈意挂了电话，发现车厢里有点过分安静，疑惑地看向对面。

肖让的表情有些微妙，垂眸看着她的手机："谁的电话啊？"

跟他就没有隐瞒的必要了，沈意老老实实道："宋航。"

果然。

肖让深吸口气，努力让自己语气平静："那我们认识啊，你为什么跟他说是他不认识的人？"

"哦，这个啊。"沈意想了想，勉强给自己的行为找了个理由，"我就是觉得，没必要让他知道。也不是什么特别的事，说了还得解释，有点麻烦。"

不是什么特别的事。

肖让觉得，这句话可以和刚刚那个"普通朋友"并列为今晚的双剑，直直插进他胸口。他扭头看向窗边，觉得可能是自己没吃晚饭的缘故，情绪非常不稳定。

男生莫名其妙就不说话了，像是在生什么气似的。沈意奇怪地看着他，不知道是不是自己说错了什么，求助地看向蒋文昌，经纪人却无情地别开了头。

别看我。我说了我是经纪人，不是青少年的看护人，更不是恋爱咨询顾问！

车内又安静了一会儿，司机才试探问："那，咱们就先去北大？"

其实他已经在往北大开的路上了，他们都是一个团队，是自家人，沈意是客人，按规矩是先送客人的。

谁知肖让却冷不丁开口："先送姗姗姐她们。"

司机一愣。

北大和水立方都在北四环上，但姗姗和小雨一个住管庄，一个住常营，都在东五环外，这过去了再回来绕得就远了。

他还想劝一下，肖让却叹口气，用一种语重心长的语气说："姗姗姐和小雨姐明天还得早起工作，今晚当然得好好休息。我们年轻人不一样，偶尔熬熬夜不要紧的，最后送我和沈意吧。"

明明才27岁就被踢出了年轻人队伍的姗姗姐和小雨姐，一脸愣愣的样子。

沈意看着肖让，却忽然想到一件事情。今天他们虽然一起待了一个晚上，但周围总是有别的人，一直没能好好说说话呢。

如果最先送她的话，很快她就要走了，但如果先送别人，到时候大家都走了，车上就剩下她和他，是不是还能多聊一聊？

即使不能聊天，能多和他待一会儿也是好的……

想到这儿，她附和道："对，先送姐姐们。我晚点回去没事的。"

说完后她的目光和肖让撞上，就像生怕自己的心思泄露般，她慌乱地躲开了。

于是司机从善如流，先送了小雨，然后又送了姗姗，摄影师梁哥也在中间下了车，说约了朋友。

车上终于只剩下肖让、沈意还有蒋文昌三个，已经晚上11点了，司机说："那我们现在回北大？"

肖让不答话，却在车行到一个地方时忽然说："到了前面停下车。"

又怎么了？

大家奇怪地看着他，肖让仿佛忽然想起来什么似的："我有个东西落在家里了，之前在剧组时一直想用来着，正好现在路过，我要上去拿一下。"

蒋文昌这才注意到，前面那个路口拐过去就是丽都，肖让租的房子在那儿。作为一个未成年当红小生的经纪人，蒋文昌虽然多番抗议，但他干的活确实和青少年的看护人差不多，比如刚签肖让的那两年都是带着他一起住的。但去年肖让决定搬出去，自己找了套房子，而且还很有领地意识，不喜欢别人进入他的新家，连他都没去过两次。

蒋文昌说："什么东西，我帮你拿。"

肖让摇摇头："我自己的东西，我自己去拿。你们在楼下等着吧。"

对他这个态度，蒋文昌并不意外，想着反正天这么晚了，他又是一个人，也不怕被人拍到，于是点点头。

司机一路把车开进小区，在一栋楼前停稳。

肖让拉开车门刚要下去，却又转头看向沈意，用一种好像很随意的口气说："我住的地方就在楼上，你想上去参观一下吗？"

Chapter 8

寂静的深夜里，男生眼眸乌黑，映照着路灯微弱的灯光，一派正经无辜。

沈意的脸却噌地一下红了。

什、什么意思？这么晚了，她为什么要上去参观他的家？他的家有什么好值得参观的？

她看向另外两人，却发现司机和蒋文昌在短暂的惊讶后同时扭过了头，假装欣赏并不存在的月亮。

他们这种"你们随意，就当我们不存在"的态度，让沈意越发窘迫，她刚想开口拒绝，却对上肖让的眼睛，忽然意识到一个问题。

她想等大家走了，单独和他说说话，可现在看来，蒋文昌是不会在她之前离开的。她的计划落空了，但他呢？

他现在让自己陪她上去，是不是也有话想单独跟她说啊……

沈意咬了咬唇，假装没看到司机和蒋文昌的表情，强自镇定道："你的住处吗？好啊……参观一下，也可以。"

肖让家在17层，两人坐电梯上去时都没有说话，肖让打开门后却忽然抬手行了个礼："欢迎班长光临寒舍，真是蓬荜生辉。"

沈意"扑哧"一笑，原本紧张的气氛顿时缓和不少。

肖让的房子并不大，只有一室一厅，装修是日式原木风格，客厅里有一个架子摆放着多肉、绿萝等绿植，看起来清新而舒适。家里打扫得很干净，木质地板光可鉴人。沙发上放着一把木吉他，可以想象主人没事时把它抱在怀里，坐在洒满阳光的地板上轻轻拨弄的样子。

沈意看得有点走神。

她之前没想象过他的房子是什么样子，但看到了就觉得，没错，就该是这样。

他的家就像他这个人，清新而干净，年轻又有朝气，像生机勃勃的植物。

肖让从侧面打量她，心头有隐隐的期待，直到女孩转头朝他展颜一笑："很漂亮。你的家收拾得很好看。"

肖让这才轻舒口气，然后立刻假装不在意地说："也不是我弄的。我有一朋友是搞装修的，我跟他说了我想要的风格，他帮我弄的。"

沈意惊讶："这不是你租的房子吗？你还专门装修过啊？"她以为是房东装修的，他只是在那个基础上布置了一下。

"是我租的房子，但既然我要住，当然得弄成我想要的风格了。"

肖让说得理直气壮。沈意这才想起来，也是，他跟自己不一样，小小年纪就赚那么多钱了，当然想怎么花就怎么花，即使只是租来的房子，也要大费周折装修一番。

她忽然有点羡慕，不是羡慕他有钱，而是羡慕他有这么一个房子。

到了这个年纪，即使她和妈妈感情很好，也有亲密的朋友，但有时候依然想拥有一个只属于自己的地方。可以让她在迷茫疲惫的时候躲进去，就像她的小小王国，谁也不知道。

"你知道吗？这里其实连我妈妈都没怎么来过。"肖让的手放在吉他上，轻轻拨了两下，午夜的房间里响起轻柔的乐声，就像他的声音，"有时候，我会很讨厌走到哪里都被人看着。你能明白吗？我的工作注定了我很少有独处的时候，以前是妈妈，后来签了公司，就是工作人员，即使是私底下，也总会有人陪着我。我之前还是和文昌哥一起住的，除了进组和录节目，我们二十四小时不分开。以前我也挺适应的，但去年忽然就烦了，很希望有一个自己的地方，可以和那些追着我跑的工作短暂地剥离开。所以我租了这个房子。"

就像他喜欢回学校是一样的。他热爱他的工作，但他也希望能有自己的生活，而不是做一个被工作绑架的奴隶。

两人的心思竟不谋而合，沈意呆了一下，心里有一股说不出的滋味流淌而过。

怕他发觉，她故意别过头说："青春叛逆期。"

肖让耸耸肩："没错，我就是青春叛逆。"

因为房子不大，沈意很快就看完了客厅，走到一扇木门前，肖让没多想就推开了门："这边是我的卧室……"

他的声音卡在喉咙里。

借着客厅的光，只见昏暗的卧室里，被子凌乱地铺在床上，地上还有随意丢着的衣服，和客厅的整洁截然不同。但这都不是最重要的。最让人无法忽略的是，枕头下方的床单上放着几条浅灰色的内裤，似乎是主人上一次从阳台上收了它们后，忘了放到柜子里，直接扔在了那儿。

说时迟那时快，只见肖让一个箭步冲上去，抓起内裤就塞到了床前柜抽屉里，然后"哐当"一声关上抽屉，转身涨红了脸看着沈意。

沈意的脸也红透了。她怎么也没想到肖让的卧室会是这样的，更没想到自己会看到这种东西，那是肖让的……

肖让结结巴巴解释："客厅有小时工收拾，但我不太喜欢她们动我卧室，所以……"

所以，她们一般都不会管他的卧室，没想到居然会闹出这样的意外。

完了，她不会觉得他在故意耍流氓吧！

像是直到这一刻，他才意识到自己行为的不妥。半夜三更把女生带到自己家里，还美其名曰参观，这简直像是傅西承才会做的事。

可天地良心，他什么都没多想！

他只是……不想让她离开，所以拖了又拖，把工作人员一个个都送回了家，眼看没办法再拖了，又想出这么一个办法。

但留下她要干什么，他其实也不知道……

屋内气氛忽然变得暧昧，连空气里都有跳动的火花，沈意终于承受不住，说："我们下去吧，文昌哥他们还等着呢。"

肖让回过神，忙点点头："哦，对，我们下去吧。"

他立刻就想走，沈意却又叫住了他："你的东西，拿了吗？"

他这才想起自己的借口，哪有什么东西，他为了诓她上楼编的理由而已。但此情此景，他完全没有说实话的勇气，进去随便拿了个充电器放到口袋里，说："好了。"

两人又坐电梯下去。肖让这时候一点都不嫌蒋文昌碍眼了，他急切需要这个电灯泡来打破他们之间尴尬的气氛，然而等他们走出单元门，却发现楼前空空荡荡，什么都没有。

两人傻眼片刻，肖让说："他们可能是怕引人注意，到旁边等着了。我打个电话。"

他走到旁边，拨通经纪人的电话问："喂，我们下来了，你们在哪儿？"

那边蒋文昌用一种很奇怪的语气说："我们？我们走了啊。"

肖让几乎不敢相信自己的耳朵，震惊地说道："走了？不是，我还没走，你怎么就走了？"

"你不是到家了吗？"蒋文昌比他还惊讶，"你都到家了，今晚就住家里呗，干吗还大老远跑去酒店，闲得慌吗？"

类似微博之夜这种大型活动，主办方都会在活动场地附近给参加的艺人订酒店，今晚也不例外。肖让本来也是打算住酒店的，刚才经过小区门口思路也没转过来，所以才会说自己上去拿了东西就下来。

但蒋文昌的话也有一定道理，他卡了好半天，才憋出一句话："可是，可是我这里……还有一个人啊。"

蒋文昌沉默片刻，委婉地说道："原来，你不是那个意思啊。"

他有些抱歉地说："那什么，我以为你终于鼓起勇气把人骗上去，是不打算让她走来着。我还琢磨着我这是在配合你……"

肖让觉得自己要被蒋文昌气死了："我不管，你现在立刻回来接我！"

"我已经到家了。祖宗，饶了我吧。我也上了三十几个小时的班，明天早上也得早起。而且我都放司机下班了，人家还要回家陪老婆，这大晚上的再把人抓回来合适吗？行了，你今晚就将就一下吧，让你的小同桌、小班长也将就一下。你的房子那么大，装得下两个人的。好，就这么定了。我睡了啊。"

蒋文昌说完就挂了电话，留下肖让一个人瞪着手机，一句话都说不出来。

好一会儿，他才转身，朝一直等着的沈意走去。

"怎么了？"她见他脸色不对，好奇地问。

肖让艰难道："文昌哥他们，已经走了。"

"走了？"沈意还有点没理解他的意思，"走到哪儿去了？"

"他们，回家了。"

沈意这才慌了："他们回家了？那我们怎么办？我要怎么回北大，还有你……"

"文昌哥说，让我今晚就住在家里，他明天来接我。"

沈意愣了愣，忽然低下头说："那我打车回去。"

"太晚了，不安全。"肖让摇了摇头，"我要是能送你倒是还好，但我不方便这么晚打车，如果被拍到的话，会给同事带来很多没必要的麻烦。"

沈意当然知道他不可能送自己，所以才会直接说自己打车。但他说的不安全又提醒了她，已经午夜了，她一个女生独自在陌生的城市打车，光听起来就很危险。

但不回去的话，她要怎么办……

"不然，你今晚就住我这里吧。"他终于小心翼翼地提出，像是怕她误会，立刻补充，"你可以睡我的床，我睡沙发。就一个晚上，我们不说，不会有人知道的……"

他不强调最后这个还好，他这么说了，沈意越发窘迫。这感觉，就好像他们做了什么见不得人的事，还得瞒着大家。

不过，孤男寡女共处一室，沈意绝望地想，确实得瞒着大家，她没胆子让任何人知道！

肖让等了好一会儿，就在他以为她要冒着风雪毅然回去时，终于看到女生一言不发地转身，默默走向电梯。

肖让沉默了一瞬，立刻跟上。

这一次上去后气氛比第一次更加紧张，两人在电梯里甚至没有看对方，沈意一进门就立刻去了卫生间，关门的动作像在躲避着什么。

她坐在马桶上，双手捧着脸，看着对面的墙壁陷入了自我怀疑。

沈意不明白，事情是怎么走到这一步的。明明只是来看个热闹，最后居然要在一起过夜，想到自己今晚还要睡肖让的床，而片刻前才在那张床上发现了什么东西，她觉得整张脸都要烧起来了。

冷静。

一定要冷静。

沈意在心里劝自己。事已至此，她要做的应该是镇定，就像肖让那样。他很显然就是想要表现得自然，她也应该自然，这样相处起来还容易一些。

她自暴自弃地想，反正已经这样了，也不可能更尴尬了。

三分钟后，沈意发现可能的。

她站在马桶前，看着里面的红色，不可置信地瞪大了眼睛。

她的生理期，拖了两个月没有来的生理期，怎么会在今晚来了？！

因为一直收到假信号，沈意这趟来北京是带了卫生巾的，但今天出来得匆忙，她只拿了手机，别的什么都没带，现在对着马桶，只觉得整个人都被打蒙了。

怎么会这样？

你什么时候来不好，为什么偏偏现在来？为什么偏要在这里来？

现在要怎么办？

浴室的灯光照下来，沈意觉得后背有点凉，这才发现自己已经急出了一身的汗。想到肖让就在门外，她只觉得这房子里仿佛藏着洪水猛兽，如果可以，真的想夺门而逃，再也不见任何人！

是她错了，一开始就错了。

她不该和肖让来看这个热闹，不该和他上楼参观房子，最最不该的就是刚才同意留下来！

否则，怎么会害自己落到这个境地……

但现在说这些都迟了。沈意拼命让自己冷静，一双眼在洗手间里四处寻找，只求能找到一个有用的东西，直到看到了自己的手机。

肖让正在卧室铺床。他几个月没回来，这床单也不知道是什么时候换的了，既然沈意要住下来，当然得换一套干净的。但他没干过这种活，把被芯取出来后就不知道怎么塞回去了，床单也铺不平整，折腾了十分钟，最后对着一床凌乱发呆。

房门口传来声音，他抬头一看，是沈意出来了。她上厕所上得实在有点久，但肖让知道她的心情，也没好意思催她。本以为现在出来应该是平复好情绪了，谁知女生站在那里，手揪着裙子，眼神躲闪，看起来好像更紧张了。

"那个，你这里的地址是什么呀？"沈意小声问。

"怎么了？"

"我想……叫个外卖，买点东西……"

肖让有点惊讶："这么晚？哦，你是消夜没吃饱，又饿了吗？想吃什么，我帮你点吧。"

"不用。"她立刻阻止，"我自己点。我不是想吃东西，是想买点，洗漱用品……"

这倒是。

肖让这里不留客人过夜，也就没有一次性牙刷、毛巾之类的，虽然他很想说这些东西也可以他帮她买啊，但女生坚持，于是他把楼号和房号都告诉了她。

沈意松了口气，飞快下载了一个"百度跑腿"，点好了自己需要的东西，还特别备注：麻烦用黑色的袋子装，谢谢！

然后就是焦急地等待。

她刚才垫了厚厚一层卫生纸，第一天量少，按说是不会有问题的，但她今晚实在被整怕了，生怕再出意外，也不敢坐，就在门边罚站，直到肖让不好意思地凑过来。

　　"那个，你可不可以自己铺一下床啊？"

　　沈意这才注意到凌乱的床铺，肖让挠挠头："我之前看阿姨弄，觉得挺简单的，没想到……"

　　沈意想象他笨手笨脚铺床的样子，即使满心焦灼也忍不住一笑："套被套是挺难的，我一开始也不会。"

　　她站到床边想弄，肖让立刻过来帮忙。沈意和他并排站在大床前，手里拿着同一床被子，在这样的深夜，这场景莫名显出某种意味深长的暗示。

　　沈意忽然抽过被子，低声说："我一个人弄就好，你出去吧……"

　　肖让愣了下，然后反应过来，有点慌乱地说："哦，好，那我出去了，你自己弄……"

　　男生几乎是手忙脚乱地退出房间，沈意抱着被子站在床前，只觉得脸颊滚烫，一颗心仿佛要从胸腔里跳出来。

　　肖让在客厅里站了好一会儿，那股尴尬的感觉终于散去一些，他长舒口气，觉得自己这一晚上过得也实在有点煎熬。

　　门口的可视电话忽然响起来，这个时间，他立刻就想到应该是沈意的外卖。卧室的门被虚掩上了，她在里面套被子套得正投入，没有听到，于是他过去接起来，只听那边一个男声说："喂，百度跑腿。是这样的，您这儿保安不让我上去，您看看可以下来拿一下吗？"

　　肖让这才想起来，哦，对，这个小区门禁很严，是不允许外卖上楼的。他想想，这么晚了，怎么也不可能让女孩子下楼，于是拿过钥匙，说："行，您等一下，我马上下来。"

　　家里有暖气，他早脱了羽绒服，里面只穿了黑色连帽卫衣，这会儿想了想，把卫衣帽子戴上，口罩就懒得戴了，反正拿个外卖而已，就算被认出来也没什么。

　　电梯一路往下，他一出去就看到单元门外等待的男人，那人见到他立刻抱歉地说："真是不好意思，店家没有黑色袋子了，我跑了两个便利店都没找着。这么晚了，也没人看到，您女朋友应该不会介意吧……"

　　黑色袋子，为什么还要黑色袋子？

　　肖让莫名其妙地接过来，还没来得及细看就又注意到他最后那句"女朋友"。他有点窘迫，之前在剧组时，也在酒店下面见过那种半夜下楼帮女朋友拿外卖的男生，自己现在和他们还真有点像……

男生不说话，外卖小哥神情疑惑，忽然觉得他好像有点面熟。肖让忙扯了扯帽子，低声说："没事，谢谢您。"

他进了电梯，忽然有点奇怪，外卖怎么那么确定他是帮别人拿的，还是个女生。这么想着，他随意拿起一个袋子里的东西一看，忽然就僵住了。

这个、这个是……肖让使劲眨眨眼睛，确定自己没看错，他手里拿的真的是一包粉粉的"七度空间"少女系列卫生巾。他又往袋子里扫了一眼，还看到一包深蓝色的夜用，更下面还有一个透明袋子，里面装的是一次性内裤……

所以，她要买的其实是……

肖让想到女生拒绝自己帮忙下单时的羞涩躲闪，明显是有什么话不方便说，他当时居然还以为她是不想花他的钱！

电梯明亮的灯光中，肖让一张俊朗的脸像烧了一团火，连耳根都红透了。

沈意好不容易套完被子，出来却发现肖让不在客厅，洗手间和厨房也没人，她有点奇怪，这么晚了，他去哪儿了？

恰在此时，手机响了起来，那边的男人操着一口京片子说："喂，姑娘啊，我还是想亲自跟您说一声。外卖您男朋友刚才拿上去了，但我确实没找着黑色的袋子，真是对不住啊。您看可以的话，回头还是麻烦您给我一个五星好评，成吗？"

什、什么？

什么男朋友？还有外卖，谁拿上来了？

沈意还没反应过来，就看到大门打开了，肖让拎着个袋子进来了。她呆呆地看着他，肖让也看到了她，立刻低头躲开了她的视线。男生一声不吭地走过来，有点别扭地把袋子递给她，沈意只瞄了一眼，就被透明袋子里的东西吓得屏住了呼吸。

因为她没接，他也没动。沈意垂头看着男生的拖鞋，忽然升起微薄的期望。也许，他只是帮忙拿了，并没有注意到里面是什么东西。

也许……

念头还没转完，就听到男生闷闷的声音："你现在要注意休息，别老站着了……"

沈意原地脸红三秒后，一把抢过袋子，再次逃也似的躲进卫生间，"砰"地摔上门的声音简直惊天动地。

肖让站在门外，看着里面的灯光片刻，轻咳一声，假装镇定地走到了客厅。

大概是脸已经丢得无法再丢了，等沈意终于收拾好一切躺到床上，回想起这一晚发生的一切，竟觉得心情有一种诡异的平静。

肖让的床很软，她躺在上面，一手按着肚子，小腹在隐隐作痛。她其实不太会痛经，大多数时候都只会觉得腰酸疲惫，每次来例假都会痛得惊天动地的关越越都嫉妒死她了。但大概是这一次拖了太久，她的感觉比以往都强烈，不仅肚子痛，浑身上下还有一种说不出的酸软无力。身子陷在柔软的床上，好像怎么都拔不出来。

她被这种感觉弄得迟迟睡不着，忽然听到外面有人问："你睡了吗？"

是肖让。

他抱了一床被子睡在客厅的沙发上，临睡前关门时，沈意还犹豫了一下，想锁门，又觉得自己这样子显得不信任别人，可不锁的话，心里又七上八下的。最后她强行说服了自己，有什么锁门的必要吗？肖让难道还会半夜闯进来对她做什么吗？

所以，她只是把门虚掩着。此刻他的声音从客厅传来，有一点距离，却在寂静的深夜格外清晰。

"没有。"她回道。

"我也没有。"肖让没话找话，"我以为我会很困的，没想到居然会睡不着。你说我这是失眠了吗？上次我在小区里遇到暮洲哥，他说他失眠了，我还说我都不知道失眠是什么感觉呢。"

沈意又听到一个熟悉的名字："暮洲，许暮洲吗？"

肖让点头，沈意诧异地说道："你们这个小区除了你，还住着别的明星？"

"当然了。"肖让笑了，"不然你以为我为什么选这里？这小区里住的艺人可多了，上次我还看到宋菲儿老师半夜在楼下遛狗呢。"

宋菲儿也是成名已久的小花，沈意无语三秒，说："那你们小区附近狗仔一定很多。"

"还行吧，往南一点的阳光上东也不遑多让。"

沈意心想，你们这些明星怎么回事，还搞聚居？

"哦，对，你肚子痛不痛啊？"他像是忽然想起来，又像是扯了那么多就是为了说这句话，"痛的话，我可以给你找热水，我还有止痛药……"

沈意不想跟他讨论这个，打断道："我不痛，你别说了。"

肖让讪讪住嘴，片刻后说："我怕你又哭。"

他的声音小小的，像在为自己辩解。沈意想到自己傍晚时那惊天动地的两场大哭，还有他当时的安慰，忽然就涌起了一股倾诉的欲望。

"你知道我为什么哭吗？"

肖让疑惑："不是因为考……"

他没说完，怕提到这个又惹她难过，沈意却摇摇头："不是因为考试。笔试我不知道，但我面试表现得还不错。这还多亏了你。你押对题了，你知道吗？"

肖让愕然，沈意忍着笑解释："老师问我，如何理解中国传统文化中的侠义，我就把你那套超级英雄的理论告诉老师了。她看起来还挺喜欢的。"

肖让万万没想到还有这么一出，愕然片刻后，说："所以，我是隔空进行了一次北大的面试吗？"

"你要这么说，也可以。"

肖让笑起来，刚想赞叹一下自己这惊人的才华，却又想到另一件事："那既然你没考砸，为什么哭啊？"可把他给吓得，一晚上都在注意她的情绪。

沈意望着黑暗中的天花板，沉默半晌，轻声道："因为我爸爸。他本来今晚要来接我去吃饭的，可是他没有来。"

肖让一愣，直觉是这个话题有点敏感，问："他没来，去哪儿了？"

"他和他现在的妻子，去看他们的女儿了。她受伤住院了。"

短短的一句话，透露了太多的信息。

客厅里许久没有声音，好一会儿，她才听到肖让问："你爸爸妈妈，什么时候分开的？"

没有刻意的同情，他的语气平静而自然，仿佛父母分开只是一件很常见的事，却恰好契合了她此刻的心情。

"很多年了。我8岁时，他就跟我妈妈离婚了。后来他来了北京，在这边有了新的事业，还有新的家庭。他过得挺好的，我和妈妈也过得挺好。每年过年我们都会见面。"

她说得轻松，可他想到听筒里女孩的哭声，就觉得心里某个地方像是被揪了一下。

他忽然问："你会怪他吗？"

这一次，又过了很久，她才说："有时候会。"

"什么时候？"

"我想他的时候。"

她终于觉得困了，声音也变得迷迷糊糊："每当我想他的时候，我最怪他。"

卧室里安静下来，像是女孩已经陷入沉睡。

肖让躺在沙发上，却久久无法闭上眼睛。终于，他掀开被子，也没穿鞋，赤着脚走到了卧室边。

她没有关门，透过虚掩的房门，他看到她缩在被子里沉沉睡着。那被子是墨绿色的，严严实实掩到了她脖子下面，只露出一张白净的脸庞，还有瀑布般散在枕头上的长发。她睡着的样子总是这样，有一种纯稚的天真，他想到片刻前女孩的低语，脆弱中又有一股执拗。

这么多年，她都是带着这样的感情过来的吗？

他蹙了蹙眉，觉得自己有点奇怪。

这一整个晚上，他都有些奇怪，心里有什么东西在蠢蠢欲动，但他不知道那是什么，就像他不知道他为什么要把她留下来。

他只是确定，他想和她多待一会儿，再多待一会儿……

她忽然翻了个身，像是觉得有点热，把被子掀开了一点。她没带睡衣，他找了一件没穿过的T恤给她当睡裙，宽松的棉麻布料贴在女孩身上，此刻她在挣扎时露出光裸的小臂和手肘。

少女的肌肤莹润而有光泽，在黑暗中散发出一种致命的吸引。

他不禁看入了神，等反应过来已经推开房门，走到了床边。

房间里好安静，只能听到她的呼吸声，还有他的。他觉得自己像是在梦游，眼前的一切都那样不真实，他忽然不知道发生了什么，她为什么会躺在他的床上，而他又为什么会在这里。

手不小心碰到床头按钮，只听"咔嗒"一声，窗帘慢慢拉开，露出后面的落地玻璃窗。雪没有停，反而越下越大了，整扇落地窗仿佛一个画框，框出一幅飘飘洒洒、漫天飞舞的雪景图。

而他就半跪在这幅雪景图前，低头望着她。

像是被声音吵到，她也睁开眼睛，迷蒙地望着他。肖让没有避开，四目相对，他觉得自己的脑子很糊涂，又好像很清醒。

北京的这一场初雪第二天就刷爆全网，无论是微博还是朋友圈，到处能看到转发雪景图的，这其中又以故宫雪景图最甚。每一年的故宫初雪都是微博上的一大盛事，摄影师们苦等一整年，终于看到雪花落下，立刻马不停蹄杀往目的地。网友们纷纷调侃，降雪的第二天一大早，半个北京城的单反都在紫禁城会合了。

互联网为此沸腾，但对远在嘉州的高三学子来说，北京下不下雪并不重要，他们有更重要的事。

1月21日、22日两天，嘉州进行了全市高三年级第一次模拟考试。嘉州的一模向来被认为是与当年高考最一致的，其结果的参考性也最强，最受全市师生重视。

此时高三的第一轮全面复习也正式结束，经过一整个学期的查漏补缺，大家的成绩都有了显著提升。比如作为七中唯一的文科尖子班，5班上学期开学考试时只有一半多一些的人上了一本线，到一模成绩出来后，全班48个人，一本线上的有43个，剩下的几个也基本在附近徘徊。

只除了一个人。

教室里，杨粤音看着关越越的卷子，半晌，还是没忍住叹了口气："你这个成绩，可怎么是好哟！"

关越越这次刚过二本线，虽然实现了她"考上个本科就行"的愿望，但在杨粤音已经超过一本线快四十分的情况下，就显得有点寒碜了。而且七中理科的重本率一直在百分之八十以上，文科差一点，也有百分之七十，她这个分数在重点班实在有点太过扎眼。

被哀叹的关越越抢过卷子，表情沉痛。当初是她爸花钱找关系把她塞进来的，她在5班经受了三年的折磨，终于承受不住了。抓着头发原地崩溃三秒后，她用一种看透世情的语气说："我算是明白了，我当初就是名字没取好。关越越，关越越，关山难越——说的就是我的成绩了！"

"你还算上命了？"杨粤音被她气笑了，"你说人家小意一个年级第一，辛辛苦苦帮你辅导那么久，你这成绩怎么就是起不来呢？"

和学霸当朋友，不被她关照一下学习是不可能的，杨粤音和关越越的成绩，沈意都没少操心。但和杨粤音一直保持在全班中游不同，关越越即使有沈意这个外挂，还是回回吊车尾，数学更是难中之难、惨中最惨。

可见事实就是那么残酷，学霸也有带不动的学渣……

沈意怕关越越太难过，打圆场说："好了，越越既然能上本科，就说明在进步嘛。只要继续努力，会越来越好的。"

三个人坐在窗边，窗外天朗气清。这是个冬日里难得的晴天，微风吹拂到脸上，让人全身放松。

沈意已经从北京回来一周了，这一周年级里的话题都是一模。其实比起来，关越越比她还好一点，至少她还有一个一模成绩。嘉州一模的那天正好是北大冬令营结业，沈意和宋航因为在北京都错过了。其实沈意对接受这个结果是非常不情愿的，模考毕竟很重要，尤其是一模，之后所有的自招考试都要填一模成绩，她为此还想过不参加结业仪式，面试当晚就连夜飞回来。但乔老师和她分析了，她如果惦记着一模，很容易在冬令营上分心，而她目前还是应该以冬令营为第一要务。只要冬令营的加分拿到了，一模成绩有没有也就不重要了，所以经过权衡，她最终放弃了一模。

不过虽然她没参加，但这不代表她不关心一模的结果。

每年的一模，都是全市尖子生的一次大厮杀，如果有黑马杀出，通常也会在这时候显露端倪。这次她和宋航不在，大家基本确定周静书的年级第一多半稳了，就是不知道全市排名能到第几。同为七中人，大家当然希望她能为母校争光，分数越高越好，但即使如此，当一模的最终结果出来，还是震惊了所有人。

周静书居然拿了全市第一！

大家这么惊讶不是没有原因的，沈意即使是一直考第一名的时候，也没拿过全市第一。嘉州市文科的第一名，一直是被嘉南中学的陈盏非制霸的。

和老牌名校嘉州七中不同，嘉南中学建校还不到二十年，但最近几年崛起得很快，是嘉州的三大高中之一。嘉州七中不仅有尖子生，整体升学率也高，嘉南中学的整体升学率却很一般，但他们的优势是非常能出尖子生，去年的全省理科状元和文科状元甚至被他们学校包揽。也是因为这个，嘉南中学吸引了很多尖子生报考，陈盏非就是其中之一。

她是文科第一名，从高一就表现得很突出，一直被预测是他们这一届的省文科状元，嘉南中学也非常重视她。而且陈盏非这个人非常有个性，据说她什么夏令营、冬令营、自主招生都没有参加，认为完全没有必要。和那些费尽心思考清华、北大的学霸不同，她毫不怀疑自己的实力，唯一在乎的只是能不能拿下那个省状元。

因为太过嚣张，5班还调侃过，说陈盏非是女版宋航，学神都不走寻常路。

大家实在不敢相信周静书居然这么牛了，能打破陈盏非的女皇统治。然而很快有消息传来，一模那天陈盏非在上学路上出了车祸，虽然没有大伤，却错过了最后一门英语，因此才丢了第一名的宝座。

群众目瞪口呆。周静书这是什么运气？沈意、宋航去了北京，陈盏非因车祸而弃考一门，所有人纷纷让路，就为了让她拿下第一？

天选之子吗？！

一时间，连其他学校的学生都在 QQ 空间里发周静书的照片，下面配词："转发这个周静书，第二名和第三名都会弃考，第一名还会为了你而出车祸。"

沈意惭愧地想，大家真是高估她了。如果算全市排名，她也不是每次都能保证第二，还曾经掉到第五、第六呢。

刚想到这里，忽然看到教室门口进来一个人，穿着白色羽绒服，背着书包，笑着和前排女生打招呼。

是周静书。

杨粤音意外地说道："她不是去上海了吗，这么快就回来了？"

关越越有点好奇地说："也不知道她的面试怎么样。"

然后，两人同时看向沈意。

大家说周静书是天选之子倒也没错。即使有再多意外，她拿了一模第一就是拿了一模第一，虽然没去成清华、北大的冬令营，却因此收到了复旦的邀请。沈意他们回来没几天，她就去了上海参加复旦的面试，如果面试通过，获得复旦的保送资格，那么也可以不为高考发愁了。

杨粤音看沈意若有所思的样子，以为她为周静书拿了第一而不开心。平心而论，连她都没赢过陈盏非，三年里一直被死死压制，现在周静书突然赢了，即使是在对方缺考的情况下，她心里可能还是会有些不是滋味，于是安慰道："你也别想太多，周静书就算面试通过了，也只是复旦。你们俩最开始的目标可都是北大，现在她退而求其次，等你拿到北大的降分，就可以秒杀她了！"

沈意知道她误会了，摇头说："我不是在想这个。"

不是在想这个，那在想什么？

杨粤音眯眼打量她，忽然说："我怎么觉得你去了一趟北京，回来就心事重重的？没考好？不对，不像是因为考试。难道，在北京还发生了什么别的事？"

沈意的心蓦地慌乱。

在北京发生了什么事吗？在北京当然发生了什么事！

别人不知道，但沈意自己清楚，她刚才根本不是在看周静书，而是在看她的羽绒服。

一样的白色，一样的牌子，这是这几年很红的一款羽绒服，周静书穿的是女款，而男款不久前她也见人穿过，就是那天晚上，参加完微博之夜的肖让！

沈意这几天总是会不断想起那个晚上，那个仿佛做梦般的晚上。她和肖让

241

一起参加了颁奖礼，见到了傅西承和柯星凡，还有好多她连名字都叫不上来的明星，她还第一次进入了颁奖礼的现场，全程都在担心自己会不会被直播拍进去。

但这些都不是最重要的。

深夜的房间，落地窗外飘着雪，室内却温暖如春。男生跪在床前，乌黑的双眼凝视着她，他的眼睛是那样亮，像闪烁着光。

沈意忽然抬手，按住脸颊，果不其然，脸已经红透。

她趴到桌上，把脸埋进胳膊里，只露出眼睛，生怕被人看出自己的异样。又开始上课了，同学们都在座位上做题，教室里很安静，她却觉得什么声音越来越吵，仔细一听才发现是自己的心跳声。

胸口的地方，心脏在一下一下用力地撞击，仿佛要冲破胸腔弹跳而出。

真的要疯了！

沈意痛苦地闭上眼睛，那个画面却仍在脑海中挥之不去，它属于那个夜晚。她还记得，那天晚上她来了例假，整个状态都不对劲。身体很沉，意识却一直半梦半醒，睡得很不安稳。某个瞬间她好像醒了，看到肖让站在床边，因为迷迷糊糊，她也没觉得他站在这里有什么不对，只是好奇他怎么进来了，是有话要对她说吗，还是他想要做什么？

第二天早上她醒过来，愣了好一会儿才想起这件事，瞬间惊出一身冷汗。她坐在床上，看着墙壁怔怔出神，半晌也不能确定，那一幕到底是真的，还是她做的梦……

是梦吧？肯定是梦，毕竟想想也知道，肖让怎么可能半夜闯进她的房间……可如果真的是梦，那岂不是证明，她对他的心思已经不纯到那个地步，居然梦到他那样看着她。

这两种猜测哪一种都让沈意崩溃，而等她终于鼓起勇气出去，却发现家里空空荡荡，肖让已经不见了。

他在桌上给她留了字条，说还有通告，先走了。沈意拿着字条站在窗前，先是松了口气，不用在这种时候面对他，逃过一劫。可随着时间的推移，那猜测却越来越沸腾，让她几乎坐立不安！

想到这儿，她终于按捺不住，拿出手机。

沈意和肖让这周没联系过。当然，这也很正常，因为在经过多次遛粉丝、爆料、传闻后，官方终于宣布，肖让确实收到了春晚的邀请，将会参加这一年的春晚。

这是肖让第一次参加春晚，无论粉丝还是工作室都很重视，而春晚的变数又很大，不到最后都不能确定自己是否真的能上了，搞不好彩排到一半节目被撤了也有可能，所以最近他都在忙春晚的事。

沈意之前是这样想的，肖让有这样的大事，不联系她理所当然，可现在忽然又怀疑了。明明之前他连拍二十几个小时都会在登机前给她打电话，现在要去春晚了，这种事情都不私下跟她说一声吗？

态度变化太大，就显得有些不寻常。而且好像一切就是以北京那个夜晚为分水岭的……

她拿着手机，纠结好一会儿，还是不敢发QQ消息，不敢发短信，更不敢打电话，最后登上了微博。

之前忙冬令营的事，她好久没上微博，现在才想起来她和肖让的微博小号是互相关注了的。但那个号她之前也看过，不怎么更新，她本来不抱期待，没想到随手一刷却发现就在十五分钟前，他刚发了一条新微博。

是一张盒饭的照片，两荤两素，看起来菜色还不错，应该是餐前拍的。

"今天又不想上班：可是还得上班。今晚还得加班。好在央视的盒饭还行，稍微缓解我悲痛的心情。"

内容搭配他的ID，看得沈意即使在这种情况下也忍不住一笑。

所以，他又去彩排了吗？之前已经有一次了，那今天应该是第二次。沈意更不敢扰他了，但这么放弃又不死心，总想做点什么，引起他的注意……

视线在桌上转，最后落到一个东西上，她用手机对准它小心拍了张照片，打了几个字，也发了一条微博。

"好，大家辛苦了！谢谢老师们！"

"你们也辛苦了，今天表现得很好，到时候就这么来，肯定没问题的！"

"我记住了，下次见！"

肖让一边和工作人员道别，一边穿过走廊往外走去。今天是春晚第二次带妆彩排，不仅所有演员到齐，现场还有观众，完全按照除夕当晚直播的标准来，所以大家也非常紧张。好不容易他的节目顺利完成，他只觉得完成了一件大事，整个人都放松了。

他并不是一个人，旁边还有几个年轻男生，都是他这次的搭档。肖让如今在圈子里的地位，还不足以在春晚有一个单人节目，他们这次是四个男生合唱，主题是歌颂祖国风华正茂。表演者的领域也各有不同，肖让是演员，另外两个一个是台湾刚满18岁的音乐神童，还有一个是去年刚崭露头角，因为长得太帅而在网上迅速走红的花滑小将。

这两人肖让都不认识，所以大家排完节目就告别了，然后，他这才有空看向此次节目中他唯一认识的人。

"你晚上有通告吗？"肖让问。

在他对面，柯星凡还穿着他们当晚的表演服，一身大红色西服。这样喜庆的颜色，肖让穿来只显得阳光朝气，柯星凡穿着却有点奇怪，而且他此刻脸上连在舞台上时的"营业微笑"也没有，一脸劳累过度后的漠然厌倦。

没错，柯星凡这次也要上春晚，还和肖让搭档。这也是肖让和柯星凡这对"00后双星"的第一次合作，消息还没有对外公布，但已经有风声了，可以想象到时候会在网上掀起怎样的滔天巨浪。

用蒋文昌的话来说就是："你们两个，当天晚上五个热搜预定了。我把话撂在这儿。"

此刻，柯星凡看看和他预定好要携手上热搜的搭档，说："有啊。一会儿还有个采访，具体什么时候我不知道，他们还没告诉我。"

"哦。"肖让点点头，没说什么。

柯星凡奇怪道："怎么了？"

"没什么。我本来想，你如果有空的话，咱们一起吃个饭，既然你没空就算了。"

他说得轻松，柯星凡却觉得不对。凭他这两年对肖让的了解，一眼就看出他那若无其事的表情下，藏着什么话想说。

再转念一想，其实这几次排练见面，肖让都不太对劲，除了必要的工作沟通都不怎么说话，一副有心事的样子。

他有点不安，不会出什么事了吧？

想到这儿，他转头对旁边的宣传姐姐说："我想喝水，你去给我拿一瓶水吧。"

宣传姐姐疑惑道："现在吗？马上去车里就有水了啊。"

他们已经快走到外面了，很快就能离开1号演播厅去赶下一个通告。

柯星凡却坚持："我现在就想喝水。"

宣传姐姐看看他又看看肖让，明白了："行吧，我去拿。"

她一走，两人又同时看向肖让的宣传人员，姗姗姐立刻识趣地说道："我也去给你拿水。"

支走了工作人员，柯星凡这才和肖让来到一个稍微安静的角落。那边有一整排休息的椅子，却没人坐，不时有化好妆，穿着演出服的舞蹈演员小跑着经过，他们因为紧张忙碌而根本顾不上看周围。

柯星凡随意在其中一把椅子上坐下，然后问："说吧，出什么事了？"

肖让在他支走宣传姐姐时已经懂了他的意思，可真的被问到还是犹豫不决，在他旁边落座，却迟迟不开口。

柯星凡越发迷惑："你不是有事想跟我说吗，怎么又不讲了？再不说她们该回来了。"

他这么一催，肖让终于深吸口气："也不是什么大事，就是，我最近有些事情很困惑，不知道该问谁，就想问问你……"

他说不是大事，可从他的表现来看，柯星凡却觉得这事绝对不小。

他眉头微蹙，真的开始担心了："究竟什么事？"

"就是……就是……"

肖让"就是"了半天，也没"就是"出来，脑子越发混乱。他有心算了，可那件事已经纠缠了他整整一周，再不说出来，他觉得自己要憋死了，索性把心一横，毅然道："就是，我想问，你想过偷亲女孩子吗？"

柯星凡怎么也没想到居然等来这么个问题，盯着肖让："什么？偷亲什么？"

肖让没有回答，只是用表情告诉他，他没有听错。

愕然到极点，柯星凡下意识地说道："我为什么要偷亲女孩子，我又不是变态！"

"噢。"

肖让感觉像有一把小刀插入他胸口，沉痛地捂住了那里。

不过柯星凡很快反应过来，肖让不会没头没脑问这种问题。他既然问了，好像还很为此苦恼的样子，难道是……

他的表情慢慢变得很微妙，看着肖让："不是吧。你做什么了？你居然是这种人吗？"

肖让立刻知道他在想什么了，脸"噌"地一下红了："不是你想的那样！我没有！"

"那你说说是什么样。"

"就是那天晚上，微博之夜那晚你记得吧？我不是带了一个女孩子吗，叫沈意，还跟我们打过游戏的。后来活动结束了，我们就一起走了，然后又出了一点事情，她就在我家过夜了。对，我们两个人……"

他越说越底气不足，只觉得自己话里全是漏洞。出了点事，又出了点事，就好像都是他刻意安排好的似的。

对面柯星凡的表情也完全验证了他自己的感觉。他宽容一笑，用一种"我都明白，但我不点破你"的语气问："然后呢？"

"然后，半夜我们聊了会儿天，她就睡了。但我睡不着，就去卧室看了看她，然后……"

"然后你就兽性大发，夜袭人家了？"柯星凡接口。

"没有！"肖让立刻否认，可下一秒又心虚，"我就是，很想偷偷亲她……"

柯星凡看着肖让："你这算未遂。"

肖让无言以对，痛苦地扶住了额头。

脑内又闪过那晚的卧室。他现在想到那个晚上，都还想问自己，究竟是哪根筋搭错了，怎么会想做出这种事呢！

他记得，他正想要亲沈意，她下一秒就清醒了。因为紧张，他连呼吸都忘了，也不记得当时的任何感觉，只是睁大了眼睛和她对视，一动也不敢动。就在他以为她会扬手一巴掌把他打开，然后上网爆料自己性骚扰时，她却又双眼一闭，再次睡着了。

他浑身僵硬地跪在那里，直到感觉到她平缓的呼吸，才慢慢往后坐到地上，身上的衣服都被汗打湿了。

他逃过一劫，根本不敢多待，第二天一大早就打电话把蒋文昌叫来协助自己跑路。因为太过急切，蒋文昌还奇怪地说："你怎么搞得跟畏罪潜逃似的？"

结果被做贼心虚的他大骂一顿。

肖让心里清楚，自己心里有鬼。他这段时间都没敢联系沈意，奇怪的是她也没联系他。肖让一开始还挺开心，可过了几天又开始紧张，沈意醒来后是怎么看待这件事的，还记得吗？她当时睡得那么迷糊，也有可能会忘吧？

但如果忘了，她不该离开北京也不跟他报一声平安。那么就是她其实都记得，不联系他是因为生他的气了，以后都不想再理他了……

最后这种猜测让他心头一沉，他抓着头发丧了好一会儿，道："你说得对，不怪她不理我。换了我是她，也不想理这种人。"

男生的悲痛太过于真实，柯星凡有点不落忍了，斟酌道："其实，你也没付诸实施。虽然恶劣，但……没有那么恶劣……既然你喜欢她，那就跟她说啊。对喜欢的人有这种冲动，都可以理解的。"

肖让听到他的话，忽然一愣："喜欢她？"

柯星凡也愣了："你都想亲她了，你不喜欢她吗？"他顿了顿，诚恳地说道，"那你就真的很恶劣了。"

肖让没理柯星凡最后的调侃，只是想着他的话。这段时间他都在纠结那晚的事，却下意识不去想另一个问题，那就是他为什么会这么做。

和沈意相处的一幕幕在脑中闪过，还有那晚弥漫在他心中的困惑。

他想要留下她，想要靠近她，想时时刻刻听到她的消息。

如果说之前他还不明白，但此时，一切就好像拨云见日，之前的不解、迷茫、悸动、逃避，都有了答案。

他，喜欢她吗？

不仅柯星凡晚上有采访，其实肖让当晚也有通告，本来是打算推了的，现在既然柯星凡抽不出身，他也就在工作人员的陪同下前往下一个工作地点。

保姆车飞驰在北京的街道上，他看着外面飞闪而过的城市霓虹，沉默好一会儿，还是拿出了手机。

微博一登上去就是他的小号，显示着他下午发的照片，肖让看着屏幕上颜色漂亮的盒饭，还有下面显示为0的评论数，忍不住暗叹口气。

其实那个盒饭他根本没吃，作为一个合格的宣传，姗姗姐不允许他在公共场合吃一口食物，以免被拍下角度不好的丑照。他来央视彩排前已经在酒店吃过了，但当时看着他们分发盒饭，忽然就心念一动，拿了一盒过来，拍了这么一张照片。

他知道是为什么。他不敢联系她，潜意识里却仍想做点什么，希望可以引起她的注意……

但现在看来，他的"引起注意行动"失败了。她没有评论，搞不好根本就没看到，而根据她微博长草的情况看，这个猜测实在非常有可信度。

肖让这么想着，随意从关注人里点进沈意的主页，却忽然一愣。

在那已经被他在不同时间"视奸"过好几次的主页上，原本只有可怜巴巴的几条转发，如今却在最上方多了一条原创。也是一张照片，阳光照耀的课桌上，英语报纸摊开放着，上面的完形填空已经做了一半，一只黑色中性笔随意搁在报纸中间。

"卷子好像能自动孵化，永远也写不完……"

沈意发了一条新微博！

肖让不敢相信自己的眼睛，反复看了三遍才确定，没错，她居然真的发了一条原创微博。

那也就是说，她今天登陆了这个账号，那她看到他发的微博了吗？应该看到了吧，她一共就关注了三个人，可既然看到了，为什么一个评论都没给他留？连个赞都不点。

她真的不想理他吗……

这个念头让他越发不安，之前的猜测也更加肆虐。那晚的事，她到底是记得还是不记得？

他纠结许久，猛地坐直了身体。不行，不能坐以待毙，到底什么情况，他必须清楚！

这个点，沈意已经回家了，正坐在书桌前写一套文综卷子。但她写得不是很专心，几乎每隔几分钟就要看一下手机，这个动作已经持续了一个下午加半个晚上。自从她发了那条微博，就忍不住每隔五分钟看一下手机。

但等来等去，始终没有等来想要的回复。

就在她开始怀疑自己的希望恐怕要落空了时，手机忽然弹出消息提醒，有人评论了她。

沈意立刻丢下笔，抓起手机就点开评论，果然看到了熟悉的ID——今天又不想上班。

"回复small case：这么夸张吗？那你试试把卷子妈妈关起来，看能不能阻止它们孵化小卷子。"

时隔一周，她又看到了肖让发给她的消息。

沈意觉得心脏某处酥酥麻麻的，连呼吸都紧了。在那晚的记忆之后，她觉得肖让好像一下就变得不一样了，而她连再看到他的消息时都有种奇怪的感觉。

像窘迫，又像羞涩，还有不敢面对……

她呆了好一会儿，才想起来自己还没有回复。可是说什么呢？她咬了咬唇，点开回复烦恼好半晌，胡乱按了个"……"，谁知手一抖竟发了出来。

"……"是什么东西！她等了一下午加半个晚上才等到他的评论，怎么会回这个！

是脑抽了吗！

她手忙脚乱，想撤回，才想起来这不是QQ，立刻改成删除。可没等删除成功，那边已经回复了："'……'是什么意思？"

沈意深吸口气，让自己别慌，大脑飞速转动，手下也不停，补救道："你

248

在外面，又不用做这些卷子，怎么还这么积极迫害它们？这个话题你最没有参与资格。"

原来是因为这个。

那边肖让也松了口气，他本来还以为"……"是对他无语的意思："我虽然自己不做，但我关心同学啊。看到你们被它迫害，我于心不忍。"

沈意看着他的话，慢慢趴到书桌上。

肖让的态度看起来很正常、很自然，所以，那天晚上的一切真的是她的梦吗？

沈意双颊一烫，又想把脸藏起来了。她不明白，自己怎么会做那样的梦，还是跟他。少女思春吗？

那她思得也太……

她正羞愤交加，却又看到他说："不过，你最近很忙吗？都没有收到你的消息。"

她没有消息，是因为在怀疑他是不是偷亲了她……

沈意腾地坐起来，觉得整个人都要烧起来了，生怕自己不可见人的小心思被他看穿，慌忙回道："啊，很忙，特别忙！那个，学校里一模刚结束，又开始二轮复习了，每天都有好多题要做，我都没空……"

这一次，那边过了一会儿才回道："这样啊，你说得我都紧张了。我最近也挺忙的，在彩排春晚——我要上春晚了，你知道吧？不过学习也不能丢，下个月还要艺考，你还是帮我把那些卷子，还有孵化出来的小卷子，都收一下吧，我回来还是得做一做。"

她当然知道他要上春晚了，想到他这么忙碌，她却在莫名其妙地怀疑他，她更羞愧了，主动说："你别担心，等你回来集中复习的时候，我会帮你的。你需要复习笔记吗？我还可以给你做别的科目的笔记，或者你直接用我的笔记也行。我的笔记，乔老师都说做得好的。"

因为急切，她忘了修饰语气，透出一点小女生的炫耀。肖让察觉了，回复时不禁流露出一丝笑意："好啊，那提前谢谢班长了。"

他又叫她班长，这个称呼仿佛有魔力，沈意盯了片刻，忽然弯了弯唇。

不去想自己为什么会做那个梦，把那些东西都先抛到一边，她两只手握着手机，认认真真地打字："我不打扰你了，你早点休息。好好排练，我等着在春晚上看你。"

明明只是文字，他却仿佛透过那行字听到了她的声音。温柔的，轻盈的，像夏夜的风，吹拂到面上，带来一个绮丽而美好的梦。

让他心驰神动。

肖让忽然把头往椅子后背一撞，哀号："我完了，我完了，我完了！"

旁边的姗姗姐吓了一跳，忙问："怎么了？什么完了？"

肖让没理她，只是想着刚才的对话。从沈意的态度来看，她应该是真不记得那晚的事了，他却没有因此而有逃出生天的感觉，反而觉得另一个问题如一座大山般压下来，迫在眉睫了。

他呆呆想了好一会儿，忽然转头看向一直以来任劳任怨的宣传姐姐，道："姐，有一个问题。我如果谈恋爱的话，你不会辞职吧？"

姗姗姐："啥玩意儿？"

【未完待续】

图书在版编目（CIP）数据

十八味的甜：全2册/茴笙著.—南京：江苏凤
凰文艺出版社，2020.11（2023.5重印）
ISBN 978-7-5594-5025-8

Ⅰ.①十… Ⅱ.①茴… Ⅲ.①长篇小说－中国－当代
Ⅳ.① I247.5

中国版本图书馆 CIP 数据核字 (2020) 第 125411 号

十八味的甜：全2册

茴笙 著

策　　划	北京记忆坊文化	
责任编辑	白　涵	
特约策划	绪　花	
特约编辑	绪　花	
封面绘图	三　乖	
封面设计	80 零·小贾	
版式设计	天　缈	
发行平台	有容书邦	
出版发行	江苏凤凰文艺出版社	
	南京市中央路 165 号，邮编：210009	
网　　址	http://www.jswenyi.com	
印　　刷	三河市国新印装有限公司	
开　　本	670 毫米 ×970 毫米 1/16	
印　　张	32	
字　　数	556 千字	
版　　次	2020 年 11 月第 1 版	
印　　次	2023 年 5 月第 2 次印刷	
书　　号	ISBN 978-7-5594-5025-8	
定　　价	78.00 元（全二册）	

江苏凤凰文艺版图书凡印刷、装订错误，可向出版社调换，联系电话 025-83280257

MEMORY
HOUSE

MEMORY HOUSE
记忆坊文化

茴笙 · 著

My
Deskmate

十八味
的甜

下

江苏凤凰文艺出版社
JIANGSU PHOENIX
LITERATURE AND
ART PUBLISHING

目录
Contents

Chapter 9

春晚的彩排在一轮又一轮地进行着，春节也在这个节奏里渐渐逼近。大街小巷新年的气氛越来越浓厚，高一和高二年级也相继放了寒假，高三却还在补课，直到腊月二十七，大家还被关在学校里。

对于学校此种丧心病狂的行为，高三学子们都叫苦连天，再加上复习的日子又是那样一成不变，整个年级人心浮动，都期望至少发生一点不一样的事，就当听个八卦调剂一下也好。

也许是大家的祈祷太虔诚，这不一样的事终于不负众望地来到。

沈意吃过午饭，刚走到教室外，就听到里面传来一阵欢呼声。她奇怪着进去，发现好几个女生围着周静书，又是羡慕又是嫉妒地说着什么。而她们中间的周静书满脸笑容、双眼发亮，看起来比考了全市第一时还要喜庆。

杨粤音解释道："复旦的结果出来了，周静书通过了，保送。"

原来如此。沈意点点头，又有点惊讶，往年都是年后结果才会出来的，今年居然提前到年前了。

看着周静书喜悦的脸，她忍不住感慨，周静书固然有实力，但运气也是真的好。误打误撞的一模第一，最后居然换来了复旦的保送资格，真是不服不行。

不过，她忽然想到，复旦的保送结果都出来了，清华和北大的考试时间比复旦还早一点，现在结果出来了吗？

像是为了回答她，教室门口又进来一个人，是宋航。他一露面，周静书立刻扬声问："宋航，乔老师叫你是说冬令营的事，对吗？你过了吗？"

宋航没回答，旁边的张立峰抢着答了："当然过了！你都过了，咱们宋学神能不过吗？我躲在门口都听到了，清华降分30分，哈哈哈，咱们班现在已经有一个准清华和准复旦了！"

他喜气洋洋，仿佛自己过了似的。和他比起来，宋航的神情却很冷静，目光越过人群，看到了后面的沈意。

沈意和他的视线对上，心里忽然"咯噔"一下。

张立峰恰在此时也看到了她："哎，对，班长，现在就差你了。乔老师还没跟你说你的结果吗？"

沈意薄唇紧抿，没有回答。周围人察觉她情绪不对，彼此对视。宋航眉头微皱，刚想上前，沈意却后退两步，转身就出了教室。

她往办公室的方向跑，还没跑到就看到拿着几本书出来的乔蕊。乔蕊也看到了她，脸色一变。

沈意站定，只觉胸口的一颗心"怦怦怦"乱跳，强忍着那股不适问："乔老师，北大的结果，出来了吗？"

乔老师没有回答。

她觉得喉咙有点发紧，慢慢说："不好，对吗？"

其实，看到宋航单独进来时，她就有预感了。复旦的面试时间和他们不同，可能单独通知，但清华和北大的考试时间是一样的，成绩也是一起出来的，乔老师却只叫了宋航去。

这不合理。除非，乔老师不希望她和宋航一起听到自己的成绩。

乔老师沉默良久，终于轻叹口气："其实，冬令营只是一个保险，有是好事，没有也不要紧。这次虽然结果不好，但老师希望你千万不要丧失信心……"

冬日惨淡的阳光照过来，沈意站在原地，只觉得满心都是茫然。

沈意不知道自己是怎么上完后面的课的。

班上的同学很快都知道她没通过北大的考试，而且不是普通的没通过，冬令营的降分从5分到30分不等，宋航拿的是最高档位，相当于保送，她甚至连最低档位5分的降分都没拿到。

"听说是笔试考砸了。面试成绩还不错，可笔试考得太糟，最后没选上。"

大家私下议论，因为沈意为人和善，而且人人都知道她努力，所以倒也没谁幸灾乐祸，更多的是替她惋惜。

"我要是班长，心态真的得崩了，本来我是最好的，结果现在他们俩一个降分，一个保送，就我没有，变成我最差了。这谁受得了啊。"

杨粤音和关越越估计也这样想，都很担心沈意的情况，课间一直过来和她说话。杨粤音安慰说："其实，冬令营没过就没过嘛，又不是没有这个分就一定上不了北大了。以你的成绩，高考裸分还是可以搏一搏的。"

关越越的安慰则更直接，吃晚饭时提议道："不然我们今天别吃食堂，去吃点好的吧。我知道学校附近刚开了家韩式烤肉店，我们去吃烤肉吧，我请客。"

两个女生都期待地看着她，沈意却摇了摇头："我没胃口，你们去吃吧。"

关越越立刻说："那我们也不吃了，我们在教室陪你吧。"

"不用，我想一个人待一待。"

关越越还在犹豫，杨粤音却扯扯她袖子，使了个眼色过去，然后笑着说："你休息一下也好，我们吃完饭给你带好吃的，等我们吧。"

和黏人精关越越不同，杨粤音觉得沈意现在可能真的需要一个人清静一下。她们一直围在旁边，搞不好只会让她更心烦。

两个好友离开了，沈意坐在座位上，教室里还剩下十来个人，都是懒得去吃晚饭的。有人在做题，还有人在悄悄看她，小声说着什么，面露同情的神色。沈意任由他们看了会儿，忽然起身，离开了教室。

她顺着人流走出了学校，漫无目地往前走，等终于回过神，才发现自己已经走到学校附近的另一条街上。这里没有拥挤的学生，街边空旷，两侧的梧桐树枝干光秃，偶尔有几辆车开过，透出冷清寥落。

一如她此刻的心情。

杨粤音说，冬令营砸了还有高考。乔老师也说，让她不要丧失信心。可事到如今，她真的不知道自己还有没有信心。

第三次学月考试考砸的时候，她安慰自己好歹不是模考，可是一模她已经错过了，放弃一模选择的冬令营又失败了。最让她无法接受的是，明明面试题目是她前一晚和肖让聊过的，她以为那是自己好运的表现，可没想到面试过了，笔试却砸了。

这样都能输，让她怎么去相信自己一定能在高考中考好？

往年的例子那么多，多少尖子生都在高三陨落了，也许，她就是下一个……

沈意越想越压抑，心头像压了块大石，让她连气都要喘不过来了。

终于，她拿出手机，拨通一个电话："喂，爸爸。"

上一次在北京，沈平没有如约来接沈意去吃饭，甚至晚上也忘了再给她打个电话，第二天一早才终于想起来，歉疚地表示，那天晚上恬恬一直哭闹，他们忙着哄她，别的事都顾不上了。

沈意当时没有说什么。就像以往的每一次，她安静地听完，然后说没关系的，她可以理解，甚至还反过来安慰了爸爸。

那样平静，就好像前一晚因为这个失控大哭的不是她。

因为经过了一夜，所以再次面对他时，她已经可以隐藏好一切情绪。

可是这一刻，当她听到手机那头熟悉的声音，胸中仿佛有什么东西慢慢上涌，就要克制不住了。

"怎么了，意意，突然给爸爸打电话。"

沈意抿了抿唇："爸爸，我北大考试的结果出来了。"

"是吗，怎么样啊？"因为她这么积极通知自己，沈平以为是好消息，声音都跟着上扬。

可是下一秒，他却听到沈意低低的声音："我没有通过。对不起，爸爸，我考砸了。"

沈意捏着手机，眼前闪过十年前的未名湖畔，小女孩抱着爸爸，立下雄心壮志。她说，她要考上北大，这是他们的约定。

后来的许多年，这就成了她的执念，她把它珍藏在内心深处，没有告诉任何人，悄悄朝着这个目标努力。她知道大家背地里怎么说她——只知道学习的书呆子，从高一就进入了高三模式，好像永远不知道疲惫。

可怎么可能不累呢。她这样，只是因为她有一个无论如何都要达到的目标。

她就这样坚持了十年，眼看这条路就要走到终点，她却开始怀疑，自己真的能走到吗？

沈意忍了又忍，还是没忍住声音里的哽咽："爸爸，如果我考不上北大怎么办？"

这是她最大的恐惧，在北大那几天她总是想着这个，日夜担忧。过去不敢面对，可如今，到了不得不面对的时候。

他会怎么说她呢？会不会说她没志气？小时候他其实经常这么说她，他是军人，习惯了要求严苛，不仅逼着她晨跑，对她的学习也管得很多。她一年级时成绩其实并不好，有回数学考试还没及格，他不打她，却强行抱着她讲了三个小时大道理，最后愣是把她讲哭了。

不过后来，他们分开了，他对她就越来越客气了……

想到这儿，她揪紧了一颗心，等着沈平的回答，却听他轻叹口气，有点费解地说："考不上的话，也没关系啊。"

像是有风吹过前额，沈意没有回答。

"我不知道是谁给了你这样的压力，但意意，你已经很优秀了，就算考不上北大也没关系的。复旦、南大，或者武汉大学，都挺好的。无论你考上哪里，爸爸都为你骄傲。"

他的语气是那样诚恳，他是真的希望她能够放下压力，沈意却觉得自己的心一点点沉下去。

"可是爸爸，我答应过你的。"

"什么？"电话那边，沈平明显愣了。

"你忘了，对不对？"她轻轻道，"我8岁那年生日，你带我去参观北大，当时我跟你说，我以后要考上北大，这样爸爸也可以来上学了。你都不记得了，是吗？"

沈平怎么也没想到，一时无措，好一会儿才说："意意，爸爸真的想不起来了。可能我们开过这样的玩笑，但那只是一个美好的愿望，不一定非要……"

"是，那只是一个玩笑，可你知道我为什么一直记得吗？因为那是你陪我过的最后一个生日！因为从那以后，你就再也没给我过过生日，你只会给恬恬过生日！"

终于，说出来了。

她的怨恨，她的不甘，她隐忍多年的心结，都说出来了。

沈意感觉，自己的力气也像是随着那声嘶吼宣泄而出，她几乎要站立不稳。

电话那边一片死寂，长久没有声音，久到她以为他已经挂断了时，才终于听到一声艰难的"囡囡"。

这是她幼时的小名，在这个时候听到，却几乎要勾出她的泪来。

沈平像是被她吓到了，有点语无伦次地解释："囡囡，爸爸真的不知道你这么在意这个。当时爸爸刚去北京，工作很忙，你生日那次我本来想回来的，只是临时出了点事。真的，我机票都买了！"

"第一年有事，那第二年呢？"

"第二年……"

第二年当然也有工作，但没有第一年那么紧急，要推还是能推掉的。只是那时候他刚成立了新公司，一心想让公司早日步入正轨，小孩子的生日就被放到脑后了。

而且，意意总是那么懂事，从来不会怪他，他就以为没关系。

再后来，他和秀君结了婚，有了恬恬……

他忽然觉得无法解释，改口道："囡囡，你今年过生日，爸爸一定回来，好吗？你想要什么生日礼物爸爸都给你买，以后每年你的生日，爸爸也都会在的！"

"是吗？"

沈意听着他急切的声音，忽然觉得很可笑，一切都很可笑。他以为只是几次生日的事吗？她在意的是这个吗？

她摇摇头，说："算了，不是你的错。是我的错。是我太偏执。"

杨粤音和关越越吃了晚饭，特意绕路去买了沈意喜欢吃的章鱼小丸子，想着她现在应该也吃不了太多，就没有再买别的，只是又拿了个大酸奶。为了逼沈意吃下去，两人还提前对了词，计划好到时候怎么一唱一和，谁知回到教室却发现沈意不在。

本以为她去上厕所了，可等了又等，直到晚自习都要开始了，沈意依然没有回来。

两人去厕所看了一圈，里面早就没有人了，打电话过去，她的手机关机，正面面相觑，宋航却过来问："沈意呢？"

关越越说："不、不知道，我们回来就没看到她……"

"她心情不好，你们没有陪着她吗？"

关越越觉得他语气里有隐隐的指责，本能地为自己辩解："我们想陪她的！可是她不要我们陪，我们也不能强迫她吧！"

杨粤音安抚地按按她肩膀，对宋航说："我看小意心情不好，所以她说说想一个人待着，就没有勉强。但我没想到……"

心头有不安涌上来，沈意从来没有逃过课，可今天都这个点儿了，她还没回来。不会是……

宋航当机立断："她可能去哪些地方？我们去找她。"

关越越愕然："现、现在吗？你觉得会出事？"

宋航没回答。杨粤音说："我也有点担心。"

关越越一下子就慌了，眼前闪过下午沈意沉默的脸，虽然她表现得很安静很镇定，但她们认识这么久，她当然看得出她黑沉的眼睛里，是怎样的难过和茫然。

他们说得对，现在的沈意，真的很有可能出点什么事。

张立峰恰在此时凑过来："你们要去找班长吗？带上我，带上我。"

杨粤音不耐烦地说道："你怎么什么热闹都凑！"

"是我要凑热闹吗？班长没回来，全班都发现了，我怕你们缺人手，来帮忙。"

果然，他们在这里商量，偷看他们的同学们不少，大家都注意到这边的异常了。

宋航扭头就往外走，关越越问："直接走吗？不跟乔老师请个假？"

宋航头也不回："你爱请假就请假，我没时间。"

关越越虽然是差生，但只是成绩差，平时还是很循规蹈矩的，万万没想到自己生平第一次翘课，居然是被宋航带着的！

怎么你们学霸连逃学都这么果断！

大家把学校附近她们常去的小吃店找了，又去了沈意偶尔会在那里上自习的书吧，都没有人。最后众人一商量，豁出去去了沈意家，本来还担心如果遇到沈意的妈妈会不好解释，毕竟沈意可能只是单纯心情不好，告诉家长就闹大了，然而他们敲了五分钟的门，里面一点动静都没有。

杨粤音说："我想起来，小意说过她妈妈是护士，经常要上夜班，今晚可能也是吧。"

他们折腾这么久，也有大半个小时了。杨粤音抱着一丝希望给同桌打了个电话："喂，是我。小意回来了吗？"

同桌大概是在晚自习上偷偷接的电话，声音也压得很低："没有。但乔老师来了，她已经发现你们逃学了，不过没说什么，估计是猜到原因了。"

杨粤音挂了电话，只觉得一颗心越揪越紧。都这么久了，沈意还没回来，她到底去哪儿了？

该找的地方都找过了，她真的想不到还有什么别的可能了……

旁边张立峰的手机忽然振了振，他拿出来，回复着什么。

杨粤音正心烦，看到他的动作没好气地说道："你跟谁发消息呢？找人呢，能不能专心一点！"

"肖让，肖让找我！"

杨粤音一愣："肖让？你们这么熟吗，居然会私下发消息？"

她这么说，张立峰也有些奇怪地说道："本来也不会，但上次他不是回来了吗，就加了我的微信，那之后偶尔会找我聊一聊。也没什么大事，就是会问一些学校的事情，比如老师啊、考试啊、作业啊什么。哦，有时候也会问一问班长。"

大家也都知道肖让最近正在北京忙着春晚彩排，这么忙了还有空为学校的事操心，杨粤音心念一动，还没来得及说话，旁边的宋航冷不丁道："你问问他，知不知道什么地方是沈意可能去的。"

众人一愣，张立峰说："问他吗？她们俩都不知道，他可能知道？"

"让你问就问。"

学霸今天不太对，气场过分强了，张立峰不敢再问，发了消息过去。

然而肖让并没有回复消息，三秒钟之后，张立峰的手机响了起来。

他一接起来就听到肖让有点担忧的声音："你问这个做什么，沈意不在学校吗？"

"没有。我们正找她呢，白天出了点事，她不见了。我们大家都挺担心的……"

"什么事？"

宋航抽过手机，对着那头说："北大冬令营的结果出来了，她没有通过。"

肖让的声音一顿："宋航？"

"是我。"

"你们在找她？"

"我们找了很多地方，都没有找到。你知道她可能去哪儿吗？"

肖让沉默片刻："我也不知道有什么地方是她可能会去的。"

宋航不知道自己心里什么感觉，像是松了口气，转瞬却又重新紧张起来："那算了，我们继续找吧。"

他想挂电话，肖让却忽然追问："她很难过吗？"

宋航反问："你说呢？"

挂断电话后，肖让沉默地坐在那里。

宋航说，沈意没有通过北大冬令营的考试，他想起那天晚上，他在电话里听到她的哭声。当时她骗他，说是因为考试没考好，虽然后来知道是假的，此刻他却忍不住想，如果真的知道自己没考好，她是不是也会哭成那样？

她现在呢，也在哭吗？在他看不见的地方……

光是想到这个，他就觉得自己整颗心都揪紧了。

休息室的门被推开，罗成探进半个身子："小让，我们该走了。"

他们正在一个活动现场的后台，肖让马上要接受一个采访。因为上春晚的关系，他最近的宣传活动也很多，连续几天都只睡了四个小时，白天不得不喝了好几杯咖啡才扛下来。

他起身，罗成忙过来给他整理衣服，嘴上说着："文昌哥让我提醒你，这个采访还挺重要的，对方记者比较难缠，小心别说错话。"

肖让当然知道重要。他努力想让自己的注意力回到工作上，可思绪却仿佛不受控制，跑向了远在千里的另一座城市。

两人往外走，眼看要转过拐角，肖让忽然驻足，深吸口气："不行，你帮我跟文昌哥说一声，我去不了了。"

罗成目瞪口呆："什么？为什么去不了？"

肖让拿过他的鸭舌帽，扣到自己头上，转身一边走一边说："我有件很重要的事要做，你给我一个晚上，最迟明天我肯定回来。到时候，我会亲自跟文昌哥请罪的！"

沈意不知道自己应该去哪里。

天已经黑了，她挂了电话就直接关了手机，然后，在路边怔怔站了许久。有车开过去，一辆，又一辆，她无意识地数着，当数到第十三辆时忽然反应过来，该回去了。

还要上晚自习，她还从没有缺过课呢。可想到又要回到教室，面对那些人或同情或怜悯的目光，她就觉得有说不出的抵触。

带着这样的心情，沈意慢慢往学校走，却在拐角处看到一个熟悉的地方。

是游戏城。

几个月前的一个夜晚，学校突然停电，肖让牵着她的手跑出了校园。然后，莫名其妙地，他就在这里和人斗了舞，对方还是七中的一个校草。

那是她第一次见识到他在舞台上的魅力，那样耀眼，仿佛披戴着万丈荣光。

往事忽然涌上心头，沈意一个晃神，等回过神来才发现自己已经掉转脚步，走到了游戏城里。

里面照样挤满了玩游戏的年轻人，但跳舞机空着，沈意在旁边看了好一会儿，还是没胆子站上去。

反正也不想回学校，她索性把那些事抛诸脑后，视线在周围转一圈，走到了前台："我想买币。"

犹记得她月考考砸的那天晚上，肖让对颓废的她说，去玩游戏，在游戏里击败其他玩家后就什么烦恼都没了。她并不相信游戏真的可以让她没烦恼，但这一刻，她真的很想做点别的事转移一下注意力。

前台是个二十来岁的小姐姐，笑着问："要买多少呀？一个币一块钱，买一百送二十。"

沈意一周有五十块零花钱，但她不爱买零食也不逛商场，所以花得很慢，数了数身上还剩下的钱，一咬牙："那我买两百的。"

发泄似的说完这句话，她心中竟有一种一掷千金的快感。

两百多个游戏币装在一个小篮子，金灿灿、沉甸甸，像巨龙的宝藏。沈意捧着篮子坐到一台游戏机前，深吸口气，投了五个币进去。

她没有来游戏城玩过，但杨粤音和关越越偶尔会来，沈意看她们玩过，现在选的这台机器就是杨粤音最喜欢的一款赛车游戏。

沈意坐在鲜红色的皮椅上，直接跳过简介，开始游戏。

宽阔的跑道上，好几辆赛车停在起跑线前，沈意的车是一辆鲜红的跑车。她猜测这应该是比速度的，看谁先到终点，果不其然，屏幕五秒倒计时后，六辆赛车如离弦的箭般冲了出去！

沈意顿时紧张起来，两手紧握着方向盘，根据道路左右转动。这游戏的代入感很强，她操纵着赛车，看着飞速闪过的两侧风景，蓝天白云、旷野公路，仿佛身临其境，甚至当赛车转弯时，她发现椅子也在倾斜。

这椅子居然会动！

沈意整个人都投入了，全神贯注，然而毕竟是新手，下一个弯道，她就因为转弯不及时，赛车"哐"地撞上护栏！

一声惊天动地的巨响，椅子剧烈抖动，屏幕也打碎般裂成无数片，赛车车身翻转，滑出十几米远！

沈意吓得差点叫出来，一颗心怦怦直跳，仿佛自己真的翻车了似的。

她以为她死了，要从头再来了，然而两秒后，赛车重新翻过来，继续往前。

原来在这个游戏里不会死吗？

这个认知一出来，沈意就像吃了定心丸。她再也无所顾忌，握着方向盘横冲直撞，甚至故意往障碍物上撞，翻车了就爬起来继续往前冲。

在这种毫无理智的玩法下，她觉得身体里仿佛燃烧着熊熊火焰，之前的迷茫、压抑、痛苦、不甘，都在这团大火里被烧得干干净净。

一局毕，屏幕显示她获得了第六名。

一共就六辆车，也就是最后一名了，不过沈意并不在乎。她觉得自己浑身充满了酣战过后的痛快舒爽，不等屏幕上的画面跳完就又按了重新开始的键，开始下一局。

时间就在一局一局的赛车中流逝，沈意忘了饥饿，不知疲惫，眼睛里只有游戏。直到篮子里的游戏币只剩不到十个时，她才猛地反应过来，好像已经很晚了。

外面是沉沉夜色，游戏城里的人也少了一半，沈意不知道自己玩了多久，只是觉得精疲力竭，眼睛也有点发酸。

正犹豫自己是不是该走了，忽然注意到旁边坐了一个二十来岁的男人，正看着她。察觉到她看过来，男人一笑："妹妹很喜欢赛车啊？"

沈意没有回答，他继续说："我看你玩了好久，一直在玩这一个。别的游戏不喜欢吗？"

沈意其实不想理他，但从小到大养成的教养又让她担心这样会不礼貌，只好小声说："我只会玩这个。"

男人"哦"了一声："我猜也是。你的赛车玩得也一般，新手吧？"

沈意点点头，男人说："那你想学吗？我这些游戏玩得都不错，可以教你。"

什、什么意思？

沈意眨眨眼，男人解释："别紧张，我就是想跟你交个朋友。看你的校服，是七中的吧？我堂弟也是七中的，搞不好你们还认识呢。"

灯光里，沈意看着男人充满暗示的双眼，后知后觉地反应过来。

她这是……遇到搭讪了吗？

因为个性，她很少交新的朋友，从没遇到过这种事，顿时就有点慌。而且这男人看起来流里流气的，更是让她不安。

"不、不用了。我要回家了。"

她站起来想走，男人却伸手挡在她面前。沈意立刻像炸毛的猫般，戒备地看着她，男人和她对视两秒，收回了手。

沈意逃也似的离开，也不管没花完的游戏币了，走到游戏城出口的地方才松了口气。看着外面的夜色，她想拿出手机看看时间，然而手在口袋里一摸，却发现空空如也，手机不见了。

她愣了一秒，立刻把全身的口袋都摸了一遍，还是没有。

沈意有点蒙，她明明记得，玩完游戏时，她的手曾经碰到衣兜，那时候，手机好像还在里面……

她立刻转头看去，那个男人还坐在椅子上，却正把什么东西放到口袋里。

沈意觉得心怦怦直跳，咽下口唾沫，慢慢走回去："我的手机好像掉了，你看到我的手机了吗？"

男人故作不懂："什么手机？我没看到。"

"真的？"

"真的。"

"那刚刚你手里的是什么？你拦我的时候，碰到我的衣兜了，对吗？"

她追问不休，男人忽然不耐烦起来："说了没看到就没看到，你有完没完？怎么着，暗示我偷了你的手机，要栽赃嫁祸？"

如果说刚才沈意还只是怀疑，现在看他的态度，就几乎是确定了。

一定是他拿了。

原来他搭讪是为了这个，她居然上了他的当！

换了别的时候，沈意可能就算了，毕竟对方是个成年男人，而她只是个高中生。可今天她本来连遭打击，好不容易靠游戏找回来的一点好心情也在手机被偷的状况下消失殆尽。

她只觉得有一团气，直直冲上脑门："你不承认是不是？"

"我没做过的事，为什么要承认？"男人完全撕下伪装，一脸浑不懔道，"虽然我想和你交朋友，但你也不能诬陷我啊。"

沈意完全不知道怎么跟这种人打交道，从小养成的习惯让她下意识想找大人帮忙："好，你不承认，我找老板评理！"

她立刻往前台冲去，一边冲还一边回头看，生怕那人跑了，谁知对方就坐在原地，并没有要走的意思。

前台的小姐姐已经不在了，换成了一个中年男人，沈意抓着他就走到男人面前，指着他道："这个人，他偷了我的手机，你们管吗？"

老板被拖过来正莫名其妙，闻言脸色一变。然而他盯着男人看了几秒钟，却转头问沈意："你有证据吗？"

沈意一愣，立刻说："刚刚就他在我旁边，就几分钟的工夫，而且我亲眼看到他把一个东西往口袋里放！"

"只是你看到，还没看清，那就是没有证据了？"

沈意怎么也没想到老板居然这么说，不可置信地说道："我怎么没有证据？他身上的就是证据！"

老板眼珠子一转，圆滑地说道："那你得把手机拿出来，我看到了，才能帮你。"

她要是能把手机拿回来，还需要他吗？

沈意气得眼泪都要出来了，那男人越发有恃无恐，甚至朝沈意张开手臂，做出一副展开怀抱的样子："别说哥哥欺负你，你要是想搜身，我让你搜啊。"

这边的动静也惊动了游戏厅里的其余人，大家都看过来，好奇地低声议论。有人认出那年轻男人是常在这一带混的混混儿，好像还坐过牢，顿时明白这老板为什么不肯帮那个小女孩了。

偷手机的事多半是真的，但一个是打架斗殴，还有案底的混混儿，一个是看上去就柔柔弱弱的小女生，是个人都知道不想惹麻烦的话该怎么选。

他们也都不想惹麻烦，所以没人吱声，有两个十七八岁的男生甚至帮腔道："是啊，妹妹，既然你怀疑李哥，就上去搜身嘛。搜出来了，李哥肯定任你处置的！"

男生们哄笑，其余人虽然有不赞同的，但也只是假装没听到。

沈意看着四周。明明有这么多人，却没一个肯帮她，大家只是看热闹似的看着她，甚至还有人帮着那个人一起欺负她。

她咬了咬唇，几乎想不管不顾冲过去算了，一个黑色身影却忽然从后面过来，一把抓起那李哥就按在了游戏台上。

李哥始料未及，下意识挣扎，那人却利落地反剪他双手到背后，并且用力一压。李哥立刻道："痛痛痛！你谁啊！"

这变故太突然，大家也始料未及，只见来人高瘦挺拔，黑色鸭舌帽压得低低的，还戴着口罩，让人一时看不清他的脸。

那人没理他，左手制住他，右手往他衣服口袋里一伸，两指一夹，就摸出一个手机。IPhone7，套着美少女战士的手机壳，一看就是女生的东西。

他说："现在有证据了？你信不信我立刻报警！"

李哥咬牙，没吱声。

他刚才只是仗着对方是小女生好欺负，现在这人一看就不是善茬，而且这种游戏城都是有监控的，要是报了警，自己又有案底，到时候就麻烦了。

男生按住他的手又用了几分力气，他额头上的汗都下来了，终于说："大哥！我错了！我错了还不行吗！"

男生冷笑一声，松开他转身，看也没看其余人，抓住沈意的手就往外走。

直到两人离开游戏城好一段距离，男生这才停下脚步，沈意也终于挣开他的手，定定地看着男生。

她心里有一个猜测，却不敢相信。他不该在这里，他现在应该在北京准备春晚，她白天才看了他的新闻，他怎么会晚上就出现在她面前？

路灯微弱的光从后面照过来，黑沉的夜色中，男生摘下口罩，露出那张熟悉的脸。

沈意还没来得及说话，肖让已经一把抱住了她。他抱得那样用力，两手揽住她的腰，声音低沉如晚风，在她耳畔响起："你去哪儿了？你知不知道，我一晚上都在担心你！"

沈意的鼻子撞上他肩膀，男生穿着黑色的大衣，布料很凉，带着风雪的寒意，像是奔波了很久。

她闻到了熟悉的香水味，是他身上的味道。她这一晚情绪本就压抑到了极点，刚刚还被那样欺负，现在在这熟悉的气息中，积攒的情绪忽然全部爆发，眼泪一下子就涌了出来。

因为不想被他听到，她咬紧双唇，极力忍住了声音，但他还是察觉了，原本紧紧搂着她的腰的手松开，转而轻柔地拍着她的背。

"没关系，没关系的……"

在他的安慰中，她终于卸下心防，也抱住了他痛痛快快哭了起来。

不知过了多久，她的哭声终于小了。他松开她，她低着头用手擦拭眼泪，他却递过来纸巾。

沈意接过来，忽然觉得这一幕有点熟悉。好像很久以前有一次，也是在这附近，她遇到了暴露狂，当时她被吓哭了，他也给她递了纸巾。

她忽然一笑，抽噎道："我怎么，好像每次见你都在哭……"

肖让也笑了，抬手碰碰她头发："对啊，你比我想象的爱哭。"

他指尖微凉，轻轻扫过她额际。这动作温柔中透出股暧昧，沈意想到两人刚刚还抱在一起，脸忽然有点烫，掩饰道："你……你怎么回来了啊？不是该在北京吗？"

他怎么回来了？肖让想到自己这一个晚上，实在是太过疯狂。从活动现场离开后立刻打车去机场，在路上买了时间最近的航班的机票，还好头等舱还有位置。到了机场就更不用说了，首都机场永远都充满了蹲守明星的各家粉丝和媒体，他一路遮遮掩掩，好不容易才在最后五分钟登上了飞机。

整个过程出纰漏的环节多到他头皮发麻，如果让姗姗姐知道，恐怕她真的得以辞职威胁。

下了飞机已经快午夜了。他坐在出租车上，嘉州的夜风吹拂过他面颊，他这时候才发现，最难的不是过来，而是找到她。

城市这么大，她会在哪儿呢？

他打车到七中，这个点，学校附近的店铺都关门了，只有游戏城还灯火通明，里面人居然还不少。肖让看着那里，忽然想起几个月前，他们在这里玩过。

一个强烈的直觉涌上心头，他不知道自己哪里来的自信，但既然他们都找不到她，那说明她常去的地方都没有人影。

那有没有可能，她去的地方，和他有关系？

他抱着自己都不确信的想法走了进去。

然后，在人群中央，看到了她。

女孩睁着一双黑白分明的眼睛，定定望着他，眼睫微微濡湿。

肖让避开目光道："我临时有事回嘉州，凑巧看到了你。"

这么巧？

沈意有些不信，他突然回来已经很奇怪了，还大晚上一个人在外面，还遇上了自己，这概率得多小啊！

肖让大概也觉得这说法站不住脚，想了想，改口道："好吧，我确实是临时有事回嘉州，但出现在这里不是偶然，我是来找你的。"

沈意面色一变，却听他道："他们说你晚自习没有去，手机也关机了，都很担心。我也很担心。"

男生声音轻柔，说着关切的话，她的心却无法在这声音中平静下来。

他知道她没有去晚自习，那么，也知道她为什么不想回去了吗？

沈意忽然觉得难堪。他看到了她的失败，看到了她的狼狈，而她最不希望的，就是被他看到这一面。

她转身想走，肖让却又抓住了她的手："我知道你的心情，但……"

"不，你不知道。"沈意打断他，像是再也不想忍耐了似的，重复道，"你不知道我的心情。没有人知道。"

肖让沉默，片刻后轻轻一笑，柔声道："我不知道。那你告诉我，我就知道了啊。"

他的声音像有某种魔力，瞬间摧毁她勉强构筑的冷漠冰墙。

沈意吸吸鼻子，走到路边的台阶坐下。这个时间了，大街上一个人都没有，连车辆都很少，肖让也在旁边坐下，两个人就这么看着空荡荡的街道。

沈意不说话，他也不催促，不知过了多久，终于听到她低低的声音："从小到大，我一直是个很普通很乏味的人。我不漂亮，家里也不像关越越家那么有钱，性格更是沉闷无趣，唯一的优点就是聪明。但其实我自己知道，就连这聪明都是要打折扣的。我不是天才，宋航和陈盏非才是天才，他们轻轻松松就能考得很好，我却总是要非常努力才能一直保持住第一。可现在，即使我再努力，也当不了第一了。"

小孩子总认为自己是与众不同的，是可以改变世界的，可随着不断长大，终于一点点认清自己到底是什么样子，也终于看到自己的尽头。

其实月考考砸那晚她就该崩溃了，月光照见了她的平凡。

肖让看着她，没作声。她却又露出个笑容："但，这都不是我最难过的。我最难过的是，我这么多年执着的事，原来根本就是没有意义的。"

这话有点奇怪，沈意知道他不懂，慢慢道："还记得我在北京那晚跟你说过的吗？那一天，我爸爸本来答应要来接我，但他失约了。"

他当然记得，那一天她崩溃大哭也是因为这个。

"我一直很想考北大，从我8岁那年就想了，我很努力地学习，也是因为这个。但我之所以这么执着，只是因为爸爸和妈妈在离婚前陪我过最后一个生日时，我曾经答应爸爸，会考上北大。

"我当这是我们的约定，一直把它记在心里，希望等有朝一日，我真的做到了，可以自豪地告诉他，答应他的事情，我一天也没有忘记过。

"可是他忘了。"

沈意转头，看着肖让，一字一句道："他只当这是一个玩笑，早就忘得一干二净。就好像只有我一个人还记得我们一起生活过的往事，恋恋不舍，而他早已组建了新的家庭，有了新的女儿，我不过是被他抛诸脑后的过去，有没有都不重要了！"

说到最后，她的语气终于忍不住变得激烈。

肖让安静地听她讲完，只见女孩胸口剧烈起伏，明显情绪非常激动。他没有想到是这样，脑中又闪过北京那个雪夜，他靠在门边看着熟睡的她，那时候是和此刻如出一辙的心疼。

他深吸口气，再开口却是完全无关的话题："你知道我是怎么成为艺人的吗？"

沈意没搭话，他自顾自说下去："大概是我5岁的时候，有剧组来我们幼儿园取景，还找了小孩子当群众演员。那部戏是什么我已经忘了，只记得当时我没有被选中，坐我前面的小女孩被选中了。但那一次的经历激起了我对演戏的兴趣，回家后我就和妈妈说了，恰好当时嘉州也有别的剧组在找小演员，妈妈就带我去试镜。没想到还是没有成功，我站在选角导演面前就开始紧张，最后大哭，妈妈只好一边哄我，一边跟人家道歉，又把我抱回去了。

"我在外面丢了那么大的脸，回到家却立刻后悔了，还想再去。我妈被我折腾得不行，说什么第二天也不肯再带我出门，其实后来我想想，以我妈妈的性格，只要再磨她两天，等到下一周休息日的时候，她还是会带我去的。但我当时太担心了，生怕那些人走了，我就不能再演戏了。所以第二天，我从妈妈钱夹里偷了五块钱，翘了幼儿园的课，离家出走，自己去找了导演。"

沈意并不了解肖让早年入行的这些故事，即使在这种情况下也听进去了，不由得问："后来呢？"

"后来，我就选上了啊。"肖让笑着说，"导演被我吓了一跳，生怕背上拐卖小孩的罪名，立刻给我妈打了电话。但他也被我的勇气感动，就给了我一次机会。那是我拍的第一部戏，一个现代都市剧，我在里面露了大概五分钟的脸吧。戏虽然少，但我给这个导演留下了深刻的印象，三年后，就是在他的牵线下，我参加了《妈妈日记》的试镜，得到了儿子程小明这个角色。"

再后来的事情，连沈意都知道了。

《妈妈日记》当年红遍全国，重播无数遍，肖让也因为这部剧被全国人民记住，成了最火的童星。

"你跟我说这些，是想说明什么呢？"

"我跟你说这些，是想告诉你，我能够有今天的成就，不因为别的，恰恰是因为我的执着努力。"肖让凝视着她，认真地说道，"你以为我就很有天分吗？也许有一点吧，但在这个圈子里，有天分的人多了去了，我为什么可以出头，不就是因为我比他们多了几分努力、几分坚持吗？如果不是我离家出走，那个导演不会记住我，如果不是我在和他合作的过程里表现得非常吃苦耐劳，他不会对我有好感，我也就不能得到那个对我来说至关重要的机会。

"努力不是可耻的事。这世界上真正的天才能有多少？我们大多数人都只是普通的凡人，为了自己的目标而奋斗，付出心血，这本该是让我们骄傲的事。"

沈意从来没这么想过，一时只觉得心神皆颤。

长久以来，她都生活在宋航乃至陈盏非的阴影下，她觉得自己不如他们，只是肯努力罢了。所以发现努力也没有用的时候，她才会那么崩溃。

但肖让告诉她，努力不可耻，她应该为自己的努力而骄傲。

肖让忽然话锋一转："不过，你说自己不聪明，我还是很惊讶的。你知道在之前两年我对你是什么印象吗？

"那个永远考第一，只有偶尔才让第二名摸到一次宝座的大魔王。你说自己要非常努力才能一直保持住第一，可你知道有多少人曾和你一样努力，却连第一的尾巴都摸不到吗？你这话让他们听了得活活气死！"

他大概是想缓和一下气氛，沈意沉默许久，偏头道："撒谎。之前两年，你根本记不得我。"

肖让这才想起自己当初没能认出她的"前科"，卡壳两秒，镇定地说道："我不记得你是谁。但我记得我的班长是个很厉害的女孩子。"

沈意终于"扑哧"一声笑出来，眼中有一滴泪落下。

她抹掉眼泪，自嘲道："厉害有什么用，我爸爸并不在乎我厉不厉害。"

肖让沉默一瞬："你现在还想上北大吗？"

"我……不知道。"

这原本是她一直以来的梦想，但在今晚之后，她忽然觉得迷茫，不知道这个梦想还有没有坚持下去的必要。

"我觉得你很聪明。你唯一不聪明的地方，就是你觉得你上北大是为了你爸爸。"

肖让忽然抓住她的肩膀，逼她直视自己的双眼，语气第一次变得严厉："我演戏，是因为我喜欢演戏，喜欢当艺人，你要上哪所大学，也该是因为你心里真的想去，而不是为了和谁的约定。你是我见过的最该上北大的人，你为它努力这么多年，这是你应得的回报。但如果你只是因为你爸爸就不想去了，那也许这就不是你想要的。"

其实有些话他还想讲得更明白，但以他的立场，实在不方便对她和父亲的关系置喙太多，最后只是道："你如果是为了你爸爸考，那即使他还记得你们的约定，你也如约考上了北大，然后呢？这能证明什么？你想要的又是什么？"

他就那样看着她，沈意脑子里仿佛有千百个念头在冲撞，搅成一团，让她头都要痛了。她想躲开，他却不肯放过她，一定要她给出答案。

终于，她避无可避，轻轻道："我想，和他回到小时候……回到我们一起生活的时候……只有我、他，还有妈妈，没有别人……我执着于考上北大这个念头，就好像做到了，就能回到8岁以前。但其实，无论我考不考得上北大，这都不可能实现了，对吗？"

肖让不语。

沈意以为自己会哭，但也许是今晚哭了太多，她已经没有眼泪了。其实她早就明白，这么多年，她只是在逃避，在自欺欺人，心底深处她清楚地知道，那个约定改变不了任何事情。

她真正想要的，永远也不可能得到了。

沈意第二天醒来时，天刚蒙蒙亮。

她躺在自己卧室的床上，触目所及都是熟悉的景物，好一会儿，才掀开被子爬起来，打开了门。

肖让已经换好了衣服，正坐在沙发上发着消息。他本来表情挺严肃，听到声音抬眸，唇畔却迅速浮上一个笑："你醒了？我本来还想，我走的时候你要是还没醒，我就不吵你了。"

"你要走了？"

"嗯，早上8点的飞机，最晚再过半小时也得出门了。"

沈意点点头，目光看向茶几，却发现那里放着好几个白色的餐盒。

肖让说："哦，我叫的早饭，你要吃一点吗？"

当然要吃。沈意刷完牙又简单洗了脸，就坐到茶几前拿了根油条咬了起来。肖让吃的是白粥，但他吃得不是很专心，一边吃一边偷觑她，沈意见他这样，不禁想到昨天晚上。

那一番对话后，她只觉得精疲力竭，什么也不想再说了。肖让要送她回家，她没有阻止，反正妈妈上夜班去了。然而他把她送到后，却站在门口犹豫三秒，说："其实我明天一大早就要回北京了，这么晚了也懒得再折腾，可以在你这里借住一下吗？"

他把理由说得委婉，但沈意心里明白，他还在担心自己，怕他不在，她又会乱跑。她当时只觉得脑子木木的，点点头就同意了。怎样都可以，反正她也不是没住过他的家。

然而此刻，看这男生不断飘来的目光，她终于忍不住轻咳一声："怎么了？"

偷窥被发现，肖让立刻若无其事地说道："啊？什么？没什么啊。"

这做作的表现让沈意笑了："你拍戏的时候，演技也这么浮夸吗？"

忽然遭到对他的演技的指摘，肖让还没来得及反应，沈意已经放下油条，深吸口气，说："放心吧。我不会再像昨晚那样了。我想通了。"

肖让一愣，不敢相信自己的耳朵。

他确实一整晚都在担心她，该说的话都说了，但她到底怎么想的，他心里实在没底。有些事扎根在心里太多年，就算明白，想要拔除也不是那么容易。所以现在听到她这么说，他的第一个想法是，她说的想通了，是他理解的那个意思吗？

沈意抬眸看向窗外。

晨光透过冬日晦暗的云层，丝丝缕缕照进来，也许是因为睡了一个晚上，又也许是因为这阳光太温暖，她觉得昨夜笼罩她的阴云一点点被驱散，这些年执拗不肯放的一些事也终于可以看开。

她转头看向肖让，唇畔是释然的笑容。

她微笑着说："谢谢你。我想通了。我终于想通了。"

人不可能永远活在过去，从前她只是不想面对，直到这一次狠狠跌过、痛过后，才真的想明白。

往事不可追，要想活得好，就只能努力向前看。

她希望生活永远不变，但一切已经改变了，爸爸也改变了，所以，她也该改变。

肖让看着她。女孩双眼中有着清晨的阳光，碎光点点，朝气蓬勃，他从未见过这样的她，有看开一切后的豁达和洒脱，也让她的笑容散发出一种前所未见的神采，宝石般熠熠生辉。

良久，他也笑了："你想通了，那实在太好了。"

因为卸下心头一块大石，后面的气氛轻松了很多，肖让快速吃完了早餐，打量起周围。

昨天因为太晚了，两人又都有心事，他也没工夫想太多，此刻才忽然反应过来，等等，这里是沈意的家啊。

这个认知让他忽然紧张起来，这房子是简单的两室两厅，和他们家的180平方米大跃层比起来要狭窄得多，但收拾得很干净。他的视线经过客厅，朝向她刚才出来的那个房间，透过半开的门，能看到浅色的墙纸，还有素净的床单。

这是，她的卧室。

肖让的心跳慢了两拍。

他告诉自己冷静，脸却还是有点热，也后知后觉地意识到，这还是察觉自己对她的心意后，两人第一次见面。

十天前在北京的时候，他还当她是一个好朋友、好班长，可现在，她对于他的意义已经变了。

她是他生平第一次喜欢的女孩子。他为她进退失据，做尽傻事，一听说她不见了，就抛下工作连夜从北京赶过来。想到文昌哥刚才在微信上是怎么把自己骂得狗血淋头的，肖让就忍不住叹气，为了弥补这一夜的任性，他回去后还不知要多做多少工作呢。

可这一切，她并不知道……

他正胡思乱想，却发现沈意又看向自己，眼中有疑惑。他这才察觉自己的偷看被发现了，这次和刚才不同，他看的是她的卧室，他顿时像一个被抓包的偷窥狂一样，尴尬地收回了目光。

为了转移话题，他说："哦，对了，我用你的手机给杨粤音她们发了消息。昨天你不见了，他们也一直在找你。"

沈意拿出手机一看，果然微信里他替她给杨粤音和关越越都报了平安。意识到自己的冲动可能让好友怎样担惊受怕，沈意又是愧疚，又觉得有点温暖："我回头会当面跟她们道歉的。"

肖让看看时间，站起来说："我要走了。"

沈意跟着站起来。她看着肖让，似乎想说点什么，可张了张嘴又迟疑了，片刻后说："那我送你去门口吧。"

两人刚要走，却传来敲门声。

沈意愕然地瞪着门口，结结巴巴道："这、这个点，会有谁来啊？"

肖让也吓了一跳："不会是你妈妈下班了吧？你说她昨天上夜班的！"

现在才7点，妈妈最近下了夜班都是7点20分左右回来的啊，她就是清楚这个才没急着催肖让走！

但现在说这些也来不及了，沈意看看男生，很难想象如果让妈妈看到，她看着长大的大明星肖让出现在她们家，她会是什么心情，情急之下抓着肖让就往自己房间里走。

肖让就这么被推进了刚才偷窥过的房间，却根本来不及打量四周。沈意觉得还不放心，又想了想，拉开衣柜的门，一把把他塞了进去！

他一个手长脚长，一米八几的大男生，就这么挤在一堆衣服里，脸颊还不断被垂挂着的裙子打到。沈意却根本顾不上这些，塞好他之后像叮嘱小孩子似的说："你躲好了，千万不要出声，我等妈妈进去睡觉了就来放你出去。"

他眼睁睁看着女生无情地关上了衣柜门，把他留在一片黑暗中，那句话还是没能问出口。

为什么明明他还什么都没说，他们就已经搞得跟偷情一样了！

沈意藏好肖让，深吸口气，这才打开门。不过开门的瞬间又有点疑惑，妈妈是忘带钥匙了吗，怎么没有自己开门？

她这样想着，打开沉重的防盗门，出现在面前的却不是妈妈。

是爸爸。

沈意足足呆了三秒没回过神，对面的爸爸看起来风尘仆仆，他眉头紧皱，却在看到沈意的瞬间松了口气："太好了，你在家！我一路都在想，如果你不在家的话，我该去哪里找你。"

他的声音也惊醒了沈意，她终于找回了自己的声音："爸爸，你怎么回来了？"

从他的表情看，他似乎希望沈意永远不要问这个问题，但想也知道是不可能的，男人沉默片刻，说："你不接电话，我不放心，所以……"

沈平想到十个小时前，沈意在一通声嘶力竭的控诉后挂了他的电话，他再打过去就关机了。他独自坐在办公室里，却始终无法从那番话中走出来，最后还是决定连夜赶回来。只是他运气不好，只买到后半夜的航班，到这里就已经是这个点了。

其实也不一定要这么折腾的，他担心她的安全，可以先给楚慧打电话，自己第二天再回去。但心底深处有个声音告诉他，如果现在他都不能立刻赶回去，也许他就会永远失去这个女儿了。

沈平看向沈意，看向他十年来与之聚少离多的大女儿，她一直以来都是那么优秀，即使他不在她身边，她也长成了最茁壮、最美好的样子，像一棵参天乔木。他没有骗她，她一直是他的骄傲。

她是最称职的女儿，他却不是一个称职的爸爸。

他心里有很多话想说，可话到嘴边，又觉得都没有意义，最后叹口气，道："意意，爸爸过去有很多地方做得不好，我没有注意到你的心事，自以为是、疏忽大意，无论你要不要原谅爸爸，我都要在这里跟你道歉。

"但是，你不要再说是自己的错这种话了。你没有错，父母离婚没有照顾好孩子，这永远不会是孩子的错，是我们的错，是我一个人的错。"

沈平说完，见沈意只是低头沉默，猜测她可能还是不想理自己。他这一趟原本就是为了确认她的安全，还有跟她道歉，如今目的达到，他也不勉强："好了，我不打扰你了。我这就回北京了。但过几天过年，爸爸还会回来，如果到时候你愿意见我了，爸爸再来看你……"

他又看了沈意两眼，见她还是沉默，只好暗叹口气离开。谁知刚转过身，就听到一个低低的声音："这是十年来，你第一次为了我回家。"

他诧异地转头，才发现沈意不知何时已经抬起了头，定定看着他："过去十年，无论是我的生日，还是毕业典礼，我都在期待你可以回来。但你一次都没有。我本来以为，你永远不会为了我回来。"

"意意……"

"其实，这一晚上我也反思了自己，你不回来，我也不肯对你说我希望你回来，所以你就永远不知道。但我不说，因为从前那个爸爸不需要我说也会做到的。我觉得说了，就是承认你不是过去那个他了。

"但是昨晚，你为了我回来了。"

连夜坐飞机，从北京赶回来，这样的他，终于让她想起了童年时那个因为她生病，就从邻市彻夜开车回家的父亲。

她跟肖让说过她会改变，说话那一瞬她是真心的，但直到看到爸爸为了自己连夜回来，她才终于明白，这一种改变，到底朝向哪个方向。

沈平僵在原地，沈意看他许久，终于扑到他怀中。从他离开家，她就再也没有这样抱过他，她以为她已经忘了，可原来她还记得被他抱在怀里的感觉。

"我还没有原谅你呢。"眼泪仿佛又要涌出，她拼命忍住，带着哭腔道，"你好好表现，我要看你的表现，才决定要不要原谅你。"

这样孩子气的话，沈平却发现，原来他也很多年没听她说过了。他笑了笑，说："好，爸爸会好好表现。你可以原谅我，也可以不原谅我，但我会一直好好表现。"

沈意闭上眼，眼泪终于落下。

她知道自己接受了，不再去固执要求一切和从前一样。她也知道，也许她永远都无法真的找回记忆里那个爸爸，但人生就是这样，只会往前，无法回头，一如呼啸的风。

她终于懂了。

虽然高三年级补课补得丧心病狂，但到了春节前两天还是放假了。然后，几乎没什么喘息的时间，就迎来了今年的除夕。

大年三十那天，沈意和妈妈一起回了老家。

沈意的外公外婆并不是嘉州本地人，而是在嘉州附近一个县城的农村里，妈妈楚慧属于考上大学后走出了农村的那批人。她上面还有两个哥哥，如今也在嘉州。然而虽然三个子女都搬到了市里，两位老人却不愿意离开生活了一辈子的家乡，于是每年过年，大家都会带着孩子一起回老家。

乡下的空气清新而寒凉，说话都能看到白气，沈意和妈妈到得最晚，大舅二舅已经在做午饭了。农村用的是土砌大灶，大舅妈在灶台后烧着火，一见沈意进来立刻说："意意来了啊？快，今年也给我们露一手吧。你去年做的那个土鸡烧蘑菇可太好吃了，我想了一年了，鸡都给你准备好了！"

大家哄笑，沈意果然看到旁边碗里有收拾好的鸡肉，还没来得及说话，大表姐就先开口了："我说你在等什么呢，鸡肉放着也不让弄，合着看不上爸爸，在等大厨啊。不过人家小意一高三考生，好不容易放个假，大过年的，妈妈你忍心让她干活？"

二表姐附和："就是就是，大妈你太无情了！"

他们家都是独生女，大舅、二舅生的也是女儿，平时大家总是笑言家里凑了个三公主。沈意和两个表姐平时见面的次数不多，但毕竟是亲人，所以即使许久不见，也依然熟稔亲切，两人一边替她打抱不平，一边跟她挤眉弄眼。

大舅妈接连被两个女孩攻击，有点委屈地说道："就是因为过年，我才提了一下嘛，平时我也不敢累到意意。"

沈意说："姐姐们开玩笑呢。我平时也会做做饭的，就当解压放松了，一点都不累。您早说喜欢吃，前几次聚餐时我就给您做了！"

她说着，洗了个手也站到灶台前，二舅见她过来了，笑着给"大厨"让出了位置。沈意熟练地给鸡焯水、热油、翻炒上色、加料爆香，很快厨房里就弥漫着鸡肉的香味，大舅妈说："学学你妹妹吧，不仅学习好，自理能力还强。哪像你，二十多岁的人了还什么都不会，整天只知道吃外卖！"

大表姐早习惯了这套说辞，闻言做了个鬼脸，不为所动。不过因为大舅妈提到学习，她倒是想起一件事："对呀，小意，你不是去北大参加了冬令营考试吗？怎么样啊？"

她发现自己说完之后，楚慧脸色一变，她心里顿时"咯噔"一下。

果然，沈意一边往锅里加入热水，一边说："哦，我冬令营考试没过。"

大表姐有点后悔，暗骂自己嘴怎么这么欠，大过年的问什么成绩！

沈意看到她的表情，安慰道："没关系的，我已经接受了。其实我面试考得不错，是笔试没考好。但是你知道吗，当初笔试考完，人人都说自己没考好，结果我打听了，有好几个说自己考得不好的人都拿到降分了。不像我，真学霸从不说谎，我说没考好，就是真的没考好。"

她居然还拿自己打趣！大家这才放心，看起来沈意是真的心态不错。大舅说："你这样想就好，冬令营这些东西本来就是虚的，我们当初可没这么多花样，我不一样考上人大了？高考加油就行！"

沈意点头。要说没遗憾是不可能的，但在那晚的爆发之后，她也终于把这件事翻篇了。就像大舅说的，现在更重要的是高考，已经过去的失败就让它过去吧。

她想得开，妈妈却还是有点担心。她是第二天才知道沈意没通过冬令营考试的，之前她考个年级第三都被打击成那样，这次虽然看起来调整得不错，她却不愿意让她一直想着这件事，岔开话题道："还是说说今晚的春晚吧，都有些什么节目啊？冯巩来吗？董卿、周涛今年一起主持吗？"

她的问题难住了大家，厨房里茫然几秒后，二表姐大手一挥："那些都不重要！你们知道吗？今年春晚，肖让也要表演呢！小意，我可以采访一下你吗，你的心情是怎样的？你的同班同学都要上春晚了！"

沈意和肖让同班的事，家里人当然不可能不知道，表姐们前两年还想找沈意打听当红小鲜肉的八卦，然而很快就被小鲜肉几个月才来一次学校的事实打击到，认清了自己和明星之间果然隔着一条难以越过的银河。

她此刻说这话并没有想太多，沈意却因为她提到的名字，心跳忽然漏掉半拍。

大表姐说："小意能有什么心情？她不都说了吗，她跟肖让一学期说不了三句话，其中两句还都是让肖让交作业，根本不熟。唉，我本来还指望着妹妹跟肖让当了朋友，我们就一人得道，鸡犬升天，看来是没戏了。"

大人们都被逗笑了，楚慧却想起一件事："不对啊，我前两天跟乔老师通电话，她怎么跟我说现在你和肖让是同桌？"

"什么？"

表姐们顿时惊了！

什么情况，剧情有了如此巨大的进展，她们怎么都不知道？

沈意浑身紧绷。刚才说起冬令营的失败，她都能坦然面对，此刻却觉得整颗心都揪起来了，甚至不敢去看表姐们。

她勉强露出个笑容，说："啊，对，我和他现在是同桌。不过，他还是很少回来的……"

"我管他多少回来！你们是同桌，同桌啊！"大表姐夸张地重复。

天哪，她觉得自己快不能呼吸了。沈意居然和肖让同桌！管她是坐了一周一天还是一个小时啊，光是跟肖让同桌这件事就足以震慑住全中国一大半的少女了！

"我的妈呀，我们家这是祖坟喷火了吗！"她拉住沈意的手，"细节！我要你们相处的细节！你必须仔仔细细、毫无保留地告诉我！"

沈意看着表姐激动的眼睛，脑海里却闪过那天晚上，肖让在寂静无人的街边一把抱住她……

她忽然抽出手，几乎是慌乱地说："我……忽然有点不舒服，剩下的你们弄吧，我出去一下……"

然后，不管大家的惊讶，她逃也似的离开了厨房。

直到站在院子里，看着对面的葳蕤青山、袅袅炊烟，她的一颗心还在胸腔里狂跳不止。

有些事往往要到事后才能反应过来，肖让来找她那天，她只顾着伤心难过，直到第二天晚上，肖让都离开了，她再想起前一夜的事，才忽然察觉有哪里不对。

已经不是第一次了。

每一次，在她最难过的时候，他总会出现在她身边。沈意此前没有想太多，但也许是这一次受到的刺激太大，这几天她总是一遍遍想起他在黑暗中摘下口罩，露出那张熟悉的面庞。

原本兵荒马乱的世界，她在那一瞬找到了归宿，不再茫然无依。

这样的感觉让沈意有点畏惧，心底深处也有一个猜测冒出来，越来越清晰，让她无法忽视。

她不会是，喜欢上肖让了吧……

沈意从小性格内向，除了学习不会想别的，甚至在高中遇见杨粤音和关越越之前，都没有关系特别好的朋友。所以，许多对青春期女孩来说稀松平常的事，对她来说却无异于天方夜谭，她甚至从没想过会发生在她身上。

比如，恋爱。

这两个字刚冒出来，她就觉得脸颊仿佛火烧一般，烫得惊人。但这段时间，这个念头就像着了魔似的，一直纠缠着她，甚至就连更早一点在北京时那个荒唐的梦也被反复想起。

如果不是喜欢上肖让，她怎么会做这样的梦呢？怎么会梦到，他半夜蹲在床前看着自己呢……

但，她又没喜欢过人，万一不是呢？万一她就是单纯崇拜，感激肖让呢？就像那些喜欢肖让的女孩子一样，她会不会也和她们一样，只是需要追星了？

沈意两手按着脸，又是困惑又是不确定地想了好半天，还是没得出答案，最后懊恼地拍拍自己的脸！

清醒一点，你才在冬令营中考砸，现在是想这个的时候吗！

下午沈意和家人一起去祭了祖，回来的途中又串了下亲戚。农村如今剩下的人也不多了，即便是过年，回来的也没几户，大家互道过年好，再关心一下对方孩子的升学、就业、结婚、生子等问题，时间就这么过去了。

很快又到了晚上。除夕的重头戏当然是年夜饭，舅舅们从下午就开始准备了，好不容易到了开饭时间，只见圆桌上有鸡有鱼、有虾有蟹，丰盛地摆了一大桌。

大舅故作谦虚："手艺一般，大家凑合吃吧。"

群众对他的虚伪报以嘘声，欢呼一声开始大快朵颐。客厅里的电视也打开了，8点整，在熟悉的音乐声里，春晚开始了。

热闹的开场舞后，伴随着主持人们拜年的声音，大表姐满足地说道："说真的，直到这一刻，我才终于感觉过年了。"

这倒是真的，如今年味越来越淡，春晚几乎成了过年最标志性的活动了。沈意登上微博一刷新，果然杨粤音和关越越也都拍了年夜饭和春晚开场的照片发上来，喜气洋洋地说："过年啦！"

杨粤音除此之外还多发了一条，一个乖巧跪坐的小女孩表情包，配词是："还有两个小时，坐等！"

她等的当然是肖让和柯星凡了。这几天网上的热门话题之一就是当红小鲜肉肖让、柯星凡，将和中国台湾音乐神童徐子杰以及新锐花滑小将孟骞，在春晚上一起表演歌曲《风华正茂》。后两人虽然也有一定人气，但和前两个人比起来就实在差远了，所以大家都把目光放在肖让和柯星凡的首次同台上。

人民群众苦盼"00后双星、帝国双璧"合作已久，没想到他们不合作则已，一合作惊人，居然直接上了春晚！

继一起打游戏的大料爆出后，粉丝们再一次沸腾了，大家纷纷磕头表示："感谢CCTV，感谢MTV，感谢祖国母亲，我的梦想终于实现了！"

沈意不关心他们的梦想，她只是想着，再有两个小时，她就能在电视上看到肖让了。他现在在做什么呢？第一次上春晚，他会紧张吗？

连她都有些紧张了……

她就这样胡思乱想着，电视里的节目一个接一个地过去，相声、小品、歌舞、杂技，眼看时间过了9点40分，这个小品过去，肖让他们就要上场了！

长辈们都被表演逗得哈哈大笑，沈意却根本看不进去，正心不在焉，手机却忽然在口袋里振动。她以为是杨粤音找她，拿出来却看到屏幕上跳动着一个她怎么都没想到的名字。

肖让。

沈意瞪大了眼睛，以为自己眼花了，但定睛再看，真的是肖让！

他马上就要上场了，现在找她干吗？

沈意的心怦怦狂跳，对面的表姐恰好看过来，她生怕她发现了什么，佯装镇定地说道："我……去个厕所。"

她躲到屋外走廊上，深吸口气，小心按下接听。肖让打的还不是电话，而是FaceTime（视频通话），所以一按下绿键，她就看到了那张熟悉的面庞。

男生穿着红色西装，内搭白衬衣，是非常符合新年气氛的打扮。耳麦别在耳后，眉目比平时看到的要更加精致，看得出来化了妆，也认真做了造型。

不待沈意质问他发什么疯，男生已经抢先道："我只有三分钟。我太紧张了，必须跟你说几句话！"

沈意一愣。

屏幕上，男生的表情看似正常，但微抿的嘴角、蹙起的眉头还是泄露了一丝情绪。他确实有点紧张。

他马上就要参加全中国收视率最高的节目，到时候，真的会有几亿观众同时看到他，这其中也包括她的父母、长辈，可他却在这个时候给她打电话。

沈意忽然瞥开视线，小声说："你紧张，为什么要跟我说话啊……"

她的语气有些古怪，像是抱怨，又像是高兴。

肖让却没听出来，只是想着她的问题。为什么要和她说话，他心里当然有一个答案，却不能告诉她，于是反问道："怎么，我才帮了你那么大忙，你陪我说说话都不行啊？"

他指的是前几天他开解她那件事，说到那天还有点好笑，沈意和父亲在门口和解后，才想起来肖让还被关在柜子里。她当然也不敢让爸爸看到肖让在她家，还藏在她的卧室的衣柜里。她不敢想象爸爸会围绕自己多年没一起生活的女儿，脑补出怎样可怕的剧情。为了让他不至于误了飞机，沈意强行要求爸爸陪自己下楼去吃了早餐，好在肖让足够机灵，等她再回到家时，就只看到空荡荡的衣柜了。

沈意听到这个，表情顿时变了。她盯了肖让一会儿，妥协般道："好啊，我陪你。那你要说什么啊？"

她这么正式地一问，肖让反倒不知道说什么了，想了想问："你在等我的节目吗？"

沈意眨眨眼，她何止在等他的节目，简直快望穿秋水了。但她本能地不想让他知道，嘴硬道："我……没有等你的节目啊，但我们在看春晚。我知道马上就是你的节目。"

这个答案明显不能让肖让满意："真的？一点特意等我的意思都没有？"

"有……一点吧。我家里人都知道我同学今年要上春晚，都很期待。"

沈意说完，觉得自己这个谎话实在是非常高明，九分真掺一分假，假的那一分就是最关键的，肖让肯定看不出问题。

嗯，她家里人在等，她才没有等！

肖让果然沉默几秒，像是陷入沉思，就在沈意以为这个话题可以揭过了时，他忽然露出个灿烂的笑容："那也行，把电话递给叔叔阿姨，我给他们拜个年吧！"

沈意吓了一跳，压低声音说："你疯了？你跟他们拜什么年！"让表姐看到还得了！

"你不是说了吗，你家里人都很期待我的节目，既然他们期待，你不期待，那我和他们说去。我只和对我有期待的人说话。赶紧，我时间有限，把电话拿给阿姨。不然我大声喊了。"

"肖让！"

肖让这才好整以暇，微笑着说："来，给你个机会，重新回答一次。"

沈意恨恨地瞪着他，很想狠下心挂了电话算了，又实在下不去手，最后终于咬了咬唇，轻声道："嗯，我在等你的节目……"

女孩的声音低低的，因为不情不愿，像闹脾气的小猫，不轻不重地在他胸口挠了一下。

肖让觉得心口痒痒的，一时失神，反应过来后轻咳一声，掩饰那一秒的不自然。

这句话像一个魔咒，两人间的气氛一变，透出股暧昧紧张。

沈意觉得指尖麻麻的，不明白怎么就这样了，又怕这气氛继续蔓延下去，挣扎几秒生硬道："你、你还紧张吗？"

"哦，好点了。"

"不过，你紧张什么啊？担心忘词？"

"我……倒不是很担心这个，我就是……"

旁边却忽然一只手伸过来，搭在肖让肩膀上："你可以啊，这个时候还争分夺秒打电话？"

肖让回过头，对柯星凡扬眉："有问题？"

柯星凡看向屏幕上的沈意，随意扬了扬手就当打招呼了，然后道："差不多了吧？要上台了。"

肖让给自己估计的时间本来也是这会儿："嗯，那我去候场了。"

他是对着沈意说的。沈意看着屏幕上的两个男生，他们穿着一样的红色西装，却显出截然不同的气质，一个阳光俊朗，一个清朗冷冽，想着马上他们就要一起登台表演，她心中的期待之情忽然前所未有地热烈："好。你们两个都要加油啊！"

"好，我会加油的。"肖让笑着答完，却没有挂断视频。

柯星凡等了几秒，疑惑地看过去，却见肖让一脸理所当然道："她让你加油。"

柯星凡问："所以呢？"

肖让说："所以，你不应该说点什么吗？"

柯星凡算是服了这些坠入情网的男的了，怎么自己哄不够，还要他跟着一起哄？惯得你！

心里这么嘀咕，奈何肖让一副"你不说，这茬没完"的架势，视频上的女生又面露不安，他终于深吸口气，露出个假笑："行，我也会加油的。"

他们承诺了会加油，于是当沈意回到客厅，只见电视机上，肖让、柯星凡、徐子杰还有孟骞四个人在飞扬的音乐声中，通过升降台出现在舞台中央。

他们这个节目本就是网络上人气最高的节目，而在演播厅现场，四个年轻朝气的男孩也如一道最炫目的光，瞬间点燃全场气氛。

"我们正年轻，有最炽热的心。恰同学少年，风华正茂，与你携手同行……"

沈意看着肖让的脸，就像歌词里写的那样，风华正茂、意气飞扬，她觉得自己的心也在他的歌声里，轻飘飘飞上了夜空。

"太帅了！小意你同桌实在太帅了！呜呜呜，你的命也太好了，我好嫉妒你！"大表姐抱住沈意，已经陷入癫狂。

二表姐也嘤嘤道："而且他唱'恰同学少年'呢，四舍五入，这就是唱给你听的了！"

沈意被她们提醒，这才注意到前面还有一句。镜头恰好给了肖让一个特写，男生扬眉一笑，重复唱道："恰同学少年，风华正茂，与你携手同行……"

沈意捏着手机的手指都扣紧了。

他知道她在看，他知道她肯定在看。所以，有没有可能，他唱这句时，真的在想她？

网上因为这一场表演掀起讨论巨浪，一如蒋文昌之前的预言，肖让、柯星凡双双登上热搜，徐子杰和孟骞也跟着刷了一轮脸，人人都在讨论弟弟们的世纪同台。这其中最激动的当然是"星月粉"了，用他们的原话说就是："在北极圈苦了这么久，终于在过年的这一天，真正过上了大年！"

和网友的激动不同，后面的时间沈意方寸大乱，再也没心思看节目。不只她，连两个表姐都像是被肖让抽掉了魂似的，无论谁出场，她们都打不起精神。

长辈们见状调侃道："让你们刚才鬼吼鬼叫，没力气了吧？先说好，困了也不许提前去睡，要守到12点的。"

他们真是多虑了，当代女青年哪有12点前睡觉的，而且肖让虽然表演完了节目，却没有立刻离开，而是坐到了台下观众席。很快，二表姐就在一个相声表演的过程中，看到了圆桌旁笑着鼓掌的肖让。

"小意小意！快看你同桌！"

不需要她提醒，沈意已经看到了。艺人们的座位都在最前排的圆桌，肖让旁边就是刚才跟他一起表演的柯星凡，剩下的也都是今晚有节目的艺人。

大表姐小声说："我觉得还是你同桌最帅。"

大表姐之前明明也是喜欢柯星凡的，今天估计是知道沈意和肖让是同桌，顿时感觉距离拉近，仿佛看自家人般越看越顺眼，完全把柯星凡抛之脑后了。

她琢磨着，虽然小意说肖让很少回来，但同桌就是同桌，这关系可不是一般同学能比的。而且肖让只是现在没时间回学校，等到高考前那两个月肯定会回来集中复习的，到时候自己如果能近水楼台见漂亮弟弟一面，那就此生无憾了！

沈意并不知道表姐的如意算盘，肖让在那个两秒的镜头后又不见了，她看着电视屏幕怅然若失。从来没有想到有一天，春晚观众席的镜头也会变得这么宝贵，她现在对台上演什么一点兴趣都没有了，只希望导播大发慈悲，多切几次观众席，让她多看肖让两眼。

　　然而事与愿违，接下来连续两个节目，她都没有看到肖让。

　　正垂头丧气，手机却又在怀里振了。她悄悄一看，这次不是FaceTime，他给她发来了微信。

　　"我表现得好吗？"

　　他们的微信是前几天才加的，和QQ比起来，微信显得更私密。沈意只有和家人，还有关系很好的几个朋友才会聊微信，比如杨粤音、关越越，现在，多加了一个他。

　　她一看到那行字，唇角就扬了起来。小心观察了一下表姐们，发现她们正看着电视，这才回复："你现在可以玩手机吗？不怕被发现？"

　　"不可以。所以我把手机放在桌子下面，偷偷玩。"

　　沈意想象了一下他坐在春晚观众席，周围都是各路大牌明星，随时可能有直播镜头扫过来，他却在暗地里跟自己发微信，顿时觉得有点刺激。

　　不过他这个状态，怎么和班上那些上课偷玩手机的男生那么像……

　　"你还没回答我，我表现得怎么样？"他追问。

　　沈意顿了顿，回道："挺好啊。"

　　肖让无语："就这样？"

　　沈意反问："还要怎么样啊？"

　　这条消息发过去好一会儿，肖让都没有回复。

　　沈意忽然有点不安。

　　她其实知道肖让想要怎样的回答，但她觉得自己变得有些奇怪，明明过去她是可以坦然夸奖他的，可现在就像在别扭着什么似的，想到那些话要对他说出口，就觉得羞赧，即使一定要说，也要加上一些别的东西遮掩。

　　就好像刚才，她也不肯让肖让知道她在等他的节目。

　　他不高兴了吗？

　　她心中忐忑，又等了好一会儿，久到她差点按捺不住又要发消息追问时，才终于收到他的回复。

"那下一次，我当面唱给你听。到时候，还请沈意小姐'仔细'点评。"

"啊啊啊——"

沈意正被肖让的话弄得心跳漏一拍，突然又听到表姐的尖叫，惊得抬头，却见表姐一手捂嘴，另一只手指着电视说："快看快看，又拍肖让了！"

是又拍肖让了。

而且这次不像刚才那样把整张圆桌的人都拍进去，屏幕上只有他一个。男生的表情有一点惊讶，让人产生一种错觉，仿佛刚刚他其实在做别的事，差点就被逮个正着。

然而下一秒，他看向镜头，像是在通过镜头看向某个人，又像是没有，缓缓露出笑容。

高朋满座，人声鼎沸，男生一身红衣坐在那里，伴随着那一笑，他英俊的眉眼几乎是咄咄逼人地撞进大家的视线。

沈意听到大表姐倒抽冷气的声音，二表姐更是使劲掐她的手背，但她没有动。她想起自己中午时的困惑。其实她一直都不确定，但这一刻，男孩的笑容就像点亮夜空的花火，也照亮了她此前从未窥破的迷惑。

那些心动，那些迷茫，她想，她终于找到答案了。

沈意抬手，捂住滚烫的脸颊。

怎么办？她好像……真的喜欢上肖让了！

Chapter 10

　　肖让在春晚上可以说是赚足话题，不仅表演了节目，观众席上的"惊鸿一笑"居然也引发轰动，那三秒的镜头被营销号发出来后硬生生在微博转出好几万次，成为当晚的热点镜头之一。

　　也许是那一晚的热度太高，春节后的几天，虽然肖让立刻赶回象山拍戏，但外界对他的关注没有断过。他正在拍的新戏，他的下一部戏，他和搭档女主角兰央的绯闻，都被讨论了个遍，但被说得最多的还是他和柯星凡的关系。

　　娱乐圈向来喜欢捆绑，而且和粉丝抵触的态度不同，其实有时候捆绑反而是一件好事。它有利于艺人在各种媒体盘点时被想起来，不至于查无此人，这也是各个年龄段的"四大花旦""四小花旦""四大小生""四大流量"等组合层出不穷的原因。

　　之前肖让和柯星凡不同框，媒体都捆绑得起劲，如今两家终于破冰合作，当然更是群情沸腾。还有人大胆猜测，有一就有二，既然春晚已经开了个头，保不齐两边团队会趁热打铁，再合作下去。

　　他们的预言在几天后得到证实。

　　正月初六，肖让、柯星凡、李铎、傅西承一起出现在嘉州街头，参加综艺节目《大冒险家》的录制。

《大冒险家》是目前国内收视率颇高的综艺之一，有四名常驻MC（主持人），每一期都会邀请新的嘉宾，在不同的城市完成节目组设置的游戏任务，目前已经做到第六季，算是长寿节目。

只是大概也是因为到了一定阶段，节目进入疲软期，《大冒险家》最新一季无论是收视率还是网络反响都很一般，大家都希望节目组能做出调整，比如请来更有意思的嘉宾，或者调整游戏设置。也不知是不是因为听到了网友的呼声，这一期节目组居然请来了这四个人！

有肖让和柯星凡已经很厉害了，毕竟这是两人春晚后的首次同台，四舍五入就是和春晚一个级别了，更不要说还加上了李铎和傅西承！

当初那个吃鸡视频的事还历历在目，肖让被黑到谷底又绝地反击，全靠一个游戏录屏。因为太有戏剧性，这件事在我国网友的八卦史上留下了光辉的一笔。那次之后，视频里三位出镜人员肖让、柯星凡和傅西承，一直在网上被叫作"吃鸡组"，又因为他们在里面反复提到了李铎，李铎也莫名其妙被归到了这个组合。大家都很希望他们能开一个直播，四排一把满足一下群众的好奇心。

如今，四排虽然没有等到，却等到了他们一起录综艺，还是这种竞技比赛类综艺。

网友沸腾了，这是要真人线下对决啊！

杨粤音观察了一下车窗外，回过头严肃地说道："今天来的人不少，我看我们有一场硬仗要打了。"

关越越附和："我研究过了，肖让他们应该主要是在这两个片区活动，微博上也会不时有粉丝路透，我们时刻紧跟，一定不会错过的。"

"好，那确定目标位置的任务就交给你了，我负责观察实地战况、制订路线，确保我们少走，最好不走弯路，最终胜利接近目标！"

两人紧握对方的手，坚定对视："成败，在此一举了！"

这仿佛传销现场的作战会议开完，两人又同时看向旁边："小意，你就不想为我们这个团队做点什么吗？"

沈意从刚才起就一直沉默，此刻终于弱弱地举手，问："那个，你们是认真的吗？我们明明可以在学校见到肖让，为什么……为什么要追到综艺录制现场啊……"

没错，今天就是肖让他们那期《大冒险家》录制的日子。因为是室外游戏，MC和嘉宾都会出现在大街上，这种时候也是粉丝们追星的大好时机，他们不仅可以近距离看到偶像，运气好的搞不好还能有互动，比如给他们的游戏帮帮忙什么的。一大早就有人在微博直播肖让他们今天可能会出现在哪里，又因为这次的几位嘉宾都是当红流量，真爱粉丝、路人粉丝众多，不仅嘉州本地的追星女孩倾巢出动，甚至还有粉丝从外地赶过来。

但沈意无论如何也想不到，自己也成了其中一员！

对于她的疑问，杨粤音理直气壮："我不是说过了吗，在学校里只能见到肖让，可见不到柯星凡。这可能是我此生唯一一次亲眼见到我喜欢的两个明星在我面前的机会，错过了会死不瞑目的！"

可以，这理由很充分。

沈意转向关越越："你呢？你又因为什么？"

关越越的理由同样充分："我无聊啊，在家里待着会被我爸逼着去补课的，学校又明晚才开学，那还不如躲出来。为了今天，我把我爸的奔驰都搞出来了，够有诚意吧？"

沈意看看她们正坐着的奔驰，以及开车的司机，心想关越越确实很有诚意，就是有诚意过头了。

追星居然带上了司机，原谅她没见过世面，真的被这个排场惊住了。

杨粤音眼珠子一转："不过，你有什么资格抱怨？如果你愿意帮我们私下联系一下肖让，问一问他们今天会怎么玩，大概去哪里，我们就不用这么大费周折了！"

还盯什么网友发的小道消息，她们明明可以得到肖让的一线情报！

沈意听着杨粤音的话，眨眨眼睛。

问肖让？她现在连跟肖让私下说一句话都不敢，怎么敢让他知道自己居然要去堵他的综艺录制现场？

沈意又回忆起除夕那晚，她在肖让那一笑里窥破了自己对他的心思，这几天连做梦都是他的脸。她今天其实根本不想来的，因为她无法想象，如果到时候她们真的堵住了肖让他们，自己应该怎么面对他。

面对她喜欢的人……

她侧头避开杨粤音的视线，没有回答。关越越见状道："算了，人家肖让在工作呢，小意不想去打扰他也可以理解。音音你需要反省的是自己，追星一点觉悟都没有，还怕吃苦，想走捷径？我告诉你，追星就不能怕吃苦！怕吃苦，你就不要来追星！我们要有为了哥哥上刀山、下油锅的决心，明白了吗？"

一番话说得大义凛然，杨粤音面无表情："你学习要是有这个劲头，就不会那么怕你爸了。"

居然人身攻击！

关越越身中一箭，恨恨地转头吩咐司机："出发！"

三个人的追星之旅就这么开始了。杨粤音和关越越虽然刚斗完嘴，但一做起"正事"就立刻一笑泯恩仇，干劲十足。关越越勤勤恳恳地刷新着微博，用各种关键词搜索，寻找粉丝的最新小道消息。

小道消息当然不难找，都说了全城追星女孩倾巢出动，肖让他们今天走到哪里身后都跟着一大群人，相当引人注目。好在他们分成了四个组，在不同区域活动，把跟随的粉丝也分流了，不然关越越怀疑他们根本没法正常录制了。

不过肖让大概是对这样的情况习惯了，又或许是因为嘉州毕竟是他的家乡，他对这里很熟悉，全程表现得非常从容。节目从早上10点开始录，到下午1点，过去了三个小时，他和傅西承搭档完成了两个任务，是四个小组里进度最快的。不仅如此，他们的个人需求也没落下，到了午饭时间还抽空在一个路边小吃店吃了碗米粉。

关越越刷到这一条，有粉丝在微博晒了肖让请客的米粉。据说是因为她们全挤在米粉店外，肖让问她们吃饭了吗，一群女孩子立刻嘤嘤嘤装可怜，说好饿，从早上到现在什么都没吃，肖让就叹口气，让大家进来吃粉了。

那个博主激动地说："呜呜呜，吃了让让请的粉，我'狗生'没有遗憾了！"

关越越很痛苦。她也想吃粉，但她们得到消息太晚，等赶过去的时候肖让他们已经走了，只留下"遗迹"给一群脚慢了的粉丝"凭吊"。

不过关越越毕竟是次次考试次次砸的人，心理素质非常人能及，很快就又振作精神，查到了他们的最新位置。

"这里，这个古寺。这是他们的第三个任务点，他们要在里面破解谜题，找到一个宝盒，应该会耽搁一阵子。我们现在过去还来得及！"

司机得了吩咐，立刻朝目的地开去，还没有到就远远看到古寺外挤满了二十岁出头的年轻女生，不用想就知道肯定也是闻讯过来的粉丝。

杨粤音她们的车还没停稳，就听到人群中忽然爆发出一阵尖叫，一辆白色商务车缓慢穿过人群，开了出来。

关越越大叫："那个那个！是肖让他们的车！他们出来了！"

沈意还在茫然，杨粤音已经下令："愣着干什么？跟上啊！"

商务车驶上大街，黑色奔驰紧紧跟上，关越越趴在窗边看着前面的车牌，感觉自己仿佛在拍大片。不过她又有点紧张："咱们这是不是就叫跟车啊？放网上会被挂的那种？"

杨粤音刚才是情急之下脱口而出，现在也开始犹豫，没等她回答，沈意忽然说："你们看前面，是不是也有别的车在跟啊？"

两人立刻凑过去，只见商务车和奔驰中间还有一辆棕色的面包车，一直咬着不放。这还不是跟得最近的，商务车左边还有一辆红色的敞篷跑车，车上是两个女孩子，正一边开一边试图跟商务车说话。

也许是她们太执着，商务车的车窗打开了一些，副驾驶座的女孩立刻兴奋地挥舞双手，甚至还抛了个飞吻过去。

三人面面相觑片刻，关越越说："那个面包车应该是粉丝包的黄牛车，至于那个跑车，她们应该跟我们一样是开自己的车来跟的。"

杨粤音的关注点却不太一样："等会儿，那女的开的是玛莎拉蒂吧？越越，你输了。"

"什么？"关越越大惊，她刚刚都没注意车型，定睛一看，果然是玛莎拉蒂！

红色的超跑在马路上仿佛一道鲜红的闪电，关越越看看它，再看看自己半旧的奔驰，忽然怒不可遏。

可恶，以为她家没有玛莎拉蒂吗？她也就是胆子不够大，才没敢开出来，早知道有这出，她就是被老爸骂一顿也不能让他们单出这风头！

谁还不是富家女了！

沈意看着前面那几辆车，忽然觉得有点不真实。

除开被挤到迪奥门店外那次，这还是她第一回主动追星，原来全城围堵的年轻女孩们并不是最夸张的，还有人开着玛莎拉蒂来追星，而她们跟了半天，连肖让的一个影子都没看到。

原来，如果她不是他的同学，想要靠近他是这样困难。

玛莎拉蒂的出现真正让大家有点颓了，杨粤音让司机停止了跟车的罪恶行为，停在路边思考人生。她意识到自己无论硬件还是软件都不是最优秀的，开始怀疑，以她们这看起来很够呛的运气，今天真的能堵到肖让他们吗？

"不然算了吧。我有点累了，我们别追星了，去吃冰激凌吧。我记得前面的商场有家哈根达斯，我请客。"关越越提议。

杨粤音也累了，但还是不甘心就这么放弃，可两个朋友都兴趣寥寥的样子，她只好说："那我们先去吃哈根达斯，吃完再说？"

汽车于是朝前开去，然而转过一个弯却发现另一条街的路边有很多人，杨粤音发现她们的装扮看起来都很眼熟，像是刚在古寺外面见过的！

"停车！"

不等车停稳，她拉开车门就跳了下去，关越越和沈意莫名其妙地跟下去，问："你干什么？"

"你认不出来吗？这些都是肖让的粉丝，她们挤在这里，他肯定在附近！"

是，沈意也认出来了，这些人里还有人举着肖让的手幅，确实是他的粉丝！

所以，他就在附近了？

沈意忽然有点近乡情怯，几乎又想躲回车上时，她的视线里闯入一个熟悉的身影。他穿着灰色卫衣和牛仔裤，额前系着深蓝发带，一头乌黑的头发在阳光下泛着光。他就这么跑出来，仿佛漫画里走出的美少年。

人群因为他的出现而欢呼，他却喘着气，像是刚经过了剧烈的奔跑。男生看看周围，无奈地说道："你们当心一点，这里有车，注意安全。"

"肖让！是肖让！"杨粤音激动地喊起来，"我们终于堵到了！"

沈意定定看着肖让，他没有发现自己，而是站在人群中央，旁边是紧跟着出来的傅西承，两人在商量着什么，保镖护在周围，摄影机则围绕着他们拍摄。

她们离得有点远，关越越提议："我们要过去一点吗？"

沈意还没回答，先被旁边的人挤了一下，有人越过她往前去了。她这才发现周围的人比刚才更多了，人人都在往前挤，沈意忽然觉得不安，肖让说得对，这里车来车往的，万一谁被撞到了就糟了。

其实刚刚看到那些人跟车，她就觉得不安全了……

这个念头刚转过，她忽然听到肖让大喝一声："小心！"

众人一愣，这才发现一辆银色的轿车开过来，因为街边的女孩子都快挤到马路上了，它只能往外绕，却没注意到前方有一个五六岁的小女孩，眼看就要撞上了！

说时迟那时快，只见肖让飞身上前一把抱起小女孩，侧身就躲过轿车。然而转身的瞬间还是晚了一点，轿车不偏不倚，端端撞上了他的腿！

剧烈的刹车声！

司机打开车窗，惊惧地看着他们。

肖让几步踉跄，差点摔倒在地，还好旁边的保镖一把扶住了他。他忍着剧痛，把小女孩递过去，傅西承也赶了过来，非常惊骇："怎么了？哪儿伤到了？！"

肖让从齿缝里挤出一句："上车。"

傅西承这才反应过来，忙道："好好好，我们上车。别围着了，姑娘们，我们得走了！"

有粉丝担忧地问："让让撞到哪儿了？你受伤了吗？"

"没有没有。"傅西承打圆场，"我们就是得换地方了。让个道好吗？"

司机很快开来车，傅西承挤开人群，先把肖让扶上去，自己紧跟着上去。粉丝又惊又怕，想看仔细一点又不敢，司机趁机一踩油门，把车开走了。

直到商务车消失在视线，沈意才终于喘了口气，这才发现自己刚才竟然紧张得屏住了呼吸。

杨粤音和关越越也相顾茫然："我没看错吧，那个车刚刚是撞到肖让了吧？他受伤了？"

绝对没有错。肖让被撞到了，只是大概怕粉丝知道引发骚动，才选择立刻离开。现在他们是去医院了吗？

看这架势，好像伤得还不轻啊……

两人想到这里，同时看向沈意，只见她还望着肖让离开的方向。那里站着的粉丝们，每个人脸上都是一样的忧虑茫然，即使偶像已经走了还不愿离开。

沈意看着她们，想到肖让那一瞬痛楚的表情，只觉得心脏某个地方都揪了起来。

她忽然抓住杨粤音的手，急切地问：“他在哪儿？我要见他。我一定要马上见到他！”

“小心小心，不要碰到脚，来，慢慢坐下来……”

肖让觉得自己今天实在有点倒霉。本来好不容易回老家录个节目，他心情挺好的，结果被围追堵截一整天就算了，毕竟也不是没经历过，临了还出了这么一个岔子，他居然把脚伤了！

他一上车就发现脚踝已经肿起来了，司机本想直接开去医院，最后在他的命令下回了酒店。进了房间脱下鞋子一看，脚踝处已经肿得跟馒头似的，傅西承试着按了按，说：“应该没有骨折，是扭到了，别的地方还有伤吗？”

别的地方当然还有，他现在不方便脱裤子，直接拿剪刀把裤腿剪开，只见膝盖下方青了一大块，还有好几处刮破的伤口。

肖让吸一口气：“刚被那车蹭的。”

不过还好，虽然看起来吓人，但应该没大碍。罗成拿了冰袋给他冷敷，同时联络医生，肖让看看站在一旁的傅西承，说：“看我这架势是走不了了，后面就交给你了。”

他虽然受伤了，但节目还没录完，不可能就这么算了。以往出现这种事故，都是剩下的嘉宾继续把任务完成的，这也是他没有立刻去医院的原因，通告其实还没有结束。

傅西承当然也知道，但他看着肖让肿得老高的脚，眉头紧皱：“你这样，我怎么能放心走。”

肖让心说哪有那么矫情，房间里除了罗成，还有姗姗，以及节目组的摄像等工作人员，六七个人全挤在客厅，他还嫌人多呢！

房间的门却又开了，有两个人进来，是李铎和节目的常驻女MC田甜。李铎进门先看了看肖让的伤势，然后头也不抬地说：“行了，你走吧，我们来照顾他。”

田甜解释："反正我们俩都被淘汰了，安排我们来照顾伤员，也算物尽其用。"

李铎和田甜在一个组，确实在第三个任务点惨遭淘汰，节目组这个安排倒也不令人意外，后期剪辑时还可以凸显一下队员之间的团结友爱。

傅西承这才妥协，重新回去录制。

他走了，肖让躺在沙发上，感觉脚踝处要命的疼痛在冰敷的作用下终于缓和了一些。

田甜半蹲在旁边，柔声安抚："别担心啊，很快医生就到了，我们先简单处理一下。等这边结束了，再去医院做个详细检查，不会有问题的。"

肖让沉默一瞬："姐，我不是小孩子，不用这么哄我。"

田甜是"85"后小花，和周佩佩差不多大，只是一直不算太红，近几年才靠综艺吸引了不少粉丝。因为长了张娃娃脸，即使过了30岁还在坚持少女形象，闻言威胁地戳戳肖让额头，说："我是关心你，不识好人心。还有，不许叫姐。"

肖让懒洋洋地笑："那我叫你什么？叫妹妹也不合适啊。"

李铎点头："不错，还有心思开玩笑，看来确实没大碍。不过你的粉丝可没你这么轻松了。"

肖让受伤时那么多人在场，几句话是遮掩不过去的，很快就有人把消息发到了网上，顿时一片哗然。有骂粉丝造成拥堵的，有骂节目组安保不周的，但更多的都是在担心肖让。

"呜呜呜，让让是为了救那个小女孩才被撞到的，现在小女孩没事，他却受伤了。他马上还要回组继续拍戏，还是武打戏，如果真的伤得很重该怎么办啊！"

事发当时的视频也有人录了，大家看得清楚，肖让确实是为了救那个小女孩才受的伤，一时间，连路人都对他的情况给予了关心。粉丝就更不用说了，隔得远的只能时刻盯着网上的新消息，希望看到他伤势的具体情况，而嘉州本地的粉丝则全跑到肖让下榻的酒店楼下，即使偶像关在房间里，她们根本看不到，也执着地不愿离开。

李铎往楼下看了一眼，只见人头攒动，不知道的还以为这里发生什么大事了："全是你的粉丝。好在我们跟前台交代过了，不能透露你的楼层，否则我看她们都要涌到楼上了。"

肖让眉头微皱，撑着沙发站了起来。李铎一愣："你干吗？你不会想下去吧？我跟你说啊，现在这种情况，你可千万不能出现。那么多人，稍不注意就会引发骚乱的！"

李铎毕竟是在韩国当过偶像的人，在这方面的安全意识可比傅西承强多了。肖让本来也只是一时冲动，闻言又坐回去，沉默片刻，道："我只是不想让她们在楼下担心。"

李铎理解地拍拍他的肩膀："医生快到了吗？一会儿医生检查了，没什么大事我们就发个微博，再让罗成下去通知一声，让大家早点回家。"

现在也只能这样了。肖让烦躁地哼了一声，放在茶几上的手机却忽然响了。

李铎敏锐地发现，肖让一看到屏幕上跳动的名字，表情顿时一变。他接起电话，不知道是有意还是无意，连语气都温柔了："喂？怎么突然给我打电话？"

那边说了句什么，肖让扬眉："你看到网上的消息了？没有，我没有受伤……好吧，是伤到了，但就是擦到了一点，不严重的，别担心。"

鬼扯的话还没讲完，他忽然一愣，像是以为自己听错了，重复道："你说你在哪儿？真的？好，当然可以，不打扰，我这就安排人下去……"

他挂了电话，一抬头就看到周围的人全感兴趣地盯着他。肖让轻咳一声，避开大家的目光，对罗成说："我有个朋友到楼下了，你去帮我接一下。"

罗成莫名其妙："哪个朋友？"

"就，你也见过的那个啊。我同桌……"

罗成恍然大悟，暗骂自己真是猪脑子，这种时候找上来的"朋友"，还让肖让一接她电话就这个表情，除了他那个小同桌、小班长，还能有谁！

不过，她现在上来吗？罗成有点担心，但瞥了瞥肖让，还是什么都没说下去接人了。

他一走，李铎立刻坐过去勾住肖让的肩膀，意味深长地说道："什么朋友啊？还同桌？听说你受伤了，立刻来看你？挺情深义重啊。"

肖让没理他，而是和摄像老师商量："待会儿我的同学要来，我不希望她入镜，您别拍她好吗？"

他们这里也留了一个摄像老师，打算拍一些肖让治疗，还有李铎他们照顾他的素材。不过这会儿医生没来，机器也没开，摄像老师当然明白他的意思，点头表示他们懂。

肖让做完这个，转过头发现李铎还不死心地盯着自己，连田甜都一脸八卦的表情。他想了想，低声说："你记得之前我那个吃鸡的视频吗？那天晚上还有一个女孩子跟我们一起打游戏，就是她。"

李铎、田甜同时拖长声音："哦……"

肖让心想，他就不该告诉他们！

沈意并不知道因为自己的到来，房间里发生了些什么。她和杨粤音她们在听说肖让回了酒店后，也立刻赶了过来，然而楼下挤成一片的全是和她们抱着相同目的的粉丝，酒店甚至根本不让她们进去。

她没办法，试着给肖让打了电话，没想到他立刻派人下来接了自己。沈意跟着罗成从消防通道进去，然后坐电梯上楼，一进门就看到肖让坐在落地窗边的沙发上，朝自己露出笑容。

"你来了？"

沈意没有回答。她甚至没有看见房间里的其余人，而是径直向肖让走去，却又在要靠近他时停下。女孩站在沙发前半米处，目光落到他的腿上，半晌，轻轻道："这就是你说的只是'擦到了一点'？"

肖让这才想起自己刚撒的谎，现在被抓个正着，他有点尴尬，挠挠头说："本来就是擦到嘛，只是我没站好，又扭到了。"

沈意很想狠狠瞪这个就知道胡说八道的人一眼，肖让却朝她伸出了手。她一愣，迟疑地伸出手，肖让一把握住，用力一拽，她就坐到了他身边。

她慌乱地回头，浑身绷成一条直线，却见肖让朝她微微笑道："嘘，先安静一点，医生刚才也到了。你不信的话，可以问他。"

医生确实到了，他先给肖让仔细检查了一下，然后说："放心吧，没有骨折，也没有脱臼，就是扭伤。腿上的伤也不要紧，上点药就好了。只是你这段时间行动时恐怕要多注意，不能二次扭伤，否则就真的麻烦了。"

罗成皱眉："可他后天还要回去拍戏……"

肖让示意他别说了，笑道："谢谢医生，您先帮我处理一下吧，我会注意的。"

医生给他腿上的伤口上了药，包扎好，又用弹性绷带把脚踝处缠住，抬动他的脚时，因为碰到肿起来的包，肖让眉头一皱，轻轻吸了口凉气。沈意忙握紧他的手，只见他额头上都出了层细汗，忍不住小声问："很痛吗？"

　　肖让很想继续装英雄，奈何医生恰好用力打了个结，他一句"没事"断在嘴边，表情扭曲道："你……你说呢！"

　　沈意见他这样反而笑了："活该，叫你还胡说八道。"

　　医生弄好后，交代道："腿上的伤注意不要碰水，脚踝处你们帮他冰敷，四小时一次，每次二十分钟。今晚观察一下，明天如果没有更严重就可以换热敷了，如果恶化了，立刻去医院。"

　　大家送走了医生，这才重新看向肖让和他旁边的沈意。田甜笑着说："不能叫我妹妹，所以，现在可以叫妹妹的人来了？"

　　沈意不懂她的意思，也不知道她是谁，只是觉得有点眼熟，应该也是明星吧？她这样想着，又瞥向旁边的男人，却见他大概二十来岁的样子，身穿白衬衣和牛仔裤，头发染成了银色。他应该很高，肖让都有一米八五了，他却比肖让还要高一些，英俊的五官中透出丝混血的痕迹。如果说肖让是漫画美少年，他就有点像漫画里的吸血鬼，浑身上下都流露出贵族般的矜持和优越感。

　　沈意问："李……铎？你是李铎吗？"

　　"你认识我？"李铎扬眉一笑，语气却不怎么惊讶。比起来，他刚看到沈意时的惊讶要更大一点，不为别的，这女孩长得实在和他一开始猜测的不符。他还以为肖让看上的人会很漂亮呢，哪里知道这么……普通？

　　沈意点头："我们班上有你的粉丝，我在她们的手机上看过你。"

　　这个回答倒是让李铎意外了，在同学手机上看过他，也就是说这女孩子本人一点都不关注他了？

　　沈意没有说的是，她能这么快说出李铎的名字，还有个重要原因是肖让曾经在她面前跳过他的舞……

　　肖让……肖让！

　　她猛地扭头看向男生，也许是脚伤的危机过了，她忽然意识到自己都做了些什么。

　　她去堵了肖让的综艺节目，在看到他受伤后又跑来他的酒店，让他的助理把她带到他的房间。而这里的人都是他的同事，她实际上就是闯入了他的工作场合！

沈意突然站起来，神情紧张。肖让疑惑地问："怎么了？"

他以为她担心摄像机，安抚道："别怕，我打过招呼了，不会拍到你的。拍了也不会剪进去。"

沈意手指绞着，咬了咬唇："你没事了，那我……我该走了。"

她想离开，肖让立刻去抓她，动作太猛牵动脚伤，痛得又是闷哼一声。沈意吓了一跳，忙蹲下来察看他的情况，肖让趁机握住她的手："你先等一下，先不要走……"

男生望着她，眼睛那样乌黑，竟透出股恳切。沈意手足无措，正不知该怎么办，他的电话却又响了，这一次是傅西承打来的。

"喂，你那边怎么样啊，医生来了吗，怎么说？"傅西承问。

肖让把电话开到免提，眼睛还看着沈意，回道："没事了，小伤，养一养就好。"

那边传来欢呼声，似乎是傅西承把这个消息告诉了周围的粉丝，然后他咳嗽一声："既然你没大碍了，那么干点活吧，我这边需要你。"

肖让扬眉："怎么，有你傅老师也解决不了的问题，还要用到我？"

这个节目的规则就是嘉宾每到达一个任务，都要完成那里的要求，有时候是答题，有时候是解谜语，还有些时候是寻找路人搭档完成游戏。傅西承现在找他，多半是被题目难住了，所以向他求助。

意识到这个画面是能剪到节目里的，摄像老师立刻把镜头对准了肖让。沈意忙躲到镜头外，但她没有再说要走，而是站在旁边看着他。

傅西承轻哼一声："你少得意啊。一般的题目我当然不需要你了，但这个题目我看来看去，都觉得是为了你们俩量身定做的。你不答的话，我们组太吃亏了。"

"'你们俩'？"肖让疑惑地问，"你在哪儿啊，旁边还有谁？"

傅西承站在古城楼上，天朗气清，微风吹拂过他的头发。他看看前面打扮成仙人的NPC（游戏里的非玩家角色），再看看旁边一脸无所谓的男生，深吸口气，努力让肖让明白事态的严重性："我现在在最后一个任务点，旁边是柯星凡。

第三组已经淘汰了，就剩下我和他巅峰对决了，鹿死谁手就看这一局了！"

肖让果然立刻进入情绪："是吗？你到最后一个任务点了？"

"对，我先到的，所以按照规则，我先答题。如果我答不出来或者答错了才轮到柯星凡，所以，我们一定不能答错！"

没想到自己都快摔断腿了，还有机会角逐冠军，肖让士气大振："什么题目，你说。"

傅西承既然问他，那应该是他有点谱的，他这句话可以说问得相当有信心。

傅西承念了起来："下面四个选项中，发生最早的是什么事件？A.国共双方签订《双十协定》；B.中国共产党发表'五一宣言'；C.苏联对日本宣战；D.中国共产党七大召开。"

肖让心想，这是什么题目？

傅西承摊手："你看，这明显是高三文综题嘛，我觉得就是因为有你们两个高三考生在，节目组才出了这种题目！"

肖让觉得，节目组对他们两个高三考生实在有很大误解，他们看起来像是好好上过课的人吗？别说他不会了，他敢担保柯星凡也一定不会！

但现在对着镜头承认自己不会也太丢脸了，肖让正为难，忽然瞥到人群中央，沈意悄悄对他比了一个手势。

他一愣，试着说："选D？"

"他说选D，D对吗？对了！"傅西承欢呼。

"Yes！"肖让激动一握拳，再看向沈意的双眼简直闪闪发光。

他怎么忘了，他有班长在这儿！沈意连北大冬令营考试都考了（虽然最后失败了），这种级别的学霸，还会怕这种题目吗！

其余人也发现了刚才的答案是沈意说的，纷纷看向了她，沈意见状有点紧张，不知道自己是不是做错了。

那边柯星凡本来一直面无表情，这会儿忽然走到傅西承旁边，抢过手机就说："你是自己回答的吗？导演组，我怀疑肖让作弊，他那边还有外援。"

傅西承抢回手机："什么作弊，肖让找外援怎么了？规则中说了不让找外援吗？你现在也可以立刻找外援！"

规则中确实没说不准找外援，这个游戏甚至是鼓励和路人互动的，只是规定了无论嘉宾还是被求助的路人，都不可以上网搜索。

柯星凡气笑了。他当然也想过求助路人，但像这种题目，因为考得太细，即使是学霸，过了高三恐怕也有很多都忘了，要找到恰好知道的谈何容易！

肖让那边什么情况，谁在旁边给他帮忙，居然这么快就答出来了！

肖让、傅西承一击即中，连找外援的行为都得到了认可，只恨不能隔空击掌。两人再接再厉，又连续回答了三道题，而沈意也不负众望，准确快速地给出了答案。

"贝加尔湖湖水更新缓慢的主要原因是？"

"选D，湖水深度大。"

"我国古代戏曲中的杰作《西厢记》的作者是？"

"选A，王实甫。"

"'感时花溅泪，恨别鸟惊心。'在文学中，这种以物拟人写法反映的哲理是？"

"D，意识对客观事物的反映具有多样性。"

大概是节目组找的题太过高考化，肖让在对答中产生一种错觉，以为自己突击进行了一次文综测试……

终于，四道题答完，他们只剩最后一题了。

"这是一道加试题，这道题答对了，今天的'大冒险家'就是你们了。但如果答错了，我们就要换另一组来答，到时候，你们可就悬了……"NPC先恐吓了一番，这才说，"好，请听题，《红楼梦》里，真正让贾宝玉和林黛玉互通心意的经典告白是什么？"

肖让一愣，怎么回事，突然不高考了？

这个题目听起来有点难的样子，不像沈意擅长的类型，而且连选项都没有，想蒙一个都不行。他担忧地看向她，却听女生说："你放心。"

肖让以为自己的想法被她看出来了，立刻辩解："我放心啊，我对你绝对放心！"

沈意无语三秒，解释道："我说，贾宝玉对林黛玉的经典告白是'你放心'。"

肖让和大家还是一脸茫然。

沈意终于震惊了，发出学霸直击灵魂的质问："你们平时都不读书吗？！"

《红楼梦》，这可是《红楼梦》啊！

虽然双方都受到一定程度的冲击，但当节目组宣布他们获得今天的胜利时，肖让和沈意还是兴奋得差点跳起来。

沈意从来没参加过这种游戏，又新鲜又好玩，还有满满的成就感。肖让更是一把抱住她，笑着说："班长，你太厉害了！我就知道你什么都能做好！"

因为太激动，沈意由着他抱了自己一会儿，才忽然反应过来。她一把推开他，慢慢回头，果然，房间里的其他人都似笑非笑地看着他们。

摄像老师直接比了个手势："放心，我不会剪进去。我懂。"

沈意的脸瞬间爆红。

虽然曲折，但节目总算是录完了。

工作人员都离开了肖让的房间，田甜今晚还有别的通告，和大家道别后也走了。至于姗姗姐，则去和文昌哥报备今天的事，还有跟节目组进一步沟通确认，虽然摄像老师承诺了不会把这些内容剪进去，但她还是要以防万一。

连罗成都被肖让支走了，房间里只剩下他、沈意，还有……李铎。

肖让看看坐在沙发上玩手机的男人，头一次觉得他的一头银发这么碍眼："那什么，你今晚没有别的事吗？"

李铎头也不抬："没有啊。我是半夜的航班飞上海，之前都没事。"

肖让觉得，这个人怎么这么不识趣？我是真的关心你有没有事吗？我是嫌你碍事！

然而没等他想出办法把李铎赶走，另外两个人也回来了。

柯星凡一进门就看到了沙发上的沈意，表情一变："我说你今天怎么变成考神了呢，原来不是找的外援，是开了外挂。"

傅西承则喜笑颜开："原来是班长啊，好久不见，新年过得怎么样啊？"

沈意站起来："你们好，我新年……过得还行吧。你们呢，新年过得好吗？"

"本来一般，但算上今天就过得相当好了。"傅西承笑着说，"多亏了你，我们才能把老柯毙得满地找牙，哎，好像上次吃鸡也是，我看你其实是老柯的克星吧？"

李铎听他们俩的语气，都和这女生都很熟的样子，先是有点惊讶，但转念一想，都一起打游戏了，不熟也怪了。

他看看肖让，又看看沈意，挑了挑眉。都介绍给朋友了，肖让看起来很认真的样子啊，但他向来只喜欢大胸细腰的性感美人，实在领悟不到这种类型的女孩的魅力点，不由得对肖让的品位产生了莫大的好奇。

当然，他也承认在看到女生冷静答题的表现后，他对她的印象有了那么一点点翻转，但只是一点点，还不足以打败大胸细腰……

沈意瞥了瞥柯星凡，有点紧张。因为柯星凡的性格，她本来就挺怕他的，这会儿生怕傅西承的话让他更不高兴，岔开话题道："你们今晚都没事吗？"

傅西承说："我和老柯明天还要在嘉州参加一个活动，今晚都没事，他的腿都成这样了，就陪陪他呗。除非，他不希望我们陪……"

他的语气别有深意，沈意没听懂，却见肖让闻言朝他露出个假笑，然后转头看向窗外，似乎一点都不想看到这几个人。

怎么了？

沈意正莫名其妙，却收到新的微信："沈意同学、沈意女士，你都上去几个小时了，什么情况啊？您还下来吗？"

"糟了！"沈意轻呼。

"怎么了？"肖让问。

沈意咬唇："杨粤音和关越越还在楼底下等我呢，我们是一起来的，但因为怕不方便，她们都在楼下等我。我给忘了……"

她越说越愧疚，想到两个朋友在车里等了自己几个小时，她却在这里和肖让玩，完全把她们抛之脑后，觉得自己真是太不仗义，太重色轻友了！

她又看向肖让，这一次，要走的话变得不那么说得出口。但继续留在这里吗？他们四个男生，就自己一个女孩，其实也挺尴尬的……

"你朋友啊？"傅西承忽然问。

沈意意识到他在问什么："嗯，我的同班同学，也是肖让的同学。"

"既然是你们的朋友，那就没问题了。"傅西承一笑。

沈意眨眨眼："嗯？"

杨粤音和关越越在车里待了四个小时，眼看着从下午到华灯初上，外面的粉丝都在工作人员的安抚下渐渐离去，沈意还没有下来。

关越越捧着脸说："我好饿啊，音音，我们还能等到吗？小意会不会已经忘了我们？"

她真的很怀疑，沈意说是上去看看情况就给她们发消息，结果一去就杳无音信了。不过关越越也可以理解，如果是她在这种时候见到肖让，恐怕也不会记得两个可怜巴巴等在楼下的闺密……

杨粤音等到现在，其实也心灰意冷。节目录制结束了，她还是没看到想看的内容，看来她真的是没这个命，怨不得别人。

她给沈意发了个消息，决定如果她要下来，她们就等等她，不下来，她们立刻走人。她对今天不抱任何期待了，晚上吃一顿大餐，也许就是这个初六对她来说唯一能发生的好事。

然而消息发出去三分钟后，她接到了沈意的电话。

她一去不回的好友在那边犹豫道："那个，肖让他们都在楼上，让我问问你们，要上来一起玩吗？"

杨粤音没想到，自己人生的巅峰来得如此突然。

她和关越越上去的过程中都没有说话，电梯里呈现一种诡异的安静，直到她按沈意给的房间号按下门铃，里面传来脚步声。然后，房门被拉开，露出傅西承含笑的脸。

"是小让和班长的同学吧？欢迎。"

杨粤音要掐自己的手，才没有当场叫出来。她强行镇定地点了点头，走进了房间。

这是一个很大的套房，和她住过的那种狭窄的酒店房间截然不同，客厅有整面的落地窗户，肖让坐在窗前的沙发上，旁边是沈意。杨粤音还没来得及和她打声招呼，就看到另一边的沙发上也坐着两个人。

李铎一头银发，两手握着手机，正全神贯注地打游戏。旁边是身穿灰色毛衣的柯星凡，他似乎有点累了，又嫌李铎的游戏声太吵，挨着他的那边戴上了耳机，头往后仰枕在沙发靠背上闭目养神。

杨粤音感觉自己有点喘不过气，抬手按住了胸口。

柯星凡和李铎居然也在这里！

刚才在电话里她没敢多问，沈意说"肖让他们"，她就以为是肖让和他今天的队友傅西承，没想到还有柯星凡和李铎！

　　见到四个当红男星，杨粤音深吸口气，几乎怀疑自己身在梦中。

　　"对不起啊，音音、越越。"沈意走过来拉住杨粤音的手，"我上来因为看到肖让受伤，再加上一些别的事，就忘了你们还在楼下了。让你们等久了……"

　　说时迟那时快，杨粤音一把反握住她的手，一脸严肃地摇了摇头："没有关系。小意，你让我等多久都没有关系。为了你，我心甘情愿，我无怨无悔！"

　　开什么玩笑，有这样大的惊喜等着，别说让她等四个小时，就算让她在楼下等个通宵，她也没有一丝怨言！

　　关越越怎么说的？追星女孩就没有怕吃苦的！

　　沈意当然知道她的想法，忍不住小小翻了个白眼，有点想笑。好友的喜悦也感染了她，其实在傅西承提议让她们俩上来时，她就猜到杨粤音和关越越一定会很开心。

　　想到关越越，她看向旁边，却发现平时咋咋呼呼的关越越这会儿竟然很镇定，只见她站在那里，唇畔是恰到好处的微笑，不像杨粤音这么喜形于色，看起来相当端庄得体。

　　就是有点端庄过头了，感觉怪怪的……

　　沈意忍不住小声问："你怎么了？"

　　关越越扯开她的手，嘴巴都没动一下，从齿缝里挤出一句话："别影响我。我拿出了陪我爸参加企业酒会的专业素养，你别害我破功。"

　　还有这一招？沈意顿时对她刮目相看，不愧是富家千金！

　　"杨粤音，还有关越越，两个月不见，你们好吗？别站着了，坐吧。"肖让朝她们招了招手，又对另一边说，"你们俩，来客人了，什么态度？给女生让个位置。"

　　李铎一局游戏打完，抬头道："严格来讲，这是你的房间，我也是你的客人。"

　　不过他还是看向了新进来的两个女生，只见左边的扎着马尾，个子比较高，看起来伶俐飒爽。右边的则是短发，生了一张圆圆的苹果脸，伴随着自己打量她们的动作，她也在看他，不过她应该是有点胆怯，看了两眼就收回了目光，若无其事地望向天花板。

这种情况李铎见多了，当下也不揭破，拿出自己见粉丝时的和蔼面具道：“肖让的同学，你们好啊，我是李铎。要坐这儿吗？还是你们想坐柯星凡旁边？”

李铎跟她们打招呼，问她们要坐他旁边还是坐柯星凡旁边，杨粤音没想到自己此生居然还能做一次这种选择，顿时又有点心律不齐。

缓了几秒后，她坐到了李铎的旁边，却跟他隔开了一段距离。关越越就更不了，干脆坐在了杨粤音的旁边，谁也不挨着。

沉默，沉默。

肖让觉得气氛有点尴尬，想了想问：“你们今天跟班长在一起玩啊？知道我受伤就都来看我了？”

杨粤音正不知道说什么，闻言立刻接口：“嗯，我们看到你受伤了，小意很担心，就一起过来了。”

“等等，‘看到’我受伤了？”肖让抓住了关键词，“我受伤的时候，你们在现场吗？你们跟我的综艺录制了？”

他惊讶地看向沈意，怎么也没想到她居然是亲眼看到自己受伤的，他本以为她是在网上看到的消息！

肖让不确定地问：“你当时在人群里吗？你来看我，为什么不告诉我呢？”

沈意听到杨粤音的话就暗叫不妙，肖让的问题一出，她更是手足无措，她最怕的就是被他知道自己居然偷偷去堵他的综艺录制，可他现在不仅知道了，还当着这么多人的面问她……

慌乱之下，她想也不想就道：“是杨粤音。她想追星，想追你和柯星凡，硬把我和关越越拖出来！我其实不想来的！”

杨粤音心想，什么情况？卖队友也不带这么卖的啊！而且你敢说你真的一点都不想来？

沈意两手紧攥成拳头，睁大眼睛看着肖让。没错，就是这样，如果不是杨粤音非要她来，她才不来呢。

她才，不敢来呢……

女孩紧张的样子像一只全面戒备的兔子，又像是撒了一个大谎的小孩，生怕被家长戳破。

肖让看了她一会儿，忽然弯唇一笑："哦，原来是这样啊。"

沈意眨眨眼，不敢确定他这个语气是信了还是没信，肖让已经看向旁边："你来追录制，是想看我和柯星凡？"

杨粤音斟酌道："也可以这么说……"

傅西承插嘴："只看他们吗？不看我和李铎？"

肖让白他一眼，若有所思道："对啊，我差点忘了，你是我和柯星凡的那什么嘛。"

还没等大家品出"那什么"究竟是什么，肖让已经拖着他的伤腿挪到柯星凡旁边，柯星凡莫名其妙地看着他，他露齿一笑，一把勾住柯星凡的脖子，重重在他脸上亲了一下！

柯星凡一下跳起来，幸好肖让躲得快，才没有被他打到："你有病啊，干什么！"

肖让明明做了那么恶劣的事，还摆出一本正经的样子："不要小气嘛，满足一下粉丝的愿望，就当新年做善事了。"

粉、粉丝的愿望？

柯星凡愕然地看向周围，却发现他那两个刚进来的女同学里有一个双颊通红、满脸兴奋，眼睛都快亮成星星了，直勾勾地看着他们两个。他又想到肖让刚才的话，后知后觉地回过神，这不会是他和肖让的cp粉吧！

答案当然是肯定的。

傅西承和李铎沉默地看完这一切，又忍了一会儿，还是没忍住同时笑了出来。他们越笑越起劲，傅西承甚至直接踢了踢还站着的柯星凡："行啊，老柯，你怎么跟个黄花大围女似的，被亲一下还坚贞不屈了！"

"你这话就不对了，老柯有贞洁观是好事，这说明什么？说明他自尊自爱！我强烈建议他去起诉肖让性骚扰，必须让坏人付出代价！"

肖让举手做投降状："我请求你不要告我，我们私了好吗？"

这三个人一唱一和，柯星凡额头上的青筋跳了几跳，忽然冷冷一笑："我告你干什么？反正偷亲这种事，你以前也不是没想干过……"

话音未落，就被扑过来的肖让一把捂住了嘴，因为动作太快，他还碰到了脚，痛得龇牙咧嘴。

柯星凡垂眸，目光冷冷的，肖让也望着他，四目相对，肖让心里都要骂娘了。

那次试探完沈意后，他又跟柯星凡说过一回这件事，他告诉他，她当时应该是睡着了，所以都不记得了。柯星凡当时还嘲讽他运气真好，没想到现在柯星凡竟然拿这个来威胁他！

然而把柄被人攥在手里，片刻后，心怀鬼胎的某人还是只能忍辱屈服："对不起，我错了。我再也不敢戏弄你了。"

柯星凡轻哼一声，没有答话。

一旁的沈意犹疑地问道："你刚才说的，是什么意思啊？"

她好像听到柯星凡说了"偷亲"。

肖让眼中都是祈求，见柯星凡不为所动，又换成了威胁，似乎在说，你要这样的话，那我们就鱼死网破吧。

柯星凡终于回过头，淡淡道："没什么。就是这种无聊的把戏，他以前也跟别人玩过。"

是这样吗？沈意不知道是失望，还是松了口气。

关越越看完一场大戏，戳了戳一动不动的杨粤音："你怎么了，高兴傻了？"

"我不是高兴，我是难过。"杨粤音转过头，脸上的表情竟真的是沉痛而不是高兴，"今天过去后，我该怎么面对以后的人生啊。"

肖让当着他的面亲了柯星凡，两个人还捂嘴，离得那么近。她的人生还能找到比这更快乐的事吗？没有了，不会再有了。

她的下半辈子都没有指望了！

这么闹过一通后，屋子里的气氛倒是活跃了很多。肖让叫了客房服务，让他们送来了晚饭，大家简单吃过后，觉得干坐着太无聊了，还是得玩点什么。

那么问题来了，四男三女，大晚上共处一室，能玩点什么呢？

答案当然是——斗地主。

杨粤音看着桌上的扑克牌，不死心地说道："我们真的要玩这个吗？其实我们可以玩游戏啊，你们之前不是还带小意吃过鸡吗？我也会吃鸡，我玩得可好了！"

"算了吧，我们四个男的带三个女孩大晚上吃鸡，这是要上热搜的节奏。

我还不想被经纪人打死。"傅西承说。

这倒是，杨粤音也不想上热搜，挫败地垂下头。

傅西承笑问："怎么，你吃鸡玩得好，斗地主玩得不好吗？"

杨粤音想了想："这倒也不是。"

李铎一边洗牌，一边随口说："放心，我们不欺负高中女生，不赌钱的。这样吧，贴纸条怎么样，输一局贴一次，看谁先贴满？"

他语气里透着股轻慢，杨粤音已经发现了，虽然说话最少的是柯星凡，但对她们最爱搭不理的其实是李铎。他大概是个很挑剔的人，对朋友有自己的要求，虽然因为肖让而勉强和她们一起玩了，但心里并不把她们几个"高中女生"当回事。

杨粤音现在已经从那种冲昏头脑的激动中缓过来，骨子里的不服输慢慢浮上来，露出个笑容："好啊，看谁先贴满。"

二十分钟后，李铎顶着满头的纸条，一脸怀疑人生的表情，看着前方。杨粤音拿着刚剪好的又一张纸条，故作为难地叹口气："唉，还是你们明星脸小，贴几张就贴满了。这一张贴该哪儿呢？嗯，这儿吧！"

她不顾李铎的额头已经贴满了纸条，又把一张贴到他的上眼睑处，李铎只觉眼睛都要睁不开了！

而他旁边，肖让和傅西承脸上也贴了不少，只有沈意和关越越被放过了。但两人都被好友的辣手震住了，沈意小心地说道："音音，原来你斗地主玩得这么好啊……"

"你是过年的时候练的吗？"关越越问。

"不用等过年。"杨粤音耸耸肩，"实不相瞒，本人小时候不学无术，曾经有那么几年沉迷于赌博，除了斗地主、升级、干瞪眼、五十K，还有麻将，没有我不会的。"

还是个江湖儿女？

傅西承觉得自己走眼了，肖让的同学里居然还藏了个赌神！

杨粤音是赌神，她旁边的沈意就不一样了。沈学霸常年缺席各种娱乐活动，连过年也不爱和亲戚打牌，所以只是大概知道斗地主的规则，真打起来磕磕绊绊，要不是杨粤音手下留情，她应该是输得最惨的一个！

这一局她又捏着一大把牌眉头紧皱，后面忽然传来个声音："我想起一件事。"

她回头一看，是柯星凡。

斗地主最多五个人一起打，用两副牌，所以每一局总有两个人上不了桌。为此他们采取了轮换制，输了的就被换下去。不过因为柯星凡刚开始就接了个工作电话，进入卧室里一直没出来，所以每一局倒是只有一个人闲着。

沈意不知道他是什么时候打完电话的，又在后面看了多久，只听傅西承问："什么？"

柯星凡没理他，看着沈意她们问："上次肖让给我打电话的时候，你们是不是在旁边？"

他跟肖让是好友，互相打电话的次数应该很多，但他此刻这样问起，沈意就只能想起一次。

他说的是杨粤音生日那回，肖让玩真心话大冒险输了，打电话跟他告白吗……

沈意没有回答，杨粤音和关越越也没有回答，但她们的表情已经告诉了他答案。

柯星凡微微一笑："很好。"

沈意还没反应过来什么很好，柯星凡已经上前。因为打牌，他们是围着茶几坐的，沈意不想挨着男孩子们，坚持坐到了地板上，只在屁股下面垫了个靠垫。柯星凡就这样坐到她身后，侧头看起她打牌来。

沈意没想太多，继续投入牌局，直到她要打出一个对子时，他忽然按住她的手："这几个对子是连着的，你打了就拆了。"

她反应过来，感激地朝他笑笑，柯星凡不露痕迹地又挨近了一些："你是不会打吗？我刚刚看你出错了好多次，否则上一局不会输得那么快的。"

"我会打，但打得不太好……"

"看出来了。你刚才还单拆了对子，对子不是不能拆，但不可以拆太多，而且要观察对手牌的情况。你当时就是因为拆了对子，结果后来大家都出对子，你就卡死在那儿了，根本没办法出……"

柯星凡小声讲解，沈意却越来越不自在，因为她发现不知何时，自己和柯星凡已经离得太近了。他的身子挨着她，一条长腿屈起支在她背后，另一条腿随意放在旁边，她双手握着牌，他就着这个姿势两手前伸，也握住她的牌，竟像是环住她似的。

他身上也有淡淡的香味，但和肖让和煦清爽的气息不同，他的香水一如他这个人，透着股冷冽……

不对不对，沈意告诉自己，现在不是想这个的时候。她看着男生近在咫尺的眼睛，还有他们暧昧的姿势，想说话，却发现自己喉咙太紧了，什么都说不出来，身体也陷入僵硬，想躲开竟然动不了。

不过没关系，有人比她更先开口："柯星凡，你干什么？"

肖让眉头微皱，愕然地盯着他们。柯星凡搞什么？谁准他挨沈意那么近的？还有那个手，他要不是腿受伤了，早过去把他的手扯下来了！

柯星凡看着他，有点奇怪地反问："不干什么，教班长打牌啊。你们都没人发现她不会打吗？这么欺负新手很有意思？"

沈意很想重复自己是打得不好，不是不会打，而且柯星凡怎么也叫她班长了，这个称呼会传染吗？

肖让咬牙，隐约猜出柯星凡为什么发疯。只是他做出一副正气凛然的样子，大家又被他平时的作风蒙蔽，居然没人觉得他有问题，还真当他在教沈意打牌，最多就是离得近了一些而已。

肖让想了想，也不管自己腿上的伤了，笑着凑过去说："是我疏忽了，我也可以教班长……"

然而还没等他靠近，就被柯星凡两根手指抵住他的肩膀："哎哎哎，别看牌啊。你现在可是对家。"

肖让被这个强有力的理由阻止，一时不知如何反驳，一股气堵在胸口。

柯星凡又低头看向沈意，女生这时候终于找回自己的声音："我觉得我们两个人一起打不太公平，我可以自己打的……"

所以，你还是别靠我这么近了……

她祈求地看着柯星凡，希望他可以明白自己没说出来的意思。然而他闻言非但没退开，反而扬唇一笑，一把揽住了她的肩，女孩瞬间身子绷紧！

他垂眸凝视她，从来都透着几分不耐烦的脸上竟流露出若有若无的温柔，轻声道："你不想让我教你吗？但我想教你，班长可以给我这个荣幸吗？"

沈意和在场的所有人都蒙了。

李铎终于看出不对了，藏在纸条下的眉毛都要挑到鬓角了。

不是吧，居然还是三角恋剧本吗？这女孩这么抢手吗？

这一回真的忍不了了。肖让把牌一放，一把把柯星凡扯开，不过他还没失去理智，压低声音道："我不是已经道歉了吗，你也报复回来了，还要干什么！"

如果是为了他刚才戏弄他的事，那他也太得寸进尺了吧！

"刚才是刚才。要不是今天，我还没想起来，那一回的事，我还没跟你算账呢。"

那一次肖让在电话里跟柯星凡表白，害得他当了真，他怒气冲冲挂了电话，事后也想过要不要狠狠报复回来。但由于他当时实在有点丢脸，不想再提，最后勉强说服了自己别跟神经病一般见识。

可他怎么也没有想到，原来当时沈意也在场！还有他那两个女同学！

肖让当时跟他说是玩游戏输了，不得不打这个电话，但联系起今天的事，柯星凡深深怀疑起这句话来。

他搞不好是主动拿他当乐子，去取悦女朋友的闺密……

怒火隔了三个多月卷土重来，格外气势汹汹，他回身就想继续去骚扰沈意，却发现女生已经换了个位置，坐到了关越越和杨粤音中间，两个闺密像金刚护法似的，一左一右护住了她。

他一愣，却见她强自镇定道："那个，谢谢你，但我真的不用你教。我刚刚只是在熟悉规则，后面怎么打我知道了。"

她的表情太避之不及，柯星凡还从没遇到过女孩子对自己这个态度，虽然只是在报复，但也涌起一股古怪的感觉。

他表情不变："哦？"

"真的！"沈意用力点头，"不信你看我们打完这局，打完了你就知道了！"

再次开始打的时候，沈意全神贯注，拿出了考试的十二分精神。而她的状态的改变也影响了大家，这一局的地主是李铎，五人局地主也会叫一个帮手，他的帮手是傅西承。银发男人看着女生专注的样子，也被激起了求胜欲。

有一个高中女赌神就够了，他的江湖经验不足，输了他认栽，但他绝不相信这个刚才还打得乱七八糟的女生能说会就会了！

我们斗地主界就不存在这种神话！

然而今晚也许注定是他的"打脸"之夜，五分钟后，当沈意最先出光手里的牌时，他不可置信地说道："你怎么做到的！出老千了吧！"

沈意面对这种质疑，眉头皱了皱，但还是耐心地说道："没有。音音刚教了我一下，让我记牌。算一下你们出的牌，再除掉自己的牌，大概就能猜出你们手里还剩下的牌，然后再出对子试探你们有没有炸弹，差不多就是这样……"

"你可以记住全部的牌？"李铎更不信了。

沈意沉默一瞬，道："我都能记得《双十协定》、'五一宣言'、苏联对日宣战，还有中共七大召开的时间哪个最早，记住这些牌很惊讶吗？"

女生一脸平静，李铎却觉得自己被嘲讽了，今天第二次来自学霸的嘲讽！

杨粤音忍着笑奉上纸条，沈意接过后贴到李铎头上。

"啪嗒"一声，李铎闭上眼，仿佛听到自己的一颗赌王之心破碎的声音。

沈意贴完，李铎一回头，就发现肖让正看着自己，好像发生了什么让他开心的事似的，他嘴角挂着笑，眼睛里也盈着光。

沈意在他的目光下，忽然就觉得不好意思，低头躲开了。

旁边傅西承将他们的反应看在眼里，朝柯星凡挤挤眼睛。他当然不信柯星凡会对沈意有什么意思，只是欣喜于自己居然看到了他的笑话，人家女孩子为了躲你这么努力，肖让要高兴坏了吧？

柯星凡看着肖让一副小人得志的样子，冷冷地哼了一声。

后面的牌局，肖让忽然士气大振，连续赢了好几把，杨粤音的头上也被贴上了纸条。傅西承说："再这样下去，我们就满屋子僵尸了，贴不下了。"

"那你说怎么办？"关越越问。

"这样吧，我也累了，咱们再玩最后一把。但赌注换大一点，输了的人在脸上画一个小王八，好吗？"

杨粤音托腮，挑衅道："你不怕是在给自己挖坑吗？"

傅西承一笑，含情脉脉道："不怕。我要是输给你，心甘情愿让你在我脸上画王八。"

男人一双桃花眼直勾勾地看着她，再配上那张英俊的面庞，杨粤音即使纵横赌场，到底只是个18岁少女，忍了三秒还是没忍住，脸红了。

傅西承调戏成功，得意地转过头，只留下杨粤音懊恼暗骂：可恶啊，居然用美男计！

于是就这么决定了，大家撕掉纸条，展开终极决战。这一次抽中地主的是沈意，她叫出来的帮手是杨粤音，本以为强强联合，两人能大杀四方，然而大概是她们的好运用光了，又或者是肖让气势太盛，两人越打越不顺，最后眼睁睁看着肖让最先出掉了牌。

李铎把剩下的牌扔到空中，欢呼："画王八喽！"

杨粤音咬牙："赢也不是你赢的，得意什么！"

李铎不为所动："对我这么有团体荣誉感的人来说，我们队伍赢的就是我赢的，没有差别。"

他翻出一支黑色油性笔放到桌上，傅西承不愧是风流浪子，这会儿骨子里的怜香惜玉又发作了："真的要画吗？人家可是女孩子啊。"

李铎说："你不画我画。"

傅西承却拦住了他："我不画也轮不到你画，这一局是肖让赢的，应该让他来画。"

在众人的目光下，肖让动了动身子。沈意一直看着他的手，只见在短暂的停顿后，男生身子微倾，修长的手指拿起了油性笔。

还真的要画啊……

沈意心里有点委屈。她也不知道自己在期待什么，只是输的人是她，赢的人是他，他都不对她放点水吗？

居然这么无情。

肖让拿着笔站到她面前，沈意一赌气就闭上了眼睛，摆出一副随你怎么画的架势。肖让看着那双漂亮的眼睛在自己面前合上，只露出乌黑浓密的睫毛，还有莹白的肌肤。他以前就发现了，她真的很白，眼睛下面偶尔会有熬夜熬出来的黑眼圈，但大概最近是过年睡得好，连黑眼圈也不明显，少女的脸颊饱满而干净，透出勃勃生机。

他看到她嫣红的嘴唇，喉结上下滑动了一下。

其实他知道，他一直知道她不算多么漂亮，但不知道为什么，就是这张并不惊艳的脸，却让他跟着了魔似的，最近总是在半夜梦到，而那些内容甚至让他羞于启齿……

沈意的眼睫毛颤了颤，像是察觉他沉默太久。肖让轻吸口气，抬手轻轻捧住她左边脸颊，指腹接触到她的皮肤时，两人都微微一颤。

像是有电流经过他的指尖，传递到她的面颊，沈意觉得连牙齿都有点发麻，不自觉地咬紧了嘴唇，双手垂在身侧，手指微微蜷曲。

她不敢睁眼，甚至屏住了呼吸，感觉他的手落上她的脸上后迟迟没有更多的动作，只有目光一寸寸滑过她的肌肤，像是在寻找合适的作画点。

意识到他正在这么近的距离注视着自己，沈意忽然羞窘难言，手脚都不知道怎么摆放。她都不知道自己最近的状态怎么样，长痘痘了吗？还有白天在外面跑了那么久，会不会哪里脏了，她没察觉啊？

该死，刚才她怎么不先去洗个脸，万一被他看到了她的痘痘怎么办！

她突然睁眼，与此同时右颊一凉，马克笔落上了她的脸。

肖让似乎没想到她会突然睁眼，手一抖往下画出一条不长不短的黑线。她的肌肤那样柔软，那一笔仿佛是画在了云彩上，但他顾不上这个，沈意也像是完全没发觉，两人定定望着对方，都失去了反应。

她看着他的眼睛，还有瞳孔里两个小小的自己，模模糊糊觉得这一幕好像很熟悉。

似乎很久以前也发生过，他们也挨得这么近，这样看着对方……

"那个，咳咳，你们还画吗？"傅西承忽然开口。他的表情微妙，像是非常不好意思打断，但再不打断实在不行了。

两人恍然惊醒。肖让看看沈意脸上的印子，再看看手里的笔，明明只是玩一个游戏，他却出了一身的汗，一颗心更是兵荒马乱，掩饰道："不画了。本来就是游戏，没什么好画的……"

沈意一手捂着脸，觉得那一处火辣辣的，片刻后起身道："我去洗一下……"

她躲到了洗手间，肖让跑到阳台上透气，客厅里只剩下刚才的电灯泡五人组。

大家沉默一会儿，杨粤音说："是我想多了吗？我怎么觉得，我发现了什么不得了的事……"

Chapter 11

　　高三的假期永远是短暂的。初七晚上，在别的年级的同学还在享受新年的兴奋时，高三年级已经被召唤回了学校，正式开始了高中的最后一个学期。

　　这一次收假，班上的气氛也明显不同。对很多高三考生来说，之前虽然紧张，但还可以告诉自己，前面还有一个新年要过，如今春节一结束，连最后一个掩护都没了，高考瞬间变得近在眼前，仿佛下一秒就会来到。

　　老师们也都是这个论调。开学第一天，连向来随和亲切的乔蕊都跟大家发表了一番讲话，大体内容就是到了现在，真的不能再懈怠了，距离高考还有4个月，一切都还来得及，大家抓紧时间，也许改变你命运的机会就在这4个月！

　　一通讲话下来，人人都头皮发麻，恨不得当晚就连做三套文综卷子。

　　不过除此之外，班上倒是没什么别的变化，之前每学期开学还会重排一次座位，但估计是考虑到最后一学期了，换来换去影响大家心情，座位还大致维持原状，只发生了一些小变化。

　　"咚！"

　　沈意还没反应过来，就见关越越风一般卷过来，往前一栽，趴到自己课桌上，生无可恋地说道："我疯了，不对，是乔老师疯了。她居然让我和宋航坐同桌！"

没错，关越越就是那一点小变化。这次开学，乔蕊重新调整了她的位置，把她和宋航安排到了一起。

沈意看着一脸颓废的好友，谨慎地和后面的杨粤音交换了下眼神，说："乔老师应该是想让宋航帮助一下你的学习吧？毕竟他现在也拿到清华的降分了，时间上更宽裕一些，你的成绩又……你们坐一起，你有什么问题都可以问他，我觉得挺不错啊。"

"不错个鬼啊，谁要跟他一起坐？谁要问他问题？我有问题问你不行吗，你成绩还比他好咧，我用得着他？！"关越越很激动。

沈意抿了抿嘴："严格来说，他现在比我好。"

关越越这才察觉自己失言，但胸口那团气噎在那里下不去，不知道说啥，索性拿过沈意的水杯咕咚咕咚喝了大半杯水。

"你怎么回事啊，怎么突然这么讨厌宋航？"杨粤音说，"人家一个准清华学霸跟你同桌，多少人盼都盼不来，你倒好，还骂上了。"

这也是沈意奇怪的，按理说关越越和宋航都没多少交集，同桌了顶多觉得不习惯不自在，不至于这么气急败坏吧？

关越越捧着水杯沉默一会儿，闷闷道："就那天晚上啊，小意失踪那晚，我们不是去找她吗，后来因为一直找不到她，我们为了节省时间决定兵分两路，音音和张立峰一起，我和宋航一起……"

沈意知道这事，第二天她去找杨粤音她们道歉时，她们就跟她说了，当时她还很惊讶，原来宋航也来找了自己，而且根据她们的描述，他还是最先决定逃掉晚习去找她的人。

"你跟宋航一起，然后呢？"她问。

"然后，我们吵架了。"

关越越现在想起那天晚上都还是气，她和宋航离开沈意的家后就往城东边寻找，范围从沈意常去的地方扩大到了任何她有可能去的地方。嘉州那么大，这么做无异于大海捞针，所以很自然地，他们找了两个小时也一无所获。

关越越本来晚饭就没怎么吃，累得不行，过马路时一个晃神，差点被车撞到，还好宋航一把拽住了她。

"小心！"

她看着飞驰过去的黑色轿车，惊魂未定，转头刚想道谢，男生却皱着眉头说："你一直都这么不专心吗？"

关越越愣了下，声音顿时拔高："你什么意思？"

宋航不作声，她越发生气。什么嘛，这个人一整个晚上都没几句话，明明是他们两个一起找，却好像她在演独角戏似的，说十句话不一定得到他一次回答。现在终于主动说话了，却是这种话，说她不专心，是在嘲讽她成绩差吗！

其实她平时没这么敏感，但这天晚上一直担心沈意，心情本就不好，而且她一直记得，宋航发现沈意不见了时那隐隐指责的态度，就好像如果她出点什么事，全是因为她们没看好她，是她们俩的责任似的……

眼看男生已经继续往前走，关越越感觉自己的怒气仿佛撒向了大海，半点回声都得不到，恼怒之下大声道："你在生我的气吗？可你为什么要生气，我和小意是朋友，她受伤难过，我比你着急。你算她的什么人，以什么立场来怪我？"

宋航驻足，却没有回头。关越越看着他紧绷的肩线，仿佛她戳到了他什么心事，有点害怕，却强迫自己不要认输。

本来就是，她可以在心里这么怪自己，但宋航绝对没资格怪她！

为了表明立场，她甚至还补充了一句："我看最不适合去找她的就是你。她看到你，就又想起来你们一起考试，你过了她却没过的事，更受刺激。没准连她失踪，你也要负一部分责任！"

宋航转身就朝她走过来，关越越以为他要打自己，吓得两手护住了头，却发现他看也不看地经过她身边，走了。

她放下手，呆呆望着他的背影，片刻后，跺脚道："好，你不找，我自己去找，本来就用不着你！"

两人就这么不欢而散。从那天起直到现在，他们没有再说过一句话。

关越越讲完后，现场陷入短暂的沉默。片刻后，杨粤音问："你管这叫吵架？"

"不然呢？"

"这明明是你单方面辱骂宋航啊。"杨粤音不可思议地说道。

"而且，我没通过北大的考试怎么能怪宋航呢？"沈意也说，"他考的是清华，就算放水故意不考过，也帮不到我啊。"

好姐妹居然不站在自己这边陪她痛骂宋航，关越越不可置信地睁大了眼："哎，你们是谁的朋友？帮哪边啊？"

"我帮理不帮亲。你也太夸张了，人家宋航好心帮我们找小意，你却那么气人家，你让我这个家长以后怎么跟宋学神搭话？怎么面对人家？子不教，父之过啊！"

她说着就要去捏关越越的脸，却被一把打开。关越越撇嘴，负气道："算了，你们根本就不懂我的心情。懒得跟你们说。"

还有小脾气了。杨粤音和沈意对视一眼，都有些无奈。杨粤音说："虽然你不乐意，但事已至此，你就勉为其难跟宋航坐一坐吧。而且你不觉得这样挺搭的吗？小意和肖让是顺数第一和倒数第一，你和宋航是顺数第二和倒数第二，乔老师真的很会安排。"

她刚说完就表情微妙一变。关越越撑着下巴，眼珠子骨碌碌转动："我跟宋航，怎么能和小意、肖让一个样？"

她这话别有深意，沈意眼睫一动，就见两个好友同时看向了她。

"干、干吗？"

杨粤音说："有一个问题，我昨晚就想说，可惜没有合适的机会，现在问问你吧。"

"什么问题？"

"你先别管什么问题，你能答应不管我们问什么都老实回答吗？"关越越说。

沈意心里咯噔一下，她俩的态度太不同寻常，不会是……

她的念头还没转完，就见杨粤音忽然逼近，直视她道："你该不会是，喜欢上肖让了吧？"

沈意怎么也没想到会是这个问题，猝不及防，一时不知如何回答。有心否认，然而好友目光如炬，仿佛早已将她洞穿，让她那句"没有"就怎么都说不出口。

"我……"

她的态度就是最好的回答。杨粤音和关越越对视，都从对方眼中看出了不可思议。

"居然是真的！你真喜欢他啊？"杨粤音说。

她的声音有点大，沈意生怕被别人听到，一把扑过去捂住她的嘴："你小声一点啊……"

因为着急，她的动作迅猛如饿虎扑食，杨粤音差点以为自己要被锁喉了，连拍了她的手两下才让她松开一点。

"小、小意……就算知道这个，我们也还是你的好朋友……不用杀人灭口！"

好一阵混乱后，两人终于分开。沈意想到她的话，只觉得又羞又窘、两颊滚烫，恨不得立刻逃之夭夭。

但理智让她强撑着坐在原地，片刻后，小声问："你们怎么知道的？"

杨粤音摸着脖子，怎么知道的？昨天晚上在肖让酒店的房间，他们俩对视时，她就觉得不对了。

其实不止那一次，之前她也隐隐觉得沈意和肖让之间的气氛有点暧昧，只是没有想太多。可那一刻，他们之间的磁场实在太过强烈，还有沈意看向肖让的眼神，那样不同寻常，容不得她忽视。

她还没回答，关越越已经抢着说："音音看出来的，她跟我说，我还不信。天哪，小意，你怎么回事？你真的喜欢……那个谁吗？是我想的那种喜欢？等等，你知道什么是喜欢吗？"

关越越的态度就仿佛她是一个懵懂无知、需要呵护的小宝宝，而平时都是沈意这么对待她，沈意觉得有点好笑。在最初的羞窘后，她忽然发现，被好友知道这件事好像也没有那么难为情。

她生平第一次拥有这样大的一个秘密，其实心底深处，也许早就想要跟人倾诉一下……

她顿了顿，点头说："嗯，我知道。我喜欢他。"

说出口时，脸还是微微烫了一下，但她勇敢地没有移开目光。杨粤音和关越越看着这样不一样的她，眼神都有些变了。

"小意……"

"怎么了，你们怎么这个表情？"她笑着问。

杨粤音也笑了："没怎么，我高兴啊。我的小意也长大了，有喜欢的人了……"

她说着又要去捏沈意的脸，被她一把攥住："你今天当了越越的爸爸不够，还想当我的妈妈吗？"

杨粤音轻哼一声："你知足吧。你喜欢肖让，就是要拆我的cp，我都没跟你计较，还想当你的妈妈。我是个多么宽容的人啊！"

关越越想了会儿，说："不行，我还是惊讶。你真是不鸣则已，一鸣惊人啊，你说你怎么想得出去喜欢肖让呢？你怎么敢去喜欢他呢？"

"你们不是都喜欢他吗？"

"我们能一样吗？我们那种喜欢，就是粉丝喜欢偶像，高中女生喜欢校园男神，普通人喜欢天上的星星月亮。没有人想去摘月亮的。"

沈意其实明白她的意思，抿了抿唇："我也不知道。等我发现的时候，我已经喜欢他了。"

少女的第一次心动，在自己都不知道的时候发生，那些酸涩、懵懂、期待、紧张，交织成一支青春的歌谣。

当她明白那是什么的时候，一切都太晚了。

她脸上是诗般的甜蜜梦幻，关越越其实也没有喜欢过人，看着都有点羡慕了："算了，你都和肖让坐同桌。跟他当了同桌的女生如果都没喜欢上他，这个事本来就是不科学的，传出去肖让都没法做人的。"

"可是小意……"杨粤音忽然说，"你想过后面怎么办吗？"

沈意看向她，杨粤音似乎很不想点破，却不得不硬着头皮说："现在是高三下学期，马上就要高考，你确定要在这个时候……"

事实上，她就是不确定。

沈意趴在书桌上，看着窗外路灯橘色的光芒，表情有点茫然。开学第一天放学早，她回家还是照例做了会儿卷子，其实春节这段时间她虽然也休息了，却没有一天是真的落下复习的，多少都会看看书做做题。

沈意觉得自己现在心态还可以，冬令营考砸了，高考就得加油，她还没到自暴自弃的那步，所以该做的事都得照常做。大概也是因为这个，她虽然发现了自己对肖让的心意，但根本没有想过后面要怎么样。

早恋已经要杀无赦了，如果高三下学期早恋，得凌迟处死吧？

她想象乔老师得知这件事的情景，忍不住打了个哆嗦。

沈意在为自己的少女心事苦恼时，肖让也没有闲着。

整个2月，他完成了三件大事。

第一件事，新戏杀青。

录完《大冒险家》的次日，他就火速飞回了象山影视城，继续电视剧《长生》的拍摄。在经过几个月的辛苦奋战后，《长生》拍摄也已经进入尾声，原本很快就能顺利结束，没想到主演去录个综艺回来竟伤了脚。

对一部武侠剧来说，这个问题是相当严重的，尤其是肖让还有一些动作大场面没拍完。据说剧组为此很是苦恼了一番，好在肖让不是那种爱耍大牌又怕吃亏受累的大明星，咬牙坚持上阵，再加上替身的配合，最终还算完美地完成了这部分的工作。

2月13日，肖让在《长生》剧组的戏份全部杀青，正式完成了他人生第一部男主戏。

第二件事，艺考。

每一年央影、首影以及沪戏三大艺术院校的艺考都是一次盛事，备受各界关注。在大家眼中，能考入这几所学校的都是未来明星的预备役，群众不吝于在明星们还是素人时做那个发掘他的伯乐。往年就有考生参加考试时因为相貌出众而得到关注，成绩还没出来已经在网上一炮而红的例子，所以后来在备考阶段，俊男美女们的竞争已经开始了。

但这都是在没有明星考生的情况下，今年再多的俊男美女也没人注意了，因为被誉为"00后双星"的肖让和柯星凡今年双双面临高考，都将参加这一次的艺考。

像他们这种童星，每一个人的升学都备受关注，人气高如肖让和柯星凡更是如此。从几个月前，两人要选择的学校就被外界猜了个遍，是会报考国内艺术院校还是出国留学。如今结果终于出来，肖让报考央影，柯星凡报考首影，算是在春节的合作后再次秉持"王不见王"原则，没有如网友所愿报考同一所大学。

肖让艺考那天，毫不意外地上了热搜，原因却让人意想不到。有媒体拍下了他排队等待考试时的视频，他穿着黑色羽绒服，站在一群同样年轻帅气的男孩子中，无疑是里面最引人注目的一个。

周围的人都在偷偷看他，包括跟他一起考试的考生，他却从容地戴着耳机听歌。不过他很快发现了拍摄的记者，摘下耳机朝镜头挥了挥手，记者应该也跟他认识，打完招呼后笑着问："今天考试准备得怎么样啊，有信心吗？有什么话想对别的参加考试的考生说吗？"

肖让想了想，露出营业时的招牌微笑："准备挺久了，所以信心还是有一些的，希望一切发挥正常吧。至于有什么话要对别的考生说，嗯，希望你们都放平心态，考试没有那么可怕的，不要紧张……"

打官腔的话还没说完，他忽然瞥到手里那一沓资料，面色微变："等等……我的准考证呢？"

他连采访也顾不上了，仔细翻看起那一沓资料，真的没有准考证！

记者也蒙了："你没带准考证吗？"

"我带了啊，刚才还看到了，应该是丢哪儿了……谁看到我的准考证了？有哪位好心人捡到我的准考证了吗？"

在场的人原本围观的围观，偷拍的偷拍，个别爱表现的还琢磨着记者采访完他，会不会顺着来采访一下自己，结果忽然听到这么一个消息，傻眼之余忙低头察看，现场变成了"找准考证大会"。

这个视频一发上网就转疯了，网友被肖让发现自己准考证丢了时的反应笑死了，说他上一秒还是营业的当红偶像，下一秒就被打回原形。

"弟弟还劝别人不要紧张，我看你就是太不紧张了！准考证都能丢！"

"哈哈哈，放到高考时，弟弟就是会让警察全城送准考证的那种典型吧，会上新闻的！"

"大家都在笑，只有我关心最后准考证找到了吗？肖让弟弟不会因为这个考不上央影吧，那就太惨了，我会哭死的！"

附和最后一条的网友越来越多，大家甚至把"帮肖让找准考证"刷上了热搜，直到最后肖让本人亲自出来回应："谢谢大家，准考证最后找到了，不用劳烦警察叔叔……"

事情却没有这么结束。经此一役，"准考证"彻底变成肖让的一个梗，直到几个月后他上节目时还被拿出来调侃，让他崩溃之余沉痛地说道："早知今日，当天我一定不接受那个记者的采访……"

太丢脸了！

前两件事分别是事业和学业，都是人生的重要主题，而第三件事和它们比起来，则多了一些仪式感。

2月底，肖让举行了自己的18岁成人生日会。

"肖让成年"一直是互联网的一个热门话题，不只是他，柯星凡也有这个问题。因为红得太早、年纪太小，每当粉丝对他们有什么"少儿不宜"的脑洞和幻想时，只要一想到当事人还没成年，就总有股负罪感。于是微博上兴起一股"弟弟们成年倒计时"的活动，两个月前柯星凡已经不负众望过完了18岁生日，现在轮到了肖让！

视频博主们兴奋道："太好了，以后剪弟弟的成人向视频不会觉得自己在犯罪了！"

肖让生日当天，粉丝组织了各种应援活动，某国际知名时尚杂志则放出了为他拍摄的封面大片。因为主题是庆祝他成年，风格也和以往不同，男生身穿白衬衣和黑色裤子，站在一片黑暗中，他应该是被泼了水，衬衣湿漉漉地贴在身上，露出下面的肌肉轮廓。男生却对此毫不在意，下巴微抬，一双眼直直看向前方，仿佛是能穿破黑暗的利剑。

这个照片一放出来，网上顿时炸成一片："湿身！这个荷尔蒙！呜呜呜呜，弟弟真的长大了，姐姐好欣慰！"

"赶紧去给我拍偶像剧，演霸道总裁！想看你的感情戏，想看你谈恋爱！"

沈意她们也看到了这组照片，杨粤音兴奋地说："肖让团队够放飞的啊，一成年就放这么一个大招，还是说他想拍这种很久了？你看他居然还有腹肌呢，真是了不得啊了不得。"

肖让此前的杂志照都走阳光清爽路线，更多地突出他的少年气，这还是他第一次拍这种……有点"性感"的写真。

也许，他和他的团队想要通过这个告诉大家，今天之后，肖让就不再是一个小男生，而是一个男人了。

这天晚自习上课前，沈意躲在阳台的角落和肖让打电话。

晚风吹拂过面颊，她看着操场上摇摆的小树，还有吃完饭稀稀拉拉往教学楼里走的同学，问："你要上台了吗？"

"没，7点半开始，还有半个小时。"肖让说，"可惜你不能来现场，我为今晚准备了很多节目呢。"

沈意是前阵子才知道有这个生日会的，肖让和他的整个团队都为此筹备了很久，粉丝也期待了很久。地点在北京，沈意知道时其实松了口气，毕竟如果他在嘉州办，自己恐怕就面临要不要去看他的纠结。如今这样挺好，省去她一些没必要的幻想。

她心里这么想，嘴上却说："是啊，可惜我走不开，不然就可以当面祝你生日快乐了。"

"不当面，你也还没有祝我生日快乐。"肖让悠悠道，"从昨天半夜到现在，我已经收到了几百条微信、短信还有电话祝福，但很可惜，目前还没有等到某位姗姗来迟的女同学。"

他的语气像调侃，又透着股幽怨，沈意有点心虚。其实昨天她也守到了零点，微信都编好了，可事到临头却又担心掐零点会不会显得太热情，一个人在那儿纠结好一会儿，回过神来才发现已经错过了时间。

懊恼之下，她索性自暴自弃，丢下手机就跑去睡觉了，一直躲避到现在。

现在被当事人问到面前，沈意咬了咬唇，嘟囔着："有那么多人祝福你，也不缺我一个啊……"

肖让不说话，沈意正怀疑自己是不是太过分了，屏幕忽然一亮。

男生熟悉的面孔出现在上面，他已经做好了头发，衣服却还没有换，穿着简单的白T恤坐在化妆台前，身侧站了个女化妆师，正用刷子给他上妆，更后面的区域不时有人走来走去，应该是在生日会的后台。

沈意不料他突然开了FaceTime，更没想到他旁边原来还有别人，却听肖让说："别人的祝福是别人的，你的祝福是你的，干吗，你现在是想要赖，还是你这么小气，一句'生日快乐'都不肯说？"

他的口吻活像个讨债鬼，讨的还是这种莫名其妙的东西，沈意看到女化妆师抿唇偷笑，脸莫名一红："谁要赖了，我也没说不说啊……"

她顿了顿，深吸口气："肖让，生日快乐。今天以后，你就长大啦。"

肖让目的达到，满意地说道："是，恭喜我终于成为大人。我刚叮嘱了我的团队，以后媒体介绍我不许再说'童星'，要说'青年男演员'！从今天起，我就是青年男演员肖让，词条必须更新了！"

这样的迫不及待，像鸟儿想要挣脱束缚，飞向蓝天。

是不是每个孩子都是这样，期盼着长大，期盼着不再是小孩？

沈意沉默一瞬，轻声道："其实我一直觉得，虽然你看起来和我差不多大，但很多方面已经像个大人一样了。你很成熟，你的环境也催促着你，想让你变得更成熟。但我希望你可以永远是一个少年。"

肖让一愣。

只见屏幕上的女孩看着他，漂亮的杏眼微弯，荡漾着水一般的温柔："我们长大，不是变成奇奇怪怪的大人。所以，我不祝你长大快乐，我祝你常葆赤子之心，永远是追风的少年。"

从来没有人对他说过这样的话。

明亮的灯光里，肖让看了她许久，终于露出笑容："我知道了。我会的。"

这天晚自习，沈意用手机偷偷在桌肚里放了肖让的生日会直播。

可以容纳上万人的体育馆里座无虚席，挥舞的荧光棒汇聚成一片蓝色的海洋，而肖让站在华丽的舞台上，是最耀眼的明星。沈意看着这样的他，又想起那一晚游戏城的跳舞机，她早就知道，他值得站上这个世界上最大最好的舞台。

最后一个环节，肖让换上了一身白西服，干净纯粹，仿佛从童话国度里走出来的小王子。工作人员推着蛋糕走出来，全场齐声高呼"生日快乐"，而他双手合十、双眸紧闭，含笑吹灭了写着"18"的生日蜡烛。

手机屏幕前，沈意也闭上了眼睛。虽然没能去现场，但此刻看着他吹灭蜡烛，她仿佛也亲身参与了那重要的一刻，胸中忽然有很多感情在起伏。

她在心里默默说，今天以后，你就进入一个全新的阶段了。以后一定还会有很多挑战等着你，但我相信，无论发生什么，你都不会畏惧的。

生日快乐，肖让。

总的来说，高三的气氛已经很压抑了，下学期又比上学期压抑更多。卷子的数量也与日俱增，沈意有次离开座位十分钟，回来就发现课桌上已经像个小山似的堆了十几张卷子，全是刚才那十分钟发的。

人人都压力大，把咖啡当水喝，在这样的环境里，唯一轻松的那几个人就格外招人恨了。

关越越说："好消息，好消息，宋航和周静书已经荣登'5班最被大家讨厌的人'榜单榜首。可能用不着我出手，宋航就会先被正义的群众解决掉。"

沈意懒得问她怎么还在和宋航过不去，倒是因为她的话想到了另一些事。宋航和周静书在新年返校后就先后和清华、复旦完成签约，复旦和周静书签的是保送合同，但也不是全无要求，她还是得参加高考，并且分数要在一本线以上，不过这对周静书来说简直是闭着眼都能做到的。至于宋航，在降了30分后，他上清华也是板上钉钉，所以在全班同学都在头悬梁、锥刺股的时候，他们两个人却相当悠闲，具体表现在，连周静书都学宋航，开始在数学课上睡觉了！

张立峰痛苦地说道："我看他们不如干脆回家，这样在学校里每天睡给我们看，谁受得了啊！"

群情激愤，以至有人表示："我现在看班长都亲切了！以前她是无情制霸的一姐女王，但现在，我们只是一起被高考玩弄的可怜人！呜呜呜，我爱班长！"

沈意觉得有点好笑，又有点落寞。

宋航和周静书获得签约后，他们就成了班上最被大家关注和羡慕的中心，而从前被仰望的沈意无形中已经成为黯淡的陪衬。她虽然告诉自己不要再纠结已经过去的失败，也自认为调整好了心态，可当她看到周静书和宋航的轻松状态时，还是忍不住想，如果自己当初也通过了北大的考试，现在是不是也能像他们一样？

不用再天天做题做到深夜，偶尔也能放纵自己在课上睡个懒觉，更重要的是，那样的话，她是不是也敢更认真地去想自己对肖让的感情？

而不是像现在这样，被高考牵绊住整颗心……

沈意想到这里，再看看手下写到一半的卷子，叹口气拍拍脑袋，告诉自己，做题做题。

3月底，嘉州迎来全市高三年级第二次模拟考试。

因为错过了一模，沈意对这次二模很看重，考前正在那儿发呆放空时，宋航忽然过来问："紧张吗？"

沈意想了想："一点点。"

她嘴上这么说，神情却很轻松，唇畔甚至还有微微的笑。其实宋航早就发觉了，自从那次她失踪又回来，就变得不太一样了。不再终日笼罩在从前那种"一定要得到什么"的偏执里，一样学习刻苦，却好像一夜之间看淡了很多东西。

他原本是担心她才过来看看，此刻却心念一动，问："你还想上北大吗？"

沈意有些意外："干吗，你已经觉得我考不上了，来让我另谋下家吗？"

"我不是这个意思……"宋航想解释，却被沈意笑着打断。

"我知道我知道，我跟你开玩笑的。"她笑着说，"嗯，上不上北大，我也没想好呢。之前我是觉得无论发生了什么，我都肯定要去北大的，但后来发生了一点事，我转变了一下心态，忽然发现好像北大也不是那么必须了。但如果不去北大，又要把目标换成哪儿呢，我其实也没想好。所以，我暂时不想考虑这个了。好好复习，好好考试，到时候能去哪儿就去哪儿。"她眨眨眼，"如果我能考上的话，去清华也说不好呢。咱们就能继续当同学了。"

他没有看错，她果然不一样了。

宋航不知道自己是什么心情，沉默片刻，也笑着说："好啊。你要是来清华的话，我会很高兴的。"

沈意一直记得肖让那天晚上跟她说的话，不要让爸爸的喜好决定她的人生，所以事后她真的认真想过，如果没有和爸爸的约定，她还有那么想去北大吗？可惜她把北大作为第一目标太久，一时间还真想不出别的学校的优点。后来她想通了，干脆不管这些，先好好考试，看看自己能考到哪一步。

她关注结果太久，也该学会感受一下过程了。

按嘉州惯例，二模的题是要难于当年高考的，同学们答题时也感觉出来了，许多知识点都要绕几个弯才能反应过来。平时能从容做完一套文综卷的时间，这次却一路惊险，刚把空填得差不多就到了交卷时间。

很自然地，考完后哀号一片，大家纷纷感慨这次分数怕是要创历史新低。好在还能安慰自己，题虽然难，但对所有人都是一样的，只要名次不是太难看，还是能交代过去的。

成绩公布那天，大家团团围住了成绩表，周静书刚靠近就有好心人跟她说："你来看你的吗？全班第三，年级第五，前面是班长、宋航、周远，还有平行班的覃颖。"

周静书问："班长是第一吗？"

"对，还没恭喜班长女王大人重回王座了！"

周静书看向人群中的沈意。她也来看成绩，旁边是跟她玩得好的杨粤音和关越越，两人看起来都挺高兴的，笑着跟她说着什么。比起来，沈意倒是很平静，唇边带一点笑，但也仅此而已，她对自己重新考回第一好像并没有特别激动。

"看什么呢？"闺密忽然凑近，"你掉到第五名，不开心呀？"

周静书回过神，掩饰道："没有啊。"

"没有就好。要我说，你也没什么可不开心的，毕竟你最近都放松成什么样了，才只掉到年级第五，很厉害了！"

闺密的想法也是很多人的想法。在保送之后，周静书就算退出赛场了，名次之争对她不重要。别说是考年级第五，就算掉到一百，只要分数稳定在一本线上，她就没什么可操心的。

不过周静书并不是这样想。

她看向教室最后面的黑板，自己当初写下的目标还清晰可见：北京大学。她是从高一就想去北大的，后来选择复旦是因为高考压力太大，她有些承受不住了，这时候忽然有这么一个机会，她无法克制自己不去抓住它。

但得到这个机会后，她虽然大多数时候都是高兴的，但心底还是时不时会觉得怅然若失。

沉默片刻，她忽然小声问："你说班长能考上北大吗？"

闺密眼珠子一转，猜出了她在想些什么："不是吧，你还没死心呢？"

"我就是好奇。毕竟我们班想上北大的就我们俩，我放弃了，她还在坚持。"

闺密不希望周静书继续在这件事上浪费情绪，决定好好跟她掰扯清楚："你觉得班长是还在坚持？我觉得她是没别的办法，所以只好坚持。你没看到前阵子她因为没通过冬令营考试难过成什么样了？都逃学了！同学们私下讨论过，都觉得她是心态不太行，自从上了高三，已经连续考砸几次了，现在又没拿到降分。这种事是恶性循环，越没底越紧张，越紧张越发挥不好，我看她高考悬着呢。"

"可她这次考回第一了……"

"那是你和宋航都没有认真跟她比。"闺密说，"你信不信，如果让班长来选，她没准也希望当初去北大参加冬令营的是你，然后她考全市第一，去复旦面试，拿到复旦的保送资格。"

她说完，两人陷入沉默。

闺密忽然耸耸肩："要怪就怪你们都不是陈盏非。看看人家，明明可以保送降分，结果一点都不稀罕，连争取一下都懒得，就等着高考大显神威当状元呢。"

她提到大魔王陈盏非，周静书忍不住自嘲："我严重怀疑，我之所以丧失继续坚持冲北大的勇气，退而求其次去复旦，就是被她吓的。"

闺密拍拍她的肩膀："不过你还是可以骄傲一下的，至少你赢过她一次。"

"在她出车祸的时候？"周静书翻个白眼，"这种就不要提了吧，我还要脸。"

被闺密开解了一通，周静书觉得自己心态好了一些。是啊，她已经很幸运了，虽然去不了北大，但至少稳上复旦，这已经是好多人求都求不来的。

其实对他们这些高三生来说，除非真的是像陈盏非那种志在状元的，否则保送对于大多数人就是最好的选择了。

但状元，那就更是她想都不敢想的存在了……

她转身想回座位，却忽然听到杨粤音问："小意你怎么了？傻站在那儿干吗？你在看什么？"

沈意的声音有点古怪，像是陷在巨大的惊愕中，还没回过神来："我在看……我的全市排名。"

年级排名在成绩单最左端，全市大排名则在最右端，杨粤音这才想起来光顾着看年级的，都没注意这个。她一边往最右扫视，一边说："你在全市排第几啊，第四第五？要是能前三就好……"

她的声音忽然卡住，因为看到了成绩单上那个醒目的排名。

沈意，语文、数学、外语389分，文综268分，总分657。这个分数刚刚其实已经把大家震撼了一次，因为在二模试题这么难的情况下，全班的平均分都降了快30分，沈意却没有太大变化，甩了第二名的宋航二十几分。

但现在更让人惊讶的不是分数，而是后面的排名。

七中年级第一，嘉州全市……第一。

她愕然地睁大眼睛，以为自己看错了，旁边的关越越也一脸不可置信的表情。

好半晌，关越越才憋出一句："难道陈盏非又出车祸了？！"

杨粤音震惊地看着她，似乎不明白她怎么好好的还诅咒上人了。但关越越的想法很简单，如果不是陈盏非又缺考的话，沈意是怎么考到第一的？

还是说她发挥失常了？

不可能，除了车祸那次，陈盏非三年来没有把第一的宝座旁落一次。他们这一届的学生都知道，哪怕高烧39摄氏度，陈盏非都能照拿第一不误！否则怎么当得起她的大魔王之名！

沈意的脑子里也乱哄哄的，恰好看到宋航过来，下意识地问："你看到成绩了吗？我和陈盏非……会不会有错啊？"

"没有错。"

"嗯？"

宋航平静地说道："我刚去问过了，陈盏非这次总分653，全市第二。"

全市第二。也就是说，陈盏非是正常参加考试了的。

关越越咽下一口唾沫，呆呆地说道："小意，你居然赢了陈盏非。天哪，你不会……你不会要拿高考状元吧！"

这么想的不止她一个。

沈意考了全市第一的消息半个小时后就传遍全校。

七中轰动了！

作为一个理科强校，七中理科班的第一时不时也能考到全市第一，和别的学校的顶级学霸决战一下，但文科班一直被嘉南中学的文科班死死打压。尤其是陈盏非，她的名气大到连高一、高二的学生都有所耳闻，知道嘉南中学有一个制霸全市三年的女生，十有八九就是他们那一届的省状元。

可如今，在距离高考只剩两个多月的时候，沈意考赢了她，还是在二模这种大型考试中！

沈意被叫到乔蕊办公室，进门听到的第一句话就是："你知道我们学校已经九年没出过省里的文科状元了吗？"

沈意深吸口气，看看办公桌后的乔蕊，再看看旁边的中年男人，努力让自己的语气显得镇定一些："廖主任，您怎么也来了？"

廖永平作为七中副校长，兼任高三年级主任，当然也是认识沈意的，闻言道："你都考全市第一了，我能不来吗？"

沈意终于装不下去了，小心翼翼问："那个，你们是认真的吗？你们真觉得我能当省状元？"

从知道成绩到现在已经过去一个小时了，沈意却还处在一种不真实的情绪里，觉得一切都像梦般不可思议。她真的赢了陈盏非，考了全市第一？作为一个学霸，她太清楚这个排名意味着什么了。虽然只是嘉州第一，但鉴于近几年的省状元都是从嘉州出来的，所以市第一基本就相当于省第一，难怪连廖主任都惊动了。

出一个省状元，就是学校接下来五年招生的金字招牌，也是在任校领导的政绩。之前是没有希望，如今她露了一点苗头，可以想象大家会激动成什么样子。

果然，廖主任一听她的话就不赞同道："你这样说就不对了。你既然能考到第一，就说明你有这个实力，千万不要妄自菲薄！"

"可是……"

"没有可是。我今天本来要去外校开会，特意过来就是想告诉你，学校对你寄予厚望。接下来你无论在学习上还是生活上有任何困难，随时都可以告诉老师，学校会尽最大努力帮助你，你只需要专心备考！"

廖主任的话沉甸甸的，似乎把重担压到她肩头，沈意瞬间感受到压力。好在主任估计是真的诸事繁忙，又说了几句就离开了，留下乔老师继续给她做思想工作。

年轻的班主任端详她片刻，笑问："你怎么看起来不太高兴啊？"

沈意肩一垮，终于流露出小女孩的情态："廖主任也太吓人了，给我这么艰巨的任务，我怕我完不成……"

乔蕊想了想，点头道："其实我也吓了一跳，不过不是被他吓的，是被你。你也太擅长给人惊吓了，我看到成绩时还想呢，难道我第一次带班当班主任，就要带出个省状元？"

她居然还继续加码，沈意抗议："乔老师！"

"好好好，我不说了。"乔蕊举手做投降状，却见沈意站在办公室中央，眉头微皱，薄唇紧抿，她明明刚取得了那么惊人的成绩，神情里却没有半点喜悦。

她很紧张，甚至，有一点害怕……

乔蕊忽然起身，拉着沈意在一侧的椅子坐下，两手按在她肩膀。沈意茫然抬头，乔蕊问："我发现你最近状态挺好的，是发生什么事情了吗？"

沈意当然明白她在问什么，顿了顿，道："嗯，我调整了一下自己的心态，不去逼迫自己一定要做到什么程度，而想看看在自然的状态下，自己能做到哪一步。"

听起来好像没什么不同，但乔蕊知道差别："然后，你看到了。"

沈意一愣。

乔蕊说："我知道，陈盏非这三年来给了你们很多压力，让你们都觉得她是不可战胜的，对吗？"

沈意不说话，表示默认。

"过去没有一点希望，反而心态平和。现在突然赢了一次，发现自己好像有机会了，那些紧张、恐惧还有患得患失也跟着袭来，对吗？"

她的话完全戳中沈意的心情，她刚想开口，却又被她打断："但我说这个是想让你明白，我没有期待过要带出省状元，就像你也没期待过要当上省状元。现在的一切都是意外，美好的意外。我希望你去享受这个意外，而千万不要被它束缚。"

沈意眨眨眼睛："你的意思是？"

乔蕊忽然用力拍了下她的肩膀，用一种很受不了的语气说："拜托，你在怕什么呢？反正你也从来没想过当省状元，不能成就不能成，你又不损失什么，但如果成了，就是你赚了。这就像攻城，她是守城的人，你是攻城的，她把省状元看成自己的囊中之物，要捍卫的是三年的荣誉，但你只是去赚一个额外的奖励。你的心态比她轻松多了，放松！"

沈意没想到还能这么想，一时有点蒙。

乔蕊再接再厉："你信不信，现在陈盏非比你紧张多了，还有她的班主任，多半也正和她紧急开会讨论你呢。荣幸吗？大魔王正在研究你。还有别的学校的学霸，搞不好全在隔空膜拜你呢。"

沈意告诉自己，不要那么虚荣，这没什么好高兴的，但唇角抑制不住提起。

终于，两人看着对方，同时笑了起来。

乔蕊最后道："廖主任的话你听听就行，不用太放在心上，按自己的节奏走。而且，以后的事以后再说，就算最后你在高考中输给了她，但这一次赢了是事实。所以，好好去享受属于你的胜利吧！"

沈意用力点头，乔蕊的话终于扫清她肩头的压力，一股喜悦和振奋之情涌上心头，她真切地感受到，自己的的确确在二模中夺魁了！

难度最高的二模！

她心情雀跃，跟乔老师鞠了个躬就想离开。关越越刚才还说要请客吃大餐庆祝呢，她光顾着紧张都没接茬，现在就去告诉她可以，我们今晚去吃大餐吧！

谁知还没走出办公室，她就又被乔蕊叫住："对了，还有件事。"

"什么？"

"今天晚上，高校长也要见一下你……"

沈意心想，这就没必要了吧！

虽然晚自习时又接受了一番校长大人的亲切问询，但当晚回到家时，沈意的心情还是很好的。

她栽倒在床上，看了一会儿天花板，忽然从包里拿出手机，翻到了和肖让的微信对话框。

他们最近的联系并不是很多，肖让前阵子去欧洲拍广告了，日程好像挺忙碌的。沈意正好也不知道怎么处理自己的心情，也就没有主动找他，不过今晚，她有一股强烈的欲望，想要把这个好消息分享给他。

宋航说过，她的问题是得失心太重，当时她以为只要不要那么拼命学习就可以了，但后来的事情告诉她并不是那样。现在想来，那时候她根本没有意识到问题的根源。和爸爸之间的问题才是导致她得失心重的根本原因，而解决了那个问题，她才得到了真正的释然。

想到是谁帮助她解开这个心结，沈意就觉得心柔软得不像话，想了想，打字道："你在干什么呀，还在工作吗？我今天看到二模成绩了，想知道我考得怎么样吗？"

她发出去后，肖让迟迟没有回复，沈意也不着急。他应该是还在工作，但等他忙完了看到，肯定就会回她了。

她握着手机等啊等，不知怎的就迷迷糊糊睡过去了，等第二天早上醒来，第一件事就是去看手机，却发现微信对话框里并没有新的消息。

肖让没有回她。

沈意有点茫然，吃完早饭背着书包去学校，一路上都魂不守舍的。

以往她给肖让发消息，他从来没有这么长时间不回复的，是太忙，还是发生什么事了？

总不会是，太久没见，他已经忘了她了吧……

她越想心越沉，刚走到教室门口，就看到杨粤音激动地扑出来，一把握住她的手："小意小意，你绝对猜不到谁回来了，他……"

然而沈意已经看到了。

男生穿着蓝白相间的校服，坐在靠窗的位置。4月的窗外已有嫩绿枝丫，而他在薄薄的晨曦里朝她扬唇一笑，神情有点熟悉，又有点陌生。

"早上好啊，班长。"

太过突然，沈意呆了一瞬才说："早……"

杨粤音在后面说："肖让这次回来就不会再走了，还有两个月高考，他也要集中复习了。"

这个沈意也知道，像肖让这种还在上学的明星，因为平时工作繁忙，可能整个高中都不会来学校几次，但毕竟高考还是要参加的，所以考前最后两个月基本都会回到学校备考。

她之前还想过他到底什么时候回来，没想到这么突然……

估计是肖让已经来了一会儿，也没有别的同学围着他，大家都在忙自己的事。沈意背着书包过去，因为她的座位在里面，进去时肖让还起身给她让了一下。沈意瞄他一眼，没有说话。

她在自己的位置坐下，身侧就是男生的肩膀，这种感觉有点陌生，沈意想起来上一次两人这样坐在教室里都是去年的事了。

她忽然小声说："你回来怎么不跟我说一声啊？"

女孩的语气似埋怨，又像明明很高兴却不愿意表现出来，肖让也小声说："我想给你一个惊喜。"

"那我发的微信你收到了吗？"

"收到了。"其实不用她通知，昨天下午张立峰就迫不及待给他报喜了，说班长在二模中考了全市第一。

"恭喜班长。"他挑挑眉毛，"这叫什么？山重水复疑无路，柳暗花明当状元！"

这直白的夸赞把沈意逗笑了："这还要谢谢你。"

"是，确实要谢我。"肖让一点谦虚的意思都没有，"如果没有我的开导，你能有今天？现在看来，你当初没通过冬令营考试没准都是件好事。"

这就有点过头了，沈意白他一眼，没接茬。

不过过了一会儿，她又问："你真的不会再走了？"

明明杨粤音都说了，她却还要再亲自确认一下，像不放心似的。

"没有特别重要的事，都不会走了。"顿了顿，他补充，"以后我每天都会来学校。"

每天都会来学校。那就也是说，他们每天都能见面！

这对习惯了和肖让分隔两地的沈意来说，实在是太过奢侈，虽然她已经期盼这一天很久，但当它真的到来，她还是整个人都沉浸在不真实的感觉中。

杨粤音问："说实话，你有没有感觉自己迎来了人生巅峰？"

不仅考了全市第一，肖让还回来上课了，杨粤音觉得如果要评选七中目前幸福指数最高的人，那一定非沈意莫属！

杨粤音边说边朝她挤眼睛，旁边的关越越也抿嘴偷笑，沈意意识到她们在暗示什么，有些不自在地扭了扭身子。

她们已经知道她对肖让的想法了，再看到他们坐在一起就总想起哄，这是小女生们在一块儿无法控制的事。不过要是她们光笑她还好，沈意最怕的是她们在肖让面前说漏点什么，让他察觉。

她忍不住瞪她们一眼，说："我警告你们，管好自己的嘴巴。"

"哎呀，我们又不傻，不会让你露馅的。"关越越说，"不过我很好奇，跟自己喜欢的人坐同桌，是什么感受啊？"

什么感受……

沈意捏紧中性笔，用余光偷觑旁边的肖让。这节课是自习，肖让正在做一张数学卷子，不同的是这是高文林专门为他出的。

因为肖让情况特殊，肯定不可能和他们按一样的计划复习，七中早就和他的团队达成协议，针对他成立了一个特别复习小组，肖让回来第一天就被抓出去一对一单独上课。说"复习小组"其实还客气了，因为缺课太多，很多东西肖让甚至都是第一次学，可以想象工作量有多大。

这就苦了肖让，虽然他也提前做了心理准备，但还是有点应接不暇。每天一半时间去老师那儿上课，一半时间在教室做题，连吃饭都要抽空，他第一次有了一个高三考生的状态。

沈意看着他垂下的睫毛，还有专注的侧颜，这两天只要一转头就能看到这一幕，她不禁咬了咬唇，克制住从心底涌上的雀跃。

考试考好了，还能天天和肖让待在一起，杨粤音说得没错，她觉得自己好像从来没有这么快乐过。

肖让做完了一面卷子，刚想翻面，却不小心把中性笔碰到了地上。沈意正盯着他，见状下意识想去捡，谁知肖让也弯腰，两人的手恰好碰到一起。

肖让一愣，抬眼看到沈意，迟疑道："呃，这是我的笔……"

沈意也回过神，窘得话都说不出来。她的手怎么就这么快！肖让的笔刚掉下去，她就去捡，这不明摆着她一直在偷看他吗？肖让发现了吗？

她不敢看他，闷着头抢先把笔捡起来，放到他桌上："我听到声音，以为是我的……"

肖让不吱声，也不知信没信。

沈意假装做题，其实无意识地在演算本上划拉了一会儿，忽然听到肖让半开玩笑半认真地问："你说，我是不是也该在桌上贴个纸条啊？"

他指的是班上同学贴在桌角用来自我鼓励的话。因为高三压力大，大家确实需要喊点口号振奋一下。这其实是个老招数了，听说乔老师他们上学时就这么干，没想到这么多年过去了，居然像文化遗产似的代代相传了下来。连话的内容都没有多少创新，什么"生前何必久睡，死后自会长眠""眼泪不是我们的答案，拼搏才是我们的选择""要成功，先发疯，下定决心往前冲"。这还不算什么，学校里也挂满了横幅，百日誓师那天，高三年级的教学楼直接把八条鲜红的条幅从顶楼挂到了一楼，硕大的字体触目惊心："艰苦奋斗一百天，幸福生活一百年！"

用杨粤音的话说就是："怎么搞得跟农民工讨薪似的，不知道的还以为我们学校欠了人家五百万呢！"

沈意问："你要写什么？"

"不知道，'飞跃300'？不行，300不够，我得上400。你说我上得了400吗？"

男生叹口气，真心为成绩发起了愁，沈意想了想，从书包里拿出个东西推了过去。

肖让一低头就看到一个小盒子，外面还打了个蓝色的蝴蝶结，疑惑地问："这什么？"

沈意说："礼物。"

"什么礼物？"

"你的……生日礼物。"

肖让有点意外，还有点惊喜："你还给我准备了礼物啊？"

生日那天沈意没提，肖让也没问，事实上他根本忘了这茬，他过生日时沈意又没来现场，她给他打了那通电话，他已经很高兴了。

沈意当然给他准备了礼物，事实上，她为这个礼物足足发了几个月的愁。

18岁毕竟和别的生日不同，意义重大，沈意早就开始思考要送肖让什么。他送过她一条两千块的名牌丝巾，沈意在知道价格后一度想还给他，后来因为找不到合适的机会才作罢。如今轮到她回礼，沈意认真思考过自己如果也买个两千块的东西还回去，肖让会高兴吗？得出的结论是不会，肖让什么都不缺，她根本不知道他需要什么。

当然，更重要的是她也没有两千块……

最终打消她送名牌礼物的念头的还是肖让的粉丝。沈意真的万万想不到，现在粉丝们给偶像的生日应援已经到了这个地步。根据杨粤音的情报，肖让生日当天，多个粉丝站联合在北京世贸天阶、上海东方明珠、台北101大厦，乃至纽约时代广场，以及伦敦、巴黎、多伦多、墨尔本等全世界35座城市，几百块广告屏上投放巨幅生日祝福。除此之外，还有包下整列地铁、买断报纸头版、定制游轮航行播放祝福的，可以说轰轰烈烈、铺天盖地。

这还没完，大家在骄奢淫逸的同时也没忘了做慈善，有多个粉丝站以肖让的名义为多个贫困乡村修路修桥、捐图书馆……

杨粤音悲愤地说道："太可怕了！肖让的粉丝也太可怕了！这让我们的礼物怎么送得出手？！"

沈意也是这个想法。在肖让的粉丝堪称壮观的生日应援面前，她觉得自己无论买什么都送不出手了，毕竟就算她豁出去凑了几千块给肖让买了份厚礼，人家那边都修路了……

想到这儿，沈意有点紧张，却见肖让拿过小盒子打开，里面躺着个杏色的锦囊，丝绸质地，还绣着他看不懂的字，有点像……御守？

肖让兴致勃勃的表情卡住，抬眸再次问："这是什么？"

沈意说："学霸符。"

肖让一脸迷惑。

沈意只好给他解释："西山上那个寺庙你知道吧？里面有尊文殊菩萨，求学业特别灵，这个是我在那里帮你求的符——不是这个袋子，是装在里面那个，可以保佑你金榜题名，考上心仪的大学……"

她越说越没有底气。这原本是她深思熟虑后另辟蹊径的礼物，既然比土豪比不过人家，只有在心意上下功夫了。肖让目前最需要的就是赶紧提高成绩，她本来是可以帮他做复习笔记的，可她之前已经答应了，现在再把笔记拿出来当礼物未免太小气。于是她想，既然人事已经尽了，那再帮他求天意吧……

当时想得很好，但真到了送礼物的时候，却又开始担心。生日送符咒会不会太奇怪？肖让万一觉得她是舍不得花钱怎么办？应该还从来没人送过他这种东西吧……

肖让打开锦囊，里面果然有个折成三角的小小符咒。他拿着它半晌没说话，沈意的心本来就提着，见状再也受不了，扑过去就想抢回来："你不喜欢就算了……"

"谁说我不喜欢？"肖让躲开她的手，沈意这才发现他居然满脸笑容，扬眉道，"我就是有点惊讶，你居然也信这个？"

这让沈意怎么回答？不是她信不信的问题，他以为她是怎么想到送学霸符的？高三考生过年时去西山拜文殊菩萨几乎已经是嘉州传统了，初五那天她和杨粤音、关越越一起去的时候，光同班同学就遇到了十几个。

肖让果然不知道这个，好奇地问："那这个学霸符也是人人都会买的吗？"

"是'请'。"沈意纠正他的措辞，"这个倒不是人人都会请，因为请这个符得在那儿跪二十分钟，听和尚念经，同时在心里默念你的愿望。很多人嫌麻烦，所以上了香、磕了头就算了。"

沈意想到那天，自己提出想去请学霸符时，杨粤音和关越越都很惊讶。关越越说："你居然还想请符？我这样的都懒得请，你也太虔诚了！"

沈意不敢让她们知道她不是为自己求的，佛光宝殿正大光明，她却怀揣着隐秘而不可告人的心思，跪在菩萨面前时，也一直默念着另一个人的名字。

肖让看着她，仿佛看到女孩虔诚祈祷的样子，心里某处忽然被触动一下。

她还在说："不是什么值钱的东西，比不上你的粉丝送你的，但……"

肖让打断她："粉丝送给我的礼物很好，我很喜欢，但你送给我的礼物，我更喜欢。"

沈意诧异地抬头，两人对视，片刻后，她展颜一笑。

顺利送出去礼物，沈意一整天心情都很好，更让她高兴的是，肖让大概是为了表达自己真的很喜欢，直接把锦囊挂在了书包上。他弄的时候她一直假装没察觉，却用余光偷偷看完了全程，嘴角的笑也没有忍住。

然而俗话说乐极生悲，注意到肖让有了这么一个"新挂饰"的不止沈意一个。

"原来你的符不是给自己求的啊。"杨粤音一把勾住沈意的肩膀，"我说呢，你怎么突然封建迷信得比我俩还严重，原来如此！"

沈意的心思被揭破，有点不好意思，杨粤音刚想再调侃她两句，却看到肖让也背着书包出来了："你们还没走？"

三人在教室外面，晚自习结束了，她们正准备结伴回家。杨粤音一见他就露出了笑容，目光在他脸上转转，又往下落到他书包上的小锦囊，最后满含深意地看向沈意。

沈意见状有点紧张，忙道："马上走。你呢，也要回去了吧？我们明天见。"

她说着就要去拉杨粤音，谁知杨粤音却避开了她的手："那个，我忽然想起来，我和越越还有点事，要走另一个门。小意你自己先走吧。"

关越越疑惑地问："我们有事？什么事……"

话没说完，她就被杨粤音一巴掌拍到背上。关越越痛呼一声，这才注意到杨粤音的眼神，猛地明白过来："啊，对，我们还有事，不走这边。你们一起走吧……"

两人边说边退，根本不给沈意拒绝的时间，就这么逃也似的溜走了。

沈意看着她们消失的方向，半晌回不过神，而旁边，肖让眨眨眼，也涌上一股奇怪的感觉。

是他的错觉吗？他怎么觉得，她们这样跑掉，好像有什么别的意思……

好一会儿，肖让才说："这么晚了，她们还有什么事？"

沈意不知道怎么回答。杨粤音在搞什么鬼她太清楚了，她不让她在肖让面前乱说话，她就干脆不说，直接闪人，可她这样把他们俩留在一起也太刻意了吧！

"我也不知道……"她躲闪道。

肖让看了看周围，同学们已经走得稀稀拉拉了，有女生笑着跟他说明天见。他想了想："算了，别管她们了，我送你回家吧。"

沈意瞄他一眼。杨粤音开溜就是为了这个，想给她和肖让制造相处的机会，沈意却一点都不想感激她。她还没有和肖让放学同路回家过，白天在学校里坐一起已经习惯了，但大晚上两个人在外面走还是不免紧张。

让别人看到了怎么说？大明星肖让晚上放学了，还亲自送女同学回家，不传绯闻她都觉得说不过去。

不过她转念又想起来，肖让是有司机接送的。那确实可以送一下自己，从学校开车到她家不到十分钟，很快就过去了。

没想到肖让没有直接出校门，而是绕到自行车棚推出一辆藏青色的自行车。沈意一见就傻了："你的？"

肖让点头："对啊。你不是看到我开锁了吗？"言下之意是他可没有偷车。

"可，你不是坐车回去吗？罗成哥他……"

"哦，那是之前，我这次回来让罗成滚蛋了。"肖让随口道，"我要待两个月呢，可受不了他天天接送我。以后我都骑车上学。"

这实在出乎沈意的意料，只见肖让示意道："上来吧，我载你。"

大明星肖让大晚上放学后骑单车载女同学回家，完了，这比步行送女同学嫌疑更大。

沈意攥紧书包带子，想拒绝，可男生推着车在夜色中的校园含笑看着她，这画面太有诱惑力，她最后只低声问："你会骑吗？"

"干吗，不信任我的车技啊？我跟你说，我骑得很好的，绝对不会摔了你。"

沈意没作声，走过去侧身小心地坐到后座上，因为怕不稳，还抓住了座椅下面。

肖让等她坐好了才从包里拿出个鸭舌帽戴上，又把校服往上拉了拉，这样远远看去倒是真的认不出是谁了，原来他就是这么避开大家的。

沈意也赶忙有样学样，用衣服遮住了下半张脸，刚弄好就听肖让说："征服者号要起航了，出发！"

肖让一踩踏板，单车立刻朝前驶去。沈意被那股冲力带得身体一晃，却见校门飞闪而过，两侧的人也飞闪而过，并没有人注意到他们。

他们出了校园，夜风吹拂到脸上，沈意看着两侧的霓虹，忍不住露出笑容。

肖让说："我没骗你吧，我的车技那可是数一数二的……"

话音未落，车子忽然剧烈地颠了一下，原来是驶过一条减速带。沈意抓着车座到底不好着力，差点被颠下去，慌道："你好好骑车！"

肖让放慢了速度，为自己辩解："这不能怪我，你抓着那里，当然坐不稳了……"

沈意眨眨眼，嗫嚅道："不抓那里，那你要我……抓哪里？"

肖让没作声，沈意也陷入沉默。

气氛忽然有点尴尬。

别人坐自行车后座手要放哪里，两人当然都知道，沈意看着男生的后背，宽阔的肩线一路往下到窄瘦的腰，被包裹在校服里，因为骑车微微弓着，隐约能看到脊骨的弧度。

她的目光停留在腰那里，牙齿轻咬下唇，要……要抱这里吗……

察觉到女生的视线，肖让两手攥车把手，身体也因为紧张绷紧了。

车恰好此时又颠了一下，沈意往前一倾，只觉热血也跟着冲上头，忽然不管不顾，伸手就环住他的腰。

两人同时一僵。沈意一动也不敢动，死死瞪着车座下面的钢筋，而肖让差点连踩踏板都忘了，环在自己腰上的手那样柔软，他觉得那一处麻麻的，还有点痒。他也不敢动，生怕惊扰到了她，脑子里却乱哄哄地想，刚刚她撞上来时，还有什么东西挨到了他的背。

软软的，他一开始还没反应过来……

耳朵开始发烫，吹到脸上的晚风也带着股燥热，肖让深吸口气，生怕后面的人察觉出异样。

他回来上课前曾和傅西承、柯星凡约出来吃了顿饭，柯星凡也马上要回学校复习，两人同是天涯沦落人，交流了一会儿。最后，傅西承笑着说："不过小让这趟回去倒不全是坏事，可以和咱们的班长大人朝夕相处了……"

他满脸调侃，在上次之后，他完全确定了肖让对沈意的狼子野心。傅西承果然不愧肖让对他"年纪大"的评语，从过年问小孩成绩的亲戚变成了过年狂催小孩找对象的亲戚，比如此刻，就一本正经地说："这么长的时间，你正好可以找个机会跟班长真情告白一下。要拖到什么时候呀？"

肖让白他一眼，懒得理他。

在发现喜欢上沈意后，他就想过后面要怎么办，"告诉她"当然是第一个选项，但他遗憾地发现，这个时机很不合适。马上要高考，以沈意一心扑在学习上的作风，他严重怀疑她根本没想过学习外的事，自己现在去表白，很可能折戟沉沙。

柯星凡听他这么说倒是没有异议："那你小心一点，别憋不住露馅了。"

肖让觉得柯星凡实在太小看自己，他的演技虽然算不得多好吧，好歹也拍了这么多年的戏，蒙一个沈意还不够？

然而他没有想到的是，当你真喜欢一个人的时候，想藏住原来这么难。你的视线总是忍不住追随她，你的身体总是想要接近她，想时时刻刻感受她的气息。就好像今晚，他明知道骑车载沈意不是一个明智的选择，却经受不住诱惑这么做了，现在更是弄成这样。

处处都可能露馅啊！

这天晚上，肖让总算有惊无险地把沈意送回了家，一路没有任何人摔下来。

站在单元门外面，沈意垂眸咬唇，最后还是只说了一句"谢谢"就埋头冲上了楼。而肖让单腿支地坐在单车上，一直等到沈意家的灯亮了，才长舒口气，转身回家。

Chapter 12

　　肖让回来很快就满一周了，他很少连续在学校里待这么久，然而这还只是一个开始，后面还有将近两个月。

　　因为时间长，他也第一次真正融入了班级的氛围。到了高三的最后阶段，同学们的压力都大到了一种可怕的程度，仿佛一触即发的弦，具体表现在大家寻找到了很多莫名其妙的解压方式。比如每天中午，全班同学都会聚在一起收看经典老剧《情深深雨蒙蒙》……

　　起因是有个电视台每天都会在午饭时间准点播放《情深深雨蒙蒙》，吃完饭回来得早的同学就会看一会儿，后来加入的人越来越多，就变成了一个固定的节目。收看的同学中一些人以前看过，因为以前电视台经常放，他们跟着妈妈看的。一些人没看过，所以甚至还达成了《复仇者联盟》这类大片才拥有的"禁止剧透"公约。

　　大家纷纷感慨："这电视剧跟我们差不多大，我们这是文艺复兴了啊！"

　　不过电视最多开到13点20分，时间一到，纪律委员文月就会要求关电视。只有一天例外，那天正好播到依萍跳河，全班同学前几天看她因为渣男何书桓伤心欲绝，一个个气愤不已，如今终于等到反虐，二十几个人围在电视前看得如痴如醉。

文月进来时都快13点半了，发现大家居然还没关电视，刚要下令，就被激动的群众吼回来："等一下！依萍要跳河了！"

文月大惊："什么，依萍跳河了？"立刻也跑到电视机前开始看。

于是，这天大家一起把这集看完了才关电视。

旁观完全程的肖让目瞪口呆，对高三考生的苦闷和无聊有了更深入的了解……

也是因为《情深深雨蒙蒙》效应，班上甚至还有好几个同学带了毛绒玩具过来，做题做到一半忽然抱着只毛线兔子或者小熊，模仿剧里的可云大哭道："我的孩子！你们不要抢走我的孩子！我死也要和我的孩子死在一起！"

疯了。都快被逼疯了。

关越越倒是还没有堕落成"可云"，不过当她又一次在课堂上被抽起来答题时，她开始思考是不是自己也需要抱一个假孩子来逃避一下现实。

全班同学都看着她，前面是高长林，和之前一样，这又是一次整列依次答题，分给关越越的题目她还是不会，但不一样的是，这一次高长林并没有看到是她就直接让她坐下去。

"这种题型我昨天刚讲过，你还是不会吗？"数学老师眉头微蹙。

关越越本来就紧张，听到他的声音更是头皮发麻，盯着卷子上的题干，脑子却怎么都转不过来。

高长林眉头皱得更紧，高压之下，关越越觉得自己都想哭了。

每一次都是这样。

整个高中的数学课她都活在恐惧中，只要被抽起来就是一次煎熬和折磨，明明每一次她都认真去想了，可结果还是当着全班的面一次次丢脸。

不会就是不会！都知道她不会了，为什么就是不肯放过她！

她又生气又委屈，差点就想自暴自弃说她不干了，旁边忽然递过来一张字条。

关越越一愣，却见上面用黑色中性笔随意写着：a∈[-3/8，3/8]。

她看向旁边，宋航这节课又在睡觉，这会儿也保持着趴在桌上的姿势，连眼睛都是闭着的，就好像那张字条并不是他递的。

关越越从来没有在这种时候收到过答案，更没想到这个答案会来自被她针对了这么久的宋航，只觉得一种奇怪的感觉涌上心头，让她一瞬间居然比刚才更想哭。

强行忍耐住，她小声说："a的取值范围是-3/8到3/8……"

说完后还惴惴不安，她的答案来得这么突然，也不知道高老师信不信。

然而高长林看看关越越，再看看旁边的宋航，没有再说什么，挥手示意她坐下了。

这节课下课后，杨粤音过来恭喜道："你可以啊，居然答出来了，我还以为你又要栽呢，都准备好听你哭了。看来关女士最近努力了啊！"

关越越看一眼旁边的宋航，心情有点复杂，胡乱"嗯"了一声说："我有道题想问小意，我过去找她一下……"

她拿着书跑到沈意的座位，离宋航远远的，这才稍松口气。沈意正在做题，闻声抬头，关越越本来只是找个借口，只好掩饰道："哎，肖让怎么不在？"

"他去老师办公室了。下节课自习，高老师要给他单独辅导。"

关越越叹口气："我看肖让也挺忙的，要补的东西那么多，搞不好现在全班最累的就是他。"

"他应该也习惯了吧，毕竟很难说当红小生和高三考生比起来谁更忙，肖让现在好歹每晚能按时睡觉了。"

这也是肖让自己说的，拍戏时经常熬到凌晨三四点甚至通宵，现在每晚准时12点半睡觉，生活突然规律得他都不适应了。

沈意想到这里，有些心疼。

后排的文月忽然凑过来："这样啊，难怪他还有时间去跟朋友聚餐。"

和朋友聚餐，什么意思？

文月扬眉："你们没看到兰央的微博吗？她昨天来嘉州做活动，晚上和肖让一起吃饭了，还发了合照呢！"

沈意知道兰央，她是《长生》的女主角，刚跟肖让合作过。不过她昨天来嘉州了吗？

肖让……还出去见她了？

沈意登上微博，随意一搜就找到了自己想看的。只见照片里是一处装潢雅致的餐厅，肖让和兰央坐在一起，女孩一身粉裙，娇俏明丽，肖让则亲昵地搂着她的肩，两人朝镜头露出笑容。

"兰央：好久不见的阿芜和长生，想见某人一面可真难啊！"

杨粤音说，肖让和兰央既然都合作了一部戏，那肯定很熟，兰央来嘉州约顿饭也很正常，不用大惊小怪。

可沈意想到照片上两人靠在一起的样子，胸口就像堵了块石头似的，闷得难受。而且网上的评论也并不像杨粤音说得那么轻描淡写，沈意登上微博时，"肖让、兰央"已经上了热搜。肖让堪称"00后小小生"领军人，兰央也是颇有热度的小小花，两人早在合作之初就传过一波绯闻，这次微博同框，更是将这个话题再度炒热。

"哇，我没记错的话，肖让不是回嘉州备考了吗？居然还抽空出来见了面，难不成之前的传闻是真的，他们两个……"

"这一对，我可以支持！小小少年和小小少女，呜呜呜，我早就想说了，他们俩在一起真的好养眼！妈妈欣慰！"

"朋友，'让央'了解一下，有整部电视剧的合作，主演们关系好，私下互动超甜，最关键的是未来'潜力'巨大，入股不亏！"

这当然不是那种言之凿凿的绯闻，就像网友说的，大家更多还是因为觉得登对而产生的期待和想象。但即使如此，沈意把热门评论看完，还是胸闷得一句话都说不出了。

她有个习惯，心情不好就疯狂做题，在一道一道解开数学题的过程里，那些烦心事好像也随之远去，她的世界再次变得无比简单。

沈意就这样怀揣一腔怨气做完了两套数学卷子和大半套文综卷子，效率之高让过来问题的周远都吓了一跳。正当她在奋笔疾书一道哲学问答题时，忽然被戳了戳胳膊。沈意一转头看到肖让，只觉心口刚因为做题而充盈的成就感，就像被扎破的气球，她的脸瞬间垮了下去。

女孩明明抬头时还神采飞扬、唇畔含笑，一看到他顿时来了个大变脸，肖让被搞蒙了，却见女生重新低头，这次她一边慢吞吞地写字，一边问："有事？"

这个冷淡的态度是怎么回事？

肖让越发糊涂。因为搞不清楚情况，他谨慎地说道："那个，我想借一下你的数学错题集。"

沈意从桌肚里摸出错题集，头也不转一下地放到了他桌上，然后继续做题。

肖让拿着错题集，只觉得气氛实在不对，想了想试探道："你不高兴吗？"

"没有啊。"

这个口气！明明就是不高兴嘛！

其实肖让早就发现沈意不对劲了。他从办公室回来就发现他的同桌正在闷头做题，虽然她平时也这样，但今天的架势明显不同。卷子写完一张又一张，她就像上了发条似的，或者跟人签了"一天之内不写完两百张卷子要赔两百万"的对赌协议，整个人都散发出一股"谁也别打扰我"的低压气场，他两次想跟她说话都被吓了回去。

好不容易找了个正经理由，却见识到女生的大变脸，肖让茫然之下不由得生出个猜测。

难不成，沈意是在生他的气？

不敢去问沈意，他只好在放学时把杨粤音扯到一边，小声问："我做错什么事惹到她了吗？"

杨粤音第一次对大明星这么不客气，一手指着他，说："你反思一下。你好好反思一下都做过什么，再来问我这个问题。"

肖让心想，我就是不知道才问你啊！

这天晚上，沈意和杨粤音、关越越同路回家，一路上沈意都默默不语。杨粤音明白她的心情，安慰道："其实我真的觉得你多虑了，你没见那个兰央自己都说了吗？'想见某人一面可真难啊'，说明肖让并不是那么乐意见她，只是碍于大家是同事，才勉强出去应酬了一下。网友也就是瞎起哄，他们还说肖让和柯星凡是一对呢，全信就有鬼了！"

关越越问："他们？"

杨粤音瞪她一眼："我们，我们行了吧？反正这么说吧，柯星凡是肖让男朋友的可能性，都比兰央是肖让女朋友的可能性大，你看他都从来没跟我们提过她！"

这些话其实白天也说过了，奈何沈意像是根本没听进去，现在也是，杨粤音劝了一大段，她却毫无反应，杨粤音有点累了，索性道："不然这样，你要是实在介意，就去问问肖让，问问他和那个女生是什么关系。否则你在这边气得肠子都青了，人家还根本不明白你在气什么呢，那你多亏得慌啊！"

这一次，女生终于有了反应，低声说："问了又能怎么样呢？"

杨粤音一愣。

沈意转头看着杨粤音："我问了他，他告诉我他和兰央只是普通朋友，又能怎么样呢？"

杨粤音听懂了她的意思。

即使兰央不是肖让的女朋友，他早晚也会有别的女朋友，而那个人，不可能是她。

杨粤音顿了顿："你别想得那么绝对嘛，其实也不一定啊，我一直觉得肖让对你挺好挺特别的，万一……"

"音音。"沈意打断她，示意她别说了。

她想到网上那些评论，之前她一直不愿意去想，但也许是被它们刺激了，她第一次审视起自己和肖让有没有在一起的可能。他是年少成名的大明星，她却只是一个普通女孩，长得都没有多漂亮，唯一的优点就是会读书，但对男孩子来说，这真的算优点吗？肖让在娱乐圈里本就见惯了美女，恐怕更会觉得她平凡、不起眼吧。

他对她好，只是因为他人好，拿她当朋友，但要说别的，恐怕没有人会信。网友当然会对他和兰央的"绯闻"喜闻乐见，事实上，如果不是她认识其中一个，她都会觉得照片上的两个人看起来真是般配啊……

"他为什么要和我们提起兰央呢？那是他的朋友，又不是我们的朋友，我们都不认识人家，他本来就没有理由跟我们说她。就好像我和他本来就不是一个世界的人，只是偶然才坐了同桌，但这样的日子早晚会结束的。"

等他们毕业，他会继续当他光芒耀眼的大明星，她则继续做她的普通人，两人渐行渐远，像两条曾经交汇又分开的轨道，而这一段日子多年后再回忆起来，恐怕只会觉得是一场绚烂却不真实的梦。

她说完后，杨粤音陷入沉默，关越越则心疼地抱住她："天哪，怎么会搞成这样。我就说嘛，你喜欢谁不好，偏偏要去喜欢肖让。"

沈意的目光越过关越越的肩头，看着川流不息的大街。她发现自己好像没有白天那么生气了，在接受这个现实后，她的心情反而平静了许多。

她甚至笑了笑："还不是怪乔老师。如果不是她让我和肖让一起坐，我怎么会搞成这样？"

关越越为沈意难过，加上下了晚自习有些饿，路过一个烧烤摊就要买吃的。

"让我们把悲伤溺死在食物里，吃完了再回去吧！"

关越越点了鱿鱼、鸡皮、脆骨、土豆、火腿肠等一大堆，在烤架上嗞嗞作响。沈意偶一回头，发现杨粤音从刚才起就一直没说话，不由得问："你怎么了？"

"我不高兴。"

"你不高兴什么啊？"

"你们的爱情观太消极，我在思考要不要给你们上上课。"

她一本正经，隐隐还有种大姐看不争气的小妹妹的感觉，关越越嘀咕："说得好像你多有经验似的……"

沈意却忽然想起来，杨粤音在她生日那天曾经承认她有一个喜欢的人，这件事其实很奇怪，明明她们关系都这么好了，她却一直藏着掖着的，就好像有什么原因不能让任何人知道似的。

没等这个念头转完，前方却出现几个二十来岁的男人。

他们都打扮得有点流里流气，其中有个看起来挺眼熟，沈意皱眉思索，终于想起来，这是那天晚上在游戏厅偷过她手机的混混儿李哥！

那天是肖让出现帮了她，可今天只有她们三个女生，怎么办……

沈意整个人都紧张了，却不敢轻举妄动。那几个人越走越近，关越越终于察觉到她不对，问："你又怎么了？"

"那边过来几个男的——别回头！其中有个好像是附近混社会的……"

关越越不在意道："混社会的和我们又搭不上边。"

"他偷过我手机，还因为这个被肖让打了，我怕他们报复……"

关越越一听顿时也紧张了："那怎么办？不然我们跑吧……但我的烧烤还没吃呢，钱都给了！"

乔老师说她脑子缺根弦还真没说错，现在是为烧烤操心的时候吗！

就在她们说话间，那群小混混儿竟直直朝着烧烤摊过来了！

沈意忙去扯杨粤音，想给她使眼色跑路，然而转头的瞬间目光却和李哥撞上。

然后，她眼睁睁看着对方脸色一变，大步走了过来。

完了。

沈意吓得汗毛都起来了，浑身僵硬不敢动弹。然而李哥走近了，她才发现他并没有看她，而是盯着她旁边，神情里有几分意外，还有几分恭敬："粤……粤音姐？"

杨粤音点了点头，随意道："嗯，你们也来吃烧烤啊？"

什、什么？

粤音姐？

沈意以为自己听错了，忍不住看向关越越，却发现她也一脸活见鬼的表情。两人面面相觑，什么情况，杨粤音和这些人认识吗？她怎么会认识这种混社会的人？而且那个李哥还管她叫……姐？

他都快比她大10岁了吧！

然而事实摆在眼前，李哥不仅叫她姐，还毕恭毕敬地问候："粤音姐刚放学呀？我跟几个哥们儿出来逛逛，没想到在这儿遇到您，我还以为我看错了！"

那几个哥们儿适时插嘴，调笑道："这谁啊，居然让李哥你这样？难不成，是你的小情人……"

要说李哥也是这一带吃得开的小老大了，突然跟一个还穿着校服的丫头片子点头哈腰，大家莫名其妙之余，都忍不住生出些别的猜测。

李哥一个眼神横过去："闭上你们的臭嘴！这是小袁哥的朋友，以前还救过我的命，一个个都瞎了眼！"

"小袁哥"三个字一出，那几人神色立变，都不说话了，微微低着头，只是视线还在偷偷打量她，眼神惊疑不定。

杨粤音不在意地说道："没关系，我不在外面混很久了，他们不认识我也正常。"

"是，粤音姐跟我们不一样，您现在可是重点高中的高才生！马上要高考了，对吧？我提前祝粤音姐金榜题名、一举夺魁！"

杨粤音终于笑了："不错呀，李文斌，你现在都会说成语了。"

"都是粤音姐教得好。"

"少拍马屁了。"杨粤音白他一眼，话锋一转，"不过既然碰上了，我就要问你个事，听说你偷了我朋友的手机啊？"

李哥一愣，这才注意到旁边的沈意，脸色又变了几变。

沈意紧张得后退半步，害怕他突然发作，谁知那李哥却一拍大腿，夸张道："哎呀，我不知道这位妹妹原来是粤音姐的朋友，这不是大水冲了龙王庙嘛！都是我不懂事，吓着妹妹了。不过粤音姐你放心，我可没偷着，手机又被妹妹的朋友抢回去了，我还被教训了一顿，手腕都差点扭伤了……"

"教训你不是应该的吗？"杨粤音说，"还有，谁允许你叫妹妹的，叫意姐。"

李哥立刻道："意姐！"

沈意一脸惊恐。

"这次的事我就不跟你计较了，但你记着，下不为例，以后再敢找你意姐的麻烦，就是在找我的麻烦。"

李哥连连称是，杨粤音这才挥挥手，像赶苍蝇般道："行了，懒得跟你再说了。这个烧烤摊今晚我们承包了，你们不许在这儿吃烧烤，滚别的地方去。"

李哥却没有立刻滚蛋，而是盯着她欲言又止。杨粤音心知肚明他在担心什么，顿了顿说："放心，我也不会跟他说的。"

李哥顿时松了一口气："那太好了！您知道，要是让小袁哥知道我居然敢偷您朋友的手机，那我真的得断手了……"

杨粤音面无表情。李哥捂住嘴，赔笑道："我滚了。姐姐们慢慢吃，慢慢吃。"

小混混儿们来得快，去得也快，徒留下茫然的众人。

杨粤音看向自己的闺密，果不其然，两人都一脸不知如何反应的呆滞。

她想了想，径直走到一张桌子前坐下，对老板娘说："麻烦再给我们上瓶酒。"

小方桌上用大铁盘子装了一大把烧烤，老板娘放上一瓶冰镇的雪花啤酒后，又拿出五串鱿鱼说："这是我请几位妹妹的。"

她放下鱿鱼串就跑了，像避之唯恐不及。三人沉默一瞬，关越越说："你吓到人家了。"

想想刚才的画面有多诡异，一个穿着七中校服的女生把几个二十多岁的小混混儿训得俯首帖耳，最后还把人撵走了，现在老板娘肯定认为她们也不是什么好人，都交上"保护费"了！

杨粤音耸耸肩，不以为意："想问什么就问吧。"

关越越和沈意对视一眼，沈意说："你知道我们想问什么。"

杨粤音拿起一串"保护费"，轻轻咬了一口，孜然放得有点多，她皱了皱眉："其实也没什么特别的，我年纪小一点的时候，当过一段时间的不良少女，那个李文斌就是那时候认识的。"

听听这口气，多么饱经沧桑，多么阅尽风云！还"年纪小一点的时候"，不知道的以为你多大了呢！

"和那个'小袁哥'一起吗？"沈意没有忽略他们刚才对话中出现的一个名字，直觉告诉她这个人很重要。

"对对，那个小袁哥是谁啊？他们好像很怕他的样子。和你……什么关系？"关越越也问。

杨粤音看着夜色中飞驰而过的车辆，说："他们也不是怕他，就是轻易不敢招惹他。他叫袁野，也是从小就在外面混的，因为打架特别厉害特别狠，闯出了一些恶名，现在江湖上还有他的传说呢。其实他的年龄比那些人都小，所以是'小袁哥'。他是我小时候的好朋友。"

沈意刚才已经猜到，倒不是特别惊讶，反倒是关越越一惊一乍道："道上的大哥吗？你是怎么和这种人交上朋友的？"

"也没什么特别的，我爸妈工作忙你们也知道，其实他们不只现在忙，在我小时候就这样了。我在家里没人管，就喜欢往外跑，有一次去网吧玩游戏，旁边恰好是玩《魔兽世界》的袁野，就这么认识了。"

傍上大哥这么大的事，被她说得跟出门买了瓶酱油一样简单。杨粤音看两人的表情像是不信，说："真的，主要是他觉得我打游戏打得好，被我的技术征服了，后来就常带着我一起玩。那时候我才小学六年级，他比我大两岁，在上初中，就是城西那个十七中。他在学校里也是风云人物，没人敢惹的那种。我们认识后，他经常来我学校接我，有几次被班上同学撞上了，就开始传我交了外校的男朋友，还是校霸大哥那种，结果也没人敢惹我了……"

其实袁野并不是一开始就来接她，是从她上了初中才开始的。她那所初中是十三中，寄宿学校，这是她爸妈的决定，这样他们就不用总是发愁没时间照顾她了。他们认为她在学校里可以很安全很妥帖，对此，杨粤音只能说，大人实在太天真了。

整个初中，她最喜欢的时间就是每天晚上，宿管老师查房后，室友们也睡下了，她就悄悄从被子里跑出来溜到窗边。她的寝室在二楼，因为是快二十年房龄的老楼，楼层也不怎么高，墙上还有可以落脚的石台。

她朝下面砸两个小石子，就看到黑暗中出现男生高瘦的身影，是袁野。

这是她逼迫的。她说每晚都关在学校太难受了，连网都上不了，要求袁野每周至少来学校里接应她两次，帮助她从寝室偷渡出去，就可以去网吧或者KTV玩了。袁野一开始不答应，后来被她烦得实在没办法，才终于点头。

她在黑暗中小心翼翼踩着石台，而他在下面目不转睛地盯着她，她偶一回头看到他的眼神，觉得那样专注，就好像他整个人、整颗心都在她身上，忽然就心神一颤，手一松跳了下去。而他就像早有准备，稳稳接住了她，从没有让她摔到一点。

同样的事在初中三年发生了上百次，她每晚溜出去，和他还有他的朋友们一起打游戏，她的赌技也是这么练出来的。等玩累了就随便找个房间睡觉，第二天一早，袁野会来叫醒他，骑车送她回学校，然后自己再去上学。可能有室友发现过，但因为她们有一次撞到她和袁野在一起，以为她"男朋友"是黑社会，也就没人敢告诉老师。

于是，这便成了她初中最美好的时光。

杨粤音的声音越来越低，嘴角含笑，像是陷在美好的回忆中。

沈意看她这样，忽然问："那你之前说你喜欢的人，是袁野吗？"

杨粤音笑容一顿，片刻后轻轻说："嗯，是他。"

关越越很显然已经忘了杨粤音说过一个喜欢的人的事，愣了一下才反应过来，恍然大悟道："原来就是他啊！我说怎么我们都不知道呢！"

"知道这么多干吗，反正我们也没有在一起过。"

"没有在一起吗？"关越越眨眼。

"你喜欢他，可为什么后来不联系了？"沈意问，"你们没有联系，对吧？以我们关系的密切程度，如果你一直还有关系这样近的别的朋友，我们不可能发现不了。"

关越越也意识到这个问题，两人都看着她。

在她们的目光下，杨粤音沉默一瞬，平静道："因为他坐牢了。"

两人愣住。

"我不想说原因，反正就是坐牢了，故意伤人罪，被判三年。我去看过他几次，但他不肯见我。后来他朋友给我带话，说让我别再去了，我们不是一个世界的人。"

居然是这样……

沈意的心情有些复杂，想象15岁的杨粤音就这样被喜欢的人推开，看着对方受苦却什么也做不了，也不知道她当时是怎样的心情。

关越越问："那你就再也没见过他了吗？"

杨粤音不语，沈意脑中却闪过一个身影，声音忽然拔高："袁野已经出来了，对吗？去年圣诞节那晚，我看到你追着一个人走了，是他吗？"

杨粤音挑了下眉，似乎惊讶于她的记忆力："就是他。"

"其实我上了高中就没怎么关心那边的事了，高三更是忙得要死，如果不是那天晚上他来了七中，我都不知道原来他提前出狱了。他甚至不知道从哪儿搞来了七中的校服，以为伪装得很好，可惜我慧眼如炬，远远的，一下子就认出来了。"

沈意想到那个夜晚，烟花绽放漫天，袁野却悄悄潜入七中，心里忽然涌上一股奇怪的感受："他为什么来七中啊？"顿了顿，"你喜欢他，那他呢？他也喜欢你吗？"

"我不知道。我一直不知道他在想些什么。还在一起玩的时候，我经常会怀疑他是不是也喜欢我，但他从来不肯说。后来出事了，那句话虽然是别人告诉我的，但我知道，那是他的意思。他觉得我们不是一个世界的人，所以提前出狱了也没告诉我，就算被我逮个正着也不肯承认是来看我的。一直都是这样。"

杨粤音说到这里自嘲地笑了笑，沈意想安慰她，然而还没开口，她就话锋一转："但他以为这样会让我死心，那他就错了。"

两人又是一愣。关越越小心翼翼道："你的意思是，你现在还喜欢他？即使，他坐过牢……"

杨粤音看着她们俩，两个女孩一脸真诚地替她忧虑，似乎真的觉得那是个很大的阻碍。

她叹口气："这就是我讲这个故事的原因。"

杨粤音忽然一拍桌子，吓得两人一哆嗦："我说这么多，不是单纯给你们科普我的恋爱史的。我是想告诉你们两个喜欢胡思乱想的少女，你觉得你和肖让差距大，你们有我和袁野的差距大吗？他说我们是两个世界的人，你也说你和肖让是两个世界的人，但在我看来，没有什么两个世界！我喜欢他，他和我就是一个世界的，明白了吗？"

两人被吼蒙了，不知如何反应。杨粤音补充："我不知道袁野在想什么，但有一天我会知道的。你也一样。如果你真的喜欢肖让，就不要怕这怕那。正所谓王侯将相，宁有种乎！肖让虽然长得帅又是明星，但你也不差，你还是校长亲切慰问过的省状元候选人呢，怎么就不可能把他搞到手了？"

她抓着沈意的手，掷地有声地做最后总结："我们要让全世界知道，学霸，也是能泡到帅哥的！"

大概是前一天听杨粤音上课，睡得太晚，第二天起床后沈意还有点晕乎乎的。她到了教室刚坐下，就看到肖让也进来了，顿时呼吸一紧。

杨粤音的话又闪过脑海，她咽下口唾沫，还不知如何反应，肖让就坐了下来，同时把一个东西推了过来。

沈意疑惑，肖让说："你不是说喜欢吃学校外面那家何记早点铺的香菇酱肉包吗？我特意去帮你买的。"

晨光里，男生的一双眼睛仿佛小鹿，殷勤地望着她。

他是……因为昨天她不理他，所以在讨好她吗？

沈意看着纸袋里热气腾腾的包子，还有旁边的豆浆，顿了顿，问："你亲自去买的？"

她终于肯搭理自己了，肖让喜上眉梢："对啊，还被老板抓住跟他合了个影呢，我打赌他肯定会挂在店里当广告骗我的粉丝！"

沈意想象他骑着车停在早点铺前，像个普通高中生那样去买包子却被认出来，不得不拿着包子和老板合影的模样，觉得有点好笑。

女孩嘴角上翘，神情明显柔和了，肖让暗想，这一招果然管用！虽然不知道沈意为什么生他的气，但作为一个新时代男青年，他坚信一个道理——当女生生你的气的时候，先低头总是没错的。

当然，这也是情场大师（自封的）傅西承昨天半夜对他发出的远程指导。

"你也知道你的粉丝喜欢来这边打卡？"沈意问。

"当然了，那些心愿墙上的字条我还看过一些呢。"

他指的是学校外面那些店家为了吸引肖让的粉丝，会在店里留一块区域给她们写字条表白，还告诉他们没准肖让来吃饭时能看到。

沈意一直以为这是他们为了赚钱瞎画饼，没想到他居然真的看过！

"她们都写了些什么？"她下意识问。

肖让想了想："都差不多，一些表白的话，说喜欢我，希望我身体健康、学业顺利、事业顺利，总之一切都顺利。还有许愿能早点见到我的。至于剩下的……"他瞅沈意一眼，"至于剩下的就比较大胆。有很多女生说，让我等她们，早晚有一天她们会把我搞到手，跟我来一场校园恋……"

"校园恋"三个字戳中沈意不可告人的小心思，她瞬间心虚，几乎是慌乱地低下头，拿出课本挡住了脸："那个，早餐我吃过了，你自己吃吧……"

怎么说翻脸就翻脸？

肖让愕然一瞬，懊恼地想该死，自己是哪里有问题，怎么就开起了这种玩笑！

明知道她最不经逗嘛！

专程买来的肉包只好自己吃了，后面的时间肖让也没找到机会和沈意说话，直到下午放学。

今天是周六，照例下午两节课后会放假，晚上就不用来上晚自习了，高三生每周只有这一天不用上晚自习。沈意正在给上节课的卷子做错题归纳，就听到肖让问："你晚上有安排吗？"

她不说话，肖让凑近一点，说："我们最近这么累，晚上要不要放松一下，去看个电影？"

看电影吗？沈意还在迟疑，杨粤音不知道从哪儿冒出来了，笑吟吟地接口："看电影呀？好啊，难得大明星邀请，我们一起去吧。"

关越越也说："我也去，我也去，带我一个！"

沈意扯过杨粤音，小声问："你干什么？"

“不干什么。”杨粤音白她一眼，“我怕你听完我的课还没领悟，乱下决定，所以帮你一把。”

肖让原本计划的是和沈意两个人，但转念一想，有她们也好，单独邀约怕沈意不答应，人多一点就好了。

果然，不知道两人说了什么，但看沈意的表情像是不抗拒了。

杨粤音搞定了沈意，又说：“不过我们三个女生和你一个男生去看电影，还是不太好，万一被看到不好解释。这样，张立峰，看电影去吗？”

张立峰正在打“王者”，头也不抬：“谁付钱？”

“你管谁付钱，反正不要你付钱。”

“那我去，等我五分钟！”

五分钟能结束一局“王者”吗？能，只要队友足够强，或者足够坑。

五分钟后，张立峰惨败，带着沉痛的心情收拾好东西跟大家一起撤退，谁知在走廊却碰到了宋航。

他看到沈意背着书包，有点意外：“你要走了？我还寻思下节课和你讨论一道题呢。”往常虽然周六放了假，但沈意都会再上节自习课再走的。

沈意说：“呃，我今天有点事，就不上自习了。”

宋航瞥向她旁边的肖让，没作声。

关越越却忽然说：“哎，我们去看电影，你要去吗？”

她这句话一出来，大家齐刷刷看向她，眼神各异。

沈意和杨粤音都很震惊，什么情况，她之前不还在说讨厌宋航吗，怎么突然就邀请他去看电影了？这态度转变也太大了吧！

关越越被她俩看得一阵心虚。上次宋航给她答案，她出于自己也说不清的自尊心，一直没跟他道谢，也没有把这件事告诉别人。但她心中一直觉得欠宋航一个人情，总想找机会跟他示好，刚才一时热血上头就问出口了。

啊，她也太冲动了！

想也知道，以宋航那种孤僻古怪的性子，怎么可能跟他们这么多人一起去看电影啊！

宋航说：“好啊。”

“什么？”关越越一愣，以为自己听错了，“你真的要去？”

宋航点头："正好我也该休息一下了，看看电影挺好的。"

"你平时还休息得不够吗？"肖让冷不丁问。

大家刚看完关越越，又看向肖让，却见他神情平静，仿佛只是随口提问。

那边宋航也平静地说道："还行，趴在桌上睡觉也挺累的。"

沈意眨眨眼，有点不太懂他们之间这个怪怪的气场是怎么回事。

周六晚上，电影院都人满为患，鉴于肖让"不可见人"的特性，他们特意选了个有点偏的影院，总算好了一些。

肖让今天没穿校服，一身黑色外套配牛仔裤，再戴了个黑口罩，看得杨粤音连连摇头："你这个打扮，放到机场，别人没看清你是谁，都得先拍个十几张。"

机场向来是各家前线粉丝聚集的地方，口罩、帽子更是明星标配，肖让这样到机场确实是找拍。电影院相对要好一些，不过为了安全，到了之后杨粤音还是吩咐沈意去取票，再让关越越和张立峰去买可乐和爆米花。

肖让说："说好了我请客的。"

杨粤音连忙说："哎呀，关越越她爸爸搞不好比你还有钱，不差这一点的。你要实在想请客，可以再把钱转给关越越，她应该会很乐意收'肖让亲自发给她的红包'。"

关越越不愧"首富之女"的名头，回来给每个人都买了一个大份的爆米花和一大杯可乐，两个人差点没抱住，大家连忙接了过来，然后趁着电影还没开场掩护着肖让进去了。

这一场的人并不多，他们的位置在最后一排，更是空空荡荡，坐下后杨粤音问："你买的什么片子，怎么都没什么人啊，好看吗？"

票是肖让在车上就买好了的，大家当时没有发表异议，这会儿才想起来问。

肖让说："不知道，我没看过。"顿了顿，终于不好意思地承认，"是我们公司的戏，我的经纪人勒令我必须来看一次……"

行吧，付钱的人说了算，就当陪他交作业了。

不过杨粤音还是有点感慨，在高三这么紧张忙碌的时刻，她居然还攒出了一个六人电影局，其中还包括了肖让和宋航两大最不爱参加集体活动的忙人。此情此景，怎么能不让她感叹一句，看来自己很快就可以改名"攒局王"了！

但攒局王立刻发现，按照进来的顺序，他们从左至右分别是沈意、肖让、关越越、宋航、杨粤音和张立峰，怎么回事，她们三个女生居然被分开了？

当然这不是重点，重点是，为什么沈意和关越越都能挨着肖让，她却只能挨着张立峰？

关越越被分到了好位置，心思却根本不在这上面，她捧着爆米花，偷觑旁边的宋航。她现在还不明白他怎么突然答应来看电影了，明明之前都不喜欢的，难道是因为他看出了这是她在委婉跟他道谢？

想到这里，她的心情忽然变得雀跃，大荧幕上正在播放开始前的广告，宋航看着前方，同时一颗又一颗慢慢地吃爆米花。她咬了咬唇，伸手也想拈一个，却被他猛地避开："干什么？"

关越越吓了一跳："我……我想吃一颗你的爆米花……"

宋航眉头紧皱。关越越在他的目光下有点尴尬，还有点委屈，不就是拿一颗爆米花吗？这还是她花钱买的呢！

宋航这才轻舒口气，道："不好意思，但我不喜欢和别人吃同一份食物。"

这算什么理由？

眼看气氛变得尴尬，杨粤音忽然大声说："这个我懂，这个我懂！'Joey never share food（乔伊从不分享食物）！'对不对？"

众人茫然，杨粤音感到震惊："不是吧，《老友记》你们没看过吗？"

除了肖让，大家都摇头，肖让说："我只看过几集……"

张立峰说："你的爱好也真够有年头的，还《老友记》，这剧完结的时候我们出生没有？你真的是'00'后吗？"

杨粤音翻白眼："说得好像每天中午看《情深深雨蒙蒙》的没有你一样。"

不过有她这么一打岔，总算把这个话题揭过去了，厅内也暗下来，电影开始了。

肖让选的电影名叫《真爱额度》，是一部爱情喜剧片，由明达影业和肖让的经纪公司永辉世纪共同出品。其实票房还不错，只是因为已经上映一阵子了，所以现在人比较少。

影片讲述了当红小花旦夏心童饰演的女主角，从一个小镇女孩成长为都市丽人，在爱情和事业的道路上不断寻找幸福的过程。很俗套的主题，但导演处理得轻松明快，一开场就激起场内一阵阵笑声。

沈意却没有心情看。

她一路上都没说什么话，这会儿趁着厅内黑暗，终于偷偷去看肖让。

杨粤音说，我喜欢他，他和我就是一个世界。这句话从昨晚到现在一直在她脑子里转来转去，都让她有点魔怔了。

她心里有个声音在小声地问自己，是不是一直以来都是她太胆小了，有些事也不一定是幻想。她是可以去期待一下的。

比如，她和他……

沈意正走神，忽然听到肖让低声问："你不喜欢吗？"原来他发现她在看他了。

沈意忙掩饰道："没有啊，我挺喜欢的，这个女主角是夏心童吧？很漂亮……"

肖让闻言眼前一亮："你喜欢她？你想见她的话，我可以帮你安排啊。"

"不，不用了。"沈意说，"我就是，单纯觉得她好看。"

示好又被拒绝，肖让有点讪讪的："哦，我还说你要是喜欢夏老师，我可以让兰央帮忙牵个线。她和夏老师一个公司，同门师姐妹，关系可好了……"

沈意听到"兰央"两个字，眉头跳了跳，她再三忍耐，还是没忍住问："你和兰央，很熟吗？"

"她吗？还不错。我们刚一起拍完《长生》嘛，而且年纪也相仿，平时挺有话聊的，前几天她来嘉州我们还……"肖让的声音忽然卡住，因为看到了女生脸上的表情，某个念头闪过他的脑海，他试探道，"难道，你是因为兰央生我的气？因为我和她……"

说完他自己都觉得不可置信，沈意慌乱道："你胡说什么！我才没有生你的气，更不会……更不会因为那种事生气……"

她虽然这么说，表情却完全不是那么回事。肖让的心脏怦怦狂跳两下，一个从未被他想过的念头也浮了上来。

沈意生他和兰央的气，她因为他们的绯闻生气，那是不是说明她对他也……

沈意瞪着大银幕，只恨自己怎么就这么沉不住气问出口了，还被他一下就猜中了。正不知所措，却听到旁边肖让沉默了一会儿，小声说："我和兰央只是普通朋友。网上那些话你不要当真，他们瞎说的。"

沈意不想理他，却管不住耳朵竖起来仔仔细细听清他的每一个字："真的。你看像今天这部电影是公司的戏，我就得来看看，就算不看，也得假装看了并在微博宣传，这些都是必要的工作和人情。和兰央也一样。那晚的聚餐不只有我们两个，还有几个圈内的总编和制片人，我和她是想到戏还没播，才会发照片宣传一下的……"

他这么解释了，沈意心头那个疙瘩终于解开，却还嘴硬道："这关我什么事，你干吗跟我解释……"

女孩似嗔怒，又似喜悦，肖让的心跳更是漏掉两拍，不敢再说。

两人看着前方，陷入一种微妙的沉默。

另一边，杨粤音拿出手机，对准大银幕拍了张照片，然后输入一个号码发了过去。她没有袁野的微信，但只要她想，联系他也不是什么难事。对话框往上一拉，都是她这段时间给他发的东西，他从来没有回复过。

本来今天也不指望例外，没想到三分钟后她的手机却振了："你没有在学校？"

她扬了扬眉，回道："今天周六，放假呀，大哥。"

那边没再回复，杨粤音却不依不饶继续问："怎么，担心我乱跑，不好好在学校上课？怕我不安全？现在装好人，忘了当初你是怎么教我逃学的了？"

大概怕她再继续追忆往事，那边总算又回了，只有简短的六个字："看完早点回家。"

杨粤音想象他发出这条消息的表情，弯唇一笑，收起了手机。

行吧，今天就放过你了。

关越越发泄般大口大口嚼着爆米花，还觉得气鼓鼓的。

宋航是不是有病？吃着她买的爆米花，却对她耍脾气，还当着那么多人的面，搞得她好没面子！亏自己之前还觉得他是个好人，也许是她误会他了，现在看来根本就没错，他就是个不好相处的怪胎！

而且，既然他这么不喜欢她，为什么要答应跟他们一起看电影啊！

她越想越气不过，转头就想跟宋航理论，却发现男生没有看前方，而是微微转头，目光朝向自己左侧。

银幕的光照在他的侧脸，让他的五官也像是笼罩在一团白光里，看不清表情。

关越越一愣，顺着他的视线看去，最后三排只有他们六个人，坐在他那个方向的只有肖让和沈意。

他在看谁？

肖让，还是……沈意？

张立峰忽然哈哈大笑，原来是电影里男女主角联手恶整了一直骚扰女主角的猥琐主管，他笑到一半却发现身边一片死寂，没有一个人跟着笑。

他疑惑地转过头："你们怎么不笑啊？这里这么好笑，你们都没反应吗？"

对不起，我们没有一个人在认真看电影。

然而就在此时，情节忽然急转直下。男女主角经此一役，感情突飞猛进，在酒店相拥激吻，并迅速滚到了地上。

干柴烈火……

最后一排的六个高中生同时变了脸色。

沈意、肖让下意识地看向对方，又触电般躲开，彼此都有点慌；关越越抬手挡住了眼睛，却从指缝里偷偷看；宋航微微垂眸，就连张立峰都道貌岸然地扭过了头表示他不看。

只有杨粤音镇定自若，一边吃爆米花一边说："行了，别装了，我就不信你们没看过这种东西。都传过片的人了，在这儿演什么啊！"

张立峰咬牙："我是传过片，但我不跟女生一起看这种东西！"

关越越从指缝里隐约能看到男主角身上健硕的肌肉，忽然说："哎，肖让，你以后是不是也会拍这种戏啊？"

她本意是想随便说点什么缓和尴尬，没想到一句话瞬间将气氛推到更尴尬的地步。

现在，大家不纠结看不看夏心童了，齐刷刷转头看向肖让。

意识到沈意也在看他，他顿了顿，努力用一种专业的口吻说："也不是没有可能。剧本合适的话，我对什么类型的戏都不排斥的。"

杨粤音认真道："那到时候，全班同学会包场去支持你的。"

肖让讪讪地说："那倒是也没有必要。"

一场电影看得乱七八糟，结束时除了张立峰，其余人连男女主角的名字都没记住。

大家各怀心思回家睡觉，好在第二天是周末，可以晚一点去学校，然而当沈意在卫生间洗漱时却接到关越越的电话。

"大事不好！昨天我们跟肖让一起去看电影，被路人拍到了，发微博了，现在评论都快上千了！"

沈意一愣，关越越已经通过微信连续发了好几张照片过来。都不是很清晰，能看出是偷拍的。其中一张是他们站在一块海报牌后面，关越越正把爆米花和可乐分给大家，肖让乖乖拿着自己那份。另一张是他们在等候入场，肖让藏在他们中间，大家一副给他打掩护的架势，肖让扶着头，虽然口罩遮面，但也能看出他的忍俊不禁。最后一张就是影厅内了，肖让已经把口罩摘下来，六个人坐成一排，正一边吃爆米花一边说话，画面非常和谐。

她还没反应过来，就听关越越用一种又害怕又兴奋如梦似幻的语气说："小意，我们不会真的要和肖让一起上热搜了吧！"

确实一起上热搜了。

当天上午，微博最热门的话题就是肖让被拍到和多名朋友一同现身电影院，由于其中都还穿着校服，大家很快便判定应该是同学，顿时引发热议。

"哇，什么情况啊？同学聚会吗？原来肖让在学校时还会参加这种集体活动啊，我以为他跟同学都不熟呢！"

"我也这么以为！但看他们的互动，好像很熟、很有爱的样子……大家一起掩护着大明星同学去看电影，偶像剧剧情啊！"

"啊，我嫉妒了，我也想当肖让的同学！"

明星的私下生活本就引人关注，更别说这种还没毕业的当红偶像的校园生活，本身就像是一出现实青春剧。而照片中肖让和同学们之间流露出的熟稔亲密，更是激发了网友的兴趣，一时间，照片传得到处都是。

如果仅此而已也就算了，但大家的讨论很快偏离了"同学情""同学爱"的轨道，跑到另一个方向去了。

"三男三女啊……我有一个大胆的猜测，这到底只是同学聚会，还是，打着同学聚会旗号的约会？"

"楼上握手！我刚刚也在想，难不成兰央不是肖让女朋友，真女友另有其人？"

"白天刚跟兰央上了热搜，晚上就一起看电影，啧啧啧，这是在宣示主权啊！"

当然，这个说法很快被粉丝驳回去："你们哪只眼睛看到是女朋友了？一男一女被拍到这么说就算了，照片上那么多人，难不成那三个女生都是肖让的女朋友？"

"有很多人又怎么样，青春期少男少女的把戏大家不清楚吗？最喜欢搞这种集体聚会了。搞不好他喜欢的女生就藏在里面呢！啊，和大明星的校园初恋，这才是偶像剧剧情！"

最后一种声音得到了很多人的附和。少男少女的初恋从来都是最让人向往的。之前肖让和兰央是郎才女貌、珠联璧合，现在忽然冒出一个高中同学的地下女友，又是另一种感觉。

很快，网上的重点都变成了猜测那三个女生里，哪一个是肖让的女朋友……

"恭喜你，你现在已经是肖让的绯闻女友了——三分之一个！"

杨粤音说完，沈意看着她，无力道："都到这个时候了，你怎么还有心情开玩笑啊？"

她们在教室里，前两节自习课已经结束，现在是课间休息，但沈意根本没心情自习，半个上午都挂在网上，眼睁睁看着他们一起登上了微博热搜。

所以她无法理解杨粤音的轻松，热搜啊！她们上的可不是学校贴吧，是微博热搜！

杨粤音说："我本来最担心的是，那些照片把我拍丑了，但我看了后发现大多数根本看不清我的脸，能看清的那张，角度还挺好，那就没什么好担心的了！"

关越越也说："没错没错，我也最担心这个！"

那些照片因为是抓拍，五官都不是很清楚，大家只是因为对肖让很熟悉才能辨认出他。而旁边的人一开始是没有打码的，后来考虑到他们都是素人，又给他们补上了马赛克，所以流传的很多照片其实都看不清他们的脸。

沈意对她们俩的关注点无语了。杨粤音说："难道你真的一点都不开心吗？网友认不出来，但同学们可都能认出咱们几个，现在全校都知道我们跟肖让去看电影了，网上还怀疑我们是他的女朋友。你没看到陈瑶瑶脸都黑了！"

沈意当然看到了，事实上今早她们一进教室就引得全班侧目，还有女生好奇地过来打听消息。至于陈瑶瑶，她摔书的声音大得全班都听得到。

沈意咬唇。她并不关心同学们的想法，这件事最让她在意的是，前一天她才看到肖让和兰央被放在一起，人人都怀疑他们是恋爱关系，如今同样的位置，同样的猜测，变成了他和她。

她心中当然也有隐秘的喜悦，但是……

杨粤音打量她，点点头："我明白了，你是做贼心虚。我跟关越越无欲则刚，但你不行，那些人点中你的小心思了……"

沈意瞪她，杨粤音忍住笑："你应该感激我。还好我未雨绸缪，叫了那么多人一起，否则只有你和肖让两个人，现在就真的是'恋情实证'了！"

如果不是杨粤音，也许她根本都不会去，现在也就没这么多事了！

沈意懒得再理她，关越越却忽然问："哎，肖让呢？"

"他出去了，好像是和工作人员商量去了。今天的事，他们那边应该会有相应对策吧。"

杨粤音低声问："你觉得他的团队会怎么回应？"

沈意不明白她的意思，杨粤音解释："同学聚会肯定是要承认的，但里面有没有他女朋友这一点，你觉得他们是会义正词严地否认，还是含糊带过？"

"否认，当然要义正词严地否认！"电话那头，姗姗姐严肃地说。

肖让靠在栏杆上，看着操场上的花坛，问："有必要吗？其实我都觉得没必要发声明，又不是多大的丑闻，随他们去吧……"

"你在说什么？"姗姗打断他，"之前你和兰央只是大家私下传传，是没有必要回应，但这次你都被偷拍了，你知道从早上到现在，我们接到多少媒体的电话吗？而且这两件事挨得太近，影响不好，你现在在准备高考，我们希望你给外界树立的形象是潜心备考、积极向上，而不是在学校里搞早恋，谁允许你私自和同学去看电影的？没有工作人员陪着就去那种地方，不被拍才有鬼了！"

肖让一句话就引来她一大段话，最后他只是纠正道："我去看电影也是文昌哥布置的作业。而且我已经满18岁了，不叫早恋。"

姗姗敏锐地听出不对："你什么意思？等等，你为什么不希望我们对外否认，发生什么了？"

肖让慢吞吞地说道："那里面现在是没有我的女朋友，但，以后有没有，我可说不好……"

姗姗噎住。

肖让抢在她说话前补充："姐，上次我问你，如果我谈恋爱的话你会不会辞职，你当时可是说了不会啊，你可不能反悔！"

"去你的吧。"姗姗没好气道，"你当时也没告诉我，你要让我毫无准备地应付你和你女朋友恋情曝光的新闻啊。"

肖让理亏，只好讨饶。

两人沉默片刻，姗姗问："你说现在没有，就是没在一起，对吧？那你是打算表白吗？"

她没有问他喜欢的人是谁，因为答案显而易见，她甚至在想自己怎么会这么迟钝，看到照片里有沈意就该知道事情没那么简单啊！

而她会这么问也是有原因的。通常来说，艺人团队不会直接对外界说谎，以免将来被打脸更难看。比如感情问题，如果艺人私下是有女友或男友的，大家更常采用的办法是在这个问题上回避。肖让没有过女朋友，但她之前带过一个有秘密女友的小生，当时就是不让媒体提问感情方面，如果真的有媒体不长眼问到了，他们在旁边会去拦，不在旁边，艺人也可以直接说团队不让他回应这个。

肖让刚刚不想让他们对外直接否认，姗姗顺理成章地认为，他是有别的打算。

然而肖让却又陷入沉默，好一会儿才说："我不知道。我本来是不打算现在说的，但是昨天发生了一点事，所以……"

眼前又闪过昨天在电影院，沈意提起兰央，某个瞬间，他心中升起一个猜测，也许就像他喜欢她一样，她也喜欢他，所以才会对他和兰央的"亲密"生气。

这个念头从昨晚到现在，一直在他心中翻来覆去。他好像确定，又好像不确定，被折磨得一整晚都没有睡好，没想到早上醒过来，又遇到新的打击。

他简直想抓头发，为什么偏偏是现在被拍，这个时间点让他怎么选啊！

姗姗姐说的道理他都明白，也知道现在应该做什么，但如果她真的喜欢他，而他却否认了的话……

姗姗皱眉："你最好快点决定，这个事可不好拖，已经过去两个小时了，最多再有两个小时，我们必须有回应！"顿了顿，她语气一转，"你到底在怕什么？你可是肖让，你想追的女孩子，还担心追不到吗？"

宣传的话仿佛一剂强心针，肖让忽然把心一横："你说得对。不用两个小时，你等我十分钟。我现在就去问她。我要是告白成功，我们就不用否认了，如果失败了……你们也可以放心发声明了！"

肖让挂了电话就往教室走。

他胸中仿佛有一腔热血在涌动，沈意就在教室里，他想好了，直接把她叫出来。虽然仓促了点，但择日不如撞日，他实在不想再拖了！

打算得很完美，谁知拐过弯却在楼梯口碰上了迎面而来的乔蕊："你在这儿啊，肖让，正好，来我办公室一下。"

肖让一腔热血被打断，有点犹豫："呃，乔老师，晚点行吗？我现在有重要的事……"

"我找你也有重要的事。先跟我过来。"

肖让没办法，只好跟着乔蕊去了办公室，心思却还在教室里。本以为乔老师那么坚持，事情会比较紧急，谁知到了办公室，她却坐好了，不紧不慢地问："你回来也有小半个月了，感觉怎么样啊？复习压力大吗？"

"还可以。"肖让说，"压力当然有一些，但有老师们帮忙，还应付得过来。"

"那就好。你的艺考已经通过，现在就看文化课了，可不能掉链子。"

经过几轮考试，央影在本月初公布了这一届表演系合格考生名单，肖让赫然榜上有名。不过这没什么意外的，像他这种明星考生除非特殊情况，否则学校基本都会录取，另一边柯星凡也顺利通过了首影的艺考。

现在他们需要的，就是高考成绩了。

乔蕊说："有什么不懂的，可以多问问沈意，老师当初安排她跟你同桌也是这个目的。"

她提到沈意，肖让的表情顿时一变。乔蕊说："不要怕麻烦她，沈意是很热心，很爱帮助同学的孩子。"

肖让嘴角扬起来，不知想到了什么："是，她一直很乐于助人。"

乔蕊打量他一瞬，忽然问："你们在谈恋爱吗？"

肖让猝不及防，瞪大了眼睛，却对上乔蕊洞若观火的眼神，好一会儿才结结巴巴道："没、没有。"

"别紧张。"乔蕊露出个轻松的笑容，"老师又不能把你怎么样，你跟我说实话。"

"真的没有！"肖让说完却又心虚了，但他正打算和她谈恋爱来着。

乔蕊点点头："我猜也还没有，应该是处在暧昧，但还没捅破的阶段。"

她的语气太理所当然，肖让都有些蒙了，毕竟是青春期的男生，本能地不想让老师知道这些事，挣扎道："乔老师你在说什么啊，你是看到新闻了吗？不是那样的，我们就是去看电影……"

"还用看新闻？"乔蕊打断他，"你和沈意的相处，还有刚才我提到她时你的眼神，已经能说明问题了。你们这些小动作小表情啊，老师看你们就跟监考时看下面作弊的学生一样，真的是一览无余。"

肖让无言以对，只能感慨自己真是太天真。

但乔蕊的心情其实不像她表现出的那么平静，最初看出肖让喜欢沈意，而沈意多半也对他有意思时，她很是震惊了一把。排座位时沈意的抗拒还历历在目，她本来觉得她是最稳当的，没想到啊没想到。看来青春期女生果然抵挡不住帅哥的魅力，谁也别想例外！

不过肖让也挺有眼光的，那么多人不挑，看上了她的得意门生。乔蕊兴奋之余都开始思考，将来这两人如果结婚的话，自己是不是得当证婚人啊？

她可是大媒人！

胡思乱想了一会儿，她才想起来今天的目的是什么，忙把思绪拽回来："放心，我不是来棒打鸳鸯的，只是想提醒你几句。"

"什么？"

"沈意这孩子什么都好，就是心态一般。我以前不敢在她面前说，但她上了高三后成绩起伏太大，我确实担心了很久。好在她后来自己调节过来了，二模还拿了全市第一，现在连高校长都盼着她能够拿省状元呢。"

乔蕊看着肖让，说道："你喜欢她对吗？那你也希望她可以好吧。现在这个阶段对她很重要，也许能影响一辈子，老师希望，不管有什么话，你们都等到高考后再说，好吗？"

乔老师的意思肖让明白，如果他和沈意早就开始谈恋爱了，那她不会插手。但既然还没开始，在距离高考只剩不到两个月的时候表白就实在不太明智了，尤其是沈意很明显不是那种不管外界如何，我自岿然不动的内心强大派，肖让见识过她为了成绩怎样哭泣，实在不敢再冒一次险。

他靠着栏杆，看着远处发呆良久，终是轻叹口气，发了条微信过去："发声明吧。"

当天上午11点，肖让团队终于回应了闹得沸沸扬扬的电影院事件。工作室发声明表示肖让是在学习间隙和同班同学去看场电影放松一下，同行的都是他的好朋友，并没有网传的秘密女友。声明结尾还呼吁大家再有类似的情况，请不要打扰高三考生，让他们可以安心备考。

粉丝当然欢天喜地，路人也没什么好说的。大家本来就只是猜测，没有证据，现在官方表态了，议论一阵后也就散了。

唯一耿耿于怀的，只有某个当事人。

沈意坐在操场边的看台上，看着场内奔跑嬉闹的同学沉默不语。今天虽然是周末，但高三年级临时调课，实际上的是周二下午的课，大家自然叫苦不迭，好在周二下午有一节体育课，考虑到他们太辛苦，老师们没有再强行改成自习，放大家出去自由活动了。

然而沈意人出来了，却没有半分活动的意思，旁边的杨粤音打量她的神情，半晌后试探道："我觉得，你其实没必要太在意那个声明，不一定是肖让的真实想法！娱乐圈就是这样啦，为了骗粉丝、骗公众，经纪公司满嘴谎话，谁信谁就输……"

"你还说？"沈意瞪她。

好友目光太可怕，杨粤音立刻摸摸鼻子不敢再说。

沈意却觉得自己还不够狠。从看到声明到现在，她一句话都不想说，生怕一开口就清楚地听到自己有多么可笑。她也不想理杨粤音，她本来没抱指望的，本来连想也不敢想的，都怪杨粤音，给她上什么恋爱心理课，搞得她心思浮动了，结果却被现实当头一击。

声明里说得明明白白，没有秘密女友，同行的都是肖让的好朋友。

还有比这更"光风霁月"的三个字吗？好朋友！

就像杨粤音说的，肖让可以选择否认，也可以含糊带过，他这么说了，就是没有一丁点别的想法。沈意不敢相信，自己前一天居然还觉得，也许他们也是有一点可能的……

关越越见气氛尴尬，打圆场道："其实，这样也挺好的。你看啊，毕竟现在这个时间点很尴尬，马上就要高考了，咱们还是应该把心思都放在学习上，别成天想那些有的没的，对吧？连周静书都要再搏北大了，小意你可不能认输，你还要当省状元呢！"

周静书虽然得到了复旦的保送，但最近不知道怎么回事，又开始积极复习。大家私下里都传，她是被沈意考到全市第一的事刺激了，即使到时候违约也想再试试北大。

所有人都想着高考，像她这样为了男生分心似乎真的很不应该，沈意深吸口气，告诉自己，不能这样下去了，她必须调整。

可这个念头才出来三秒，她就烦躁地抱住头，不行，她根本静不下心，满脑子都是肖让和他该死的声明，完全不知道要怎么调整！

她负气道："那天晚上他就不该来找我，就该让我一个人在游戏城被偷手机，那都比现在要好……"

如果不是那个夜晚他找到她，也许她还意识不到自己对他的感情，那她现在就不会这么烦恼了。

杨粤音皱眉："你在说什么啊？那天晚上，哪天晚上？对啊，你说过你被李文斌偷了手机，肖让帮你抢回来了，什么时候的事？"

"就是我得知自己冬令营考试落榜那天，我不是逃课了吗，后来是肖让找到的我……"

沈意这才想起来，那天晚上肖让虽然在找到她后，给杨粤音她们发了消息保平安，却是以她的名义。而她后来因为发现了自己的心思而窘迫羞涩，也没有告诉她们当晚的具体情况，所以今天还是杨粤音她们第一次知道这件事。

杨粤音的眉头皱得更紧："你是说，那天晚上是肖让找到你的？他回嘉州找到的你？"

沈意不明白她怎么这个表情："对，他说那天临时有事回了嘉州，听说我不见了就出来找我了。"

"可是，这怎么可能呢？"杨粤音说，"我下午还看了他的采访节目，他当天白天在央视有彩排，怎么可能临时有什么事回嘉州？而且我们发现你不见了后，还给他打了电话，电话里他也没说自己回来了啊，我们都以为他还在北京！"

沈意也愣住了。

杨粤音的话有些超出她的理解范畴，但有些当时被忽略的细节在这一刻无比清晰。那段时间，肖让忙着春晚彩排，连剧组拍摄都请假了，能有什么大事让他大晚上专程跑回嘉州，第二天一大早又坐飞机走了？

杨粤音捂住嘴："天哪，他不会是听说你不见了，就从北京跑回来了吧……"

一言既出，三个人都瞪大了眼。

一个男生丢下一大堆重要的工作，连夜飞到千里之外的地方，就为了确定一个女生是否安全，这意味着什么，在场的人都能想到。

关越越咽下口唾沫，呆呆地说道："小意，有没有这种可能，肖让他，其实也喜欢你……"

沈意站在那儿，半晌没有反应。

她觉得自己像是被一道雷劈过，又或者是短时间得到的信息量太过巨大，大脑无法运转。肖让，喜欢她？有可能吗？可如果不是，那天晚上又要怎么解释？

她本就心烦意乱，现在更是乱上加乱，忽然说："肖让呢，他在哪儿？我现在就要找他问清楚！"

肖让没有来，大家都放风的体育课，他被高老师抓去继续补数学了。沈意连跟杨粤音她们打声招呼都不顾上，扭头就朝教学楼跑去。

她也不知道自己找到他要说什么，她甚至没想过肖让在老师办公室的话，自己是要闯进去，还是在外面等他出来。她只是再也受不了这样乱猜了，那种可能太惊心动魄，那个答案则重如千钧，她受不了一丝一毫的不确定。

她就这么一路跑到教室，推开门却发现本该在办公室的肖让正坐在窗边，望着外面出神。

"肖让……"

他回头看到了她，也有点惊讶："你怎么回来了？"

教室里只有他一个，其余人都去上体育课了，他面前放着一套数学卷子，只写了几道选择题。

沈意没回答，而是问："你呢，不是去补课了吗？"

"哦，高老师上课上到一半被叫走开会，给我布置了作业就让我回来了。"

沈意走过去，因为她的座位在里面，肖让站起来给她让位置，沈意却没有进去，而是走到了教室后面。肖让迟疑一瞬，也跟了上去。

沈意站在窗前，手支在窗台上，不作声。

肖让在旁边用余光打量她，有点不自在。从声明发出后，他们就没有说过话，不，准确地说，关于这一桩莫名其妙的绯闻，他们就没有讨论过，现在突然单独相处，他有点不知道该做什么反应。

沈意忽然问："卷子上有不会的题吗？我可以给你讲。"

"哦，我刚开始做，还没发现不会的。"肖让说。

"有不会的就问我，不要客气，咱们就是因为这个才坐同桌的呀。"

她的话和乔老师的话不谋而合，让肖让想起上午办公室里的事，他的心有点下沉，却笑着说："是吗？只是因为这个？"

"那不然呢？"

"我怎么记得，有人一开始并不想跟我坐同桌，是我英雄救美，打动了她，她才勉为其难，同意跟我坐的。"

沈意看着手指，忽然溢出笑："我没有勉为其难。"

"嗯？"

她抬头看向肖让，微笑着说："我很愿意跟你一起坐，一点都不勉强。"

女孩眼神温柔，却透出一股坚定的力量。肖让不料她会这么直白，心跳漏掉半拍，有点窘迫地躲开了她的目光。

怎么回事？沈意今天不太对啊……

没等他缓过来，又听到女生状似无意地说："其实，我还有件事想问你。那天晚上，你究竟是为什么回来的啊？"

肖让一时间没明白她的意思："哪天晚上？"

"就是你在游戏城找到我的那天晚上，你不是说你是临时有事才回的嘉州吗，什么事啊？"

肖让差点忘了自己当时顺嘴撒的谎，更没想到沈意会在这个时候问起，慌乱之下说："也不是什么特别重要的事，就是、就是……我妈妈生病了！对，她生病了，我回来看看她。"

"你妈妈生病了，你回来看她，却一晚上都在外面找我？"

"因为，我回来了才发现，她病得不是很重，所以……"

理由越解释越说不通，妈妈如果病得不重，他又怎么会在那么忙的时候还硬要跑回去？肖让简直要被自己搬起石头砸自己的脚的行为搞崩溃了，以前没发现他这么不会扯谎啊！

不过，他忽然回过神："你问这个做什么？"

男生眼神闪烁，摆明了心里有鬼，沈意觉得有些答案已经呼之欲出。

只差一下，便一切都清楚了。

她别过头："那个声明，是你的意思，还是你公司的意思？"

"什么？"肖让愕然。

"你真的这么确定吗？里面都是你的好朋友，没有……别的？"

肖让呆呆地看着她。女生黑眸明亮，里面隐藏的意思却昭然若揭，他只觉得浑身就像通电一样，从指尖到头皮都麻了。

他知道哪里不对了。

那不是他的错觉，她真的对他……

风吹拂过窗帘，垂下的丝绦轻轻拍打窗框。不知过了多久，他终于低声说："我不确定。"他顿了顿，"我也犹豫了很久。但是，大家都说，为了你好，现在这个时机不合适……"

这仿佛暗号的话出来，两个人都没有看对方。

沈意说："是吗？但这是我自己的事，不需要他们来决定。我现在就想知道。"

"沈意……"

"你担心什么？知道这个事会影响我的学习？可是它已经影响我了。而且，你还觉得我是之前那个畏首畏尾的沈意吗？你忘了我考了全市第一？我们状元是想干什么就干什么的。"

女生步步紧逼，连状元的头衔都搬出来了。肖让忽然生出种诡异的错觉，仿佛自己是一个潜伏多年的特务，用尽了十八般手段，最后却还是被发现了。

如今，到了招供的时候。

他忽然笑了。

黑板上是没有算完的公式，折射着一段明媚的阳光，教室后面的高考倒计时数到了第53天。

男生直视她的眼睛，很轻，却坚定地说："沈意，我等你。高考加油！"

"丁零零——"

下课铃忽然打响，将两人瞬间惊醒。外面响起了喧哗的人声，上完体育课的同学三三两两回到教室，仿佛潮水涌进来。

"哎，班长，你没去上课啊？"有人和她打招呼。

沈意闻言瞥一眼对面的肖让，忽然就有点慌乱地低下头，一颗心也越跳越快。

天哪，刚刚发生了什么？她又做了什么？

她本来是带着一腔孤勇回的教室，说那番话的时候并没有去想后果，可是当她终于从他那儿得到了想要的答案，才猛然惊觉这意味着什么……

"班长在给肖让补习吧？班长好辛苦啊，肖让你可得好好谢谢人家！"有男生调侃道。

他的话别有深意，其实他们俩因为是同桌，以前也被这么起哄过，但今天沈意格外受不了，埋着头快步回到座位。

肖让也跟回去，发现她已经打开一本复习资料，一脸认真地做了起来。

他在旁边坐下，眼睛看着前面，却用手肘轻轻碰了碰她："哎……"

沈意专心做题，不理他。

肖让又碰了碰，这次她索性抱着复习资料往左边挪了挪，躲开了他的手。

肖让本来也有些不好意思，但沈意的反应让他顾不上不好意思了。

现在什么情况？逼着他说，自己却不说话？

沈意真的不说话了。

直到下一节课开始，她都没有理过他，一直目不斜视、全神贯注地听着讲台上的老师讲题。

肖让一直在偷偷观察她，疑惑之余忍不住自我怀疑，难道是他误会了，她没有那个意思？不不不，他肯定没理解错。那就是她对自己的回答不满意？自己做得很不好吗？

肖让越想越忐忑，还带着焦虑急切，终于写了张纸条递过去。

"你不喜欢的话，我们换个时间，我可以重说一次，按你喜欢的方式。"

沈意看到字条，先是把它飞快地攥到掌心，像是生怕别人看到，然后才打开手掌瞟了一眼，脸颊顿时一红。

肖让见到她这个害羞的模样觉得很可爱，心头又是一动。可让他没想到的是，沈意并没有给他回话的意思，就着攥拳的姿势把字条放到了抽屉里，就完了。

他顿时急了，正想再写点什么，忽然听到高老师的声音："肖让，你来说下这道题。"

肖让茫然地站起来。什么题，他连他刚才在说什么都不知道！

高长林面无表情看他三秒，没好气道："沈意，你来说。"

沈意站起来，声音清脆："根据已知条件可得，$ax^2+bc+c=0$的两个实数根为1、3，且$a<0$，所以$-b/a=4$，$c/a=3$……"

肖让看着对答如流的沈意，气个半死。

我都急成这样了，你居然还有心思答题！

肖让觉得，沈意可能是因为害羞才不理睬自己，所以他改变策略，决定上课的时候不再逼她，等到放学没人了再找机会问她。

好不容易熬到晚自习结束，下课铃打响，他收拾东西正准备约沈意一起回家，这节晚自习的任课老师梁老师却叫住了他。

"肖让，你留一下，我要跟你说说你的作文。"

梁老师教语文，最近正在集中抓肖让的议论文写作，他本来很喜欢这位老师，这会儿却觉得他太不合时宜了。

晚自习那么长时间，你怎么不跟我谈？

他迟疑地看向旁边，沈意已经趁机头一低，和杨粤音、关越越她们一起离开了教室。

肖让叹口气，认命地走上去和梁老师讨论了起来。

等他们说完，整栋教学楼的人都走得差不多了，肖让一边肩膀背着书包，没精打采地往外走。今天这叫什么事啊。

他严重怀疑，照这个趋势下去，明天沈意还会继续躲着他……

他想到这儿，转过弯到了自行车棚前，却见车棚已经空空荡荡，而沈意背着书包，站在一辆孤零零的车前。

肖让蓦地停下脚步。

沈意也发现他来了，紧张地看过来。四目相对，他慢慢说："你没走？"

"我……"沈意张了张嘴，却又卡住。

肖让发现她的手紧紧攥着书包带子，胸口起伏，脚尖左右移动。她似乎正在进行剧烈的心理挣扎，在一次又一次的呼吸间给自己打气，好去做一件原本并不敢做的事。

就像她本该提前离开，却忽然出现在这里一样。

随着她的动作，肖让的期待也越扬越高，终于看到她深吸口气，勇敢地看向自己。他期待地看回去，然而下一秒，女生脸色一垮，勇气被像被扎破的气球般瞬间瘪下去："我现在就走。"

她埋着头就想溜，却在擦身而过时被一把抓住胳膊。男生连头都没回，就这么把她拽回来，强迫她看向自己："你不觉得你还欠我一个回答吗？"

他算是明白了，如果不逼她一把，任由她这么躲下去，搞不好到高考结束，他也等不到她的答案！

沈意没想到肖让会突然发难，惊慌地看着他。

肖让说："下午你说，你的事不要别人来决定，你现在就想知道。但那不是你一个人的事，也是我的事。我也现在就要知道。"

他顿了顿："你等在这里，不是为了告诉我这个吗？"

沈意等在这里确实是为了告诉他这个，只是和白天一样，当她看着他的脸，那句简单的话就怎么都说不出口，只想落荒而逃！

现在换成他步步紧逼，沈意在他的目光下无所遁形，几次张嘴欲言，却还是失败了。

"我……"

肖让见她都快哭了，终于心一软："算了。你不说也没关系，我知道就行了。"

沈意像茫然，又像是有点失望。

却看到肖让朝她一笑："小意，高考加油！"

这一天发生太多事，导致沈意第二天醒来，足足呆了三分钟才终于回过神。

脸颊的红晕一点点染开，最后连耳朵都是红的，沈意躺在床上望着天花板，心中充盈了满满的不真实感。

一周以前，不，哪怕是二十四个小时以前，如果有人告诉她这样的事会发生在她身上，她一定会说对方是在做梦！

她在床上缓了好一会儿，才爬起来换好衣服，打开门却发现妈妈也起来了，而且做好了早餐。

"妈妈你怎么起这么早？"

妈妈今天上白班，8点到医院就行，沈意作为高三生，出门比她早多了。

"睡不着，干脆起来做早餐，你吃了再走吧。"

她虽然这么说，但沈意猜到她应该是特意起来给自己做早饭的，因为觉得她辛苦，妈妈隔三岔五就这样。

她没有推辞，坐下来就和她一起吃起了早饭。桂花糖粥又香又糯，沈意正吃得开心，忽然听到妈妈问："昨天和肖让一起上新闻的那个人是你吗？"

"咳咳……"

沈意被粥呛到，弯腰咳嗽，楚慧连忙拍拍她的背："怎么了，我说什么了，把你吓成这样？"

沈意抬起头，脸颊又红了，不知是因为咳嗽还是因为别的："你看到了？"妈妈居然也会关心这种新闻？

"不是我看到的，是我们医院有个年轻的产妇刷微博时看到了，一整个病房都在讨论呢。结果我过去一看，觉得照片上的人怎么看怎么像你和杨粤音、关越越她们几个……"

不愧是亲生母亲，真是慧眼如炬！

沈意告诉自己没什么好心虚的，妈妈只是好奇才问问，并不是发现了什么。

"啊，是我们。前天晚上，我们和肖让一起去看了电影，不只我们三个女生，还有另外两个男生，我们一共六个人一起去的。"

她努力将整个过程描述得清清白白，楚慧却还是若有所思："一起看电影，那看起来你和他关系不错啊。小意，你跟妈妈说实话……"

她身子前倾，压低的语气更是让沈意整颗心都揪了起来："什、什么？"

楚慧犹豫了一瞬，似乎在担心直接问出来是不是不好，但欲望最终压倒了理智，她在沈意紧张、忐忑、不安到极点的目光里小声问："肖让他……是不是在和关越越谈恋爱？"

"啊？"

也许是她的愕然太明显，妈妈有点不好意思："我看网上的人都说，那里面有肖让的女朋友……"

沈意沉默一瞬，问："就算里面有他的女朋友，你为什么觉得是关越越呢？"

"嗯，我觉得你们三个要是选一个的话，关越越跟他最配。"

"为什么？"

女儿忽然揪着这个问题不放，楚慧莫名其妙地说道："不是关越越的话，难道是杨粤音？总不会是你吧？"

她最后开玩笑地说，却让心里有鬼的沈意瞬间阵脚大乱："当、当然不是我了！也不是她们，都不是！我们看电影的时候，没有什么女朋友！"

至于之后，她就不保证了……

沈意捧着碗，胡乱地喝粥，也不管妈妈将信将疑的目光。

自己刚刚真是疯了，不被发现就阿弥陀佛了，居然跟她较起这个真！

难道真的是陷入恋爱的女生智商会变低？

两人吃完了饭，一起出门，走到一半，楚慧想起来有东西没带，又折回去。沈意一个人先下了楼，打算在楼前等她，却忽然听到清脆的铃声。

一辆自行车风一般驶过来，瞬间横在她面前，车上的男孩一脚踩地，摘下黑色口罩，朝她一笑："嘿。"

沈意一呆："肖让，你怎么来了？"

"来接你上学啊。"肖让很自然地说，"不过你下来得好晚啊，在楼上磨蹭什么？"

磨蹭什么，和妈妈一起吃饭啊……妈妈！

沈意猛地睁大眼睛，身后已经传来了妈妈的声音："小意，你要坐我的车去学校吗？"

说时迟那时快，沈意抓住肖让就往一边推："你走！快走！"

肖让还没反应过来："怎么了？"

"我妈、我妈马上下来……"

她刚才还在拷问谁是肖让的女朋友呢，要是让她看到他来接自己上学，那太好了，不用问了，一清二楚了！

肖让一愣，眼看楼梯转角处出现一个中年女性的身影，手忙脚乱地踩着单车一蹬，就藏到了楼房另一侧。

楚慧出了单元门，问："你在跟谁说话？"

沈意装傻："啊？没有啊。我没和谁说话。"

楚慧皱眉，觉得今天早上沈意实在有点奇怪，不过她也没有继续追究："走吧，我开车送你。"

沈意想到那个藏在附近的人："不、不用了，妈妈你先走吧。"

"真的，不要我送你？"

"嗯，我想……散散步。你知道，我们每天都在教室里坐着，从早到晚，骨头都僵了，还是要活动活动。"

楚慧看她片刻，无奈地说道："那好吧，你路上小心。"

她开了车离开，沈意终于捂着胸口长舒口气。

吓死了。

她从来没对妈妈隐瞒过这么大的秘密，一个早上连续来两出，感觉心脏都要跳出来了。

肖让踩着单车出现在她旁边："她走了吧？"

"你还说，刚刚都怪你，我们差点就被逮个正着！"沈意瞪他。

之前还没有切实的感觉，可这一刻看到他，她忽然意识到，他们的关系已经和昨天不一样了，就算很多话他们都没有说出口。

明明他还是他，但对她来说，一切都不同了。

像是猜到她的想法，肖让也不自在起来。两人之间的气氛忽然变得尴尬，谁也不敢看对方，眼睛到处乱瞄没有着落。

直到肖让终于觉得不能这么下去了，说："上车吧，再不走要迟到了。"

算上昨晚，这是沈意第三次坐肖让的自行车，也是最紧张的一次。

之前她还敢抱他的腰，现在反倒不敢了，一直努力地靠坐垫下的钢筋维持平衡。肖让也没说什么，只是把骑车的速度放慢了，两人一路安静，就这么骑到了学校附近。

他这才停下车，说："你自己进去好吗？"

因为刚被拍，这几天学校周围都有点危险，肖让担心有狗仔蹲守，昨晚也是和沈意分头出了学校再会合的。

沈意正因为靠近学校而紧张，生怕被同学们撞上她坐他的车，一听顿时求之不得，立刻跳下了车。

她想走，肖让却抓住她的手："我在停车棚等你。"

沈意没回答，咬唇溜了。

肖让骑着车进了学校，在停车棚锁好后，左等右等，那个身影却始终没出现。

他忍不住发微信问她："你在哪儿？"

三秒钟后她回复："我到教室了。"

肖让莫名其妙回到教室，沈意果然已经在座位上读书了，他有点不高兴地问："不是说好停车棚见吗？"

"是你自己说的，我没有答应。"

你的态度难道不是默认？

肖让更郁闷了，坐下后也赌气不说话，沈意却从抽屉里拿出一瓶牛奶，递了过来。

牛奶热热的，握在手里还有湿润的水渍，应该是刚从热水里拿出来不久。他看到她桌上也有一瓶一样的，忍了又忍，还是没忍住："你跑去买的？"

沈意点头。

肖让还想装不在乎，嘴角却已经翘了起来。

早自习上两个人也没怎么交流，各背各的书，唯一的共同点就是他们都默默喝完了自己的牛奶。

下课铃打响，沈意刚放下书，两个人就冲了过来。

"小意，借一步说话。"杨粤音一边按着她的肩，一边假笑道。

沈意猝不及防："干什么？"

关越越说："少问那么多，出去就知道了。"

两人旁若无人地绑架，肖让见状想说点什么，却被杨粤音一个眼神瞪回来："女人的事，你们男人少管！"

他一个迟疑，就眼睁睁看着她们把人带走了。

阳台上，沈意终于挣开杨粤音："你们干什么？"

杨粤音顺势后退，却紧紧盯着她："你还问我们，我们还想问你呢。你和肖让，到底什么情况？"

沈意一滞。

关越越说："我和音音一早上都在观察你们，不对劲啊不对劲……"

昨天沈意突然甩开她们，说要去找肖让问清楚，两人后面半节课心里都七上八下的，好不容易结束了，回头一看，沈意一直专心听课，和肖让互不搭理。她们以为结果不好，也不敢多问，生怕刺激到她。没想到晚上本来要一起回家，沈意却说让她们先走，自己还有点事。

当时杨粤音就觉得情况不对，今早来一看，沈意和肖让虽然还是不怎么说话，但绝不是她们猜的，因为谈崩了所以互不理睬，最大的证据就是，沈意居然给肖让带牛奶了！

同学三年，她们都没喝过她带的牛奶！

"你们不好好看书，观察我干吗……"

杨粤音说："观察你和肖让之间……的同学关系啊！"

关越越呆滞地说道："我真的佩服死你了！居然能拿下……"

沈意一把捂住她的嘴，将"肖让"两个字扼杀在喉咙里："小点声！你们想帮我全校广播吗！"

关越越忙竖起食指，表示自己懂了，沈意这才松开她。

关越越小脸绯红，眼睛也水润润的，闪烁着兴奋的光："天哪，我闺密和大明星肖让……我不敢相信这是真的……"

杨粤音到底比关越越成熟稳重，先冷静下来，想到了另一个方面："不过，现在这个时候，你不担心影响高考？"

"之前明明是你劝我，现在我听你的了，你怎么又劝回去了？"

杨粤音语塞，也觉得自己立场摇摆。不过这也不能怪她啊，本来这件事就是左右为难，很难抉择的！

沈意看向远处天上的白云，发现比起几个月前，现在的自己要平和从容多了。也许真的是那个全市第一带给了她足够的信心和勇气，让她敢于去做想做的任何事。

"我相信自己。高考我可以做好，不会因为这个受影响。"沈意说，"我有信心。"

这样的她，即使是杨粤音和关越越都很少见到。

杨粤音沉默三秒，打了个响指："同意。肖让可不比省状元好拿下，过了这村就没这店了，绝对不能放过！"

关越越捧着脸，一脸梦幻："天哪，小意你的高中生活也太爽了吧？我要嫉妒死了！"

上课铃打响，沈意回到教室，肖让问："她们干吗呀？"

她想了想，没有隐瞒："她们问我和你的事。"

肖让一笑："我昨晚给文昌哥和姗姗姐打了预防针。"

然后他就被痛骂一顿。姗姗姐在那边简直声泪俱下："我下午才帮你辟了谣，晚上你就告诉我，你可能要谈恋爱了，肖让你是不是故意的？你是不是在整我？！"

肖让很愧疚。他不是故意增加姗姗的工作量，也不是故意欺骗大家，只是……世事难料啊！

大概是他的认错态度太诚恳，文昌哥都出来打圆场了："算了算了，好歹他没有像你带的上个艺人那样，跟网红约了做那种事，还被人录了视频。"

姗姗其实也不敢真的怪他，但被这个事提醒，立刻警告他："你不可以录视频啊！我不管你们要做到哪一步，但绝对绝对不可以录视频！"

肖让连忙说："放心吧，我们不会的。"

想到这儿，他瞄沈意一眼，心跳有点加速。

他们操心也太早了，他和她现在，还没开始呢……

原来文昌哥和姗姗姐都知道了，那肖让的整个团队不会都知道了吧？沈意想到这儿就呼吸一紧，余光瞥到肖让的胳膊，4月份他已经穿上了夏季校服，露出光裸的小臂，还有上面细小的绒毛。

那股尴尬的感觉又回来了，尤其是想到杨粤音和关越越搞不好又在后面暗暗观察他们，沈意更是连手脚都不知道怎么放。

她们看出来了，那别人呢，会不会也看出来？明明是和往常一样坐在一起，她却开始心虚，在凳子上不安地挪动，想离他远一点。

然而她的计划还没实施，肖让却忽然碰了下她垂在桌下的手，似乎在她手心挠了一下。沈意一惊，立刻甩开手。

沈意压着声音问："你干什么？"

"我没干什么啊？"肖让的语气听着镇定，脸颊却有一抹可疑的红色。

讲台上，英语老师在讲着题，一声一声仿佛能催人入眠。

讲台下，两人神思不属。渐渐地，别的声音都听不到了，只有彼此越来越明显的心跳声，是最隐秘的悸动……

"你最近状态怎么样？"

沈意转头，看着忽然发问的宋航。他们刚从老师办公室出来，因为临近高考，乔蕊经常会叫同学去办公室单独谈话，关心他们的情况，今天轮到她和宋航。两个人都成绩优异，最近表现也稳定，乔蕊也没什么别的说的，只是提醒他们注意心态和自我疏通，最后这个关键时期千万稳住。不过不知道是不是沈意的错觉，乔老师在说这话时看着她欲言又止，像有什么别的担忧，搞得她心头一紧。

她简单地说："挺好啊，和之前差不多，刚才乔老师不是问过了吗。"

宋航默然。沈意不想继续这个话题，正想岔开，他已经主动说："你要去吃饭了吗？我们一起吧。"

乔老师叫他们出去时已经是第四节课后半段，说完出来，下课铃都响了，同学们都去了食堂，沈意也早就饿了。但宋航这么说，她有些犹豫。宋航问："还是说，你约了别人？"

沈意立刻摇头："没有！呃，好吧，我们一起去。"

两人于是一起去了食堂。现在已经过了用餐最高峰，打饭窗口也不再挤得水泄不通，他们很快各自买好饭，端着餐盘找个位置坐下，可还没开始吃就听到一个声音："小意，你在这儿啊？"

是杨粤音。沈意看到她的同时，也看到她身后的男生，捏着筷子的手蓦地一紧。

已经过去好几天了，她依然处在一种不真实的感觉里。现在也是这样，她看着肖让的脸，神情就有些不自然。他端着餐盘，像是刚买好了饭，慢慢走了过来。

杨粤音问："我们还在教室等你呢，你怎么自己来了？"

是的，沈意说了假话，她约了人。这几天，她都和肖让一起吃饭，只是没坐在一起。明明早就在食堂同桌过了，现在却坚决不肯在大庭广众下跟他坐一起。所以最后变成了她和杨粤音、关越越坐一桌，肖让和张立峰坐她们隔壁桌，中间隔一条过道。沈意吃到一半偶尔抬眼，都会发现肖让在看她，两人对视，沈意抿嘴一笑，又立刻躲开目光。

杨粤音对他们这种行为很无语，怎么还演上了？在这儿上演牛郎织女，鹊桥传情呢！

他们几个走过来，杨粤音有点惊讶地说："宋航？你怎么跟小意在一起啊？"

沈意这才想起来自己旁边还坐了个人："哦，我们从乔老师那儿出来已经下课了，以为你们先走了，所以就一起过来了。"

杨粤音"哦"了一声，和关越越对视。沈意觉得她们的表情有点奇怪，正疑惑，就看到肖让把餐盘一放，说："那我们也坐这儿吧。"

他说完直接在沈意对面的空座坐下，沈意猝不及防，怎么回事，他之前都会自觉去隔壁的，今天怎么了？

好像……不太开心的样子？

张立峰却很兴奋："哎呀，太好了，我早就想跟班长一起吃饭了，之前你偏不让。"

他在肖让旁边坐下，杨粤音和关越越只好分别坐到了宋航和张立峰旁边，张立峰打量一圈，忽然挤眼道："哎，又是咱们六个。绯闻六人组齐了啊。"

他说的是他们电影院被偷拍上热搜的事。张立峰眉飞色舞："你们不知道，我那天晚上回家后，连我还上小学的表妹都专程打电话过来问，和肖让一起看电影的那个是不是我。不管怎么说，继三年前考上七中后，我又一次成了我们家族的风云人物！"

大家听着他吹嘘，肖让忽然对宋航说："还没跟你道歉，希望那次的事没有影响到你。"

宋航抬眼，和他对视片刻，平静地说道："没关系。没有影响。"

"是吗？那我受到的影响倒是不小。"他边说边看向沈意，眼神中充满调侃。

沈意当然知道他在暗示什么，不就是因为那个新闻还有后续的声明，自己被刺激了，跑到他跟前逼着他坦白了吗！

悄悄瞪可恶的男生一眼，她埋头吃饭不吭声。

这么一出后，肖让的心情忽然又好了，愉快地吃着自己的红烧排骨。沈意不吭声，于是他也不说，宋航本来就不是话多的人，而平时话多的关越今天也反常地沉默，张立峰开了几次话题，发现没有人接茬，只好讪讪住嘴。

整个食堂熙熙攘攘、人声鼎沸，衬得他们这桌的安静格外诡异，直到杨粤音"扑哧"一笑。

"你们看这个。"

她举起手机，页面显示着一张公交站广告牌的照片，年轻男孩穿着白衬衫和牛仔裤，站在茵茵绿地上，手里举着瓶绿色的饮料，笑容阳光。这是肖让的最新代言，一款绿茶饮料，广告在他回学校前就拍好了，现在终于上线。因为是国民级快消品牌，物料投放铺天盖地，沈意在上学、放学路上都会看到，不明白杨粤音怎么突然给他们看这个。

"你放大，看肖让的脸。"

沈意照做了，眼睛蓦地睁大："这是……"

广告牌上，肖让脸部和嘴巴的位置，赫然有几个鲜红的唇印！

大家齐刷刷看向肖让，在他有点尴尬的表情里，杨粤音啧啧道："小姐姐们都好热情，居然当街献吻！"

偶像一有新代言，就是粉丝狂欢的时候，肖让的粉丝当然也不例外。新广告片上线那天，"小月亮"们不仅疯狂转发，肖让在广告里喝的那款饮料更是直接被买断了货。为了加大热度，粉丝们还自发拍了身边的广告物料上传到微博，比如商场、地铁、电影院和公交站等地方的广告牌，但沈意怎么也没想到，居然有人去亲吻广告牌！

而且看下面的评论，还有很多人表示被刺激了灵感，也要去亲！

她还在发愣，杨粤音不紧不慢地补充："可惜再热情也只能亲一亲广告牌，不像某人……"

沈意的目光撞上对面的肖让，脸顿时红了。

她恼恨地瞪杨粤音一眼，胡说八道些什么呢，这里还有别人，万一被看出来……

杨粤音无辜地说道："我说的是兰央。她和肖让合作演情侣呢，应该有吻戏吧？"

"没有！"肖让回答的速度快得仿佛在表忠心，"我们有一场吻戏，但是借位的。因为当时我还没成年，我的经纪人和她的经纪人都有顾虑，所以就这么拍了。"他小声补充，"我也不是什么人都能亲的……"

沈意再也忍不了了，一脚踢过去，然而肖让没反应，旁边的张立峰却痛呼一声："嗷，谁踢我？！"

她吓得再次埋头，肖让实在憋不住笑起来，沈意听到他的笑声，耳朵简直要烧起来了。

就在此时，宋航忽然起身。大家都看他，他端起餐盘，说："我吃好了。"转身离开。

这天晚自习，沈意写了两张数学卷子。她做题时很认真，既然说了不会影响学习，那么该专心时就一定会专心。不过，当卷子做完，她却一手托腮看着前方发起了呆。

大概是被中午杨粤音的话刺激到了，她脑子里时不时就忽然闪过某个雪夜自己那个模糊的梦境。

男生跪在床前，乌黑的双眼凝视着她……

她正胡思乱想，下课铃打响了，最后一节晚自习结束。同学们都收拾东西跑路了，沈意看看旁边空荡荡的座位，晚自习第一节，肖让就被几个老师一起叫走补文综了，现在还没回来。她想了想没有动，打算等他回来。

杨粤音和关越越早习惯了她的重色轻友，根本没问她就先走了。沈意去上了厕所回来，发现教室里已经空空荡荡，只有一个人站在走廊的窗边，看着远处的夜景。

她奇怪地问道："你怎么不走？"

宋航反问："你不是也没走吗？"

沈意不知道怎么解释，只好走过去站到他旁边，也学他看向远方。宋航偏头打量女生，忽然问："最近发生什么事了吗？"

沈意不解，宋航说："我觉得你好像跟之前不一样了。"

跟之前不一样了，大概是因为肖让。就像现在，她还在等他一块儿回家。

沈意想到这儿，不自觉地抿嘴一笑。那样真挚却快乐的笑容，像寂夜的昙花，短暂却惊心动魄。

宋航看到她的表情，额角微微一跳。

他沉默片刻，忽然也轻轻笑起来："其实，我留下来是有话想跟你说。"

这场景有点熟悉，沈意想到白天时他还问自己的状态，笑道："你对我又有什么学习上的建议吗？宋学神请讲，我洗耳恭听。"

"我喜欢你。"

他说得太快，沈意一愣："什么？"

晚风吹拂过额前的发丝，宋航微微侧身，有几分随意地靠在窗台上，看着她道："你听清了。"

沈意确实听清了，却不能相信自己的耳朵。宋航说喜欢她？这话太难理解，她的第一直觉是自己听错了！

女生睁大双眼，想从对面男生的脸上寻到一个否定答案，可结果注定是失望。宋航的表情那样平静，双眸注视着她，仿佛正在等待一个结果。

她终于确信，结结巴巴地说道："你……我……可是……"

女生半天说不出一句完整的话，宋航忽然一笑："怎么吓成这样？我是表白，又不是恐吓。"

他开了个玩笑，沈意转身对着窗外，手抓着窗沿，借此平复心情。

她对宋航的印象一直就是慵懒散漫，酷爱睡觉，一年四季都在冬眠的理科天才，顶多这学年加了个"原来私底下也会关心同学"的标签，从来没想过别的。他一直是她羡慕仰望的人，可现在他却说，他喜欢她。

沈意整颗心都乱得不像话，她从来没经历过这种事，被男孩子突然表白，然后呢，她应该怎么办？

好一会儿，她嗫嚅道："我都不知道……"

"我不告诉你，你怎么知道？"

"什、什么时候？"

"很久。"

"很久是多久？"

这气氛忽然像是在做采访，宋航没有继续回答，沈意脑中却猛地闪过个念头："你来读文科，不会是……因为我吧？"

宋航不语，表情却是默认。

沈意真的震惊了。理科天才弃理从文，这个让整个七中猜了两年，连她都私下和杨粤音她们讨论过的未解之谜，答案居然是这个？

因为她！

"可是，为什么啊？"她茫然道，"我都不记得，我们高一的时候见过吗？"

"见过，但不是什么重要的事，我也记不清了。我现在说的也不是那个。"

他对她表白了，如果是从前，沈意也许还不能感受他的心情，但在肖让之后，她怎么还会不懂？

这种喜欢一个人的酸涩和忐忑，以及终于鼓起勇气表达自己的心意，这一刻，大家想要得到的都是同一个结果。

沈意绞着手指，心里有歉疚，也有无奈，却还是逼迫自己说："谢谢你告诉我这个，可是对不起……我已经……"

她说完就紧张地看他，然而宋航的表情并没有丝毫意外："我知道。"

"你知道？"

"嗯。"

沈意无言。

宋航垂下视线，淡淡一笑："你不用紧张，也不要有负担，所有事都是我自己的选择，和你没有关系。我只是想让你知道，在你读高中的时候，有一个男生喜欢你。"

他说着较劲的话，语气却很轻松，沈意忍不住笑了："我会记得的。我会永远记得在我十几岁的时候，有个男生一直默默喜欢着我，很久。"

"放心吧，你这么厉害，等上了大学一定会遇到更好更聪明的女孩子，我等着你从清华发来喜讯！"她还替他展望起未来了，宋航有点想笑，却忽然目光一凝。

沈意不明所以，顺着宋航的目光回头，却见肖让不知何时已经回来，站在正前方。

沈意僵住。

肖让面上没有什么表情，让人猜不出他在想些什么。他一手插兜，缓步走过来，朝沈意说："回家？"

沈意已经不知道说什么了，只能任他摆布。肖让牵住她的手，连东西也没回去拿，就这么朝楼梯走去。

只是在迈下第一级时，他忽然停住，背朝着宋航道："你也早点走吧。当心学校锁门，被关在这里过夜。"

过了好一会儿，他身后才传来宋航的声音，很平静，就像他一直以来的样子：

"多谢提醒。"

那两个人离开了，宋航独自站在窗边，看着黑夜中安静矗立的树木，忽然想起来第一次见到沈意。

是高一上学期的期中考试，还没分科，按成绩分了考场。他因为上一次月考是年级第一，很自然坐在了第一考场靠门第一个座位，身后也都是1班的同学。都是学霸，大家开考前都很轻松，男生们嘻嘻哈哈说着没营养的话，直到有个女生走了进来。

她穿着校服，扎马尾，很瘦，皮肤也很白，手里捧了个红色的笔记本，一边走一边专心地看着。

都临考了还这么用功，宋航瞥到她本子上的内容，却发现不是这一堂要考

的语文，而是物理错题集。她看得眉头微蹙，像是有些想不明白，小小的嘴唇
抿着，像花瓣。

他被自己忽然冒出来的想法吓了一跳，轻咳一声瞥开视线，她却抬头观察
了一下周围，在他左边的位置坐下了。

因为考试，课桌都被拉开了，两人中间就隔了一条过道，宋航很轻松就看
到了桌子右上角贴着的考号和姓名。

沈意。

他对这个名字有印象，因为按中考成绩，他排全校第二，而她是第一。

原来她长这样啊。

宋航想着，不过沈意进了高中后表现好像一般，这次既然坐自己旁边，那
就是上次月考排年级第九，应该是理科有些吃力吧。

哥们儿还在旁边絮叨昨晚的足球赛，他忽然开口："摩擦力。"

她惊讶地抬头，哥们儿也呆了，莫名其妙地看着他。宋航像没注意到似
的，继续说："你分别隔离A、B两块木板，再对它们进行受力分析，就能得到
答案了。"

沈意这才意识到他在说什么，低头又看了一遍题干，终于恍然大悟，朝他
露出个笑容："谢谢。"

女孩刚刚是安静的，像雏菊、像树木，可这一笑却如6月的阳光洒上湖面，
点点碎光、灿灿金粉，晃花他的眼睛。

哥们儿不怀好意地捅捅他的肩膀，隐有暗示，他低下头，装作若无其事，
却无法忽略胸口处忽然涌起的奇异感受。

他说他也记不清了，那是假话。整个高一，他和她的每一次相遇，他都记
得清清楚楚。可能是在同一个考场考试，或者是在年级主任办公室擦肩而过，
他也记得她做过的唯一一次国旗下讲话。发言时她有点紧张，还差点忘词，哥
们儿在后面调侃："这5班的文科大神稿子写得挺好，就是心态不太稳，不然老
宋下周你去吧，争取比她表现得好点。"

旁边的人立刻说："人家好歹脱稿了，老宋去？我怕他别说念稿了，连稿
子都懒得写！"

大家叽叽喳喳，他却盯着她想，她紧张的样子真可爱，像兔子。

一切都那样奇怪，他是个太懒散的人，对学习以外的事根本不愿上心，却独独记住了她。唯一忘记的是，他到底是哪一天喜欢上她的。是在考场那一天，还是之后的哪天，他早已分不清楚。

但好在，该说的话终于都说出去了。

肖让送沈意回家，一路上两人都很沉默，直到自行车停在沈意家楼下，她跳下后座，却站在那儿不动。肖让也不动，两人一坐一站，半天没有人先离开。

终于，沈意率先打破沉默："你怎么不说话呀？"

"你不是也没说吗？"肖让反问。

男生的声音让人听不出情绪，沈意心中忐忑，自从看到肖让突然出现，她就处于一种无措的状态。今晚怎么尽遇到没经历过的事，她又该怎么办？

偏偏肖让还不说话，吓得她也不敢说。

不过都到这儿了，沈意觉得不能再逃避，鼓起勇气道："那个，事情不是你想的那样。我是在等你，没想到他会突然跟我说……"

"他说什么？"

"你没听到吗？"沈意疑惑。

"我想听你说。"

沈意更为难了："就是，他跟我说，他一直对我……他一直……喜欢我……但我发誓，我真的什么都不知道！"

肖让点头："以你的迟钝，确实很难知道。"

沈意一愣，观察他的表情，惊讶道："你也早就知道了？"

"只有你才看不出来。"

沈意蒙了。她一直自认为还算聪明，但今天什么情况，宋航看出来就算了，怎么肖让也比她先看出来？！

她怒道："你早就知道，那你刚才还那个样子！"

肖让扬眉，忽然从自行车上下来，也不管车就那么直直砸到地上，抓着她的手就把人按到了楼道的墙上。

耳边轰然一声，头顶的声控灯被惊醒，橘黄色的暖光照耀着他的脸庞，就在近在咫尺的上方。

"我为什么那个样子，你猜不出来吗？当然是，吃醋了……"

他看到她的表情，脸色也是微变，像是才意识到两人的处境。但他没有移开，而是低下头，低声说："我吃醋了那么久，你今晚才发现。"

"你之前也……"

沈意想起来以前的许多次相处中，肖让和宋航好像是有点针锋相对，原来是因为这个吗？

狭窄的楼道里，顶灯突然熄灭。

她有点慌，却闻到了熟悉的香水味，淡淡的，却充斥鼻间，像是充满了她的整个世界。她觉得自己的皮肤上也沾染了这气息。

杨粤音说，沈意和肖让的事对她最大的影响就是，她再也不能好好看"星月文"了。

自从当初一起打游戏的事爆出来，肖让和柯星凡这一对就从支持者寥寥的冷cp迅速崛起，一跃成为热门cp，春晚合作后更是达到人气巅峰，成为两人名下最大势的cp。

"你知道现在Lofter上有多少粮吗？之前还只有桂花煮酒大大独挑大梁，而现在是百花齐放、万鸟齐鸣，各个圈的大大都爬墙过来疯狂产出！只可惜啊，我没赶上好时候……"

杨粤音叹口气，觉得自己真是和时代错位的女人。她当年沉迷的时候，只能和同好们在冷圈抱团自娱自乐，现在这个cp红了，她却已经知道没可能了，说到底，还是沈意的错！

面对好友的控诉，沈意无言以对，不过杨粤音很快换了脸色，摸摸她的头道："不过我不是那么不讲情面的人，咱俩什么关系？当然是你的幸福最重要了！只要你和肖让好好的，我的牺牲也就值得了！"

这仿佛丈母娘一样的口气雷到沈意了，她拿开杨粤音的手，说："对了，你们今晚等我一下，我跟你们一起走。"

"为什么？"杨粤音奇怪地问道，"你最近不是都和肖让一起回家吗，怎么又想起我们了？"

她最近确实是和肖让一起回家的，准确地说，是肖让每晚都送她回家。沈意本来都快习惯了，但自从那晚，事情就有点失控了。

昨晚他在楼道里时，楼道里却传来声音，有人下来了！

沈意吓得头脑一片空白，还好肖让反应快，拽着她就往里一躲，藏到了楼道里面的黑暗处。他压着她，两人贴在墙边，一动不敢动。

只听来人边走边说话，原来是一对中年夫妻下楼扔垃圾，可他们扔完了垃圾却不立刻回去，而是站在单元门前一边聊天，一边等起了孩子！

沈意急得汗都下来了。也不知道他们的孩子多久才回来，难道他们不走，他们就一直在这儿躲着吗？如果是和别人在一起，她豁出去丢脸也跑出去了，但和她在一起的是肖让，要是被看到，麻烦就大了！

她气恼地看向肖让，要不是他，他们怎么会落入这样的窘境！

想到这儿，沈意轻咳一声，掩饰道："他毕竟情况比较特殊，每天这么送我，我担心又被拍到。上次的事还没过去多久呢。"

这倒也是。杨粤音点头表示理解，沈意急于岔开话题，说："越越，你今天怎么这么安静啊？"

刚才她们聊天时，关越越确实一直没说话。不只今天，杨粤音忽然想起来，最近几天关越越都有些不对劲，心事重重的样子。

她问："你遇到什么事了吗？"

关越越回过神："什么？没有啊。"

"真的？"杨粤音不信，"说起来，你那晚回去找到手链了吗？"

"什么手链？"沈意问。

"就大前天晚上啊，我们都出校门了，越越忽然说手链不见了。说是姑姑从巴黎给她买的生日礼物，可不能丢，担心是洗手的时候放洗手台上了，一定要回去找。我本来说陪她一起回来的，但她都不等我，让我自己先走了。"

大前天晚上，那不就是宋航跟她表白那天吗？

关越越回来过，那，她听到什么了吗？

沈意有点紧张，宋航的事她不想让人知道，不是为自己，而是为宋航。她总觉得他那种性格的人，肯定不希望这件事传得尽人皆知。

关越越和沈意的目光撞上，沉默了一瞬，她耸肩道："找到了。我走到一半发现手链就在书包里，所以没回去，直接回家了。"

沈意这才松了口气。

也是，以关越越的性格，如果听到了这种大八卦，才不可能憋得住呢，肯定当晚就打电话来找自己套问内情了。

杨粤音还是不解："既然手链没丢，那你这几天不高兴什么？"

关越越见躲不过去，想了想说："没什么，就是想到只有我，不管是喜欢别人还是被别人喜欢，都没有经历过。和你们一比，忽然觉得自己的青春好乏味好黯淡。"

杨粤音和沈意没想到是因为这个，对视一眼，杨粤音先笑了："小孩子家家还学会思春了。别想那么多了，您可是富家女，等过了这几个月，上了大学，会有很多更好的帅哥追你的！"

关越越接受了她的安慰，踩着上课铃回了自己的座位，坐下时往旁边瞄了一眼。宋航正趴着睡觉，万年不变的姿势，她却想起那天晚上，他站在窗边对沈意说出的话。

她当然听到了！

而且是站在楼梯上，在最好的位置听得清清楚楚、明明白白，她甚至连另一个角落的肖让都看到了！

关越越不知道怎么形容自己的心情。她没想到宋航居然一直喜欢沈意，来文科班也是因为她，堂堂理科天才为了个女生跑来读文科，学霸都是这么任性的吗？

现在回想，沈意失踪那晚他的反常也忽然好理解了。他那么紧张是因为在为沈意担心，在为他喜欢的女孩子担心，而她当时说了什么？

"你在生我的气吗？可你为什么要生气，我和小意是朋友，她受伤难过，我比你着急。你算她的什么人，以什么立场来怪我？"

"我看最不适合去找她的就是你。她看到你，就又想起来你们一起考试，你过了她却没过的事，更受刺激。没准儿连她失踪你也要负一部分责任！"

他当时没打她真的算脾气好了！

关越越学宋航那样趴在桌子上，侧脸看着他的头发，心里有懊恼，也有愧疚。可除此之外更多的，却是一种酸酸涩涩，自己也分辨不清的感情。

她还记得宋航当时看向沈意的表情，她站得那么远都能感受到他的心情。

她从没有见过那样的宋航，原来他喜欢一个人是这样的。

那一刻，关越越觉得自己被触动了。

宋航忽然直起身，却发现旁边的人也趴着，愣了一下。

关越越忙坐起来，假装正经。

宋航沉默一瞬，说："乔老师安排我们一起坐，是希望我帮助你学习，不是让你跟我学睡觉。"

"谁跟你学了，我没有……"关越越辩解。

宋航没理她的否认："有什么不会的题目，其实不一定非要等下课去问沈意，你可以问我。"

"真的？"关越越一喜，宋航这么懒的人，居然主动要帮她，"你不嫌我烦？"

"也不是第一次了。"

关越越想起那一次他给自己递来的答案，忍不住嘴角一弯。

宋航交代完又趴下去睡了，关越越盯着黑板，心情却久久无法平静下来。

那一晚听到宋航的话，她是真的嫉妒了。

有一个这样优秀的男生默默喜欢了她那么久，为她做了那么多事，她却什么都不知道。直到她有了喜欢的人，他才终于忍不住说出口，但一切都来不及了。

真像偶像剧啊。关越越这样想着，又沮丧又不甘地叹了口气。

关越越为自己的乏味青春控诉时，沈意也正陷在紧张中。

她坐在肖让旁边，却坚持不转头看他哪怕一眼，事实上，她今天来学校就没和肖让说过话。刚和杨粤音她们聊完天回座位，恰好撞到他也从外面进来，四目相对，她立刻低下头假装什么都没看到坐了下来。

她不是故意这样，只是一想到昨晚的事，就又羞又窘还有些恼，根本不知道怎么面对他。本想专心听老师讲题，就当身边的人不存在，他却不给她这个机会。

沈意听到旁边窸窸窣窣的声音，然后，一张纸条递了过来。

又来这招！

她接过纸条打开，只见上面写着："你生气了吗？"

她把纸条揉成团，没理他。

过了一会儿，又一张纸条递了过来："我不是故意的。你要是生气了，我跟你道歉。"

沈意终于往旁边瞄了一眼，肖让立刻做小狗垂手状，可怜巴巴地看着她。这伏低做小的姿态把沈意逗笑了，她抿了抿嘴，在纸上写道："我不生气了。"

肖让还没来得及高兴，她又补充了一句："但以后我自己回家，你……不要再送我了。"

"为什么？"肖让脱口而出，声音大到让前面的同学都回头看了一眼。

他忙抱歉地抬了下手，凑近小声说："你是担心我又……"

肖让有点头痛。

"你还说！"沈意道。

肖让于是不敢说了，眨巴着一双大眼睛，又开始进行小狗光波攻击。

但这次没用了，沈意装作没看到："总之，这件事就这么定了。我和音音她们一起回家，你……你自己走吧。"

她说完就不再理他，肖让看着女生"冷酷无情"的侧脸，好一会儿，凑上去弱弱地说："真的不行吗？"

"滚。"

肖让长叹口气。

现在好了，彻底没戏唱了。地理书上怎么说的来着？要可持续发展。

还是吃了没文化的亏啊。

Chapter 13

4月29日，是沈意的18岁生日。

早在一周前杨粤音就在提这件事，不过她好奇的不是沈意打算怎么庆祝，而是："你觉得肖让会送你什么生日礼物？"

她一说起这个，沈意就很发愁："我也不知道。他上次送我的丝巾已经很贵了，如果再送别的怎么办啊？"

关越越说："一个两千块的丝巾有什么贵的，那就是送普通朋友的小礼物。现在他喜欢你，搞不好会送你钻石首饰呢！"

这么夸张吗？沈意惊呆。

"说不准啊。"关越越眨眨眼，"毕竟他都戴三十几万的手表了。"

沈意更惊讶了。肖让确实一直戴表，有时候还不一样，她有次觉得好看问了下，他说："你喜欢吗？这个表有女款，你喜欢我送你啊。"

她看他态度随意，也没多想，只是咕哝了一句"我才不要呢"，没想到居然这么贵！

她呆呆地说道："他是戴了一辆车在手上吗？"

关越越对于此种没见过世面的小女生包容地一笑："当然了，那可是劳力士，我表哥有款一样的，我一眼就认出来了！"

沈意整个人如临大敌。

看来她真是低估了肖让的消费观，这个人连那么贵的表都说送就送，万一到时候真送她什么了不得的东西怎么办？

她在他生日时可只送了个不花钱的学霸符！

杨粤音说："不对，肖让知不知道马上是你生日？"

大家这才反应过来沈意不像肖让，生日前一个月网上就开始预热，千万少女等着给他庆祝，她自己不说的话，肖让是不知道她最近过生日的。

沈意说："我……还没说。"

杨粤音问："那你打算什么时候说？"

沈意咬唇，杨粤音警觉道："你不会是不打算说了吧？"

沈意不语。

杨粤音高喊一声："沈意！"

沈意说："好了，不要骂我，我就是听到越越那么说，就不敢说了。"

沈意发现，自己真的很不会应付这种情况。就像当初他送她的丝巾，对他来说只是不值一提的小东西，却是她根本舍不得买的奢侈品。她不能安心地收下，又怕拒绝会把气氛搞得尴尬，左右为难，宁愿他从来没有送过。

这就是喜欢的人太有钱而自己却太穷的苦恼吗？那些偶像剧女主角是怎么处理的啊！

她弱弱地说道："反正我本来就不打算大肆庆祝。马上要高考了，不想在这种事上浪费时间。"

"什么，你不打算庆祝？"关越越很震惊，"那可是18岁生日啊，很重要的！肖让甚至办了个演唱会呢！"

"肖让是肖让，他还戴三十几万的表呢，我们不一样。"

关越越还想再说，却被杨粤音阻止了。她倒是能理解沈意的想法，顿了顿，说："可你不告诉他的话，不怕他事后生气吗？他一定想和你一起过的。"

沈意一愣。

接下来几天，沈意除了复习做题，想得最多的就是这个问题。杨粤音的话有道理，她瞒着不告诉他是有些说不过去，可是她也没撒谎，她生日那天是周一，她本来就不打算庆祝的。

现在要怎么办啊？

大概是她的焦虑纠结太明显，某天肖让忽然说："你如果觉得不舒服就告诉我，我可以帮你买药，或者从食堂带饭都行。还有，我看你有时候水凉了还在喝，下次别喝了，我帮你接新的。毕竟特殊时期，稍微注意一下……"

沈意有点蒙："什么时期？"

"你最近不是……"

沈意愣了下才明白他的意思，自己这几天确实是生理期，但肖让怎么知道的！

"我看你情绪焦躁、坐立不安，而且……"他瞄向她的抽屉。

沈意说："你偷看我东西！"

肖让立刻解释："我不是故意的。我是想拿你的笔记本，不小心翻到的……不过你也不用不好意思，我又不是没看过，上一次还是我帮你拿上楼的呢。"

话是这么说，但想到自己每次还特意趁他不在的时候偷偷摸出卫生巾去厕所，自以为做得隐蔽，他却早就发现了，她就又羞又窘。

她拿出一张新的卷子，假装做题不想回应这个话题，本以为他也该识趣不提了，谁知三分钟后，男生忽然凑过来，小声说："不过，那次是20号，这次都快月底了，你的周期是不是推迟了啊？"

沈意心里说，我的周期，关你什么事啊！

沈意要被他搞崩溃了，她的周期已经算很规律了好吗？高三压力这么大，女生一个个都经期紊乱，最严重的那个一个月来了四次大姨妈，大家都说她这是血流成河了一个月，要关心也该关心她才对！

不对不对，现在不是说这个的时候。

沈意决定不再在这个问题上浪费时间，她想好了，就生日当天晚自习结束后，当面告诉肖让好了。不需要庆祝，也不需要礼物，有他陪在她身边，跟她说一句"生日快乐"就够了。

主意打定，她于是安心等生日当天，白天风平浪静过去了，可到了晚自习，肖让却又一次被老师叫去单独辅导，并且直到最后一节课快下课了还没回来。

沈意写完了卷子，一看表，离下课还剩五分钟，正纠结是放下笔专心等下课，还是抓紧时间再做几道题，就收到肖让发来的微信："我这里还要等一会儿，放学了你自己走吧，别等我了。"

之前她已经不和他一起回家了，但今天特意提前讲了，说放学后有事跟他说，没想到会出这么个意外。

沈意看着微信，心里有点空落落的。明明最开始是她不想说的，可当她已经做好了准备，甚至设想过当时的场景，却忽然被告知他来不了了，她心中瞬间涌上满满的失望。

原来她是想的。

她的18岁生日，她是想和他一起度过的。

沈意越想越难过，甚至还隐隐有点生气了。肖让什么情况，我不是说了有事要讲吗，你完全忘了？

不过抱怨了一会儿，她就知道自己在无理取闹，肖让又不知道她今天过生日，她当时还故意让语气显得很随意，他多半以为不是什么重要的事。

下课铃打响，沈意垂头丧气地站起来，打算接受这个事实。

杨粤音和关越越过来，一见她的样子就明白了，嗤笑道："叫你矫情，非拖到这么晚才说，现在后悔了吧。"

沈意说："我已经很惨了，你们就放过我吧。"

杨粤音一把拍上她的肩膀："这件事给你个教训，以后别什么都憋在心里，坦诚一点！"

她意有所指，沈意茫然，却忽然发现教室里不太对。怎么都放学了，也没几个同学有要走的意思，大家都在座位上像在等什么，目光还有意无意往她身上瞄，隐隐有种兴奋和期待的感觉在人群里蔓延。

这是……

忽然，头顶的灯齐齐熄灭，整个教室瞬间陷入黑暗。

沈意惊得睁大了眼睛，停电了吗？不对啊，对面教学楼的灯还亮着。

她还没反应过来，就看到教室门口出现亮光。

一簇簇，一捧捧，是跳动的烛火，飘浮在黑暗中，一点点朝她靠近。一个男生站在后面，双手微抬捧着个东西，就像把烛火捧在掌中。

与此同时，教室里响起歌声："祝你生日快乐，祝你生日快乐，祝你生日快乐，祝你生日快乐……"

沈意愣在原地，眼睁睁看着肖让走近，这才发现他捧着的是个生日蛋糕。那是她看过的最精致的蛋糕，双层，粉蓝相间的奶油，边上是漂亮的裱花。蛋糕的最顶端是个巧克力做的小女孩，穿校服，扎马尾，鼻梁上架着副细边眼镜，惟妙惟肖，她甚至看到了女孩脸上一本正经的表情。

这是她吗？

大家唱完了歌，鼓掌欢呼，而沈意也终于找回自己的声音："你……干什么？"

"还能干什么？庆祝你生日啊。"肖让说。

"你怎么知道我今天……"

"有心自然能知道。"

沈意觉得脑子里乱成一团，肖让居然早就知道她的生日，还暗中策划了这么大一个惊喜。她看向周围，同学们笑吟吟盯着她，每一张脸都是那样熟悉，沈意虽然当了他们三年的班长，几乎给每个人都提供了"抄作业"的帮助，却从没想到会有这么多人给她庆祝她的18岁生日。

她吸吸鼻子，觉得眼眶有点热："谢谢大家，我太意外了。高三这么忙，还耽误你们的时间陪我过生日，真的谢谢大家！"

张立峰说："不用谢。我们不是被强迫留下来的，我们都是自愿的。其实一开始肖让他们是打算等同学们走了之后，就我们几个帮你庆祝的，没想到准备的过程里消息不胫而走，人人都很想参与。当然这也可以理解，高三了，居然还能有这种娱乐活动，这热闹谁不想凑啊！"

"是，连我都想凑。"乔蕊站在肖让身后说道。

她居然也来了，还对沈意说："快吹蜡烛吧。肖让捧了那么久，再不吹，手都要酸了。"

肖让立刻做了个负重不起的怪样子，沈意"扑哧"一笑，双手合十，默念十秒，轻轻吹灭了蜡烛。

同学们再次鼓掌，灯重新打开，教室里恢复了明亮。

沈意在大家的撺掇下切了蛋糕，肖让准备的蛋糕虽然大，但毕竟有几十个人，并不能每个人都分到。好在大家只是为了玩，并不在意这个，女生们吃得少，男生干脆几个人一起吃一份，嘴里嚷着："吃了班长的蛋糕，高考一定能考好！"

乔蕊吃着蛋糕，翻了个白眼："你们最好是。"

钟文曦说："不过班长你也太好福气了吧？居然有肖让给你策划生日惊喜，还有这么漂亮的蛋糕，你们关系这么好吗？"

她这么一说，别的女生也露出类似的表情，看来大家嘴上不说，心里都有怀疑。

沈意正紧张，杨粤音自然地说道："当然了，这可是真正的同学情、同学爱！不过谁说是肖让策划的？明明是我和关越越策划的，他不过是个打下手兼付钱的。"

众人将信将疑，好在都没有再说什么。

沈意给杨粤音分了蛋糕，小声问："真的是你们告诉他的？"

"当然不是。"杨粤音说，"我也不知道他是怎么知道的，反正他找到我们俩的时候，就是直接讨论怎么给你过生日了，所以我才来探你的口风，谁知道你……"

谁知道她非但不想过，甚至都不想把这件事告诉他。

沈意默了一瞬："我……不想告诉他的原因，你们说了吗？"

杨粤音说："我没有说得特别明白，不知道他猜到没有……"

杨粤音和关越越忽然同时走开，沈意回头一看，果然是肖让过来了。

他的目光落在沈意手里的盘子上，那是她最开始切下来的一块蛋糕，恰好把顶端的巧克力女孩保存在中央。大家都以为那是她给自己的，沈意却把盘子递给了肖让。

肖让接过，微微一笑："喜欢我送你的生日礼物吗？"

"这就是生日礼物？"

肖让反问："不然你还想要别的？"

沈意咬唇，忽然一笑："肖让，谢谢你。"

"一个蛋糕而已，虽然是我亲自画图找人定做的，但也费不了多少事。不用客气。"

"我不是说这个。"她嗔他一眼，"你知道的。"

少女的心思那样敏感，自尊又自卑，因为觉得不能回馈同等价值的东西，就不想从别人那里得到太多。

对于这些，他都知道，都理解。

他给了她最好的包容。

肖让看着女生的眼睛，忽然抬手就在她鼻尖抹了一点奶油。沈意捂着鼻子，他说："这是惩罚，罚你居然想不告诉我。"

沈意理亏，只好乖乖认罚。

肖让这才说："你不喜欢的事，让你为难的事，我都不会做。但我也希望等到有一天，你觉得你可以了，会愿意接受我送给你的礼物，好吗？"

沈意点头："等我什么时候发横财了，我一定接受。"

肖让痛苦地说道："那我有的等了。"

沈意在他胸口轻轻打了一拳，换来男生夸张的痛呼，两人对视，同时笑出声。

同学们吃着蛋糕，嘻嘻哈哈，享受这本不该出现在高三的轻盈时光，而他们站在窗边，看着外面喁喁细语。

"你觉得我这图画得怎么样，这个女孩子像不像你？"

"还行吧，不是很像。"

"你要求很高啊，明明那么像。"

"哦。"

"不过你把这个娃娃分给我，什么意思？你想让我吃掉你……"

"肖让你闭嘴！"

"好好好，我不说了。寿星要平和，不要动怒。哎，你刚才许了什么愿？"

"不告诉你。"

"说说嘛，不要小气。"

"愿望说出来就不灵了。"

"迷信。"

"不迷信许什么愿……"

沈意嘴角含笑，没有把后面的话说出来。

她什么愿望都没有许。她没有心愿了。这已经是她能想象到的最好的18岁生日。

她只希望，这一天，这一个晚上，能永远留在她的记忆里。

舌尖上奶油的甜味，烛火里男生明亮的双眼，还有这一刻他悄悄攥住自己的掌心。

她永远不会忘记。

5月初，大家迎来了三模。

这是高考前最后一次全市统一大型模考，也是肖让参加的唯一一次模考，不只沈意，整个高三年级乃至全校都对他的成绩很关注。比起大家的紧张，肖让本人倒是很轻松："放心啦，我觉得我最近学到了很多，应该是大有进步，肯定能考好的！"

这段时间，他确实经历着比所有人都高压和忙碌的魔鬼式补课，这其实也是沈意不想再让他送自己回家的另一个原因，休息的时间已经很少了，不要浪费在这上面。

肖让信心满满，而考试结果出来，也确实没让人失望。359分，比上学期开学考试的237分整整上涨了100多分。

肖让一看到成绩就吹了声口哨："我怎么说的来着？鄙人可是很聪明的，之前只是没时间去学。距离目标还差91分，还剩一个月，完全不在话下！"

短短一个月的时间有这么大的进步，确实不是谁都能做到的，沈意问："你的目标不是400分吗？什么时候提高成450分了？"

肖让是艺术生，文化课只要达到一定分数就够了，他之前的口号一直是"飞跃400"，她都不知道他什么时候提高了目标。

"本来是400分，但我后来想了想，我毕竟是省状元罩着的人，还是得对自己有一点要求，不能丢了你的脸。"

男生说得一本正经，眼中的笑意却泄露了真实情绪。沈意瞪他一眼："能不能拿状元还不一定呢，这次我可输了。"

如果说七中还有什么事比肖让的三模成绩更引人注目，那就是上一次力压嘉南学神陈盏非，拿下全市第一的文科学霸沈意，这一次能不能再续辉煌。虽然七中师生都很想看到这一幕，但最终结果出来，沈意674分，比陈盏非低5分，位列全市第二。

大家纷纷感慨："大魔王毕竟是大魔王，果然还是要发下威的。"

同学都替沈意惋惜，不过她的心态很平和。要说陈盏非其实也挺倒霉的，一路制霸三年，结果临了，先是一模出车祸被周静书捡漏，这也就罢了，没想到二模又杀出个沈意，居然连续两次没保住第一名的宝座。沈意估计她这几个月一直憋着一股气，这一次要是还不发威奋起，简直愧对大魔王之名了。

但也是因为这个，她反倒觉得自己终于不畏惧陈盏非了。全力以赴后的复仇之战，也就比她多了5分，而自己这一个月并没有比之前更努力，还是按照既定的节奏走，甚至还抽空表了个白……

沈意托腮，第一次觉得自己和大魔王的差距好像也没有那么大。

"岂止没那么大，你现在也是大魔王好不好？"杨粤音说，"你跟陈盏非两个人一骑绝尘，甩了四中那个第三名十几分，我看贴吧里已经有人在下注了，赌你们俩最后谁能拿状元，你的支持率可不低呢！"

关越越说："还有人给你们组cp，让你们别斗了，结伴去北大算了。"

"那可不行。"肖让立刻说，"班长的cp只能有一个，陈盏非想从我这儿抢人？除非先把我打趴下。"

沈意用胳膊肘撞了肖让的胸口一下，让他别胡说八道，肖让扮了个鬼脸，有些话没有说出来。就像沈意考前替他担心，其实他也在替沈意担心，她的成绩没出现大的波动，他也终于松了口气，感觉可以和乔老师交代了。

乔蕊当初既然能看出他们在搞暧昧，现在自然也能看出他们已经打破暧昧，之前肖让策划沈意生日惊喜时她的反应就很微妙，不过她并没有说什么，最后甚至还参加了。这次考试成绩出来，肖让上厕所时在走廊和乔老师碰上，她看他两眼，意味深长拍了拍他的肩膀："别影响成绩。"

至于班上别的同学，宋航这一次还是年级第二、全市第五，他一贯的水准，周静书却让人意外了。很多同学都看出二模之后她重新开始发奋，似乎还不放弃北大，可不知道是不是因为已经得到保送资格就很难真的再去逼迫自己，周静书这一次并没有重回巅峰，甚至还在继续退步，落到了年级第七，这可是她从没到过的名次。

不过让沈意惊喜的是，关越越的成绩有了显著提升，已经超过二本线三十几分了。而且她发现她和宋航的关系不知怎么突然好了很多，好几次都看到她在向宋航请教问题，宋航也有耐心地跟她讲。只是别的科目还好，在数学这科上，由于宋航的思维太过跳跃，很难理解关越越这个学渣到底是哪里不懂，经常说着说着就耐心耗尽，往往以关越越大小姐脾气发作，跟他大吵一架告终。但吵完关越越也不记仇，下节课继续问，震惊了一旁围观的沈意和杨粤音。

"你怎么突然为了学习这么忍辱负重了？"杨粤音问。

关越越眨眨眼，掩饰住那一瞬的不自然："还能为什么？当然是为了高考。就剩一个月了，即使是不学无术如本人，也知道该努力了！"

也许真的是这样，之前沈意帮关越越辅导，就发现她虽然看起来也认真在学了，但其实根本没尽全力，现在的架势倒是拼命多了。无论如何，愿意努力总是件好事，沈意虔诚许愿，愿她这股不知哪儿来的冲劲能坚持得久一些。

通常来说，高考前一个月不会再有什么大事来分散大家的注意力了，但有一点例外。

5月中，高三年级举行了他们的成人礼。

这是七中惯例，每年这个时候都会为这一届的高三学子举行盛大的成人仪式。提前半个月，大家就开始期待，真到了那一天，沈意却开始紧张，不过是因为另一个原因。

杨粤音问道："采访一下，你现在什么心情？马上要见到肖让的妈妈了……"

是的，成人礼这天所有家长也会到学校，换言之，肖让的家长也会来，而她已经得到可靠消息（肖让本人透露），到时候到场的会是他的妈妈。

这算什么，提前见婆婆吗？

这个念头刚闪过脑海，沈意就告诉自己打住打住，她和肖让才不是……那种关系呢，什么婆婆！

不过她对肖让的妈妈确实挺好奇的。之前从新闻和肖让的口中都可以得知，她是肖让的第一个经纪人，他十几岁以前的工作业务都是她在打理。不过自从2014年底肖让和永辉签约后，就逐渐变成经纪人蒋文昌负责一切，他的各种活动报道里也不再出现她的身影。

杨粤音说："以我追星多年，纵横娱乐圈的经验，很少有童星的父母放权放得这么洒脱的，大多数都是小孩成年了还在管。就冲这点，我觉得他妈妈应该是个挺民主的人，应该不会说什么的。不要紧张。"

她这么一说，沈意顿时更紧张了，再次跟肖让求证："你妈妈……不知道我们两个的事吧？你没跟她说吧？"

"放心吧，我没说，跟文昌哥那边也特意打过招呼，不许他们告诉我妈。所以，她什么都不知道。"

沈意这才放下心来，却又立刻生出疑惑。她不敢让妈妈知道很好理解，高中女生有喜欢的人就没几个敢告诉家里的，可肖让为什么不敢说？他不是已经独立自主很多年了吗？团队都知道了，还专门瞒着父母，难道，他妈妈不像杨粤音想的那样，其实很强势很难缠？

怀着这样忐忑的心情，她出去接了妈妈，回到教室一看，别的同学的家长也到得差不多了。今年的环节和去年有一点不同，成人礼之前，各班先分别召开一个家长会，由班主任和各科老师简单介绍一下同学们的情况，再讲一讲最后冲刺阶段的一些注意事项，所以所有的家长都要先到教室集合。

肖让正在座位上，他旁边也站着一名中年女子，身穿天蓝色连衣裙，从背影看身段很窈窕，乌黑的长发披在脑后。她听到声音回头，一看到沈意就露出笑容："呀，你就是小让的同桌吧？"

沈意呆住，只见女人看上去只有三十出头的样子，白皙秀丽，眉眼和肖让有六分相似，却更柔和，因为眼睛大而清亮，隐隐透出一股少女般的天真。

这就是肖让的妈妈？确定不是姐姐吗！

沈意还没反应过来，肖让已经过来介绍，他站的位置很微妙，恰好插在沈意和妈妈之间，将两人隔开："妈，这是我班班长沈意。班长，这是我妈妈。"

沈意局促地说道："阿姨好……"

"你好，我知道你，学习特别好对吧？小让这孩子也真是的，跟你坐了同桌居然都不告诉我，我要不是今天来了都不知道！"

沈意瞥肖让一眼，乖巧微笑。

"啊，这位是沈意妈妈吧，初次见面，你好。"

楚慧笑着跟她握手："肖让妈妈好，没想到您这么年轻漂亮，难怪生出这么帅的儿子！"

"过奖了过奖了。男孩子长那么漂亮，成天唱唱跳跳有什么用？还是像沈意这样，聪明学习好最讨人喜欢了！"

两个妈妈互相客气寒暄，沈意和肖让被挤到了旁边，只能默默看着。但很快连看都不能看了，乔蕊进来说："还没出去的同学都出去啊，我们要开家长会了，去操场等着。"

两人只好出去，沈意见肖让不时回头，问："你在担心什么？"

肖让没回答，沈意又问："你……为什么连跟我坐同桌的事都没跟你妈妈讲啊？"

她是真好奇了，连这事都没说，肖让防他妈妈防得也太过了吧？可他妈妈看起来也不像是那种儿子和女生坐了同桌就要发飙的老古板啊。

肖让继续沉默，却发现女生眨巴着眼睛盯着他，他终于确定躲不过去了，只好说："我妈妈吧，别的都挺好，但她有个毛病。"

"什么？"

"她总喜欢操心我谈没谈恋爱……"

沈意一愣。肖让叹口气，非常苦恼的样子："我妈妈觉得，十几岁青春正好，就该是谈恋爱的时候，生怕我工作太忙忘了这茬，隔三岔五就提醒我。我和哪个女明星一起拍戏啦，和哪个漂亮妹妹拍杂志啦，她但凡知道，就忍不住要给我配对，所以我怕她知道我有女同桌了又会东想西想，不敢告诉她……"

沈意怎么也没想到肖让妈妈居然是这样的，想到肖让才十几岁就被妈妈催着恋爱，每天烦得要死还不敢发火的样子，忍不住笑出了声。

肖让见状扬眉："你还幸灾乐祸？你最好祈祷她别即兴发挥，否则到时候她兴奋之下，现场认你做儿媳妇都有可能，别怪我没提醒你。"

夏筠今天心情很好。

作为大明星的妈妈，虽然很多人都羡慕她生了一个好儿子，但夏筠本人是不太满意的。肖让是帅气又懂事，但问题就在于他太懂事了，小小年纪就自立赚钱，还赚得比她都多，当这种小孩的妈妈真的很无趣，很没有成就感。而就连这么一个无趣的儿子，她还不能常常见到，以前还能陪着他到处工作，自从他决定签公司后，她就把一切交给了经纪人，卸下一身重担的同时，也开始了一年到头连儿子的面都见不到几次的空巢老母亲生涯。夏筠惆怅之余，不禁质问老公："像话吗？别人家的小孩好歹大学毕业了才跑路呢，我这小孩才养几年啊，就飞出去打工赚钱不见人影了，你说这像话吗！"

所以，今天这个家长会，夏筠实在是期盼已久，终于又能体验一下当人妈妈的滋味了！

当然，这并不是肖让高中阶段的第一次开家长会，但之前他人都不在学校，试也没考，她来了也没意义，这次却不同，她儿子好好在学校上了一个月的学，她来得堂堂正正！

她不但来了，还发现了意外惊喜，肖让居然有了同桌！还是个女孩子！

想到这儿，她看向旁边的楚慧，对方正翻看发下来的成绩单。这对夏筠来说也是久违的东西，刚一拿到手她就乐滋滋地看了，肖让果不其然在最后一名，而第一名赫然就是他的同桌沈意。

"一头一尾，还挺压阵。"她小声嘀咕。

楚慧听到了，笑着说："肖让进步很大了，他毕竟又要忙着工作，又要上学，有现在的成绩已经很厉害了。"

"那也多亏了沈意的帮助，老师让他们坐同桌，肯定没少麻烦沈意。"

"应该的。您还不知道吧？我特别喜欢肖让，他演的戏每一部我都看了，尤其是《妈妈日记》。我以前还想呢，怎么会有这么可爱的小男孩，都恨自己没有儿子了！"

"儿子没什么好的，跟妈妈一点都不亲，还是生女儿好。您可不知道我多羡慕你们这些有女儿的，我一直就想要个女儿，可惜生了他。"

这是真心话，如果不是生孩子真的很痛，她早就再生一个了！

两人说着说着，夏筠忽然觉得这对话的感觉有点奇怪，却又想不出哪里奇怪，只好作罢。

又想到肖让刚才的表情，她摇摇头，看来是自己以前逼得太过了，才把孩子吓成这样。但这次他真的想多了，她并不认为他和班上的女同学会发生点什么，一起拍戏工作的小妹妹有可能，但女同学，她总感觉他们的生活圈子离得有点远，他应该不会喜欢吧？

况且人家学霸潜心学习，也不一定有工夫搭理他……

夏筠叹口气，一边感慨自己不知道什么时候才能等到儿子谈恋爱，一边随意在他桌肚里翻了翻，却发现桌肚一角放着个东西。

话梅糖？

她拿出来一看，果然是袋话梅糖，顿时挑高了眉毛。

肖让怎么会有这个？她虽然和他相处的时间不多，但也知道他是不爱吃这种酸酸甜甜的小零食的。

这看起来，更像是女孩子喜欢的……

她心头"咯噔"一下，生出个猜测。

不是吧？

"咦？"楚慧忽然出声。

"怎么了？"她立刻回头。

楚慧翻开一本书，发现里面夹着张纸条，她本来不打算偷看，然而目光已经先落到了上面的字。

是两个人的对话，至于为什么有话不好好说偏要传纸条，楚慧根据自己的经验判断多半是上课摸鱼。

"再给我一个话梅。"

"你不是不喜欢吃吗？还说我买错了，怎么现在又要了？"

"不要废话。"

"好，我给你糖，但作为交换，你晚上让我送你回家，好吗？"

"我说了，不要废话。"

……

一个字迹工整清秀，语气却霸道强势，一个字迹遒劲潇洒，说的话却小心温柔，仿佛能透过它们看到两人当时的表情。

是谁写的不言而喻。而会在课堂上传这样的纸条意味着什么，也不言而喻。

楚慧和夏筠看着纸条陷入沉默。好一会儿，楚慧才轻咳一声，尴尬地说道："那个，沈意这孩子被我宠坏了，脾气大了点，肖让受委屈了……"

夏筠忙说："不委屈不委屈，男孩子嘛，本来就要让着女孩子，都是他应该做的！"

"也不能这么说，都是小孩子，应该互相谦让、互相照顾，哪能让肖让一直被欺负呢？我回头一定说说她。"

"可别，我还嫌肖让做得不够呢。沈意不让送，他就真的不送了？不上道，怎么能让女生自己回家，我回头也要教训他……"

两人忽然顿住，夏筠猛地意识到之前的对话为什么觉得奇怪了，这怎么这么像亲家见面、客套寒暄？

四目相对，楚慧和夏筠再次尴尬，仓促移开目光，看向前方讲话的老师。

因为肖让的话，沈意一直忐忑不安的，终于肖让良心发现了，安慰道："好啦，跟你开玩笑的，我们不说，她怎么可能发现得了？"

沈意说："你这么有把握？万一呢？"

"没有万一。一会儿她们开完会下来，咱们俩注意一点，别太亲密，混过去就完事了。"

他这么说，沈意立刻往后一退："那你离我远点，我也不想被别人看到。"

他们正在操场上，周围都是高三年级的学生，家长会结束后就要在这里举行成人礼。今天是个好天气，阳光明媚，万里无云，想到即将到来的典礼，大家都有些兴奋，三五成群叽叽喳喳，又因为肖让在这儿，一直有其他班的女生在偷偷拍照，和他挨得太近是挺危险。

肖让没想到搬起石头砸了自己的脚，正懊恼，张立峰已经凑过来了："咱们学校的成人礼真没意思，都不许换衣服打扮一下，比起来，四中可有趣多了。"

每个学校规矩都不同，嘉州四中成人礼那天，学生可以按班级自由选择班服，沈意看过照片，他们确实玩得很起劲，有打扮成民国学生的，也有女生穿小礼服、男生穿西装的，更隆重一点的还有穿汉服的。但七中不行，廖主任提前下令了，你们平时可以不穿校服，但这一天所有人都必须给我规规矩矩穿着校服。大家自嘲这是在跟学校表决心呢，生是七中的人，死是七中的死人！

"你确定你换了衣服就能变帅吗？"杨粤音说，"不一定啊，你没看到四中那些穿西服的男生，简直是集体卖保险，土死了，你想加入？不过女生倒是都挺好看的。"

张立峰气个半死，沈意却忽然想起来，同龄的男生她只看过肖让穿西服，他穿西服的样子……真的是很帅啊！

四目相对，肖让发现沈意忽然有点害羞地瞄了他一眼，就立刻不好意思地躲开了。他愣了一下，不明白自己是做了什么。

正在此时，教学楼那边忽然传来动静，家长会结束，大人们都出来了。

沈意顿时紧张，肖让拍拍她的胳膊，示意她放松。他在人群里远远看到妈妈，打量了一下觉得应该没事，带着沈意成竹在胸地走过去："妈……"

话还没说完，妈妈就一巴掌把他拍到一边去了。肖让错愕地回头，只见他的母亲大人已经抓住了沈意的手，含笑道："小意啊，刚才太匆忙了，阿姨都没仔细看你。快让我瞧瞧，没想到你不仅学习好，长得也很漂亮呢！"

沈意被这如火热情弄傻眼了，手足无措，只能任由她握着。肖让说："妈你干吗？"

夏筠没理他，继续说："初次见面，也没给你带礼物，你可千万别生气。这样，下一次让小让带你到家里来玩，阿姨一定补上！"

肖让终于觉出不对了，小心翼翼问："那个，妈妈，你这是什么意思？"

她知道了？不会吧！

可如果不是，她这个反应……

夏筠回头对上儿子紧张的目光，想了想，若无其事地一笑："没什么意思啊，你难得有个同桌，我邀请她去家里做做客，不可以吗？你想到哪儿去了？"

"我……"

"别我我我的了，来，吃糖。"

她说着扔了个东西过去，肖让手忙脚乱接住，才发现是一颗话梅糖。还没回过神，他妈妈已经撕开一颗放到嘴里："我在你抽屉里发现的，你什么时候喜欢吃这种零食了？嗯，是挺好吃的。"

肖让这才认出这是自己买给沈意的糖，心又是一跳，可看妈妈的神色，好像真的并没有看出什么，刚才都是自己想多了。

他的表情变换不定，落到妈妈眼中，她一阵暗爽。

该！

叫你敢对妈妈藏秘密，现在活该被我耍！

不过她对肖让也是刮目相看。家长会的时间，足够她从他偷偷摸摸追女孩子的冲击中缓过来。

又想起上个月他闹出的那个电影院绯闻，里面就有沈意吧？她当时看到后一度激动，结果肖让咬死了是普通同学聚会，媒体乱写的，她也就信了，还暗自寻思儿子傻乎乎的，不知道什么时候才能开窍。

没想到啊没想到，儿子早开窍了，没开窍的是她。

但知道归知道，她和楚慧商量了一下，还是决定不挑破。小孩子脸皮薄，她怕说破了他们不自在，反而影响他们的感情。

夏筠想到这里都要被自己感动了，怎么会有她这么通情达理、深明大义的妈妈！

沈意一直提着一颗心，见状终于放下来一点，她看妈妈站在旁边，走过去牵住她的手："妈妈。"

楚慧回过神，应了一声，沈意这才发现她一直在看肖让，问："你怎么了？"

"没怎么，只是……"

对沈意和肖让的事，她虽然也惊讶，但沈意一向懂事早熟，她早就习惯了信任她做的决定，所以接受得很快。换了别的妈妈，可能还要惆怅一下，此时她整个人都被另一种更大的情绪冲击着。

她牵着沈意，目光却落在对面男生身上，喃喃道："我当年看《妈妈日记》的时候，可没想到有今天。"

很快，所有家长都到齐了，成人礼也正式开始。

塑胶操场上站着整个高三年级的学生，都穿着蓝白相间的校服，因为洗得簇新雪白，微风拂过，像海面的波浪。家长陪在孩子身边，看着张灯结彩的主席台，先是校长讲话，然后是优秀学生代表发言。按惯例，每年的学生代表会从文理科各选一人。理科班的代表是1班的学霸周铭，宋航还在1班的时候，他一直被宋航压在下面，不过自从宋航去了文科班，他就一骑绝尘了，非常风光。而文科班代表当然是沈意了。

肖让看着沈意在上千名学生的注视下走上主席台，从廖主任手中接过话筒，站到发言台前。那台上摆放着鲜花，象征生命的向日葵热烈明亮，而她站在后面，身穿校服，胸前是鲜红的徽章，那是为了成人礼特意发放的，烫金的字体华丽典雅，昭告着他们正式长大成人。

沈意面含微笑，声音清亮："尊敬的老师、家长，亲爱的同学们，很荣幸作为今天的学生代表发言……"

夏筠一手搂着肖让，看着台上自信从容的沈意，满脸止不住的赞赏："看看，这才是妈妈想要的乖女儿，你说你怎么不能努努力也上去发个言呢？让妈妈也出下风头。"

"你想看啊？学校问过我想不想发言，我拒绝了。你早说我就答应了。"

"那还是拒绝吧，就你那成绩，上去说啥啊？还是把舞台留给真正的学霸吧。"

肖让没理妈妈的嫌弃，也目不转睛看着沈意。这还是他第一次看到她在这样多人的场合讲话，她看起来一点都不胆怯，双眼发亮、神采飞扬，这样的她有种不同于平时的魅力。还有胸前的徽章，那还是他给她戴上的，就在教室里，当时她还不好意思，被他强行按住，戴完后他又要求她给自己也戴上。

女生垂下眼睫，假装专注地看着他胸口，手指细腻白皙，小心翼翼地把徽章别上校服，可不时轻咬嘴唇的牙齿和微颤的睫毛，还是泄露了她的情绪……

主席台上，沈意说："十年寒窗磨一剑，今朝出鞘试锋芒。在这里，我预祝同学们都能蟾宫折桂、不负青春！"

学生代表发言结束后，就到了成人礼最具有仪式感的一个环节，过成人门。

大红色的充气拱门像一道飞桥，下面铺着红地毯，悠扬的音乐声中，学生们挽着家长的手，排成队列依次穿过拱门。但这只是第一遍，正式走过去后，几乎所有人都会再走一次，而这次，整个高三年级的老师分别站在拱门左右两侧，学生冲过去后抬起双手，和老师们依次击掌，欢呼大笑！

"我们成人啦！"

沈意击得太用力，手都红了，不过没人在乎这些，因为大家已经又开始拍照了！

"快，妈妈帮我们拍一张！快点快点！"

后面没有别的环节了，同学们都拉着各自的家长合影留念，也有去跟老师拍的，当然更多的还是好朋友们合照。虽然不许换衣服，但毕竟是特殊的日子，很多女生都悄悄化了妆，在美颜相机里自我感觉良好，越拍越起劲。

沈意看了肖让一眼，她也想和他合影，但她还记得他之前的叮嘱，不可以太亲密，以免被妈妈们看出来，所以绞着手指迟迟不敢过去。

她还在犹豫，那边却已经有人捷足先登了，一个女生忽然跑到肖让面前，微红着脸说："肖让你好，我是9班的谭媛媛，也是你的粉丝，可以跟你自拍一张吗？"

肖让有点意外，但还是笑着说："好啊。"

谭媛媛举起自拍杆，两人对着手机露出笑容，"咔嚓"一声，谭媛媛又是兴奋又是开心地说："谢谢你！我会一直留着这张照片的！"

肖让本就是今天的关注中心，女生们都想跟他拍照，只是鼓不起勇气。谭媛媛开了个头，大家立刻有样学样，纷纷拥了过来，沈意眼睁睁看着他被一大群女生围住，仿佛吉祥物般依次跟人合影留念。

如果光这样也就算了，可没想到又一个女生过去后，居然还提出了新的要求："那个，你可以……搂一下我的肩膀吗？"

肖让一愣，下意识看向不远处的沈意，不知道想到了什么，他微微一笑："好啊。"抬手搭在了她肩上。

女生们发出羡慕的呼声，而这一张拍完后，肖让对紧跟着过来的女孩说："真不好意思，我得过去了，我们班也有人想跟我拍照呢。"

他丢下失落的女孩，却没去沈意那边，而是对旁边的杨粤音说："要跟我拍照吗？"

杨粤音一愣："啊？"

"拍不拍？"

"拍。"

肖让这一次抬起手，揽住了杨粤音的肩，对举着个单反的关越越说："麻烦你了。"

天降重任于关越越，她连忙蹲地对准，给他们连拍三张，然后兴奋地说："我也要拍，我也要拍！音音你来给我们拍！"

于是肖让揽着关越越也拍了照片，做完这一切后，才走到沈意旁边，说："班长大人要不要也跟我拍一张呢？"

沈意瞄他一眼，没作声。

肖让嘴角一扬，抬手就搂住了她。他的姿势看似和搂别的女生差不多，但因为沈意是站在他前面的，他从后面揽过去，就有点半搂半抱的感觉，手臂横在她胸前，沈意感觉自己整个人都陷进了他的怀里。

她吓了一跳，肖让却说："抱了那么多人，终于可以光明正大地抱你了。"

沈意一顿："也是，你抱了那么多人，没人会多想。"

"你生气了？"肖让问。

她生气了吗？他说抱别人都是为了抱她，这话听起来倒是挺好听的，但她的心情还是很微妙。他当着她的面搂了别的女孩子，对杨粤音和关越越，她不跟他计较，但第一个女孩子不行。

今天这样重要的日子，他抱的第一个人居然不是她……

女生抿嘴气鼓鼓的，就是不肯说话，肖让终于笑了："笨蛋，你不知道我们男明星一定要会的就是绅士手吗？我根本没碰到她们！"

沈意讶然回头，肖让悠悠道："我可不是谁都能抱的，我只抱我想抱的人……"

在女生的面红耳赤里，肖让说："妈，帮我们拍一张好吗？"

夏筠今天也带了单反，早就举起来准备好了。沈意本来还担心她会对他们的姿势有什么反应，谁知她神色如常，笑眯眯地说："好的，看我，茄——子——"

"咔嚓"。

蓝天，操场，身穿校服的男孩从后面环着女孩。

这一幕被永远留了下来。

不到一个小时，肖让参加成人礼的照片就传遍网络。

其实早在仪式开始前，就陆续有路透传上网，闻讯而来的粉丝自不必说，全挤在栏杆外动用各种高科技设备远程偷拍，同年级的同学也拍了照片发上微博，配合兴奋尖叫："啊啊啊，又看到肖让了！还有他的妈妈，好年轻好漂亮啊！呜呜呜，我居然和他一起成年，老天对我太好了！"

虽然那些照片大多比较模糊，角度也一般，要么是肖让在侧身和旁边的人说话，要么是他低头站在队伍里，但依旧无损人民群众的热情，被转发得铺天盖地。肖让没有拍过校园剧，所以大家也没怎么见过他穿校服的样子，如今看到他套在那个全中国青少年人人喊打的衣服里，却依旧帅得惨绝人寰、出类拔萃，和周围人的画风形成鲜明对比，不由得惨叫："我受不了了！帅哥怎么还不去拍青春剧！我要看你和漂亮妹妹谈校园恋爱！"

"还用拍吗？这就是一出真人青春剧！我太嫉妒他的同学了，你们看到那张大合影了吗？"

所谓大合影指的是今天最清晰、传播也最广的一张照片，肖让和同学们的合照，他站在最中间，身边都是和他一样身穿校服的男生女生，大家朝镜头露出灿烂的笑容。看起来他和同学们关系非常好，有男生从后面勾住他的脖子，旁边则站了几个女孩，眼睛毒一点的粉丝立刻认出来了，其中就有上次跟他一起在电影院被偷拍的人！

联想起他还会和同学一起去看电影，大家不禁发出了来自灵魂的提问："我真的想知道，和肖让当同学是一种什么感受？"

杨粤音在教室里刷到这条微博，乐了半天，转头对沈意说："同学算什么，应该邀请你去回答一下，和肖让当同桌是什么感受？"

别的同学纷纷附和。仪式已经结束，大家都在兴致勃勃刷着微博，生平第一次看到自己出现在热搜，这感觉实在新鲜，甚至连男生都在点评自己拍得怎么样，帅不帅。

杨粤音挤眉弄眼，充满暗示，搞得沈意心头一紧，怕被人看出什么，瞪她一眼后低头做题没有回答。

成人礼这天的热闹还是带来了一些麻烦。

还是那些眼睛比较毒的粉丝，因为认出了站在肖让身边的沈意、杨粤音和关越越，联系之前电影院的事，又开始传肖让和女同学的绯闻。好在这一次附和的人并不多，没有闹出太大水花，却给沈意提了醒。

她和肖让的相处，真的没有同学看出来吗？如果有人发现了什么，跑去网上爆料，那该怎么办？

杨粤音说："我觉得应该不至于，你们平时也算小心了，大家就算有怀疑，也只是怀疑，没有证据。而且我们高一时就被叮嘱过，不要乱发肖让的东西到网上，同学们也是有素质的。"

这倒是，高一肖让刚入学，各班老师就说过不要乱传肖让的消息给外人，大家既然是同学，就要有同学的友爱和义气。当然，这个规定后来因为肖让压根不怎么来学校而渐渐无人提起，不过也已经刻到同学们的脑子里，除开校庆和成人礼这种特殊场合，平时还真没什么人瞎发他的偷拍照到网上。

沈意的心刚随着这话安定下来，杨粤音就话锋一转："但别人不会，不代表有一个人不会。我觉得，如果有人会跑到网上瞎爆你和肖让的料，那一定就是她！"

沈意一愣，顺着她的目光望去，看到了正在座位上做题的陈瑶瑶。

沈意对陈瑶瑶的感觉一直挺复杂。因为肖让她们大吵过一架，后来她们就很少打交道，中间她要去北京那次，她跑来主动拜托自己给她带东西，当时她还以为她想缓和关系，现在想来，根本就是不安好心。

她确实像是会做出这种事的人，而以她的敏感，还有对自己和肖让的关注，全班最有可能看出问题的就是她。就算没看出来，被网上那些说肖让在和女同学谈恋爱的消息一刺激，她一怒之下跑上去报复性爆料也完全有可能。

沈意越想越头痛，嘴长在陈瑶瑶身上，自己就算知道这个，又能怎么阻止她呢？

也许真的是高考逼近了，这段时间除了关越越，陈瑶瑶复习也很用功，每天除了做题就是做题，还经常拿着卷子去办公室请教老师。沈意选了一个她又去办公室的时间等在外面，陈瑶瑶出来后看到她微微一愣，沈意有点紧张地挥了挥手："呃，那个，你来问题啊。"

"不然呢？"陈瑶瑶反问。

她看起来很不耐烦，眉头紧皱，却没有扭头就回教室，而是走到沈意旁边："找我有事？"

沈意让自己露出个友好的笑："也不是什么重要的事，就是看到你最近很用功，想说下次如果有不懂的题，老师又没空的话，我也可以给你讲。"

陈瑶瑶嘴一扬，嘲讽道："专程来说这个？班长这么好心吗？"

"同学本来就该互相帮助嘛，就像我和肖让，乔老师安排我们坐同桌就是让我帮助他，我帮他跟帮你是一样的。"

沈意想来想去，也只有在陈瑶瑶爆料前，先到她面前表一下清白这招，虽然这样有点此地无银三百两的嫌疑，但她实在想不出更好的办法了！

她说完忐忑地看着陈瑶瑶，女生面无表情，也不知是信了还是没信。沈意正想再接再厉再说几句，却被对方不耐烦地打断："行了，别装了。"

沈意一噎，所有话都断在喉咙里。

陈瑶瑶脸上满是了然，就像沈意担心的那样，她全都看出来了。

她看着沈意，像是很不解："你有什么好的，他为什么喜欢你？你不就是会学习吗，学习是很难，但你以为我长这么漂亮就很容易吗？"

沈意下意识想否认，又觉得根本没意义，半晌才说："不是你想的那样。"

"那是什么样？"

"总之，我希望你不要把这件事告诉别人，尤其，不要发到网上。"

陈瑶瑶冷冷一笑："沈意，你现在是不是觉得自己是偶像剧女主角，我这样的就是恶毒女配角啊？少做梦了，我才不要做你的恶毒女配角！"

沈意听出她的言外之意，眼睫一颤，陈瑶瑶已经扭头看向对面的教学楼，有几个高一年级的学生正在走廊打闹："把你的心放到肚子里。我不关心你怎么样，但我不想因为你，害肖让被粉丝骂……"

她的语气强势而生硬，紧抿的嘴角却泄露了一丝情绪，脆弱的情绪。沈意忽然想起来肖让被爆出丑闻那次，全班除了她们三个，就属陈瑶瑶反应最大。

她是那样坚定地相信他，为他着急，为他难过。

她应该，真的很喜欢肖让吧。

陈瑶瑶说完扭头就走，沈意却叫住她，深吸口气，诚恳地说道："对不起，是我太想当然了。我误会你了。但我说的是真心的，如果你愿意，随时可以来找我讨论题目。"

陈瑶瑶背对着她没有回头，片刻后开口，声音还是冷冷的，带着一如既往的傲慢："我考虑一下。"

这件事给了沈意很大的教训，凡事不应该这么阴暗，也不该用最大的恶意去揣度别人，我们作为新时代的中学生，还是应该积极阳光一点！

她这么说的时候，肖让奇怪地说道："你怎么突然有这么深刻的领悟？"

沈意说："你还问？都怪你。"

"我怎么了？"肖让莫名其妙。

沈意看着这个害她和同学屡次发生争吵的罪魁祸首，很想掐住他的脖子怒骂一顿解气，然而男生睁着一双乌黑的大眼睛，又单纯又无辜地看着她，半晌，沈意终于落败，一手捂住了脸。

算了，她理解陈瑶瑶了，看着这么一张脸，她也舍不得他被骂啊！

Chapter 14

　　自从杨粤音上次说因为沈意，她看不下去肖让和柯星凡的同人文后，确实安静了很久，可是这几天沈意忽然发现，她居然又开始看了！

　　面对沈意的质问，杨粤音理直气壮："没办法，复习压力实在太大，我发现还是这个办法最能舒缓身心、放松情绪。要么怎么说最爽爽不过搞真人cp呢！所以，我决定在心中把你无视掉。"

　　见两个好友一脸无语，杨粤音不服气地说道："小意这样就算了，关越越你哪儿来的底气看不起我？你以为你好得到哪儿去吗？每天看肖让和贾丽儿的视频，我看你疯得比我更厉害！"

　　关越越最近确实很爱在复习累了时，上B站（哔哩哔哩）看各种剪辑视频，如今的"剪刀手"（视频创作者）都非常厉害，明明没合作过的两个人也能被他们剪得浑然天成，宛如原片。然而和那些俊男美女以及俊男美男的搭配比起来，关越越反而喜欢看肖让的各种"邪教cp"，其中就包括当代著名相声演员贾丽儿女士！

　　作为体形微胖、长相喜气的女谐星，贾丽儿这几年在网上非常红，深受各家剪刀手喜爱，几乎每一个明星都和她有过cp视频。一开始是为了搞笑，因为两边画风不是很搭，后来逐渐成为风尚，也出现了认认真真走剧情路线的，微博被转万次的多不胜数。大家甚至调侃，无论男女，只有和贾丽儿拉过cp，才说明他真的红了！

肖让和她的视频就是正经剧情，关越越拿给沈意看过，两人当时都呆了，这是什么三生三世、凄婉动人的爱情故事！就用肖让几部古装配角的素材和贾丽儿唯一一部古装喜剧的素材，竟然剪出了这么一个神鬼莫辨的东西，最后当肖让死在女主角面前时，沈意不可置信地瞪大了眼睛。

居然还是个悲剧？

和关越越的爱好比起来，杨粤音看看同人文好像也不算什么了，杨粤音扬眉吐气："而且也不是我想回坑，是最近桂花煮酒大大又开了一个新坑，实在是太过于精彩，我每天睡前准时拜读。可以这么说，我一天唯一的快乐就是大大给的！"

沈意还记得桂花煮酒，杨粤音最喜欢的同人文作者，可以一人撑起一个cp，她好奇地问："她又写了什么？"

"我跟你说，她这篇一点都不狗血，校园日常写得特别细腻自然。而且她这篇中的肖让，怎么说，总让我觉得很熟悉……"

"熟悉？"

"对，她写的那个肖让，实在是太像现实中的肖让了。你懂我的意思吗？如果不是知道不可能，我都要怀疑作者知道肖让上学是什么样子了！"

沈意接过手机，粗略看了几段，立刻就被其中描写肖让中午趴在桌上睡觉的一幕惊住了。没错没错，肖让睡觉是喜欢把校服外套拉上来罩住头，因为嫌光线太亮，这也太写实了吧！

是巧合吗？

关越越说："会不会是外面的粉丝啊？她们隔三岔五就来那儿守着，还老拍他，应该很熟悉他。"

"那也不会知道他在学校里是什么样子啊。"杨粤音说着忽然脸色一变，"除非……"

"除非，她们有人混进来了。"沈意接口，"有粉丝混进了学校，还在偷偷监视肖让！"

关越越觉得，她们是不是想多了，七中安保那么严格，怎么会有粉丝能混进来？

杨粤音立刻说："不要小看现在的粉丝，她们什么地方混不进去？有警察守着的会场都能闯，我们学校的保安说到底才几个啊。"

没错，连肖让都可以翻墙进学校，难保粉丝不会也想出这招！

沈意越想越紧张，粉丝在暗中偷看肖让是一方面，她更担心的是，如果真有粉丝混进来，会不会也发现了她和肖让……

人真的不能做坏事，刚操心完陈瑶瑶，马上又要操心新的问题，她这十八年的人生从来没这么做贼心虚过！

她忐忑不安过了好几天，并没有听说校外人员私自闯校被保安擒获的消息，也没人在网上散播肖让的新八卦，她松了口气，开始想也许真的是她们想多了，没有"站姐"，也没有混进来的私生饭，一切都是巧合。

杨粤音叹口气："我们要是能知道桂花煮酒大大是谁就好了，可惜大大太高冷，我勾搭了她好多次，大大一次都没回过我。"

被这么一闹，沈意也很好奇这个桂花煮酒是谁了，但她觉得，除非发生什么意外，否则她恐怕是永远不会知道答案了。

沈意没想到意外来得这么快。

晚自习前的读书时间，在教室里坐烦了的同学都跑到阳台上站着背书，沈意也在其中，琅琅书声里，她忽然听到杨粤音的惊呼。

沈意诧异地回头，却见杨粤音瞪大了眼睛，指着旁边一个女生说："你你你……"

沈意认出那是同班同学钟文曦，奇怪地问："她怎么了？"

杨粤音失声道："桂桂桂花煮酒？你是桂花煮酒？"

沈意、关越越目瞪口呆，而那边钟文曦已经一把捂住杨粤音的嘴，在旁人察觉不对前，强行把她拖到了阳台角落。

沈意和关越越忙跟过去。沈意问："你在说什么啊，谁是桂花煮酒？"

杨粤音挣脱束缚，急道："她啊！我刚不小心看到她的微博页面，是桂花煮酒！我关注了的！"

何止关注，桂花煮酒的作品会在微博和lofter上同步更新，而杨粤音最近已经没空上lofter了，所以每晚睡前都会去她的微博打卡，风雨无阻。

杨粤音对那个页面实在是熟悉得不能再熟悉，本以为是遥远的、不可触及的大大，可就在刚刚，她居然无意间在同学的手机上看到她的微博主页。

四个字的ID，红V认证，最关键的是后台！是登录者后台！

三人呆呆地看着钟文曦。

女生身材微胖，戴一副黑框眼镜，长相一般，成绩一般，也没有担任任何班委职务，这就是班级里最没有存在感、最容易被忽略的那种人，既不像尖子生总是被同学关注，也不像差生成天气得老师头疼，不上不下、不好不坏。就连沈意身为班长，对她都没有特别深刻的印象。

但现在你告诉她，就这么一位不起眼的女同学，背地里居然是网上几十万粉丝的同人写手大大？

这是什么扫地僧剧情，真人不露相啊！

钟文曦见藏不住了，索性说："你们知道我啊？那给点面子，别告诉别人啊。"

杨粤音还在惊诧中："真的是你啊？"

"是我是我。在学校呢，咱们低调一点。"

钟文曦说话的样子和平时的沉默寡言截然不同，仿佛第二个人格苏醒了，所以，她真的是桂花煮酒？沈意知道学校里有肖让的很多粉丝，但没想到除了杨粤音以外，还有这么疯狂的"星月粉"。

难怪她知道肖让在学校里的事，合着天天盯着肖让就地取材呢！

关越越从震惊中醒来，对杨粤音说："你反省一下，为什么同样是混圈，人家就能成大大，你就成不了？是不是你不行？"

这问题太直击灵魂，杨粤音沉默了。

不过沈意觉得话不能这么说，钟文曦这种，一般人谁比得了？高三这么忙，居然还有空写文章，她这几天也去看了那篇，发现每晚都会至少更新一千字，真的是兢兢业业、勤勤恳恳。

她不红谁红！

钟文曦还是第一次在现实中被认出来，只恨自己刚才怎么没忍住在学校玩起了微博，见她们转移目光了，立刻想溜，却被杨粤音一把抓住。

沈意吓一跳，以为她受刺激过度呢，谁知杨粤音看着钟文曦，泫然欲泣道："大大！看在同学一场的分儿上，你快告诉我肖让和柯星凡到底什么时候互相表白啊？我看得急死了！"

沈意、关越越完全无语了。

接下来就是一场别开生面的小透明纠缠大大的大赛，面对杨粤音的无理要求，钟文曦誓死不从："我不剧透！你不要逼我，这是原则！"

"就透一点嘛，咱们什么关系啊，大大！"

"同学关系！不是很熟，谢谢！"

"大大你太无情了！大大你有大纲吗？给我看看大纲也行啊，大大！我请你喝喜茶，大大！"

沈意和关越越都看傻了，没想到杨粤音还有这一面，就在两人几乎要打起来时，钟文曦忽然手一松，手机直直朝前飞去，被一个人接了个正着。

"你们干吗呢？"肖让皱眉问。

大家看着他手上的手机，沉默。

肖让问钟文曦："你的？"

钟文曦僵硬地点头。

肖让正准备把手机还给她，却忽然看到还亮着的屏幕上，有一个熟悉的名字。

"咦？"

这一声让所有人的心瞬间揪起，然而来不及了，肖让已经低头看了起来。

钟文曦一把揪住胸口，觉得自己无法呼吸了。

她比谁都清楚，手机停留的页面是她的微博，而微博置顶就是她正在更新的大作，肖让一眼就能看到！

作为一个有道德的cp粉，钟文曦一点都没有大作被肖让阅读了的荣幸，而是羞愤欲死。

一旁沈意也有点担心，她没有告诉肖让自己之前的猜测，就是不知道怎么跟他解释她们是怎么怀疑到这个的，难道告诉他杨粤音一直在看他和柯星凡的cp文吗？虽然肖让早就知道有这个cp，还拖着柯星凡给她表演过，但被真的写成作品的感觉还是不一样，她光是想象了一下让肖让看到这种东西的样子，就觉得对他过于残忍，这才作罢。

可没想到她那么小心，他还是看到了！

钟文曦终于受不了了，扑过去想抢回手机，却被肖让一只手挡住："哎哎哎，别动，我还没看完。"

你还要看完？

于是，四个女生眼睁睁看着肖让当着她们的面，阅读自己和另一个男明星的同人文，近乎死亡的三分钟后，男生面无表情地抬起了头。

四个人同时屏住呼吸。

他的目光依次从沈意、杨粤音、关越越身上滑过，最后停留在钟文曦身上："你写的？"

"是。"

肖让点点头，让人难辨喜怒。

钟文曦最怕他这样，一鞠躬就想道歉，却听到肖让"扑哧"一笑，说："文笔不错。"

她愕然抬头，发现男生唇角微扬、神态轻松，仿佛刚才只是故意吓她们。

肖让说："没想到我同学里还有一个大作者，失敬失敬。"

沈意很意外："你……不生气啊？"

"为什么要生气？"肖让反问，"你以为我当艺人这么多年，第一次看到这种东西？"

没想到他这么见过世面！沈意震惊了。

"不过，真要说的话，我确实也有一点意见。"肖让说。

大家再次紧张。

肖让看着钟文曦，非常认真地说道："你可以写，但请记住，无论剧情怎么发展，我必须是强势的那一个。"

直到晚自习开始，沈意还没从被肖让震住的情绪中缓过来："您真看得开，都被写成小说了，还纠结这些呢。"

"你不懂，这是原则问题。"

沈意懒得理他，肖让却凑过来说："不过，你怎么也看这种东西啊？我不知道原来你还有这个爱好……"

"胡说什么呢，是杨粤音看，我才不看！"

肖让点头："也是，你要看也不是看我和柯星凡的爱情故事啊，得看我和你的……唉，怎么没人给我们写呢？"

要是有人给他们写，那才大事不好了好吗！

把女孩逗得面红耳赤，肖让这才满意地收回目光。手机忽然振了下，他扫了一眼，顿时扬了扬眉。

"谁啊？"沈意问。

"文昌哥。"肖让的表情有些迷惑，"他让我方便的话给他回个电话，有急事要说。"

自从肖让回来上课，为了让他专心备考，团队就很少打扰他。蒋文昌突然发来这种消息，是发生了什么大事吗？

见老师还没来，肖让也不管还在教室了，直接就打了过去。沈意紧张地看着他，也不知那边说了什么，只见男生的表情越来越严肃，轻声回道："嗯。好，我知道了。放心吧，我会的。嗯。"

挂了电话，沈意立刻问："怎么了，怎么了？出什么事了？"

肖让缓缓地说道："文昌哥说，《长生》要播了。"

沈意怎么也没想到是这个，愣了愣："就这个？"

"《长生》本来计划不是现在播的，定的是第三季度，我们甚至怀疑过会拖到年底，毕竟今年剧都不好上，压了很多。"

他这么一说，沈意也奇怪了。也是，《长生》2月份才杀青，到现在才不到四个月，确实快了点。

沈意说："不过能播总是好事，具体什么时候啊？"

一般电视剧都有一周到半个月的宣传期，提前预热，到时候他们高考也结束了吧，正好可以追剧。

肖让说："明天。"

是的，明天。

这个突如其来的消息不只打蒙了沈意、肖让，也打得肖让粉丝和一众路人措手不及。就像肖让说的，今年因为各种事情，很多原定要播的剧都被压了，就在各家粉丝都在哀号自己偶像的戏压了半年一年都上不了时，肖让几个月前拍的剧居然悄无声息就要播了！还是卫视上星！

一时间全网羡慕，各家粉丝甚至跑去转发肖让的微博，集体许起了愿："转发这个肖让，你哥哥的戏也能空降定档！"

不过别人羡慕归羡慕，作为当事人的粉丝，小月亮们却没几个高兴的。

"之前原定要播的那部剧男主角吸毒被抓了，临上线不能播，所以电视台把《长生》拿来救急。这算什么？拿我们当填档炮灰吗！"

"我真的气哭了，今晚定档，明天就播，一点准备时间都没有，弟弟辛辛苦苦拍的第一部男主戏，居然被这么草率地对待！"

"而且这个档期也太差了吧，5月底6月初，学生党都没放假，我理想中的档期是暑假啊！"

"首播数据很重要的，这么一搞，本来计划的宣传活动完全来不及做了！说到底，还是电视台不看好《长生》，否则有那么多的剧，为什么偏偏要让我们的剧当炮灰？"

诸如此类的言论在粉丝圈层出不穷，肖让的粉丝对他的第一部男主戏本来就非常看重，当初还没定下的时候就曾给工作室上书建议，从题材、班底、合作演员各个角度分析，希望弟弟选择怎样的作品。武侠不是大家的首选，毕竟这些年武侠实在太冷，官方宣布的时候也不是没有怨言，只是都被大家强行忍下去了。如今横生这么一个枝节，隐忍的怨气重新爆发，比第一次更加汹涌，等到某些粉丝发现想要控制时，已经流传出去了。

一时间，连路人都在议论，说肖让的粉丝不看好这部戏，又是死亡档期、临时提档，弟弟这次前途堪忧，搞不好要扑啊！

教室里，沈意放下手机，问："肖让呢？"

"刚去找老师了，谈请假的事吧。还没回来吗？"后排的同学说。

沈意想了想，起身出了教室，然而不等她走到老师办公室，就在走廊尽头的阳台看到了肖让。

他靠在栏杆上，背对着她，似乎正在欣赏远处的风景。微风吹动校服的下摆，隐约能看到男孩窄瘦的腰部轮廓，竟显出几分单薄。

沈意盯着他的背影看了会儿，走到了旁边，肖让瞥见是她，也没说话。两人沉默地望着前方，许久，沈意才问："你什么时候走？"

"下午放学。今晚9点的航班，开播仪式是来不及办了，不过接下来我会参加一些宣传活动，录几个综艺吧。"

身为主演，当然要承担起剧集最主要的宣传工作，奈何肖让如今正在冲刺高考，时间实在有限。不过完全不去也是不可能的，他最后还是请了几天的假，打算出席一些比较重要的通告。

肖让的语气很平淡，好像对接下来的事一点都不期待，可沈意明明记得，当初他在拍这部戏的时候，是那样快乐和期待。

喉咙有点干，她咳嗽一声，问："我看网上说，因为临时提档，所以有一部分特效没做完？"

这也是粉丝愤怒的另一个原因，匆忙上档已经影响到成片质量了，大家受不了偶像的心血被这样糟蹋。

"倒也没那么严重，大部分都做完了，但确实有一些还没做。现在也只能这样了。"

他越云淡风轻，沈意的心就揪得越紧，终于忍不住说："其实，你也不用太担心。"

肖让看向她。

沈意说："既然你当初选择《长生》，肯定是因为这个剧有吸引你的地方，那你就该相信它。它能吸引你，一定也能吸引别人。而且俗话说得好，福兮祸之所倚，祸兮福之所伏。虽然目前看起来局面是对我们不利的，但谁知道后面会怎么样呢？我们不要先丧失了信心啊！"

女孩的表情小心翼翼，像在哄小孩子，生怕他难过。肖让茫然一瞬后忽然明白过来："你以为我在为《长生》提档的事不开心？"

沈意被他问蒙了："不、不然呢？"

肖让盯着她，片刻后忽然弯唇笑了，抬手就揉了揉她的头："放心吧，我还没那么脆弱。"

沈意突遭袭击，忙护住头发："你干什么？不、不许弄我头发……你把我头发弄乱了！"

好不容易挣脱魔爪，只听肖让很轻松地说："临时提档是有些突然，但就像你说的，能播就是好事。我公司同事的戏被压了三部了，我还不至于这么看不开。"

"那你一副心神不宁的样子……"

肖让沉默一瞬："我是有些紧张。"

紧张……什么？

肖让一只胳膊放在栏杆上，侧着身，慢慢道："你之前说过，你妈妈喜欢看我的戏对吧？"

沈意点头。

"她最喜欢《妈妈日记》，在她心里我就是程小明，一直是程小明。即使我已经长大了，成年了，但在她看来，我还是当初那个胡闹爱玩、古灵精怪的小男孩。其实在别人心里也是一样的。"

肖让说着，语气中不禁带上了自嘲。其实这些年，他虽然没有担当主角，但也演了不少戏，其中不乏他自己非常满意的角色，可是因为《妈妈日记》太过成功，程小明太深入人心，所以直到今天，大家介绍他还是会说，这是程小明的饰演者，无论他演了什么，永远都会被拉出来和程小明对比。

有时候他甚至怀疑，他是不是一辈子都摆脱不了这个名字了。

"《长生》是我的第一部男主戏，我当然希望它能够大红大紫，但如果不能也没关系。我更希望能通过它让一部分人认可，我不再是程小明，那我就觉得那三个月的辛苦没有白费。"

童星转型向来艰难，肖让做童星期间的事业又过于辉煌，更是难上加难。这其实也是他和柯星凡比起来最大的劣势，柯星凡十几岁才出道，在大众眼中一开始就是少年形象，不像他，说一句"国民儿子"都不为过。

也因为这个，他才对即将到来的《长生》这么忐忑不安、患得患失……

他忽然有点不好意思，不知道沈意会怎么看待自己。迟迟不能摆脱程小明，其实也是他事业上迄今为止最大的挫折，他很多时候都不愿提起。

作为一个事业心很强的人，他希望让自己喜欢的女孩看到的都是他好的、强大的一面。

可让他意外的是，女生眼中没有丝毫的轻视和看不起，而是疑惑。

她说："可是，为什么要摆脱？"

肖让愣住。

沈意很费解又很真诚地说："我不懂演戏，但我记得之前看过一个演员的访谈，她说，对每一个演员来说，毕生最大的心愿就是在职业生涯里能留下一些东西。这个东西可以是一部作品、一个角色，如果能有一个深入人心，被观众记住很多年的角色留下，她就没有遗憾了。这些别人毕生追求的东西，你已经都有了，这难道不是一件值得开心的事吗？"

肖让从来没有这么想过，忽然一句话都说不出来。

"所以，你不要把程小明当成你的压力，应该把他当成动力。我相信，你的演艺事业才开始，未来那么长的时间，你一定会再创造新的更经典的角色！"

沈意说完，也不知道自己说得对不对，有点忐忑地看向肖让，却撞上男生黑沉的眸子。他定定地凝视着她，里面仿佛有火光在闪烁，然后那火光一点点散开，如星火流萤，点亮整个夜空。

肖让一扫刚才的阴霾，嘴角含笑，神情愉悦："小意，我记住你的话了。"他抓住沈意的手，在女生的目光里坚定地说，"无论这次的结果如何，我都不会丧失信心。我会向你证明，你的相信没有错，不管要用多久，我一定会做到的！"

话虽然这么说，但如果能不用那么久，当然是最好的了。

沈意一手握笔托腮，看着旁边空荡荡的座位。现在是晚自习，肖让已经离开了，而就在今晚，他的新戏将正式登陆首都卫视黄金档，每晚两集连播。

不过今晚还得先播一集上一部剧的大结局，所以算算时间，距离开始还有……五分钟。

和杨粤音隔空交换了个眼神，知道她也在想这个，沈意还是没忍住，偷偷在桌下用手机登上了微博。虽然是"裸播"，但肖让毕竟是当红流量，粉丝还是把"肖让长生"刷上了话题，不过仅此而已。宣传预热的时间毕竟太少，即使有"空降定档"这个噱头引起了一些人的注意，网上讨论这部剧的依然不多，和别家新剧开播、全网刷屏的阵仗比起来差远了。

这个势头，很不妙啊。

沈意心中忐忑，眼看开播时间到了，更加没有心情复习。不过躁动的并不只她，今晚教室里的气氛颇不寻常，十个里有八个在偷偷玩手机，还有人在交头接耳。

乔蕊间或抬头，发现情况不对，问："干吗？都不想复习啊？"

张立峰说："老师，今晚肖让的新剧播出，咱们同学一场，不支持一下收视率？"

一言既出，群众纷纷附和："对啊对啊，乔老师，肖让那么忙还跑出去宣传，我们不支持一下多不合适！"

原来大家都记挂着这个，乔蕊看着一张张期待的脸，眼一眯："真的想看？"

"真的！"

乔蕊爽快道："行，既然大家都想看，那今晚咱们就不复习了，来追剧吧！"

全班欢呼。

此时已经5月底，距离高考只剩不到十天。到了这个节骨眼，老师已经不会硬要按着学生的头，让他们每时每刻都复习了，如果你觉得在家看书更自由更有效率，你甚至都可以不来学校。所以乔蕊此刻答应并不奇怪，不过考虑到可能有同学不想看电视，而是想继续看书，她又交代想复习的同学可以去老师办公室，然而全班四十几个人，竟无一人离开。

乔蕊惊讶地说道："你们还挺团结。"

不过想想也是，高考前夕不复习，聚众在教室里收看同班同学的首播新剧，这种体验可不是谁都能有的，绝不能错过！

有同学都已经拿出零食了！

在全班的注视下，乔蕊打开电视，调到《长生》播出的那个台。已经开始二十分钟了，所以一按过去就是剧集的内容，文月看着画面上的葳蕤山林，还有山间策马疾行的褐衣男子，紧张地说："肖让出场了吗？我们不会错过他的出场了吧！"

沈意也不知道。她没怎么看过武侠剧，但因为肖让说他喜欢，后来她也去了解了一下，知道很多武侠剧进入主题都是很慢的，比如金庸的那些经典名作，有的演了七八集，男一号才出来。

肖让这部也是吗？完了，不会还有个小孩子先来演他的童年，灭门拜师学艺之类的剧情搞个三四集，他才长大吧！

那他们今晚就等不到了！

正当她这么想时，电视里忽然画面一转，林叶簌簌，少年白衣执剑，从树林里飞身而出。

剑刃寒光闪烁，他的眼睛却更加明亮，如旭日初升，浸润着将万事万物都不看在其中的笑意。

阳光照上他的锦袍，少年桀骜张狂、不可一世。

他一剑便将马上众人挑落在地，褐衣男子纷纷惊惶抬头，怒斥："何人偷袭！"

却见袭击他们的人立于高高的石碑上，竟是个少年。他右手执剑，山风吹得他的披风猎猎作响，而少年微微低头，居高临下地说道："你们不是要找长生剑的主人吗？回去告诉派你们来的人，我便是。"

一剑动山岳，六水望长安。

他是甫一出世便搅动天下风云的少年侠客。

他是谢长生。

5月底，在次月的高考即将到来之际，肖让的新剧抢先播出了。

不过播出当晚并没有在网上引起多少讨论，连第二天白天也没什么人说，直到第二天晚上，终于有一个大V博主发文表示："肖让的新剧看了吗？啊，谢长生好帅！那个出场把我看呆了！这是什么意气风发、武功盖世的少侠啊，我在电视机前发出尖叫！"

微博附了肖让从林间执剑飞出那一段的视频，很快评论区就给出热烈回应。

"妈呀，肖让的古装这么绝吗？他的现代装没有打动我，这个出场打动我了！"

"而且形象很拉风的样子，身手又飒又利落，我看那一剑刺的不是那些人，他刺中的是我的心……"

"好狂好拽好爱，呜呜呜，我永远喜欢桀骜少年！肖让这次真的找对戏路了，他演这个太合适了，意气风发的少年郎，这不就是他本人吗！"

"天哪，终于有博主推这部剧了，我昨晚看了首播，肖让真的很帅，形象很好！而且剧情也不错，很紧凑，现在更新三集了，大家没赶上直播的可以网上补啊！看看我们弟弟吧！"

"我翻了18页了，怎么还是没人说一个剧名，啊！你们不要光顾着讨论，快告诉我这到底是肖让哪部戏，为什么我没看过！"

俗话说，美貌是第一生产力，肖让这个出场就像一道光，瞬间照亮了大家的眼睛。再加上剧方顺水推舟，截至第二天中午，这条微博一共被转发了将近四万次，也将《长生》这部剧正式推入大家的视线。

肖让说过，他从小就喜欢看武侠，看到《长生》剧本的第一瞬间就决定了要演，当时沈意就想，《长生》的风格应该是更偏向于传统武侠的。果然，故事从失踪十八年的名剑"长生"再现江湖开始，武林各界纷纷为长生剑的现世而震动，各方寻找，却没想到拥有它的人竟是个十几岁的少年。

肖让饰演的谢长生当然是绝对的男主角，虽然故事风格比较传统，但剧本也不是没有创新，比如没有从传统武侠最爱的主角如何练成绝世神功开始写，剧集一开始，谢长生就已经很强了。他师从世外高人守一道人，十八岁师成下山，带着师父赠予的佩剑"长生"，去寻找自己的身世之谜。

从播出的三集看，剧情紧凑，矛盾集中，剧组远赴云南实地取景，又给剧集增添了几分江湖的壮阔豪迈，更显质感。最最关键的是，作为一部武侠片，《长生》的武打场面完全没有掉链子，剧组邀请了著名动作指导罗明安担任武术指导，设计的动作行云流水又扎实有力，引得许多观众大呼："天哪，我居然找回了一点小时候看武侠剧的感觉！"

网上口碑发酵的同时，收视率也表现傲人，第一天因为接档上一部剧大结局，被前导剧收视带动，直接就破了1，第二天稍跌，也保持在0.9，第三天再度破1。在非暑假档的五六月，这个成绩算相当不错了，一时间，有媒体甚至以"肖让新剧带动武侠复兴"为标题进行了报道……

"情况比我们预期的要好。"蒋文昌说。

他们在休息室里，肖让正专心做题，闻言头也没抬："是啊，我们本来都做好反响平平的准备了。"

"那是你，我可没做好这个准备。我当初之所以同意你接这部戏，还是看中了班底和剧本，想赌一把。"

说到这儿，蒋文昌不免有些得意。当初他帮肖让接了《长生》，业内很多人都觉得这是个昏招，放着这几年大热的校园剧不拍，跑去拍早就凉了的武侠，全在嘲讽他是不是年纪大了，脑子也糊涂了，肖让这么一个前途无量的好苗子，别被他折腾黄了。

人人都等着看他的笑话，连粉丝也没少暗地里骂他，但蒋文昌不这么觉得。武侠虽然如今遇冷，但毕竟曾经红了那么多年，有它的群众基础，而且比起近年来流行的仙侠奇幻，武侠的世界观其实是观众更熟悉的，各门各派什么风格基本有个概念，不像仙侠，换一部剧就要接受一番新的世界设定。再加上《长生》的剧本确实好，班底也靠谱，更重要的是谢长生这个角色，不只肖让看到后认为不能错过，他也一样这样认为，只是考虑的角度略有不同。

网上很多人也已经发现了，大家都说肖让这次的角色非常好，会这么讲是有根据的。近几年，网上不知哪位神人总结，说纵观过往，无论是戏剧人物还是明星，一旦集齐三大要素，那么一定能所向披靡、疯狂吸引粉丝，这三大要素就是：美、强、惨。

美和强当然不用说了，同时谢长生也确实很惨，他从小便身患寒症，被断言活不过20岁，下山也是希望在死前能见亲生母亲一面。所以在剧里他时而意气风发、以一敌百，时而虚弱呕血、惹人怜爱，最后还会身败名裂，被整个武林围剿，确实是美、强、惨！

蒋文昌看完剧本简直拍案叫绝，如此成长脉络完整又迎合观众心态的角色，这部剧要么不爆，只要爆了，肖让就能凭借谢长生这个角色实现转型！

更不消说除了美、强、惨，谢长生还有第四个别人不一定有的制胜法宝，那就是——各种配对。

某位电视剧博主说过，现在想让一个剧火，一定要在三集之内让观众有可以搞的cp。这个所谓的cp没有性别的限制，这是最容易传播和引发话题的。

电视剧的目标收视群体一直以女性为主，而现在女观众已经不爱看那种纠结苦情的男女关系了，尤其讨厌三角恋，现实压力太大，大家更想看一点轻松甜蜜的爱情。所以谢长生和兰央饰演的女主角阿芜的感情线，走的就是甜宠路线。阿芜对刚出山的谢长生一见钟情，一路倒追，而谢长生看似对她爱搭不理，其实已经在相处中对她产生了感情，各种暗中维护，甜蜜不断。

和男女主角这边的专一不同的是，剧里还有多个男性配角，有和谢长生成为生死之交的男二号，有从头到尾和他作对却又互相欣赏、亦敌亦友的男三号，还有对他仰慕追崇、舍命追随的男四号，虽然关系各不相同，但每一对的互动都非常有意思，这些剧情落到最擅长脑补的观众眼中，剧情就变样了，相关微博刷了一条又一条，粉丝们都激动不已。

肖让笑了："那恭喜你，赌赢了。"

"应该是恭喜我们，我们赌赢了。"蒋文昌认真地说，"从现在开始，你终于不只是程小明了。"

他语气里有沉甸甸的分量，对于肖让的介怀，蒋文昌是最清楚的。想到这段时间无论网上还是媒体都对他表现出来的认可，说他终于成功打破童星难转型的魔咒，用谢长生告诉大家他不再是过去那个程小明，连他都忍不住替他高兴。

肖让沉默一瞬，却轻松一笑："其实，我已经没那么执着了。我最近忽然发现，当程小明也没什么不好。"

因为有个人让他明白，程小明是他的荣耀，而不是耻辱。

蒋文昌一愣，还没回过神，另一个人却走了过来。

是蒋一帆，他在《长生》里饰演男二号骆尘。他本人比肖让大两岁，目前就读于首影，因为年龄相仿，所以两人在剧组玩得不错。

蒋一帆很熟络地打招呼："让哥、文昌哥，好久不见啊。"

肖让翻个白眼："明明昨天才见了好吗！"

蒋一帆哈哈一笑。这几天他们这些主演都在跑宣传，确实每天都会见面，今天也是因为要一起录一档综艺节目，大家才会聚在这里。

《长生》播得好，蒋一帆心情也很好，开玩笑道："一会儿咱们就要去录节目了，想好今天要怎么营业了吗？"

"确定又是你俩营业？"一旁的兰央插嘴，"阿芜和长生昨天就没碰上面，今天轮也该轮到我了吧！"

骆尘和谢长生的 cp 是剧内所有 cp 里拥趸最多的，和男女主角的官配 cp 堪堪打了个平手，大家私下里都在调侃，所以兰央这会儿故意做出一副争宠的样子。

两个人都看向肖让，男生抬手，做大爱状："不要吵不要吵，两位爱妃，天地可鉴，朕对你们的心都是一样！"

"滚！"两人齐声道。

这么闹了一通，兰央拿出小镜子，检查了一下妆容，随口说："不过你要不要这么夸张，宣传期已经很累了，你怎么还在做题？我知道你要高考，但也不至于争分夺秒成这样吧。"

肖让看着手里的习题册，不知想到什么，勾唇道："我也不想啊，但没办法，有人给我布置了作业，如果不做完，回去要挨罚的。"

男生的语气看似苦恼，眼角眉梢却显出一股愉快，让人觉得他根本不是在抱怨，反而乐在其中。

兰央和蒋一帆见状对视一眼，兰央合上镜子，凑过去撞撞他的肩膀："什么啊？看来某人有情况啊。"

蒋一帆也说："前两天我还看到你在角落里跟人打电话，又亲昵又温柔的，原来不是我们想多了啊……"

面对两个好友的暧昧眼神，肖让面不改色，悠悠道："秘密。"

沈意这几天过得仿佛坐过山车。

最开始是担心肖让在《长生》里的表现不够好，被他惊艳到后就开始着急，明明这么好看，怎么都没人讨论呢，他这么精彩的表演不会就这么被埋没了吧！等到口碑终于爆发时，她已经因为忐忑焦虑连续失眠两天了。

看到网上的一片好评，她抱着手机，觉得自己今晚终于可以睡个好觉了。

杨粤音这两天旁观她担心，见状也松了口气："我就说你瞎操心，肯定没问题的，我们王子有什么事做不成？"她补充道，"而且我之前都分析了，五六月虽然档期不好，但另一方面这个时候也没什么大热的剧，《长生》几乎没有对手，你看，现在完全一枝独秀了吧！"

关越越美滋滋道："经此一役，肖让算是打响了自己作为'青年男演员'的第一炮，身为他的同学，我也是与有荣焉啊！"

是啊，有了这么一部作品，肖让终于可以底气十足地说他不再是童星了，而是前途无量的青年男演员。

"哎，他什么时候回来？我们都等着看大明星衣锦荣归呢！"杨粤音说。

"他本来请了三天假，昨天就该回来了，但好像临时又多了些工作，所以推迟了。"沈意说。

"推迟多久？"

"他没说。"

沈意说着，咬了咬嘴唇。肖让已经走了四天，自从他4月份回来，他们每一天都会见面，这还是第一次分别这么长的时间。

之前一个晚上的分开有时候都会让她不舍，现在整整四天，她觉得自己整颗心都因为思念他而飞到千里之外了。

其实肖让也给她打了电话，只是他的行程好像很满，并没有多少空档，又要注意别撞上她上课，所以只打了两三次，时间都不长。也不知道他把她布置的作业做完了没有，其实她都有些后悔了，本来是怕他落下复习，但早知道他工作这么忙，她就不给他布置作业了，有那工夫就抓紧休息一下，不要累坏了。

要是工作做完了，那就早点回来。

他到底什么时候回来啊……

沈意迷迷糊糊地想着，趴在窗边的课桌上睡着了，正午的阳光照在身上，暖融融的，让她觉得很舒服。

她做了一个梦，梦到肖让终于回学校了，她站在座位上，看到他从门口走进来。教室里空荡荡的，只有他们两个，阳光透窗而来，又灿烂又明媚。他朝她微笑，于是她也笑了，扑进他怀里。

她抱着他，脸贴在他胸口，很委屈很委屈地说："你终于回来了。我好想你。你知不知道我好想你。"

额头有风吹过，带来些微的痒，她皱了皱眉，慢慢睁开眼睛。

然后，她就看到近在咫尺的眼前，肖让也趴在课桌上，微笑着看着她。

教室里很安静，同学们都在睡午觉。阳光穿过天蓝的窗帘，照在他们身上，灿烂的光线里，肖让的眉眼都透着一种不真实，让她疑心自己还在梦中。

沈意没有动，定定地和他对视，许久，说："你回来了。"

她的声音小小的，像是怕惊扰到什么，于是他也小声地说："是，我回来了。"

"还会走吗？"

女孩的眼神还透着刚睡醒的蒙眬，这一句却问得很坚定，仿佛非常在意。

他于是轻轻笑了："不会走了。从现在开始，都不会走了。"

接下来的日子，在沈意的记忆里快得仿佛一晃而过。

高考前最后几天，所有人都在进行最后的查漏补缺，各科老师在黑板上一遍又一遍强调，这个必考，那个也必考，总之就是都要考。卷子在教室上空飞来飞去，同学们写得晕头转向，但没有人放弃，因为总忍不住想，也许这时候多弄懂一个知识点，就会在高考中多得几分。

不过如沈意这样的尖子生，这时候就很轻松了，比起自己，她更为肖让操心。好在肖让也很努力，离校那几天做完了她布置的全部作业，沈意回来验收时都惊了，肖让耸耸肩说："毕竟我不能对不起粉丝送我的《五年高考，三年模拟》啊。"

沈意以前就觉得粉丝送偶像的礼物都奇奇怪怪，修桥、修路、建图书馆这种过分土豪的就不说了，因为肖让马上要高考，居然还有很多粉丝送他资料，其中就包括让每个高中生都闻风丧胆的殿堂级瑰宝《五年高考，三年模拟》！

杨粤音之前还调侃，说粉丝对他这么好，他必须全部做完了才能回报大家的真心，换来肖让痛苦地皱眉："那她们还不如直接杀了我！"

当然，大家也不是没有娱乐，所有空闲时间，同学们都用来做了同一件事，那就是——写同学录。

早在半个月前这项活动就开始了，教室里不断传送的同学录像雪花一样，不管熟不熟的同学都来一份，甚至一些过去有过节、三年都没化解的同学，这时候也递上一份同学录，在对视间一笑泯恩仇了。

肖让当然是最热门的写同学录人选，每一个同学递完之后都要叮嘱他："我的你一定要认真写啊，这可是我要珍藏起来传给儿子孙子的传家宝！等老了再告诉曾孙子，你奶奶以前可是跟肖让当过同学呢！"

任务太重，导致肖让不得不抓紧所有下课时间来写，连上厕所的工夫都没有。这也直接耗光了他的祝福语，因为对绝大多数同学，他都根本不熟，最后还是沈意在他的耍赖哀求之下帮他起草了稿子，他再抄过去。他的签名龙飞凤舞、潇洒漂亮，沈意看到时感慨不愧是明星，就是专业！

但这些都不是大事，真正的大事是——笔耕不辍、风雨无阻的桂花煮酒大大停更了！

这件事还是杨粤音跟沈意说的，听说她发了个通知，说自己要去高考，这几天就不更新了，然后评论区就疯了。因为她文笔太好，涉及的题材范围太广，大家都没想到她居然还是高中生，更没想到有一天能等到这种停更理由。

读者吓得纷纷大喊："大大你好好考，我们所有人都会为你摇旗呐喊的！"

就在这样一团混乱里，黑板上的倒计时从"5"变成"4"，又变成了"3"，终于，到了5日晚上。

6日，学校放假一天，然后7日、8日两天考试，所以，这就是他们高中的最后一次晚自习了。

沈意坐在座位上，本来在做卷子，忽然就有些做不下去了。旁边的肖让戳了戳她，问："我的同学录你写好了吗？"

肖让当然也有同学录，他给大家都发了，同学们也都把他排在第一位，很快就写好交给了他，除了沈意。

他几天前给她的那份同学录，她还没交作业呢！

"我还没写完。"

"都要高考了，你怎么还没写完？我跟你说，不许逃作业啊。"

沈意躲开他的手："等考完了。考完了我再给你。"

虽然不知道她为什么要拖到高考后，但肖让也没继续逼她。沈意看着对面教学楼的灯光，还有楼顶悬挂的"预祝高三学长学姐高考大捷"的横幅，忽然说："真的要考试了。"

她的语气里有一些别的东西，肖让轻轻说："嗯。"

"准备了三年，这一天真的到来，我都觉得有点不真实。"

肖让没说话，只是握住了她的手。

下课铃此时打响，同学们都像惊醒一般，纷纷抬头。以往这个时候大家都会立刻收拾东西跑路了，今晚却不知为何迟疑了，沈意看向四周，突然说："大家再坐一分钟吧。今天晚上，就是我们所有人最后一次一起坐在这个教室里了。"

大家脸色一变。

三年前，他们因为缘分聚在这里，在这个教室朝夕相处了整整三年。

但今晚之后，一切都结束了。

也许将来他们还会有大的聚会、小的聚会，但没有意外的话，他们再也不会所有人一起回到这里了。

那句话怎么说的来着？等到下一个秋天，教室里依然坐满了人，可惜不再是我们。

有女生忽然趴在桌上，无声地哭了。

杨粤音说："干吗呀，又不是明天就不见了——哦，明天确实不见，但考完了还得见啊。都打起精神来！祝咱们5班马到成功，每一个人都能考好！"

张立峰说："没错，祝咱们5班每一个人都考好！"

他们俩这么一闹，同学们纷纷附和，一边用书砸桌子一边喊："每个人都考好！"

动静太大，惊得外面路过的同学都往里边看，沈意忍不住又笑了。

窗外是高高悬挂的月亮，它照耀着教学楼，也照耀着年轻的我们。

青春终有散场日，而我们，终于无可避免地长大了。

高考当天，沈意睡到7点半才起床，感慨真是比平时上学都起得晚。她换好衣服后先检查了一下东西，透明文具袋里装着中性笔、2B铅笔、身份证和准考证，这些东西都好好摆在床头书桌上，她摸着它们长舒口气。

楚慧已经做好了早饭，因为沈意考试，医院专门放了她两天假。两人一起吃早饭时，慧说："你爸爸刚又给我打了电话，提醒了一大堆有的没的，好像生怕我照顾不好你，连今天早饭吃什么都是他给安排的，啰里啰唆，真是烦人。"

她边说边观察沈意的表情。沈意和爸爸去年那次争执，后来还是被楚慧知道了，她这才惊觉原来女儿这么多年还有这么一个心结，懊恼自己粗心的同时，在这方面也格外注意，现在怕沈意因为爸爸不回来陪她考试而不高兴，所以专门这么说。

但沈意这次真的一点都不介意，因为事实上沈平本来是打算回来的，又担心这样给她太大压力，左右为难，最后还是沈意自己阻止了他。

"您回来，我怕我太激动，还是算了吧，等我考完，我会去北京看您，还有找妹妹玩！"

沈平于是说："好，那爸爸到时候回来接你，带你到北京玩。至于高考，你就放轻松，照平时那样就可以了，你一定没问题的！"

爸爸会来接她去北京吗？沈意一边喝粥一边笑了，她已经开始期待了。

沈意被分到的考场在嘉州二中，她提前一天已经去踩过点了，今天妈妈开车送她，抵达时刚8点10分。学校门口满是学生和家长，她远远地看到杨粤音和关越越，朝她们挥了挥手。

5班都在这个学校，只是考场不同，沈意也看到了肖让，他正和乔老师说话，同时接过乔老师发的矿泉水。周围一直有人在打量他，不只学生，还包括一些家长，但肖让仿佛丝毫没有察觉，神色自若。只有当杨粤音兴奋地出声时，他才顺着她的目光，看到了站在车边的沈意。

隔着人群，两人远远对视，然后肖让咧嘴，朝她灿烂一笑。

杨粤音跑过来，也递给她一瓶水，说："不过去打招呼？"

沈意摇摇头："不了。"

这是他们约好的，考试这两天就不私下联系了，因为不希望分心。未来还有很多时间，不用急在一时。

她目光一转，又在人群里看到另一个人，女生个子高挑，扎一个马尾，看起来干练而利落。

陈盏非。

作为闻名全市的顶级学霸，沈意当然知道陈盏非长什么样子，没想到她也在二中考。沈意还在走神呢，陈盏非却被身边的人提醒，也看了过来。

两人的目光在半空撞上，陈盏非的神情中有好奇，也有审视，片刻后，朝她点了下头。

什么情况？她也认识她吗？

沈意后知后觉，连忙也朝她点了下头，陈盏非这才移开视线，和朋友一起走了。

"哇，我刚刚是看到无形的硝烟了吗？全市第一和全市第二的世纪同框，最后到底鹿死谁手呢？"杨粤音夸张地说道。

"瞧陈盏非的表现，她真的拿你当对手呢。什么感觉啊？"关越越说。

沈意瞪她们俩一眼，心却也因为这个对视，开始慢慢绷紧。

铃声适时打响，尖锐的声音提醒大家，考生开始入场了。

沈意深吸口气，说："走吧，该做正事了。"

很多年后沈意再回忆高考这两天，都有些惊讶，因为没想到等了这么久，以为会很惊心动魄的两天竟是这样……普通。

妈妈每天送她去考场，再准时来接她，回到家十五分钟内就能吃上饭。中午睡半小时午觉，晚上9点准时上床，三年来作息头一次这么规律。

就这样，语文、数学、文综、英语，依次考完了。

第二天下午，最后一场考试结束的铃声打响时，沈意把笔放回文具袋，看着黑板上白晃晃的阳光，忽然有些恍惚。

她跟着人流走出教室，往楼下走，一路都觉得内心诡异地平静。

她考完了？真的考完了吗？怎么没感觉啊，大脑木木的，什么都反应不过来，像陷入死机的电脑。

怎么回事，她还以为自己考完会很开心呢……

就在此时，人群里忽然爆发出欢呼声。

先是一两个人，然后周围的人就像被提醒了似的，迅速蔓延，所有人都开始欢呼，伴随着把东西扔上天。沈意吓了一跳，忙用手挡住头顶，但大家已经疯了，四楼、三楼、二楼，最后连对面的教学楼都开始欢呼，声响震天，地面仿佛也在微微颤抖。

"啊——"

"老子考完啦——"

"老师、学校都滚犊子吧，再也不伺候啦——"

沈意被人群推着往下走，本来很慌乱，可听着大家的欢呼声，看着每个人脸上的笑容，就像某个开关被打开，她忽然也感受到了一种从胸口涌至四肢百骸的轻松。

结束了。一切真的结束了。

这个念头一涌上脑海，她就觉得心头有什么东西落了地，前所未有地踏实。

她长长舒口气，看着外面蔚蓝的天，终于露出了由衷的笑容。

旁边的人还在喊，这一次，沈意没有忍住，也跟着大声喊道："我考完了——"

沈意像踩在云头，一路脚步如风，小跑出了学校。

她和肖让约好，考完试在学校外面碰头，本来还在想他出来没有，谁知道刚到校门口就看到人群挤作一团，一大帮学生考完没走，在围观什么。

她冒出个预感，凑近一看，果然，肖让站在人群中央，面前是个举着话筒的记者，对面还有摄像。沈意一开始以为是追着他来的娱记，但仔细一看，发现是嘉州本地的晚间新闻。

她愣了下，明白了。每年高考都会有媒体等在考场外面，随机采访出来的考生，看来这次是让肖让撞上了。要说这分到二中的记者还挺走运的，本来只是一个普通采访，却让她抓到了刚考完的大明星肖让，可以想见记者内心的激动，记者的眼睛都发光了。

看肖让的神情，他也有点意外，应该是考完出来忽然被拦下的，不过他对着镜头向来大方，笑着回答记者的问题："考得还可以吧，题目是有些难，但也还好，在预料范围内。我觉得自己尽力了，希望能有个好结果……"

他说话的时候，周围的人都目不转睛看着他。这次来二中考试的学生，各个学校都有。不像七中的学生三年来多多少少都见过肖让几次，在场很多人都是第一次看到他本人，之前还因为考试的关系不好太放纵自己，如今终于考完，大家再无顾虑，尽情围观。一时间，校门口堵得水泄不通，后面的人出不来，莫名其妙地问怎么了。

肖让看这情况，觉得不太合适，想离开，记者却不放他走，把话筒又递近了一些："听起来你对这次考试很有自信，那什么样的分数对你来说是好结果呢？"

这种问题肖让怎么可能回答，说低了显得没志气，但说高了也不行，他的分数到时候肯定是会被爆出来的，万一没考到预期分数，那不是自找丢脸吗？

他眼珠子一转，忽然看到旁边有个熟悉的身影经过，顺手就抓过来："哥们儿，来，告诉大家你考得怎么样？"

张立峰猝不及防，面对着镜头一时没反应过来。

记者见肖让和这人好像关系不错的样子，觉得也是个素材，于是笑着说："那请问这位同学，你考得怎么样呢？"

张立峰说："不好。"

记者一愣，见男生情绪低落，心想坏了，这是撞上个考砸的了。她一时不知怎么安慰，连肖让都有点无措，张立峰却继续说："不过没关系，我爸已经帮我联系好了内蒙古的一个工地，今天晚上就出发。我相信东边不亮西边亮，接下来的日子，我一定能成为一名优秀的搬砖工人，继续为祖国四化发光发热！"

沈意"扑哧"一声笑出来，周围也哄笑一片，张立峰趁记者没反应过来，拉着肖让就跑了。

两人挤出人群，跑出去老远才停下，肖让做佩服状："恭喜恭喜，我看你今晚就要红了。"

对着镜头就胡说八道，他怎么比他还贫呢？亏自己当时还担心是不是戳到他的痛处了！

张立峰谦虚道："客气了客气了，都是沾了您的光。"

肖让白他一眼，回头望向二中门口。张立峰说："看什么呢？你刚才怎么不走啊，你应该考完立刻撒丫子就跑，也不看看你是谁，让记者抓住了活该被逼问！"

"你懂什么，我跟人约好了在校门口见面。"

"哦，跟人约好了啊。"张立峰意味深长道，"我知道了，班长吧？"

肖让没搭话，心里却在想，自己就这么走了，沈意出来找不到他怎么办？不然发个消息换一个碰头地点？

这个念头刚闪过脑海，她的微信先发了过来："我先回家了，晚上聚餐的地方见。"

聚餐的地方在七中两条街外的一家中档中餐厅，这还是身为班长的沈意亲自选的，她下单的时候老板告诉她，还有别的中学的两个班也在他们这里订了位置。

这天晚上，全市的很多餐馆都被订了，到处是他们这种要吃散伙饭的学生。走在街上发现连交警都多了，听说每年的这一晚一定会发生好几起打架斗殴事件，终于解放的学生疯狂起来让人害怕。

沈意到餐厅的时候有点紧张，站在外面深吸了两口气。她身上穿的不是白天考试的T恤和七分裤，而是一条白色荷叶边的连衣裙，腰部的地方微微收紧，掐出少女纤瘦的腰线，长发披散下来，看起来和平时的她截然不同。

沈意是特意回去换衣服的，主要是白天太热了，衣服上有汗味，但当她选衣服时，手却从原本打算拿的短袖、裤子上掠过，落到了旁边的连衣裙上。

她还记得，之前在北京，肖让说过，喜欢看她穿裙子……

因为偷偷打扮了，沈意一路都很紧张，中间一度想回去换掉。可等她走进餐厅看到同学们，才发现自己真是多虑了——几乎所有女生都打扮了！

大家不仅换了漂亮衣服，很多人还化了妆，而且这次化妆就放肆多了，之前在学校最多只敢打打粉底画画眉毛，口红什么的是绝对不敢的，今天晚上却有好几个女生涂了口红，还是亮眼的大红色。而对于此种放肆行为，老师们也只是点了点她们，没有真的说什么，沈意又一次感受到，真的是解放了啊！

全班一共48个人，加上7位任课老师，一共订了五桌，在大堂靠窗的区域，考虑到肖让，沈意又特意拜托老板拿了两块大屏风稍微遮挡了一下两边。位置都是自由坐的，她到的时候，杨粤音她们也已经到了，她们远远地就朝她招手："小意，这里这里，我们给你留了位置！"

沈意毫不意外地看到肖让也在那一桌，而给她留的位置就在肖让旁边，也不知道杨粤音是怎么在这么多虎视眈眈的女生眼皮子底下保住这个位置的。

她走过去坐下时，大家正在议论张立峰今天的壮举。一如肖让的预料，张立峰那通采访果然红了，记者姐姐大概觉得太有爆点，一刀没剪，6点半的晚间新闻播出后，这段视频立刻被人传到网上，顿时引发网友疯转。

本来高考就是最近的热门话题，这两天微博都有各种关于高考的段子，大家一开始看到是有肖让的采访，以为能听听大明星的考后心得，谁知道重头戏居然在后面！

"哈哈哈哈这哥们儿也太贫了！我笑疯了！"

"我认得这个人，是之前跟肖让一起看电影被拍的，拍毕业照那天也有他，我的天，肖让的朋友怎么也这么好笑啊！"

"你们别信他的，我看这孙子就嘴上客气客气，实际上985、211预定了！

学霸都是这么虚伪！"

"我宣布这是我今年看到的最搞笑的一次采访,第一次有肖让在,我的注意力却全部在别人身上……"

"去什么内蒙古搬砖啊,建议明年报考德云社,郭德纲亲自把你录取!"

杨粤音调侃道:"你挺厉害啊,都上热搜了。你现在是咱们班除了肖让以外,第二个凭本事登上热搜的男人了!"

对此,张立峰谦虚地摆了摆手。其实大家那么多评论,他看了都很淡定,只有一条,让他心潮澎湃,久久不能平静。

没想到啊没想到,他张立峰也有被人认为是学霸的一天!这叫什么?体育生也有春天!

沈意正听得有趣,忽然听到旁边的肖让小声问:"你怎么没等我就自己走了啊?"

"我不是给你发了微信吗?"

发了是发了,但他同意了吗?她先走了再发,这跟先斩后奏有什么区别!

肖让不满地嘀咕:"就这么不急着见我啊?我可是很着急想见你呢……"

这个人又开始胡说!

沈意瞪他,提醒他注意场合,肖让却忽然看到她的打扮,眼睛一亮:"你穿裙子了啊?"

沈意不自在地扭了扭身子,肖让上下打量她,忽然溢出一丝笑:"为了这个原因放我鸽子,那我就可以接受了。"

沈意脸颊一红,一脚踢上他的小腿。

人到齐后,菜也开始上了,鸡鸭鱼虾、蔬果菌类浩浩荡荡摆了一大桌。大家最近因为担心高考时肠胃出问题,饮食都比较清淡,现在终于开禁,一个个大快朵颐。

餐厅里还有一个小舞台,承接婚礼的时候那里就是新郎新娘互诉衷肠的地方,今晚却被整理了出来,吃到一半时,乔蕊忽然拿着话筒走了上去。

她今晚打扮得很正式,白衬衣和黑裙子,像是要参加什么极重要场合。大家一开始还奇怪呢,此刻却见她握着话筒站在舞台中央,神情有点激动,几次欲张口又停下,仿佛鼓不起勇气。

沈意问："乔老师，你要说什么啊？"

她这么一开口，终于将乔蕊惊醒。她轻舒口气，展颜一笑："之前我就一直在想，今晚应该跟你们说些什么，打了好多的草稿都觉得不好。我现在就随便说了。我第一次当班主任，其实一直很紧张和惶恐，我担心自己做得不好，害怕自己的任何一个疏忽，都会对你们造成无法挽回的影响。我也不想做那种很威严的班主任，我想和你们做朋友，希望你们都能喜欢我。我不知道我最后做到了没有，但在今天我可以说，这三年对我来说是最崩溃、压力最大的三年，也是最开心、最满足的三年！谢谢你们！"

她说完，深深鞠了一躬。

大家从来没想过，一直以来对他们宽容又理解、年轻而活力十足的乔老师，心中竟然也有这么多不为人知的压力。

小孩子以为只有自己当学生才艰难，却不知道，原来老师也会紧张，老师也会害怕。

看着她鞠躬的身影，大家都被感动了，张立峰带头喊："乔老师，我们都很喜欢你！你就是我们的好朋友！"

乔蕊抬头，眼中含泪笑着说："真的？那好朋友再问你们一句，机读卡都涂了吧？我说了那么多遍，没有人忘记吧！"

众人哄笑。

乔蕊说完，各科老师依次上台发言，但因为她把起点搞得太高，后面的老师很难达到她的煽情程度，气氛一直上不去，直到政治老师上台，深情凝望台下，道："多的我就不讲了，在这里，我为大家献上一曲《只要你过得比我好》，这就是我对你们最诚挚的祝福！"

如此大爱，感动全场，所有人疯狂鼓掌！

被老师们这么一弄，气氛彻底沸腾了，大家开始不局限于吃菜，纷纷喝起了酒。老板搬来两箱雪花纯生，咕咚咕咚倒满一个玻璃杯，同学们你敬我、我敬你，勾肩搭背，互诉衷肠。

沈意跟关越越说："你不敬宋航一杯吗？这段时间人家帮了你那么多，也要感谢一下吧？"

最后这一个月，宋航真的是一半时间都花在关越越身上了，为此连觉都睡得少了。好在他已经稳上清华，也不用担心因此影响自己。

关越越闻言沉默，她今晚其实一直有些沉默，和平时爱笑爱闹的状态很不一样。看着玻璃杯里浮着一层白沫的液体，忽然笑了："对啊，同桌，我们也该喝一杯。感谢你这段时间对我的帮助。"

宋航还是那副冷淡寡言的样子，却配合地举杯跟她喝了。

关越越又给自己倒了一杯："今晚之后，你就解脱了，再也不用和我这样的笨蛋当同桌，也不用浪费时间给我讲题了。恭喜你。"

宋航蹙眉，关越越已经仰脖喝完了第二杯，然后给自己倒了第三杯。

这一次，她看着宋航，看着男生熟悉而清冷的眉眼，喉咙忽然像堵住似的。

有句话说不出口，也没有立场说，可是整个晚上一直浮荡在她脑海。

今晚之后，她再也不能一回头就看到他，也不能借着问题和他说话，更不能在他讲题不耐烦时乱发脾气，下了课又假装什么事都没发生过跟他讲和。

今晚之后，他们就再也不是同桌了……

宋航有点奇怪地看着关越越，不明白她怎么了，终于在她喝第四杯时抬手想阻拦，却被关越越挣脱。

"你别管我，你让我喝——撒手！"

"关越越！"

他攥住她的手腕，两人僵持，还是沈意最先反应过来，一把抱住关越越。

她歉疚地跟宋航点了下头，把她拖到一边问："你怎么了？"

好好地喝个酒，突然要起酒疯了，她也没喝特别多啊！

关越越头靠在她肩头，两颊酡红，好一会儿，含糊不清地说："我喜欢你。"

"你喜欢谁？"沈意问。

关越越却不回答，眼睛紧闭，好像真的醉了。

沈意抬头看向杨粤音："她有喜欢的人了吗？"

她的语气有点惊讶，毕竟一个月前还听关越越抱怨自己连个喜欢的人都没有，青春乏味，怎么这么突然？

杨粤音盯着关越越看了会儿，耸耸肩："谁知道呢，就算真的有，又有什么奇怪的？哪个女生的青春里，没有一句说不出口的喜欢？"

这句话太有道理，沈意一时陷入沉默。

就在这样一团混乱里，大家吃完了饭，也快9点了。很多同学都喝醉了，提前离场，杨粤音则是送喝醉的关越越回家，之后就没再回来。沈意想到她说关越越的话，又想到今晚这个特殊的时候，猜测她可能也去找她那个说不出口的喜欢了吧。

剩下的同学转战对面的KTV开始第二场，只是在离开时肖让忽然被餐厅老板拦住，那位一晚上都异常热情的中年人笑着问，可不可以跟他合个影。

沈意大手一挥："去吧，这是我帮你要屏风行方便的代价。对了，你还帮我们拿了个会员折扣呢。"

肖让没想到在自己不知道的时候，沈意已经把他卖了个好价钱，想到自己明天可能就要被老板挂到墙上招揽客人，连大众点评上都要加一个"肖让与同学毕业聚餐地点"，哭笑不得地瞪她一眼，去合影了。

KTV依然是沈意安排的，因为只剩下二十几个人，一个大包厢就够了。大家叫了果盘和新的酒，一边唱歌一边继续喝，现在霸占着话筒的是乔蕊，刚才在餐厅她没唱成，现在可算找到机会了，站在电视机前轻柔地唱道：

看昨天的我们走远了，

在命运广场中央等待，

那模糊的肩膀，

越奔跑，越渺小。

曾经并肩往前的伙伴，

在举杯祝福后都走散。

只是那个夜晚，

我深深地都留藏在心坎……

在这样特殊的时候，这样伤感的歌词让大家都有些代入感，越听越难过，有几个女生都抱在一起哭了，终于张立峰看不下去抢过了话筒："乔老师你已经煽过一次情了，今晚就放过我们吧！"

乔蕊被抢了话筒，无奈道："好好好，我不唱了。你们谁要唱来唱吧。"

张立峰眼珠子一转，指着人群中一个人说："肖让，就你吧。今晚这样重要的时刻，你不给大家演唱一曲吗？"

肖让还没回答，周围已经响起群众的呼应声："没错，肖让！来一个！肖让！来一个！"

终于，在高中结束这一天，大家做了三年来一直想做的事——把肖让起哄上去唱歌了。

肖让拿着话筒，站在包厢中央，问："你们想听什么啊？"

"你随意！你唱什么我们听什么！"

肖让略一思索："那好吧，我们别唱那么伤感的了，唱一点'燃'的歌。"

"燃"的歌是什么？大家心中疑惑，肖让却没直接说，而是跑去点歌台输入一个名字。所有人一起看着屏幕，连沈意都有些期待，然而当熟悉的音乐声传出来时，大家都无语了。

肖让口中"燃"的歌居然是——《还珠格格》主题曲！

这也太老了吧！他们可是"00"后！

肖让却半点不觉得有问题："干什么，这首歌很'燃'的！会不会唱啊？台下的朋友们，会唱的跟我一起唱啊！"

然后，他也不管观众们什么反应，自顾自唱了起来：

当山峰没有棱角的时候，当河水不再流，

当时间停住日夜不分，当天地万物化为虚有，

我还是不能和你分散，不能和你分散，

你的温柔是我今生最大的守候……

唱到最后一句时，他的目光和沈意对上。

包厢里彩灯晃动，沈意看着男生含笑的眼睛，觉得心跳乱了一拍，欲盖弥彰地别过了头。

这首歌当然大家都会，慢慢地，越来越多人跟着一起唱。

终于，当歌曲放到高潮时，包厢里二十几个人手挽着手、肩并着肩，在肖让的带领下气势如虹地唱道：

让我们红尘做伴活得潇潇洒洒，策马奔腾共享人世繁华。

对酒当歌唱出心中喜悦，轰轰烈烈把握青春年华——

歌声里，激昂青春，豪情万丈，少年手握长剑，将要踏上属于自己的征程。

沈意之前吃饭时已经喝了一些酒，在这里又喝了一些，终于也觉得晕乎乎的了。

正半靠在沙发上闭目养神，她的手机忽然收到一条消息："下来。"

她看了一眼，立刻抬头望向四周，果然肖让已经不在包厢里了。

沈意略一犹豫，还是跟周静书交代了几句，出去了。

KTV在二楼，她跑下去一看，肖让果然在路边等她。街上霓虹闪烁、车水马龙，男生穿着白T恤和卡其色裤子，头上戴着个黑色鸭舌帽，帽檐压得低低的，只露出漂亮的下颌线。

沈意远远打量了他一会儿，才走过去问："你怎么下来了？"

"你还想待在这儿吗？"肖让反问。

沈意咬了咬唇。她当然不想了，其实她早就觉得人太多有些碍事了，她都不能好好跟他说话……

这些话她不好意思说出口，但肖让有什么看不出来的，扬眉一笑："陪我走走吧。"

两人说要走，却不知道去哪儿。送沈意回家吗？现在两人都不想回家。但除此之外，忽然就没有目标了。

正犹豫间，忽然有几个喝醉的男生大笑着跑过去，差点撞到沈意身上，一看那表情就知道也是今天考完的。

沈意看着他们，心情有点复杂。

这个晚上，无数人欢笑痛哭、畅饮达旦。这是真正属于他们的夜晚，即使过去很多年，她也会记得这一天。

沈意忽然说："我们去七中吧。我想去七中。"

这个时间，七中的晚自习还没结束。他们一路过去又遇到了两三拨喝醉的学生，终于站在紧闭的校门外时，沈意和肖让双双沉默了。

沈意说："这个点儿，我们居然没在里面上自习，而是站在外面，你觉不觉得很奇怪？"

肖让点头。

沈意落寞地说："明明之前天天来，现在一朝毕业，我居然有点不敢进去了。"

"正常。不是都说了吗，毕业时学校告诉你，母校是你永远的家，可是当你真的再回去时，他们会跟你说，校外人员不得入内。我们都被驱逐了。"但现在放弃也是不可能的，肖让打了个响指，"跟我来。"

他带着沈意顺着围墙绕了五分钟，终于在一棵树下停住。沈意仰头打量了半天，明白了他的意思："你是说，我们翻墙进去？"

对！就是翻墙。

沈意看着围墙和旁边的大树，有些无语。旁边的肖让却又笑了："我忽然想起来，我们第一次见面就是在这儿吧。"

沈意愣了下才反应过来，他说的不是高一那次她甚至没有给他留下印象的见面，而是去年，高三开学的第一天，两人真正第一次见面。

就是在这里。

沈意沉默一瞬，说："好吧，翻墙就翻墙。"

话虽如此，但她靠自己当然是爬不上那么高的墙的，肖让想帮她，却遇到了意外。

沈意穿的是裙子，站高了就怕走光，而且小腿光溜溜的，她也不敢让肖让碰到。

肖让之前没考虑到这个，明显有点尴尬，想了想说："你放心，我闭着眼睛，不会看的。"

他小心按着她的裙子，把女孩托起来。沈意一手抓树一手抓墙，几次差点踩空，好不容易终于爬了上去。然而新的问题出现了，她坐在围墙上努力做了三次心理建设，却还是不敢跳下去。

真的是太高了！她怕摔断腿啊！

这次轮到肖让无语了。

他想了想，让她往旁边挪一点，沈意小心翼翼地挪开了，肖让后退几步一个冲刺，就轻松地攀着大树翻了上来。然后他先跳下去，站在下面朝沈意张开手。

"来，你跳吧。我会接住你的。"

男生微仰着脸，黑眸中倒映着她的影子。

沈意看着他这一幕，忽然有点恍惚。

这是他们第一次见面的地方，是他们的故事真正开始的地方。

当初那个少女看到少年翻墙而入的身影时，怎么也没想到，有一天会跟他一起站在这里。

那时候她也没想到，有一天，他们会变得这么亲密……

"你真的会会接住我吗？"她问。

肖让一愣，还没回答，沈意已经手一松，跳了下去，被他接了个正着。

扑面而来的是男生身上熟悉的气息，她被他牢牢搂在怀中，猛地抬头。

一瞬间，她仿佛在他眼中看到了打碎的月亮。

后面两人都没怎么说话，沉默地在学校里散步，但气氛并不尴尬，反而有一种静谧美好如水般在两人之间流淌。

终于，他们走到了教学楼附近，发现高二那栋楼黑漆漆的，高三的反而灯火通明。沈意反应过来，好像乔老师之前说过，学校为了增加高三年级的仪式感，以后他们那栋楼要改成高三专用楼了，高考一结束，高二的学生就要搬进来。现在看来已经搬了。

没想到他们的教室这么快就被占领了，沈意和肖让对视一眼，肖让说："之前是他们看着我们受苦，现在总算轮到我们看他们了。"幸灾乐祸的样子逗笑了沈意，他又说，"想不想走近一点看看？"

"你的意思是？"

"去看看现在在我们教室里的，都是一群什么人。"

这个提议实在太有诱惑，沈意没办法拒绝。

于是，两人轻手轻脚上了楼，到了曾经的教室外。门牌依然是高三5班，头顶吊灯照耀着教室，讲台上坐着盯晚自习的老师，下面是满满当当的学生。

仿佛什么都没有变，但他们透过后门的窗户，看到的却是一群完全陌生的面孔。

沈意想到自己在这里奋斗过的一千多个日夜，转眼主角却已经换成了别人，有点怅然若失。

肖让却说："哎，你看那里。"

他指着教室靠窗那组最后一排，那是沈意和肖让坐过的位置，此刻也坐着一男一女。女孩穿着校服，扎两个小辫子，一脸愁苦地看着卷子，一看就知道不会做。挣扎了一会儿，她偷偷瞄向旁边神情沉静、专心做题的男生，似乎想问他又不好意思，几次蠢蠢欲动，笔都快碰到男生的胳膊了，却在对方忽然翻页的动作里，吓得像只受惊的兔子般缩了回来。

肖让看得产生了共鸣："好惨哪。我们差生就是这么惨，想问题也不敢，需要再三鼓起勇气。"

沈意觉得这个人说话真是一点责任都不负，他问题还要鼓起勇气，她有哪一次没给他讲吗？想给他讲题的人可以绕着七中排队了好吧！

不过，鉴于她现在也懂一些东西了，所以能看出那个女孩除了想问题以外，对旁边的男生还有一些别的感情。

只是，好像是一厢情愿……

这个念头刚闪过，男生忽然抬手，把草稿本从课桌中间推了过去。

女生诧异地看着本子，又看看男生，对方已经继续做题了，只剩她像一只傻兔子似的，半晌才终于反应过来，又羞又窘地把头埋到胳膊里，手却紧紧抓着草稿本。

肖让悠悠道："看来，也不是一厢情愿啊。"

沈意忽然释然一笑，肖让问："你笑什么？"

"没什么。"

"明明就有什么，干吗不说，怎么对我还有秘密呢？"

肖让不依不饶，沈意不理他，推开他想要走。她根本没用什么力气，手拍上肖让胸口时，他却夸张道："哦，好痛！"

沈意吓了一跳，但更吓人的是教室里也传来老师的声音："谁在外面？"

两人一惊，还是肖让先反应过来，抓着她的手说："愣着干什么，跑啊！"

他牵着她就跑，也不管后面老师出来没有，两人一路狂奔出了教学楼，直到操场才终于停下。

沈意大口大口喘着气："我跑不动了……我真的……不行了……"

肖让倒是一点事都没有，还摇头点评："我看你就是缺少运动，亚健康，才跑这么一段就不行了。"

"你还说，刚才都怪你，你是不是故意的？差点害我们被抓住了！"

"被抓住就被抓住呗，大不了让同学们来赎我，他们今晚逼着我唱了歌，不得为我做点什么吗？"

如此理直气壮，沈意无言以对。

她挣开他，在主席台旁的看台坐下。今晚有星星，夜空是靛蓝的缎子，星星撒在上面像大把大把细碎的钻石。

肖让在旁边坐下，想着这一晚的经历，也觉得奇妙："其实，我从来没想过可以和同学这样相处，我以前在学校是没有朋友的，小学时还被全班孤立过。"

沈意惊讶了："真的吗？他们为什么孤立你？"

"无非是因为我和他们不一样呗。"肖让耸耸肩，"当你成为环境里的异类，大家要么崇拜你，要么讨厌你，我那时候很不幸被讨厌了。"

沈意没想到他还遇到过这样的事，难怪最初他和同学们相处那么小心周全，一定是那件事给他留下了阴影吧。

"我一直想跟你说声谢谢。因为认识你，我和杨粤音、关越越她们都交上了朋友，也跟这么多老师、同学和睦相处。你知道吗？如果不是因为你，我今晚肯定不会参加聚餐，文昌哥本来安排我高考结束当晚就飞到摩洛哥拍一个广告，我给推迟了。我很庆幸我推迟了。

"因为这个晚上、这段记忆，不只对你，对我来说也很珍贵。沈意，和你坐了同桌是我高中三年最好的事。"

男生语气真挚，沈意与他对视片刻，笑了："你怎么总是抢我的话？"

肖让扬眉，沈意这才从随身的包包里取出一张纸，是肖让催了几次她都没有给他的同学录，只见背面的同学寄语栏，女生用清秀工整的字迹写道："肖让，很高兴认识你。和你坐同桌，是我高中三年最开心的事！"

肖让看着同学录，想象她写下这段话的表情。她是那样羞涩内向的人，以至写完之后都不敢让他看到，一定要等到今晚才肯交给他。

而她的举动，让这段其实很正常的话变得缠绵悱恻，仿佛最动人的告白。

他忽然就觉得心里柔软得不像话，握住了她的手。

微风吹拂面颊，带来丝丝燥热。

这是18岁的夏夜。多少故事在这个晚上结束，又有多少故事在这个晚上开始。

她终于还是不好意思了，顾左右而言他："这个位置，让我想起我们看烟花那次了，今晚要是也有烟花就好了……"

"你早说啊，你说你想看烟花，我就提前买了咱们带进来放了。"

他的视线落上她嫣红的唇，记忆里一些久远的东西一点点苏醒："不过，你说到这个，那天晚上，我倒是真有一件事想做，却不敢……"

"什么？"

"你不知道？"

沈意的心跳了两下，隐隐有预感。

果然，男生慢慢凑近。她睁大了眼睛，一动不敢动，终于，他停住了，有点苦恼地皱了皱眉："你这个样子，我会以为自己在做坏事。"

下一秒，他抬手捂住她的眼睛，吻上了她的唇。

头顶是璀璨的星光，男生坐在看台上，深深亲吻怀中的女生。

肖让闭着眼睛，觉得自己仿佛回到了那一天。

火树银花、漫天繁华，他从梦中醒来，看到女生近在咫尺的面庞。

耳边是呼呼的风声，同学们的笑闹声，还有烟花一朵一朵炸开的声音。

他却在那一刻，第一次听到了自己心动的声音。

【全文完】

番外一：
金榜题名时

沈意度过了有史以来最轻松的一个暑假。

以往即使是放假，她心里也惦记着学习，不能真正玩得安心，会想是不是应该用这个时间去做做卷子。但这一次，每当她想到学习，就会立刻反应过来，已经不需要了，她是真的没有任何"应该去做"的任务了。

这感受太奇妙，以至她一开始还有点无所适从，具体表现在高考刚结束那几天，还是每天早上7点就醒了，晚上也总做梦，基本都是关于考试的，梦里兵荒马乱，让人焦虑。但慢慢地，她适应了这个新的阶段，长期紧绷的神经松弛下来，顿时感觉人生豁然开朗！

肖让于高考结束后次日就离开嘉州回北京了，隔周又去摩洛哥拍了那晚他说的那个广告。沈意没有和他在一起，不过这一点不耽误她找到自己的乐子。连续几天，她都和杨粤音、关越越在外面玩，逛街看电影，或者就在路边的肯德基买杯饮料坐着，享受着过去不会有的无所事事的感觉。在街上经常可以看到和她们一样高考结束的学生，有时候还会碰到同班同学，大家此刻再见仿佛战友重逢。浮夸如杨粤音，每一次都会和对方兴奋地抱在一起大喊大叫，引得路人纷纷侧目，让沈意恨不得躲得远远的，生怕被人知道自己和她们是一伙的。

但总的来说还是很美妙的，毕竟，浪费时间真的好快乐！

沈意也知道同学们都有自己的度假计划。个别勤快的报了兴趣班充实自己，但更多人都跑去外地玩了，还有出国的，就连关越越和杨粤音也在几天后跟她宣布，她们一个要去大阪的小姨家暂住，一个要和妈妈去内蒙古旅游。

杨粤音说："所以，就恕我们俩不能陪你了，接下来你自己玩吧！"

她们溜得飞快，不过沈意也不着急，其实关于这个暑假，她早就给自己准备了计划，不是报各种兴趣班，也不是出去旅游，而是——她得抓紧时间补完肖让的电视剧！

其实沈意早就想看看肖让的剧了，因为自从毕业后正式在一起，这就成了她的一个小辫子，总是被肖让拿出来抱怨。男孩眨巴着眼睛，又哀怨又可怜地说，她真是一点都不关心他，身为女朋友，居然都没看过他的作品！

沈意被说得心虚，也怪她太一心向学，连她妈妈都把《妈妈日记》看了三遍呢，比起来，她这个女朋友实在太不合格了！

她打定了主意，还在小本子上把他演过的电视剧和电影都列出来，作为暑期的计划。不过她没有把这个计划告诉肖让，要让他知道她因为他的话都要去补他的戏了，他肯定要得意坏了！

于是，接下来几天，她连门都懒得出，从早到晚关在房间里看肖让的电视剧。这不看不知道，一看真是打开新世界的大门，小时候的肖让……也未免太可爱了吧！

《妈妈日记》是她以前看过的，但那时候她也小，没觉得有什么，如今回头重温，简直要被那个调皮捣蛋、古灵精怪的程小明萌死了。有一集，他闯了祸，放学回家不敢见妈妈，躲在大门外只露出半个身子鬼头鬼脑朝里面张望的样子，把剧里的妈妈逗笑了，也把屏幕前的沈意逗笑了。

她心想坏了，母性被激发了。

沈意从《妈妈日记》开始，把肖让的电视剧和电影按年份依次看下去，连后来的综艺节目也没放过。整个过程就好像亲眼见证了肖让的成长，看着他在每一部作品里一点点变化，五官逐渐褪去稚气、显露棱角，从青涩男孩变成俊朗少年，变成——她熟悉的那个肖让。

她忍不住捧脸，这种感觉真的太奇妙了！

快乐的时间过得太快，所以当放分日期逼近时，沈意还有点惊讶。

怎么这就要来了？

本省高考一直是6月24日晚上查分，提前几天，楚慧就好奇地问："你觉得你考得怎么样啊？"

楚慧没问过沈意高考的感受，考试期间是怕加重她的心理负担，考完了就干脆不问了，如今也是到了出成绩的时候才又提起这茬。

沈意不知道怎么回答。她其实自我感觉不错，对完答案也觉得挺好，至少没有发挥失常。但到底有多好还是心里没底，清华、北大能上吗？又在全省排多少名？她想起高考那天见到的陈盏非，也不知道她考得怎么样，不过她看起来倒是挺成竹在胸的样子。

沈意无奈地承认，虽然之前总是装得云淡风轻，但在杨粤音她们的多番催眠洗脑下，她对自己和陈盏非最后到底谁胜谁负，也真的在意起来……

她心中紧张，就等着24日那晚的最后结果，可没想到当天下午却先接到一个电话，那边的中年男人声音爽朗："沈意同学吗？你好，我是省招办的。"

沈意愣住："是，我是。请问……"

"我打电话过来主要是想恭喜你取得了好成绩，还有提前了解一下你的报考意愿……"

楚慧今天休假，正在厨房切水果，听到声音出来一看，就发现沈意的表情不对。

她疑惑地问："怎么了？谁啊？"

沈意像没听见似的，握着手机沉默地听完，说了谢谢，挂断了电话。

然后，她抬眼看向妈妈："是省招办的老师。"

楚慧惊讶："省招办的老师？怎么找你啊？说成绩的吗？你多少分？"

看着陡然紧张起来的妈妈，沈意深吸口气，好像想通过这个动作汲取勇气，慢慢道："他说，我考了682分，嘉州全市第一，全省……也是第一……"

全市第一。全省第一。

也就是说，是省状元了。

楚慧瞪大了眼睛。

虽然之前沈意考到全市第一的时候，乔蕊也给她打电话聊过这种可能，但她从来没有真的把这个定为目标，如今陡然听到，只觉得喜从天降，都有点反应不过来了。

那边沈意也傻傻的，像是被这个消息冲昏了头。

不等两人反应过来，沈意的手机又响了，她手忙脚乱接起来，这次那边换成了一个声音温柔的年轻女性："你好，是沈意同学吗？我是北大招生组的，是这样的，我们想和你聊聊报考我们学校的事情……"

沈意只觉得今天的好消息仿佛浪头，一个接一个，打得她晕头转向。北大居然给她打了电话！还在那边热情洋溢地邀请她选择北大："我看了，你之前还参加过我们学校的冬令营，对吗？看来你一直就很喜欢我们学校啊！"

沈意心想：我是喜欢，可你们当时也没要我啊……

就在她接电话的同时，楚慧的手机也响了，她躲到旁边接起来："喂，你好？是，我是沈意的妈妈。哦，她的手机打不通是因为正在跟北大那边通话，你们是……你们是清华招生组的？"

两人都忘了自己是怎么打完这个电话的，放下手机后对视，都从对方眼中看出茫然。

好一会儿，楚慧问："那，你想好选哪个了吗？"

沈意也不知道。每年省状元都会被清华、北大争抢的事，她当然也听说过，却没想到有一天会发生在自己身上，要知道半个小时以前，她还在担心自己能不能进其中一所呢！

到底是选清华还是选北大，原来她的人生真的可能面临这种苦恼！

没等她苦恼出结果，北大的电话再次打来，在听出沈意语气里的犹豫不决，以及清华也已经打过电话后，那边笑着说："没关系，我们现在就在你家楼下，不如我们见面详细聊聊，我向你介绍一下我们北大的各个优势专业，还有你感兴趣的方向，好吗？"

沈意惊得说不出话。

这梦幻的一天结束后，沈意累得直接瘫倒在床上。

这个下午她先接待了北大的招生老师，中途又接到了乔老师给她报喜的电话，乔蕊在那边激动得都要哭了。不过沈意也可以理解，第一次当班主任就带出了省状元，这种业绩不是一般人能有的，值得一哭。

等一切终于忙完，她躺在床上看着天花板，觉得脑子还蒙蒙的。然而慢慢地，因为各种纷扰而迟迟没有涌上来的兴奋，终于占据了她的整个大脑。

她忽然抱着被子，在床上打两个滚！

省状元、省状元、省状元！

她真的拿了省状元！

沈意从被子里钻出个脑袋，凌乱的头发下，整张脸通红通红，双眼是闪亮的星辰。

她还没来得及把这个好消息告诉杨粤音和关越越，不过现在也顾不上她们了，她握着手机片刻，拨通了一个号码。

"喂？"

沈意问："你在干什么啊？"

"你说呢？今晚提前收工了，正等着查成绩呢。"

肖让最近在拍一部现代都市喜剧电影，一周前就再次进组了，此刻人在上海。不过这一次的角色并不是《长生》中那样的绝对男主角，而是三男三女的多线故事，他的戏份并不是很多，所以晚上收工后经常和沈意打电话。热恋中的情侣本就难舍难分，原来还朝夕相处呢，现在忽然变成异地恋，两人都很思念对方，常常一聊就是几个小时。可即使这样，每次挂电话前还是能拖拉半小时，谁都舍不得先挂。后来他们干脆不挣扎了，直接用iPad开着视频，就这样躺在床上看着对方入睡。

沈意"哦"了一声，肖让问："怎么样，紧张吗？"

"本来挺紧张的，现在不紧张了。"

肖让听出她话里有话："什么意思？"

"我已经知道我的成绩了。"

肖让惊讶："这么快吗？可我五分钟前打电话过去，还没出来啊。"

"我不是刚刚知道的，是下午就知道了。"

肖让终于抗议："到底什么情况？你再吊胃口，我挂电话了。"

沈意咬唇，还是没忍住语气里的得意和雀跃："你不是老说自己是省状元罩着的吗？恭喜你，以后你真的是省状元罩着的了。"

肖让花了三秒理解她的意思，顿时又惊又喜："真的？你是省状元？"

"嗯！省招办的老师告诉我的，乔老师也证实了，而且清华和北大的招生老师下午都给我了打电话，北大的老师还找上门了！"

她越说越激动，那边肖让也越听越激动，忽然说了句"等我一下"，放下手机就没影了。沈意莫名其妙，等了两分钟，他才回来，说："我刚去跟我整个团队广播了一下，现在大家都知道你是省状元了！"

两个人对着手机，都心潮澎湃。肖让说："我说什么来着？山重水复疑无路，柳暗花明当状元！"

沈意"扑哧"一笑："我的成绩知道了，现在就等你的了。"

看看时间也差不多了，肖让那边忽然传来声响，他说："是罗成哥，他在给乔老师打电话，等等，好像真的出来了……"

沈意整颗心都提起来了，肖让和旁边的人说了句什么，重新拿起手机道："你猜我考了多少分？"

这回轮到沈意受不了了："你立刻给我老实交代！"

肖让受到威胁，还是恶劣地沉默了三秒，才抢在沈意爆发前公布："451分！苍天有眼，没有给师父您老人家丢脸！"

他居然真的上了450分！

沈意呆了半晌，问："你考了450分，那是不是可以去央影了？"

"当然，其实我考350分就能去了，是我对自己要求高而已。"

沈意没理睬男生的嘚瑟，说："太好了，我们可以一起去北京了。你还记得吗？"

那一天，她在教室和身在云南的他视频，当时他们约定，要一起加油，一起去北京。

教室后面的黑板上一笔一画写下的，是他们年少的志向。而如今，她拿了省状元，他也考上了央影，他们的愿望都实现了。

她说得含糊，肖让却一下就明白了。

男生立在窗边，听着电话那端女孩的呼吸声，那样熟悉，之前许多个夜晚，他都是这样听着她的呼吸声入睡的。距离从未像此刻这般让人畏惧，他无法想象未来四年和她天各一方。

片刻后，他轻声说："对，我们可以一起去北京了。"

沈意成为省状元的事很自然地引发了轰动。

当初她在二模中考了全市第一，七中就轰动过一次了，但当时的程度怎么能和如今比，这可是七中时隔九年好不容易又出的一个文科的省状元。今年理科班的第一周铭输给了嘉南中学的第一，位列全市第二、全省第四，连三甲都没进，就更衬得沈意这个文科状元一枝独秀了。

七中为她举行了盛大的表彰大会，高校长亲自给她颁发荣誉证书和奖金，同学们争相与她合影。这还没完，学校里的表彰大会完了还有市里的，她还要忙里抽空接受嘉州本地媒体的采访。除此之外，这段时间沈意家的电话也没停过，各路亲朋好友都来电祝贺，就连他们小区都悬挂起了"热烈祝贺本小区业主沈意同学荣登2019年高考省文科状元"的横幅，敲锣打鼓，就差在门口舞龙舞狮，沈意回家时都惊呆了。

如此盛况，引得张立峰感慨："真是春风得意马蹄疾，一日看尽长安花啊！"

自己当了状元，但沈意也没忘了关心同学的成绩。宋航还是铁打的七中第二，全省第九，即使没有那30分的降分也稳稳妥妥进清华。而周静书到底没能在高考中实现终极逆袭，她发挥失常，才考了600出头，在全市排到200名以后了，是她整个高中阶段的最差成绩。沈意听说后心情很复杂，高考就是这么残酷，她当初最怕的也是这种情况，努力三年，却在最重要的一战中失手，之前的辛苦都付诸东流。不过好在周静书有复旦的保送，这时候就不由得庆幸"还好当初陈盏非出车祸了"……

陈盏非当然是全市第二，全省也是第二，不影响她上清华或者北大，但沈意一想到她志在必得的状元被自己抢了，就一阵心虚。两人后来在市里的表彰大会上又见到了一次，沈意打招呼时都在小心观察她，陈盏非倒是神色如常，与她站一起让媒体拍照时还开玩笑说："行了，我愿赌服输，不会打你的。别那么紧张。"

杨粤音考了627分，超了一本线将近90分，终于实现了当初"和北师大锁了"的誓言。张立峰则考了569分，一本线以上，稳定发挥。最让沈意惊喜的还是关越越，不枉宋航高考前那么尽心尽力帮她复习，她居然考了541分，踩线过一本，一分也不多，一分也不少，感动得乔老师热泪盈眶："我宣布，除了肖让，咱们班终于实现一本率百分之百的任务了！"

远在上海拍戏的肖让："怎么还被开除班籍了呢？对不起，是我拖大家后腿了！"

分数出来了之后当然就是报志愿，沈意经过慎重的思考，最后还是选择了北京大学。妈妈问她："你想好了？"

沈意点头。这段时间清华和北大轮番游说她，清华的老师甚至想直接接她去北京参观清华校园，但对她来说，最困扰的还是经过跟两边老师的交谈，她猛地发现自己对于想学什么专业，其实一点想法都没有。

这些年她光是执着于北大，完全没考虑过考上北大之后的事。肖让从小就知道自己想当演员，但她呢？将来想做什么，她不知道。

她把这个困惑告诉肖让，肖让倒是很轻松："现在没想好，那就慢慢想呗，也不是每个人18岁的时候都知道自己想成为怎样的人，不用着急。"

沈意想说这样会不会太随意了，肖让却打断她："就像你之前跟我说的，我们不用急着长大。你还这样年轻，这样聪明，可以慢慢探索。班长大人，世界很大，等着你去发现。"

沈意想到这里微微一笑："我打算报北大光华管理学院，历年的文科状元大多都是去那里，我就遵循传统吧。"

也许在大学里的四年，她能想明白自己到底想成为怎样的人……

至于别的同学，周远去浙江大学，徐丽娜去江南大学，杭州和无锡离得倒是不远，看来他们在大学能继续这段高调的恋情。平行班那个和沈意、周静书一样志在北大的覃颖，分数倒是够了，但专业选不了太好的，她经过考虑，最终选择了南京大学。

不过这些都不出格，唯一让大家大跌眼镜的是——陈瑶瑶居然报了首影！还是表演专业！

张立峰说："她之前是去参加了首影的艺考，也通过了，但没想到她真的要报。妈呀，我们班不会出两个明星吧？"

不管会不会出两个明星，那都是将来的事了。

7月的风温柔地吹，带来夏天的燥热，沈意也收到了北大的录取通知书。而就在拿到通知书后的第3天,她告别妈妈,独自拖着行李飞到了北京。

沈意这次来北京让沈平很兴奋。事实上,自从得知她成了省状元,他就一直处于兴奋状态。成绩出来后第二天,他就飞回了嘉州,工作也不管了,拉着沈意,直夸她真是光宗耀祖。他和楚慧这些年见面虽然不会争吵,但也很少说话,这次也难得地融洽,不仅一起吃了饭,还联手张罗了沈意的谢师宴,在嘉州最好的酒店摆了将近50桌。

排场之大,用沈意的大舅妈的话说就是:"我看将来意意结婚也就这样了吧?"

虽然夸张,但大家也挑不出什么刺来,毕竟如果只是一个普通本科、普通重点,搞这么大排场是有点兴师动众,但……人家是状元!

你们是状元吗?你们不是。

而且,这些年在北京也算小有成就的沈平皱眉道:"谁说意意结婚就摆50桌了?我早想过了,我嫁女儿,那是要100桌起的!"

不过因为爸爸之前就回过一次嘉州了,所以这次沈意没有让他回来接自己,两人在机场碰头,到家时已经是晚上了。周阿姨做好了饭,笑着说:"早就念叨着你要来,总算见到人了。你不知道,之前听说你考了省状元,你爸爸兴奋得一晚上没睡着。要不是还有恬恬要照顾,你的升学宴我也要回去参加的,这可是咱们家的大喜事!"

这一回再看到周阿姨,沈意的心态也自然了许多,她这么说笑着朝旁边的沈恬挥了挥手。小姑娘眨巴着眼睛,刚想说点什么,就被妈妈揪住辫子扯了一下:"妈妈之前怎么说的?最近和姐姐在一块儿,你可要好好跟姐姐学习,下学期再敢考不及格,就别想再去迪士尼了!"

沈意之前一直刻意回避周阿姨和沈恬的消息,所以并不了解她们的具体情况,这一次过来才知道原来沈恬学习不怎么好,上学期期末数学考试还没及格,被一顿数落。偏偏这时候她这个姐姐又爆了个大消息,居然考了省状元,可以想象小姑娘这个暑假有多辛苦。

当着妈妈的面,她不敢说什么,等只剩她和沈意两个人了,她才不满嘀咕:"姐姐就是聪明,我就是笨啊,干吗非要让我跟姐姐比!"

沈意想了想,说:"其实,姐姐小时候学习也不好。"

沈恬意外地睁大眼："真的吗？可是妈妈说你从小学习就很好很厉害啊！她骗我？"

"真的，你是数学不及格对吗？我一年级的时候也曾经数学不及格，被爸爸抱着讲了三个小时的大道理，我都被说哭了。"

一看沈恬，就知道她也是被讲过道理的。她立刻感同身受地抓住沈意的手。沈意说："所以，你千万不要丧失信心，也不要觉得自己笨。你可是我的妹妹，不管学习怎么样，小脑瓜肯定是非常聪明的！"

周秀君最近为沈恬的成绩着急，说她的次数有点多，小姑娘看着乐观，没事人似的，其实心里也很受打击，连带着对沈意其实也有一点敌意。现在被她这么一安抚，顿时士气大振，对啊，连姐姐小时候都不及格过，她考不及格不是很正常吗！

这一次考砸了，下一次考好就行了，她这么聪明怕什么！

想通之后，她又开始活蹦乱跳了，对沈意也亲热起来，两姐妹感情突飞猛进，让周秀君和沈平都惊讶了。

家里氛围融洽，不过沈意还牵挂着一件事，终于某天晚上，她收到了肖让的微信："恭喜我刚刚顺利杀青！今晚飞回北京，明天我们就能见面啦！"

是的，沈意这次来北京，玩都是其次，最主要是因为肖让看了下自己的行程，发现他整个暑假都是不可能再回嘉州的。但没关系，他工作忙回不来，沈意可以去北京找他嘛，反正她也闲着没事。

为这个，她出发时，杨粤音还取笑她："万里寻夫啊，你这是。"

她到北京一周了，前几天都和爸爸在外面旅游参观，终于等到肖让的电影杀青，他也从上海回到北京。

明天，他们就可以见面了。

沈意为这个兴奋不已，第二天一大早就爬起来收拾。其实她前一天晚上还想去接机的，但肖让他们的飞机到得太晚了，她怕夜间不安全才作罢，而且她住爸爸这儿，也确实找不到彻夜不归的理由。

肖让今天白天也有通告，但就在她爸爸家附近，肖让说活动结束就联络她，所以一整天她什么心思都没有，手机一有动静就拿起来，生怕错过他的消息。

就在她又焦虑又甜蜜的时候，忽然听到沈恬问："姐姐，你是肖让的同学吗？"

沈意拿手机的动作一顿："我吗？啊，是。"

"那你也见过他了？和他一起玩过了？"沈恬兴奋地问道。

沈意不答反问："你问这个做什么，你喜欢他啊？"

"我当然喜欢他了，不仅我喜欢，我们班上好多同学都喜欢！他最近那个《长生》你看了吗？他在里面好帅啊，我跟思思、小蕙每天晚上都追着看！"

肖让的《长生》已经在6月底播完，凭着前期良好的势头一路走高，最终成为上半年的大热剧。因为这部剧，这段时间肖让的外界关注度和粉丝数量都有了大幅度提升，但沈意没想到的是，谢长生居然还给他吸来了这么多小学生粉丝。

要知道，肖让之前可一直是姐姐粉丝占大头的！

沈恬对她瞧不起小学生粉丝很不服："我们也要做数据的！肖让最近在QQ部落打榜一直是第一名好吗！"

居然还是个"数据粉"！

沈意更紧张了，她和肖让的事还瞒着爸爸妈妈呢，可不敢让这么一个咋咋呼呼的小学生知道。所以当沈恬缠着她要打听肖让的消息时，她挑了一些不痛不痒的小事讲了，然后以"我们虽然是同学，但其实也不是很熟"为由拒绝再讲八卦。

谢天谢地，沈平毕竟和沈意不生活在一起，对她的事不了解，所以沈恬也就不知道她亲爱的姐姐不仅和肖让很熟，甚至还是同桌，丧气了一会儿，不满地指责："姐姐你真是太没用了，和肖让当同学居然都没跟他做成好朋友，简直浪费了大好机会！"

沈意虚心接受批评，暗松口气，庆幸自己逃过一劫。

就这样拖到快晚上，她终于等到电话，接起来却是罗成。他在那边很抱歉地说："小意啊，真不好意思，小让现在还被扣在里面采访呢，走不了。今晚你们恐怕见不了了。"

沈意心一沉，罗成立刻补充："不过你别难过，他在上海给你买了礼物，是亲自抽了半天时间出去选的。肖让把你的地址发给我了，我现在就在你家楼下，你可以下来一下吗？我把礼物交给你。"

肖让来不了了，还托罗成给她送礼物，沈意的心情非但没有好起来，反而更低落了。他给她选的礼物，为什么不亲手给她？还要人转交，难道今天不行，明天也见不了吗？

太过失望，她甚至想赌气不下楼了，却还是不好意思让罗成为难。沈平和周阿姨今晚都不在家，只有沈恬在看电视，她随便找了个借口下去，却没有看到人。

"喂，你在哪儿啊？"

"就在单元楼前啊，你没看到我吗？在灌木丛那边。"

白天下过雨，地上湿漉漉的，这个点，小区里有三三两两散步的大人，还有在儿童娱乐区玩耍的孩子，隐约传来嬉闹声。沈意往灌木丛那边张望，却没有看到罗成的身影，刚要再问，却忽然被人从后面一把抱住。

"在找谁？"

沈意吓了一跳，却立刻认出这个声音，呆了两秒回过身，只见夜色中肖让微挑眉毛，朝她微笑。

沈意愣愣地和他对视，好一会儿才确定自己不是在做梦，真的是肖让！

"你不是说……来不了吗？"

"给你一个惊喜。"

她还想再问，他却重新抱住她。男生的手有力地环住她的背，声音低哑，难掩激动："别动，让我抱抱你。"

"肖让……"

"小意，我好想你。"

他的话语炙热而滚烫，仿佛烙印烙上她胸口，沈意觉得满腔情绪都要汹涌而出，几乎难以自持。

将近两个月没见，不只他想她，她也好想好想他，每天做梦都想见到他。

她伸出手，反环住他的腰，闭上了眼睛。

终于。

我终于又见到你了。

两人就这么抱了一会儿，才分开一点，沈意问："今天工作累吗？"

"还可以，一想到晚上要见你，我就充满了干劲，做什么都不觉得累。"

肖让握着她的手亲了亲，换来沈意不好意思地垂眼，"你呢，今天做了些什么？"

还能做什么，一整天都在等你的电话……

但这么说是绝对不行的，沈意岔开话题："那礼物呢？把我骗下来的礼物在哪儿？"

肖让把脸凑过来："我这么大的礼物，还不够？"

这人怎么越来越无赖了，沈意瞪他一眼，肖让却又顺势抽走了她的手机。沈意这才发现自己因为太惊讶，居然一直忘了挂断电话。

他对那边的罗成说："听得开心吗？"

罗成笑眯眯地说道："还不错还不错，我自己谈不了恋爱，听听别人谈恋爱也挺有意思的。"

肖让翻个白眼，按了挂断键。沈意想到刚才的话都被人听到了，不自在地扭了扭身子。不过也因为这个，她忽然醒悟，推开肖让左右一看，还好还好，他们这栋楼靠小区里面，附近没什么人。

她嗔怪地推肖让一把："你不怕被人看到。"

"我观察过了，没有人。而且我都不怕，你怕什么？"

沈意想说，你什么时候怕过，都听你的就全完了。然而话还没出口，她身后传来一个疑惑的声音："姐姐？"

她身子一僵，回头一看，楼门前站着的小女孩果然是沈恬！

她像是刚从楼里出来，手里还拎着两个袋子："你怎么在这儿啊？说下来丢垃圾，可是根本就没有拿，还要我来丢，不然妈妈回来不会骂你，只会骂我。"

沈意整个人都呆住了。她早忘了自己随口说的借口，更没想到沈恬这么一个平时只会胡闹的小公主，今天会突然这么乖下楼扔垃圾！现在该怎么办？怎么就会让她撞了个正着呢！

不对，也许还有机会。

也许，她没看到肖让……

这个念头刚闪过她脑海，就看到沈恬表情微变，盯着她身后说："你旁边的人……怎么看起来有点眼熟？"下一秒，沈恬不可置信地瞪大了眼睛，"肖让？你是……肖让吗？"

说时迟那时快，沈意冲过去一把捂住她的嘴巴，几乎把她抱了起来。沈恬吓得睁大了眼睛，然而沈意捂住了她的嘴却又不知道说什么，大眼瞪小眼三秒钟后，肖让好心提醒："你是要闷死她吗？"

沈意这才说："我可以解释。你不要大喊大叫，我就松开你，好吗？好就眨眨眼睛。"

沈恬立刻使劲眨了好几下眼睛，几乎要眨抽筋。沈意于是松开她，小姑娘脸颊红红的，不可置信地看着面前戴着黑色鸭舌帽的男生："肖让，真的是你？你怎么会在这儿啊！"

这一次她虽然激动，但声音总算小了一点。肖让半蹲下身子，笑眯眯地说："是，我是肖让。你是沈意的妹妹吗？叫沈恬？"

沈意之前也跟肖让聊起过这个妹妹，所以他对她也算熟悉，没想到会在这样的情况下见到她。

肖让居然还知道她的名字！沈恬幼小的心灵经受不住这巨大的冲击，几乎摇摇欲坠。

"是，我叫沈恬！你看起来比电视上还帅啊！"

"你也比你姐姐描述的要活泼可爱呢！"

两人居然还聊上了，沈意又急又气。肖让也太可恶了，明知道她在担心什么，还在恬恬面前这个样子！

她强行把肖让扯到一边，小声问："你干吗？"

"别那么紧张嘛。"肖让安抚地说，"我觉得你想太多了，怕被父母、老师看出来还可以理解，你妹妹一个还不到10岁的小丫头，能知道些什么？"

他这么一说，沈意想想觉得也是，沈恬还在QQ社区打榜呢，应该……看不出来吧？

两人转过身，沈恬正奇怪地看着他们，果然一脸天真单纯。

沈意松了口气，微笑着说："是这样的，恬恬，你不是知道肖让是我的高中同学吗，今天他恰好在附近工作，听说我来北京了，就顺道过来给我送个东西，不是专程过来的。"

肖让对她最后一句话表示异议，扬眉看向她，沈意回视过去，眼神中满是威胁。

肖让终于妥协，耸耸肩无声地表示：好吧，听你的。

沈恬已经从刚才那种激动的情绪中清醒过来，现在听到沈意的解释，盯着两人打量一瞬，冷不丁说："你们在谈恋爱吧？"

沈意、肖让都蒙了。

沈恬耸耸鼻子："我一看就猜出来了，你们俩肯定在谈恋爱，普通朋友才不会大晚上来找你呢，还骗我是顺路。电视上都是这么演的。"

见两人一脸震惊，沈恬叹口气，非常小大人地说："好了好了，我知道你在害怕什么。放心吧，我可是很仗义的，不会告诉别人。"

肖让和沈意对视，忽然发现原来自己一点都不了解现在的小学生……

还是肖让先反应过来："是，既然你知道了，那重新自我介绍一下。我是肖让，是你姐姐的同班同学，也是她的……男朋友。"

小姑娘如梦似幻地跟他握了手，转头对沈意说："姐姐，我真是对你刮目相看了，还是说，这就是省状元的本事？我考上状元的话也能和肖让谈恋爱吗？"

和肖让谈恋爱是不可能了，和别人的话，倒是可以替她展望一下，不过不是现在。沈意好说歹说，并承诺送她肖让的亲笔签名照，总算把她劝回楼上，这才长叹口气："我觉得，晚上回去还有一通逼问等着我，不知道得签下多少丧权辱国的条约。"

肖让只是低头笑，沈意问："你接下来几天什么安排？"

被妹妹这么闹了一通，她不敢再跟肖让站在这儿了，可就让他这么离开又舍不得，好不容易才见这一面呢。

要是他不那么忙，可以有空好好陪陪她就好了……

肖让说："接下来几天都有通告，排得还挺满的，应该出不来了。"

这样啊，沈意垂眸，难掩失落。

肖让看在眼里，慢悠悠说："不过下个月初，我要出国一趟。"

"出国干什么？"

"雯姐要举行婚礼，邀请我参加，这是大事，我提前几个月就把档期空出来了。"

雯姐，哪个雯姐？听肖让的语气好像很尊敬对方的样子，是娱乐圈的哪位前辈吗？

沈意眨眨眼，忽然回过神："你是说……"

"没错。"肖让打了个响指，"就是全国人民心中我的另一位母亲，季雯姐。"

季雯就是肖让的成名作《妈妈日记》的女主角，那个因为养了一个调皮捣蛋的儿子而苦恼不已，每一集结尾都在写日记总结经验教训的妈妈。确实如肖让所说，在全国人民心中她才是肖让的母亲。不过她虽然演肖让的妈妈，其实只比他大17岁，今年刚35岁，之前就听说她和同为演员的男友领证了，没想到下个月就要举行婚礼了啊！

"消息还没公开，不过圈内很多朋友都收到邀请了，地点定在巴厘岛，到时候应该会很热闹。"

是啊，女明星的海岛婚礼，还邀请了那么多圈内同行，想想都知道会很热闹。

这种事情，她还只在新闻上见过呢……

"雯姐本来只请了我，但我跟她说，我还有个特别的人想介绍给她认识。她很期待。"

沈意的心猛地一跳，惊讶地抬眼，只听到肖让问："小意，你愿意和我一起去参加婚礼吗？"

番外二：
完美的假期

8月初，娱乐圈最大的新闻就是，著名女演员季雯终于宣布将和数月前领证的丈夫佟文安在巴厘岛举行婚礼。

和"85"后的小花旦们不同，季雯一直走青衣路线，出演过多部收视率爆棚的电视剧，虽然一直没有多少狂热粉丝，但很受关注，因此她的婚礼也备受瞩目。而当新闻爆出，曾和季雯在《妈妈日记》里有过经典合作的当红小生肖让会出席婚礼后，顿时激起了广泛讨论。

开玩笑，这可是程小明和妈妈的世纪同框！

一时间，网上都在感慨："孩子长大了，都可以去参加妈妈的婚礼了！"

"怎么样？你到了吗，到了吗，到了吗？"

沈意听着微信里杨粤音激动的声音，揉了揉耳朵，也发了条语音过去："到了。我已经到酒店了，刚放好行李。"

关越越立刻说："天哪，你总算出声了，我们今天一整天啥事也没做，就等着你到了给我们直播呢！"

沈意说："有这么夸张吗？"

杨粤音的声调高了起来："有这么夸张吗？沈意同学，你在开玩笑吗！你现在可是受邀去参加了一场全国瞩目的婚礼啊！居然问我们有这么夸张吗！"

杨粤音说得倒也是，季雯和佟文安这场婚礼这几天确实是刷爆了话题。明星结婚向来喜欢在国外，其中海岛婚礼又是最热门选项，光这个巴厘岛，最近五年就有快十对明星夫妻在这里举行婚礼了。不过大家还是乐此不疲地猜测这一对又会有怎样的不同，新娘会穿什么牌子的婚纱，戴多大的钻戒，场面比起之前几对会更阔气还是稍显简单。但除了这些，大家还关心的是，新郎新娘会邀请哪些圈内好友。这种场合向来是盘点一个艺人圈内人际关系的大好机会，前任现任、姐妹对手，谁来了，谁没有来，谁收到邀请，谁没收到邀请，每一条引申出来的八卦足够人们议论好几天。而即使不关心这些，光是看到俊男美女同台露面也是一种难得的享受。

季雯入行多年，人脉广阔，这一次又大发请柬，前来的明星很多，这两天陆续爆出来，都是合作过或者间接合作过的，其中牵扯出的陈年恩怨几天几夜都说不完。比起来，肖让和她的同框已经不算是最大话题了。

不过沈意并不关心这些，她更兴奋的是，在经过八小时的长途飞行后，自己终于有了第一次出国旅行！

那晚肖让提出邀请后，她就一直在琢磨怎么跟爸爸妈妈说，告诉他们自己要和一个男生出国肯定是不行的，他们不打断她的腿也要打断肖让的腿，最后还是只好祭出万能的闺密打掩护大招。她让父母相信她要和杨粤音、关越越一起去厦门旅游，为了避免露馅，她们两个刚结束旅游回到嘉州的人不得不再次出发，真的双双去了趟厦门。而在她们出发去厦门的同时，沈意也坐上了去巴厘岛的飞机。

他们是从北京出发的，季雯给所有宾客包机接送，整个过程非常舒适。大概也是因为这个，沈意一点没有长途飞行后的疲惫，而是充满了新鲜感，一进门连行李都没放好，就参观起了自己的房间。

肖让这次只带了她和姗姗姐。他们三个分享了一个独栋别墅，每个人都有自己单独的房间，房间很宽敞，传统风格的草皮屋顶挑得很高，中央是当地特色的豪华大床，四根床柱撑起白纱床幔，而透过落地窗可以看到岛上茂密的热带植物，以及更远处蔚蓝的海岸线。

沈意还在床上发现了给宾客的伴手礼，精美的粉色礼盒上印着T&J的标识，里面放着喜糖、香水、巧克力，还有季雯代言的手机、佟文安代言的拍立得各一个。她认出这是今天很多明星都在微博上晒过的同款，于是拍了两张照发到群里，毫不意外地换来杨粤音和关越越的鬼吼鬼叫。

正闹得起劲，房门却敲响了，肖让问："收拾好了吗？我们要去welcome party（欢迎派对）了。"

婚礼的正日子是明天，但宾客们今天都到得差不多了，所以新郎新娘在岛上举行了一个welcome party。沈意和肖让抵达时，现场已经非常热闹，低垂的夜幕下，酒店的露天花园里站满了人，大家言笑晏晏，沈意一眼就在其中发现了两个熟悉的面孔："是柯星凡和傅西承！"

确实是柯星凡和傅西承，他们也发现了沈意和肖让，笑着过来打招呼。傅西承上下打量沈意，香槟杯碰了碰她手里的柠檬水杯子："早听说你也要来，我和老柯可都期待已久了。"

沈意觉得他的语气有点奇怪，他们又不是没见过，他期待她干吗？

傅西承慢悠悠说："我对你的称呼是不是要变了？不该叫班长，应该叫弟妹……"

沈意的脸登时红了，这才意识到傅西承他们已经知道她和肖让的关系了。是他说的吗？

仿佛为了验证她的猜测，傅西承撞了肖让一下："我说你小子够能装的，当初说什么要高考了，不想影响人家学习，结果转头就又是看电影又是上热搜的，后来更好，直接表白了。我说你既然这么色胆包天，一开始给自己立那个贞节牌坊干吗？"

肖让简直要被傅西承气死，他决定带沈意来参加婚礼，就知道瞒不过傅西承他们，所以直接坦白了，没想到这浑蛋当时没说什么，现在居然当着沈意的面这么调侃他。

他争辩："我是有原因的，你不懂不要乱说话！"

"好好好，我不乱说。"傅西承嘴上应承，可看他脸上饱含深意的笑容，还有滴溜溜在他们之间转来转去的眼神，就知道他在想些什么。

这个闭嘴有任何意义吗？

沈意到底是女孩子，脸皮薄，扛不住他这样调侃，好在这时候人群中忽然发出欢呼，原来是新郎新娘出来了。这是沈意第一次在现实中见到季雯，不过她对她倒是很熟悉，毕竟一个多月前她才加班加点看完了她和肖让的电视剧。让沈意惊讶的是，十几年过去了，季雯看起来却和出演《妈妈日记》时没有太大的变化，只是更增了几分成熟女人的魅力。她身段婀娜，穿着一身墨绿印花的长裙，海藻般的长发披在脑后，别了两朵小黄花在耳后，看起来非常有热带风情，在群众的鼓掌欢呼中，挽着丈夫的手走下了台阶。

"谢谢，谢谢大家来参加我和文安的婚礼，希望今晚各位都能玩得愉快！"

主角一出来，宾客们当然都围过去了，沈意看着被簇拥的新郎新娘，还有周围那些她或知道名字或不知道名字，但对脸也有印象的俊男美女，忽然觉得这一幕有点熟悉。想起来了，是微博之夜，那天晚上也是这样，她糊里糊涂被带到颁奖典礼，看到了很多明星，像误入仙境的爱丽丝，满眼都是新奇。

她转头想跟肖让说话，却发现他不见了，连傅西承和柯星凡都走到另一边和朋友应酬了。她一个人站在人群中，忽然就有点紧张。

正在此时，旁边有人撞到她的胳膊，抬头一看是一个身材高大的年轻男人。沈意认出他好像是一个很有名的模特，后来转型当演员和季雯拍过戏，却不知道他叫什么。但对方明显比她更迷惑，客气地说："不好意思。我刚看到你和肖让在一块儿，你是他的工作人员吗？"

沈意一时不知该怎么回答，嘴巴张了张却没发出声音。对方等了三秒，大概也觉得有点尴尬，露出个礼貌的微笑："失陪。"

他端着酒杯走了，沈意只觉得胸口那个兴奋的气球被刺破，忽然就丧气起来。

她像是第一次意识到，自己在这里真的好奇怪。谁也不认识，也没人认识她，没人陪着就不敢说话，无所适从，像个傻瓜似的。

她对这一切而言，本来就是个局外人啊。

正胡思乱想，她忽然听到一个声音："小意，这里！"

是肖让。

他站在季雯和佟文安身边，远远地朝她招手："快过来。"

季雯他们周围已经没那么多人了，沈意走过去还没来得及开口，肖让就一把抓住她的手："姐，这就是我跟你说的想介绍给你的人。"

沈意被动地看向季雯，那美丽的新娘正偏头打量她。离得近了，才感觉出她周身的气场，女人微扬眉毛，神色让人难辨喜怒："你就是沈意啊？"

沈意在她的目光下越发忐忑。被《妈妈日记》影响，她看季雯也觉得她是肖让的长辈似的，一瞬间竟有了见男朋友家长的感觉。

可是为什么，她要在几个月里见两次婆婆啊！

"是……"

"小让跟我卖了好久的关子，我想提前看看照片，他都不答应，非说要今天给我一个惊喜。嗯，总算见到了，确实是惊喜。"季雯说着忽然抓住沈意的手，脸上绽放出灿烂的笑容，"你看起来好可爱啊，和我儿子好配呢！"

沈意面对陡然而来的热情，睁大了眼睛，有点傻乎乎的。

季雯还在絮絮叨叨："本来呢，我是想让你当我的伴娘的。我有五个伴娘，你是最小的，可以穿那条粉色的裙子，一定很漂亮。但小让说你肯定会紧张，而且伴娘要入镜，你应该也不喜欢被拍到，所以就算了。好可惜，差一点我就有儿媳妇当伴娘了……"

沈意没想到自己今晚竟遭到接二连三的调侃，傅西承叫弟妹就算了，季雯居然直接叫儿媳妇了！而且她刚才说什么，她居然还想让她当伴娘？自己是差一点就当上女明星的伴娘了吗！

肖让揽住沈意的肩膀往怀里一带，把她从季雯的手里解救出来："姐，可以了。适可而止。"

这保护的姿态引来季雯的白眼："干吗，我又没欺负她，说两句话怎么了？真是有了媳妇忘了娘。"

一直含笑旁观的佟文安终于开口："小让是怕你再说下去要吓到小意了。"

季雯"扑哧"一笑："这样啊，那行吧，我不说了。唉，时间过得真快，一转眼当初跟在我屁股后面哭鼻子的小朋友都长大了，都知道护着女朋友了。"

无视肖让抗议的表情，她再次看向沈意，笑眯眯地说道："但是说真的，小意你能来参加我的婚礼，我特别高兴，你可是今天晚上我最期待的人啊！"

季雯的语气是那样真诚，就在片刻前她还觉得自己是局外人，可是这一刻，她被肖让揽在怀中，这场晚宴的女主人对她说，她是她今晚最期待见到的人。

原来这一晚和微博之夜那晚还是不同的，那时候他们只是普通同学，但现在，她是肖让的女朋友。而在他身边，她就不会是局外人。

沈意终于也露出笑容，用力地点了下头："能来参加您的婚礼，我也很高兴。季小姐，祝您和佟先生新婚快乐，百年好合！"

肖让发现，沈意见完季雯，心情就很好，其实之前她心情也不错，但现在更好了一些，就好像刚刚发生了什么让她开心的事。

他不由得问："你很喜欢雯姐吗？"

"喜欢呀。"沈意说，"我本来还以为季小姐是那种很强势很帅气的类型呢，没想到还挺亲切的。"

"她确实很强势很御姐，只是对你亲切而已。"肖让说，"毕竟，你可是她的儿媳……"

话还没说完，他就被沈意一把捂住了嘴。女生威胁地瞪圆了眼睛，两人对视三秒，肖让率先投降，做了个给嘴巴锁拉链的动作，沈意这才松开他。

女生咕哝："你就会胡说八道，也不怕别人听见……"

他们现在站在一起，不时有人看过来，每一次沈意都会下意识地紧张。刚才肖让带着她去见了新郎新娘，还把她搂到怀里，不知道有多少人看到了，大家会不会已经猜到他们的关系了？

她还牢牢记得当初蒋文昌跟她说过，肖让现在并不适合曝光恋情，生怕给他惹麻烦。

肖让一笑，牵住她的手："想那么多做什么，难得的好日子，放轻松一点。"顿了顿，补充道，"今天来的都是圈内的朋友，大家都有分寸，看出来就看出来。而且你以为今晚在这里偷偷谈恋爱的只有我们吗？"

沈意一愣，转头却见花园里衣香鬓影、觥筹交错，如他们这样依偎低语的男男女女不在少数，甚至还看到几对姿态亲密的男人，她终于意识到是自己太没见识了。

中央的空地开始上演今晚的欢迎节目，几位身穿传统服装的演员给宾客展示巴厘岛当地的民俗风情，而在嬉笑欢闹里，沈意终于反握住肖让的手。

Party结束时已经是当地时间晚上10点，沈意终于有点累了，和肖让、姗姗姐一起回了他们的villa（别墅）。姗姗姐道过晚安就打着哈欠回房了，沈意和肖让的房间正对着，两人站在走廊里，谁也没有先开口道别。

最后还是肖让先开口："明天婚礼，你准备衣服了吗？"

沈意有点茫然："我准备了啊，现在不就穿着吗？"

她看了看自己身上的天蓝色连衣裙，这是她为本次婚礼特地置办的行头，还是在富家千金关越越的指导下购买的，斥两千块巨资。这是她买过的最贵的衣服，付账时心痛好久。

肖让说："你准备了啊？可是怎么办，我也给你准备了衣服。"

他说着打开房门，让沈意先进去，然后回自己房间拿了个东西过来："打开看看。"

是一个纸袋。沈意一眼就看到袋子上熟悉的"Dior"，猜出了里面是什么。果然，纸盒打开，入目是明亮的柠檬黄，沈意拎起来一看，是一条丝绸吊带裙，那料子摸起来非常舒服，又滑又软，握在掌心如水般流淌。

她愣愣地说道："这是……"

"我送你的礼物，喜欢吗？"肖让说，"我想来想去，还是想送你一份礼物，祝贺你高中状元。这裙子我第一眼就看中了，觉得很适合你，特意带过来给你个惊喜。你不会要拒绝吧？"

他看到沈意的脸色，扬起了眉毛。

沈意握着裙子，沉默一瞬，问："那你可以告诉我，这裙子很贵吗？"

"我说不贵，你信吗？"

废话，当然不信了！

她现在对这些东西也有一定的了解了，不是之前那个会轻易被他糊弄住的小女生，知道这种名牌裙子的价格都很夸张，从几万到几十万都有可能。

自己买个两千块的小裙子就心痛得要死，他买的这个估计是她那件的十倍，甚至几十倍吧！

肖让等了片刻，女孩终于开口，却没有说出他以为的拒绝，而是说："好啊，那就谢谢你了。"

肖让露出笑容："真的？你接受了？我还想着，你不要的话，要怎么说服你呢。"

"为什么不要？我说过，等我哪天发横财了，就接受你的礼物。我已经发横财了。"

她指的是自己的奖学金。作为省状元，当然会收到来自各方面的奖金，光七中就给她发了二十万，市教育局发了十万，还有七中的赞助企业也给了十万。除此之外，沈平作为爸爸也给了她五万，沈意本来不想要的，但想了想还是没有推辞，毕竟，当爸爸的给了状元的女儿几万块奖励也挺合理的。

所以，沈意现在进入了从出生以来最富有的时刻，她的银行卡里居然有四十五万块巨款！

肖让见她还记得生日那晚说的话，煞有介事地点点头："也是，我也没想到你的横财来得这么快，倒是省了我的功夫。"

沈意说："那如果我拒绝，你打算怎么说服我呀？"

"还能怎么说服？就让你接受现实，你找了一个很有钱的男朋友，而他发了疯一样想送你各种礼物。你可怜可怜他吧……"

沈意被逗笑了，说："那我现在试一下吧。"

她本意是让肖让出去，他却没有动的意思，大眼瞪小眼三秒后，沈意拿着裙子躲进了洗手间。而她进去了，肖让才反应过来，懊恼地拍了下脑袋。

沈意脱下原来的裙子，小心换上新的。肖让给她选的并不是那种很华丽夸张的类型，剪裁看上去很简单，这也让沈意松了口气。可当她换好后，面对镜子，却惊讶地发现，看似平平无奇的款式，穿在身上却有意想不到的效果。

裙子是亮丽的柠檬黄，今年夏天这个颜色很流行，但并不是人人都能驾驭，皮肤稍微暗一点就是灾难。好在沈意生了一身白皙的肌肤，被这个颜色一衬，更是白得耀眼。剪裁虽然简单，却每一处都完美贴合她的身材，只在胸前有小小的皱褶，衬出少女起伏的胸口和玲珑的锁骨。

裙摆刚到小腿，随着她的转身荡起花朵般的涟漪，而镜子里赫然是一个白皙纤细、身段袅娜的少女！

沈意从没见过这样的自己，几乎有点看傻了，好一会儿才回过神来。

原来，这就是华服的意义吗？她摸摸脸，觉得自己简直变了个人。

转头望向洗手间的门，沈意忽然都不好意思出去见肖让了……

肖让在外面等了好久，久到他都怀疑沈意在里面洗了个澡，才终于听到门锁"咔嗒"一响，门拉开了。

女孩先是探出个头，看到外面的他，不知想到了什么，咬了咬唇。他因为她这个动作喉头一紧，刚要说话，却见她深吸口气，走了出来。

像一缕阳光刺入视野，瞬间照得满室明亮，肖让看着女孩身穿小黄裙，赤着脚，一步一步走到他面前。她一直是素净恬淡的，这一刻却因为那亮丽的颜色而显得耀眼生动，长发海藻般披散，少女和衣裙交相辉映，是这个盛夏的热带小岛上最夺目的风景。

肖让想象过无数次她穿着这条裙子的模样，却还是不敌亲眼看到的冲击，好一会儿，才轻轻一笑："我就说这裙子很适合你。"

沈意本就因为他刚才目不转睛的凝视而别过了头，听他这么说更是紧张，肖让却拉着她的手让她在床沿坐下，然后单膝跪在面前。

沈意吓得缩了一下，才看到他从另一个盒子里拿出了一双高跟鞋，不由得问："你还买了鞋子？"

肖让没作声，轻轻握住她的脚踝。夏天太热，他的手指也微微发烫，接触皮肤的瞬间，沈意只觉得那一处仿佛也被灼烧般，从指尖到头皮一阵战栗。

"你……干吗？"她缩了下脚，他却握着没放。

"别乱动。"

气氛变得有点奇怪，空气里弥漫着一种紧绷，沈意只觉得心弦一颤，也不敢说话了。

肖让帮她把鞋穿好，这才说："站起来试试。"

从鞋子里面的标识，沈意已经认出这双鞋是Jimmy Choo（周仰杰）的。可以，Dior的小裙子、Jimmy Choo的高跟鞋，她这一晚受到的冲击已经太多，接下来就算肖让再送她一个Chanel（香奈儿）的包包，她也会淡定接受。

只是这双鞋还是让她有点意外，之前关越越也买过一双这个牌子的高跟鞋，亮闪闪的，鞋跟又细又高，她看了一眼无法想象穿着它要怎么站起来。但肖让选的这双踩上后居然觉得很稳，外形也没有那么浮夸，浅浅的香槟色，看起来很低调优雅。

肖让牵着她的手，让她扶着自己往前走，他则随着她的动作后退，嘴里还在教她："对，小心，脚尖先落地，重心往后，对，就是这样。别怕，摔了我会接住你的。"

这是沈意第一次穿高跟鞋，感觉很奇妙，自己好像变成了小孩子，连路都不会走，还需要别人教。但视线瞄到旁边落地窗上的倒影，女孩身穿摇曳的小裙子，脚踩高跟鞋，看起来亭亭玉立，又觉得自己一下子长大了。

穿着这双鞋，她就不再是小女孩，而是像一个女人了。

肖让说："我的决定果然是正确的。姗姗姐本来推荐了这个牌子的另一款水晶鞋，说是她的梦中之鞋，但我一看那个跟就知道你不行。我送你高跟鞋是让你穿着走路的，不是穿着摔倒的。"

沈意一方面感激他选了这双好走的，另一方面又觉得他言语里有小瞧自己的意思，忍不住咕哝："可是你怎么能送人鞋子呢？你不知道送鞋是送人离开的意思吗？"

肖让先是惊讶，意识到她说的恐怕是真的后立刻要赖："胡说八道！我送你鞋子才不是送你离开的意思，而是要让你一步一步走向我的意思……"

沈意闷笑，却一不小心没站稳，肖让眼疾手快一把接住她。沈意扑在他怀中，惊魂未定地抬起头，发现两人好像离得太近了。

头顶的灯光照耀着他们，四目相对，那种紧绷的感觉又回来了。空气里仿佛有火花噼里啪啦，沈意只见肖让乌黑的瞳仁里有火光一闪而过，下一秒，她往后一躲，避开了他凑上来的嘴唇。

肖让明显愣了一下，没想到她会躲。沈意绞着手指，有点慌乱地说："那个，好晚了，明天还要早起。我们早点休息吧……"

说完，也不管肖让是否反应过来，就连推带搡、不由分说地把他推出了自己的房间。

等房门关上，她背抵着门，只觉得胸腔里的一颗心脏还扑通扑通狂跳不止。

肖让现在一定很莫名其妙，他还刚送了精心准备的礼物，女朋友怎么忽然就翻脸不认人了呢？

沈意也不想这么无情，只是刚才那个瞬间，出发前和杨粤音、关越越的一次对话却好死不死地回荡在她耳边。

"肖让要你陪他出国参加婚礼？那这就算是情侣旅游了啊。根据言情小说的经验，情侣一起旅行是最容易出事的时候，肖让醉翁之意不在酒啊。"

她不明白，追问："出事，出什么事啊？"

杨粤音对她的迟钝很无语："我问你，你跟肖让到哪一步了？牵手，接吻，还是……更进一步？"

她没料到话题突然跑到这里，闹了个大红脸："你问这个做什么……"

"算了，以我对你的了解，估计接吻顶天了。但你忘了我说过的吗？青春期的男孩子，脑子里只有那一件事，你就没有想过，肖让也许是打算借这次旅行，跟你把关系——更进一步？"

更进一步，是……那个吗？

沈意从来没这么想过，一时傻在那儿，反应过来立刻问："那我应该怎么办？"

"怎么办，要看你心里怎么想的喽。你是愿意，还是不愿意……"

她愿意还是不愿意……这种问题让她怎么回答！

沈意心乱如麻，都快崩溃了，偏偏杨粤音还在火上浇油："你别说，肖让还挺有想法，海岛，初夜，听起来就很浪漫，是可以铭记终生的呢。"

关越越安抚道："你也别太紧张，你们都是男女朋友了，我们也满18岁了，长大了，不再是小孩子了。就算那个……也很正常啊。"

话是这么说，但……她光是想一想这个，就觉得脸要烫得烧起来了。

肖让真的是这么想的吗？

沈意打开自己的行李箱，右侧小网袋里装着一套崭新的内衣裤，雪白的蕾丝，这是杨粤音替她在网上买的，不由分说寄了过来。杨粤音女士在电话那头铿锵有力地说道："万一肖让真有那个意思，我们不打无准备之仗！"

她捏着内衣红着脸，好一会儿，呻吟一声痛苦地栽倒在行李箱上。

第二天一大早，婚礼正式开始。

沈意生平第一次认真化了妆，是姗姗姐姐专门起大早帮她化的，穿着肖让送她的裙子和高跟鞋，连头发也用肖让之前送的那条小丝巾扎了起来。大概是改变太大，在婚礼现场见到傅西承的时候，他差点没认出她来。

傅西承夸张道："班长，早知道你长这么好看，我也来追你了啊！怎么也不会便宜了肖让那小子！"

婚礼现场的明星比昨晚更多，估计是当时还没赶到的人此刻也到了。场地设在悬崖边，能听到海浪拍岸的声音，几十把雪白的小椅子摆放在如茵草地上，粉蓝相间的鲜花密密匝匝铺成一条锦绣长路。

沈意此前只参加过几次家里长辈和妈妈朋友的婚礼，都是在酒店里，还是第一次参加这种户外海岛婚礼，只觉看到的每一样东西都那么新鲜。现场太漂亮了，这些花也太漂亮了，来宾都是俊男美女，星光熠熠，大家一起置身于巴厘岛的悬崖边，让沈意恍惚间觉得自己像活在电影里。

还有新娘，昨晚她已经觉得她很美了，可没想到婚礼上的她还可以更美！

蓝天白云下，季雯身穿洁白婚纱，挽着父亲的手，一步一步走向鲜花尽头的佟文安。她的裙子那样长，胸口是精美而繁复的刺绣，那样华丽，这是每个女孩都在梦中幻想过的婚纱，但这都比不上头纱下她美丽的面庞。交换完戒指后，佟文安掀起她的头纱，她朝丈夫展颜一笑，一滴泪同时落下。

全场欢呼鼓掌，有女明星感慨："阿雯和老佟在一起得有十年了吧，分分合合，没想到最后真的能修成正果。"

居然有十年了吗？沈意听得有些向往，她还太小，无法想象两个人在一起这么久是什么感觉。

余光瞥了瞥肖让，忍不住想，他们两个也可以在一起这么久吗？十年后的肖让是什么样子啊？

她发现自己完全无法想象。

整个婚礼过程非常顺利，只是最后合影时闹了个小插曲。宾客们轮番上去跟两位新人合影，其中一轮恰好都是和他们合作过或者间接合作过的当红演员，包括肖让在内，结果照片发上网后被网友调侃："就这张图连连看一下，可以找出十部不同的电视剧！娱乐真的是个圈！"

婚礼结束后，一些行程比较忙的艺人先后飞离了巴厘岛，但还剩下大概一半的人在岛上自由玩耍，等待晚上的婚宴。

至于怎么玩，来海岛首选当然是游泳了，沈意换好衣服，却迟迟不敢出去。她觉得自己这趟真是承受了太多，怎么总是面临同样的问题，昨晚是换裙子给肖让看，今天又轮到换泳衣。她的泳衣是自己带来的，最保守的连体款，但对她来说还是一个莫大挑战，毕竟，再保守也是泳衣啊！

她看着门上反光照出来的自己，黑白条纹的泳衣勾勒出身体曲线，两条腿都露在外面，忍不住想一会儿肖让见到会是什么反应。

千万别像昨晚那样看她了……

最后，她还是披着浴巾出去了。酒店有很多游泳池，都是各自独立的，私密性很强，其中一个修在海边高地上，周围绿树成荫，可以居高临下眺望海岸线。沈意远远地就看到肖让、傅西承和柯星凡，几个人或泡在水里，或坐在岸边，正说着什么。肖让偶一回头看到了她，立刻笑着招了招手："你换好衣服了？"

沈意深吸口气，放下浴巾："嗯。"

好在肖让看到她的打扮神色如常，问："你会游泳吗？不会的话我可以教你。"

沈意这才松了口气，说："我会。"

肖让有点意外："你会啊？"

沈意点点头，滑到水里，随意游了两下，看动作果然是会的。

肖让顿了顿："哦，那好吧。你会游也好。"

沈意现在不太想离他太近，游到了另一边，一边摆动双脚，一边偷看肖让。刚才他看到自己的泳装也一本正经的样子，难道是她和杨粤音想多了？其实他并没有那个意思？

这个认知一出来，她说不出心里什么感受，憋了半天选择迁怒于杨粤音：都怪她胡说八道，才害得她跟着自作多情！女孩子家家的整天想这些，实在是太不矜持了！

肖让靠在泳池边正走神呢，旁边躺椅上正悠闲晒太阳的傅西承忽然哂然一笑："失望了？本来是不是还存着教人家游泳，好动手动脚占便宜的打算呢？"

肖让的心思被点破，嘴硬地说："才没有，你少给我栽赃！"

傅西承意味深长地笑道："你最好是没有。"

肖让看向前方，明媚的阳光照着泳池，映照出耀目的碎光，少女身穿泳衣，姿态优美地从水中游过。她穿泳装也很好看，只是刚才他看她很紧张的样子，没敢表现出来。阳光下，女孩皮肤雪白、双腿修长，像一只美人鱼，在蔚蓝的池水里中翻转、舒展……

肖让忽然咳嗽一声，起身想要离开，却被傅西承伸腿挡住了路："去哪儿？"

"要你管。闪开。"

傅西承的墨镜顺着鼻梁往下一滑，露出黑眸，他微挑眉头，视线从他的脸颊一路往下，停在某处后露出意味深长的笑："哦，原来是有情况啊。"

肖让恼羞成怒，一脚踢开他。傅西承正端着杯饮料优哉游哉地喝着，摇头道："你这不行啊，就游个泳都撑不住。小男生就是精力十足。"

肖让刻薄道："怎么，你现在已经没这个精力了吗？你已经不行了？"

奔三的中年人傅西承胸口忽然被插一刀，气得瞪大了眼睛，肖让得意地一笑，坐到了池边，柯星凡也面无表情地上了岸，随手拿毛巾搭在了头上。

傅西承眼珠子一转，坐到旁边勾住肖让的肩膀，换了个口气："你看你，误会哥哥了不是？我是关心你。你跟咱们班长这情窦初开的，是吧，我知道你们目前还没到那一步，关系还很纯洁——别问我为什么知道，一看就看出来了。但是，你们早晚得走到那一步的。你跟哥哥说实话，这次约她来巴厘岛，有没有什么不纯洁的小心思？"

肖让脸颊一红，很明显不想和傅西承聊这个话题。但他的话激起他的一些回忆，和沈意分开这一个多月，被思念折磨的同时，越发对她充满了想要接近的欲望。皮肤像是患了焦渴症，每一次视频时他都感受到一种从内而外的焦灼，晚上他还总做一些梦。

他知道自己在渴望着什么，但他也不知道这次约她出来，他内心深处到底有没有那个想法……

傅西承见状还有什么不明白："我是想提醒你，你要是有计划，记得提前做做功课，别第一次办事，把事情办砸了。"

肖让睁大眼："会、会办砸吗？"

傅西承以一种"果然还是小孩子啊"的眼神怜悯地看他，肖让被一激，恼怒地说道："你别小瞧人，我虽然没有实践经验，但理论知识很多好吗？而且无论如何，我总比老柯好吧，大家都是雏儿，他连女朋友都没有呢！"

柯星凡马上说："我不是。"

肖让一愣："你不是？你不是什么？"

柯星凡平静地看他："我不是雏儿。"

肖让始料未及，过了半天才说："你什么时候……"

柯星凡冷漠地说道："你管我什么时候，反正比你早。"

战友居然在他不知道的时候背叛了同盟，肖让悲痛的心情一直持续到晚上婚宴才稍微好点。婚宴风格和白天的婚礼一脉相承，浪漫而有排场，新郎新娘穿着名贵的高定礼服向宾客敬酒，明星好友轮番上去讲话，还有喝多了被撺掇上台表演的，闹得不亦乐乎。快结束时外面放起了烟花，大家都拥到阳台上看烟花。绚烂的烟花一簇簇一朵朵，在夜空中绽放，沈意看得兴奋，拽着肖让，不住示意他看这边看那边。肖让看着女孩被烟花映照的脸，脑海里却闪过了去年校庆时的情景。

沈意偶一转头，撞上他的视线，展颜一笑："好看吗？"

肖让定定看着她："好看。"

沈意没听出他意有所指，肖让却忽然靠近，从后面拥住了她。两人旁边就挨着别人，沈意吓得浑身都僵硬了，稍微挣扎了一下，肖让说："没事的，别怕，专心看烟花。"

旁边的中年男人听到动静回过头。沈意不认识他，但猜他应该也是个演员，因为长得很英俊很儒雅。他看着这对抱在一起的小年轻，并没有说什么，只是含笑向肖让点了点头，就转回了头。

肖让用眼神说"你看吧"，沈意望向阳台，缠满鲜花藤蔓的大理石栏杆前，全是满脸笑容望着夜空的宾客。新郎新娘依偎在一起边看烟花边絮絮低语，其余人也都和自己亲近的人站在一起，大家都沉浸在自己的世界中，没有人在乎他们。

她终于放了心，身子微微往后陷入肖让怀中。

两人都望着天，烟花一朵接一朵冲上夜空，好一会儿，肖让说："你说想再看一次烟花，现在看到了。"

沈意想起高考结束那晚自己在七中操场说的话，忍不住溢出笑容："是啊，看到了。"

肖让将她拥得更紧，下巴抵在她头上："以后还会有更多次的。我会陪你看更多更美的烟花。我们一起。"

晚上过得太开心，导致宴会结束后，沈意回到房间还冷静不下来，躺在床上跟杨粤音她们汇报完今天的八卦后，忽然看到落地窗外的小游泳池。这也是这个酒店最让她惊喜的设计，有一个小小的游泳池紧邻窗户，早上酒店会把早餐放到木盘里漂在水上送过来，让客人可以泡在泳池里享受漂浮早餐。不过今天早上时间太赶，沈意没有体验上，这会儿兴致来了，拉开窗户坐到了池边，将小腿浸了进去。

入夜后的池水有微微的凉意，今晚没有月亮，但有很多星星，水面泛起粼粼冷光，她的两只脚在水中晃动，荡起哗啦啦的水花，也打碎了满池星子。沈意玩得起劲，看到木盘漂在对面，上面摆了杯红红绿绿的饮品，估计又是酒店送来的，于是把盘子拖过来，端起杯子喝了一口。

啊！是酒！

沈意皱紧了眉头。她只喝过啤酒，但这个的口感很明显不是，应该是鸡尾酒吧，嗯，虽然没喝过，但好像还挺好喝的。

她心情好，懒得想那么多，一边看星星，一边一口一口把酒喝完了，这才轻舒口气打算回房间洗漱。然而刚站起来，右脚忽然袭来一阵要命的疼痛，沈意猝不及防，一个没站稳就摔到水里。

"啊——"

她吓得大叫，慌乱地想去扒住池沿，却又被脚上的疼痛弄得什么都看不清。房门在此时打开，肖让几步冲过来，跳下泳池就捞住了她。

"怎么了！"

"脚……抽筋了！"

肖让握住她的脚就往回扳，大概三秒钟后，那股要命的疼痛终于缓了下去。虽然还是疼，但至少可以忍受，沈意喘着气，感觉自己出了一头的汗。

"好了吗？"

"好了……"

肖让松开手："你吓死我了，忽然大叫，我还以为怎么了呢。"

沈意有点不好意思："我叫得很大声吗？你在隔壁都听到了……"

她只是随口一说，肖让脸上却闪过一抹不自然，沈意问："你不是在隔壁听到的吗？对啊，你怎么会来得这么快……你刚刚在哪儿？"

他刚刚在哪儿？当然是在她的房间门口了！

从晚宴回来后肖让就一直心神不宁，本来该洗漱睡觉了，他却在房间里走来走去、坐立不安，最后还是没忍住站到了她的房间门口。手都抬起来了却又陷入迷惑，这么晚了，自己找她干吗呢？

他想见她，可见了她，又要做什么呢？

两人对视，良久，沈意说："你……"

她忽然打了个喷嚏，才想起来自己全身都湿透了。肖让顺着她的视线一看，顿时一僵。她穿的是他送的那条裙子，轻薄的丝绸沾了水，贴在身上几乎半透明，曲线毕露。胸口大片皎洁的肌肤在夜色中泛着光，让他又想起下午，游泳池里美人鱼般舒展身体的少女，她纤细的腰肢，还有修长的双腿。

女孩的头发也在滴水，嘴唇嫣红，落入他眼中仿佛一种引诱……

有什么东西，整个晚上都在胸口躁动，这一刻终于破闸而出。

池水"哗哗"一响，肖让忽然上前，捧住她的脸就亲了下去。

他们对彼此的亲吻早已不陌生，可这一次，一切却那样不同。她的下半身泡在池水里，上半身却像拥抱着一团火，年轻男孩的身体那样滚烫，让她觉得自己也要跟着烧起来了。

忽然，她身子一僵，因为感觉到他的手拉开拉链，伸到了她的裙子里。

她猛地抬头，浑身紧绷看着他。晃动的水光里，男生的眼神那样陌生，喉结滚动了一下，说："小意，我……我们……"

沈意只觉得全身的血都冲上了头顶：杨粤音说的是真的！

他真的想……

不容她反应，他已经再次吻了下来。沈意只觉得脑子里稀里糊涂像在煮粥，好不容易才抓住一线清明，挣开了他："你……等一下！"

肖让被拒绝，又用那种小狗般的眼神看着她："你不喜欢我了吗？"

少给我装可怜！

沈意从齿缝里挤出一句："你……早有预谋！"

肖让现在没脸说自己冤枉了，搞不好傅西承说的是真的，他千里迢迢把人拐带出国，就是在潜意识里打了坏主意。不过年轻男孩在这种事上向来脸皮厚，他抓住沈意的手放到自己胸口，小声说："你生气了？我就是怕你生气，好多事都没敢跟你说。其实，我们去年第一次一起看烟花，那天晚上我就做梦了……"

不用他多说，沈意也知道做的是什么梦，脸红得要滴出血了。她很想抽回手扭头就走，不理这个人了，但他紧紧攥着她，而她感觉他的指腹贴着她的皮肤，她就像被抽走了浑身的力气，再也无力挣扎。

他重新抱住她，这一次没有亲，嘴唇从她额头擦过，一点点往下，经过鼻尖、脸颊、耳朵。他的呼吸滚烫，吹拂着她，让她的呼吸也变得急促。沈意觉得自己像飘浮在云上，身子软绵绵的，只听到他在耳边问："好不好？小意，好不好……"

她觉得他好像真的变成了一只缠人的小狗，磨蹭着主人，就为了要肉骨头吃。

可问题是，他要吃的肉骨头……是她啊！

终于，在他坚持不懈的纠缠下，她很小声很小声地说："可是，我有点怕痛……"

肖让眼睛一亮："不会的，我会很小心的。一定不会痛的。"

沈意抱着他，脑子里唯一的想法就是：还好她今天穿了杨粤音准备的作战内衣……

满天繁星下，游泳池空空荡荡，有橘色的灯光透窗而出。然而下一秒，灯光熄灭，只有窸窸窣窣的声音，从半开的窗户里被风带出。

沈意以为自己一定睡不着，但也许是今天实在太累，就这样靠在他怀中，居然很快就迷迷糊糊睡着了。

第二天沈意醒来，身边已经没有人了，明晃晃的阳光照耀着房间，她呆了三秒，终于想起来昨晚的事。

她和肖让……他们两个……

混乱而模糊的记忆像电影似的飞快在脑海闪过，她捧住滚烫的脸颊，说不出话。

一颗心在胸腔怦怦狂跳，她坐在床上发了好一会儿呆才想起来，不对，肖让呢？他去哪儿了？

房间里满是昨晚凌乱的痕迹，地上扔着抱枕，她的小黄裙子随意搭在沙发上，皱巴巴的一团，沈意心疼地想，完了，这裙子不会不能沾水吧？还能穿吗？

她翻出另一件背带裤换上，出门一看，肖让的房间里也没有人，整个别墅空空荡荡，有种诡异的安静。沈意一瞬间冒出个离谱的想法，肖让不会是生气了，把她丢在巴厘岛，自己跑回国了吧？

这个念头刚起来，大门一响，姗姗姐进来看到她，笑着说："哎，你酒醒了？"

沈意一愣："什么？"

"小让说你昨晚喝了酒要多睡会儿，让我别打扰你，早餐在桌上，你看到了吗？不过现在已经快中午了，你也可以直接吃午餐。"

居然已经快中午了，看来还真是昨晚那杯鸡尾酒惹的祸，沈意顾不上早餐午餐，忙问："肖让人呢？"

"不知道。但大家都走了，就我们还留着，他一个人没的玩，估计去游泳了吧。"

大家确实都走了。婚礼第二天，连新郎新娘都起程去欧洲度蜜月了。作为忙碌的娱乐圈从业者，许多人都是昨天晚宴结束后连夜飞走的。她睡到中午才醒，另一拨人也已经在这之前撤得差不多了。不过他们俩因为是第一次一起出来旅游，早就决定了会多待两天。

沈意去了昨天那个游泳池，远远地果然在池边躺椅上看到个熟悉的身影，戴着墨镜，似乎在睡觉，然而下一秒，他头一偏，看到了过来的沈意。

和昨天不同的是，肖让并没有立刻招手跟她打招呼，而是微微坐起来，隔着墨镜，看起来有点喜怒难辨。

沈意咬了咬唇，心中的不安更加浓烈。也是被刚刚的想法提醒，她忽然有些担忧。杨粤音说了，男生在这件事上都有一种女生难以想象的热情，自己昨晚在那个时候拒绝他，他不会生气了吧？

所以才没有等她起床就走了，把她一个人丢在那儿……

肖让走过来："你醒了？"

沈意点头："嗯。"

"吃东西了吗？"

沈意摇头。

"那我们先去吃饭吧。"

他神情自若，好像什么事都没发生似的，沈意却总觉得不对。不该是这样的。肖让见到她，从来都不会这样冷冷淡淡的……

他们一起去了餐厅。酒店有只对VIP住客开放的私人餐厅，环境很清幽，虽然是饭点，但也没什么人，还有现场的钢琴演奏。肖让招来服务生点菜，沈意闷闷地看着窗外的椰子树，忽然说："你是生我的气了吗？"

服务生刚离开，肖让一回头就听到这个："什么？"

"因为我昨晚上……所以你生气了？"虽然有些难以启齿，但沈意还是逼着自己问出来了，"但我是有原因的，因为真的……真的很痛……"

肖让的表情一瞬间很精彩，像是宁愿沈意说任何事都行，只要她别提这个。沈意更委屈了，站起来把餐巾一扔："既然你不想见到我，那我回去好了！"

女朋友发脾气了，肖让忙拉住她："我没有生你的气！"

"真的？"

"真的！"

"那你刚刚见到我，那个样子……"

"我不是生你的气，我是……生自己的气。"

如果可以，肖让真的希望再也不要有人提起昨天晚上，把沈意和他的记忆都抹掉最好！只要一想到他居然真的像傅西承预言的那样，第一次办事就把事情办砸了，他就觉得抬不起头，简直要没脸见人了！

昨晚好不容易等沈意睡着，他才敢小心翼翼抽出胳膊，从她的床上落荒而逃。都到了那个程度却半道刹住，他感觉自己都要憋出内伤了，两个人抱在一起的二十分钟，每一分每一秒对他来说都是煎熬，他根本不能想象和她待在一起过夜。

但即使跑了，他还是几乎整个晚上都没睡着，今早顶着两个黑眼圈见到傅西承他们时，还被那个王八蛋调侃："哟，怎么看起来这么憔悴啊？通宵没睡？昨晚不会有什么好事情吧？"

他能说什么，只能装傻，生怕被那家伙发现端倪。还好他们很快就都去赶飞机了，他这才逃过一劫。

失败啊！

耻辱啊！

他十八年人生中最大的滑铁卢啊！

肖让痛心疾首，只恨自己之前没有准备得更充分，但比起这个，他更担心经此一役，自己在沈意心中的形象会变成什么样子。

人家女孩子好不容易答应他，他却搞得一团糟，还把人家弄痛了……

因为心情太复杂，他甚至不敢面对沈意，刚才见到她时要拿出全部的演技才没有失态，可没想到他的态度却让她误会了。肖让握着沈意的胳膊，无奈地说："真的，小意，我怎么会生你的气呢？"

沈意还是将信将疑："可你为什么要生自己的气啊？"

肖让顿了顿，半晌偏过头闷闷道："我表现得太差了……"

表现太差？沈意疑惑一瞬，忽然反应过来："哦，你是说……"

肖让迅速松开她，像松开什么烫手的山芋似的，坐了回去。沈意也尴尬起来。本来经过昨晚，两人再见面都有些不自在，只是刚才光顾着生气把那茬忘了……

沈意努力忽略滚烫的脸颊，默默坐回去。服务生恰在此时送上餐点，沈意看看面前的牛排和奶油蘑菇汤，又看看闷闷不乐的肖让，想了想，还是觉得有必要哄哄他："其实，也没有表现得很差啦……"她还在努力，"真的，你不要太……"

"沈意。"肖让打断她，"你要是想气得我吃不下饭就直说。"

现在轮到他要脾气了，沈意不敢再说，怕伤害了那一颗脆弱的少男之心。两人就这么沉默地吃完了饭，沈意还在想接下来要怎么办呢，肖让却转头问："吃好了？我知道岛上还有很多好玩的地方，想去看看吗？"

男生神色如常，像是已经调整好了，沈意有点惊讶，这么快？

她打量他，又觉得有点不对，他的样子看起来，更像是刚做了什么决定……

肖让又问了一次："去不去？"

沈意忙说："去，当然去。"

这已经是他们来岛上的第三天，但除了昨天下午，两人都没有什么自由活动的时间，也就没来得及在周围好好逛逛。

巴厘岛的7月、8月是一年里最舒服最凉爽的时候，海风迎面吹来，空气里都有咸咸的湿润。他们昨天在游泳池游泳，今天肖让干脆带她去了海边，不过这次不游泳了，他不知从哪儿搞了个自行车，载着沈意在酒店的私人海滩上骑着玩。海水冲刷着洁白的沙滩，沈意从后面搂着肖让的腰，又想起高考前那两个月，他就是这样骑车载她回家的。

肖让还带她去了丛林。两人站在高高的看台上，举目望去就是广袤无边的原始森林，还有更远处的阿贡火山。林子里还有个很大的秋千，肖让让沈意坐上去，自己在后面用力推她。每一次飞起来，沈意就看到森林湍流在自己身下，即使系着安全绳也吓得尖叫，拼命说放她下去。结果肖让那个浑蛋居然在后面哈哈大笑，气得她一下来就追着他打。

傍晚的时候，他们去了悬崖边看日落。整个天空都被抹上一层瑰丽的粉色，云霞翻腾，印度洋笼罩在灿灿金光中，他们坐在悬崖边，沈意把头枕在肖让肩头，两人都没有说话，只听到海浪声一下一下拍打着悬崖。

这一整天玩下来，沈意真是半点力气都没有了，于是晚饭后两人又去做了个spa。等结束时已经10点，两人回了别墅，沈意看着空荡荡的客厅，说："姗姗姐呢？这几天都好少见到她啊。"

"她前天晚上在party上认识了一个男人，这两天可忙着呢，哪有空搭理我们。"肖让说，"昨晚她就没回来，你不知道吗？"

姗姗姐昨晚没回来吗？她怎么会知道，昨天晚上……沈意瞥肖让一眼，昨天晚上她哪顾得上这个……

她忽然反应过来，又到晚上了，而且看架势今晚别墅里恐怕也只有他们两个，接下来要怎么办？她要跟肖让道晚安，然后回房间吗？

沈意没来由地觉得，自己这声"晚安"应该不会轻易说成功……

她正胡思乱想，肖让忽然问："想看电影吗？"

肖让提议看电影，沈意本以为他要带自己出去，没想到他却把客厅的灯关了。房间顿时被黑暗笼罩，一束白光射到墙上，幕布缓缓落下来，是他打开了投影仪。

"我前天一来就看到这个了，当时就想太好了，我们可以一起看电影了。"他拉着她在沙发前的地毯上坐下，"来，选个片子吧。"

幕布上一页一页翻过去，基本是都是外国电影，沈意看得眼花缭乱，最后还是肖让来选："哎，有这个。*Pretty Woman*，你看过吗？"

沈意摇头，肖让说："那我们看这个吧。这部电影挺老了，是1990年的，但很好看。我很喜欢这个女主角。"

沈意"扑哧"一笑："1990年的？比《老友记》还老。你真的是'00'后吗？"

肖让假意瞪她，点开了电影。

*Pretty Woman*的中文译名为《漂亮女人》，是好莱坞巨星朱莉娅·罗伯茨的成名作，讲述了在流光溢彩的梦之城洛杉矶，年轻貌美的街头妓女薇薇安偶遇百万富翁爱德华，就此开启的一段浪漫梦幻的爱情故事。

大概因为来巴厘岛度假的中国人实在太多，这部片子虽然是英语的，却像在国内一样配了中文字幕。沈意看看着，忽然问："你说你很喜欢这个女主角？"

"嗯，她叫朱莉娅·罗伯茨，巅峰时期是好莱坞最有票房号召力的女演员，但现在已经不太拍片了。她是我最喜欢的女演员。"

这是肖让第一次说特别喜欢谁，沈意不由得问："为什么喜欢她？因为她有票房号召力？"

"当然不是。"肖让一笑，"我觉得她非常性感、热情，独具魅力。"

幕布上，薇薇安露出灿烂的笑容，像一道光照亮洛杉矶的夜空，果然是性感热情，独具魅力。

沈意琢磨这几个词，越琢磨越觉得每一样自己都不符合，没想到肖让喜欢的是这种类型的女孩，那他为什么会喜欢她呢？

她甚至低头看了看自己的胸，好像也和性感扯不上半点关系。

昨天晚上，他会不会觉得她太小了……

肖让偶一回头，发现沈意像在走神，于是问："怎么了，不好看？"

"你喜欢性感的女孩子？"

肖让刚要点头，却敏锐地发现这个问题有点危险，千钧一发之际刹住脚："也、也还好。我主要还是欣赏她的演技，偶像，你懂吧？她是我的偶像！"

"你刚才可不是这么说的。"

肖让没想到看个电影，火也会烧到自己身上，沉默一瞬，耸肩一笑："是啊，我喜欢性感的女孩子。"

居然承认了！沈意越发闷闷不乐，肖让却抓住她的手腕一扯。沈意还没反应过来，就发现自己坐到了他腿上："我喜欢性感的女孩子。比如，你在我心里就非常性感。"

幽暗的白光里，男生似笑非笑，还有隐隐的深意，沈意只觉心脏怦怦狂跳，肖让却把她的头一按："好了，专心看电影吧。"

可是，这个姿势，她还怎么看得下去？

沈意只觉得如坐针毡。因为刚做了spa，他们都穿着酒店提供的日式睡衣，亚麻的材质又轻又薄，她屁股下就是他的大腿，她能清楚感觉到男生的肌肉轮廓。硬硬的，像石头，随着每一次呼吸，有隐隐的跳动，仿佛脉搏。

沈意忽然觉得有点热。怎么回事，是空调坏了吗？

为了转移注意力，她把目光投向幕布，却见薇薇安跷着双腿趴在酒店的客厅看电影，爱德华在旁边注视着她，荧幕的白光照耀着两人，渐渐地，谁也没有看电影了，四目相对，气氛变得暧昧。

这场景也太像了……

沈意下意识看向肖让，却发现他的视线正看着另一个地方。因为坐在地上，两人的腿都随意前伸，他的脚搭在地毯上，她的脚却搭在他的腿上。少女的脚背白净细腻，脚踝纤巧如花骨朵，和下面男生的脚形成了鲜明对比。

这一幕让她不知为何喉头发紧，小声嘟囔："你的脚好大。怎么会这么大？"

肖让挑眉："我是男的。"

沈意说："男生的脚都这么大吗？"

他反问："那女生的脚都像你的这么小吗？"

他一边说，手指一边摩挲过她的额角、脸颊。她这才发现原来他也很热，隔着睡衣都能感觉出身体的温度，乌黑的瞳仁凝视着她。

沈意吞咽了一下："你……你又想……"

肖让含住她耳垂，含糊道："再信我一次。这一回，我一定不会搞砸了。"

沈意总算明白，难怪他中午那么快就调整好了，原来是计划好了晚上找回场子！

她被他的动作弄得浑身发软："你……没完没了！"

肖让不以为耻，反以为荣："当然。我昨晚通宵没睡，一直在学习。"

荧幕上，薇薇安吻上爱德华；荧幕下，肖让也把沈意抱起来，进了房间。

他进的是他的房间。肖让的房间是这栋别墅的主卧，和沈意的次卧格局相似，但要更大些，落地窗外还有个阳台，延伸到庭园里，里面有一个巨大的豪华浴缸，此刻阳台滑门半开，正对着满庭植物、沙滩海岸。

肖让察觉到她的目光，问："看什么？"

"玻璃。"沈意也不知道自己怎么了，这种时候居然还在思考这些，"门是玻璃的，在那里洗澡不怕被人看到吗？"

肖让轻轻笑了，凑近她耳边道："想知道的话，改天试试？"

他语气里的暧昧让沈意脸颊绯红。和昨晚比起来，肖让整个人好像游刃有余了许多，有着之前没有的掌控感。这就是学习的结果吗？沈意不知道，也没时间想了。身体接触到柔软的床垫，是他把她放在了床上，下一秒，他压了上来。

她连呼吸都屏住了。身下那样软，身上却那样重，一切仿佛有魔力，她只能紧紧地抱住他。

当疼痛再次袭来时，她的眼泪也瞬间涌了上来。他用全部的意志克制住自己，一边亲吻她的眼皮，一点点吻去她的泪水，一边不断安抚："马上就好。宝贝儿，乖，过一会儿就不疼了。你不要哭，不要难过……"

她摇摇头，想说自己不是难过，而是高兴。在这一刻，在他们如此接近的这一刻，她忽然感到无比庆幸。在她最美好的年纪，和最喜欢的男孩一起经历了这一切。

他们在这个晚上，一起从懵懂少年变成了大人，巴厘岛的夏夜记住了她的泪水和他的汗水。她不知道未来会怎么样，但拥有这一刻，他们就已经将对方烙进自己的生命，永远也不会忘记。

沈意再次醒来时，天已经微微亮，一线金光从海尽头升起。她一睁眼就看到枕头另一端的肖让，他也已经醒了，正侧身看着自己。四目相对，谁也没有说话。渐渐地，沈意的脸越来越红，而肖让赶在她躲进被子前一把抱住了她。

沈意把脸埋在他胸口，根本不敢抬头看他，肖让明白她现在的心情，但终于得偿所愿实在太兴奋，偏偏还要问："醒了？有没有哪里不舒服？要不要我抱你去洗澡？"

沈意小声说："闭嘴……"

肖让假装没听到："什么？"

沈意一把捂住他的嘴："我说让你闭嘴！"

她扑在他身上，手几乎是按在他脸上，整个人像一只炸毛的猫。肖让终于投降，拉开她的手说："好，那说点别的。你今天想怎么玩啊？"

沈意嘟囔："还玩什么？昨天没有玩够吗？"

肖让默然，沈意才发现自己的话有歧义，连忙补救："我是说，昨天玩了一天，还有什么好玩的？"

"一天怎么够，你忘了我们在度假吗？"

她眨眨眼，黑白分明的眼睛里有一点迷糊，似乎是觉得"度假"这个词很新鲜。也是，像她这种没见过世面的高中生都只会说放假，"出国度假"这种是某位大明星的日常。

肖让觉得她这个模样那样可怜可爱，心中的爱意就像满溢的泉水，要将他淹没了。

窗外是徐徐升起的朝阳，而他低头亲吻她，说："小意，这是我经历过的，最完美的假期。"

【完】

图书在版编目（CIP）数据

十八味的甜：全2册 / 茴笙著 . — 南京：江苏凤
凰文艺出版社，2020.11（2023.5 重印）
ISBN 978-7-5594-5025-8

Ⅰ . ①十… Ⅱ . ①茴… Ⅲ . ①长篇小说 – 中国 – 当代
Ⅳ . ① I247.5

中国版本图书馆 CIP 数据核字 (2020) 第 125411 号

十八味的甜：全2册

茴笙 著

策　　划	北京记忆坊文化
责任编辑	白　涵
特约策划	绪　花
特约编辑	绪　花
封面绘图	三　乖
封面设计	80 零·小贾
版式设计	天　缈
发行平台	有容书邦
出版发行	江苏凤凰文艺出版社
	南京市中央路 165 号，邮编：210009
网　　址	http://www.jswenyi.com
印　　刷	三河市国新印装有限公司
开　　本	670 毫米 ×970 毫米 1/16
印　　张	32
字　　数	556 千字
版　　次	2020 年 11 月第 1 版
印　　次	2023 年 5 月第 2 次印刷
书　　号	ISBN 978-7-5594-5025-8
定　　价	78.00 元（全二册）